Place
Rittenhouse

Place Rittenhouse

Merla Zellerbach

traduit de l'américain
par Michel Jolidon

 Mortagne Poche

Édition
Mortagne Poche
250, boul. Industriel, bureau 100
Boucherville (Québec)
J4B 2X4

Diffusion
Tél.: (514) 641-2387
Téléc.: (514) 655-6092

Tous droits réservés
Titre original: *Rittenhouse Square*
© 1989 by Merla Zellerbach
Published in the USA by Random House Inc.
New York and in Canada by Random House
of Canada Ltd
© 1991 Les Éditions Flammarion ltée
pour la traduction française
Mortagne Poche
© Copyright 1995

Dépôt légal
Bibliothèque nationale du Canada
Bibliothèque nationale du Québec

2e trimestre 1995

ISBN: 2-89074-558-9

1 2 3 4 5 - 95 - 99 98 97 96 95

Imprimé au Canada

À Fred, à maman,
et à la mémoire de
mon père bien-aimé.

À Boston, on demande : «Que sait-il?» À New York : «Combien vaut-il?» À Philadelphie : «Qui étaient ses parents?»

Mark Twain

PROLOGUE

L'année 1987 venait tout juste de commencer, alors que s'achevait un autre chapitre de l'histoire mondiale : le bombardement par les américains de la base libyenne de Kadhafi; les conséquences tragiques de l'accident nucléaire de Chernobyl; et, heureux contraste avec ces horreurs, l'éblouissant mariage du beau prince anglais Andrew avec l'ardente Sarah Ferguson.

De l'autre côté de l'Atlantique, dans un chic quartier résidentiel de l'est des États-Unis, le premier de l'An égrenait ses derniers instants. Une jeune femme frissonnante se tenait à l'entrée d'un petit parc de verdure bordé de maisons de pierre et d'imposants édifices. Ses doux cheveux noirs étaient retenus par un foulard, ses yeux, alertes et empreints de sensibilité, étaient cachés derrière des lunettes de soleil, sa beauté éclatante à peine perceptible — quelqu'un eût-il été là pour l'apprécier.

Dieu qu'il fait froid, pensa-t-elle, en soufflant un nuage de vapeur blanche. Pourquoi donc était-elle venue à cet endroit? Instinctivement déjà, elle savait pourquoi. Chaque blessure... chaque événement important... chacun des amours de sa vie était de quelque façon lié à cette place. Des visages montèrent à son esprit comme dans un film : les filles riches et bien élevées qui la ridiculisèrent lorsqu'elle était enfant; le maire, un homme de haute noblesse, qui détermina le destin de son père; le tendre renégat qui l'avait aidée à porter son chagrin seize ans plus tôt et qu'elle ne parvenait pas à oublier;

et maintenant les loyaux citoyens, satisfaits d'eux-mêmes, qui ne comprenaient pas son amour, son respect, ses rêves pour cet endroit.

Si seulement elle pouvait leur faire comprendre. Elle ne leur enlevait rien; au contraire, elle désirait seulement les libérer du passé, comme elle souhaitait le faire pour elle-même. Son plus grand souhait était de redonner quelque chose à cette ville — cette ville que souvent elle avait haïe pour son snobisme, son conservatisme et ses valeurs rigides mais que, dans son for intérieur, elle vénérait et chérissait. Comme si elle était presque humaine, cette grande métropole avait été son adversaire, la tenant prisonnière de ses racines, la défiant d'atteindre le sommet de sa profession... d'ériger un empire... d'amasser une fortune.

Et contre toute prédiction, c'était exactement ce qu'elle était en train de faire.

S'emmitouflant contre le froid, elle remonta son collet de fourrure et, juste comme elle s'apprêtait à retourner à la maison, elle perçut un léger mouvement. À sa surprise, un homme à la fenêtre d'en face lui faisait signe. Elle reconnut son visage, à peine changé durant toutes ces années de séparation, lui fit signe à son tour et marcha en direction de la maison.

1

Les derniers rayons de soleil filtraient à travers les jalousies, s'attardaient brièvement sur la céramique *Jesus* recouvrant le manteau de la cheminée, puis s'évanouissaient dans l'obscurité. Ce vendredi 8 novembre 1963 disparaîtrait sous peu dans le crépuscule, annonçant le début tant souhaité du week-end. À l'intérieur de la maison en brique rouge de deux étages érigée sur l'avenue Snyder dans le quartier sud de Philadelphie, quatre silhouettes étaient étendues sur le tapis du salon.

Finalement, une voix annonça :

— Le temps est écoulé, Frankie.

— D'après qui?

— D'après moi.

Les yeux d'un brun intense de Vittoria Di Angelo fixaient le visage concentré de son frère. Il était couché sur le ventre, appuyé sur ses coudes, absorbé par le jeu de Monopoly. Son adversaire de douze ans surveillait attentivement, patiente comme une lionne attendant pour bondir.

— Comment sais-tu que le temps est écoulé?

Délibérément à l'écart de l'affrontement entre sa jeune sœur et son frère aîné, Lisa Di Angelo était assise les jambes croisées, lisant le feuillet paroissial mensuel en attendant son tour.

Torie fronça les sourcils.

— Par les tic-tac de l'horloge, idiot. Un tic-tac égale une seconde, et Frankie a déjà eu plus de deux cents secondes, ce qui fait presque une demi-minute de trop. Je pense qu'il mérite une pénalité.

— Ce n'est pas une question de vie ou de mort, T. D.

Peggy Shea, la compagne de classe et la meilleure amie de Torie était déjà en faillite. Étendue sur le dos, les genoux fléchis et les mains repliées sous la nuque, elle essayait, comme d'habitude, de garder la paix entre les deux personnes qu'elle préférait entre toutes.

— Ce n'est qu'un jeu.

— Je le sais.

Le ton de Torie se voulait conciliant.

— Mais à quoi ça sert de jouer si on ne joue pas pour gagner?

— Veux-tu faire une transaction? Frankie essaya de paraître sûr de lui mais fut trahi par le ton plaintif de sa voix.

— Certain. Fais-moi une offre.

— Je t'échange Connecticut pour Place du Parc et je te paie la différence.

La contre-offre de Torie vint rapidement.

— Je te donne Place du Parc pour Connecticut et Saint-James, et je te paie la différence.

— Le double de la différence.

— D'accord, marché conclu.

Lisa grogna et lança ses mains en l'air.

— C'en est assez. Mes actifs retournent à la banque. Débrouillez-vous tous les deux.

— Reste ici Lis, dit Frankie, prononçant son nom Liiz. La partie n'est pas encore terminée.

— Oh, oui, elle l'est, et tu le sais. L'un de nous finit toujours par transiger avec elle et elle se retrouve avec tout l'argent et toutes les propriétés. C'était agréable de jouer avant, on se moquait bien de gagner ou de perdre. Maintenant, il faut qu'elle gagne à chaque fois. Peggy a raison, elle joue comme si sa vie en dépendait. Depuis que maman est partie au ciel et que Torie ne va plus à l'église, elle est devenue une véritable emmerdeuse.

— Je ne suis pas une emmerdeuse.

Les mots se nouèrent dans sa gorge. La simple mention de sa mère suffisait pour la faire pleurer.

— S'il te plaît, Lis, n'arrête pas de jouer. Je sais qu'il s'agit seulement d'un jeu.

— Oh, cesse de gémir. Quelqu'un doit préparer le dîner. Papa rentrera à six heures et la table n'est pas encore mise. Vous allez mettre la table, n'est-ce pas?

— Oui, aussitôt que nous aurons fini.

— Vous feriez bien de vous dépêcher.

La partie se poursuivit pendant une quinzaine de minutes. Frankie s'acharna à construire des hôtels sur Promenade et Place du Parc, pendant que sa sœur multipliait l'érection de maisons sur les terrains de moindre valeur et ce, jusqu'à ce qu'elle finisse par percevoir de l'argent à chaque coup de dés ou presque. Il lui concéda la victoire rapidement, lança son argent et quitta précipitamment la pièce.

— Hé, le spaghetti franco-américain, lui lança Torie, merci de nous aider à ramasser le jeu.

— Laisse-le aller. On peut le faire nous-mêmes.

Peggy commença à récupérer l'argent.

— Tu n'as pas à le défendre. Frankie sait déjà que tu es amoureuse de lui.

— Je ne suis pas amoureuse de lui.

— De toute façon, si tu l'épouses, il vous faudra une maison énorme pour ses gadgets de base-ball et ses cartons d'allumettes. Chaque fois que quelqu'un va dans un restaurant, un bar ou ailleurs, il lui rapporte des cartons d'allumettes.

— Et alors?

— Alors il n'y aura plus de place pour tes affaires. Avec toute la camelote qu'il a dans sa chambre et les millions de cartons d'allumettes, on ne peut pratiquement pas y entrer. Et il y en a partout dans la maison aussi.

— Qui s'en soucie?

— Vittoria, trancha la voix furieuse de Lisa provenant de la cuisine, j'attends toujours.

— Oh, chut! marmonna Torie.

— Je vais t'aider à mettre la table, dit Peggy. À nous deux, ce ne sera pas long.

— Nous la mettrons lorsque papa sera ici.

— Mais si nous....

— Tu ne veux pas monter dans ma chambre?

— Bien sûr.

— Alors allons-y!

Torie fit à son amie un clin d'œil rempli de promesses.

— J'ai une nouvelle idée.

— Penses-tu que Frankie pourrait nous surprendre? Peggy ferma la porte nerveusement.

— Non, il ne vient jamais ici. Il pense que les filles ne font que jouer à la poupée et à toutes sortes de trucs du genre.

— Alors dis-moi vite, quelle est cette nouvelle idée?

Torie ouvrit un tiroir, fouilla sous une pile de chandails et sortit un diadème en carton bordé de paillettes.

— Veux-tu être la première dame?

— Non, c'est à ton tour.

Avec son visage rond parsemé de taches de rousseur, ses yeux impatients et son appareil dentaire, Peggy affichait toute l'innocence de l'adolescence. Elle adorait sa ravissante amie et était prête à tout pour lui plaire.

— Dois-je m'arranger les cheveux?

— Eh bien, tu ne ressembles pas vraiment à un major-dome.

— Attends un peu.

Tirant quelques pinces à cheveux de la poche de son *jean*, Peggy roula ses deux tresses rousses en un chignon qu'elle attacha à l'arrière de sa tête. Puis elle rentra sa blouse et se pencha en avant.

— À votre service ma' am.

Sa voix devint un soupir.

— Quelle est ton idée?

Torie se raidit pour assumer sa nouvelle personnalité. Son menton pointa, ses sourcils se dressèrent, sérieux, et le ton de sa voix devint clair et autoritaire.

— L'Action de grâce, Winston. Nous allons donner un dîner en l'honneur de cette fête, ce soir. L'ambassadeur de France, son épouse et leurs deux charmants garçons dîneront avec nous. Mon mari, le président Kennedy, ma fille, Caroline, et moi-même, Jackie — voyons voir, cela fait — elle compta sur ses doigts — sept pour le caviar et la dinde avec tous les à-côtés. Nous prendrons les cocktails au jardin, comme à l'accoutumée.

Winston écoutait attentivement radoter sa maîtresse tout en griffonnant des notes sur un bloc imaginaire. Elle s'émerveillait devant l'habileté de Torie à créer de nouvelles scènes entourant les Kennedy chaque fois qu'elles s'adonnaient à leur jeu secret. Théoriquement, les filles jouaient à tour de rôle la femme ou la fille du président et les autres personnages masculins moins importants, mais Torie préférait de beaucoup les rôles féminins, et Peggy était habituée aux rôles masculins; elles se souciaient donc rarement de changer.

— Maintenant je suis Caroline, devenue une jolie jeune fille de dix-neuf ans, indiqua Torie, ajustant son diadème devant le miroir. Tu es le fils de l'ambassadeur et nous nous rencontrons dans le jardin pour la première fois.

Elle fit la révérence et tendit la main.

— Comment allez-vous? Je suis Caroline Kennedy et je vais devenir neuro-chirurgien.

La joie sur le visage de Peggy tourna au désappointement. Pourquoi Caroline devait-elle toujours avoir une profession? Ne pouvait-elle pas simplement épouser un jeune célibataire impétueux et vivre dans un hôtel particulier sur la *Main Line*? (Elle était persuadée que la *Main Line* menait directement des banlieues de Philadelphie à Washington.)

Avec un soupir, Peggy prit la main tendue et l'embrassa.

— Comment allez-vous, Caroline? Je suis François de la Soufflé. J'ai beaucoup entendu parler de vous mais je ne me serais jamais attendu à ce que vous soyez aussi ravissante. Et vous sentez si bon — comme un bouquet de roses.

— Oui, c'est Mon Péché, par Levin — un parfumeur de luxe.

— Et cette magnifique robe que vous portez?

— Cette vieille chose?

Torie esquissa un petit sourire coquet et se rafraîchit le cou avec un éventail invisible.

— Une robe de bal toute simple que j'ai dénichée à Paris. Vous voyez? Elle a une jupe ample avec des rangées et des rangées de dentelles faites à la main, et un haut très ajusté qui met en évidence mes jolis petits seins. J'espère que je ne choquerai pas l'ambassadeur.

— Oh, non, pas du tout. Papa tombera sous votre charme comme le font d'ailleurs tous les hommes. Comment appelez-vous cette jolie coiffure?

— *L'envol.*

Torie souleva les boucles noires au-dessus de sa tête et les tint en place avec ses deux mains.

— Cela met en valeur mes boucles d'oreilles et mon collier de diamant. Suis-je réellement ravissante, François?

— Comme une princesse.

— C'est parce que mon père est président des États-Unis. Il gagne un million de dollars par année.

Peggy fit la moue en signe de désapprobation.

— Il sait que ton père est président, sinon vous n'habiteriez pas à la Maison-Blanche. Ma mère dit que ce n'est pas poli de parler du salaire des gens.

— Qu'est-ce que ta mère connaît des gens riches?

— Elle a été élevée à East Falls avec les Kelly.

— Ils ne sont pas réellement riches. Ce ne sont que des Irlandais — quel est le mot? — qui ont gagné beaucoup d'argent.

— Immigrants.   Mon arrière-grand-père était un

immigrant irlandais. Il a aidé à construire la ligne de chemin de fer. Ma mère dit qu'il était vraiment un *Main Liner*.

— Ouais. Regarde bien ceci.

Fouillant dans un tiroir, Torie sortit un exemplaire à moitié déchiré de la revue *Look*.

— Il y a un article ici au sujet des Richardson et tout un tas de photos de leur maison, de leurs garde-robes et de leurs possessions.

— Le simple fait de lire au sujet des gens riches ne signifie pas que tu connaisses quoi que ce soit. Tu n'as jamais...

— Tor-ree! Le cri de Lisa monta dans l'escalier.

Les yeux de Peggy s'arrondirent.

— Elle semble en colère.

— Je pense que je devrais aller lui donner un coup de main. De toute façon tu as gâché l'ambiance. Nous ne pouvons plus continuer à jouer.

— Oui, nous pouvons, argumenta Peggy. Tu es toujours Caroline Kennedy. Tu veux aller à la faculté de médecine de Harvard aussitôt que tu auras dansé à la soirée. Et je suis François...

— Non tu ne l'es pas. Tu es Margaret Millicent «La Tresse» O'Shea. Tu as des broches plein la bouche, des taches de rousseur sur le nez et encore une année à faire à l'école élémentaire Sainte-Monique. Et tu seras si joo-liee quand tu n'auras plus de broches. Tous les garçons seront fous de toi.

Leurs yeux se croisèrent et elles pouffèrent de rire.

— Tu restes pour dîner?

— Peux pas. Il faut que je retourne à la maison.

— Mais c'est vendredi, et *77 Sunset Strip* joue à la télé. Tu ne veux pas voir Efrem Zimmerlist?

— Le père d'Efrem Zimmerlist était un chanteur célèbre ou quelque chose du genre. Il vivait tout près de la place Rittenhouse.

— Vraiment? Je vais devenir une actrice célèbre comme Grace Kelly.

— Pourquoi veux-tu devenir une actrice? Ne peux-tu pas simplement épouser un riche et gentil garçon et fonder une famille?

— Tu ne penseras jamais qu'à cela — te marier. Je peux nous imaginer dans vingt ans. Tu te promèneras sur Passyunk, engouffrant des bretzels avec tes dix enfants. Ce journaliste s'approchera et te dira :

— Est-il exact, Madame Rien-Du-Tout, que vous avez déjà connu la célébrité internationale, Vittoria Di Angelo? Comment était-elle à l'époque de sa jeunesse?

— Oh, zut.

Peggy secoua la tête.

— Je dirai : «Elle était casse-pieds et pensait tout savoir, mais nous nous amusions ensemble. C'était ma meilleure amie.» De toute façon, si jamais tu deviens actrice, tu te marieras six fois et tu mèneras une vie affreuse comme toutes ces stars de cinéma. Et si je me marie un jour, j'aurai au moins un mari millionnaire.

— Pas si tu épouses Frankie Di Angelo. Il ne sera jamais riche.

— Comment peux-tu le savoir? Lorsque….

— *Tor-ree*! Si tu n'es pas ici dans dix secondes, je monte t'étrangler…

Les samedis chez les Di Angelo se déroulaient toujours selon la même routine : Frankie dormait ou paressait au lit jusqu'à midi, descendait à la cuisine manger un morceau de gâteau et boire un Coke, puis se rendait dans la cour d'école et jouait au basket tout l'après-midi. À son retour, il lavait la voiture, balayait la véranda et exécutait ses autres tâches domestiques avant de disparaître avec ses amis après le dîner. Il lui arrivait de rentrer tard mais, comme il revenait toujours à la maison, son père ne s'en plaignait pas.

De trois ans plus jeune que Frankie, Lisa — Annalisa Marie sur son extrait de naissance — treize ans, lui ressemblait très peu, physiquement ou autrement. Tranquille, rondelette, autonome et introvertie, elle se levait tôt les samedis, comme les autres jours de la semaine, marchait plus d'un mille pour assister à la messe à Sainte-Monique, puis revenait à la maison préparer le déjeuner.

Sa cadette de treize mois, Torie — Vittoria Francesca — douze ans, passait la plupart de ses heures de week-end à feuilleter des magazines à la librairie ou hantait la bibliothèque municipale. À son amour de la lecture, elle semblait combiner le penchant de sa sœur à la rêvasserie et le goût de vivre de son frère. Aussi, pendant que Lisa rêvait de visiter sa mère au ciel ou d'alléger la souffrance du monde, Torie se voyait elle-même sur la couverture de *LIFE*, livrant son discours suite à la réception de son Oscar, ou volant vers Londres pour se produire devant la reine.

Contrairement à Lisa, Torie n'était pas du tout portée vers la religion; après la mort de leur mère, en fait, elle fit le vœu de ne jamais retourner à l'église. Pourquoi devrait-elle adorer un Dieu qui lui avait enlevé la personne qu'elle aimait le plus au monde? Maintenant encore, cinq ans plus tard, elle ressentait profondément la douleur de cette perte. Sa mère ne manquait à personne comme elle lui manquait à elle. Et personne ne pourrait possiblement comprendre à quel point elle se sentait délaissée, abandonnée et seule.

Un sentiment de culpabilité persistant alourdissait encore le fardeau. Si seulement elle n'avait pas écouté, dans le vestibule, en cette soirée de 1958, si elle n'avait pas entendu le docteur dire que sa mère avait besoin d'une opération au cœur. La voix de son père avait craqué et tellement baissé qu'elle avait dû coller son oreille à la porte pour entendre sa réponse — un lent sanglot étouffé — lorsqu'il balbutia qu'il n'avait pas suffisamment d'argent.

Il avait pourtant des propriétés! Pourquoi ne pouvait-il pas vendre leur maison? Et celle qu'il possédait juste à côté? Elle se rappelait aussi l'avoir entendu dire qu'il ne pourrait jamais se départir des maisons à cause des enfants. Ses

21

enfants! Torie, sa sœur et son frère étaient responsables de la mort de leur mère. Sans eux, papa aurait pu trouver l'argent pour la sauver.

Du moins Torie le croyait-elle. En vérité, aucune somme d'argent n'aurait pu sauver Rosanna. Même lorsque Frank réunit une partie de la somme et que sa famille, les Silvano, offrit de payer la différence, le cardiologue refusa d'opérer. L'intervention, disait-il, ne rendrait que plus souffrants les derniers jours de sa patiente.

Malheureusement, Torie ne prit jamais connaissance de ce fait parce que Frank, dans son impuissance et son désespoir, ne pouvait que répéter que la volonté de Dieu est inéluctable. Torie fut touchée plus douloureusement que son frère et sa sœur par cette mort, et en dépit de tous les efforts de son père pour qu'elle retournât à l'église — menaces, punitions, prédictions de damnation en enfer, même le chantage — sa plus jeune fille demeurait inflexible; rien au monde n'aurait pu la faire bouger.

Il ne s'agissait pas seulement de sa colère contre Dieu. Les prières en latin et toutes les litanies l'ennuyaient. Elle ne voyait aucun sens dans le fait de s'asseoir durant ces longs et fastidieux services, alors qu'elle pouvait lire des livres et faire tant d'autres choses.

— Eh bien, comment était la messe?

Frank Di Angelo éteignit sa cigarette et prit l'*Inquirer* du samedi. À quarante-huit ans, il paraissait vieux, de grandes mèches grises envahissant rapidement le noir de sa chevelure. Ayant attendu trois décennies avant de se marier et ayant souffert la perte de sa bien-aimée Rosanna à peine treize ans plus tard, il en avait assez enduré.

Toutefois, les flatteries des veuves et des prétendantes, le flot d'attention des amis et des parents ne lui avaient laissé que peu de temps pour se plaindre... Et en tant qu'homme sans attache, il ne ressentait aucune motivation à résister aux femmes. Néanmoins, il savait qu'il n'était pas en position de se remarier. Moralement et financièrement, ses premières obligations allaient à ses enfants — éduquer ses filles à être de bonnes épouses et de bonnes mères, et préparer Frankie à prendre la relève de sa petite agence immobilière. Chaque fois que l'occasion se présentait, il parlait de ses affaires à son garçon, lui expliquant le financement et la négociation, définissant les termes et les lois fiscales.

Un objectif plus tangible, qui le hantait en permanence, consistait à conclure une transaction d'envergure — la super-transaction qui lui permettrait de vendre la maison, d'en acheter une plus spacieuse et d'avoir suffisamment d'argent pour ne plus jamais être pris de court, tant pour ses enfants que pour lui-même. Il se demandait parfois s'il aurait dû être escroc plutôt qu'homme d'affaires. Bien sûr, ses amis et ses clients le respectaient, mais le respect ne garantissait ni l'éducation ni les médicaments, et ne payait pas les factures.

Pas plus qu'il ne protégeait ses enfants des dangers du monde. Il jonglait souvent avec l'idée de déménager à l'extérieur du quartier sud de Philadelphie. Même si la vie animée de la rue et ses compagnons de taverne lui manque-raient beaucoup, les rapports constants sur le crime et la drogue le rendaient craintif, et pas seulement pour ses enfants. Il approchait la cinquantaine après tout, et plus il vieillissait, plus il devenait une cible facile pour les agresseurs et les bandes de voyous.

Encore que tout n'avait pas si mal tourné. Par le passé, un catholique romain avec un nom de famille italien ne pouvait espérer mieux que le quartier sud à Philadelphie; c'était pratiquement écrit dans la Constitution. Dernièrement, cependant, quelques-uns des petits gars de la ville avaient très bien réussi dans la musique : Mario Lanza, décédé seulement quatre ans auparavant; Frankie Avalon, né Avallone; et Fabiano Forte, mieux connu sous le nom de Fabian.

Les Irlandais s'élevaient aussi dans la hiérarchie. Jack Kelly, un simple briqueteur, avait fait des millions dans la construction, apprenant à manœuvrer et à négocier avec les républicains de Philadelphie pendant qu'ils étaient au pouvoir, et plus tard, tirant son épingle du jeu avec les démocrates. Sa fille, Grace, était devenue une vedette de cinéma et avait épousé un prince. Deux ans auparavant enfin, un Irlandais catholique de Boston s'était frayé un chemin jusqu'à la Maison-Blanche.

La situation s'améliorait de façon certaine. Un homme pouvait réussir, même un *paysano* ordinaire incapable de chanter, de boxer, de se lancer en politique et sans liens avec la mafia. Si d'autres avaient pu le faire, bon Dieu, Frank Di Angelo le pouvait aussi. Ce même après-midi, en fait, une transaction se négociait...

— La célébration était magnifique, dit Lisa, cassant un œuf dans un bol à mélanger. Le père James m'a demandé si je pouvais l'aider à la kermesse demain. J'ai accepté.

— Pourquoi n'amènerais-tu pas ta sœur?

— Sa sœur ne veut pas aller à la kermesse.

Torie entra en trottinant dans la cuisine, ses pantoufles claquant sur le linoléum.

— Brrr. Quelqu'un pourrait-il dire au majordome de mettre plus de charbon dans la fournaise?

— Toi et tes majordomes!

Lisa lança un regard dédaigneux par-dessus son épaule.

— Il faut toujours que tu te prennes pour une autre. Tu ne penses donc qu'à être riche? Tu iras tout droit en enfer si tu ne retournes pas à l'église et si tu ne retrouves pas l'inspiration divine.

— Allons donc, Lis. Je pense tout le temps à d'autres choses. Je souhaite seulement que nous ayons assez d'argent...

Elle s'arrêta, se sentant encore une fois au bord des larmes et ne voulant pas blesser son père.

— Pour acheter de jolis présents à chacun, c'est tout.

— Tes valeurs sont une honte.

— Pas du tout. Elles sont tout simplement différentes des tiennes. Je ne peux pas voir ce qu'il y a de bon dans le fait de s'asseoir bêtement avec un chapelet et de prier toute la journée... ou de préparer des gâteaux. Ce n'est pas cela qui rendra la vie plus facile.

— Ça ira bien.

Frank pointa du doigt sa plus jeune fille. Il aurait aimé être plus pieux afin d'être un exemple pour elle, mais il partageait secrètement ses vues; les services étaient ennuyeux. De plus, les hommes étaient plus forts que les femmes; ils n'avaient pas besoin d'une béquille comme la religion. Une jeune orpheline, c'était différent.

Lisa pétrissait la pâte.

— As-tu déjà essayé de prier?

— Bien sûr, j'ai essayé. J'ai prié pour que maman recouvre la santé et elle est morte. Alors pourquoi devrais-je prier un Dieu qui n'écoute pas?

— Il avait Ses raisons pour prendre maman. Tu n'as pas le droit de Le mettre au défi.

— O.K., je vais Lui donner une autre chance. Doux Seigneur, donnez-nous, s'il Vous plaît, une nouvelle fournaise qui fonctionne, trouvez à papa une de ces chaises berçantes que j'ai vues à la télévision, donnez une voiture neuve à Frankie, une nouvelle cuisinière à Lis, et donnez-moi une robe neuve en soie et en dentelle afin que je n'aie plus à porter les guenilles de ma sœur.

Lisa fronça les sourcils.

— Dieu n'est pas intéressé par tes besoins matériels.

— Alors, pourquoi pries-tu ? N'es-tu pas en train d'adorer juste pour obtenir des récompenses spéciales au ciel?

— Assez! Je ne tolérerai pas de blasphème dans cette maison!

Frank posa sa fourchette et lança un regard furieux.

— Tu dois des excuses à Lisa. Immédiatement.

— J'm'excuse.

Torie saisit une petite boîte de Rice Krispies sur la

tablette et la vida dans un bol.

— Puisque tu es trop brillante pour aller à l'église, jeune fille, quels sont tes plans pour le week-end?

— Mes devoirs et mes leçons.

— Elle n'étudie jamais, dit Lisa, en versant du sucre dans une tasse à mesurer. Elle lit des livres sexy et des magazines de cinéma.

— C'est pas vrai.

— Ah, non? J'ai vu cette cochonnerie avec Annette Funicello sur la couverture. Elle était juste sous ton oreiller, là où tu l'as cachée. Tu veux que j'aille la chercher?

— Bavarde!

Torie s'empara d'une fourchette et la balança d'un air menaçant.

— Aimerais-tu te faire crever les yeux?

— Arrêtez cela!

Frank déposa violemment son journal.

— Pourrions-nous avoir un repas sans que vous vous querelliez toutes les deux?

— Ce n'est pas moi qui ai commencé, dit Torie. Tu devrais voir ce qu'elle a fait à notre chambre. Elle a rempli le garde-robes de ses gadgets religieux. Le dessus de la commode est plein de chapelets, de croix et de statues. Et maintenant, elle a des papiers de toutes sortes étendus sur le plancher.

— Je suis en train de monter un album. Qu'est-ce que vous allez faire durant tout le week-end, Madame Vanderbilt? Lire ces livres cochons que vous empruntez toujours à la bibliothèque?

— Ils ne sont pas cochons. Ce sont des romans. Mon professeur...

— J'ai dit que c'était assez.

Frank se leva de table.

— Tu vas quelque part? demanda Torie, le regardant se diriger vers la porte.

— Oui, je me rends à la maison du maire. J'ai un

rendez-vous à deux heures. Je devrais être de retour pour quatre heures.

Ses doigts serraient la cuiller.

— As-tu dis la maison du maire?   Sur la place Rittenhouse?

— C'est ce que j'ai dit.

— Est-ce que je peux y aller avec toi?

— Non, tu ne peux pas. C'est un rendez-vous d'affaires.

— S'il te plaît, papa, s'il te plaît?

Elle se mit sur la pointe des pieds et passa ses bras autour de son cou.

— Un gentil «s'il te plaît» enrobé de miel.

— Non, dit-il, la repoussant doucement. Un rendez-vous d'affaires n'est pas une place pour les jeunes filles.

— Et si je te promettais de demeurer dans la voiture et de faire tous mes devoirs? S'il te plaît? Je te promets que je serai sage.

— Elle ne tient jamais ses promesses, grommela Lisa.

— Oui, je les tiens! Tu ne …

— Arrêtez cela!

La voix furieuse de Frank commanda le silence.

— D'accord, Torie, dit-il résigné. Lave-toi le visage, enfile une robe et tu pourras m'attendre dans la voiture. Mais pas un mot quand nous serons arrivés. Je ne veux pas que tu m'importunes pour entrer.

— Je te le promets! Je te le promets! cria-t-elle, en bondissant dans les escaliers.

— Tant mieux, ronchonna Lisa, en saisissant un moule à gâteaux. Au moins, je ne l'aurai pas dans les pattes pendant un moment.

2

Torie Di Angelo tressaillit de plaisir anticipé au moment où leur vieille Chevrolet cabossée heurta les anciens rails de tramway sur la Septième, au nord de la rue Broad. Quelques femmes étaient encore dehors observant leur rituel du samedi matin, balayant leur véranda menant à la porte d'entrée. Comme elle détestait voir sa mère accomplir cette tâche; les vapeurs d'eau de Javel s'attardaient dans l'air et lui irritaient les yeux.

— Pourquoi la ville ne remplit-elle pas ces... foutus nids de poules?

Frank retint sa langue et donna nerveusement un coup de volant.

— Qu'est-ce qu'ils attendent — que quelqu'un se tue?

Sa passagère ne répondit pas. Elle était occupée à compter toutes les maisons funéraires et se demandait pourquoi il y en avait tant sur la même rue. En quelques minutes, ils laissèrent derrière eux les maisons entassées et la fadeur de la brique rouge propres au quartier sud de Philadelphie et pénétrèrent dans un quartier plus animé, plus prospère, avec de grands et imposants édifices.

À sa surprise, ils dépassèrent l'embranchement de la place Rittenhouse et poursuivirent sur Broad en direction de l'hôtel de ville. Le trépidant quartier des affaires, connu comme le centre-ville, l'avait toujours fascinée. Elle aimait les hautes tours à bureaux et les appartements de pierre grise, les hommes d'affaires en complets foncés se pressant vers leur destination, la variété de boutiques le long des rues Chesnut et Market. Contrairement aux vitrines des magasins de Philadelphie-Sud encombrées de pancartes dessinées à la main et d'affiches empiétant les unes sur les autres, les vitrines du centre-ville présentaient des arrangements soigneux de vêtements chics, de bijoux éclatants, d'élégants papiers à lettres, d'articles en cuir, de jouets étincelants, de délicieuses friandises, de gâteaux, de pâtisseries...

Du même coup, les beaux magasins lui rappelaient qu'elle était une visiteuse d'une autre partie de la ville. Elle n'appartenait pas vraiment à ce quartier. Sa mère, et presque tous les adultes qu'elle connaissait, lui avaient fait clairement comprendre que les riches protestants considéraient les pauvres catholiques italiens comme des êtres inférieurs; si vous n'étiez pas nés dans le bon voisinage, si vous ne priiez pas dans les bonnes églises, si vous n'alliez pas dans les bonnes écoles, vous seriez toujours considérés comme des étrangers. Les gens importants vous aborderaient toujours avec condescendance.

— Où allons-nous, papa?

— J'ai pensé que nous pourrions faire une petite promenade d'abord.

— Oh, c'est fantastique!

Elle ne se lasserait jamais du décor et de l'ambiance du centre-ville.

Il ralentit la voiture et jeta un coup d'œil à travers le pare-brise.

— Tu aurais dû voir ce quartier avant qu'il soit rénové. Des maisons abandonnées, des édifices délabrés — et la rivière était tellement remplie de détritus puants qu'il fallait remonter les glaces lorsqu'on conduisait dans les environs.

— Je déteste les vieilles choses moisies. Te rappelles-tu la nuit où j'ai trouvé ce gros insecte noir rampant sous mon oreiller? J'ai presque vomi.

— Ce n'était qu'un cafard.

— Yeurk! Un jour je vivrai dans une jolie maison neuve, là où tout est propre et étincelant, où la poussière et le désordre ne vous empêchent pas de trouver ce que vous cherchez. Nulle trace d'araignées, ni d'insectes, ni de vieille moisissure dans le sous-sol.

Ou de lieux sacrés, pensait-elle avec un frisson de dégoût en visualisant l'autel que son père et Lisa avaient érigé dans sa chambre. Le monument sacré, avec ses saints de plâtre, ses chandelles votives et l'image de la Vierge Marie dans un cadre doré semblait grotesque à Torie — un rappel constant du décès de sa mère.

Elle regarda à nouveau dehors.

— Qui a rénové cet endroit?

— As-tu déjà entendu parler de Joe Clark et de Dick Dilworth?

— Bien sûr. Ils ont été maires.

— Cela est venu bien après. Dans les années quarante, ils ont mis sur pied un groupe de citoyens pour nettoyer et sauver la ville.

— Les gens étaient-ils contents?

Il ricana.

— Tu parles qu'ils l'étaient. Je me rappelle que j'allais chez Gimbels, le magasin à rayons, pour voir ce que les architectes avaient préparé à partir des plans. La maquette comptait environ quatorze pieds de hauteur, et tout y était : les arbres, les coins de verdure, les grandes tours modernes qui devaient remplacer la muraille de Chine.

— C'est quoi la muraille de Chine?

Il la regarda du coin de l'œil. Elle semblait tellement mûre parfois qu'il avait tendance à oublier qu'elle n'avait que douze ans.

— C'est le nom qu'ils avaient donné à la voie de chemin de fer qui coupait la ville en deux, entre les rues Market et Arch.

Il se pencha en avant vers le pare-brise.

— Exactement où se trouvent ces édifices maintenant.

Elle jeta un coup d'œil sur le bloc imposant de gratte-ciel.

— Qui avait placé la voie ferrée à cet endroit?

— La compagnie de chemin de fer de Pennsylvanie. Elle amenait les trains jusqu'à la station de la rue Broad.

Il sourit pour lui-même.

— Juste avant de la détruire en 1952, ils ont fait venir l'Orchestre symphonique de Philadelphie qui jouait «Auld Lang Syne» pendant que le dernier train quittait la gare. Des milliers de personnes s'étaient regroupées à cet endroit, chantant et pleurant sous la pluie — jamais je n'oublierai cela.

Il effectua un virage à quatre-vingt-dix degrés et reprit la direction de la rue Walnut.

— Après la disparition de la muraille et de la gare, ils ont construit le boulevard Pennsylvanie et le Penn Center. C'était le début du mouvement qui sauva la ville.

— Mon professeur m'a dit que les gens pouvaient acheter des maisons à bas prix sur Society Hill, à condition qu'ils les rénovent eux-mêmes. Je ne comprends pas encore pourquoi ils ont dépensé tout cet argent pour de vieilles maisons alors qu'il aurait été plus simple d'en construire des neuves.

Elle haussa les épaules.

— Quoi qu'il en soit, mon professeur dit que ce fut l'un des projets de *rénobation* les plus réussis de toute l'histoire américaine.

— Rénovation. Elle a raison.

Il approuva d'un signe de tête, heureux que sa fille reçoive une bonne éducation. Non pas que cela importait, dans un sens. Les jolies filles n'avaient pas à être, en plus, intelligentes; elles auraient toujours un mari pour penser à leur place.

Torie décida de ne pas poursuivre sur le sujet. Il pourrait se lancer dans un discours qui ne lui laisserait plus de temps pour ce qu'elle voulait réellement savoir.

— C'est à propos de quoi ton rendez-vous?

Frank s'engagea dans la plaza communément appelée

Place Rittenhouse — un parc de verdure aux dimensions d'un pâté de maisons, surplombé par des hôtels particuliers, des appartements, des bureaux et un vénérable hôtel. Deux dames habillées avec goût conversaient joyeusement tout en poussant des landaus anglais sur la pelouse.

— C'est un rendez-vous d'affaires.

— Quelle sorte d'affaires?

Il s'enfonça dans le capitonnage du siège, conscient qu'elle allait l'importuner jusqu'à ce qu'elle ait une réponse.

— Ton cousin, Tony, a amené le maire à envisager l'achat du vieil immeuble Kelsey — strictement à titre d'investissement personnel. C'est moi qui agirai comme courtier si la transaction se réalise.

— Pourquoi ne se réaliserait-elle pas?

— Il y a de nombreuses raisons. Il nous faut obtenir des approbations de l'association de quartier, de la commission de développement, de l'inspecteur aux incendies et d'une multitude d'autres personnes. Puis nous devons envisager les coûts.

— De quoi?

— Des travaux de rénovation de l'édifice sans en changer l'apparence.

— Pourquoi ne détruisez-vous pas tout simplement l'immeuble pour en construire un nouveau.

Il se demanda s'il allait répondre ou non, puis jugea qu'il ne pouvait la blâmer pour sa curiosité.

— Les gens sont attachés à leur passé, Torie. C'est le même phénomène qui s'est produit au sujet de Society Hill. Tu disais que tu ne comprenais pas pourquoi les gens rénovaient de vieilles maisons. C'est le même principe. Plusieurs préfèrent garder les bonnes choses plutôt que de s'en débarrasser. C'est le sentiment qu'éprouve M. Kelsey envers son édifice. Il veut le protéger et le rénover.

Elle comprenait l'explication mais cela n'avait que peu de sens pour elle. Les nouveautés étaient toujours meilleures que les vieilleries; les robes neuves étaient douces et chic : pas toutes froissées et pleines de taches; les maisons neuves avaient toutes sortes de luminaires encastrés, de la musique disponible au simple toucher du doigt, des cuisines et des fours auto-nettoyants, des murs imprégnés de produits chimiques qui éloignaient les bestioles...

Elle se pinça la lèvre, songeuse.

— M. Kelsey sait-il que le maire veut acheter sa proprié-té? Cela pourrait-il l'inciter à faire monter le prix?

Sa question le fit sursauter.

— Bien... Ce serait possible, en effet, mais je détiens une option d'achat dont le prix est déjà fixé.

— C'est quoi une option?

Frank s'arrêta dans la courbe et vérifia sa montre; il disposait encore de six minutes avant le début du rendez-vous.

— Une option est une entente entre le vendeur et l'ache-teur. Au mois d'avril, j'ai acheté le droit d'acheter l'immeuble Kelsey n'importe quand au cours des prochains douze mois pour la somme de neuf cent quatre-vingts mille dollars.

— Presque un million?

— C'est exact. Si le coût des rénovations s'élève à cent vingt mille dollars et si nous revendons l'immeuble aux alentours de un million et demi, nous — les investisseurs — réalisons un profit de quatre cent mille dollars.

— Wouah!

Torie se frappa la joue, comme elle avait vu souvent les adultes le faire.

— Qu'arrive-t-il de l'argent que tu as déjà versé à M. Kelsey? Sera-t-il appliqué sur le prix d'achat?

Il la regarda, étonné. Où avait-elle appris des termes comme «appliqué» et «prix d'achat»? Ses questions étaient précises — trop précises pour une enfant de douze ans. Frankie et lui, cependant, avaient toujours parlé de ses affaires devant les filles. Il n'avait jamais pensé que Torie pouvait écouter — encore moins être intéressée par les propos qu'ils tenaient.

— Oui, mes arrhes s'appliqueront sur le prix d'achat, dit-il sèchement, et le sujet est clos. Ne te crée surtout pas d'illusions quant à faire carrière dans l'immobilier.

— Je vais être actrice.

Elle s'arrêta un instant, puis se tourna vers lui en faisant la moue.

— Mais pourquoi ne pourrais-je pas travailler dans l'immobilier si je le voulais?

— Parce qu'il y a trop d'escrocs et de voleurs qui essaient de prendre avantage sur vous. Aucun homme sensé n'épouserait une femme possédant les qualités nécessaires pour réussir dans ce domaine. Il faut que j'y aille maintenant.

— Papa?

— Oui?

— Est-ce que Betsy et Mme Richardson seront là?

— Comment le saurais-je?

— Papa?

— Quoi encore?

— Si je me cache dans un coin, tranquille comme une toute petite souris, est-ce que je peux aller avec toi?

— Non!

Le ton était incisif; poursuivre la discussion ne ferait que le mettre en colère. Elle avait au moins profité de la promenade et de toute son attention pendant une demi-heure.

— Est-ce que tu me raconteras tout au sujet de la maison quand tu sortiras?

Son visage s'adoucit.

— Bien sûr, ma chérie!

— Tu me diras à propos du majordome, du caviar et du...

— Oui. Je dois y aller maintenant.

Torie soupira. Elle pressa son nez contre la vitre, regardant son père brosser les revers de son veston avant de s'engager dans l'escalier menant à l'hôtel particulier, une des dernières habitations privées de la place Rittenhouse.

Devant ses yeux émerveillés, la résidence semblait se dresser hors du temps. La façade de brique rouge avait gardé son éclat et sa fraîcheur, sans paraître usée et dépenaillée comme les maisons de l'avenue Snyder. Sous le toit de bardeaux agrémenté de lucarnes, des volets fraîchement repeints ajoutaient à l'allure, et un magnifique marteau de bronze reluisait contre la porte toute blanche.

Soudain, celle-ci s'ouvrit, laissant apparaître une dame dans une robe de tissu imprimé, qui souriait gentiment. Ses yeux s'arrêtèrent sur la Chevy un instant. Torie lui fit des signes de la main mais la femme ne répondit pas. Elle était peut-être embarrassée parce qu'elle ne portait pas son uniforme de servante.

La regardant toujours, Torie se mit à élaborer de nouveaux scénarios pour son jeu. Cette fois, Peggy et elle ne seraient pas à la Maison-Blanche, elles se trouveraient dans la maison du maire. Les Richardson recevraient des invités princiers. Le prince Charles apercevrait Torie-Betsy de l'autre côté de la pièce, tomberait instantanément sous le charme et les inviterait elle et sa famille au palais Buckingham. Au cours d'une fabuleuse cérémonie de couronnement, il poserait une couronne royale sur sa tête. Oui, cela me conviendrait bien — être la reine d'Angleterre. Et quelle reine elle — Vittoria di Angelo Richardson — serait.

Totalement captivée par son histoire, elle remarqua à peine que la porte d'en avant s'ouvrit une seconde fois et que la dame à la robe imprimée marcha... directement vers la voiture!

La dame lui fit signe de descendre la glace.

— Hello, ma chérie. Je suis Simone Richardson. Ma fille donne une réception d'anniversaire dans le jardin. Aimerais-tu aller les rejoindre?

— Mais je... je n'ai pas été invitée.

— Je t'invite.

Abasourdie, ne pouvant croire à ce qui se passait, Torie descendit tant bien que mal de la voiture et referma la portière derrière elle. Confuse, elle gravit les marches de pierre une à une, son cœur battant la chamade. Elle était convaincue qu'elle se réveillerait pour réaliser qu'elle avait rêvé. Pourtant, ses yeux clignaient, ses oreilles percevaient des sons, sa langue chatouillait ses dents. Même dans ses fantaisies les plus extravagantes, elle n'avait jamais évoqué une telle possibilité...

3

Il n'était pas nécessaire d'avoir vécu en Pennsylvanie pour savoir qui étaient les Richardson. Dans la lignée des Biddles et des Cadwalader, ils portaient l'un des très rares noms que les étrangers reconnaissaient comme appartenant à l'histoire de Philadelphie. Pratiquement tout le monde sur la Côte-Est savait que le maire Matthew Adam Richardson descendait de l'une des plus vieilles familles Quaker de Pennsylvanie. Ce que l'on savait moins, c'était que le droit et la finance avaient été les principales occupations des Richardson jusqu'au début du XIXe siècle, lorsque l'arrière-arrière-grand-père de Matthew, Welton, prié par le président Monroe de se présenter au sénat, avait accédé à cette haute position. Les fils et les petits-fils de Welton avaient poursuivi en politique, leurs carrières gâtées par quelques scandales isolés, mais somme toute honorables. Les longs états de service public de la famille étaient en fait si bien ancrés dans l'esprit des Philadelphiens que lorsqu'un jeune et brillant conseiller municipal nommé Matt Richardson, un gradué avec honneur de Haverford, annonça sa candidature à la mairie et promit de suivre la tradition de Clark et Dilworth, il fut élu avec une écrasante majorité.

De toute façon, les ancêtres de Matt Richardson n'étaient pas la principale préoccupation de Torie en cet après-midi de novembre où elle marchait dans le hall de la maison de ses rêves. Regardant partout à la fois, elle essayait de fixer dans sa mémoire le papier peint, le mobilier, les tableaux sur les murs, les tapis, chaque détail qu'elle pouvait capter. Peggy exigerait un récit complet, et elle en aurait un. Jamais plus sa meilleure amie ne lui reprocherait de ne pas connaître le mode de vie des gens riches. À partir de maintenant, elle serait pratiquement une experte.

— Il fait frais dans le jardin, ma chérie. Si tu as froid, je t'apporterai un des chandails de Betsy. Quel est ton prénom?

— Oh, euh, Vittoria.

D'habitude, elle trouvait que son nom faisait trop formel, aujourd'hui, il semblait bien convenir. Mme Richardson ouvrit une porte et Torie passa devant elle en prenant bien soin de s'excuser. Le temps était frais dehors mais, à ce moment précis, elle s'en souciait très peu; elle pouvait bien se transformer en iceberg. Elle se félicitait d'avoir mis sa plus belle robe, espérant que son père l'amènerait au restaurant après le rendez-vous.

Une douzaine de garçons étaient réunis sur la pelouse, autour d'une table au dessus de verre. Ils se racontaient des blagues entre eux tout en tenant des assiettes de gâteaux et des bols de crème glacée. Les filles se trouvaient à l'écart, discutant tranquillement.

— Betsy, viens ici une minute, s'il te plaît.

Torie avait déjà remarqué la jeune hôtesse. Grande pour son âge, mince, elle avait les cheveux brun chocolat, la peau douce comme celle de sa mère et des traits parfaits. Elle était encore plus belle que sur les photographies.

— Hello, dit-elle, s'approchant avec un sourire.

— Je te présente Vittoria Di Angelo, ma chérie. Son père est à l'intérieur avec papa et j'ai pensé que tu pourrais lui offrir un peu de gâteau.

— Heureuse de te rencontrer, Vittoria. J'espère que tu n'as pas froid.

— Non...

Elle chercha ses mots — les bons mots — pour mettre en évidence ses bonnes manières et son éducation.

— Je suis désolée de ne pas avoir apporté de présent. Je ne savais pas que j'allais venir...

— C'est très gentil de ta part, mais j'ai déjà tout un tas de présents.

— Chanceuse! Je suppose que c'est, euh, le jour de congé du majordome, sinon il servirait le gâteau et la crème glacée.

— Majordome?

Betsy se mit à rire.

— Nous n'avons pas de majordome. Et si nous en avions un, je ne crois pas que j'apprécierais sa présence à ma fête d'anniversaire.

Torie se sentit devenir écarlate. Quelle remarque stupide! Qu'allait penser Betsy?

— Bien... Bon anniversaire, de toute façon. As-tu... quatorze ans?

— Oui. Toi, quel âge as-tu?

— Quatorze.

— Demeures-tu dans les environs?

— À quelques pâtés de maisons.

Ils pourraient bien lui couper la langue avant qu'elle dise : «Philadelphie-Sud.»

— Tu es plus jolie que sur les photos.

— Oh, merci. Ces photographes finissent par nous ennuyer. Les gens pensent que c'est merveilleux d'avoir un père connu, mais on finit par manquer d'intimité.

Elle s'arrêta pendant quelques secondes, essayant de se rappeler le nom de famille italien de son invitée.

— Puis-je t'appeler simplement Vittoria?

— Bien sûr.

Betsy présenta la nouvelle arrivée à ses amies qui répondirent d'un signe de tête poli, mais avec un manque d'intérêt évident — contrairement à leur gracieuse hôtesse. Les garçons s'amusaient entre eux un peu plus loin, et Betsy fut incapable d'attirer leur attention.

— Oh, ma chérie, murmura-t-elle à Torie, je me demande bien pourquoi ils ont formé un cercle. Cela ne laisse présager rien de bon.

— Que font-ils? demanda une fille vêtue d'un jumper en velours lie de vin, rehaussé d'une blouse de guipure.

Torie essaya de ne pas la regarder mais c'était plus fort qu'elle. Le jumper avait des poches sur les côtés, des ourlets en forme de coquille et de minuscules boutons de perle. C'était la robe la plus magnifique qu'elle eût jamais vue. En comparaison, sa robe de coton froissé, héritée de Lisa, lui donnait l'envie d'aller se cacher derrière un arbre.

— Je parie qu'ils se battent, dit une autre. Je ne serais pas surprise d'apprendre qu'il s'agit de Sonny Hopkinson et de Nielson Hughes.

— Nielson est plus beau que Sonny.

— Oui, mais il aurait besoin d'une coupe de cheveux.

Torie écoutait et surveillait, ne comprenant à peu près rien si ce n'était que les deux garçons semblaient attirer toute l'attention.

L'un avait le dos tourné; elle voyait distinctement l'autre — un adolescent grand et maigre, le teint pâle, et de longs cheveux blonds se répandant sur le col de sa chemise. Les traits de son visage étaient durs et ses yeux bleus, pétillants, semblaient vifs comme ceux d'un tigre.

— Allons, Vittoria, dit Betsy en lui prenant le bras. Essayons de découvrir ce qui se passe.

— C'est O.K.. Je n'ai pas à les rencontrer.

— Ils sont impolis et je n'aime pas ça du tout.

Elle s'approcha du groupe et mit ses mains en porte-voix :

— Qu'est-ce qui se passe ici, les garçons?

Un jeune homme au visage parsemé de taches de rousseur se tourna vers elle avec un air de défi.

— Nous jouons à la marelle, dit-il, faisant un clin d'œil

à ses amis et commençant à sautiller sur un seul pied.

— *Hippety-hoppity, hippety-hop.*

Son auditoire hurla de plaisir.

— Très drôle, dit Betsy. Nielson, aurais-tu l'obligeance de me dire ce qui se passe?

— Dis à ta petite amie ce qui se passe, Nielson chéri.

Le garçon blond fixa son interlocuteur d'un regard menaçant.

— Ferme cette grande caverne qui te sert de bouche, Hippety-Hopkinson!

— Fais-moi la cour, bébé.

— Tu n'es pas mon genre.

— Je parie que tu ne dis pas ça à Betsy.

— Tu veux mon poing sur la gueule?

— Nielson — Sonny — arrêtez cela! ordonna Betsy.

Torie surveillait la scène en silence, frustrée par son incapacité à aider sa nouvelle amie. Nielson sembla embarrassé par le comportement de Sonny et tenta de s'éloigner, mais les filles s'étaient approchées pour voir ce qui se passait et Sonny n'abandonnerait certainement pas sa position privilégiée sous les feux de la rampe.

— Laisses-tu toujours ta petite chérie te dire quoi faire, Nielson-Le-Tendre?

L'une des filles commença à ricaner, et elles ne tardèrent pas à se regrouper toutes — sauf Torie qui attendait de voir ce que ferait Betsy; celle-ci se croisa les bras dans un geste de colère.

— Ne vas-tu pas lui dire à quel point tu es désolé? insista Sonny. Un baiser et on oublie tout.

Nielson se retourna.

— Tes parents ne t'ont pas enseigné les bonnes manières?

— Oh, l'amoureux devient méchant. Mes parents ont fait davantage. Ils se sont mariés pour que je ne sois pas un bâtard.

— Sonny Hopkinson, sois poli!

Betsy tapa du pied.

43

— Et cela vaut pour chacun de vous. C'est ma fête et ma maison, et tant que vous serez ici vous vous conduirez convenablement — est-ce que c'est clair?

Nielson resta figé sur place, rouge de colère et de confusion. S'il lui répondait, il perdrait la face devant ses pairs; s'il s'abstenait, il serait grossier.

Apparemment, Betsy comprit son dilemme et lui épargna la décision.

— Je suis désolée de m'être emportée mais je n'aime pas les fins finauds.

Elle tourna vivement la tête et rejoignit les filles qui se regroupèrent rapidement autour d'elle, faisant l'éloge de son action.

Torie se tenait à l'écart du groupe, seule, embarrassée, consciente qu'elle était nouvelle et qu'elle n'appartenait pas à la bande. Dans l'excitation du moment, Betsy l'avait involontairement abandonnée et, bien que plusieurs filles l'avaient remarquée, aucune n'avait levé le petit doigt pour l'inviter à se rapprocher.

Mme Richardson apparut brièvement, priant Betsy de se rendre au téléphone pour parler à sa grand-mère, et Torie pensa qu'il était temps de s'esquiver. Mais ce serait lâche, jugea-t-elle, et tout aussi impoli. Il valait mieux rester. Hésitante, elle s'approcha de la fille au jumper de velours.

— Ta robe est très jolie, lui dit-elle, dans une tentative de s'immiscer dans le cercle.

La jeune fille se tourna vers elle avec un sourire glacial.

— La tienne est jolie aussi. Quel en est le tissu?

La question la surprit.

— Bien, je ne sais pas. Coton, je pense.

— C'est très chic, dit une autre fille, pouvant à peine contenir son ricanement. Le dernier cri. Je pense que je me souviens l'avoir vue dans *House Beautiful*.

Toutes les filles riaient sous cape, maintenant, et Torie savait qu'elle était sous leur emprise mais n'avait aucune idée de ce qu'il fallait faire. Si seulement elle pouvait devenir invisible… s'enfoncer dans le sol…

— Quel est ton nom? demanda une voix sans visage.

— Vittoria.

— Vittoria comment?

— Di Angelo.

— Cela sonne comme une pizzeria. Demeures-tu dans la basse-ville? Dans Philadelphie-Sud?

— Non, je demeure tout près d'ici.

— Dans quelle rue?

Les questions fusaient de toutes parts.

— Walnut, dit-elle, choisissant le premier nom qui lui vint à l'esprit.

— *Wall-Nud*? railla une nouvelle voix mimant son accent. Sur *Suh-sy-a-dee* Hill?

Les rires augmentèrent et Torie se sentit malade — malade de honte, malade de confusion, malade de colère. Tout ce qu'elle voulait, c'était s'enfuir avant de leur donner la satisfaction de la voir pleurer.

— Vous n'avez pas été invitée à cette fête, Madame *Walnud*. Que faites-vous ici?

— Je… Mme Richardson m'a invitée…

— Tu ne connais même pas Betsy.

— Nos pères sont amis.

— Ton père est son concierge?

— Son livreur de pizza?

— Je parie que c'est l'éboueur.

— Il n'est pas éboueur.

— Pas *ébooeur*? Peut-être enseigne-t-il au maire comment bien *paaler*.

Les filles riaient nerveusement.

— Il est… Je dois m'en aller.

— Dans ton château sur la rue *Walnud*?

Des larmes coulaient sur le visage de Torie lorsqu'elle s'élança à travers le hall de la maison et descendit les marches pour retourner à la voiture. La portière arrière étant verrouillée, elle ouvrit celle de devant et bondit sur le siège. Puis elle

45

se laissa tomber sur le plancher et enfouit son visage dans ses mains, laissant l'humiliation et l'angoisse se déverser dans un flot de larmes.

— Eh, *amico*, je peux marcher jusqu'à la Ligue de l'Union. C'est juste à côté de l'hôtel de ville.

— Je sais où c'est, Tony, mais pourquoi marcher quand tu peux profiter de la voiture? Et qu'est-ce qu'un joli métèque comme toi fait dans ce nid de WASP, de toute façon?

— La cueillette du miel, j'espère. La plupart de ces vieux types ne me voient même pas. Si tu n'es pas l'un d'entre eux, ils te regardent de loin. Mais j'ai des amis. J'ai de *bons* amis.

Le beau jeune homme aux cheveux foncés, élégamment vêtu, sourit et monta sur la banquette avant de la Chevrolet. Il était à peine assis que deux petites mains lui couvrirent les yeux.

— Devine qui c'est? Sans regarder.

— Euh... Sophia Loren?

— Non.

— Gina Lollobrigida?

— Non.

— Brigitte Bardot.

— Tu brûles.

— Je donne ma langue au chat... À moins que... à moins que...

— Oui?

— Se pourrait-il que ce soit... Vittoria Francesca?

— En plein dans le mille!

Torie retira ses mains, se pencha en avant et embrassa l'homme sur la joue. Elle espérait ne pas en faire trop, mais elle devait se comporter comme si rien ne s'était passé. Personne ne devait jamais savoir à quel point ces filles avaient été cruelles — surtout Tony, l'homme qu'elle aimait et qu'elle allait épouser.

— Je suis désolé que cela ait été si long, ma chérie, dit Frank. Je n'aurais jamais pensé que nous serions retenus pendant deux heures.

— C'est correct.

Elle ne s'en plaignait pas. Le temps lui avait donné la chance de se reprendre en main et de sécher ses larmes avant le retour de son père.

— As-tu un autre dix sous pour moi, cousin Tony?

— Un dix sous?

— La dernière fois que je t'ai vue, tu m'as donné dix sous et tu m'as dit de te téléphoner lorsque j'aurais vingt ans. Lorsque j'aurai vingt ans, les appels téléphoniques coûteront deux dix sous.

Il rit de bon cœur et mit la main dans sa poche.

— Je ne sais pas ce que tu vas faire avec cette enfant, Frank. C'est une vraie capitaliste. Voici ton dix sous, Vittoria, et ne le dépense pas d'un seul coup. Que fais-tu là — sur la banquette arrière?

— Papa m'a amenée avec lui pour la promenade.

— Et tu t'es retrouvée en pleine fête d'anniversaire. As-tu tiré ton épingle du jeu?

— Oh, oui. Betsy m'a même demandé de lui téléphoner un de ces jours.

— C'est une vraie petite dame, dit Tony. Un beau brin de fille pour le chanceux qui saura la conquérir.

— Oh? Lui as-tu donné dix sous à elle aussi?

— Non, elle n'a pas besoin de mes dix sous. Les autres filles ont-elles été gentilles avec toi?

— Très. Nous avons toutes échangé nos numéros de téléphone.

Elle se tordit, mal à l'aise, espérant qu'il mît fin à ses questions.

— Quel est le nom de ton amie dont le père possède la pharmacie?

— Tu veux dire La Tresse? Peggy?

— Je parie que Peggy ne va jamais à des fêtes comme

celle-là.

— Non.

Tant d'impressions tourbillonnaient dans l'esprit de Torie qu'elle se retira dans un silence profond et oublia de demander à son père d'arrêter au restaurant *Melrose* pour un soda. L'expérience avait été bouleversante, l'amenant à se sentir minable, sans valeur et honteuse d'être une moins que rien. Elle avait eu honte de son père et de l'endroit où ils vivaient aussi; et maintenant elle avait honte d'avoir eu honte. Si seulement Betsy n'avait pas reçu cet appel téléphonique!

Eh bien, un jour elle serait plus intelligente, plus riche et plus chic que toutes ces impudentes dédaigneuses rassemblées. À l'exception de Betsy; la fille du maire était une princesse et sa remarque stupide à propos du majordome fit rougir Torie. Encore que la remarque n'était pas si stupide. Tout le monde sait que les gens riches ont des majordomes. Les Richardson étaient tout simplement différents — peut-être avaient-ils tant d'autres serviteurs qu'un majordome leur était inutile. Comment pouvait-elle savoir?

La voix de Tony interrompit sa réflexion.

— Ainsi, Betsy veut te revoir?

— Pourquoi toutes ces questions à propos de Betsy? Es-tu amoureux d'elle?

Il hocha la tête, amusé.

— Non, je ne suis pas amoureux d'elle. Tu sais bien que je te suis fidèle, Vittoria. Mais tu ferais bien de grandir au plus vite. Je ne peux pas attendre éternellement.

— N'exagère pas, Tony. Elle grandit déjà bien assez vite.

Torie s'avança et appuya son menton sur le capitonnage du dossier, anxieuse de changer de sujet.

— Avez-vous conclu la transaction?

— Pas encore. Les choses vont bien mais il reste encore beaucoup à faire. Qu'as-tu pensé de la suggestion du maire, Frank?

Au grand soulagement de Torie, les deux hommes

l'oublièrent et commencèrent à ressasser les points marquants du rendez-vous, parlant avec animation jusqu'à ce que Frank s'arrêtât devant un édifice de brique et de grès avec un double escalier. Des rayons de soleil étincelaient sur la grille de cuivre poli.

Tony descendit de la voiture.

— Sois une gentille fille, Vittoria. Et merci pour la course, *amico*. Je te téléphonerai dans quelques jours.

— *Ciao,* dit Frank. J'attendrai ton appel.

Sur le chemin du retour à la maison, Frank était trop absorbé par ses propres réflexions pour remarquer la tranquillité inhabituelle de sa fille. S'il avait eu le choix, il n'aurait jamais choisi le cousin de trente-deux ans de sa défunte épouse comme conseiller juridique, encore moins comme ami. La moitié des résidents de Philadelphie-Sud savait que le père de Rosanna, Vito Silvano, entretenait des relations avec le crime organisé — et des rumeurs commençaient à circuler à l'effet que Tony y était impliqué lui aussi. Frank aurait préféré presque n'importe quel autre avocat à un membre de la famille Silvano.

Il n'avait cependant aucun motif d'en vouloir à Tony; au contraire, il se sentait vaguement redevable envers lui. Ses pensées le ramenèrent dans son passé, au jour de son mariage avec Rosanna. Les deux familles s'étaient fermement opposées à cette union. Les Silvano pensaient que Rosanna méritait mieux qu'un agent d'immeubles de second ordre, et les Di Angelo croyaient que les Silvano étaient dans la pègre — ce qui était vrai pour la plupart d'entre eux.

Après la cérémonie, dans le salon des Silvano, les invités s'étaient divisés comme la mer Rouge. La famille de la mariée ignorait la famille du marié, les parents du marié évitaient ceux de la mariée, et toutes les tentatives de rapprochement échouèrent lamentablement.

Observant la situation, Tony Silvano, quatorze ans, était entré en action. Plein de charme et puisant à une intarissable source de blagues, le jeune homme réussit à manipuler l'assemblée avec l'adresse et l'habileté d'un politicien à un ralliement. Une demi-heure plus tard, l'enthousiasme du garçon, mêlé à la magie du vin, commença à se répandre et les rivaux se rapprochèrent.

Tony s'était alors emparé du microphone.

— Le pape n'a pu se libérer aujourd'hui, lança-t-il, mais il m'a demandé de transmettre aux nouveaux mariés sa bénédiction, et il m'a dit qu'il espérait que votre vie soit comparable au lancement d'un bateau. Vous commencez avec du champagne et vous continuez sur l'eau pour toujours.

Des huées et des cris de désapprobation avaient suivi le *message* de Tony, incitant le père de Frank à prendre le micro pour la réplique. Aussitôt qu'il eut terminé, presque tout le monde voulut proposer un toast en l'honneur des nouveaux mariés. Cette nuit-là, Frank avait dit à Rosanna :

— Sans l'intervention de Tony, notre mariage aurait coulé comme le *Titanic*.

Cette journée restait marquée dans la mémoire de Frank et son souvenir le faisait sourire. Tony n'était pas un génie, mais il était persuasif et il savait comment se faire aimer. Rosanna était folle de son cousin et, lorsqu'il entreprit sa pratique du droit en 1956, elle insista pour que Frank retînt ses services.

Deux ans plus tard, Tony dut accomplir le pénible devoir d'exécuter son testament. À ce moment, il promit un avenir brillant à Frank, se vantant du fait que les amis influents de sa firme déverseraient bientôt de grosses affaires sur l'agence immobilière Di Angelo. Sept ans plus tard, cependant, Adrian Kelsey était le premier client à se matérialiser.

Frank entretenait une grande réserve sur la capacité de Tony à remplir ses promesses et regrettait de s'être lui-même laissé convaincre d'investir toutes ses économies — dix mille dollars — dans l'achat de cette option. Mais il était trop tard pour reculer maintenant. Tony était convaincu que l'immeuble serait vendu et avait fortement insisté pour qu'il fît partie de la transaction avec le maire. Frank devait croire que tout se passerait bien.

Tirant de ses poches un contenant en plastique, il avala un cachet. Il n'avait jamais utilisé de médicaments pour calmer ses nerfs auparavant, mais il n'avait jamais risqué autant sur le conseil d'un seul homme. Son plus fervent espoir était que la transaction Kelsey fût bientôt signée et garantie — il pourrait alors jeter les damnées pilules à la poubelle.

4

Peggy se laissa tomber lourdement sur le tapis de la chambre, passa ses bras autour de ses genoux fléchis et se pencha en avant, impatiente.

— Maintenant, redis moi tout, T.D. Tout ce que tu m'as raconté au téléphone.

Torie s'assit tout près, les jambes croisées, espérant qu'elle pourrait se rappeler ce qu'elle lui avait dit.

— Encore?

— Depuis le début.

— D'accord. Mais c'est la dernière fois.

Le récit débuta lentement.

— J'attendais dans la voiture devant la maison du maire, tu vois, quand ce majordome avec un accent anglais s'est approché, a cogné sur la vitre et m'a dit que les Richardson souhaitaient ma présence à la partie de Betsy.

— Comment était-il habillé?

— Un costume noir de majordome. Et une épingle en diamant sur sa cravate.

— Cravate? Tu veux dire un foulard?

— Mais oui. Quoi qu'il en soit, il m'ouvrit la portière juste comme Simone arrivait. Elle se présenta et m'invita à la suivre dans la maison. Mon attention s'arrêta aussitôt sur les énormes chandeliers d'où jaillissaient des milliers de lumières minuscules.

La bouche de Peggy s'entrouvrit de stupéfaction.

— Dans le salon?

— Partout. Mais *surtout* dans le salon. Et les tapis blancs étaient si épais que je pouvais à peine voir mes chaussures...

— Il me semble que tu m'as dit qu'ils avaient — quel est le mot — de beaux planchers.

— Parquet.

Elle l'épela comme si elle l'avait vu écrit : «P-A-R-Q-U-E-T»

— Le parquet est dans le hall, pas dans le salon. Il y avait aussi ce gros manteau de cheminée en marbre, et ces chaises décorées à la feuille d'or...

— Comment était le gâteau?

— Il est venu plus tard. Un gâteau au chocolat fondant de trois pieds de hauteur. Il fallut deux hommes pour le porter et le déposer sur la table.

Peggy fronça les sourcils.

— Tu m'as dit qu'ils l'avaient apporté sur un chariot roulant.

— Je t'ai dit qu'ils l'avaient apporté sur un chariot roulant. Ils ne voulaient pas laisser tomber des miettes sur le plancher.

— Oh!

Elle s'excusa d'un signe de tête.

— Et ensuite?

— Bien, le majordome m'a donné un petit coup sur l'épaule et m'a informée que mon père m'attendait. J'ai dû partir.

— Tu devais être furieuse?

— Non, pas vraiment. Les filles se connaissaient toutes très bien et je me sentais plutôt comme une intruse dans leur groupe. N'empêche qu'elles ont été très gentilles avec moi. Betsy m'a dit que nous pourrions nous revoir un de ces jours, mais je ne suis pas sûre que cela m'intéresse.

— Pourquoi pas? demanda Peggy, avec une note de crainte dans la voix.

Torie haussa les épaules, savourant son pouvoir momentané.

— Je n'aurais pas beaucoup de plaisir avec elle, je préfère être avec toi.

— Tu le penses réellement?

— Bien sûr. Tu es ma meilleure amie.

Sa compagne rougit de satisfaction.

— Quoi d'autre? demanda-t-elle. Et les garçons?

— Un rêve. Ils portaient tous un costume et une cravate, et il y avait ce garçon blond, Nielson, qui me faisait les yeux doux.

— As-tu répondu à ses avances?

— L'occasion ne s'est pas présentée. Eh, La Tresse, il est presque sept heures.

— Déjà. Je suppose que tu dois rentrer à la maison.

— Peut-être pas.

Torie leva les sourcils, adoptant un regard qu'elle avait pratiqué toute la semaine devant le miroir.

— Je pourrais téléphoner à papa et lui dire que je passe la nuit chez toi. Nous aurions la chance de jouer à notre jeu secret. J'ai une nouvelle idée.

— Une nouvelle idée?

Peggy sauta sur ses pieds.

— Qu'est-ce que c'est?

— Nous pourrions être les Richardson. L'une de nous serait Betsy...

— Oui, oui! dit Peggy, tout excitée. Tu serais Betsy, et le président et Mme Kennedy t'auraient invitée à la Maison-Blanche pour rencontrer Elvis Presley. Et moi je pourrais...

Moins d'une semaine plus tard, le vendredi 22 novembre 1963, Frank Di Angelo faisait visiter une maison à une cliente lorsque la propriétaire se précipita dans la cuisine.

— On vient de tirer sur le président, cria-t-elle. Ils l'ont amené à l'hôpital de toute urgence.

— Oh, mon Dieu, gémit Frank. Dans quel état est-il?

— Personne ne le sait. Ils l'ont transporté en ambulance.

Secouant la tête, il prit le bras de l'éventuelle acheteuse.

— C'est terrible. Tirer sur le président, c'est terrible.

Il fit une pause, puis secoua la tête à nouveau.

— Mais la vie continue. Comme je vous le disais, Madame Shorenstein, vous ne vous trompez pas avec cette maison. Les conditions du marché sont excellentes et le prix des résidences dans ce quartier ne peut qu'augmenter avec le temps. Je peux vous aider à trouver un financement raisonnable si vous le désirez.

Ils marchèrent ensemble jusqu'à sa voiture et il lui ouvrit la portière.

— Rien ne presse, naturellement. Prenez tout le temps nécessaire pour réfléchir. Il est primordial que votre famille et vous-même soyez satisfaites. Je vous téléphonerai dans quelques jours.

— Son sourire disparut dès que la voiture démarra. Il ne pouvait s'empêcher de penser à Torie — son engouement pour les Kennedy et la façon dont elle réagirait à la nouvelle. Aussi absurde que ce fût, la croyance que l'argent et la gloire puissent prémunir les gens contre la souffrance semblait réconforter sa plus jeune fille. Elle s'était en quelque sorte convaincue que plus une personne était riche, plus elle était à l'abri de la douleur, comme celle qu'elle avait éprouvée à la mort de sa mère. Il n'avait pas cru bon de lui enlever ses illusions. Maintenant, il se demandait s'il avait bien fait.

Courant à sa voiture, il alluma la radio.

— ... ne savons pas encore si le tireur a fait feu à trois ou quatre reprises. Le président a été conduit d'urgence à l'hôpital Parkland Memorial où il est en ce moment au service des soins intensifs. Nous devrions recevoir des nouvelles sur son état de santé d'un instant à l'autre.

Les bulletins se succédèrent, de plus en plus pessimistes,

jusqu'à l'annonce dramatique de Walter Cronkite, trente minutes après l'attentat :

— Le président des États-Unis est mort.

Lisa fut la première à revenir de l'école cet après-midi là, secouée, mais stoïque.

— Nous ne pouvons pas questionner les voies de Dieu, dit-elle, déposant ses livres. Je vais à l'église réciter un chapelet pour les Kennedy.

Quelques minutes plus tard, un Frankie rarement aussi tranquille apparut et rejoignit son père devant le téléviseur.

— Quelles sont les dernières nouvelles? Les Russes sont-ils impliqués?

Frank haussa les épaules.

— Nous ne savons pas encore. Avez-vous annulé votre partie de basket?

— Oui, personne n'avait le cœur à jouer. C'est horrible, hein?

— Affreux. Nous sommes tous si vulnérables. Même un président peut être détruit par un petit bout de métal.

— Ils tiennent le salopard qui a fait le coup, cependant. Un communiste avec un malheureux fusil. J'espère qu'il ira tout droit à la chaise électrique.

— Cela ne ramènera pas... Torie! lança Frank, alors qu'une ombre se glissait furtivement dans le vestibule. Où étais-tu passée?

— J'ai marché.

Ses yeux rouges et enflés confirmèrent les craintes de son père. Son instinct lui disait d'aller vers elle pour la réconforter. Il sentait qu'elle aurait aimé se pelotonner contre lui et pleurer dans ses bras, mais elle ne pouvait pas — pas devant son grand frère.

— Je suis désolé pour le président. Je sais à quel point tu l'aimais.

— Oui.

— Tu veux en parler?

— Que dire de plus?

— Ça aide parfois de se vider le cœur.

Une de ses amies lui rabâchait cette phrase à tout propos. Il avait l'habitude de la taquiner au sujet de son jargon d'assistante sociale, qu'il qualifiait pour lui-même de *psychomerde*. Il n'hésitait pas cependant à lui emprunter une phrase ou deux lorsque l'occasion se présentait.

Torie se mordit la lèvre.

— Je suppose que Jackie devra déménager toutes ses affaires de la Maison-Blanche.

— Oui. Lady Bird, Mme Johnson, prendra possession des lieux.

Elle regarda vers le ciel, la voix implorante.

— Quelqu'un pourrait-il me dire comment ils ont pu tuer le président? N'avait-il pas des gardes du corps autour de lui en permanence?

— Oui, mais c'était un homme chaleureux, amical, et il voulait se promener dans les rues et saluer les foules.

— Il aurait pu avoir une veste pare-balles?

— Cela n'aurait rien changé. Les projectiles ont frappé la tête et le cou.

Elle grimaça en se représentant la scène.

— Ce n'est pas juste. Ce n'est vraiment pas juste.

— Peu de choses dans la vie sont justes.

Pendant un court instant, les injustices du monde semblèrent presque l'envahir totalement. Elle avala difficilement et essaya de parler, mais les mots se figèrent dans sa gorge. Elle se retourna vivement et courut dans sa chambre.

Le père et le fils échangèrent un regard.

— Veux-tu que j'essaie de lui parler, papa?

— Non, c'est une petite fille courageuse.

Frank sortit une cigarette.

— Elle s'en remettra.

Quarante minutes plus tard, Frank grimpa les escaliers jusqu'à la chambre de sa fille, se remémorant le dialogue qu'il avait soigneusement préparé. Il frappa à la porte avant d'entrer.

— As-tu une minute?

Torie referma le livre qu'elle tenait dans ses mains, le glissa sous l'oreiller et leva les yeux vers son père.

— Je vais bien, si tu t'inquiètes à mon sujet.

La vue de ce petit visage triste le toucha. Déplaçant une pile de magazines, il s'assit sur les couvertures.

— Je sais que tu es bouleversée, et je le suis moi aussi. Les membres d'une même famille sont censés s'entraider mutuellement dans les périodes difficiles. Je pensais que si nous parlions un peu, nous nous sentirions mieux tous les deux.

— Je ne pensais pas que tu pouvais être bouleversé. Cela te ferait du bien de parler avec moi?

— Sûrement, c'est la raison pour laquelle je suis ici. Je sais à quel point tu admires les Kennedy. Moi aussi je les admire. Savais-tu que les Bouvier étaient originaires de Philadelphic?

— Bien sûr, je sais tout ce qui concerne Jackie. Son arrière-arrière-grand-père est venu de France et il a fabriqué lui-même ses meubles et toutes les autres choses nécessaires. Mme Rashbaum nous en a parlé toute la journée à l'école — je ne sais pas pourquoi.

— Probablement parce que les Philadelphiens sont fiers qu'une des leurs soit devenue la première dame.

Il prit une longue respiration, puis parla avec mansuétude.

— Si tu sympathises à la douleur de Mme Kennedy, pourquoi ne lui écris-tu pas une lettre?

— Une lettre?

Ses yeux s'agrandirent.

— Pourquoi devrais-je faire cela?

— Parce que c'est ce que les gens font quand quelqu'un traverse une épreuve.

— Les gens t'ont-ils envoyé des lettres quand maman est morte?

— Quelques-uns. La plupart d'entre eux sont venus nous

voir. Je doute que tu t'en souviennes, tu n'avais que sept ans.

— Je m'en souviens.

Comme si elle pouvait oublier cette terrible procession d'amis et de parents qui sonnèrent à la porte chaque soir pendant une semaine. Ils avaient tous apporté des provisions : lasagnes sortant du four, jambon fumé, salades de macaroni, pain à l'ail, pâtisseries, fromages... Les fortes odeurs s'étaient répandues jusque dans sa chambre et lui avaient donné envie de vomir.

— Tu ne peux pas téléphoner à Mme Kennedy parce qu'elle demeure trop loin, poursuivit-il, mais tu peux lui écrire un message de condoléances. Cela veux dire — comment l'avait-il formulé dans son esprit? — lui faire savoir que tu compatis à sa peine.

— Elle ne lirait pas ma lettre.

— Si tout le monde pensait de cette façon, personne ne lui écrirait. Et elle croirait que personne ne s'en soucie. Tu ne voudrais pas que cela se produise, n'est-ce pas?

— Bien sûr que non.

Elle se mordilla l'index.

— Si je lui écrivais — et je ne dis pas que je vais le faire — que pourrais-je lui dire?

— Que le président était un homme merveilleux. Que tu es désolée pour la solitude qu'elle doit éprouver. Que tu les admirais beaucoup elle et lui. De tels témoignages sont très réconfortants. Je vais t'aider à l'écrire si tu veux.

Elle se redressa subitement.

— As-tu son adresse?

— Oui. Et si tu finis ta lettre ce soir, je la posterai tôt demain matin. Peut-être arrivera-t-elle la première.

— Penses-tu qu'elle me répondra?

— Il y a des chances.

— Je ferais bien de commencer, alors.

S'étirant en travers de son lit, elle saisit un crayon, un bloc-notes et commença à gribouiller — trop concentrée sur son nouveau projet pour voir son père se lever et quitter la chambre.

Soyez béni pour votre inspiration, Seigneur, pensa-t-il, en refermant la porte derrière lui. Plus jamais je ne dirai que c'est de la *psycho-merde*.

— N'est-elle pas la plus belle femme que tu n'aies jamais vue?

Torie fixait respectueusement l'écran de télévision dans le salon des Shea.

— Elle marche la tête haute comme une reine. Crois-tu qu'elle soit maquillée?

— Ne sois pas naïve.

Kelly, la sœur de Peggy, âgée de seize ans, était assise et dégustait son *Metrecal*, surveillant le cortège funèbre qui se dirigeait vers le cimetière d'Arlington.

— Te maquillerais-tu si le monde entier te regardait?

— Je serais trop triste pour me soucier de cela, dit Peggy.

— Je mettrais du rouge à lèvres, concéda Torie, louchant vers le téléviseur. Jackie est très pâle, presque rose. Je me demande si elle est aussi triste qu'elle le paraît.

— Tu plaisantes?

— Non. Les gens riches ont tous ces serviteurs qui les entourent, qui prennent soin d'eux, qui sont gentils et qui essaient toujours de leur plaire. Je ne pense pas qu'ils ressentent la tristesse de la même façon que nous.

Kelly secoua la tête, exaspérée.

— L'argent n'a aucune importance lorsque tu perds un être cher. Les gens riches sont malades, souffrent et vont aux toilettes comme tout le monde.

— Oui, mais je pense que T.D. a raison, dit Peggy. Si j'avais un chauffeur et une Rolls-Royce pour me ramener à mon fabuleux château après les funérailles de mon mari, et tous ces gens célèbres qui seraient aux petits soins avec moi, je serais beaucoup moins triste que si je me retrouvais dans un une pièce, toute seule.

— Oh, doux Jésus.

Kelly se leva et attrapa son verre.

— Vous ne comprenez rien à la vie. Si vous voulez bien m'excuser, j'ai mes devoirs à faire.

— Nous t'excusons.

Le visage de Peggy s'éclaira lorsque les pas de sa sœur s'éloignèrent dans le hall.

— Dois-je fermer la porte?

— A tout prix, euh, Winston.

Torie sourit.

— Et dites à Claudette de me débarrasser de ces affreux vêtements noirs. Une femme ne peut pas rester là, à se lamenter toute la journée.

5

— *Ciao, amico.*

Tony Silvano donna une tape dans le dos de son cousin et rapprocha une chaise.

Joyeuse Saint-Patrick, O.K.? Prenons un peu de vin et célébrons. Serveuse!

— Rien pour moi.

— Quelques gouttes ne te tueront pas, Frank. Tu t'inquiètes trop.

— J'ai dix mille raisons de m'inquiéter.

Il alluma une cigarette et jeta un coup d'œil aux alentours. À onze heures trente, un mardi matin, la trattoria du quartier était encore presque déserte.

— Écoute, Tony. Cet argent que j'ai investi pour acheter l'option sur l'immeuble Kelsey... tu m'as juré que ce placement était aussi sûr qu'un bon du Trésor.

— Et il l'est. Combien de fois devrai-je te le répéter?

— Je sais ce que je sais. Mon option sera échue le 14 avril 1964 — dans exactement quatre semaines à partir d'aujourd'hui. Si nous ne finalisons pas la vente, je perds mon argent.

— J'ai un plan.

Il sourit à la serveuse.

— Apportez-nous une petite carafe du rouge de la maison,

bella, et je prendrai la frittata. Frank?

— Un sandwich à la viande. Qu'advient-il de l'inspecteur?

— Je reviendrai là-dessus. Dis-moi d'abord comment vont les enfants?

— Ils vont bien. Mais je veux que tu me dises…

— Vittoria? S'améliore-t-elle à l'école?

— Non. Elle ne fait que lire des livres empruntés à la bibliothèque au lieu de faire ses devoirs.

Il exhala un nuage de fumée.

— La mort du président l'a durement frappée. Elle a écrit un mot à Jackie et a reçu une réponse personnelle — pas une lettre-type. Elle la traîne partout avec elle, comme s'il s'agissait d'un message divin.

— C'est bon pour elle.

Frank couvrit son verre au moment où la serveuse apporta le vin.

— Dis-moi la vérité, Tony.

— C'est ce que j'allais faire.

L'avocat baissa la voix.

— Vendredi après-midi, Bob Manning, l'inspecteur des travaux, Skip Friend, l'entrepreneur, et moi-même avons inspecté chaque pouce de cette propriété. Je ne te raconterai pas tous les détails, mais Manning est un vieux renard et il est convaincu que nous ne pouvons pas enlever le moisi et la pourriture sèche à moins de déshabiller l'immeuble jusqu'à la structure.

— Impossible! Adrian n'acceptera jamais…

— C'est ce que je lui ai répondu. Je lui ai dit que Kelsey ne nous laisserait pas toucher l'extérieur. Skip lui a garanti que nous pouvions éliminer la pourriture sèche sans dépouiller la place, mais Manning ne voulait rien entendre.

— Oh, mon Dieu.

Frank serra les poings.

— Arrête de t'inquiéter, veux-tu? J'ai joué à ce petit jeu des milliers de fois et je connais parfaitement notre situation.

Manning attend seulement que nous bougions.

L'homme plus âgé s'assombrit.

— Fais-tu allusion à ce que je pense?

— Il voit très bien ce qui se passe et il veut sa part. C'est dans la nature humaine.

— Ce n'est pas dans ma nature. J'exerce ce métier depuis vingt-cinq ans et je n'ai jamais donné de pot-de-vin à qui que ce soit.

— Ce ne sont que des mots.

Tony croisa le regard d'une jolie femme à l'autre bout du restaurant.

— Ce que tu appelles un pot-de-vin n'est en fait qu'une simple marque de gratitude. Et il n'y a aucune loi contre la gratitude. N'oublie pas, Frank, la vente de cet immeuble va changer le cours de ta vie. Dès que les papiers seront signés, le mot se répandra que tu es quelqu'un qui transige sur de grosses propriétés et qui n'a plus de temps à perdre avec les minuscules terrains de stationnement et les maisons en ruines. C'est la chance que tu attends depuis toujours — ton entrée dans la ligue majeure.

Frank frémit.

Tony était encore en train de l'enjôler, le gavant d'espoirs et de rêves de grandeur, et il se sentait faiblir. Des centaines de transactions immobilières lui étaient passées entre les mains au fil des années, de petites transactions avec des gens qu'il connaissait. Il n'aimait pas être dépassé par les événements et les personnes avec qui il transigeait — ne pas connaître exactement les termes et les conditions en jeu, ou ne pas même savoir où en étaient les négociations. Pourtant, si Tony disait vrai...

— Que suggères-tu?

— Là, c'est le Frank Di Angelo que je connais et que j'aime.

Tony adressa un large sourire et remplit son verre.

— Viens plus près et je vais t'expliquer mon plan à toute épreuve.

— Te sens-tu bien, papa? Tu me sembles plutôt tendu depuis quelque temps.

Frank posa l'*Inquirer* et regarda par-dessus ses lunettes. Il s'était écoulé deux jours depuis sa brève rencontre avec l'inspecteur Manning et il s'attendait à d'imminentes bonnes nouvelles.

— Les choses s'améliorent, Frankie. Nous devrions recevoir bientôt l'approbation municipale pour l'immeuble Kelsey.

— Tu penses que ça marchera? Tu crois vraiment que nous allons être riches?

— Peut-être pas riches. Mais sûrement mieux que nous le sommes actuellement.

— Qu'en pense Tony?

— Il est très optimiste.

— Il a certainement travaillé fort pour nous, n'est-ce pas? Je veux dire que, là où il est, avec sa rutilante Porsche, ses vêtements de luxe et une nouvelle femme à chaque jour, il n'oublie pas sa famille. Il aurait bien pu effectuer la transaction lui-même et empocher tout l'argent; au lieu de cela, il t'a pris avec lui.

Frank ne répondit pas. Tony était aussi altruiste qu'un cobra. Il était venu vers Frank parce qu'il avait besoin de dix mille dollars. Point final.

— Dans une semaine, tout devrait être réglé. Alors, nous...

Il fut interrompu par le carillon de la porte d'entrée.

— J'y vais. Probablement les guides qui vendent leurs biscuits. Il y en a partout dans le voisinage.

Frankie revint au bout d'un moment, les yeux hagards.

— Des policiers veulent te voir.

Le journal glissa sur le plancher au moment où Frank se crispa sur sa chaise. Il se ressaisit et se dirigea rapidement vers la porte. La vue des deux hommes en uniforme lui donna le frisson. Il sortit dehors et ferma la porte derrière lui.

— Que puis-je faire pour vous, messieurs?

— Frank Di Angelo? Je suis l'agent Kettner, voici l'agent Victor. Nous avons un mandat d'arrestation contre vous.

— Pour quel motif?

— Tentative de corruption d'un fonctionnaire. Nous devons vous amener au poste. Voulez-vous prendre un paletot?

— Oui.

Calmement et avec mesure, Frank retourna à l'intérieur, prit un veston dans la penderie du vestibule et se tourna vers son fils.

— Je dois partir avec les policiers et je ne sais pas quand je reviendrai. Où sont les filles?

Dans la cuisine.

— Voici un peu d'argent. Amène-les chez *Pat* et offrez-vous des steaks. Ne leur dis pas où je suis parti, je ne veux pas qu'elles s'inquiètent.

— Mais... Ne devrais-je pas téléphoner à Tony?

— Non, prends seulement soin de tes sœurs.

Comme ils s'embrassaient, des larmes remplirent soudainement les yeux de Frankie. Il lui fallut une seconde pour en comprendre la raison; il réagissait au comportement de son père. Frank ne posait aucune question, ni ne protestait. Son attitude laissait supposer qu'il attendait la visite des policiers. Quelque chose n'allait pas... Mais alors, pas du tout.

Son inquiétude tourna à la colère lorsqu'il regarda les policiers escorter son père jusqu'à la voiture et l'emmener. Pour qui se prenaient-ils ces cochons? De quel droit harcelaient-ils un honnête citoyen? Jurant entre ses dents, il claqua la porte et se dirigea vers la cuisine, un sourire forcé sur les lèvres.

— Qui se sent d'attaque pour un steak?

Lisa leva les yeux de ses casseroles.

— Tu plaisantes? Je suis en train de préparer un

macaroni.

— Papa a dû partir subitement.

Il balança un billet de vingt dollars.

— Il m'a dit que je devais vous payer le spécial de *Pat*.

— Hourra!

Torie hurla et jeta ses bras autour de son cou.

— Il a vendu l'immeuble Kelsey, il a vendu l'immeuble Kelsey! Nous allons être riches, n'est-ce pas, Frankie?

— Euh...

Lisa déposa son plat.

— Il y a autre chose. Je le vois sur ton visage. Quelque chose qui ne tourne pas rond.

— Non, non.

Il évita son regard.

— Tout est parfait.

Torie se retourna.

— Il y a quelque chose qui ne va pas. Tu ferais mieux de nous le dire, Frankenstein. Où est allé papa?

— Toi, alors!

Il savait qu'il désobéirait aux instructions, mais il était trop inquiet pour porter seul le poids de ses craintes.

— C'est bon. Il est parti dans une voiture avec des flics.

— Que Jésus nous protège, murmura Lisa. J'espère qu'il ne manquera pas le dimanche des Rameaux.

— Était-il troublé? demanda Torie.

— Non. En fait, il paraissait très calme — comme s'il n'était même pas surpris de les voir.

— Je n'aime pas ça du tout.

Torie traversa la cuisine, saisit le téléphone et le lança sur la table.

— Appelle Tony!

Les mois qui suivirent se traînèrent péniblement. Le cœur rempli d'angoisse, Frank dut dire à son fils de dix-huit ans qu'il ne pourrait plus aller au collège. Si un jury devait le condamner et l'envoyer en prison, Frankie devrait prendre la responsabilité complète des affaires de son père. Heureusement, Frankie ne fut pas désappointé; un diplôme d'études secondaires était tout ce dont il avait besoin, pensait-il, et il était content d'avoir l'opportunité de travailler avec son père, au moins jusqu'au procès.

Au printemps de l'année 1965, la cause de *La Cité et le Comté de Philadelphie vs Frank Di Angelo* fut entendue devant le tribunal. Frank savait que Tony le défendait au mieux de ses compétences, mais son plaidoyer d'incapacité — «Non coupable pour cause d'aliénation mentale» — ne lui inspirait guère confiance. Pire encore, le dossier du procureur était solide. La pièce à conviction P-1, l'enveloppe blanche contenant les six billets de cinquante dollars tout neufs que Frank avait glissée à l'inspecteur entre les pages d'un magazine, était aussi incriminante qu'un revolver fumant et un cadavre encore chaud.

Le matin du procès, Tony était assis avec Frank dans la salle d'attente aux murs dégarnis. Son client avait les traits tirés et le visage émacié.

— Ils nous ont réellement possédés, mon ami. Ce bureau d'inspecteurs municipaux est un repaire de brigands depuis des années. La seule raison pour laquelle l'un d'eux n'était pas dans le coup, c'est parce que ce bâtard était un espion. J'aimerais lui faire avaler ses propres couilles...

— Cela ne servirait à rien.

L'avocat se leva et marcha un peu.

— Pourquoi fallait-il que cela tombe sur toi? Tu n'as jamais gagné un sou malhonnêtement de toute ta vie. C'est la raison pour laquelle j'ai pu convaincre le maire de te choisir comme courtier. Il a lancé ses forces spéciales à tes trousses.

— Non, non, ne blâme pas Richardson. Ses hommes tendent des pièges, c'est tout. Ils ne savaient pas que je tomberais dans l'un d'eux.

— Alors, laissons-les te coller une amende et finissons-en avec cette affaire.

Tony s'arrêta, puis se retourna.

— Je viens de prendre une décision. Je vais dire à la cour que tu étais totalement opposé à l'idée d'offrir un pot-de-vin à l'inspecteur. C'était mon idée et je t'ai entraîné dans cette sale histoire. S'ils veulent envoyer quelqu'un en prison, que ce soit le bon — moi!

— Non, Tony, pour l'amour de Dieu!

Le visage de Frank reprit vie pour la première fois.

— Tu ne dois pas faire cela. Les choses ne feraient qu'empirer.

— Comment pourrais-je te laisser supporter tout le blâme? Comment pourrai-je vivre avec moi-même si tu vas en prison pour un crime dont je suis responsable?

— J'ai dit non!

La voix de Frank était forte et remplie de colère.

— Que tu dises quoi que ce soit, ils ne m'acquitteront pas. Mais ils te condamneront toi aussi. Et nous nous retrouverons tous les deux en prison au lieu d'un seul. Tony...

Il essaya de contenir ses émotions.

— J'ai besoin de toi, dehors. Il faut que tu veilles sur mes enfants. Ils t'aiment beaucoup.

Le soulagement apparut sur le visage de Tony. Il se devait de faire cette offre à Frank, même s'il n'avait pas du tout eu l'intention de se sacrifier. Frank avait sans doute raison. La poursuite ne serait pas plus tendre envers le défendeur et cela ne ferait que détruire une autre existence pour rien. La sienne, pour être exact.

— Je ferai tout ce que tu veux — tout ce qui pourra soulager tes inquiétudes.

Il prit le bras de Frank et ils marchèrent vers la porte.

— Rien n'est encore perdu, *amico*. Nos chances sont encore bonnes.

La petite salle d'audience était remplie à craquer d'amis, d'étrangers, de journalistes alertés par le bureau du maire que Son

Honneur allait témoigner, et d'une poignée de fonctionnaires municipaux espérant tirer profit de ce procès. À douze rangées derrière la table de la défense, Frankie, Torie et Lisa, habillés proprement, étaient assis, silencieux, terrifiés. Après ce qui leur sembla des heures, le juge apparut vêtu de sa robe noire, s'avança jusqu'au banc et livra ses instructions au jury. Le silence régnait dans la salle lorsque Tony appela une demi-douzaine de témoins et, enfin, une psychologue du comportement.

— Docteur Katherine Feinstein?

Vive et énergique dans son costume de tweed et ses souliers à talons bas, la femme s'avança à la barre et jura de dire la vérité, toute la vérité.

Tony lui fit décliner ses compétences et s'approcha d'elle.

— Puis-je vous demander si vous avez eu l'occasion d'examiner le défendeur, Docteur Feinstein?

— Oui. À quatre reprises.

— Et qu'avez-vous appris de ces rencontres?

— Je crois que M. Di Angelo souffre d'un syndrome dépressif chronique dû à une douleur non-assumée depuis la mort de son épouse.

Torie poussa son frère du coude.

— Papa n'est plus dépressif maintenant. C'est un mensonge.

— Chut, murmura-t-il. Tony sait ce qu'il fait.

— Docteur Feinstein, pourriez-vous dire à la cour comment se manifeste ce syndrome dépressif?

— Il affecte les gens de différentes façons. M. Di Angelo souffre d'insomnie, de sautes d'humeur et de pensées récurrentes à propos de la mort et du suicide. Il éprouve également des difficultés de concentration, de l'indécision, de l'isolement social, des pertes de mémoire et certaines phases de désorientation.

— Cette indisposition — cette désorientation — serait-elle suffisamment importante pour le faire agir de façon irrationnelle parfois?

— Évidemment.

— Serait-elle susceptible de fausser son jugement à un point tel qu'il ne réalise plus ce qu'il fait?

— Objection, Votre Honneur.

Le procureur se leva d'un bond.

— La défense dirige le témoin.

— Maintenue.

— Je vais poser la question autrement.

Tony joignit les deux mains dans un geste théâtral.

— Est-il possible qu'une personne souffrant d'un syndrome dépressif chronique puisse poser un geste impulsif… se raccrocher désespérément à un espoir, peut-être, sans mesurer les conséquences de son geste?

— Objection, Votre Honneur. Mon confrère met des mots dans la bouche du témoin.

— Rejetée. Vous pouvez répondre, Docteur Feinstein.

— Oui, c'est possible.

— Le jugement de cette personne pourrait-il être affecté encore davantage par l'absorption de médicaments?

— Oui.

Tony se tourna vers le jury et s'arrêta pendant quelques instants, laissant ainsi l'idée faire son chemin. Puis il pivota à nouveau face au témoin.

— À l'époque de la rencontre entre M. Di Angelo et M. Manning, le défendeur prenait-il des médicaments?

— Oui. Son médecin lui avait prescrit un tranquillisant appelé méprobamate — Miltown. Les effets principaux de ce médicament sont la somnolence, les difficultés d'élocution et un ralentissement de toutes les fonctions motrices et mentales. M. Di Angelo m'a dit qu'il avait pris une pilule au déjeuner, cette journée-là.

— Merci, Docteur. Pas d'autres questions.

Les yeux avisés du juge fixèrent le procureur.

— Souhaitez-vous contre-interroger?

— Oui, Votre Honneur.

L'assistant du procureur général, Zeke Raider, un homme

72

court et trapu, les cheveux en broussaille et portant des lunettes aux verres épais, s'approcha de la barre.

— Docteur Feinstein, demanda-t-il d'une voix légèrement railleuse, connaissez-vous le dosage de Miltown qui avait été prescrit au défendeur?

— Je crois que c'était douze cents milligrammes.

— Est-ce le dosage habituel?

— Oui.

— Pourriez-vous être plus explicite?

— Le dosage régulier pour les adultes varie entre douze cents et seize cents milligrammes.

— Donc, douze cents milligrammes est le dosage minimum pour un adulte — la plus petite quantité prescrite. Combien de fois par jour une personne peut-elle prendre cette pilule?

— Cela dépend de chacun.

— Si je comprends bien, la posologie normale est de trois à quatre fois par jour. Essayez-vous de faire croire au jury qu'une seule petite dose de tranquillisant fut suffisante pour amener le défendeur à se conduire d'une façon si «irrationnelle» qu'il aurait glissé six billets de cinquante dollars dans une enveloppe, avant de les dissimuler dans un magazine et de les présenter à l'inspecteur qui empêchait la vente de l'immeuble Kelsey?

Les rires fusèrent de partout dans la salle.

— Objection, Votre Honneur!

— Maintenue.

— Laissez-moi vous demander ceci, Docteur Feinstein. Vous avez dit que la cause de la dépression du défendeur était la mort de son épouse. Quand est-elle morte?

— Je... ne suis pas sûre.

— Je vais vous le dire. C'était au mois de janvier 1958, il y a plus de sept ans. Êtes-vous au courant du fait que M. Di Angelo a eu des relations intimes avec plusieurs jolies femmes pendant six et trois quarts de ces sept années d'affliction?

— Objection, Votre Honneur!

— Maintenue.

Le procureur retourna à son siège.

— Pas d'autre question.

Le second jour du procès, Zeke Raider appela son dernier témoin. Impeccable dans son complet noir agrémenté d'une veste et d'une cravate rayée, le maire Matt Richardson s'avança à la barre. Sa stature commandait l'attention immédiate.

— Monsieur le Maire Richardson, commença le procureur, pourriez-vous dire à la cour pourquoi vous avez accepté de venir témoigner aujourd'hui?

— Avec plaisir, Monsieur Raider.

Il fit une courte pause, puis reprit sur un ton calme et sérieux :

— Comme chacun le sait dans cette Cour, je me suis personnellement engagé à déraciner la corruption au sein de l'administration de notre ville. Mes forces spéciales recherchaient les abus en cours dans l'industrie de la construction et dans le domaine de l'immobilier. Elles en sont arrivées à la conclusion que des inspecteurs de bâtiments municipaux corrompus retiraient annuellement plus de huit millions de dollars en pots-de-vin. Cet argent était versé par les agents immobiliers, les promoteurs, les constructeurs et les entrepreneurs.

— Objection, Votre Honneur. Le témoin laisse sous-entendre une certaine culpabilité par association.

— Rejetée. Continuez, Monsieur le Maire.

— Merci, Juge Weigel.

Richardson se leva et agrippa la barre de bois.

— Comme je le disais à la Cour, il n'y a pratiquement pas un clou qui soit enfoncé dans cette ville sans que quelqu'un en retire un bénéfice illégal. Ceux qui acceptent ces pots-de-vin sont coupables de succomber à la tentation et à la cupidité, mais les *vrais* responsables sont ceux qui les séduisent et les

74

tentent avec leurs...

— Objection! cria Tony.

— Maintenue. Le jury ne devra pas tenir compte de la dernière phrase.

— Maire Richardson, dit le procureur, le défendeur est accusé de tentative de corruption auprès d'un fonctionnaire municipal, avec l'intention délibérée de violer les règles du décret de la construction, démontrant ainsi un mépris flagrant envers la sécurité du public. N'avons-nous pas tendance à considérer ce type d'offense comme des crimes de fonctionnaires? De prétendus crimes sans victimes?

— Ils sont tout, excepté cela.

Le politicien se tourna vers le jury.

— Savez-vous qui paie le prix lorsque des fonctionnaires vendus ferment les yeux sur des violations au décret? Vous, mes amis. Vous et vos proches êtes les innocentes victimes des feux électriques, des voûtes qui s'effondrent, des poutres pourries. Ce sont vos enfants qui se font estropier et assassiner...

— Objection!

— Maintenue. Veuillez vous en tenir aux faits, s'il vous plaît, Monsieur le Maire.

Richardson termina son exposé, puis fit une sortie remarquée, accompagné par les déclics et les flashes des appareils photographiques. Les avocats présentèrent leur plaidoirie, le juge s'adressa au jury, et moins de deux heures plus tard, les jurés revinrent dans la salle d'audience.

— Le jury a-t-il rendu son verdict?

— Oui, Votre Honneur.

Un Noir, bien habillé, se leva et fit face au banc. Il parla sans aucune hésitation :

— Nous, le jury, déclarons le défendeur, Frank Di Angelo, coupable de tous les chefs d'accusation.

Il y eut du mouvement dans la salle lorsque les journalistes se précipitèrent vers les sorties. Le juge donna un coup de marteau pour ramener l'ordre, fixa une date pour la sentence et ajourna l'audience.

Torie était rivée à son siège, pâle et secouée. Ayant souffert la douloureuse perte de sa mère, elle était mal préparée à accepter le fait que son père bien-aimé lui fût enlevé — simplement parce qu'il avait essayé de gagner de l'argent pour sa famille.

Frankie et Lisa, ayant peine à contenir leur propre chagrin, escortèrent leur sœur hors de la salle d'audience.

— Ça va? demanda Frankie, mais Torie arriva difficilement à répondre d'un signe de tête. Elle ne pouvait s'empêcher de penser que son père avait été traité injustement... qu'il avait servi de victime... de bouc émissaire. Frank Di Angelo n'était pas un criminel; il avait perdu sa cause parce que les pauvres étaient sans défense contre les gens riches — les gens comme M. Gros-Sous Richardson.

Reconstruire son univers écroulé lui demanderait toute l'énergie du désespoir. Elle savait qu'aussi longtemps qu'elle vivrait, elle n'oublierait jamais le jour où son père fut privé de sa liberté — par un système sans compassion et sans charité, plus soucieux de l'origine des gens et de l'argent que de la justice.

Elle se fit à elle-même une promesse : un jour, elle deviendrait riche. Elle serait si riche, si célèbre, si extraordinairement puissante que rien dans ce monde cruel et injuste ne pourrait plus les atteindre, sa famille et elle.

6

En dépit des cris exaltés des politiciens locaux et des groupes de citoyens qui réclamaient le sang de Frank Di Angelo, un poignant article publié dans le *Bulletin du Soir*, sous la signature d'un journaliste nommé Keith McGarren, proclamait que la sentence de dix ans était une punition cruelle et inusitée. Personne, parmi ses amis et au sein de sa famille, ne doutait du fait que sa propre attitude défaitiste, son sentiment de culpabilité et son refus de témoigner pour proclamer son innocence avaient suffi à le faire condamner. Cela n'était cependant d'aucune utilité et ne consolait personne.

Après l'emprisonnement de Frank, de nouveaux scandales furent découverts et son cas fut vite relégué aux oubliettes, laissant à ses enfants l'espace requis pour reprendre le cours de leur vie. Frankie fut étonné de constater que l'agence immobilière Di Angelo survécut au tumulte, que les amis et associés de son père restèrent fidèles à la firme, que la publicité accidentellement produite, en plus de générer une profonde sympathie pour la famille, attira de nouveaux clients.

Comble de l'ironie, Frank devint une espèce de célébrité parmi la communauté italienne; de purs étrangers le remarquaient, lui parlaient, s'approchaient expressément pour lui dire à quel point ils étaient peinés qu'un homme aussi bon ait été traité avec une telle injustice. Plusieurs prétendaient qu'un cadeau de trois cents dollars pouvait difficilement être appelé un pot-de-vin et associaient le verdict aux préjugés contre les Italiens. La recrudescence des affaires stupéfia Frankie, car durant l'année précédant le procès, alors qu'il se familiarisait avec les techniques du métier, les ventes avaient été négligeables.

Gagner de l'argent fut pour Frankie une expérience nouvelle et grisante. En tout premier lieu, il pensa à ses sœurs. Comme s'il essayait d'effacer leurs récentes souffrances, il leur acheta un téléviseur, un lave-vaisselle, une robe de soirée à Torie et un pendentif en or représentant un crucifix à Lisa. Puis il s'offrit une Ford décapotable, se disant que les filles pourraient en profiter aussi. Peu de temps après cette période de grandes dépenses, Tony Silvano se manifesta, démontrant une soudaine sollicitude pour ses *trois cousins préférés*.

Tony eut beau essayer de jouer avec Tory et de la taquiner, celle-ci ne parvenait plus à faire confiance à cet homme qu'elle avait cru aimer — et qui avait alimenté ses fantaisies — pendant une grande partie de son enfance. Son incapacité à sauver son père de la prison avait été un coup dur; il les avait laissés tomber elle et tous les siens. Les sentiments chaleureux qu'elle avait éprouvés jadis s'étaient refroidis et rien ne laissait présager un retour en arrière.

Elle commençait même à soupçonner Tony d'avoir planifié le délit dans les moindres détails, avant de convaincre son père réticent à prendre tous les risques. Mais elle garda ses doutes pour elle-même.

Frankie ne voyait pas la chose sous le même angle. Dans son esprit, Tony avait fait tout son possible durant le procès et avait à cœur les intérêts de la famille. L'avocat, pimpant et fin causeur, était son héros — charmant, brillant, prospère et populaire auprès des dames. Frankie ne désirait rien de plus que de lui ressembler en tout point.

Conscient de l'admiration du jeune homme, Tony prit Frankie sous son aile, l'enjoignant de commander, chez son tailleur, quelques habits faits sur mesure, lui recommandant le très à la mode *London Shop* qui personnalisait ses chemises, prenant un rendez-vous pour lui chez son "styliste" pour une coupe de cheveux à quinze dollars. En retour de ses faveurs, dont celle de lui présenter de jolies femmes plus âgées et généreuses de leurs charmes, Tony accorda généreusement à Frankie le privilège de payer toutes les factures de leurs sorties communes.

Lisa et Torie, préoccupées par leur propre adaptation à leur nouvelle situation familiale, portèrent peu d'attention aux extravagances de Frankie. Craignant que le père merveilleux qu'elle aimait et respectait pût aussi être le sinistre individu que la poursuite avait dépeint si négativement, Lisa trouva refuge dans le déni et la négation. Ce qui s'était passé était irréel — illusoire. La seule réalité sur laquelle elle pouvait s'appuyer était sa religion; elle y trouvait stabilité et consolation. Dans les semaines qui suivirent le drame, le père James devint son confident, sœur Rhoda sa meilleure amie, l'église sa seconde demeure.

À quatorze ans, Torie n'avait aucun paradis où se réfugier. Cette nouvelle tragédie dans sa vie imprima une cicatrice encore plus profonde que la première — et une obsession croissante de se protéger contre tous les malheurs susceptibles de lui échoir dans l'avenir. L'école était un véritable tourment; ses compagnons de classe étaient sans merci pour elle, glissant des notes désagréables dans son pupitre, traitant son père d'assassin, la menaçant de lui faire un mauvais parti. Un jour, alors qu'elle avait laissé son casier ouvert, elle constata, dès son retour, que toutes ses affaires avaient été enduites de moutarde. Une autre fois, une loupe qui avait disparu de la bibliothèque se retrouva dans la poche de son manteau — une blague qui faillit lui coûter l'expulsion.

Le harcèlement était perpétuel et, de tous ses anciens amis, seule Peggy, aussi loyale et dévouée qu'auparavant, lui resta fidèle — lui répétant que les autres filles étaient jalouses parce qu'elle était la plus jolie, et que les garçons ne faisaient que copier ce que faisaient les filles.

Déterminée à s'en sortir, Torie apprit rapidement à contrôler ses émotions, mais elle n'oublierait jamais ceux qui lui avaient fait du mal. L'affliction, la colère et le ressentiment montaient en elle, couvant et nourrissant sa volonté de montrer à ses compagnons de classe ainsi qu'au reste du monde, qu'elle était non seulement aussi bonne qu'eux, mais encore meilleure.

Un jour, elle réhabiliterait le nom de son père, mais elle ne s'arrêterait pas là; sa fierté outragée exigeait davantage. Elle souhaitait faire payer ceux qui l'avaient fait souffrir. Et elle ne connaîtrait pas le repos avant d'y être parvenue. Elle ne savait pas encore quels moyens elle utiliserait, mais elle était persuadée d'atteindre ses objectifs. Quand on possède la richesse et la gloire, tout le monde vous respecte.

— Ne sont-ils pas merveilleux?

Peggy Shea appuya sa tête sur ses mains et se balança rêveusement au son de la musique.

— Si j'étais abandonnée sur une île déserte, et que je puisse choisir n'importe qui sur la terre comme compagnon, je prendrais Paul McCartney. Ou John Lennon.

— Pas moi.

Torie aspira les dernières gouttes de Coca-Cola à travers sa paille, posa le verre sur la table et regarda autour d'elle avec appréhension.

Les clients affluaient dans le restaurant et la serveuse leur demanderait bientôt de se lever table.

— Je prendrais Mick Jagger. Les Stones sont plus sexy. Par contre, je pensais que tu aimais Frankie.

— Sinatra?

— Tu ne connais pas Sinatra, idiote.

— Oh, tu veux dire *notre* Frankie. Je l'aime mais il ne se rend pas compte de mon existence.

— Il sait que tu existes. Mais il y a cet idiot de Tony qui

n'arrête pas de lui présenter des traînées. J'ai vu une photo qu'ils ont prise au *Hollywood* avec leurs compagnes. J'aimerais vraiment que ce salaud tombe raide mort.

— Tu ne l'aimes plus?

— Il me rend malade. Je ne sais pas ce que je lui ai trouvé pendant tout ce temps. Ce devait être une toquade d'enfant.

— Il est plutôt du genre fuyant — comme un gangster. Il n'a pas la gentillesse de Frankie.

— Hmm…. Frankie. Il y a sûrement quelque chose que je pourrais faire.

Torie cherchait toujours des façons de récompenser la loyauté de son amie.

— Tu veux un autre Coke?

— Non, nous ferions mieux de partir. Je suis fauchée, de toute façon.

— C'est mon dernier dix sous. Je fais jouer *Michelle* pour toi.

Torie glissa la pièce dans le juke-box collé au mur.

— Oh, merci!

Peggy fredonna au son du disque pendant quelques instants, puis se renfrogna.

— Je ne me fais plus d'illusion en ce qui concerne Frankie.

— Tu ne peux pas abandonner comme ça. Je sais qu'il éprouve des sentiments pour toi, il m'en a déjà parlé.

— C'est vrai? Qu'est-ce qu'il a dit?

— Il y a longtemps. Je ne me souviens pas exactement. Nous parlions de tout et de rien, et il m'a dit qu'il te trouvait jolie, ou que tu serais jolie lorsque tu serais plus grande.

Il pense encore que je suis une petite fille.

— Eh bien, nous n'avons qu'à l'amener à réviser ses positions. Pourquoi ne viendrais-tu pas à la maison dimanche, maquillée et bien habillée? Il est toujours à la maison le dimanche. Steffi viendra aussi et nous regarderons un film.

— Euh… Que trouves-tu à cette fille?

L'inquiétude dans le ton de Peggy alerta Torie qui se reprit rapidement.

— Ce n'est pas une amie intime. Il lui arrive d'être intéressante parfois, et elle ne se promène pas le nez en l'air comme les autres sorcières. Viendras-tu?

— Non, je ne peux pas la supporter. Elle est vulgaire et commune. Et tu ferais bien d'être prudente. Avec une fille de ce genre, tu ne peux que t'attirer des ennuis. De plus, je suis trop jeune pour Frankie maintenant. Dans trois ou quatre ans, on verra.

— D'accord. Mais alors, nous travaillerons sur lui ensemble — je veux dire *sérieusement*.

Comme elles se levaient et se dirigeaient vers la sortie, Torie pressa le bras de Peggy.

— Tu sais quoi, La Tresse? Un jour tu deviendras ma belle-sœur.

Au printemps de l'année 1965, le conseil de Timothy Leary, professeur à Harvard, propagé dans tout le pays : tout envoyer en l'air et se mettre au diapason de la drogue, eut un impact considérable sur l'esprit perturbé de Torie et, bien qu'elle demeurât près de Peggy, elle commença à fréquenter davantage Steffi Adler, une fille aux longues jambes, aux cheveux blonds et frisés, habituée à la rude vie de la rue. Ensemble, Torie et Steffi se créèrent de nouvelles personnalités, fumèrent de la marijuana, du haschich et, à trois occasions, elles se donnèrent des frissons avec le LSD.

Au moins une fois par mois, elles faisaient l'école buissonnière et se rendaient en autobus au grand magasin à rayons Wanamaker, au centre-ville. Sous prétexte d'acheter un cadeau pour leurs mères, elles passaient des heures à se promener dans les allées, contemplant la marchandise étalée sur les comptoirs, regardant parfois une femme bien habillée payer soixante-quinze dollars pour une once de parfum ou un foulard brodé à la main en provenance de Paris.

Steffi enseigna à Torie comment il était facile de laisser tomber *accidentellement* deux ou trois rouges à lèvres sur le plancher et d'en glisser un dans sa poche. Mais lorsque la vendeuse commença à les suspecter et les menaça d'appeler un garde de sécurité, Torie coupa court à sa brève carrière dans le vol à l'étalage. Elle ne voulait surtout pas d'ennuis avec la justice.

D'autres jours, Torie demandait à Steffi de l'accompagner plus loin que le centre-ville, jusqu'à Chesnut Hill, où elles se dissimulaient sous un porche pour voir les filles riches, vêtues de blouses jaunes et de tartans bleus, sortir de Springside, une école privée renommée. À plusieurs reprises, elle aperçut Betsy, marchant main dans la main avec une des filles qu'elle avait vue lors de la fête deux ans plus tôt. Il lui semblait que ça faisait une éternité, et elle se demandait si Betsy aimait toujours Nielson Hughes — et vice versa.

Surtout vice versa. Pour des raisons qu'elle ne pouvait s'expliquer, le garçon fier et sensible, qui n'avait pas la moindre idée de son existence, prenait de plus en plus de place dans son esprit. Elle et Peggy ne jouaient plus à leur jeu secret (et étaient même gênées, en fait, d'en reparler), mais Torie imaginait toujours des scénarios — les plaçant, Nielson et elle, dans des situations romantiques où ils échangeaient des regards fiévreux, puis tombaient dans les bras l'un de l'autre. Elle n'allait pas plus loin que les baisers et les caresses, mais leur mariage et leur avenir faisaient indubitablement partie du script.

Elle avait même une fois réussi à persuader Steffi de visiter l'école Penn Charter, à Germantown, où elles avaient attendu plus d'une heure pour apercevoir, pendant trois secondes, Nielson qui courait pour monter dans l'autobus. Ennuyée et nullement impressionnée, Steffi avait refusé d'y retourner.

Une autre fois, elles avaient mis leurs plus beaux vêtements et s'étaient rendues jusqu'à la place Rittenhouse, où elles pénétrèrent dans le Barclay en prétendant être des touristes.

Un préposé à la réception leur donna à chacune une liste de prix, leur suggérant d'un air taquin qu'elles apprécieraient sûrement les suites. Brochures en mains, elles arpentèrent le hall en forme de «T» en essayant de ne pas écarquiller les yeux devant les pièces lambrissées, les lustres de cristal, les tapis persans à peine usés, les hauts plafonds en voûte, et le groom, en livrée vert et or, ramassant des mégots de cigarettes dans un plateau reluisant. Une tentative de commander des martinis au bar mit un terme brusque à leur visite; elles quittèrent les lieux suivant des avertissements clairs, et escortées jusqu'à la porte.

Forte de ses douze relations sexuelles (c'est ce qu'elle prétendait), Steffi insista auprès de Torie pour qu'elle prît rendez-vous à une clinique de planning familial afin de se procurer des pilules contraceptives. Ainsi préparée, Torie se découvrit elle-même apte, consentante et curieuse — mais réticente à l'idée de perdre sa virginité avec un de ces obscurs inconnus écossais de l'école Monseigneur Neumann, dont la seule ambition était d'emprunter la voiture de leur père, de conduire tout droit jusqu'aux lacs, et de copuler avec la femelle assise sur la banquette de droite. Sa décision d'attendre n'avait rien à voir avec la morale. Elle voulait simplement trouver un garçon qu'elle aimerait.

— Nous avons des problèmes, les enfants.

Frankie verrouilla la porte d'en avant, laissa tomber une pile de papiers sur le banc du vestibule et gagna le salon. Torie était assise sur le plancher les jambes croisées, les yeux rivés au téléviseur.

Lisa arriva en courant de la cuisine.

-Qu'y a-t-il Frankie? Qu'est-ce qui ne va pas?

— Du calme. Rien de grave.

Il s'approcha de son autre sœur et lui tapa sur l'épaule.

— Vous pensez être en mesure de m'accorder cinq minutes, *Votre Majesté*?

— Quoi?

Elle leva les yeux, surprise.

— Oh, bonjour Frankenstein. Ouais, je peux t'accorder cinq minutes mais je sors dès que cette émission sera terminée.

— Le mot est «oui», pas «ouais». Que fais-tu du dîner?

— Je mangerai un morceau à la *Tour Blanche*.

— Bien sûr. Tu sors beaucoup trop depuis un certain temps. Et cet accoutrement est dégoûtant. Ton jean est trop serré et tu as assez de maquillage pour peindre un cirque. Où penses-tu aller habillée comme une putain?

Elle lui lança un regard hargneux.

— J'ai un rendez-vous.

— Mon Dieu!

Il grogna en se laissant tomber sur le divan.

— Papa te briserait le cou s'il savait, et à moi aussi. Tu ferais mieux d'être de retour à la maison à dix heures.

— C'est ça, papa n'est pas ici et tu es dehors tous les soirs à coucher avec les filles. Mais ne t'inquiète pas, je serai rentrée à dix heures, comme d'habitude.

Lisa se tortilla nerveusement. Toute allusion concernant le sexe la rendait mal à l'aise.

— Vas-tu enfin me dire ce qui ne va pas?

— Très bien…

Frankie se redressa et croisa les bras. Vivement conscient de ses nouvelles responsabilités de chef de famille, il essaya de paraître autoritaire mais le ton de sa voix était lourd de culpabilité.

— Je ne suis pas très fier de moi. J'ai dû congédier Délia aujourd'hui.

— Oh, non!

Le visage de Torie s'affaissa. Délia Fleischer avait été la secrétaire de l'agence, la réceptionniste, la préposée aux dossiers et l'assistante fidèle pendant plus de dix ans — aussi loin qu'elle se souvînt.

— Pourquoi?

— Bien, je — euh — j'ai dépassé ma limite de crédit le mois dernier. Trop de factures, trop de poids morts dans le bureau. Ce n'est que temporaire. Vous n'avez aucune raison de vous inquiéter.

— Elle a dû être terriblement déçue? demanda Torie.

— Pas vraiment.

Il sourit, pour lui-même, devant cette autre preuve d'une observation qu'il avait faite. Lisa était le grand cœur compatissant, babillant sans arrêt au sujet des minorités oppressées et des masses affamées, tandis que Torie, qui ne prêtait que rarement attention à ces problèmes, réagissait avec une immédiate générosité devant quiconque avait des ennuis. Une fois, alors qu'un mendiant avait sonné à la porte, Lisa était restée plantée là, à parler du bon Dieu, pendant que Torie avait couru à la cuisine pour lui préparer un sandwich.

— Délia s'est déjà trouvé un autre travail à la banque.

— Quel est le problème, dans ce cas?

Lisa, impatiente, donna un coup de spatule.

— As-tu dépensé tout ton argent pour tes petites amies? Et cette voiture de luxe que tu as achetée?

— Cette voiture de luxe ne me coûte que soixante dollars par mois. Écoutez, j'admets que j'ai fait des bêtises et j'en suis désolé. Je le suis réellement et je vous revaudrai cela. Mais, pour le moment, je ne peux pas me permettre une secrétaire et je ne peux pas m'occuper seul de l'agence. L'école finit vendredi et j'ai besoin que vous veniez toutes les deux me donner un coup de main.

— N'y pense pas.

Les yeux de Torie se replongèrent sur l'écran.

— Je vais être bien trop occupée avec mon travail de rattrapage — à moins que je ne quitte l'école pour de bon, ce qui n'est pas une mauvaise idée puisque je n'apprends rien dans cette cabane, de toute façon.

— Ne dis pas cela. Tu apprendrais un peu plus si tu cessais de sécher tes cours.

Frankie croisa ses bras dans un geste de colère.

— Et ne me fais pas le coup du travail de rattrapage. Les professeurs ne donnent aucun devoir durant les vacances d'été.

Dis-moi donc ce que tu as de si important à faire pendant les trois prochains mois, qui t'empêche d'aider ta famille en pleine crise?

— Crise? Je pensais que tout allait bien...

— Tout va bien, et cela continuera de bien aller dans l'avenir. Mais pour l'instant, nous avons des ennuis.

Il se tourna vers Lisa.

— Et toi?

— C'est impossible.

Ses mains s'ouvrirent pour montrer son impuissance.

— Père James et sœur Rhoda comptent sur moi pour préparer les chandelles et polir le cuivre, et pour toutes sortes d'autres corvées à l'église. Cette semaine, ils me permettent d'aider sœur Angela à distribuer les livres pendant le cours d'histoire sainte. J'ai donné ma parole que j'y serai.

— Les samedis aussi?

— Il y a encore plus de travail.

Il revint à Torie.

— Il semble qu'il n'y ait que nous deux, fillette.

— C'est bon, c'est bon.

Elle savait qu'elle ne pouvait se permettre d'ergoter davantage. S'il s'avisait d'examiner attentivement son emploi du temps, elle éprouverait quelques ennuis. D'un autre côté, il semblait vraiment dans le pétrin.

— Je t'aiderai pendant quelques heures durant la journée, dans la mesure où tu ne chambarderas pas mes soirées et mes week-ends, et où tu ne m'emmerderas pas avec mes allées et venues.

— Tu vas en avoir de la merde si tu n'améliores pas ton langage. Combien de fois t'ai-je dit que les gentilles filles n'utilisaient pas de mots grossiers? Tu ne trouveras jamais un mari s'il ne sort que des saletés de ta bouche. Et je ne chambarderai pas ta vie tant et aussi longtemps que tu seras à la maison avant dix heures. Peux-tu commencer lundi?

— Ouais, je veux dire oui — je crois.

Le reflet d'un sourire passa sur ses lèvres.

— Je ne voudrais pas te laisser tomber.

— Là, je reconnais ma petite sœur — un grand cœur.

Il s'enfonça dans le divan, résistant à l'envie d'étreindre sa sœur, et lui dit à quel point il était soulagé et combien il appréciait son sacrifice.

Dans sa tête, pourtant, il se réprimandait. Papa lui avait spécifiquement ordonné de ne pas encourager l'intérêt de Torie pour les affaires, mais papa n'avait pas prévu que certains de ses copains profiteraient de son incarcération pour retarder leurs paiements, que certains de ses nouveaux clients n'hésiteraient pas à abuser de l'inexpérience du jeune homme, ou que celui-ci serait assez stupide pour dépenser une petite fortune en essayant de suivre le train de vie de son exubérant cousin. Tout bien pensé, Frankie n'avait pas le choix. Lisa était prise avec l'église. Il lui fallait recruter Torie ou envisager la faillite.

Les premières semaines à l'agence furent calmes et ennuyeuses, puis, subitement, Torie dut travailler de neuf à cinq, et même plus, ce qu'elle détestait. La pensée que sa famille pût perdre ses moyens d'existence fut la seule chose qui motiva Torie à se présenter chaque matin au travail comme elle l'avait promis. À la reprise des classes, à l'automne, elle continua à travailler durant les après-midi. Au mois de juin de l'année suivante, après avoir répondu au téléphone pendant un an, après avoir fait toutes les commissions, rempli tous les papiers, regardé par-dessus l'épaule de son frère et posé des tas de questions, elle commençait à prendre goût aux affaires. Le marché immobilier n'était ni plus ni moins qu'un jeu de Monopoly grandeur nature : plus tu possédais ou vendais de propriétés ou de maisons, plus tu percevais de droits et de loyers.

Mais c'était aussi beaucoup plus complexe et, d'une étrange façon, fascinant. Elle consacra plusieurs heures par jour à lire des livres, essayant de comprendre comment l'inflation, la déflation et les bonds des taux d'intérêt affectaient le coût des loyers et des hypothèques... comment structurer les prêts... comment et où obtenir un financement.

— Désolé d'interrompre vos études, jeune dame. Je suis Jack Slate.

Torie leva les yeux de son bureau dans l'étroit deux pièces qui servait d'agence. Un homme au visage agréable l'observait avec intérêt.

— Puis-je vous aider?

— J'aimerais rencontrer M. Di Angelo.

— Il sera de retour dans une minute. Voulez-vous l'attendre?

— Merci.

Il aprocha une chaise et s'installa confortablement.

— Quel est votre nom?

— Torie Di Angelo. Je suis la sœur de Frank.

— Une très jolie sœur, si je puis me permettre. Vous devez être fatiguée d'entendre cela?

— Hum, pas vraiment.

Le compliment la troubla, tout comme l'étranger. Il était tellement bien habillé, et trop poli pour être du voisinage. Elle souhaitait qu'il cesse de la regarder avec cette intensité.

— À quel propos désirez-vous voir Frankie?

— Une propriété qu'il possède. Un petit terrain dans Strawberry Mansion. Je représente une firme qui pourrait être intéressée à l'acheter.

Ses propos la firent sourire.

— C'est bien. J'aime mieux les acheteurs que les vendeurs. Êtes-vous dans l'immobilier?

— Je suis avec la compagnie Evans. Nous possédons, développons et administrons des biens immobiliers dans tous les marchés de la Côte-Est.

— Un de nos compétiteurs.

Il sourit de bon cœur.

— Non, nous sommes une importante corporation.

Ses questions entretinrent la conversation jusqu'au retour

de Frankie qui fit entrer le visiteur dans son bureau. Elle essaya en vain d'écouter ce qu'ils disaient.

Avant de partir, Jack Slate s'arrêta près de la chaise de Torie.

— Heureux de vous avoir rencontrée, Torie. J'espère avoir le plaisir de vous revoir.

— Oh... moi aussi. Avez-vous acheté la propriété?

— Votre frère et moi avons conclu une entente verbale. Les papiers seront prêts demain pour la signature.

Il se pencha et murmura à son oreille :

— Êtes-vous libre ce soir?

— Hum... Je ferai de mon mieux.

Ses yeux roulèrent furtivement vers la gauche, indiquant que Frankie n'approuverait pas.

— Avez-vous laissé un numéro où l'on puisse vous rejoindre?

— Oui, bien sûr.

Ses manières devinrent rapidement impersonnelles.

— Merci de votre courtoisie.

— Avez-vous une carte d'identité, mademoiselle?

— Évidemment.

Torie posa son sac sur le comptoir, chercha son portefeuille et en sortit une carte.

— La voici.

Le barman la dévisagea.

— Les gens de vingt et un ans sont de plus en plus jeunes. Que prendrez-vous?

Elle se jucha sur le tabouret du bar, comme si elle l'avait déjà fait un millier de fois auparavant, et annonça :

— Un *screwdriver*, s'il vous plaît.

— Donnez-moi un *Schmidt*.

Jack Slate attendit que l'homme s'éloignât, puis pivota sur le tabouret. Le langage soigné et les formalités avaient disparu.

— Quel âge avez-vous, réellement?

— Dix-sept ans.

Ce n'était pas un gros mensonge. Après tout, elle avait fêté son quinzième anniversaire en février, et on était déjà au mois de juin.

— Et vous?

— Vingt-huit ans.

Il frotta une allumette.

— Vos parents sont-ils très sévères avec vous?

— Ils sont morts tous les deux.

C'était du moins son histoire. Lisa, Frankie et elle allaient rendre visite à leur père en prison toutes les deux semaines, mais Torie ne parlait jamais de lui à personne. Qu'était-elle censée dire : «Mon père est sous les verrous?»

Elle devrait alors expliquer pourquoi il était en prison et on penserait qu'il était un meurtrier ou un violeur. Il valait beaucoup mieux enterrer papa avec maman, pour le moment, et ne pas se compliquer la vie avec cela.

Elle se pencha en avant et inhala une bouffée de sa cigarette.

— Frankie est en quelque sorte mon gardien et il est très strict. Il me faut rentrer à la maison avant dix heures tous les soirs. C'est la raison pour laquelle j'ai dû vous rencontrer si tard.

— Dix heures, ce n'est pas si tard. Comment vous êtes-vous échappée?

Elle se mit à rire.

— J'ai un système à toute épreuve. Frankie quitte toujours la maison vers huit heures trente et Lisa — ma sœur — se couche à neuf heures trente, parce qu'elle se lève tôt et se rend à la messe de l'aurore. Ils me laissent devant le téléviseur; j'attends donc cinq minutes et je sors.

— Lisa n'entend pas la porte?

— Lisa pourrait dormir pendant un concert de musique rock. De plus, je laisse le téléviseur allumé jusqu'à mon retour.

— Et si Frankie revenait à la maison le premier?

91

— Frankie ne dort presque jamais dans son propre lit. Avez-vous peur qu'il s'énerve parce que vous m'avez invitée à sortir?

— Les grands frères deviennent parfois très possessifs lorsqu'il s'agit de leurs petites sœurs. Mais vous avez été suffisamment habile pour me téléphoner et nous sommes maintenant ensemble, alors oublions Frankie.

Elle rit et souffla un nuage de fumée.

— Avez-vous peur qu'il soit si fâché qu'il refuse de vous vendre le terrain?

— Il a déjà accepté de le vendre.

Une impulsion la saisit.

— Mais après votre départ, un ami lui a dit que la propriété valait plus que les dix mille dollars que vous lui avez offerts. Frankie va augmenter son prix.

— Il ne devrait pas. Celui qui a acheté ce terrain il y a vingt ans n'a sûrement pas payé plus de quelques milliers de dollars.

— Pourquoi le voulez-vous tant?

Il se tortilla sur son banc.

— Je ne le veux pas à tout prix. Ma compagnie envisage de redévelopper ce secteur à un moment donné. Ils m'ont chargé d'acheter quelques terrains ici et là... ceux qui sont disponibles. Frankie serait idiot de ne pas le vendre.

— Allez-vous construire dessus?

— Je pensais que je venais à peine de répondre à cette question.

— Oh, d'accord. Oublions les affaires.

Elle lui adressa un doux sourire et baissa le ton de sa voix.

— J'ai de la bonne herbe dans mon sac. Voulez-vous vous défoncer?

La petite chambre du motel Solonex était différente de toutes les chambres qu'elle avait déjà vues. Un très grand lit occupait presque tout l'espace disponible, à l'exception d'une petite chaise et d'une table de nuit. Au-dessus du lit, dans un cadre terni, une blonde à moitié dévêtue était étendue sur un tapis en peau de léopard.

Torie enleva sa veste et essaya de paraître naturelle.

— C'est joli. Vous venez souvent ici?

— C'est la première fois.

Il se rapprocha d'elle et prit son menton dans ses mains.

— As-tu peur?

— De quoi?

— De moi?

— Pourquoi devrais-je avoir peur?

— Il n'y a aucune raison.

Ses doigts descendirent sur sa poitrine.

— Débarrassons-nous de ces vêtements.

— Je pensais que nous étions venus ici pour nous allumer...

— Nous allons nous allumer mutuellement.

— Mais...

Coucher avec lui faisait indéniablement partie de ses plans. Elle aimait ses regards, ses manières, elle appréciait le fait qu'il fût plus âgé. Elle avait même sacrifié la dernière moitié de *L'Heure de Red Skelton* à la tâche excitante de choisir ses plus jolis sous-vêtements.

— J'ai besoin d'un *joint* d'abord. J'ai besoin de me détendre.

— Je vais te détendre, bébé. Fais-moi confiance.

Il commença à l'embrasser et à la caresser, laissant ses mains vagabonder sur son corps. Quelques secondes plus tard, il tirait sur son jean.

— S'il te plaît, je ne suis pas prête. Il me faut un *joint*.

— Non, bébé. Tout ce qu'il te faut, c'est une bonne baise.

Avant qu'elle pût répliquer, elle se retrouva étendue sur le lit, les jambes pliées et écartées. Un homme qu'elle connaissait à peine était couchée sur elle, la braguette de son pantalon descendue.

— Je n'ai pensé qu'à ce moment dès l'instant où je t'ai vue...

Elle n'avait pas voulu que sa *première fois* se déroulât à la sauvette. Elle avait espéré de la douceur et de la tendresse, et de merveilleuses sensations. Mais il était trop tard pour discuter de l'atmosphère.

Une déchirure douloureuse la fit crier. Elle eut la terrible sensation qu'il était en train de taillader sa chair avec un couteau au moment où il la pénétra violemment, marmonnant quelque chose qui ressemblait au contentement qu'il en retirait. Il poussa un grognement avant de s'effondrer sur sa poitrine. C'était fini. La première expérience sexuelle de Torie était terminée avant même qu'elle ait commencé.

— Tu as un corps splendide, fillette, dit-il, roulant sur le côté en fermant son pantalon. Nous ferions mieux de te ramener à la maison, maintenant.

En entrant dans le bureau, le lendemain, Torie pressentit les ennuis. Faisant comme si de rien n'était, elle murmura : «Hello», accrocha son gilet à la patère et s'assit sur une chaise.

Frankie rappliqua à l'instant même, le regard sévère.

— Très bien, Mademoiselle Innocence, arrête tes conneries. Où étais-tu la nuit dernière?

— La nuit dernière?

Un frisson lui parcourut l'échine.

— J'étais à la maison, devant le téléviseur. Où penses-tu que j'étais?

— Pourquoi n'as-tu pas répondu au téléphone? Je t'ai appelée six fois entre dix heures dix et dix heures trente.

— Le son du téléviseur devait être trop fort.

— Ne me mens pas. Tu surveilles le téléphone comme si ta vie en dépendait.

— Il m'arrive d'être si absorbée par une émission que je

n'entends plus ce qui se passe autour.

— Que regardais-tu?

— Euh, *L'Heure de Red Skelton*.

— C'est terminé à neuf heures trente.

Il lui saisit un bras et la tira debout.

— Essaie donc de dire la vérité pour une fois dans ta vie. Qu'y avait-il de si important pour que tu passes la nuit dehors?

— Bon, d'accord.

Elle se libéra de son emprise.

— Quelques-unes des finissantes avaient un bal de graduation et je voulais y aller. Je savais que tu ne me le permettrais pas, alors je ne te l'ai même pas demandé.

— Où avait lieu cette soirée?

— Chez une des filles. Elles sont venues me chercher. Je ne connais pas l'adresse.

— Torie, dit-il, ses lèvres tremblantes de colère, je vais te donner toute une raclée si tu n'arrêtes pas de me mentir. Pour la dernière fois — où étais-tu la nuit dernière?

Dans sa tête, une bombe était sur le point d'exploser; elle pouvait presque entendre la minuterie. Une fois, auparavant, alors qu'elle avait menti au sujet d'un montant d'argent qu'elle avait pris dans son portefeuille, il avait éclaté et l'avait frappée. Cette fois-ci, il semblait suffisamment enragé pour lui briser les os.

— Je suis sortie avec Jack Slate, laissa-t-elle échapper.

— C'est bien ce que je pensais.

Il retint son souffle.

— Je l'ai vu hier te parler à voix basse avant de quitter l'agence. Où êtes-vous allés?

— Dans un bar. Nous... avons pris deux verres, et il m'a ramenée à la maison. Rien d'autre.

— Les gars de son espèce ne paient pas de verres aux filles sans demander quelque chose en retour.

Il recula, craignant de perdre le contrôle de lui-même. Les veines de ses poings saillirent.

— Torie, dit-il, à peine capable de parler, je sais que

quelque chose de terrible s'est passé la nuit dernière. Si tu me dis la vérité, je ne lèverai pas la main sur toi. Je le jure devant Dieu. Je ne te toucherai pas. Je veux juste savoir à quoi m'en tenir.

Trop effrayée pour mentir encore, elle pencha la tête et fit signe qu'elle avait compris. De grosses larmes coulèrent sur ses joues.

— Je ne voulais pas le faire, honnêtement, je ne voulais pas. Il m'a obligée. Il était très fort et il m'a forcée…

Sans un mot, Frankie se retourna et quitta le bureau en furie. Ses doigts tremblaient lorsqu'elle prit l'annuaire téléphonique pour trouver le numéro de la compagnie Evans.

— Doux Jésus, gémit-elle, faites que je le rejoigne la première.

Torie frôlait l'affolement lorsqu'elle ferma le bureau à six heures ce soir-là. Elle n'avait plus eu de nouvelles de Frankie depuis son départ précipité du matin, le cœur plein d'idées meurtrières, et Jack Slate n'avait répondu à aucun des messages qu'elle lui avait laissés. Selon elle, ils étaient tous deux étendus dans une ruelle, blessés mortellement.

Mi-marchant, mi-courant, elle franchit les six pâtés de maisons la séparant de l'avenue Snyder, et arriva chez elle au moment même où la décapotable de Frankie tournait le coin de la rue.

— Merci mon Dieu, murmura-t-elle.

Au moins, son frère était en vie. Frankie se rangea le long du trottoir et ouvrit la portière.

— Monte.

Elle obéit, douce comme un agneau, effrayée à la seule idée de le regarder. Lorsqu'elle leva enfin la tête, elle constata qu'il était épuisé; ses épaules tombaient, ses cheveux étaient en broussaille, son visage était exsangue.

— Ton ami doit se cacher quelque part, dit-il sur un ton tranquille. Je n'ai pas trouvé cet enfant de salaud, tu vas donc lui faire un message de ma part. Dis-lui que la propriété n'est pas à vendre, pour lui ou pour sa compagnie, et qu'elle ne le sera jamais.

— Mais je lui ai déjà dit que tu voulais la vendre plus cher, que tu en voulais cent mille dollars.

— Cent mille dollars?

Il lâcha un petit cri.

— Sûrement, je la lui vendrai cent mille dollars, un prix ferme. S'il demande pourquoi, dis-lui que je lui rends la monnaie de sa pièce.

Le rouge lui monta aux joues.

— J'ai pensé à toi tout l'après-midi, poursuivit-il, les yeux fixés droit devant, et j'ai pris quelques décisions — très difficiles. Cela m'est très pénible d'admettre que je suis responsable de ce que tu as fait, mais je ne peux pas continuer à nier la vérité. Je t'ai laissé tomber, j'ai laissé tomber papa et je me suis laissé tomber moi-même.

— Non, non, ce n'est pas ta...

— Je n'ai été qu'un idiot égoïste, extravagant et irresponsable. J'ai failli causer la ruine de la famille et je n'ai pas su montrer le bon exemple à mes sœurs. Je ne peux blâmer personne d'autre que moi-même pour ce qui s'est passé la nuit dernière. Si je t'avais consacré plus de temps, si je t'avais accordé plus d'attention, et si je t'avais empêchée de fréquenter cette petite groupie en chaleur...

— Tu parles de Steffi? Elle n'est pas ma meilleure amie. C'est Peggy.

— Peggy est un amour. Elle ferait n'importe quoi pour toi — pour nous tous. J'aurais dû t'encourager à la voir plus souvent.

— Mais je suis souvent avec La Tresse.

— Alors, continue de la fréquenter et ne vois plus Steffi. J'essaierai d'être plus gentil avec Peggy quand elle sera ici — de lui faire savoir que nous l'aimons et qu'elle est ici chez elle. Je vous amènerai toutes les trois chez *Pat* un soir...

Torie se dressa, tout excitée.

— Oh, Frankie, tu le promets?

— Bien sûr que je promets.

Son expression s'adoucit en la regardant. Il suffisait de si peu pour lui faire plaisir. La joie qui se lisait sur son visage le toucha.

— Les choses vont changer à partir de maintenant. En tout premier lieu, je ne vous laisserai plus jamais tomber. Je serai tout à la fois la maman, le papa et le grand frère pour toi, Tor, et grand Dieu, c'est exactement ce que je serai — solide comme le roc de Gibraltar.

— Je ne veux pas que tu changes.

— Il est trop tard. J'ai déjà changé. Je ne pourrai jamais défaire ce qui s'est passé la nuit dernière, mais je peux très certainement apprendre de mes erreurs.

Sa voix prit une assurance nouvelle.

— J'ai pris une autre décision. L'école se termine dans quelques semaines et je ne vois aucun avantage pour toi d'y retourner à l'automne. Tu n'assistes pas aux cours, tu échoues à tous tes examens et tu passes trop de temps avec des vauriens. Je vais rencontrer les autorités et faire le nécessaire pour que tu étudies à la maison, et que tu travailles avec moi... à plein temps.

Elle resta bouche bée.

— Tu veux dire — plus besoin d'aller à l'école?

— À trois conditions : la première est que tu viennes travailler du lundi au vendredi, et je veux dire *chaque* jour, de neuf heures à six heures. Si tu manques, ne serait-ce qu'une journée, je le jure sur la Bible, je téléphone à la police et je te fais arrêter pour avoir pris de la drogue.

— Tu ne ferais pas cela! cria-t-elle, horrifiée.

— Essaie pour voir.

— Je viendrai travailler chaque jour, je te le promets. Tu n'auras pas à prévenir la police.

Il soupira.

— Cela dépend de toi. Deuxièmement, tu ne vois plus Steffi et tu ne consommes plus de dope. Si je flaire la moindre odeur de drogue sur toi…

— Je travaille tous les jours. Je ne vois plus Steffi. Je ne touche plus à la drogue.

— Et, troisièmement, ce qui est arrivé la nuit dernière ne se reproduira plus jamais. C'était la première…?

— Ouais — je veux dire oui, je te le jure.

Elle jeta un coup d'œil craintif.

— Vas-tu le dire à papa?

— Je ne le dirai à personne, et toi non plus. En ce qui a trait au monde extérieur, tu es vierge, fraîche et pure comme la rosée du matin. et je vais émasculer le premier qui dira le contraire.

— Oh, merci, Frankie.

Elle s'avança pour lui prendre le bras.

— Je ne sortirai plus sans permission, je ne dirai plus de gros mots, je ne toucherai plus à la drogue, et je vais travailler très fort au bureau. Je te le promets. Tu verras.

Sa voix se fit plus conciliante lorsqu'il se tourna vers elle.

— Ce doit être difficile pour une fille de grandir sans sa mère. Maman me manque aussi, mais c'est différent pour les garçons. C'est moins grave. Les filles, elles…

— Je t'aime tant, Frankie.

— Je t'aime aussi, fillette.

Les larmes embuèrent ses yeux lorsqu'il prit sa main et la serra.

— À partir de maintenant, tout ira bien.

7

Pour Torie, la satisfaction de ne plus devoir aller à l'école compensa quelque peu sa rupture avec Steffi. Du même coup, elle dut s'avouer qu'elle était soulagée d'être libérée de l'influence de son amie. De son propre comportement tout autant, qui n'était, comprit-elle, qu'une tentative d'impressionner Steffi — de prouver qu'elle aussi pouvait être hardie et aventureuse, et non pas une petite fille vieux jeu comme le pensaient les autres enfants.

Peggy remplit avec joie l'espace disponible pour l'amitié. Elle ne savait pas pourquoi Torie avait soudainement cessé de fréquenter Steffi et elle ne s'en souciait pas du tout. Tout ce qui importait, c'était que Torie ait finalement retrouvé ses sens. Frankie était lui aussi très heureux que sa sœur semblât de nouveau sur la bonne voie et, au grand plaisir de Peggy, il tint sa promesse et amena les trois filles chez *Pat*, le paradis du steak, la semaine suivante.

Au début, Torie détestait passer tant d'heures au bureau. Son attitude commença à changer, cependant, lorsque Frankie l'intéressa de plus en plus aux affaires, prenant le temps de lui expliquer les différents procédés d'évaluation, de financement et de fermeture des ventes, s'assurant qu'elle comprenait la façon de préparer les contrats, clarifiant quelques-unes des complexités inhérentes aux lois fiscales, et consacrant même un après-midi à lui faire visiter toutes leurs propriétés et celles qu'ils étaient chargés de vendre.

Ses questions avisées l'étonnèrent et l'inquiétèrent; dans son esprit, le travail de Torie était strictement temporaire. Son aide le dépannerait au cours de cette période difficile et lui permettrait, pendant quelques années, d'acquérir une certaine maturité avant de se marier et de s'établir. Il se rassura en se disant que, jolie comme elle était, et devenant encore plus jolie chaque jour, un beau garçon viendrait et lui ferait oublier toutes les idées qu'elle entretenait au sujet d'une éventuelle carrière — une ambition dont elle n'avait jamais parlé, mais dont il suspectait l'existence.

En ce mardi matin de la fin du mois de juin 1966, un homme trapu et vigoureux se présenta au bureau de Torie.

— Je suis Richard Blum, de la compagnie Evans. M. Di Angelo est-il là?

Elle sourcilla. Personne de la compagnie Evans ne serait le bienvenu.

— Oui, il est ici, mais...

— Merci.

Il partit en coup de vent dans le bureau de Frankie et présenta sa carte.

— Comment allez-vous, monsieur? Puis-je m'asseoir?

Frankie ne fut pas impoli.

— Prenez une chaise. Que voulez-vous?

— La propriété Strawberry Mansion. Ma compagnie est toujours intéressée à l'acquérir.

— Et je suis prêt à vous la vendre. Comme ma sœur l'a dit — ou ne l'a pas dit — à votre représentant, le prix est de cent mille dollars.

— Mais c'est exorbitant!

Le visage de l'homme s'empourpra.

— Jack Slate ne travaille plus pour notre entreprise. Quel que soit le différend que vous avez avec lui... il n'y a aucune raison de pénaliser notre firme.

— Je ne pénalise personne. C'est mon prix et si vous ne

l'aimez pas, je serai très heureux de m'asseoir sur ce terrain jusqu'à ce que l'enfer se transforme en patinoire.

— Peut-être serez-vous prêt à reconsidérer le tout lorsque vous verrez ce que j'ai apporté.

Blum installa son attaché-case sur le bureau et l'ouvrit. À l'intérieur se trouvaient dix liasses de billets de cent dollars. Il leva les yeux d'un air suffisant.

— M. Evans m'a autorisé à vous payer quinze mille dollars en argent comptant. Selon les archives municipales, vous toucherez un profit de douze mille huit cents dollars. Votre père n'avait payé que deux mille deux cents dollars pour ce terrain en 1943.

— Désolé, mon ami, les poissons ne mordent pas.

Le ton de Frankie s'éleva avec une soudaine colère.

— Quiconque a eu le mauvais goût d'envoyer Jack Slate ici est quelqu'un avec qui je ne veux pas négocier. N'importe qui peut acquérir ce terrain à condition d'en payer le prix demandé. Autrement, foutez le camp d'ici et ne m'importunez plus.

Torie regarda le visiteur outré s'essuyer le front où ruisselait la sueur, refermer son attaché-case et quitter l'agence. Avant qu'elle pût ouvrir la bouche, Frankie lui lança un regard furieux.

— Je ne veux pas entendre un mot, dit-il sur un ton brusque. Pas un seul mot!

Moins d'une semaine plus tard, le moral de Frankie fit un bond gigantesque. Il voulut bien confier à Torie qu'il avait rencontré une jolie femme en détresse, l'avait aidée à changer un pneu, et qu'ils étaient rapidement devenus de «bons amis». Plusieurs matins après cet événement, de toute façon, Torie fut surprise de trouver son frère attablé pour le petit déjeuner.

— Te sens-tu bien? demanda-t-elle, s'asseyant en face de lui. N'as-tu pas dit, la nuit dernière, qu'il était probable que tu ne rentres pas?

— Je viens tout juste d'arriver. Où est Lisa?

— Elle sauve son âme, comme d'habitude. Qu'est-ce qui ne va pas?

— Rien.

— Allons, Frankie. Tu vas te morfondre toute la journée si tu ne me le dis pas. Je parierais que cela a quelque chose à voir avec ta nouvelle flamme.

— Oui, Anne. Anne Carter. Une vraie beauté, cette fille. Et douce… charmante… sexy…

— Que s'est-il passé?

Il bomba le torse, puis s'effondra.

— Tu sais ce qu'est un espion?

— Sûr. L'inspecteur en était un… un vendu. À la télévision, une fois, les policiers espéraient attraper les bandits en envoyant un espion.

— Cela marche dans l'autre sens aussi. Lorsque les bandits veulent rouler les honnêtes gens, ils envoient une taupe. J'aurais dû me douter qu'elle était trop magnifique pour être vraie.

— Comment l'as-tu découvert?

— Bien, j'ai passé la nuit avec Anne. En m'éveillant, tôt ce matin, j'ai eu envie d'une cigarette et je me suis rendu dans la cuisine. Je suis tombé sur cette liste de numéros d'urgence accrochée sur le mur près du téléphone. Il y avait le poste de police, le service des incendies, et le numéro de l'endroit où elle travaille — ce qui m'embarrassa puisqu'elle m'avait dit qu'elle ne travaillait pas. Juste par curiosité, j'ai composé ce numéro. J'ai failli avaler ma cigarette lorsque la voix a répondu : «Vous êtes ici à la compagnie Evans.»

Torie en eut le souffle coupé.

— Oh, non!

— Alors, tout s'est éclairci — les allusions au fait qu'elle désirait se faire construire une maison, qu'elle cherchait un terrain à un prix abordable. Je la croyais. Je lui aurais vendu la propriété Strawberry Mansion pour presque rien!

— Tu ne l'as pas fait…?

— Non.

Il montra sa cigarette.

— Grâce à cette sale et dégoûtante habitude, ton frère n'est pas le plus grand naïf du siècle. Le deuxième, peut-être.

— Tu brûles.

Elle mordit dans un beignet.

— Evans doit vouloir ce terrain à tout prix pour se donner autant de peine.

— Il a autant de chances de l'obtenir que moi d'avoir des seins.

— Attends une minute. Qu'est-ce...

— Laisse tomber. Nous n'avons pas besoin d'escrocs comme lui dans nos vies. Nous n'avons pas besoin de leur foutu argent non plus.

— Bien sûr que nous en avons besoin. Si tu ne leur vends pas à eux, tu sais ce qui va arriver? Tu vas le vendre à quelqu'un d'autre. Tu auras peut-être la chance d'en obtenir quinze mille dollars, mais tu peux aussi être assez stupide pour le vendre à une de tes petites amies pour dix. Quoi qu'il en soit, celui ou celle qui l'achètera se dépêchera d'aller le revendre à Evans pour vingt mille dollars. Ou cinquante. Ou même plus encore. Et là tu seras le naïf du siècle. *Capiish*?

— Je m'en fous.

— Eh bien, pas moi. Et je ne te laisserai pas gaspiller une mine d'or.

Elle le pointa du doigt.

— Écoute-moi Frankie. Tu vas écrire une lettre à Evans. Répète-lui ta contre-offre de cent mille dollars, dis-lui qu'elle n'est pas négociable et que, si tu ne reçois aucune nouvelle de lui dans un délai d'une semaine, le prix doublera. Envoie la lettre immédiatement, livraison spéciale.

La véhémence de sa sœur le surprit. Il ne pensait qu'à venger sa fierté. Elle ne pensait qu'à faire de l'argent — ce qui n'était pas une mauvaise idée du tout. Peut-être pourraient-ils accomplir les deux — prendre leur revanche et faire de l'argent. Un coup difficile, mais pourquoi pas? Il la

105

regarda d'un œil amusé.

— Cent mille dollars pour un terrain qui en a coûté deux mille deux cents. Ne penses-tu pas que cela frise le ridicule?

— Assurément.

Elle inclina la tête.

— Mais qu'avons-nous à perdre?

L'appel arriva deux jours après que la lettre fut postée; M. Evans voulait parler à M. Di Angelo dès que possible. Sceptique et suspicieux, Frankie se rendit aux luxueux quartiers généraux de la compagnie dans le centre-ville. Il y rencontra le président, Grant Evans, un vice-président, un comptable et un avocat qui, tous, regardèrent le directeur-général signer un document autorisant l'achat de la propriété Strawberry Mansion pour la somme de cent mille dollars. Avec une copie de l'entente serrée dans ses mains, Frankie quitta le building, ahuri.

Lorsqu'il revint à l'agence, tard dans l'après-midi, Torie le fixa une fraction de seconde et sauta dans ses bras en poussant un cri. Trop excités pour retourner au travail, ils prirent Lisa à l'église Sainte-Monique et célébrèrent en dégustant des steaks chez *Pat* et de la tarte aux bleuets au restaurant *Melrose*.

Le dimanche, ils roulèrent pendant trois heures pour accomplir leur visite bimensuelle à la prison à sécurité minimum d'Holmesburg. Frank, avait la permission de voir ses enfants dans une petite salle de visite aux murs verts. Un gardien en uniforme laissa entrer le prisonnier et verrouilla la porte.

Frankie embrassa son père chaleureusement.

— Tu as bonne mine, papa.

Cela lui faisait mal de voir les traits de ce visage familier si tirés et affaissés. Pourtant le coton décoloré dessinait une mince et solide silhouette, tandis que les yeux qui soutenaient son regard étaient perçants et alertes.

— Mon état importe peu, dit Frank, étreignant joyeusement ses filles. C'est comment je me sens qui importe. Et voir ma famille me rend très heureux. Asseyez-vous maintenant. Asseyez-vous et dites-moi comment vous allez.

— Nous sommes riches, chantonna Torie, incapable de se contenir. Te souviens-tu de ce terrain que tu possédais à Strawberry Mansion? Frankie l'a vendu cent mille dollars.

— Ce tas de sable sans valeur? Qui l'a acheté?

— Une firme appelée la Compagnie Evans.

Frankie sourit fièrement.

— Ils vont développer cette propriété et pour ce faire, vont acheter le pâté de maisons. Nous avons demandé un prix exorbitant et leur avons dit que c'était à prendre ou à laisser.

— Nous?

— Euh, ta fille et moi en avons discuté ensemble.

Frank n'avait nul besoin de demander laquelle de ses deux filles.

— Des transactions de ce genre n'arrivent qu'une fois dans une vie — quand elles arrivent, dit-il, se tournant vers Torie les sourcils froncés.

— Ne crois pas qu'une chose comme celle-là se reproduira.

— Oh, non, papa. Ce fut un pur accident.

Cela n'avait rien à voir avec un accident, pensa-t-elle. Si cela s'était produit une fois, pourquoi ne se reproduirait-ce pas encore? Et encore? Elle comprit cependant l'inquiétude de son père et joua le jeu.

— L'argent ne vous tombe pas du ciel tous les jours.

— Certainement pas, répéta-t-il, loin d'être rassuré. Dans ce cas, Dieu avait peut-être une raison pour m'envoyer ici. Il voulait que Frankie ait une chance de diriger l'agence et de montrer qu'il est bien plus brillant que son vieux père.

Frankie rayonna. À ce moment, rien au monde n'aurait pu le convaincre que la vente dépendit d'autre chose que de son propre génie.

— Tu sais ce que nous allons faire avec ce magot? Nous

recruterons le meilleur criminaliste de l'état et te sortirons de ce dépotoir. C'est la première chose.

— Non, dit Frank, il n'en est pas question. Je veux que tu prennes cet argent, que tu achètes une nouvelle maison et que tu déménages la famille dans un bon quartier, de Philadelphie-Sud ou des environs — pourvu que ce soit près de l'agence et de l'école des filles. Ne te fais pas de souci pour moi. Je me suis habitué à cet endroit et je m'en tire très bien. C'est ma décision et la discussion est close.

Le ton était ferme.

— Maintenant dis-moi, Torie, comment va ton rattrapage scolaire?

— Oh, bien. Je serai probablement dans la rangée d'honneur à la rentrée des classes.

Ils avaient convenu de ne pas parler de son retrait de l'école ni de son travail temporaire.

— Une moyenne de «C» serait acceptable, dit-il, en faisant un clin d'œil à son garçon. Et ma fille dévote, comment va-t-elle? Comment va le bon pasteur?

— Le père James t'envoie sa bénédiction, papa. Il m'a dit de te dire qu'il priait pour toi chaque jour.

— C'est gentil de sa part. Moi aussi je prie maintenant. Il y a une petite chapelle, ici, où je peux parler tranquillement avec le Seigneur. Cela m'a sauvé la vie... d'avoir un endroit où je peux être seul.

— Mais bien sûr, c'est merveilleux.

Lisa exprima son approbation.

— C'est beaucoup mieux que d'avoir tout cet argent.

— Qu'y a-t-il de mal à avoir de l'argent? demanda Torie.

— L'argent pervertit les gens, les amène à mentir et à se prendre pour ce qu'ils ne sont pas.

Elle fit une grimace à sa sœur, guindée et angélique dans sa robe blanche, ressemblant à une vierge innocente dont Lisa doutait de l'authenticité.

— Il y a des gens qui sont toujours en train de jouer un rôle. Tu comprends papa, n'est-ce pas?

— Êtes-vous venus ici pour me voir ou pour vous quereller, les enfants?

— Pour te voir, dit rapidement Frankie. T'ai-je dit que Matt Richardson veut poser sa candidature au poste de sénateur? Les filles et moi allons tout faire pour qu'il ne soit pas réélu.

— Pas moi.

Torie croisa ses bras dans une attitude de défi.

— Simone et Betsy ont été très gentilles avec moi. Je ne ferai jamais rien qui puisse les blesser.

— Et Richardson? A-t-il été gentil lorsqu'il est allé à la barre témoigner contre ton père?

— Papa a dit que nous devrions lui pardonner, n'est-ce pas, papa? Tu as dit qu'il n'avait fait que son devoir de maire, et que ces choses dites en Cour n'étaient pas dirigées personnellement contre nous. Je l'ai haï au début mais, après y avoir longuement réfléchi, j'ai décidé que tu avais raison. Il ne faisait que tenir sa promesse de nettoyer la ville. Dans son esprit, il agissait honorablement — essayant de protéger les gens contre les véritables criminels. Tu l'as dit toi-même, papa.

— Oui, oui, je ne veux pas que mes enfants vivent dans la haine...

Frank fut interrompu par l'arrivée du gardien.

— Le temps est écoulé, braves gens, dit-il froidement. Vous avez une minute pour vous dire au revoir.

Au mois de février de l'année suivante, en 1967, Frankie fut en mesure de réaliser le rêve que son père avait entretenu toute sa vie. Louant la maison de l'avenue Snyder à un couple de rentiers, il installa sa famille dans un immeuble à trois étages de style colonial, dans West Mount Airy, un joli quartier boisé situé à vingt-cinq minutes au nord du centre-ville. Ses sœurs bénéficièrent enfin de chambres séparées, et leur père sortirait de prison pour s'installer dans une maison dont les fenêtres s'ouvraient sur des arbres majestueux et sur le versant de la gorge Wissahickon Creek.

Le lendemain du déménagement, Torie était assise dans la décapotable rouge de son frère, fixant les files de voitures devant eux.

— Nous devrions prendre le bus jusqu'à Philadelphie-Sud, gémit-elle. Ce serait beaucoup plus rapide.

Frankie haussa les épaules.

— Oui, mais j'ai besoin de ma voiture pour faire visiter les propriétés.

Elle sortit un bloc-notes et un crayon.

— Une heure de la maison au bureau — deux personnes, deux heures, cela veut dire quatre heures de transport pour aller et venir, cinq jours par semaine. Tu sais, j'ai pensé à quelque chose. C'est idiot de se tuer à vendre des terrains à des firmes comme la compagnie Evans et de les laisser ensuite développer les propriétés. Nous pourrions le faire nous-mêmes.

— Nous sommes des courtiers immobiliers, pas des promoteurs.

— Y a-t-il des lois qui nous empêchent de faire les deux? Y a-t-il des lois qui nous empêchent de gérer deux entreprises — une dans Philadelphie-Sud qui s'occuperait de vendre, et une filiale dans West Mount Airy qui serait chargée de la promotion immobilière?

— Je suppose que ma sœur de seize ans envisage de diriger cette nouvelle filiale elle-même?

— Tu la dirigeras, Frankie.

Elle lui tira l'oreille affectueusement.

— Avec ton génie et ta personnalité de supervendeur. Nous débuterions lentement avec quelques petits immeubles et des unités multifamiliales. Puis, l'expérience acquise, nous pourrions peut-être nous lancer dans la subdivision et la vente de terrains domiciliaires.

— Et qui s'occupera de Philadelphie-Sud?

— Tu embaucheras quelqu'un, et nous n'aurons plus à

nous taper quatre heures de transport chaque jour.

— Ridicule. Impossible.

— Merde, Frankie, ne veux-tu pas être riche? Souhaites-tu t'asseoir dans ce minable bureau de Phildelphie-Sud pour le reste de ta vie à joindre péniblement les deux bouts?

— Ne dis pas «merde». Au moins je suis sûr de les joindre les deux bouts.

Il jeta un coup d'œil des deux côtés et arrêta la voiture.

— Supposons que je prenne ta folle idée en considération. Où prendrions-nous l'argent pour ouvrir une filiale dans West Mount Airy?

— Il y en a déjà suffisamment à la banque — ou presque.

— Ce compte est strictement réservé aux investissements.

— L'ouverture d'une filiale n'est-elle pas un investissement?

Il resta silencieux pendant quelques instants. Depuis sa douloureuse introspection après l'incident Jack Slate et la constatation qu'il avait conduit la famille au bord de la faillite, il était allé à l'autre extrême, devenant presque spartiate dans ses dépenses. Il s'était juré de ne plus jamais courir le risque de mettre la sécurité de ses sœurs en jeu — bien qu'il fût suffisamment pragmatique pour admettre que l'intuition de sa sœur en affaires s'était déjà révélée judicieuse.

— Je ne sais pas. Je dois y réfléchir. Il se pourrait bien que je sois recruté et envoyé au Vietnam.

— Ils ne peuvent pas le faire. Ta présence ici est requise pour la direction d'une agence, alors imagine ce que ce serait avec deux. De toute façon, je ne crois pas que cette guerre va durer bien longtemps. N'as-tu pas entendu le discours de Martin Luther King? Et l'appel de Robert Kennedy de cesser les bombardements afin d'envisager le retrait des troupes?

— À ta place, je ne compterais pas là-dessus. Nous sommes dans la merde là-bas et Johnson ne fait qu'empirer les choses. Avant que nous discutions de l'ouverture d'un nouveau bureau, je devrai analyser la situation très sérieusement sous tous les angles.

— Je savais que tu dirais cela, Frankie chéri!

Elle l'embrassa, tout excitée.

— Tu es bien trop malin pour t'embourber dans une ornière.

L'année 1968 connut des événements violents. Robert Kennedy et Martin Luther King tombèrent sous les balles d'assassins; les soldats américains massacrèrent les hommes, les femmes et les enfants du village sud-vietnamien de Mylai; des émeutes raciales, des concerts rock où l'on consommait de la drogue et des manifestations contre la guerre balayèrent la nation.

Dès le début de l'automne, Frankie avait engagé Emilio «L'Écossais» Sangiacomo, un courtier immobilier indépendant, pour assurer la direction du bureau de Philadelphie-Sud. Après s'être assuré que son nouvel employé pouvait s'acquitter de sa tâche, Frankie et Torie déménagèrent dans les locaux plus vastes qu'il avait loués dans West Mount Airy, à vingt minutes de marche de leur maison.

Au cours d'une soirée de septembre, Lisa fronça les sourcils alors qu'elle servait des pâtes à son frère :

— Dois-tu absolument apporter tes articles de journaux à table?

— Nous aurons terminé dans une seconde.

Il frappa la coupure du revers de la main.

— Je ne comprends toujours pas. Après toute cette dispute, la ville de New York a payé quatre millions de dollars à ce promoteur pour douze acres et demi dans Coney Island?

— Exactement.

Torie posa sa fourchette.

— Fred Trump a acheté le site du parc Steeplechase il y a trois ans, en 1965, pour deux millions et demi dans le but d'y construire des tours d'habitation, mais le commissaire aux parcs a décidé que les règlements de zonage assurant la vocation récréative ne seraient pas modifiés. Trump argumenta, fit des contre-offres, et démontra comment il pourrait faire économiser de l'argent aux payeurs de taxes en fournissant des logements aux personnes âgées, mais personne dans cette ville stupide ne voulut l'écouter. Voyant cela, Trump et son fils, Donald, leur ont dit d'aller se faire voir ailleurs, ont vendu le terrain et réalisé… voyons voir, cent cinquante multiplié par deux et demi… un profit de soixante pour cent sur leur investissement.

— Comment as-tu calculé cela aussi vite?

— Facile. Tout d'abord tu soustrais…

Lisa écouta patiemment pendant dix minutes, ne comprenant pas un seul mot de ce qu'ils disaient. Enfin, elle demanda :

— Pourriez-vous me dire quelque chose, tous les deux? Si le marché immobilier est si payant, pourquoi tous les gens ne se mettent-ils pas à acheter des propriétés?

Frankie fut renversé. Lisa n'avait jamais montré le moindre signe d'intérêt auparavant.

— Tu veux vraiment le savoir?

— Eh bien… oui. Notre église vient tout juste de recevoir un legs important. Penses-tu que le père James devrait investir dans l'immobilier?

— Sans aucun doute. Mais c'est très risqué si vous ne savez pas comment faire. Dis-lui de m'appeler. C'est notre spécialité. Tu n'oublieras pas de le lui dire?

— D'accord.

— Tu ferais mieux de l'avertir que le marché immobilier n'a — je veux dire n'est pas un investissement liquide.

Torie ajouta :

— Si vous avez besoin de retirer votre argent rapidement, vous pouvez vous retrouver le bec à l'eau. Et vous ne pouvez pas laisser une propriété, là, à ne rien faire. Il vous faut savoir l'administrer, fixer le coût des loyers et un tas d'autres trucs.

— Ce qu'elle veut dire, c'est que cela exige de l'expérience. Dis au père James… Oh, ciel!

Frankie se frappa le front avec son poing.

— Nous avons été si occupés à discuter entre nous que nous avons oublié de te demander comment s'est passé ta première journée de collège.

— Merdique, je parierais, dit Torie. L'école est toujours merdique.

Lisa fit une grimace. Qu'elle eût déjà entendu ces mots un nombre incalculable de fois n'y changeait rien, elle éprouvait encore de la difficulté à accepter le langage cru de sa sœur.

— Pas du tout. La Salle est un magnifique campus et je me suis inscrite à des cours très intéressants.

Frankie remplit son verre de lait.

— Comme quoi?

— Philosophie, latin, histoire et religion — je dois d'ailleurs monter étudier. Range la nourriture dans le réfrigérateur, Torie, veux-tu?

— Avec plaisir. Merci pour les spaghettis. Ils étaient délicieux.

— Oui, très bon.

Frankie regarda sa sœur disparaître dans le couloir. Il fouilla dans sa poche, sortit une cigarette et parla tout bas :

— Lui as-tu parlé?

— J'ai essayé. Donne-moi une cigarette, s'il te plaît.

— Non. Je t'ai dit mille fois qu'à dix-sept ans tu étais trop jeune pour fumer.

— Je vais fumer en cachette, alors.

— Oh, c'est bon — en voici une. Que disais-tu?

Torie se pencha en avant pour allumer sa cigarette.

— J'ai essayé d'être diplomate. Je lui ai mentionné que tu avais dit que nous pouvions nous permettre d'acheter quelques vêtements. Elle a voulu savoir comment cela était possible avec l'achat de la maison, l'ouverture de la nouvelle agence et les frais d'inscription au collège; alors j'ai essayé de lui expliquer le principe des hypothèques. Puis je lui ai suggéré que, si elle pouvait maigrir un peu, nous pourrions faire des échanges et avoir ainsi une garde-robe double.

— Qu'a-t-elle dit?

— Elle s'est mise à rire. Elle a dit qu'elle devrait perdre trente livres si elle voulait porter n'importe lequel de mes vêtements. Je lui ai dit que je l'aiderais à suivre sa diète et qu'elle se sentirait beaucoup mieux dans sa peau si elle s'intéressait davantage à son apparence.

— Et au sujet de... tu sais?

— Mine de rien, je lui ai parlé des gorilles Goretti — les deux étudiantes dont tout le monde se moquait parce qu'elles ne se rasaient pas les jambes. Je lui ai ensuite parlé de l'électrolyse, et du fait qu'elle pourrait aisément se faire enlever les quelques poils qu'elle avait au-dessus de la lèvre...

— Ohhhhh...

Frankie gloussa nerveusement.

— Tu crois que tu l'as persuadée?

— Non. Elle a simplement répondu : «Je suis ce que je suis et tu es ce que tu es. Je n'essaie pas de te changer, alors pourquoi veux-tu me changer?» Que pouvais-je répondre à cela?

— Zut.

Il écrasa sa cigarette dans son assiette.

— Comment veux-tu qu'un gars sain d'esprit s'intéresse à une fille avec un derrière énorme et une moustache? Toi et moi savons qu'elle est belle, *à l'intérieur*, mais qui voudra se donner la peine de le découvrir?

— La mère de Peggy avait coutume de dire qu'il y a quelqu'un pour chacune. Parlant de quelqu'un, sors-tu ce soir?

— Oui, si je peux avoir un rendez-vous. Tony m'a donné deux billets pour *2001*. Il paraît que c'est un excellent film. Il doit se rendre à une réception avec son amie.

— Son amie?

— Désolée, fillette, Tony n'en pouvait plus de patienter et d'attendre que tu grandisses. Il a le béguin pour une charmante aristocrate divorcée de Chesnut Hill. Attends, je retire mes paroles. Elle n'est pas charmante, c'est une traînée sans cœur. Mais pleine aux as.

— Tu l'as rencontrée?

— Je les ai croisés chez l'imprimeur — de longs ongles rouges, des cheveux que tu n'oses pas toucher, et un maquillage si épais qu'on pourrait croire qu'elle utilise une canette sous pression. Ce n'est pas un ange non plus. Tony m'a dit — avant que cela ne devienne sérieux — que si elle était un tapis, elle porterait l'étiquette «très résistant». Mais elle a de jolies pommettes saillantes, si tu aimes le style plastique éclatant. Personnellement, j'aime les femmes qui sont bien en chair.

— Qu'est-ce qui te fait penser que c'est sérieux entre eux?

— Il m'a téléphoné la semaine dernière pour me dire qu'il s'attacherait à cette poule si elle se débarrassait de son chat. Il est allergique à la bestiole. Il m'a confirmé aujourd'hui que le chat avait une nouvelle demeure. J'en ai déduit que Tony en avait une lui aussi. Désolé d'être celui qui annonce la mauvaise nouvelle.

Torie se gonfla les joues.

— Ne me fais pas rire. Comment peux-tu continuer à fréquenter ce crétin après ce qu'il nous a fait?

— Qu'est-ce qu'il a fait?

— Tu plaisantes? C'est lui qui a convaincu papa d'offrir un pot-de-vin à l'inspecteur.

— Ne sois pas ridicule.

— Je ne le suis pas, Frankie. J'étais trop bouleversée pour m'en rendre compte durant le procès, mais j'y ai repensé un million de fois depuis. Papa était très à cheval sur les principes quand il était question d'honnêteté. Il n'aurait jamais essayé d'acheter quelqu'un si Tony ne l'avait persuadé de le faire.

— Comment le sais-tu? En as-tu parlé à papa?

— Oui, et il m'a dit d'oublier cela. Mais il ne l'a pas nié. Et tu sais très bien que si cela n'avait pas été vrai, il se serait vivement porté à la défense de Tony. Et Tony a fait un travail de merd… — je veux dire qu'il a très mal travaillé durant le procès. Tous les amis de papa sont unanimes à dire que n'importe quel avocat digne de ce nom aurait pu obtenir une sentence moins lourde.

— Quoi qu'il en soit, je ne le vois plus très souvent. Son train de vie est au-dessus de mes moyens. Mais si Tony n'est qu'un avocaillon, comment se fait-il qu'il roule sur l'or?

— Ce n'est pas sur l'or qu'il roule, Frankenstein. Maintenant, tu ferais mieux de te mettre au téléphone si tu espères te dénicher un rendez-vous.

— Oui, je crois…

Il la regarda avec une soudaine inspiration.

— Eh, j'ai une idée. Voudrais-tu m'accompagner?

Elle commença par dire qu'elle adorerait cela, puis s'arrêta net, se demandant pourquoi elle n'y avait pas songé plus tôt.

— Ce serait avec plaisir si je n'étais pas si fatiguée. Peggy veut que nous allions au cinéma ce soir, mais j'ai dû lui dire que — attends une minute. Peut-être que vous deux…

— Peggy?

L'idée sembla l'effrayer.

— Moi sortir avec La Tresse?

— C'est fini les histoires de tresses. Elle a grandi maintenant, tu te souviens?

— Je n'arrive pas à m'y faire. Fréquente-t-elle toujours Southern?

Torie croisa les bras en signe d'exaspération.

— Tu le sais très bien, Frankie. Elle a dix-sept ans, tout comme moi. Elle a obtenu son diplôme en juin et travaille maintenant chez Pfitzer, le gros magasin d'articles de plomberie. De toute façon, je doute qu'elle accepte de sortir avec toi. Elle voit régulièrement un garçon.

— Quel garçon?

— Je ne sais pas. Van… quelque chose. Un joueur de football.

L'intérêt de Frankie s'accrut.

— Est-ce que c'est sérieux?

— Il fait tout pour lui donner l'épinglette de sa fraternité mais elle dit qu'elle n'est pas prête.

— Alors elle est honnête. Tiens, écris-moi son numéro de téléphone.

Il observa sa sœur griffonner sur le bloc-notes, rangea le papier dans une chemise, et se retrouva devant le dilemme auquel il devait faire face au moins deux fois par jour : il voulait l'opinion de sa sœur à propos d'un client, mais ne voulait pas qu'elle sût à quel point il était devenu dépendant de ses conseils. Essayant de paraître décontracté, il demanda :

— As-tu eu l'occasion de jeter un œil sur le dossier Valenti?

Elle acquiesça d'un signe de tête.

— Bien sûr, et je me fous qu'il ait connu papa pendant trente ans. Tu l'as supporté trop longtemps. Il faut maintenant effectuer une saisie et vendre la propriété. Et ne te sens pas coupable. N'importe qui à part toi aurait jeté ce poids mort à la rue depuis des mois.

— C'est ça, dit-il en se levant de sa chaise. Exactement ce que j'envisageais de faire.

8

Les deux billets sur la table de nuit semblaient fixer Frankie sur son lit. Il ne pouvait tout de même pas les laisser perdre — des sièges de six dollars dans la première rangée au balcon. Mais il n'était pas du tout certain de vouloir y emmener La Tresse. D'un autre côté, deux de ses amies régulières l'avaient laissé choir; Ruth avait prévu de se laver les cheveux et Marcia avait un rendez-vous.

— Qu'elles aillent au diable, gronda-t-il, et il sortit le papier où était inscrit le numéro de Peggy.

Le téléphone sonna deux fois. Kelly Shea répondit et appela sa sœur.

— Euh, Peggy? C'est moi, Frankie. Di Angelo. J'espère que je n'interromps pas ton dîner.

Elle prit une profonde respiration et répondit :

— Non, pas tu tout. Est-ce que tout le monde va bien? Quelque chose ne va pas?

— Tout va bien. Torie m'a dit que vous deviez aller au cinéma ce soir mais qu'elle a dû se désister. Je pensais que si tu avais toujours l'envie de sortir, eh bien, j'ai deux places pour *2001*.

— Tu veux dire... ce soir?

— Mais oui, cela débute à huit heures trente. Je passerais te prendre à huit heures. Penses-tu être prête?

Peggy avala nerveusement sa salive et se demanda combien de mensonges Torie lui avait raconté pour qu'il lui téléphone. Non seulement n'avaient-elles aucun projet de cinéma, elles ne s'étaient même pas parlé durant les derniers jours.

— Sans aucun doute, Frankie, je veux dire, oui, cela me ferait plaisir de t'accompagner. On dit que le film est extraordinaire. J'avais tellement hâte de le voir.

— Génial, dit-il sans enthousiasme. Je serai là à huit heures.

Frankie stationna sa Ford devant la maison de Peggy et arrêta le moteur.

— Attends un peu, dit-il en lui prenant la main. Il est encore tôt. Faut-il que tu rentres tout de suite?

— Je pense que nous pouvons bavarder un peu.

Peggy déposa son sac à main sur ses genoux et sourit timidement, se demandant s'il pouvait entendre son cœur battre la chamade. Elle n'arrivait pas encore à croire qu'ils étaient sortis ensemble.

— Ce fut une soirée magnifique. Merci d'avoir pensé à moi.

Il sourit.

— En toute honnêteté, je n'y suis pour rien. Torie m'en a fait la suggestion. C'est comme dans cette chanson «Gigi» — tu as grandi sous mes yeux et je ne l'ai même pas remarqué. Je veux dire, je te connais depuis si longtemps que je ne m'étais pas aperçu que tu étais devenue une femme. Je suis content qu'elle m'ait permis de m'en rendre compte.

— Je suis contente aussi.

Peggy se mit à rire et chercha un sujet plus banal.

— As-tu entendu la nouvelle au sujet de Arthur Ashe? Il vient de briser une barrière raciale.

— Non. Que s'est-il passé?

— Il a gagné le U.S. Open aujourd'hui. Le premier Noir

à remporter les honneurs d'un tournoi de tennis majeur.

— Bonne nouvelle. Ils laisseront peut-être gagner un Italien la prochaine fois.

— Pour ma part, je veux bien croire que le monde s'améliore... à certains égards.

Il pouffa de rire.

— Tu diras cela à ma petite sœur.

— Elle est plutôt cynique. Mais, aussi drôle que cela puisse paraître, elle est aussi optimiste. Elle m'a déjà dit qu'elle avait la ferme conviction que n'importe qui — même les minorités et les gens qui ne sont pas nés riches ou bourgeois — peut faire la différence dans le monde s'il est prêt à travailler très fort. Elle prétend que le problème vient du fait que la plupart des gens courbent l'échine devant les puissants qui les écrasent.

— Pourquoi veut-elle se battre?

— La justice égale pour tous — ou quelque chose du genre.

La voix de Peggy s'adoucit.

— Tu dois être très fier de T.D., Frankie. Tu as été un frère épatant. Elle n'aurait jamais traversé tous ses problèmes sans tes conseils et ta stabilité.

— Tu le penses vraiment? J'ai essayé de faire de mon mieux. Nous avons eu nos moments difficiles.

Il se souvint de Jack Slate, deux ans plus tôt.

— Le départ de papa l'a perturbée. C'est à ce moment qu'elle s'est acoquinée à Steffi. Je me demandais ce qu'elle pouvait bien lui trouver.

— Je savais ce qu'elle devait endurer. Quelques enfants à l'école étaient méchants envers elle — très cruels. Au début, j'étais choquée de la voir passer tant de temps avec Steffi, puis j'ai compris. Steffi était elle aussi un paria. Elle était sauvage, vulgaire, et toutes les filles la repoussaient. Elle et T.D. s'étaient en quelque sorte liguées contre le monde. Mais lorsque T.D. a quitté l'école, ce fut la fin de Steffi.

— Merci mon Dieu.

— J'ai eu le même sentiment.

Elle baissa la tête, pensive.

— À cette époque, mon père a été malade. T.D. nous a fourni un support de tous les instants. Elle venait après avoir travaillé toute la journée, s'asseyait et lui faisait la lecture pendant que maman préparait le dîner.

— Je me rappelle qu'elle a pratiquement vécu chez vous pendant un certain temps. Mais elle ne m'a jamais mentionné qu'elle faisait la lecture à ton père.

— Elle rend de nombreux services aux gens et ne veut jamais que les autres le sachent. Elle veut que chacun pense qu'elle est dure et intransigeante, mais elle ne l'est pas.

Frankie secoua la tête.

— C'est une partie de l'écran protecteur qu'elle déploie pour éviter que les gens la fassent souffrir.

— Je suis bien placée pour le savoir.

Peggy haussa les épaules.

— Les gars qui la fréquentent disent tous la même chose. Elle est chaleureuse et amicale, mais dès qu'ils essaient de s'approcher de trop près, elle se ferme comme une huître et refuse de les revoir.

Ses paroles plurent à Frankie, confirmant ce qu'il savait déjà. Torie avait tenu sa promesse de ne plus répéter l'incident Jack Slate. Depuis cette nuit désastreuse, elle était sortie avec une foule de garçons, mais aucun n'avait duré assez longtemps pour lui causer de l'inquiétude.

— Personnellement, je pense qu'elle est sage. Elle se réserve pour le bon garçon.

— N'est-ce pas ce que nous faisons toutes? Je crains seulement qu'elle ne le reconnaisse pas lorsqu'il se présentera. Elle ne laisse personne atteindre le premier but. J'ai essayé de lui parler de cela.

— Qu'en dit-elle?

— Oh, elle rit et dit qu'elle le saura quand elle rencontrera M. Merveilleux, à cause des feux d'artifice et de la musique. Qui sait? Peut-être cela se produira-t-il. Je l'espère pour son bien.

Elle se tourna vers Frankie.

— Je ferais mieux de rentrer, Frankie. Maman et papa n'aiment pas que je rentre trop tard durant la semaine.

— Ce sont de bons parents. Et ils ont une bonne fille.

Il fit une pause, sentant pour une rare fois qu'il manquait de mots. D'une certaine façon, il ne pouvait pas lui servir le baratin habituel. Il la raccompagna jusqu'à la porte d'en avant, et éprouva une envie irrésistible de l'embrasser — une impulsion qui le surprit.

— Nous pourrions nous revoir un de ces jours.

— Oui, bien sûr.

Elle glissa la clé dans la serrure et lui sourit par-dessus son épaule.

— J'en serais ravie.

La lumière était toujours allumée dans la chambre de Torie lorsque Frankie revint à la maison, grimpa les escaliers et cogna à sa porte.

— Comment se fait-il que tu sois encore éveillée? dit-il. Je croyais que tu étais très fatiguée.

— Je suis en train de lire *Myra Breckenridge*.

Elle déposa le livre et essaya de dissimuler l'impatience dans le ton de sa voix. Comme si elle avait pu s'endormir sans savoir comment s'était déroulé leur rencontre.

— Tout s'est bien passé?

— Sensationnel. C'est une chic fille.

— Elle est beaucoup plus que cela. C'est une femme superspéciale. On ne fait pas mieux.

Frankie était déterminé à garder son sang-froid. Tout ce qu'il pouvait dire trouverait facilement grâce aux oreilles de Peggy.

— Nous nous sommes bien entendus. Parle-moi donc de ce gars, Van, qu'elle fréquente?

— Il faudra que tu lui en parles à elle. Allez-vous vous

123

revoir?

— Je pense que tu approuverais.

— Évidemment que j'approuverais. Après toutes ces dévergondées que Tony t'a présentées, il serait à peu près temps que tu deviennes un homme. Mais tu ferais mieux de te dépêcher. Les prétendants sont nombreux.

Il n'en doutait pas. Elle avait une douceur... une gentillesse... une innocence qu'il n'avait pas rencontrées chez une femme depuis des années.

— C'est bon, c'est bon, n'insiste pas. Je lui téléphonerai un de ces jours.

Un de ces jours? Son air décontracté était une façade et elle le savait. Il était plus intéressé qu'il ne le laissait paraître, sinon il ne serait pas venu frapper à sa porte à cette heure.

— Je m'en voudrais d'insister. Ta vie amoureuse ne me concerne en rien. En passant, Lisa a parlé au père James au sujet de la possibilité qu'il nous confie son argent. Il te remercie, mais il a dit qu'il avait d'autres projets... sans plus d'explication.

— L'explication est simple : quelqu'un nous a devancés.

Il sourit en quittant la chambre.

— Au fait, le film était très bon.

Au soulagement de Torie et au grand plaisir de Peggy, Frankie téléphona deux jours plus tard et l'invita pour une balade. Elle fut désolée de refuser, mais elle avait déjà rendez-vous ce soir-là.

Frankie ne fut pas certain que ce fût vrai. Il connaissait les manigances dont sa sœur était capable et se demandait si les deux femmes n'étaient pas de mèche — organisant une mise en scène pour le rendre jaloux.

Soucieux de ne pas être le dindon de la farce, il se rendit chez Peggy et stationna la voiture à un pâté de maisons. Après plus d'une heure d'attente, il vit un jeune homme costaud sortir d'une voiture et se diriger vers la porte d'en avant. Quelques minutes plus tard, Peggy apparut au bras du visiteur, le joueur de football dont Torie avait parlé selon toute vraisemblance. Il y avait donc bel et bien un Van, et il semblait être un adversaire de taille.

Frankie fut surpris du trouble qu'il éprouva à la suite de cette découverte, téléphona le lendemain, et invita Peggy à sortir le soir même. Il osa un baiser avant de la ramener à la maison, aima ce qu'il goûta, et multiplia les rendez-vous avec elle.

Souhaitant ne pas intervenir dans ce qu'elle espérait être une longue alliance, et craignant que son enthousiasme pût dissuader son frère, Torie dit à Peggy qu'elle se tiendrait complètement à l'écart de leur vie. Elle voulait désespérément que Peggy devienne sa belle-sœur, non seulement par affection, mais aussi parce qu'elle savait que Peggy serait une épouse stable et stimulante pour Frankie. Préparer le terrain pour la rencontre, de toute façon, était tout ce qu'elle pouvait faire. Le reste dépendait des joueurs.

Il fallut peu de temps pour que la romance tourne à la catastrophe. Frankie ne voulait pas que Peggy fréquente d'autres garçons, mais estimait que, parce qu'il était un homme, cette restriction ne s'appliquait pas à lui. Peggy exprima son désaccord avec véhémence. Ils se quittèrent et reprirent leur relation une bonne demi-douzaine de fois avant que Frankie ne comprît qu'il prenait le risque de perdre une femme qui lui était de plus en plus précieuse. Un an après leur première soirée ensemble, ils conclurent un pacte : ni l'un ni l'autre ne fréquenterait d'autres personnes.

9

Dans la nuit du 20 juillet 1969, transportée par la joie et l'exubérance du premier atterrissage de l'homme sur la lune (elle se justifia ainsi, du moins), Peggy perdit sa virginité sur la banquette arrière de la décapotable de Frankie. L'heureux événement ne fut pas rapporté à Torie, qui avait promis, longtemps auparavant, de ne pas s'immiscer dans leur romance et qui commençait à être trop préoccupée par son travail pour se soucier d'autre chose.

Au printemps de l'année 1970, après avoir purgé plus de la moitié de sa sentence de dix ans, Frank Di Angelo fut libéré de prison. Ses enfants, qui lui avaient rendu visite régulièrement, furent attristés par la détérioration de son état. Des rides d'amertume encadraient ses lèvres qui ne souriaient que rarement. Lui qui, jadis, possédait un esprit pétulant et une excellente mémoire, semblait à peine capable de se concentrer.

Néanmoins, son retour à la maison fut l'occasion d'une fête. Lisa prépara son plat favori de *linguini* avec sauce aux palourdes, des escalopes de veau et des pâtisseries assorties de la boulangerie. Torie orna la table de chandelles et de fleurs et Frankie récita les grâces, remerciant le Seigneur de leur avoir ramené leur père.

Le patriarche toucha à peine à son assiette, se contentant d'enfoncer sa fourchette dans la viande et d'essayer de s'habituer à l'environnement. Hormis son séjour en prison, il n'avait jamais vécu ailleurs qu'à Philadelphie-Sud. L'adaptation à une nouvelle maison, dans une nouvelle communauté, ne serait pas facile. Déjà ses amis lui manquaient, ainsi que ses repaires favoris, les rues familières — même les arrière-cours jonchées de détritus où il avait passé tant d'heures de son enfance à apprendre à devenir un homme.

— Cette maison est parfaite, Frankie, dit-il, essayant de paraître enthousiaste. C'est la maison que j'ai toujours voulue pour mes enfants.

— Si tu n'avais pas acheté ce terrain et travaillé si fort pour édifier l'agence au fil des ans, nous n'aurions jamais pu l'acheter.

— Les affaires vont-elles toujours bien?

— Et comment. Nous avons, euh, quelques surprises pour toi.

Les yeux de Frank se rétrécirent.

— Je n'aime pas les surprises.

— Tu aimeras celle-là — c'en est une bonne. Tu vois, les affaires allaient si bien que nous avons ouvert une filiale à West Mount Airy.

— Pourquoi? demanda-t-il, surpris.

Frankie se jura qu'il ne révélerait pas que c'était Torie qui en avait eu l'idée. Il ne lui avait pas encore dit qu'elle travaillait à l'agence. Même Lisa avait été contrainte au silence, ne voulant pas infliger à son père une cause d'anxiété supplémentaire.

— J'ai pensé que nous étions prêts pour une expansion — pour nous lancer dans des projets de développement. Les choses ont bien tourné pour nous. Nous avons réalisé des profits cette année.

— Nous?

— Je veux dire, toute la compagnie. Te souviens-tu d'avoir déjà rencontré un courtier immobilier du nom de Sangiacomo? Il doit avoir quarante ans, porte une moustache et des lunettes. Un chic type, et intelligent. L'Écossais dirige l'agence de Philadelphie-Sud pour Torie et moi...

Il s'arrêta brusquement, réalisant son erreur.

— Torie?

Frank regarda de l'autre côté de la table. Il ne pouvait croire que sa plus jeune fille avait déjà dix-neuf ans. Quelle beauté elle était devenue, avec son teint mat, ses grands yeux bruns, et sa longue chevelure noire bouclant sur ses épaules. Elle lui rappela Rosanna la première fois qu'il l'avait rencontrée.

— Je croyais que tu vendais des chapeaux chez Strawbridge & Clothier.

— Je l'ai fait, mais je travaille avec Frankie depuis que j'ai, euh, terminé mes études secondaires. Il m'a beaucoup appris au sujet des affaires.

Sa réaction fut étonnamment calme.

— Pourquoi faut-il que tu travailles? Tu es suffisamment jolie pour trouver un mari. Ne veux-tu pas te marier?

— Et devenir une femme de ménage et une machine à nourrir les bébés? Non merci, papa.

Sentant sa déception, elle reprit doucement.

— Je n'ai rien contre le mariage, honnêtement. Mais je veux d'abord aider Frankie à établir la compagnie. C'est important pour moi d'avoir une carrière.

— Je ne sais pas pourquoi, soupira Frank en se tournant vers sa fille aînée qui l'inquiétait encore davantage. Et toi? Pourquoi n'as-tu pas terminé le collège?

— Je pensais t'avoir expliqué tout cela.

Lisa essaya de ne pas laisser transparaître sa contrariété dans le ton de sa voix. La mémoire de son père était plus déficiente qu'elle ne le croyait.

— Le père Miles m'a offert du travail à la cafétéria de l'église. Ne penses-tu pas que nourrir les affamés soit plus important que d'aller au collège?

— Je pense qu'il est important que tu t'intéresses aux gens, dit-il gentiment.

«Pauvre Lisa. Comme ce doit être pénible pour elle

129

d'être aussi grosse et disgracieuse à côté de sa superbe sœur.»

— Voilà un magnifique retour à la maison. D'autres surprises m'attendent?

— Nous avons hâte de te montrer le nouveau bureau, dit Frankie. Viendras-tu avec moi demain?

— Non. J'irai plutôt faire une promenade dans le voisinage. Je ne vois aucune raison de retourner au travail. Vous vous êtes très bien débrouillés sans moi — je ne serais qu'un intrus. En plus, je suis devenu un excellent homme à tout faire et cette maison a réellement besoin de réparations.

Torie rencontra les yeux de son frère et échangea un clin d'œil. Quel soulagement c'était de retrouver leur père à la maison et, tout aussi important, de savoir qu'il ne s'immiscerait pas dans les affaires.

— Il y a beaucoup de travail à faire, papa. Une de mes fenêtres est coincée depuis un mois.

Il leva son verre avec un sourire.

— Merci pour tout, les enfants. Je suis heureux d'être de retour à la maison.

Le lundi suivant, Frankie entra dans le bureau et lança une lettre sur le bureau de sa sœur.

— Voici l'étude de faisabilité que nous attendions. Wally est d'avis que nous pourrions avoir des problèmes avec le système d'égout...

— Qui se soucie de l'avis de ton idiot de partenaire?

Torie poussa l'enveloppe sur une pile et se dirigea vers la cafetière électrique.

— J'en ai marre de te voir travailler comme un diable et de laisser la compagnie de Wally en retirer tout le crédit. Pourquoi as-tu besoin d'un associé dans ces transactions, de toute façon? Nous devons nous faire connaître — établir notre réputation.

— Nous ne sommes pas encore prêts. Nous commettons trop d'erreurs.

— Seulement lorsque nous suivons l'avis des autres. Il est temps que nous fassions nos propres erreurs.

Elle lui tendit un gobelet fumant, s'assit sur son bureau et croisa les jambes.

— Et je sais exactement par où commencer — l'avenue Snyder. L'idée ne t'est-elle jamais venue que nous pourrions démolir ces vieilles maisons et construire un immeuble à logements multiples?

— Es-tu folle? Papa ne toucherait jamais à cette maison. Lui et maman y ont commencé leur vie ensemble. Et ils ont économisé pendant des années pour acquérir la maison voisine et profiter ainsi d'un revenu de location. Où sont tes sentiments?

— Sentiments! Pour ces ruines délabrées de plâtre et de briques?

Elles sont envahies par la pourriture et les cafards, les murs sont lézardés, la peinture s'effrite, le linoléum gondole... Je ne sais pas ce que tu attends, Frankie. Nous n'irons jamais nulle part à moins que nous nous décidions à devenir agressifs et que nous utilisions notre équité pour financer nos propres projets.

— Je te l'ai déjà dit vingt fois et je vais te le répéter encore. Je n'essaie pas d'être Zeckendorf. J'essaie de gagner ma vie décemment et de survivre dans ce monde de coupe-gorge, c'est tout.

Il jeta un coup d'œil à sa montre.

— Oh — il faut que j'y aille. Tony m'attend devant le conseil de révision pour voir s'il peut renouveler ma décharge.

— Pour quels motifs?

— Les mêmes que d'habitude — seul pourvoyeur. Sapristi, il doit être en mesure de tirer bien des ficelles maintenant qu'il est le pupille du leader démocratique. Est-ce que je lui transmets ton amour?

— Oui, siffla-t-elle, et enveloppe-le avec un bâton de dynamite.

— Ainsi, le merveilleux Tony Silvano frappe à nouveau.

Frankie alluma une cigarette et posa ses pieds sur la table à café de la salle de séjour. Lisa n'était pas encore revenue de l'église et Frank dormait au deuxième.

— Non, Tor, tu ne peux pas lui reprocher celle-là. Pendant deux heures, Tony a tout essayé.

— Qu'est-ce qui a déraillé?

— Ce qui a déraillé, c'est que j'évitais la conscription parce que j'étais le chef de la famille et que je veillais sur mes sœurs. Comme maintenant tu travailles, je ne peux plus être épargné.

Elle lança un regard furieux.

— Tu veux dire que c'est ma faute? Est-ce cela que Tony a dit?

— Chuuut, calme-toi. Non, ce n'est pas ta faute. Lisa travaille, tu travailles, papa est de retour, tout est changé, même la loi sur la conscription.

— As-tu parlé à Peggy?

— Oui. Elle ne veut pas que je parte, mais elle comprend que je n'ai pas le choix. Nous avons abordé le sujet du mariage mais ses parents pensent qu'elle est encore trop jeune à dix-neuf ans. Et bon sang, je ne veux pas qu'elle passe tout son temps à m'attendre. Qu'arrivera-t-il si je ne reviens pas? Elle aura perdu deux ans de sa vie.

— Comme c'est noble de ta part! Tu sais très bien qu'elle t'aime et qu'elle t'attendra. Peggy n'est pas du genre volage. Mais pourquoi lui imposer toute cette souffrance et cette misère inutilement? Et à nous aussi?

— Écoute, Tor, dit-il, avec un soupir, si tu veux savoir la vérité, je crève de peur. J'aimerais mieux plonger dans une piscine remplie de piranhas que d'aller au Vietnam. Mais tous mes amis ont été appelés il y a cinq ans, et il est temps que j'arrête de m'asseoir sur mon petit bonheur pendant qu'ils se tapent la sale besogne.

— *El crapo*, Frankie. On a besoin de toi à la maison et n'importe quel avocat de deuxième ordre qui n'a pas les fesses coincées dans la politique aurait pu te sortir de là. Tony t'a baisé comme il l'a fait avec papa. Je vais aller parler au conseil de révision moi-même.

— Ne te mêle pas de ça! J'ai signé les papiers, j'ai accepté de me présenter au camp d'entraînement dans huit semaines, et c'est définitif. C'est une affaire de deux ans et j'aurai peut-être la chance de voir des coins du monde que je ne verrais jamais autrement. Qui sait?

— Comme des villages bombardés, des enfants brûlés au napalm et des jungles infestées de maladies horribles? Tu veux te faire éclater la cervelle dans une guerre stupide et dégoûtante?

Torie tomba sur le divan et jeta ses bras autour du cou de son frère.

— S'il te plaît, Frankie, ne pars pas, ne nous laisse pas. Va voir un autre avocat. Nous avons besoin de toi ici. Je t'aime.

— Hé, fillette...

Il prit ses mains.

— Moi aussi je t'aime, tu le sais. Si je pouvais faire quoi que ce soit, tu peux être sûre que je ne partirais pas. Mais il n'y a rien à faire, il vaut donc mieux en prendre son parti. Je serai de retour avant que tu t'en rendes compte — couvert de médailles.

— Je ne veux pas un héros. Je veux un frère.

— Tu auras les deux. Maintenant va mettre la table.

Il se retourna rapidement, faisant mine de lire, et cacha son visage derrière les pages sportives. Elle ne devait pas voir ses larmes. Les vrais hommes ne pleuraient pas. Ils faisaient leur devoir, partaient pour le Vietnam et, si jamais ils revenaient à la maison six mois plus tard avec leurs mains, leurs bras ou leurs jambes en moins, ils haussaient simplement les épaules en disant : «C'est la guerre, bébé.»

Et ils étaient parmi les chanceux.

Les semaines suivantes furent tendues et chaotiques. Frankie se débattit pour transférer les responsabilités à Torie, lui rafraîchissant la mémoire sur tous les aspects nécessaires à la prise en charge de la filiale de West Mount Airy, aussi bien qu'à la supervision de l'agence de Philadelphie-Sud. Il insista pour qu'elle engage quelqu'un qui le remplacerait et elle accepta en ajoutant qu'elle devait tout d'abord en apprendre davantage sur les affaires.

Alerte et concentrée, elle assimila une somme immense de connaissances en un court laps de temps — des faits et des concepts que Frankie lui expliqua malgré sa conviction qu'ils étaient trop complexes pour qu'une femme pût les comprendre. Pour lui faire plaisir, il lui arrivait de feindre l'incompréhension et de dire :

— Le nouvel administrateur pourra s'occuper de cela lorsqu'il sera là.

Mais il n'y aurait pas de nouvel administrateur. Elle ne faisait que reculer l'échéance jusqu'au départ de Frankie, puis elle s'occuperait de tout elle-même.

Dans l'intervalle, elle lui soutira autant d'informations qu'elle le pût, apprit à utiliser ses manuels de référence afin d'être en mesure de consulter les lois afférentes à la Commission des valeurs immobilières, les spécialistes et les experts... et, chaque fois qu'elle était seule dans le bureau, elle entreprenait de mettre quelques-uns de ses projets en marche.

À l'une de ces occasions, elle composa un numéro.

— Puis-je parler à Mme Peggy Shea, s'il vous plaît? Vittoria Di Angelo, présidente de la compagnie Di Angelo, à l'appareil.

La téléphoniste ne fut pas impressionnée.

— Ne quittez pas, je transfère votre appel.

Quelques secondes plus tard, une nouvelle voix se fit entendre.

— Le bureau de M. Garner. Puis-je vous aider?

— Oui, je cherche une dame La Tresse O'Shea. Elle a gagné le premier prix lors de notre concours de sosies de cocker-spaniel et j'aimerais savoir où envoyer les biscuits pour chiens.

— T.D.!

Peggy échappa un cri de joie.

— Qu'est-ce qui te prend de me téléphoner au travail? Tu as besoin d'un nouveau cabinet d'aisances?

— Il faut que je te parle. Qui est M. Garner?

Elle eut un petit rire.

— Frankie ne t'a pas dit que j'avais obtenu une promotion. Je suis maintenant la secrétaire d'un individu qui conçoit des bidets.

— Conçoit quoi?

— C'est une espèce de cuvette que les Européens utilisent pour se laver les... euh... parties intimes. C'est ce que nous vendons : des bidets en bronze et des poires pour douches vaginales. Si je me tue à l'ouvrage pendant les dix prochaines années, je pourrais obtenir une autre promotion et me retrouver avec un gars qui fabrique des broyeurs de déchets alimentaires. J'aurais dû t'écouter à l'époque, à Sainte-Monique. Ce n'est pas un monde de femmes.

— Il finira bien par le devenir. Je vais y voir.

Peggy rit de bon cœur.

— Dieu que cela fait du bien de te parler. Entre notre emploi, notre famille et l'homme de notre vie, nous ne trouvons plus de temps pour nos petites discussions entre filles. Dès que Frankie sera parti, nous reprendrons le temps perdu...

— C'est la raison de mon appel. Tu m'as manqué, Piglet, et j'ai besoin de toi. J'ai besoin de quelqu'un en qui je peux avoir confiance. Je veux que tu viennes travailler pour moi.

— Tu *quoi*?

— Chuuut. Je sais que tu ne peux pas parler dans ton bureau, aussi ne fais qu'écouter et répondre oui ou non. Gagnes-tu plus que huit mille dollars par année?

— Euh, un de moins.

— Sept plus les soins médicaux?

— Exact.

— Ce n'est pas beaucoup.

— Je me débrouille.

Elle baissa la voix.

— Lorsque je deviendrai Mme Di Angelo, je devrai cesser de travailler de toute façon. Savais-tu que ton frère voulait élever une équipe de base-ball?

— Que Dieu nous en préserve. As-tu songé aux cadeaux de Noël que je devrai acheter?

Le ton de Torie devint plus sérieux.

— Écoute, Peg, j'ai vraiment besoin de toi ici. Je t'offre huit mille dollars par année pour commencer, plus les soins médicaux, la Sécurité sociale et tous les vieux fonds de café que tu pourras ingurgiter.

— Mais je ne connais absolument rien de ce qui concerne le marché immobilier. Frankie ne me parle jamais de ses affaires. Tu t'attends à ce que je coure les rues pour vendre des maisons?

— Non, non, dans ce bureau nous développons les propriétés, nous ne faisons pas que les acheter et les vendre.

— Je sais que c'est une question stupide, mais quelle est la différence?

— Le développement constitue la partie créative, risquée du secteur immobilier. C'est aussi la plus rentable. Tu pars avec le terrain — rien dessus à part de l'herbe ou un immeuble en ruines — et tu visualises ce qu'il pourrait devenir : une tour d'habitation… un quartier résidentiel… un parc industriel… peut-être un florissant centre d'achats. Puis, tu matérialises ta vision. Exactement comme les rôles que nous avions l'habitude de jouer… Cette fois, cependant, la fiction devient réalité.

— Comment peux-tu te permettre de construire des appartements et des centres d'achats?

— L'effet de levier. Cela signifie que tu empruntes de l'argent pour faire de l'argent. Et afin de réaliser une bonne affaire, ton profit net doit être plus élevé que l'intérêt payé sur l'argent emprunté. *Capiish*?

— Je suis nulle en math.

— On s'en fout. Tu seras ma secrétaire de direction, commis aux livres, réceptionniste et première videuse de poubelles. Quand peux-tu débuter?

— Hé, donne-moi le temps de réfléchir...

— Tu n'as pas besoin de réfléchir. Il y a une seule condition à mon offre : tu ne dois pas en parler à Frankie.

— Pourquoi pas?

— Parce qu'il s'y objectera. Écoute, tête de mule, tu sais à quel point Frankie est borné à propos des femmes qui travaillent. S'il en avait les moyens, tu serais à la maison cuisant du pain et frottant les planchers toute la journée. Il est temps que tu deviennes réaliste. Pense à toi pour une fois dans ta vie. As-tu envisagé que Frankie pourrait bien être absent pendant plus de deux ans? Qu'il pourrait lui arriver quelque chose? Suppose qu'il soit blessé et que tu doives subvenir à ses besoins? Désires-tu passer le reste de ta vie à vendre de l'équipement de salles de bains? Je te le promets, la compagnie Di Angelo a de l'avenir... et toi aussi si tu viens travailler pour moi.

— Dans un sens, les deux prochaines années seront pénibles. Si je pouvais au moins être avec toi...

— C'est exactement mon idée. Allons, Piglet. Tu sais que je ne connais pas la dactylo, que je ne sais pas très bien écrire... je ne saurais pas rédiger une lettre d'affaires même si ma vie en dépendait. Et tu excelles dans ces choses-là. J'ai désespérément besoin de toi.

— Mais je ne peux pas quitter tout bonnement mon travail. Il me faut donner un préavis d'au moins deux semaines...

— Et tu le donneras. Voyons voir, nous sommes le jeudi 4 juin.

Elle tourna les pages du calendrier.

— Si tu parles à ton patron ce matin, ton dernier jour de

137

travail devrait être le jeudi 18 juin, le jour où Frankie partira pour l'armée. Tu prendras le vendredi et le week-end pour te traîner les fesses et manger du chocolat, et tu débuteras ici le 22 juin. Marché conclu?

— Que vais-je dire à mon patron?

— Tu te rappelles cette phrase de Mark Twain que ta mère répétait toujours : «Dans le doute, dis la vérité.» Que risques-tu?

— Pourquoi n'ai-je pas pensé à quelque chose de brillant comme de dire la vérité.

L'excitation dans sa voix augmentait.

— Et dire je me suis éveillée ce matin, m'attendant à une autre journée banale.

— C'est jour de fête pour nous deux. Devrions-nous nous empifrer ce midi et fêter?

— Oh… je le voudrais bien. Mais tu m'as complètement étourdie… On remet ça au 22 juin?

— Tu as sauvé ma journée, O'Shea.

Torie se mit à rire, soulagée. Au moins un problème de taille était résolu.

— Retourne maintenant à tes bidets et à tes poires à douches. J'ai tellement hâte de commencer à te donner des ordres.

Le matin du départ de Frankie pour l'armée, Torie se plongea dans les papiers, les mémos et les listes d'instructions qu'il avait soigneusement rédigés pour son successeur. Le pincement de culpabilité qu'elle éprouva à cause de son mensonge quant à ses intentions, ne diminua en rien sa joie d'avoir enfin la chance de mettre ses idées en pratique et d'orienter la compagnie dans une direction beaucoup plus aventureuse et risquée.

Sa première priorité fut de réorganiser le bureau et, pendant trois mois, elle se familiarisa avec les dossiers, explora les possibilités financières, recherche les propriétés disponibles, et étudia chaque aspect de la planification et de la subdivision des terrains. Elle se sentit alors prête à bouger.

— Bon Dieu, que fais-tu ici au beau milieu de la nuit?

Torie regarda en direction de la porte, surprise. Elle avait été trop absorbée pour entendre Peggy entrer.

— Huit heures moins dix, ce n'est pas exactement le milieu de la nuit. Hé! Géniale ta coiffure.

— Merci. Puisque je porte maintenant l'énorme responsabilité d'assistante de la présidente de la compagnie Di Angelo, je me suis dit qu'il serait préférable de paraître efficace, même si je ne le suis pas.

— Laisse tomber. Tu sais que tu diriges pratiquement la boîte. Que va penser Frankie lorsqu'il reviendra?

— Il va détester cela. Les hommes aiment à dire que les cheveux longs sont plus beaux sur un oreiller — c'est une tirade macho. Mais je lui ai écrit que les femmes qui travaillent ont besoin d'une coiffure qu'elles peuvent laver sous la douche, sécher et oublier.

— Tu ne lui as pas écrit que tu avais changé d'emploi...?

— Non. Comme tu l'as dit, cela ne ferait que l'inquiéter. Il serait convaincu que, toutes les deux, nous ferions couler la compagnie.

— Bien.

Torie essaya de contrôler son impatience. Le bavardage au bureau gaspillait un temps précieux et sa chère amie aimait à papoter. Mais elle ne put retenir un sourire. À vingt ans, Peggy ressemblait toujours à une adolescente. Elle avait gardé ses taches de rousseur, son nez relevé et, maintenant, ses cheveux rouges frisant sur les oreilles. Une blouse de polyester beige et une jupe brune serrée sur les hanches accentuaient une silhouette tout en courbes, légèrement rondelette. Pendant un bref instant, Torie essaya d'imaginer Peggy et Frankie en amoureux passionnés. Embarrassée par l'image, elle l'effaça de son esprit.

— N'es-tu pas en avance?

— Je voulais refaire le carnet d'adresses avant d'être trop

occupée. J'ai un message que tu n'aimeras pas. Wally Todd
a téléphoné juste après ton départ, hier. Il m'a demandé de te
dire que le projet de l'école Urbandale, sur lequel lui et
Frankie travaillaient depuis si longtemps, s'est enfin concrétisé
et qu'il aura besoin de quarante mille dollars avant vendredi à
midi.

— Il aura besoin de quoi?

— Il dit que vous devez verser le paiement initial sur le
terrain immédiatement ou l'option sera levée et, je cite : «Nous
serons tout nus dans la rue.» Fin de la citation.

— Il est fou? Je vais lui donner quarante mille dollars?
Écris-lui une lettre, Pig. Dis-lui de prendre son école
Urbandale et de se la mettre là où je pense. Seulement, dis-le
lui poliment.

— Ne crois-tu pas que ce pourrait être impulsif? Selon
les dossiers, Frankie a travaillé presque trois ans à la planification de ce projet avec Wally. Il a investi de l'argent dans les
études de faisabilité, les études de sol...

— Frankie est un tendre. Il n'a pas eu le cœur de se
débarrasser de ce parasite, mais moi, je n'hésiterai pas une
seconde. Dis à Wally que nous nous retirons de ce projet et
des deux autres que nous avons en commun, et que nous nous
attendons à être remboursés pour les dépenses encourues.
Maintenant que Frankie est parti, il croit qu'il n'a qu'à prendre
le relais et mener sa petite sœur par le bout du nez.

— Mais ne ferions-nous pas mieux d'écrire et d'en parler
à Frankie? Ou, au moins, de consulter un avocat?

— Quel avocat? Le brillant Tony Silvano? Envoie cette
satanée lettre et n'en parlons plus!

Torie avança sa lèvre inférieure et souffla un courant
d'air sur son front.

— Désolée, Piglet. Les derniers trois mois ont été très
exigeants. Et maintenant, ce flatteur de Wally qui essaie de
nous rouler derrière le dos de Frankie, c'est la goutte de trop.

— Je comprends. J'écrirai la lettre.

Peggy sortit un papier de son sac.

— Sur une note plus agréable, je t'ai apporté un article du *Bulletin* d'hier soir. Je me suis dit que tu voudrais lire ce qu'on a écrit au sujet de Robert Nielson.

— Pourquoi voudrais-je faire cela?

— Parce que tu en as pincé pour son fils depuis le jour où tu l'as vu à la réception d'anniversaire de Betsy Richardson. Peux-tu me fixer droit dans les yeux et dire le contraire?

— Bien sûr, je... ne peux pas!

Les protestations de Torie se perdirent dans un éclat de rire.

— Comment as-tu su que Nielson Hughes était le fils de Robert Nielson?

— Je l'ai lu quelque part — dans les potins il y a quelque temps. Cela m'est resté en tête parce que tu me parlais toujours de ce gars.

— J'imagine que je n'étais pas très avare de commentaires à ce sujet. Il est toujours aussi séduisant — il ressemble à Robert Redford avec une plus belle peau. Je l'ai aperçu pendant deux secondes il y a environ quatre ans lorsque je traînais à Penn Center.

— Toute seule?

— Non, Steffi m'accompagnait.

Elle n'avait pas voulu mentionner cette contestable amie.

Peggy sourit faiblement. Le souvenir de cette amitié lui faisait encore mal.

— Que s'est-il passé? Avec Nielson, je veux dire.

— J'ai perdu sa trace l'an passé. Puis, lorsque Matt Richardson s'est retiré de la course au poste de sénateur, Connie Morris a publié un article sur les Richardson dans *Celebrity Times*. C'est probablement ce que tu as lu.

— J'en doute. Je déteste ce magazine pourri. Et Connie est tellement vache.

Peggy s'approcha.

— Que disait-elle?

— Oh, que Matt avait tellement souffert de toutes les rumeurs qu'il ne se présenterait plus jamais à aucun poste.

141

— Personne n'a jamais prouvé qu'il avait une maîtresse.

— C'est vrai — et beaucoup ont essayé, y compris mon frère bien-aimé. J'ai essayé de le décourager mais il ne voulait rien écouter.

— Je sais. Frankie n'a jamais compris pourquoi tu avais pardonné à Matt.

— J'ai été déchirée pendant longtemps. Je lui ai finalement pardonné parce que papa l'avait fait. Papa a dit qu'il était bon et honnête, essayant seulement de tenir sa promesse de nettoyer la ville. Mais que je sois damnée si je pardonne à la société et au système légal qui ont condamné papa. Ils vont le regretter un jour. Ils seront tous à mes pieds parce que je détiendrai le pouvoir. Tous ces snobs imbus d'eux-mêmes qui se sont assis et qui ont pissé dans leurs cabinets Pfitzer pendant que leur bouc émissaire allait en prison... Hé, pourquoi est-ce que je parle de cela?

— J'ai l'impression que ce n'est jamais bien loin de tes pensées.

— Tu as raison.

Elle fit une pause et soupira.

— Quoi qu'il en soit, Connie Morris a aussi parlé de Betsy dans son article, mentionnant qu'un jeune homme nommé Nielson Hughes l'accompagnait lors des sorties officielles. Elle n'a pas pu s'empêcher d'ajouter que ce Nielson était le fils de Janet Hughes et de l'architecte Robert Nielson — qui était marié avec quelqu'un d'autre lorsque son fils est né.

— Nielson est illégitime?

— Eh oui. C'est la raison pour laquelle Janet Hughes lui a donné le nom de famille de son père comme prénom — et son propre nom de famille.

Les souvenirs de Torie la ramenèrent tout droit à la réception d'anniversaire, et la scène était aussi claire dans sa mémoire que le jour où elle avait eu lieu. Elle pouvait presque entendre la voix railleuse de Sonny Hopkinson qui disait : «Mes parents se sont mariés pour que je ne sois pas un

142

bâtard…»

— Quelle stupidité de la part de sa mère.

Peggy fronça les sourcils en signe de désapprobation.

— Elle n'avait pas besoin de l'appeler Nielson.

— Je pense qu'elle a bien agi. Elle avait le choix de mentir pour sauver les apparences, ou de dire la vérité et de donner à son fils sa véritable identité. Qu'aurais-tu fait à sa place?

— Essayé de convaincre Robert Nielson de m'épouser.

— Il était déjà marié.

— Dans ce cas, je remercie le ciel que ce ne soit pas mon problème. Quel âge a Nielson?

— Vingt et un ans. L'article disait aussi qu'il étudiait l'architecture à l'université Penn. J'ai découvert qu'il s'était joint à une fraternité.

— Comment as-tu fait?

Torie se sentit rougir.

— J'ai téléphoné au campus. Ils m'ont dit qu'il vivait à la maison Deke. J'ai appelé à quelques reprises et je raccrochais. Une fois, je l'ai même entendu dire allo — du moins, je pense que c'était sa voix.

— Ma foi. Tu l'as dans la peau.

Peggy lui tendit l'article.

— Tiens, tu pourrais commencer par connaître ton futur beau-père.

— Je le souhaite de tout cœur.

Torie prit la coupure et lut à voix haut :

— «Nielson dans les nefs — par Keith McGarren.» McGarren — pourquoi ce nom m'est-il familier?

Elle poursuivit la lecture :

— Robert Nielson, le célèbre entrepreneur de Philadelphie et principal maître d'œuvre de l'évolution du profil esthétique de la ville, vient d'ajouter un autre joyau à sa couronne de triomphes : la restauration historique de l'église de la Sainte-Charité sur l'avenue Locust, en haut de la 17e.

«J'aime les défis, a dit Nielson aux journalistes lors de la conférence de presse marquant la fin des travaux estimés à 1 300 000 $. Lorsque vous construisez un immeuble, vous partez de rien et vous créez votre propre chef-d'œuvre. Lorsque vous faites de la restauration, vous prenez le chef-d'œuvre de quelqu'un d'autre et vous essayez de lui redonner sa splendeur d'antan.

«Dans le cas de cet édifice, il nous a fallu remonter jusqu'en 1857, l'année de sa construction. Nous avons recherché des plans et des photographies le montrant tel qu'il était, puis des artisans assez habiles pour refaire la frise et redorer les anges au-dessus de l'autel. Pour retrouver les couleurs originales, nous avons dû gratter sept couches de peinture au plafond.»

— Robert Nielson a fait un travail des plus impressionnants, a dit le recteur, le révérend Edward V. Johnston. Il a su protéger l'intégrité du style Renaissance Gothique de John Notman et, tout à la fois, apporter des améliorations au niveau de l'éclairage, du nombre de places assises et de l'acoustique, ce qui nous permettra d'augmenter nos activités paroissiales et de mieux servir la communauté.»

— À la question de savoir s'il était triste ou heureux d'avoir terminé ce travail, l'architecte a répondu : «Rien de ce que je fais n'est jamais fini, parce que je laisse une partie de moi-même dans chaque immeuble que je touche. Lorsque les gens entrent dans l'église de la Sainte-Charité, dans un sens, ils entrent en moi.»

— Le public est invité à venir honorer Dieu et Robert Nielson à l'occasion d'une cérémonie spéciale d'inauguration qui se tiendra le 14 octobre, à 11 heures du matin, dans le jardin anglais de l'église.

Le dernier paragraphe fit sourire Torie. Le journaliste McGarren n'avait pu résister à l'envie de souligner l'ego démesuré du sujet — ou était-ce de l'arrogance? Elle glissa la coupure dans son sac et inscrivit la date sur son calendrier. Il y avait un moyen de le savoir.

10

Les rues autour de l'église de la Sainte-Charité étaient remplies de voiture stationnées. Un groupe de manifestants contre la guerre se rendant à un rallye défilaient devant l'église, pancartes et bannières tenues bien haut, réclamant le retrait des Américains du Vietnam. Continuez de brailler, pensa Torie, levant le pouce en signe d'encouragement. Plus vous criez, plus vite Frankie reviendra à la maison.

Après avoir trouvé un stationnement, elle verrouilla la portière et marcha d'un pas rapide vers l'église, ses talons hauts claquant sur le trottoir. L'horaire avait été soigneusement planifié; à onze heures trente, la cérémonie d'inauguration devait être terminée, pour permettre aux personnalités présentes de se mêler aux gens et de saluer les amis.

Elle se demanda ce qu'elle faisait là, mais ne trouva aucune réponse logique. Mis à part son absurde fantasme selon lequel le célèbre architecte la remarquerait au milieu de la foule, l'amènerait à l'écart et lui chuchoterait à l'oreille : «Qui que vous soyez, vous êtes belle et excitante, exactement la femme que j'ai toujours espérée pour mon fils,» elle ne savait vraiment pas à quoi s'attendre.

Une brise légère dérangea sa coiffure. Elle posa son foulard sur sa tête et le noua sous son menton. D'habitude elle était trop absorbée dans son travail pour s'inquiéter de son apparence, mais dans l'improbable éventualité où elle rencontrerait Robert Nielson, elle voulait paraître accorte — un mot qu'elle avait lu récemment dans une chronique mondaine. Le chandail et la jupe de laine noire qu'elle portait moulaient à la perfection les courbes généreuses de sa silhouette d'un mètre soixante-cinq. Un lourd collier plaqué or et une croix complétaient sa tenue soigneusement choisie.

Dès qu'elle fut entrée dans l'église, elle se peigna et vérifia son apparence à l'aide de son miroir de poche. L'image lui plut. Des boucles d'un noir lustré tombaient sur ses épaules, encadrant l'ovale de son visage délicat. Elle portait peu de maquillage, un léger fond de teint, du rouge à lèvres cerise, une nuance de fard sur les joues, et une mince ligne de crayon qui faisait ressortir ses yeux de façon éclatante, comme de luisantes billes brunes. Tony l'avait déjà appelée Bianca Neve — Blanche-Neige. Comme elle avait aimé ce surnom! Et comme elle avait aimé Tony — avant qu'elle ne découvrît quel salaud il était.

— Puis-je vous aider? Une femme dans un chemisier imprimé lui toucha le bras.

— Oh, euh, oui.

Elle sourit et glissa le miroir dans sa poche.

— Est-il possible de voir la restauration?

— Toute l'église a été restaurée. La chapelle principale se trouve derrière ces portes.

— Merci.

Elle fit une pause et observa les alentours. Le complexe était composé de trois édifices entourant, au centre, un jardin de style anglais. Soixante ou soixante-dix personnes discutaient en petits groupes sur la pelouse, dégustant un punch dans des verres de plastique. Une haie bien taillée et une clôture de fer forgé séparaient le parc de la rue.

Posant un rapide regard sur les visages, et ne trouvant personne qui lui parût digne d'intérêt, elle se dirigea vers le campanile. Deux immenses portes rouges s'ouvraient directement sur la chapelle où se tenait l'inévitable silhouette de

Robert Nielson en compagnie d'un ministre du culte en soutane noire, entouré d'admirateurs.

L'invité d'honneur était plus grand qu'elle ne s'y attendait, dominé par une tête couverte d'épais cheveux blancs, et avantagé par des traits réguliers et bien dessinés. Son allure fière et hautaine laissait peu de doute sur le degré de son narcissisme. Elle s'approcha du cercle et observa Robert Nielson, alors qu'il parlait aux gens — souriant, gesticulant, montrant des sections de l'autel, leur expliquant patiemment comment il avait réussi ce miracle.

— Combien de temps la restauration a t-elle nécessité? demanda une vieille dame.

— Toute une vie, répondit-il solennellement. Une vie vouée à l'étude, à l'observation, au perfectionnement de mes talents particuliers. Aucune réalisation ne peut être évaluée en fonction de jours et de mois. Un grand maître peut peindre un tableau en quelques heures, mais les années qu'il a passées à développer les techniques pour le faire — ah, celles-là sont incalculables.

Torie s'approcha davantage, se frayant un chemin à travers la foule jusqu'à ce qu'elle fût à portée de voix. À la première occasion, elle lui posa une question destinée à attirer son attention :

— Avez-vous déjà fait quelque chose dont vous ayez honte, Monsieur Nielson?

— Honte?

Il baissa les yeux vers la jeune fille avec curiosité, se disant qu'elle était tout simplement ignorante — ou, à en juger par ses bijoux, dépourvue de goût. Elle n'avait pas agi malicieusement.

— Je préfère le mot «regret», répondit il avec complaisance. Oui, j'ai de nombreux regrets. Vous connaissez sans doute le vieux cliché : si j'avais su alors ce que je sais maintenant... il est malheureusement vrai.

Un jeune homme intervint :

— Que pensez-vous de ce que Le Corbusier a fait à

Pessac?

L'architecte se tourna vers un trio d'étudiants et entreprit ce qui semblait devoir être un long discours. N'ayant aucune idée de ce dont il parlait, Torie quitta la foule et chercha la sortie. Soudain, elle resta pétrifiée.

À quelques mètres devant elle, au milieu d'un banc, se tenait Nielson Hughes, les jambes écartées et les poings sur les hanches. Sa tête était tellement penchée vers l'arrière qu'elle était pratiquement parallèle au plancher. Quel que fût l'objet de sa fascination, à cette hauteur il échappait au regard de Torie. Elle ne pouvait apercevoir que les poutrelles de bois au plafond.

Ses mains tremblèrent lorsqu'elle s'approcha de lui. Elle remarqua que ses cheveux couleur de paille étaient encore trop longs, se répandant sur le col de sa chemise, tout comme à la réception d'anniversaire. L'attitude mal assurée du jeune écolier d'il y a quatre ans avait disparu, de toute façon, et il dépassait maintenant largement le mètre quatre-vingts. Un costume gris sombre découpait un corps robuste et athlétique.

— Qu'est-ce que vous regardez là-haut? demanda-t-elle, s'aventurant plus près. Des chauves-souris?

— C'est dans les coffrages, murmura-t-il, sans bouger. Une légère irrégularité. Comment a-t-il pu ne pas la voir?

— Je croyais que les coffrages étaient des cercueils.

Il ne fit aucun cas de sa remarque et continua de fixer la voûte.

Son attitude la frustra. Elle avait ramassé tout son courage pour oser lui parler, et elle ne paratirait pas avant qu'il ne la regardât. Une idée lui traversa l'esprit.

— Monsieur Hughes, pourrais-je vous parler un instant?

— Je suis occupé pour le moment.

— C'est important.

— Auriez-vous l'obligeance de ne pas me déranger?

— Je ne bougerai pas avant de vous avoir parlé.

— Oh?

Il se tourna vers la provocatrice pour la première fois et

148

la dévisagea avec une pointe d'irritation.

— Pourquoi ne m'avez-vous pas dit que vous étiez jolie?

Garde ton sang froid, pensa-t-elle. Le moindre signe de nervosité et tout est perdu.

— Est-ce que cela a de l'importance? Je veux vous parler d'un projet d'affaires.

Le teint pâle dont elle se souvenait très bien s'était coloré sous les chauds rayons du soleil, soulignant ainsi ses pommettes saillantes et sa mâchoire anguleuse. Un jour, il serait le portrait de son père.

— Oui, c'est important. Mes yeux sont entraînés à apprécier la beauté, et la beauté humaine en est la forme la plus élevée parce qu'elle est la seule que l'homme ne peut créer ou reproduire. Nous en reparlerons pendant le lunch.

Il avait fait cette déclaration comme si elle allait de soi et n'exigeait aucune réponse. Puis il lui prit le bras et la guida vers la sortie.

Le petit café à proximité de l'université de Pennsylvanie n'était pas encore envahi par sa clientèle habituelle du midi. Nielson Hughes aida Torie à déposer son plateau, puis jeta un coup d'œil autour de lui. Il avait été sage, songea-t-il, d'éviter la cafétéria du campus. Si un de ses amis était passé, il aurait aperçu cette incroyable beauté, aurait su exactement ce qu'il avait en tête, et l'aurait taquiné impitoyablement.

— Merci, dit-elle, en rapprochant sa chaise de la table. Je suis contente que vous ayez de bonnes manières. C'est plutôt rare de nos jours.

La fille était mystérieuse — se donnant des airs de duchesse.

— Ma mère est un tyran lorsqu'il s'agit de ces détails. Dites-moi, comment saviez-vous mon nom?

— Oh, une dame me l'a dit. Elle a dit que vous étiez architecte et j'ai dressé l'oreille parce que j'en cherche un.

— Comment saurait-elle que je suis architecte? Je suis

toujours étudiant.

— Elle semblait en connaître beaucoup à votre sujet. Elle a dit que vous étiez aussi bon que votre père.

— C'est on ne peut plus loin de la vérité. Je suis infiniment meilleur que mon père et je déteste que les gens voient en moi une vulgaire copie carbone.

Il s'arrêta un instant.

— Désolé, je ne voulais pas être brusque avec vous. Je n'aime pas qu'on me parle de lui.

Elle baissa la tête nerveusement, ne sachant comment lui répondre. Puis elle essaya encore.

— Je suis sûre que ce fut difficile pour vous de grandir dans cette…situation.

Entendait-il bien? De quoi se mêlait-elle? Il payait pour avoir écouté ses pulsions plutôt que sa raison. Encore qu'avec son audace, la fille avait une qualité qui l'excitait… une sensualité qui bousculait tellement sa libido qu'il avait peine à rester assis sur sa chaise.

— Je ne me suis pas présentée. Je suis Vittoria Di Angelo.

— Vittoria avec deux «t» et pas de «c»?

— Oui.

— C'est long ce nom.

Il mastiqua son hamburger pendant quelques secondes, puis demanda :

— Comment les gens vous appellent-ils?

— Torie.

— Hmm. Pas très original. Si mon nom était Vittoria, je voudrais qu'on m'appelle Geneviève ou Cléopâtre, n'importe quoi excepté Torie.

— Les gens ne vous appellent-ils pas Niels?

— Ils peuvent le faire une fois, jamais deux. C'est comme si un ivrogne s'adressait à un lampadaire : «Niels Hughes — ch'est mon nom, m'sieur, et si j'peux dire, vous êt' pas mal allumé vous-même.»

Elle rit de cette imitation invraisemblable, surprise de lui découvrir un sens de l'humour — bien que cela servît ses propres intérêts.

— O.K., je sais quel nom il ne faut pas vous donner. Comment dois-je vous appeler alors?

— Votre Excellence serait bien. Votre Grandeur sonne bien aussi.

— Que pensez-vous de Nielson, tout simplement?

— Superbe choix.

Il sourit d'un plaisir anticipé, se demandant quel goût avait son rouge à lèvres... si elle empestait le *Musc des bois*, le *Tigre sauvage* ou quelque autre délicieux parfum bon marché... essayant de l'imaginer avec un soutien-gorge de dentelle noire et un porte-jarretelles.

— Dieu, que vous êtes jolie! Vous n'êtes pas mariée ou quelque chose du genre, n'est-ce pas?

— Non, rien de tout cela.

— C'est bien. Je déteste la pagaille.

Il trancha une tomate.

— Vous avez les yeux les plus extraordinaires...

— Pourrions-nous passer aux choses sérieuses, s'il vous plaît?

— Oui, j'ai une question sérieuse à vous poser : d'où venez-vous?

— Philadelphie-Sud — jusqu'à il y a trois ans et demi, lorsque nous avons déménagé la compagnie à West Mount Airy.

— Quelle compagnie?

La question fut un réflexe, non de la curiosité. La seule chose à laquelle il pouvait penser à ce moment, était de trouver un moyen de la faire rire encore pour voir cette grosse croix en or bouger entre ses seins.

— Promotion immobilière. Nous avons un bureau pas très loin de la maison. Mais le projet dont je veux vous parler...

— Habitez-vous chez vos parents?

— Ma mère est morte lorsque j'avais sept ans.

151

Patience, se dit-elle. Il serait bientôt à cours de questions et elle pourrait poser les siennes. L'idée qui lui était venue au moment où elle avait voulu attirer son attention faisait son chemin.

— Je vis avec mon père, ma sœur et mon frère, Frankie, qui est à la guerre en ce moment. Le seul avantage de cet éloignement, c'est que je peux conduire sa voiture.

— Êtes-vous au courant que votre peau est translucide?

— Oui — non. Nielson, pourrions-nous être sérieux?

— Certainement.

Il se proposa un défi; l'affaire serait dans le sac en quarante-huit heures.

— Que voulez-vous?

Elle posa son sandwich et le fixa intensément.

— Je possède deux maisons attenantes dans Philadelphie-Sud. Je pourrais quintupler les revenus en les jetant par terre et en construisant un immeuble à logements. Accepteriez-vous de les examiner et de me préparer un devis pour la construction?

Il résista à l'envie de sourire. Elle semblait tellement croire à tout cela.

— Les maisons sont-elles occupées?

— Oui.

— Pourquoi les démolir, alors?

— Parce qu'elles sont vieilles.

— C'est difficilement une raison. Ne peuvent-elles pas être rénovées?

— Absolument pas. Trop de pourriture et de cafards.

— On ne détruit pas des édifices simplement parce qu'il y a de la pourriture et des cafards.

— Pourquoi pas, s'ils sont affreux?

— Si nous avions démoli chaque immeuble que les gens trouvaient affreux, il ne resterait plus que les rues et les trottoirs.

— Que penseriez-vous de démolir tous ceux qui ont plus de, disons, deux cents ans et de les remplacer par des édifices

152

modernes?

Elle plaisantait, sûrement.

— Quelle idée géniale. En tout premier lieu, nous détruirions Elfreth's Alley. Puis nous jetterions par terre la vieille église Sainte-Marie où Georges Washington allait prier. Enfin, nous irions saccager le Mount Pleasant...

— Ce n'était qu'une blague. Le problème majeur avec les maisons de l'avenue Snyder est que les fondations sont chancelantes, les tuyaux rouillés, l'installation électrique désuète. Les locataires ne sont plus en sécurité.

— C'est tout à fait différent.

Il ne pouvait se faire une idée sur cette fille; elle était ou très brillante ou très ignorante, et possiblement les deux.

— Dans ce cas, je pourrais considérer le travail. Vous comprenez que je n'ai pas encore mon diplôme, n'est-ce pas?

Elle acquiesça d'un signe de tête.

— Nous irons donc examiner vos propriétés, disons... demain soir. Après quoi nous pourrons faire un saut chez moi et partager une pizza.

— Chez vous? Vous ne vivez pas sur le campus?

— Non, j'ai quitté la maison Deke au moment où je suis entré à l'université. Je suis installé chez ma mère. Sa demeure permanente est à Bryn Mawr et elle n'utilise que rarement l'hôtel particulier, ce qui me convient parfaitement. C'est à deux pas du campus et je n'ai pas de voiture en ce moment. Pourrez-vous me prendre au Meyerson Hall?

Elle irait le chercher en Sibérie s'il le demandait.

— À quelle heure?

— J'ai un séminaire de six heures à sept heures trente, alors disons huit heures.

Il jeta un coup d'œil à son assiette.

— Quelque chose ne va pas avec votre sandwich?

— Hum, non... Je n'avais pas très faim.

— Voulez-vous autre chose?

— Non, merci.

— Nous pouvons donc y aller. Je vais vous montrer où

153

il faudra me prendre. Il se leva et lui tendit le bras. «En
vérité... je ne suis pas du tout farouche.»

11

— Tu n'as pas touché à ton dîner. Et je me suis donné la peine de préparer un ragoût avec des champignons, comme tu l'aimes.

Torie piqua sa fourchette dans une pomme de terre sans grand enthousiasme. Lisa et elle étaient trop différentes pour être près l'une de l'autre mais, en tant qu'adultes, leurs rôles étaient au moins définis. Le sien était de «garder un œil sur la compagnie» jusqu'au retour de Frankie; Lisa devait s'occuper de la maison. Elles avaient encore des opinions différentes sur à peu près tout mais, afin de sauvegarder l'harmonie, elles les gardaient pour elles.

— Merci, Lis, cela semble délicieux. Je vais prendre seulement un peu de salade, si tu n'y vois pas d'inconvénient.

— Des problèmes? demanda Frank.

Depuis sa libération, six mois plus tôt, il ne s'était pas intéressé à autre chose qu'à sa famille, sa menuiserie et le téléviseur. Ses sens avaient pourtant conservé toute leur acuité et quelque chose dans le comportement de sa plus jeune fille l'inquiétait.

— Rien ne t'échappe, papa, n'est-ce pas?

Le sourire de Torie dissimula à peine son anxiété. Après avoir déposé Nielson au début de l'après-midi, elle avait passé le reste de la journée à rassembler des faits et à préparer son

155

discours. C'était peut-être le moment propice.

— Il y a quelque chose dont je voulais parler avec toi. Cela concerne… l'avenue Snyder.

— Qu'y a-t-il à propos de l'avenue Snyder?

— Nous avons des problèmes dans les deux maisons. Les fils électriques sont tellement rongés qu'ils pourraient prendre feu à n'importe quel moment, et les fondations tellement fragiles qu'elles ne résisteraient pas cinq minutes à un incendie.

— Ne pouvez-vous pas refaire l'installation électrique? demanda Lisa.

— Nous devons faire quelque chose. Mais plutôt que de gaspiller une petite fortune dans la réparation de ces deux maisons en ruines, nous pourrions envisager d'investir un peu plus d'argent et de construire un immeuble à logements multiples. Le nouvel immeuble nous rapporterait cinq fois plus que ce que nous faisons actuellement.

— As-tu dit *un peu plus* d'argent?

À l'instar de son fils repenti, Frank était devenu ultraconservateur dans ses habitudes de dépenses, particulièrement depuis sa dernière aventure risquée qui s'était terminée en véritable désastre.

— Pas beaucoup plus. Nous pourrions emprunter soixante-quinze pour cent des coûts de construction et obtenir une hypothèque de quinze ans sur l'immeuble à la fin des travaux. Ce serait un bon investissement.

Frank lui jeta un œil mauvais.

— Tu proposes de démolir l'avenue Snyder et c'est hors de question. C'est là que vous êtes nés et que vous avez grandi.

— Je sais cela, papa. Mais ce n'est tout de même pas un lieu de pèlerinage et nous ne pouvons pas nous permettre d'être sentimentaux. Si quelqu'un était blessé ou tué à cause de notre négligence, il pourrait nous poursuivre et nous acculer à la faillite.

— La réponse est non. Absolument non.

— Hors de question, approuva Lisa. Nos locataires sont

des gens si gentils. Les Stumpo ont un petit bébé de six mois, et les Quartaroli — eh bien, la pauvre est complètement invalide.

— Raison de plus pour s'inquiéter. Si jamais un incendie se déclarait, ils n'auraient jamais le temps de quitter les lieux.

Torie essaya de conserver un ton calme. Elle connaissait l'entêtement de son père aussi bien que le sien et elle s'était bien préparée.

— En ce qui me concerne, tu es libre de faire ce que tu veux. Mais si jamais des problèmes surviennent, tu t'expliqueras toi-même devant les inspecteurs municipaux.

— Les inspecteurs municipaux!

La voix de Frank frémit de terreur.

— De quoi parles-tu?

— Ne te l'ai-je pas dit? C'est comme ça que tout a commencé. Deux hommes sont passés dans le quartier pour inspecter les maisons — incluant les nôtres. Il y a eu de nombreux feux à cause des installations électriques défectueuses dans le voisinage.

— Oh, mon Dieu.

Frank se frotta les mains nerveusement.

— Pourquoi ne le disais-tu pas? Nous devons faire quelque chose immédiatement.

— Que vont devenir les locataires? protesta Lisa.

— Tu veux que je retourne en prison? Je ne peux courir aucun risque avec la ville. S'il nous faut tout raser et repartir à zéro, nous le ferons. Utilise ton jugement, Torie. Fais tout ce qui doit être fait et assure-toi que les normes du Code soient respectées à la lettre. Lisa et moi sommes d'accord avec toi.

Torie soupira et se cala sur sa chaise.

— C'est d'accord, papa, je vais m'en occuper — si c'est bien ce que tu veux.

Les heures précédant l'aurore parurent interminables à Torie couchée sur son oreiller, aussi éveillée qu'en plein jour. Ses pensées et ses émotions lui martelaient la tête, exigeant une solution. Sa loyauté envers sa famille n'était pas en doute; elle donnerait n'importe quoi, même un bras ou une jambe, pour son père, Frankie ou Lisa, sans tenir compte de ses divergences avec eux. Elle n'éprouvait aucune culpabilité face à cela.

Néanmoins, elle pouvait difficilement nier sa déception. Les petits mensonges avaient conduit à de plus gros jusqu'à ce qu'elle se sentît prisonnière de la toile qu'elle avait elle-même tissée. Un jour sa famille apprécierait ce qu'elle avait fait mais, pour le moment, elle devait faire confiance à son instinct et vivre dans le mensonge.

Elle fut profondément blessée que son père, revenu au catholicisme, semblât s'éloigner d'elle et lui préférer sa sœur. Ils étaient devenus tellement semblables l'un et l'autre que, parfois, elle avait le sentiment d'être une pure étrangère — une espèce de monstre païen et cupide en provenance d'un autre monde.

Elle se rassura en se disant que, de toute façon, le différend avec son père n'était que temporaire, et que l'opération qui bouillonnait dans son esprit depuis tant de mois valait bien un ou deux bobards. Le jour du départ de Frankie, en fait, elle avait avisé les locataires de l'avenue Snyder qu'à la fin de leur bail, le premier novembre, ils devraient se trouver de nouveaux logements. À cette époque, elle n'avait pas prévu que Nielson travaillerait à ce projet mais, plus elle y pensait, plus cette idée l'excitait.

Elle était convaincue qu'il pouvait mener à bien cette tâche, même si tout ce qu'elle savait de lui — à part le fait qu'il était beau, presque un prototype du grand Scandinave aux yeux bleus et aux cheveux blonds — était qu'il possédait de galantes manières (quand il le voulait), un charme qui jaillissait par à-coups, comme l'eau d'un robinet capricieux, et un dévouement total à sa profession. Quiconque lui ayant parlé pendant cinq minutes ne pouvait manquer de voir que son univers tournait autour de l'architecture, presque à l'exclusion de tout autre chose. Elle n'était pas sûre de la place qu'elle occupait à l'intérieur de ce petit cercle, sauf que Nielson était frappé par son apparence.

Il aimait peut-être les défis et, si tel était le cas, elle lui en proposerait un.

Essayer de l'analyser plus en profondeur n'était pas dans sa nature. Elle ne pouvait que s'étonner de l'intensité de ses sentiments lorsqu'elle était près de lui et de sa certitude quant à leur avenir commun. Elle savait aussi que toute relation comportait ses obstacles. Un architecte de la *Main Line*, ayant étudié à l'université de Pennsylvanie, n'allait probablement pas risquer sa crédibilité auprès d'une Italienne catholique du quartier sud de Philadelphie. Il importait peu qu'elle fût brillante, ambitieuse et déterminée à devenir plus riche qu'Onassis. La ligne qui les séparait était aussi claire et indélébile que la voie ferrée de Pennsylvanie.

— Désolé d'être en retard, Torie.

Hors d'haleine et se confondant en excuses, Nielson ouvrit la portière de la voiture et se glissa sur le siège.

— Le séminaire a été plus long que prévu. Étiez-vous ici depuis longtemps?

— Environ une demi-heure. Je me préparais justement à partir.

Un tank Sherman n'aurait pu la déplacer.

Il prit sa main et y déposa un baiser.

— Pardonnez-moi. J'attendais avec impatience de vous revoir.

Le geste la laissa muette de surprise.

— Je suis légèrement retourné, dit-il en s'enfonçant dans le siège. Avez-vous déjà entendu parler d'Eric Mendelsohn?

— Le... euh... nom m'est familier.

— Je suis fasciné par son Mossehaus à Berlin. L'homme possède à merveille l'art de travailler les éléments verticaux de façon à mettre en évidence les composantes horizontales. Mais cela n'a rien à voir. Je le mentionne simplement parce

159

qu'il écoutait toujours du Bach avant d'entreprendre un projet. Cela le mettait dans un état d'esprit particulier. Frank Lloyd Wright était juste le contraire. Il avait l'habitude de dire qu'aussitôt qu'il voyait une réussite architecturale, un orchestre se mettait à jouer dans sa tête.

— Des immeubles lui faisaient entendre de la musique?

— Pas vraiment, non.

Pourquoi perdait-il son temps à lui expliquer? Elle n'avait pas la moindre idée de ce dont il parlait. S'éclaircissant la gorge, il reprit :

— Ce que je veux dire, c'est que j'aimerais prendre quelques minutes pour me calmer et changer d'humeur. Que pensez-vous d'une petite promenade jusqu'à la place *Independence* avant de nous rendre sur l'avenue Snyder?

— Bien sûr. C'est facile.

Elle regarda dans le rétroviseur, présumément pour vérifier s'il y avait une voiture qui la suivait, mais principalement pour vérifier son maquillage. Rien ne semblait être déplacé; son nez ne brillait pas, son rouge à lèvres n'était pas étendu, ses cheveux ne dissimulaient pas ses boucles d'oreilles. Il ne saurait jamais toute la peine qu'elle s'était donnée pour lui plaire — consacrant presque une heure à choisir une robe en jersey beige qui la moulait bien, puis essayant tous les chandails et les vestes de sa garde-robe jusqu'à ce qu'elle optât finalement pour une veste en peau de lapin dénichée dans une boutique bon marché de Springside.

Ses doigts cherchèrent la clé de contact.

— Avez-vous réfléchi au projet dont nous avons discuté?

Il se tourna vers elle.

— Avez-vous déjà lu la Bible?

— Bien sûr.

— Alors vous vous souvenez de l'Ecclésiaste — où il est dit qu'il y a un temps pour chaque chose sous le ciel. Un temps pour naître, un temps pour aimer, un temps pour discuter de l'avenue Snyder, et un temps pour s'asseoir et admirer la ville.

Elle rit.

— Je pense que vous essayez de me dire quelque chose — comme de la fermer et de conduire.

— Je ne le dirais pas exactement de cette façon.

Elle avait raison, pourtant. C'était bien ce qu'il voulait dire. La fille n'était pas idiote. Elle était prétentieuse et manquait d'éducation, mais elle était alerte et saisissait rapidement. Elle sembla comprendre son besoin d'être tranquille et détendu.

— Garez-vous ici, dit-il, quelques minutes plus tard, lorsqu'ils atteignirent l'intersection de Walnut et de la Cinquième. Allons prendre un peu l'air.

— Avec plaisir.

Il lui prit le bras et ils traversèrent la rue pavée en direction du Independence Hall. Dans l'ombre des lampadaires, les monuments paraissaient majestueux et sereins.

— Le cœur de la ville semble magique la nuit. «Des myriades de lignes argentées, des clés de voûte et des moulures sculptées, baignées d'un doux reflet...» Vous vous rappelez Walt Whitman?

— Oui.

— Extraordinaire, murmura-t-il, perdu dans sa réflexion. Les édifices ont mille personnalités. Lorsque les masses de touristes sont retournées chez eux, alors s'installent dans ces murs de brique rouge une dignité tranquille... une pureté... une intégrité qui marient le passé et le présent. Saviez-vous qu'un groupe de citoyens a déjà voulu démolir ces magnifiques lieux historiques? Pouvez-vous imaginer quelque chose de plus obscène?

— Je...

Elle voulut le contredire, puis se ravisa.

— Pourquoi voudrait-on faire cela?

— Dans les années 1850, quelques crétins avaient décidé que nous devrions avoir un nouvel hôtel de ville. Ils voulaient entourer Independence Hall avec une structure mansardée en forme de «U». Cela aurait signifié la destruction de l'ancien

161

hôtel de ville, notre plus grand monument de style *Second Empire*, la démolition du Philosophical Hall et, si vous pouvez le croire, du Congress Hall.

— Comment ont-ils justifié cela?

— Ils affirmaient que la ville dépensait plus pour les entretenir qu'ils ne rapportaient. Comme si on pouvait évaluer en dollars ces monuments d'une valeur inestimable. C'est la façon de voir des classes inférieures. Ils ont déjà essayé de vendre la Liberty Bell à la ferraille. Quelques-uns de ces idiots veulent toujours détruire l'hôtel de ville et le remplacer par une monstruosité moderne. Par chance, ses assises sont inébranlables. Savez-vous que c'est la seule chose qui a sauvé nombre de ces vieux immeubles?

— Vous voulez dire que cela coûterait trop cher pour les démolir?

— Oui. Je ne comprends pas les gens qui veulent détruire la beauté et l'histoire. Ils n'ont pas d'âme.

Elle n'avait pas la moindre idée de ce que cela signifiait mais n'osa pas le demander, de peur qu'il ne l'identifiât à ce qu'il appelait les «classes inférieures». Étonnant, pensa-t-elle, de constater à quel point la haute estime de soi allait de pair avec le respect du passé.

Un de ces jours elle lui répondrait, mais pour l'instant elle ne pouvait que faire allusion aux sentiments qu'elle éprouvait. Dans son esprit, «historique» et «délabré» étaient pratiquement synonymes. Comment ces briques usées par le temps et ces pierres grises pouvaient-elles raisonnablement se comparer avec une structure moderne et profilée? Leurs fondations étaient probablement pourries et sur le point de s'effondrer, exactement comme les maisons de l'avenue Snyder. Ah... tandis que ces nouvelles tours d'habitation étaient solides, robustes et vous aveuglaient presque de leur éclat — leur acier luisant et leurs façades de verre et de granit. C'était le pouvoir... la fascination... l'excitation. C'était maintenant.

— Je me rappelle une phrase de Kitty Foyle : «Les

Philadelphiens ne veulent pas changer quoi que ce soit avant d'avoir reçu l'autorisation du passé.»

Cette fille était surprenante. Elle lisait vraiment des livres.

— Qu'est-ce que ça veut dire?

— Que les Philadelphiens se méfient de tout ce qui est nouveau ou moderne. Mais qu'ils ne pensent pas que *tous* les vieux édifices soient beaux.

— Qui a dit *tous* les vieux édifices?

— Vous, en quelque sorte.

— Vous vous faites l'avocat du diable, non? D'accord, oubliez l'histoire pour un moment. Oubliez, si vous le pouvez que notre nation est née ici. Regardez Independence Hall avec un œil objectif. Et Congress Hall, le joyau de la couronne... petit, fier, avec ses impostes au-dessus de la porte et son balcon de fer... la quintessence de tout ce qui était fin et noble durant cette période remarquable.

Il s'arrêta.

— Désolé, je me laisse emporter.

— Ne soyez pas désolé. Je sais que c'est votre obsession.

— Une de mes obsessions.

Son ton s'adoucit soudainement.

— Nous sommes très près de l'endroit où je demeure. Êtes-vous certaine de vouloir vous rendre dans le quartier sud de Philadelphie?

— Pourrait-on simplement y faire un tour?

— Oui... oui, bien sûr.

Il la ramena vers la voiture.

— Vous avez été tellement gentille de me faire plaisir pendant la dernière demi-heure. Par tous les moyens, en route vers l'avenue Snyder.

— Ne voulez-vous pas regarder autour?

Torie essaya de cacher son désappointement pendant que Nielson remontait la vitre de la portière.

— Non, merci. J'ai vu tout ce qu'il fallait.

— Cela signifie-t-il que vous acceptez le travail?

— Je ne sais pas encore. Je veux y réfléchir.

Il immobilisa sa main lorsqu'elle voulut prendre la clé.

— Avant que ce moment ne nous échappe — il faut que je vous dise à quel point vous paraissez rayonnante... incandescente... Les rayons de lune à travers la vitre donne à votre peau une radiance éblouissante.

Ses mots la firent tressaillir de plaisir.

— Je crois... que tout est plus beau sous un clair de lune.

— Pas du tout. Quasimodo sous un clair de lune demeure Quasimodo.

— Vrai, murmura-t-elle, espérant saisir ce qu'il voulait dire.

— Ces maisons là-bas, vous avez grandi dans celle qui est à gauche. Vous et moi n'y voyons que du bois et des briques, mais votre père et votre mère y ont fait l'amour. Ils ont partagé leur passion dans ces murs. Et la passion est la plus importante, la plus totale des émotions humaines. N'êtes-vous pas d'accord?

La pensée de sa mère et de son père au lit l'énerva; elle ne pouvait s'habituer à cette image et ne le voulait pas.

— Oui — la passion est importante. Et je suis passionnée pour ce projet. Quand me donnerez-vous votre réponse?

Un soupçon de contrariété se glissa dans sa voix.

— Pourquoi êtes-vous si anxieuse de m'engager? Vous ne connaissez pas mon travail. Vous n'avez pas vu mes plans. Vous n'avez même pas vu mes esquisses. Le monde est rempli de constructeurs et de dessinateurs beaucoup plus expérimentés que je ne le suis.

La question était franche. Il avait tous les droits de savoir pourquoi elle choisissait un étudiant gradué — et un pur étranger — pour un projet qui lui tenait tant à cœur.

— La réponse est probablement que je suis fidèle à mon intuition. Quand je vous ai vu dans cette église, j'ai senti un déclic. Une espèce de cloche s'est mise à carillonner dans ma tête et j'ai su, instinctivement, que vous étiez l'homme pour ce travail. Ne me demandez pas pourquoi, je le savais, c'est tout.

— Dans ce cas, j'applaudis votre intuition.

— Vous n'avez pas la passion des vieilles maisons attenantes en ruines, n'est-ce pas?

— Je devrais probablement. Les maisons attenantes sont à Philadelphie ce que la tarte aux pommes est à l'Amérique. Au tout début, on ne disposait pas des matériaux, des plans et de la technologie auxquels nous avons accès aujourd'hui.

Il fit une pause et secoua la tête.

— Pourtant, nous construisons encore nos maisons selon le même vieux modèle, à la différence que maintenant, en 1970, nous les appelons des villages modèles ou quelque ridicule euphémisme du même genre. Les promoteurs modernes ne veulent pas embellir ou humaniser le monde. Ils ne sont intéressés que par les profits et les pertes.

— Dois-je comprendre que vous allez rebâtir l'avenue Snyder?

Un éclair d'amusement passa dans ses yeux.

— Vous ne lâchez jamais, avouez-le?

— Je pense que non.

Elle lui sourit.

— C'est tout simplement que je sais quel merveilleux travail vous ferez. D'un autre côté, vous n'avez pas de bureau, ni de personnel, ni de frais généraux à assumer; je peux donc me permettre de vous payer.

— Là, vous faites erreur. Vous ne pouvez pas me payer.

Le regard accablé de Torie lui fit ajouter rapidement :

— Dans le sens que mes services ne s'achètent pas. Mais je peux me laisser convaincre...

— Comment?

Il s'approcha et lissa ses cheveux. Ils étaient doux et soyeux comme il s'y attendait. Le moment était enfin arrivé.

— Je suis fou de vous, Torie, au cas où vous ne l'auriez pas remarqué. Je serai heureux de faire ce travail pour vous et je ne vous chargerai pas un sou.

— Pas un sou?

Le ton de sa voix monta d'allégresse.

— Vous êtes sérieux? Vous le ferez gratuitement?

— Non, pas pour rien. Pour vous.

Trouvant ses lèvres, il les effleura légèrement. Elles semblaient chaudes et accueillantes, et il s'y attarda, prolongeant l'anticipation. Graduellement, son contrôle lui échappa et il l'embrassa passionnément. À son grand plaisir, sa bouche s'ouvrit à lui.

— Vittoria, chuchota-t-il à son oreille, tout mon être... est embrasé de désir. J'ai envie de toi... de te prendre.

L'esprit de Vittoria avait le vertige, son cœur battait la chamade. Son corps avait d'étranges palpitations provenant d'une source secrète. Aucun homme ne l'avait remuée ou excitée à ce point auparavant. Un mouvement puissant de désir incontrôlé la fit trembler de tout son être, enlevant les derniers bastions de sa résistance.

— Serre-moi fort, dit-elle, sur un ton mêlant la supplication au commandement.

Sa langue poussa avidement, ses mains glissèrent sous sa veste et trouvèrent ses seins fermes, dressés. Il l'embrassa longtemps, jusqu'à ce qu'il n'en puisse plus. Elle sentit l'intensité de son besoin au moment où sa puissante virilité se pressa contre elle, puis il recula.

— Je vais conduire jusqu'à la maison, dit-il d'une voix rauque. Ce sera plus rapide.

12

Le ciel, ce matin-là, était sombre. De gros nuages menaçaient de se répandre en averse d'un instant à l'autre. Torie remarqua à peine l'imminence de la tempête au moment où elle monta sur la pointe des pieds les marches devant sa maison.

Dès qu'elle eût tourné la poignée, la porte s'ouvrit toute grande et Lisa apparut, lui lançant un regard furieux.

— Où étais-tu? Ne sais-tu pas qu'il est presque sept heures?

— Je me suis endormie dans la voiture.

— Tu étais avec un homme. Tu as passé la nuit avec un homme.

La lourde stature de Lisa trembla sous l'immense robe de nuit en flanelle.

— Ne trouves-tu pas que tu en as assez fait? Tu veux faire tomber encore plus de honte et de déshonneur sur la famille?

— Ne me fais pas le coup de la culpabilité Lis. Ce n'est pas de tes... Papa! Que fais-tu debout à cette heure?

— Grâce à Dieu, tu n'as rien!

Frank s'approcha d'elle rapidement.

— Lisa m'a réveillé. Elle m'a dit que tu étais sortie la nuit dernière et que tu n'étais pas encore rentrée. Pourquoi n'as-tu pas téléphoné?

— Je n'ai pas pu. Je suis allée à cette soirée et j'ai bu un peu trop de punch; il était très corsé. Lorsque je me suis installée au volant pour revenir à la maison, j'étais éméchée et confuse, alors j'ai préféré attendre un peu... et j'ai dû m'endormir.

— Tu as dormi dans la voiture toute la nuit?

— Aurais-tu préféré que je prenne la route au risque d'être tuée dans un accident?

— J'aurais préféré que tu nous fasses savoir où tu étais. J'étais sur le point d'appeler Tony...

— Pourquoi faire? Pour me sortir de prison? Pour l'amour de Dieu, j'ai dix-neuf ans, je suis parfaitement capable de prendre soin de moi et je voudrais que tu arrêtes de me traiter comme une enfant.

Frank la darda du regard.

— Tu n'as même pas la décence d'admettre que tu es désolée? Aussi longtemps que tu vivras sous mon toit, tu dormiras dans ton lit chaque soir ou tu ne dormiras plus du tout dans cette maison. Est-ce assez clair?

Elle voulut répondre qu'elle ferait ses valises et quitterait cette foutue maison dans l'heure suivante — mais elle se ravisa. Elle savait à quel point un tel geste le ferait souffrir et que la séparation pourrait être permanente. Les filles italiennes, selon la coutume, ne quittaient la maison qu'en robe de mariée ou dans un cercueil. Et où pourrait-elle bien aller? Que dirait-elle à Nielson? La raison l'emporta sur son mouvement de colère momentané.

— Je suis désolée, papa. Je ne ferais jamais rien qui puisse t'inquiéter. Ce n'était qu'une folie passagère. Me pardonnes-tu de t'avoir fait de la peine?

— Je te pardonne, grommela Frank, attachant sa robe de chambre et se dirigeant vers la cuisine. Mais ne t'avise plus de recommencer.

— C'est promis.

Lisa se tourna vers elle, un sourire narquois sur les lèvres.

— Tu ferais mieux d'aller à l'église et de confesser tes péchés. Je serais incapable de vivre avec ta conscience.

— Ta sollicitude me touche.

Torie foudroya sa sœur du regard.

— Je te remercie d'avoir réveillé papa. Un jour je te revaudrai cela.

Derrière la porte fermée de sa chambre, Torie lança sa veste sur une chaise, enleva ses chaussures et se laissa choir sur son lit. Quelle nuit! Quel homme! Malgré qu'on lui eût souvent répété que le plaisir sexuel était relié à l'expérience, sa seconde aventure amoureuse s'était avérée tout à fait l'opposé de la première. Nielson avait été un amant patient et habile, et ses caresses l'avaient tellement excitée qu'elle y avait répondu sans retenue.

«Tu as été créée pour cela, Vittoria, avait-il murmuré, comme il plongeait en elle encore et encore. Je l'ai su dès le premier instant... que nous étions faits l'un pour l'autre.»

Cette nuit-là, ils avaient fait l'amour à trois reprises, et chaque fois, son désir s'était accru. Elle avait eu envie de crier ses sentiments pour lui; elle le voulait en elle, sur elle, partout autour d'elle, la consumant, tellement son besoin de lui était intense. Pourtant, malgré toute son ardeur, elle avait senti qu'il manquait quelque chose. Au cœur de cette communion des plus intimes entre deux êtres humains, ils ne s'étaient pas vraiment rencontrés.

Poursuivant sa réflexion alors qu'elle enroulait une couverture autour de ses épaules, elle sut immédiatement ce qui manquait; il n'avait pas prononcé un seul mot de tendresse ou d'affection. Même dans les moments les plus tendres, il avait louangé la douceur de sa peau, la perfection de ses seins, les proportions de ses hanches et de ses cuisses, mais il n'avait jamais parlé des sentiments qu'il éprouvait envers la femme à qui ils appartenaient. Elle n'était pas certaine qu'il lui avait accordé plus de valeur qu'à un mécanisme de bonne qualité.

Cela viendrait, décida-t-elle. Leur relation venait tout juste de naître et, maintenant que le lien physique avait été établi, ils développeraient graduellement la dimension émotionnelle. Autant elle désirait être spontanée, autant elle savait qu'il était préférable de ne pas lui dire qu'elle l'aimait. Il était trop tôt pour une confession larmoyante, particulièrement si elle ne devait pas être partagée. Elle l'aimait pourtant, de tout son corps, tout son esprit et toute son âme.

Le fait qu'il fût prudent ne fit que lui confirmer à quel point il était sérieux. Leurs origines différentes importaient peu. Qu'est-ce qui pourrait les séparer maintenant? L'essentiel, c'était les sentiments qu'ils éprouvaient l'un envers l'autre. Ils avaient toute la vie pour surmonter les obstacles.

— Je suis désolée d'être en retard.

Peggy secoua le parapluie ruisselant et le déposa dans un coin de la pièce. Elle s'approcha du bureau avec précaution.

— Tout va bien?

— Ça va.

Torie jeta son imperméable sur un classeur et s'écroula dans sa chaise pivotante.

— Tu n'as pas l'air bien.

— C'est ta faute. C'est toi qui m'as donné cette coupure de journal.

— Coupure de journal? Tu t'es rendue à l'église mercredi?

— Oui, et l'ego de Robert Nielson pourrait engloutir l'état du Texas. Mais devine qui était là?

— Oh, non!

— En personne. Nous nous sommes rencontrés par un «heureux hasard» — et ce fut exactement comme je l'avais imaginé. Nous avons tous les deux ressenti instantanément une *extraordinaire* attirance. Je ne t'en ai pas parlé hier parce que je savais que tu n'approuverais pas. Mais nous nous sommes revus la nuit dernière et, euh...

Peggy se renfrogna.

— Est-ce que ce «euh» signifie ce que je pense?

— Oui, et je n'ai aucun regret. Il devrait me téléphoner d'une minute à l'autre.

Ses joues s'empourprèrent lorsqu'elle demanda :

— Penses-tu que les gens doivent se fréquenter longtemps avant de devenir amoureux?

— C'est une question à double tranchant. Si je dis non, je cautionne l'amour libre. Si je dis oui, je me retrouve sans emploi.

— Sérieusement.

— Sérieusement?

Peggy s'assit et se gratta le menton. Comment pourrait-elle être franche et ne pas la blesser? Si seulement Torie avait eu une mère pour la guider durant son adolescence, elle n'aurait pas eu tous ces problèmes.

— Je n'ai aucune difficulté à me convaincre que tu es amoureuse de lui, répondit-elle avec hésitation. Tu l'es depuis des années. Mais ce serait irréaliste de t'attendre à ce qu'il soit amoureux de toi. Une journée vous vous rencontrez, et le lendemain tu sautes dans son lit. Il ne sait pas que tu n'agis pas de la sorte avec tout le monde. Les hommes ne respectent pas les femmes qui se donnent trop facilement.

— Ce n'est pas le cas, trancha Torie. Il a dit qu'il était fou de moi. Et nous sommes dans les années soixante-dix. Tout le monde le fait.

— Tu me demandes mon opinion et tu la rejettes. La vérité est que les hommes comme Nielson n'épousent pas des femmes comme toi et moi, même s'ils nous connaissent depuis longtemps. Ils épousent les Betsy Richardson, les Frannie Pew et les Dora Biddle de ce monde. C'est comme cela et tu ferais bien de l'accepter.

— Jamais je ne l'accepterai. Un tel chauvinisme n'existe nulle part ailleurs. Seulement ici. Cette ville est amoureuse de son propre passé — comme une actrice vieillissante qui passerait toutes ses journées le nez dans ses vieux albums de

171

photos. Les gens sont ce qu'ils sont maintenant, pas ce que leurs ancêtres étaient il y a cent ans. Que je sois damnée si je laisse les valeurs tordues de cette ville détruire mes chances de bonheur.

Elle soupira profondément.

— As-tu vérifié auprès de Jock au sujet de la rue Snyder?

— Oui.

La question de Torie signalait la fin de leur discussion.

— Les Stumpo déménageront le 28 octobre, et les Quartaroli lui donnent des ulcères. Ils ne veulent pas ceci, ils ne peuvent pas se permettre cela...

— Dis-lui de leur trouver quelque chose. Nielson a accepté de travailler pour moi et il ne me coûtera pas un sou. Oh, j'ai failli oublier. Je rencontre Mervin Lewis à dix heures. Si quelqu'un appelle...

— Ne t'inquiète pas, je noterai le message.

Peggy adoucit le ton de sa voix.

— Écoute, je ne voulais pas que tu aies l'impression que tu étais une femme déchue. Il n'y a rien d'écrit sur ton front. Les étrangers ne te montreront pas du doigt en disant : «Devine ce qu'elle a fait la nuit dernière!» Quoique ma mère avait l'habitude de dire qu'on pouvait différencier les filles sages des autres au bruit qu'elles faisaient en marchant.

— Le bruit?

— Oui, les bonnes filles vont cliquetis-cliquetant. Elles ont des glaçons dans leur culotte.

Torie sourit et prit son imperméable.

— Merci pour l'explication. Maintenant je sais pourquoi les rues sont si silencieuses.

Un homme aux cheveux noirs et aux tempes grisonnantes fit glisser une porte de verre.

— Si vous voulez bien entrer. Je suis Mervin Lewis.

Elle sourit et lui serra la main, heureuse de constater que l'apparence de l'avocat était aussi soignée que sa réputation.

— Quel beau bureau. Les lignes sont si nettes, si précises. Lorsque j'aurai un grand bureau, il sera propre et étincelant, tout comme celui-ci.

— Quel enthousiasme!

— Hmmm, je le pense. J'ai grandi dans une maison attenante où j'étais pratiquement noyée sous les affaires de tout le monde. Ma sœur et mon frère ramassaient n'importe quoi. À la mort de ma mère, mon père a construit cet imposant et ridicule lieu de dévotion dans leur chambre. Je fais encore des cauchemars à cause de cet autel grotesque.

Il se dirigea vers une chaise de cuir noir.

— Je sais que votre temps est aussi précieux que le mien, Madame Di Angelo. Que puis-je faire pour vous?

Elle déposa une pile de dossiers sur son bureau.

— J'ai pris la direction de notre entreprise il y a deux ans, lorsque mon frère, Frankie, a rejoint l'armée. Je suis ici parce que vous êtes le meilleur avocat en ville lorsqu'il est question de transactions immobilières, et j'aimerais que vous travailliez avec moi.

— N'avez-vous pas d'avocat?

— Mon frère avait coutume de retenir les services de notre cousin, Tony, parce que ses honoraires n'étaient pas élevés — ou disait qu'ils ne l'étaient pas — mais cela finissait toujours par nous coûter très cher. J'ai commis de nombreuses erreurs depuis mes débuts dans ce métier, et j'en commettrai sans doute encore beaucoup d'autres. Mais j'essaie sincèrement d'en tirer profit et de ne pas les répéter. Une des choses que j'ai apprise est qu'il ne faut pas lésiner sur les avis légaux.

— Rien à redire là-dessus.

Elle se pencha en avant avec empressement.

— J'aimerais que vous révisiez ces trois projets sur lesquels Frankie travaillait, principalement celui de l'école Urbandale; il est parmi les dossiers. J'ai écrit à l'associé de mon frère, Wally Todd, pour lui faire savoir que nous ne désirions plus conclure d'affaires avec lui.

— Pourquoi?

— Il a profité de Frankie et, maintenant, il essaie de me rouler. À partir d'aujourd'hui, je veux réaliser mes propres transactions.

— N'est-ce pas là une bien grande ambition pour une dame aussi… pardonnez-moi, quel âge avez-vous?

— Vingt ans.

Plus ou moins trois mois.

— Mais je côtoie le marché immobilier depuis l'âge de quatorze ans. Quoi qu'il en soit, Wally n'a pas répondu à ma lettre et je ne sais trop quoi faire. S'il sait que vous me représentez, je ne pense pas qu'il essaiera de me servir une entourloupette.

— Je suis flatté de votre confiance.

Il posa les dossiers sur son sous-main.

— Y a-t-il autre chose?

— Non, pas pour le moment. Vous ne serez pas déçu si vous me prenez comme cliente, Monsieur Lewis. J'ai déjà un important projet en marche dans le quartier sud de Philadelphie. Nielson Hughes est notre architecte — le fils de Robert Nielson. Il est deux fois plus brillant que son père et moitié moins prétentieux.

L'avocat sourit et se leva. Cette fille était étonnante; des vêtements serrés et trop de bijoux, mais aussi vive et intelligente que directe. Elle dégageait une certaine fraîcheur qui l'attirait.

— Très bien, j'examinerai ces dossiers. Je ne dis pas que je vais vous représenter, mais je vous donnerai des nouvelles.

— Merci beaucoup.

Elle sourit et lui serra la main.

— J'attendrai.

À la fin de cet après-midi-là, Torie n'en pouvait plus; il devait y avoir une explication au silence de Nielson. Peut-être avait-il oublié son nom de famille? Peut-être avait-il perdu sa carte et ne savait pas comment la rejoindre? Trouvant le nom de sa mère dans l'annuaire téléphonique, elle gribouilla le numéro sur un bloc et l'appela.

Il parut surpris de l'entendre.

— Bonjour, Torie. Que puis-je faire pour toi?

Que pouvait-il faire pour elle? Après la nuit dernière? Quelle question stupide.

— Je pensais que... lorsque tu aurais une minute, nous pourrions discuter de l'avenue Snyder.

Elle n'en revenait pas du ton de cette conversation. Ils discutaient comme s'ils se connaissaient à peine.

— Je... euh... J'ai quelques idées que j'aimerais te soumettre.

— Vas-y.

— Au téléphone?

Soudain, elle comprit.

— Oh, je vois. Tu n'es pas seul.

— Je suis complètement seul, répondit-il. Quand pourrais-je aller voir les maisons de plus près? Les locataires me laisseront-ils entrer?

— Oui.

Encore ébranlée par son attitude, elle se réfugia derrière son personnage professionnel.

— Je leur téléphonerai avant et je te rencontrerai là-bas au moment qui te conviendra.

— Merci, mais je préférerais y aller seul. Je vais essayer de sauvegarder les fondations actuelles et de te faire épargner un peu d'argent. As-tu déjà choisi l'entrepreneur?

— Non, je pensais que...

— Oui?

— Nous devons discuter, Nielson. Je ne tiens pas à sauvegarder les fondations si cela doit imposer des limites à ce que tu peux faire. Avec ton talent, j'espère que tu créeras quelque chose de moderne, d'audacieux et d'excitant — quelque chose que les gens remarqueront et dont ils parleront.

— Sur l'avenue Snyder?

— Pourquoi pas?

Le ton de sa voix était impatient.

— Pour la même raison qu'on ne construit pas un bar de danseuses nues à côté d'une église. Je ressens quelque chose pour l'avenue Snyder. Il y a là une certaine saveur et une histoire. Des familles ont vu trois et même quatre générations y grandir. Je ne peux pas tourner le voisinage en cirque. Je ne peux pas prendre deux vieilles maisons attenantes et les remplacer par un luxueux complexe d'habitation qui jurera comme des boucles d'oreilles sur une truie. Si c'est ce que tu veux, tu n'as pas le bon candidat.

— Oui, oui, j'ai le bon candidat. Mais ne veux-tu pas écouter quelques-unes de mes idées?

— Comme?

— Eh bien, je crois que ce quartier aurait besoin d'être égayé. J'aimerais que tu conçoives quelque chose d'attirant — peut-être dans les tons de blanc, de noir et d'argent, des murs en blocs de verre et, si ce n'est pas trop cher, des fenêtres panoramiques.

Bon sang, pensa-t-il, il ne manque que le lance-missiles sur le toit. Il ne pouvait pourtant pas se permettre de trop la contrarier. Peu d'étudiants avaient la chance de dessiner un véritable immeuble à titre d'examen de fin de session.

— Pourrions-nous examiner tes idées plus tard — lorsque j'aurai fini les plans préliminaires?

Elle hésita, se demandant si elle n'avait pas commis une erreur en l'engageant. Il détenait le pouvoir maintenant. Si elle n'aimait pas les conditions, il pouvait aisément lui tirer sa révérence et elle serait forcée de trouver quelqu'un d'autre. La situation était claire : ou elle donnait les pleins pouvoirs à Nielson, ou elle engageait un architecte reconnu qui lui coûterait des milliers de dollars.

— Dans combien de temps?

— Je ne sais pas. Le temps qu'il faudra.

— D'accord. Je ne t'importunerai plus.

— C'est bon.

Il sembla soulagé.

— Pourrais-tu avertir tes locataires que je passerai dimanche après-midi?

— Oui. Je les préviendrai.

Sa voix était presque monocorde. Elle pouvait difficilement comprendre son attitude; ils auraient pu tout aussi bien être deux étrangers.

— Y a-t-il... autre chose dont nous devrions parler?

— Rien qui ne me vienne à l'esprit, répliqua-t-il. Merci d'avoir appelé.

Peggy était assise à son bureau, brassant des papiers et faisant semblant de n'avoir rien entendu. Résistant à l'envie de courir vers elle et de la consoler, elle attendit que Torie se fît elle-même une tasse de café et retournât à sa chaise.

— Tu veux en parler? demanda-t-elle, traversant le bureau.

Torie pivota. Son visage était blême; ses yeux trahissaient sa confusion.

— Que m'arrive-t-il, Peg? Suis-je la reine des sottes?

Peggy lui offrit une cigarette et alluma la sienne.

Non. Tu es simplement amoureuse d'un homme qui a un millier d'autres choses à l'esprit. Il a encore des années de travail et d'étude devant lui, et tout ce qu'il attend d'une femme, pour le moment, c'est qu'elle se couche. J'ai l'impression qu'il voudra encore te voir. Mais toute liaison avec lui devra obéir à ses conditions.

— Tout doit se faire à ses conditions, dit-elle, tapant du poing. Même le foutu projet. Je vais le rappeler et lui dire qu'il peut bien...

— Ne sois pas stupide.

La voix de Peggy était ferme. Pour cette fois, les rôles étaient inversés.

— Ce matin, lorsque tu as dit que tu avais engagé un étudiant gradué, j'ai pensé que tu étais devenue folle. Mais plus j'y pense, plus je suis convaincue que c'est génial.

— Tu crois?

— Mets-toi à la place de Nielson. C'est sa première commande — probablement intégrée à son programme d'étude — et il ne peut pas se permettre de la rater. Il ira chercher les meilleurs conseils et toute l'aide dont il pourra bénéficier. Je parie n'importe quoi que les plus grand génies de l'université de Pennsylvanie travailleront sur ses plans et cela ne te coûtera pas un sou.

— Honnêtement?

— N'est-ce pas évident? Son nom sera rattaché à ce projet pour le reste de sa vie. S'il échoue, il ne s'en remettra pas.

Sa colère se dissipa aussi vite qu'elle s'était allumée.

— Je n'avais pas envisagé la question sous cet angle.

— Eh bien, penses-y. Je pressens aussi que Nielson Hughes suivra un jour les traces de son illustre père et qu'il deviendra si célèbre que son premier travail, le superbe immeuble à logements de l'avenue Snyder, sera connu comme un site historique.

Torie était atterrée.

— Tu crois réellement que c'est possible?

— Tout est possible. Il est sûr, en tout cas, que la curiosité suscitée par l'immeuble sera un atout publicitaire. Ne laisse pas l'orgueil et l'émotion étouffer ton bon sens.

— Que devrais-je faire?

— Rien du tout. S'il te téléphone pour un rendez-vous, très bien. Sinon, garde ton sang-froid.

— Comment puis-je garder mon sang-froid quand je suis tellement éprise de cet homme?

— Tu n'as pas le choix. Tu gardes ton sang-froid ou tu le perds. Je sais de quoi je parle. Fais-moi confiance.

— Te faire confiance, répéta-t-elle mélancoliquement. Très bien, grande sage, peut-être nous bâtira-t-il une espèce de monument national — qui sait? Mais je suis toujours furieuse. Comment peut-on à la fois aimer un homme et vouloir l'étrangler?

— Bienvenue dans le cercle, dit Peggy, retournant à son

bureau le sourire aux lèvres.

Torie se sentait misérable lorsqu'elle quitta le bureau à la toute fin de l'après-midi. Elle savait que la fatigue n'y était pas étrangère. Un somme de quelques heures, entrecoupé de frénétiques ébats amoureux, ne faisait pas une bonne nuit de sommeil. Sa plus grande tristesse, pourtant, venait de la compréhension claire et nette qu'elle aimait un homme qui la considérait avec la même désinvolture que s'il prenait une pointe de tarte. Elle avait été son dessert pour la nuit, rien de plus.

Dans cet état d'esprit, se retrouver à la maison devant sa sœur gonflée de suffisance et son père qui désapprouvait à peu près tout ce qu'elle entreprenait, ne ferait que l'attrister davantage. La pluie tombait dru, les rues étaient glissantes et n'invitaient pas au plaisir de la conduite automobile. Néanmoins, plutôt que de prendre sa route habituelle, elle piqua le long de East River Drive, en direction du centre-ville. Plus par instinct que de propos délibéré, elle tourna sur la rue Walnut et se dirigea vers la place Rittenhouse.

Quelques minutes plus tard, elle regardait la pluie tomber sur sa résidence préférée. Les Richardson vivaient toujours sur le côté sud de la place, dans l'une des rares habitations privées faisant face au parc. La plupart des autres maisons avaient été transformées en appartements ou en bureaux.

Elle ne pouvait pas s'empêcher de penser aux Richardson. Betsy devait avoir vingt et un ans maintenant, le même âge que Nielson. Aux dernières nouvelles, Betsy était sortie du collège Vassar et travaillait dans un musée d'art. Elle n'avait probablement pas encore quitté le toit familial — et pourquoi l'aurait-elle fait? Où, dans tout Philadelphie, pourrait-elle trouver meilleure adresse?

En dépit de tous ses efforts, la pensée de Nielson envahit son esprit — lui et Betsy se voyaient-ils encore, se téléphonaient-ils, sortaient-il ensemble? Comme les mots de Peggy étaient douloureux à son cœur... accepter le fait qu'elle ne ferait jamais le poids devant une jeune fille riche et de bonne famille.

Mais les circonstances se modifiaient. Torie, elle aussi, serait riche un jour... plus riche que les Biddle, les Pew et les Richardson mis ensemble. Alors Nielson retrouverait son bon sens et comprendrait à quel point il l'aimait. Elle s'amuserait avec lui au début, elle lui ferait payer sa prétentieuse indifférence. Puis elle mettrait fin à ses souffrances et l'épouserait. Elle achèterait un immeuble à logements, place Rittenhouse; elle serait tellement riche et posséderait tant de propriétés qu'il n'aurait plus besoin de travailler...

Le déluge s'estompa et le regard de Torie sur les alentours s'élargit. Elle se rappela, du temps qu'elle allait à l'école, que le plan original de William Penn pour la ville de Philadelphie proposait cinq espaces de verdure, un à chaque coin de la ville rectangulaire et un autre au centre. Center Square avait été repavé depuis longtemps pour permettre l'édification de l'hôtel de ville, mais les places Franklin, Logan, Washington et Rittenhouse demeuraient toujours.

Elle aimait le fait que sa place eût été nommée en l'honneur de David Rittenhouse, un astronome, inventeur et artisan ayant vécu au dix-huitième siècle, qui avait pour lui bien plus que simplement des ancêtres riches. Paul Cret, l'architecte français qui avait conçu le parc, avait été si brillant, pensait-elle, parsemant les sentiers de bancs et de balustrades, marquant le centre d'un magnifique lit de fleurs et couronnant le tout d'un long bassin étroit. À l'une de ses extrémités, une jolie dame de bronze s'élevait sur un piédestal, l'index pointé vers le ciel. Qu'essayait-elle de dire?

Tout près, se trouvaient les urnes de pierre et les fameuses sculptures d'animaux sur lesquelles les enfants aimaient grimper pendant que leurs nounous péroraient à l'écart. Le lion paraissait méchant et féroce avec ses puissantes mâchoires refermées sur la peau épaisse d'un reptile. C'était peut-être la leçon destinée aux enfants : mordez les autres avant qu'ils ne vous mordent.

Dans la 18ᵉ Rue, le côté est du parc, se dressait l'hôtel Barclay, où Steffi et elle avaient été promptement expulsées du bar. Ses vingt et un étages de brique usée et de maçonnerie semblaient aussi tristes et mornes qu'ils l'étaient à l'époque. Un portier dans son uniforme brodé d'or surveillait l'entrée, attendant le prochain taxi ou la prochaine limousine, son parapluie en équilibre prêt à protéger la coiffure de tout invité qui pourrait avoir à franchir l'unique pas entre la voiture et l'auvent.

À côté du Barclay, s'érigeait l'institut de musique Rawley, aussi sacré pour les Philadelphiens que la Cité du Vatican pour les Romains. Elle ne mettrait jamais en doute la haute qualité académique de l'établissement mais, au niveau architectural, elle ne voyait qu'un immeuble à trois étages de pierre grise, avec ses frises sculptées et ses tourbillons de plâtre sur le toit.

Crrrrack! Les craquements de la boule démolisseuse étaient si réels dans sa tête qu'elle pouvait presque les entendre. Était-elle folle? Avait-elle totalement perdu la raison pour en être arrivée à rêver de démolir cette structure sacrée? Pour la remplacer par un étincelant gratte-ciel de verre, d'acier et de marbre? Que diraient ces *Main Liners* entêtés s'ils pouvaient lire ses pensées? Les vieux fossiles paranoïaques. Ils l'attacheraient volontiers sur les rails de la compagnie de chemin de fer de Pennsylvanie et applaudiraient sa décapitation pour avoir seulement osé entretenir de tels fantasmes.

De l'autre côté du parc, en face du Barclay, l'église de la Sainte-Trinité occupait le coin nord de la rue connue sous le nom de Rittenhouse Ouest, et, tout près, du côté nord de la place, la rue Walnut abritait cinq immeubles disgracieux. À quoi servait-il de conserver ces antiquités piquées d'humidité avec leurs fondations affaissées et leur tuyauterie préhistorique? Pourquoi les gens ne pouvaient-ils pas voir ce qu'elle voyait? Pourquoi était-elle tellement en désaccord avec le reste du monde?

L'était-elle vraiment?   N'était-ce pas le contraire? C'étaient peut-être eux les mésadaptés — les patriarches entêtés qui refusaient de reconnaître le progrès et tout ce que la civilisation moderne considérait comme brillant et créatif. Adorer le passé n'avait plus aucun sens à une époque où le neuf était plus pratique, plus fonctionnel, et infiniment plus beau.

Mais elle connaissait bien la futilité de ses fantaisies. Quand venait le temps de rénover des lieux historiques, particulièrement sur la place Rittenhouse, pas même Dieu ne pouvait faire vaciller les vieux Philadelphiens.

13

— Que fais-tu ce soir?

La voix de Nielson au téléphone fit sursauter Torie. Elle n'avait reçu aucune nouvelle de lui au cours des deux derniers mois — depuis ce lugubre après-midi d'octobre où elle avait commis la bêtise de lui téléphoner, croyant qu'ils auraient pu avoir quelque chose à se dire.

Qui parle? demanda-t-elle, sans perdre son sang-froid.

Comme si elle ne le savait pas. Au moins vingt fois elle avait décroché le combiné, soucieuse d'avoir de ses nouvelles. Et vingt fois elle avait raccroché.

— C'est Nielson. J'ai terminé tes plans préliminaires. À quelle heure termines-tu ton travail?

— Vers six heures.

— Peux-tu me rencontrer devant le Meyerson Hall à sept heures?

— Oui, c'est d'accord.

Idiote! se dit-elle. Que sont devenues toutes ces promesses de jouer l'indifférence?

Un déclic et c'en était fait. La pensée de le voir ce soir-là lui donna un frisson de plaisir et, lorsque le téléphone sonna à nouveau, elle le saisit avidement, pensant qu'il avait pu oublier de lui dire quelque chose.

— Madame Di Angelo? Mervin Lewis désire vous

parler. Un instant s'il vous plaît.

Une autre voix prit la communication.

— Torie? C'est Marvin. J'ai des nouvelles pour vous.

— Bonnes, j'espère.

Sa déclaration la ramena à la réalité.

— Pas très bonnes, je dois dire. J'ai examiné ces projets sur lesquels votre frère travaillait. Deux d'entre eux sont des fiascos mais le troisième, le projet de l'école Urbandale, est bien vivant et en très bonne santé. Votre ancien associé a acheté le terrain lui-même et il est sur le point de signer un contrat très lucratif.

— Oh, non! Je pensais qu'il s'agissait d'une arnaque.

— Ce fut une pensée coûteuse. Puisque vous vous êtes retirée de la transaction, il n'est pas obligé de vous donner un sou.

Le ton de l'avocat devint sévère lorsqu'il ajouta :

— Je vous retourne vos dossiers, Torie, et je vous suggère de les garder comme souvenirs. Vous m'avez dit que vous appreniez de vos erreurs, celles-ci étaient énormes.

— Quelles... furent mes erreurs? demanda-t-elle, accablée.

— La première fut d'écrire une lettre sous le coup de l'émotion. En affaires, c'est un «jamais». La seconde fut de mettre un terme à une entente commerciale sans avoir obtenu un avis légal. Et la troisième fut de venir à moi. Il est absurde de payer mes honoraires élevés à ce stade de votre croissance. Je serais heureux de vous suggérer plusieurs avocats qui pourraient très bien vous conseiller et ce, pour une fraction du prix que je demande.

— Je... suppose que vous avez raison, dit-elle, encore sous le choc. Pourriez-vous me transmettre leurs noms en même temps que votre facture?

— J'en serais ravi, reprit-il. Mes meilleurs vœux en ce qui concerne votre projet.

Pourquoi, se demanda Torie, descendant la 23ᵉ Rue en direction du centre-ville, les bonnes nouvelles devaient-elles toujours être suivies par des mauvaises? Existait-il quelque loi implicite de la nature voulant qu'on doive payer chaque bonheur avec un malheur? Il semblait en être ainsi. Aussitôt que l'appel de Nielson lui eût remonté le moral, Mervin Lewis le lui avait rabaissé. Ses nouvelles lui avaient fait particulièrement mal parce que son intuition à propos de Wally avait été si forte — et elle s'était trompée. Parbleu. Si elle ne pouvait plus se fier à son instinct...

Elle était toujours préoccupée lorsqu'elle traversa le pont branlant de la rue Walnut pour se retrouver sur le périmètre de l'université de Pennsylvanie. La lumière des lampadaires se reflétait sur la masse d'immeubles en brique d'époque victorienne qui formaient l'entrée du campus.

Elle atteignit le Meyerson Hall un peu après sept heures et se gara le long du trottoir, fixant la porte des yeux. Sept heures quinze... Sept heures trente... Et Nielson qui n'arrivait pas. Elle commença à se demander si elle l'avait bien compris. Se remémorant leur conversation, elle se souvint clairement qu'il lui avait dit qu'il serait là à sept heures. Elle se rappela aussi qu'il l'avait fait attendre lors de leur premier rendez-vous. Il était peut-être toujours en retard — une de ces personnes trop désorganisées et trop centrées sur elles-mêmes pour se soucier de la valeur du temps d'autrui.

Un petit coup sur la glace la sortit de sa réflexion. La vue de Nielson revêtu d'un chandail de cachemire bleu et d'un large pantalon gris dissipa toute contrariété.

— Désolé du retard, dit-il, ouvrant la porte avec un sourire. Descends, je t'amène à l'intérieur.

— Un autre séminaire?

— Non, j'étais captivé par un enregistrement — une entrevue avec Philip Johnson. Tu le connais?

— Je ne crois pas.

Elle avait décidé de ne plus jouer de jeu avec lui. S'ils devaient entretenir une relation — et elle le croyait fermement

— il valait mieux commencer à être honnête.

— Cela n'a aucune importance.

Il la conduisit à l'intérieur de l'immeuble et la suivit dans les escaliers, les yeux soudainement hypnotisés par le balancement rythmique de ses hanches. Il n'était avec elle que depuis cinq minutes que déjà elle l'excitait — tellement qu'il se demandait s'il pourrait attendre qu'ils fussent à la maison pour la toucher.

— Tourne à droite au dernier étage — oui, entre. C'est mon atelier.

La section dans laquelle elle entra était abondamment éclairée et dépourvue de mobilier, à l'exception d'une table à dessin, d'un bureau avec un magnétophone et d'un cabinet rempli de provisions. Il la regarda se promener dans la pièce, grisé par sa silhouette, son délicat profil, l'éclat de ses cheveux, le mouvement de ses seins lorsqu'elle se pencha pour examiner le plan — et, sans avertissement, il éteignit les lumières.

— Ces lumières sont aveuglantes.

— Mais comment pourrai-je voir tes plans?

— Mes plans, dit-il, se rapprochant d'elle, devraient être des plus apparents. J'avais presque oublié à quel point tu étais jolie.

— Nielson, tu ne peux pas...

— Pourquoi ne puis-je pas? Nous sommes seuls ici.

Ses lèvres la réduisirent au silence. Il l'embrassa doucement, puis avec une intensité croissante. La force de son désir la fit reculer. Un atelier d'étudiant sur le campus d'une université n'était pas une place pour...

— Tu sens bon comme une fleur sauvage, murmura-t-il en la ramenant tout contre lui.

Il trouva ses lèvres de nouveau, ignorant la faible résistance qu'elle offrait, et les ouvrit avec sa langue. Ses mains glissèrent jusqu'à ses fesses qu'il commença à caresser.

La résistance de Torie diminua rapidement comme elle répondait à ses mouvements, se pressant contre lui et sentant

186

son excitation, puis elle serra ses bras autour de son cou, abandonnant son contrôle jusqu'à ce qu'il n'y eût plus rien à abandonner.

— C'est ça, dit-il, excité, ne te retiens plus. Montre-moi que tu me veux autant que je te veux. Tiens…

Il enleva son chandail, le roula et le plaça sur le plancher.

— … pose ta tête là-dessus.

Sans réfléchir, elle s'étendit sur l'oreiller de fortune, et il s'allongea près d'elle, déboutonnant son corsage, faisant glisser les bretelles de son soutien-gorge, et libérant ses seins. Ses mamelons se durcirent au contact de la langue de Nielson, et elle éprouva le plaisir de ses mains chaudes et caressantes.

— Peu importe où l'on se trouve lorsque la passion devient impérieuse, chuchota-t-il. Il faut s'y abandonner sur-le-champ ou le moment est perdu à tout jamais.

— Sens-tu la passion en ce moment?

— Oui. Te voir — te goûter — te toucher m'excite sauvagement. Il faut que je sois en toi…

Il releva sa jupe, laissant les paumes de ses mains glisser le long de ses cuisses, puis remonta jusqu'à sa taille; il descendit ses bas de nylon et sentit son ventre nu.

— Ta peau est de la soie pure… ton corps est fait pour l'amour.

— Pour ton amour, Nielson. Je ne veux personne d'autre — jamais.

Ses doigts se faufilèrent sous son slip et l'humidité accueillante fit écho à ses mots, lui témoignant son impatience à le recevoir. Baissant son pantalon, il la monta et s'enfonça en elle, ralentissant ses mouvements jusqu'à ce qu'il l'amenât à son propre sommet d'excitation. Ils bougèrent ensemble, augmentant progressivement le rythme, et soudain, s'agrippant à son dos, elle cria son nom. Puis ils restèrent étendus, haletants, étreints dans les bras l'un de l'autre, leurs corps soudés et épuisés.

— Tourne à droite au prochain coin de rue, sur Panama.

Nielson descendit la glace de la portière et sortit la tête.

— Mmm, l'air frais de la nuit est merveilleux. Savais-tu que le sénateur Pepper avait déjà habité rue Panama? C'est une rue très bizarre. On s'attend à trouver une vieille ruelle en ruines et, au lieu de cela, on se retrouve au cœur d'une oasis remplie de charme et d'histoire. Ma mère a eu beaucoup de chance d'obtenir cette maison. Nous y voici. Gare-toi le long du trottoir.

Il fit le tour de la voiture et l'aida à descendre.

— Ces maisons appartenaient toutes à des travailleurs dans les années vingt, excepté celle sur le coin. Tu la vois là-bas?

— Celle avec toutes les fioritures?

— Oui. C'est une des plus belles réalisations d'époque victorienne de Frank Furness. As-tu déjà entendu parler de la famille Furness? Horace Howard a publié Shakespeare et sa sœur a épousé un Wister. Des Philadelphiens réputés, pas vieux jeu comme les Wister. Tout ce que Frank a fait était coûteux, extravagant...

— Prétentieux?

— Non, pas du tout. Une attention méticuleuse aux détails n'a rien de commun avec la prétention. Remarque l'ovale des fenêtres et la grâce avec laquelle les chérubins et les séraphins ont été intégrés au fronton. Quel monument à une époque où les architectes ne craignaient pas d'utiliser l'ornementation — où ils pouvaient exprimer leur art en décorant les immeubles. Quel contraste avec la tendance actuelle vers l'austérité.

— Qu'est-ce qui te dérange dans l'austérité? s'aventura-t-elle. J'aime voir les hauts gratte-ciel aux lignes pures et dépouillées.

— Ils ont leur place. Il y a de la place pour l'architecture de bon goût dans tous les styles.

Il s'arrêta devant une petite maison de pierre grise avec des balcons en fer forgé.

— Entrons.

Torie monta les trois marches à la suite de Nielson. Lorsqu'elle franchit le seuil, une désagréable sensation l'oppressa. Elle se sentait comme une intruse, mal à l'aise de se trouver là. Une forte impression de *déjà vu* la ramena sept ans en arrière, à la réception d'anniversaire de Betsy, et elle se sentit envahie par une avalanche de sensations similaires. Même le mobilier lui rappela la maison des Richardson.

Le salon ressemblait à une photo dans une revue de décoration : des chaises rembourrées, des divans recouverts de légers tissus imprimés de motifs floraux, des draperies assorties, des tables aux fines pattes chargées de figurines en porcelaine. Une toile représentant une jolie femme à l'allure aristocratique dominait le manteau de la cheminée.

— Cette belle dame est-elle votre mère?

— Oui, mais je déteste ce portrait. Il la fait paraître dure et sévère, ce qui n'est pas du tout le cas. Prendriez-vous quelque chose à boire?

— Non, merci. Le sandwich m'a comblée.

Aucun doute là-dessus, pensa-t-il. Dieu soit loué, aucun de ses amis ne l'avaient vue étendre de la mayonnaise sur un *hoagie*. Elle était probablement du genre à étaler du ketchup sur un filet mignon.

— Puis-je voir les plans?

— Bien sûr. Où avais-je la tête?

Il commença à déballer une série d'épreuves, puis les déroula sur le plancher. Se déplaçant vers elle, il la prit par la taille.

— J'ai une meilleure idée. Apporte les plans chez toi, examine-les à ta guise, et, lorsque tu seras prête, donne-les à ton entrepreneur.

— Mais ne devrions-nous pas...

— Chuuut, dit-il, posant son doigt sur ses lèvres. Tu sais ce que nous devrions faire et moi aussi...

Plus tard cette nuit là, Torie était étendue, tendrement blottie entre les bras de Nielson. Le grand lit à baldaquin de dentelle était trop efféminé pour un homme, pensa-t-elle, et elle se demanda si sa mère n'y avait pas déjà accueilli quelqu'un. Les riches vivaient mieux que les autres gens — beaucoup mieux. Les draps étaient tissés du coton le plus doux qu'elle eût jamais senti sur sa peau, l'oreiller moelleux lui donnait l'impression que sa tête flottait sur un nuage, la courtepointe était légère, chaude et pas du tout embarrassante.

— Je souhaiterais rester, dit-elle, en déposant de légers baisers sur sa poitrine.

Il brossa ses cheveux vers l'arrière.

— Est-ce que ton père t'attend?

— Non. Mais si je ne rentre pas avant trois heures du matin, ma sœur le réveillera et ils en feront tout un plat.

— Quelle étroitesse d'esprit. Je ne suis pas ton premier amant, n'est-ce pas?

Elle rougit.

— Tu es le second. J'ai connu l'autre il y a plusieurs années et l'expérience fut horrible.

Peut-être pouvait-elle faire de Jack Slate un Tony amélioré.

— C'était un ami de la famille, beaucoup plus âgé que moi, et il avait promis d'attendre que je grandisse. Puis, il est parti et a épousé une dame de la haute société très riche. J'ai entendu dire qu'elle était toujours sur son dos. C'est bon pour — elle allait dire le «bâtard» — cet idiot.

Il sourit et lui caressa la joue.

— Tu es charmante, Torie. J'aime la façon dont tu t'y prends pour parvenir à tes fins. Tu ne joues pas la comédie et tu n'essaies pas de manipuler. Ne perds jamais cette merveilleuse transparence.

— Dans ce cas, parle-moi de ta vie amoureuse.

— Ce n'est pas très excitant. Il n'y a qu'une seule personne qui m'ait jamais intéressé.

Et qui m'intéressera toujours, pensa-t-il. Mais Betsy

n'était pas le genre de fille avec qui l'on couchait — du moins, pas avant le mariage.

— Je ne l'ai pas vue beaucoup ces derniers temps.

— Une fille que tu as connue au lycée?

— Avant cela.

— Souhaites-tu l'épouser?

— L'épouser me semble quelque chose de très permanent. Je ne peux envisager cela pour le moment.

Oui, il épouserait Betsy. Il n'avait jamais aimé personne d'autre et elle non plus. Ils s'étaient juré de s'attendre, aussi longtemps qu'il le faudrait.

— Pourquoi ne la vois-tu pas?

— Je te l'ai dit. Je dois terminer mes études. Nous avons tous les deux encore beaucoup de maturité à acquérir. Il ne peut être question de mariage avant longtemps.

Torie ressentit une chaleur bienfaisante. Il n'aimait certainement pas Betsy, sinon elle serait la femme étendue entre ses bras.

— Nielson, t'arrive-t-il de te défoncer?

— Me défoncer?

— Non. Quand il est temps d'étudier ou de travailler, je n'aime pas m'embrouiller l'esprit avec de la drogue.

— As-tu toujours voulu devenir architecte?

— Oui, depuis que je suis tout jeune. Ma mère avait l'habitude de me promener autour de la ville, me montrant tous les immeubles qu'elle aimait : pas seulement la place Independance ou Elfreth's Alley, mais des endroits moins connus comme Grumblethorpe — n'est-ce pas un nom merveilleux? — la vieille demeure des Wister à Germantown.

— Ton père t'a-t-il déjà parlé d'architecture?

— Non.

— Cela te dérange de parler de lui?

Le ton de sa voix s'aiguisa.

— Pourquoi cela me dérangerait-il?

— Je ne sais pas.

Elle le savait très bien. Elle en savait d'ailleurs

suffisamment pour changer de sujet.

— Mon père et moi ne sommes plus très proches l'un de l'autre. Il préfère ma sœur qui lui fait la cuisine et prend soin de la maison. Mais il m'a fallu travailler à temps plein...

Elle hésita un instant, puis décida qu'il ne devait pas y avoir de secrets entre eux.

— ... lorsque papa est allé en prison.

— Ton père est allé en prison?

— À la suite d'une accusation de corruption. Il a été victime d'un coup monté. J'ai pris la direction de l'agence lorsque mon frère est parti. Je ne voulais pas qu'il aille au Vietnam mais il s'en faisait un devoir.

L'inquiétude lui barra les sourcils.

— Tu n'iras pas à la guerre, n'est-ce-pas?

— Non, à moins qu'ils ne m'enchaînent et m'y traînent de force. Je me suis déclaré objecteur de conscience. Cette guerre est une sanglante atrocité.

— Je suis de ton avis.

Pendant un instant, le ressentiment la fit se hérisser. Nielson était ici, installé confortablement dans son luxueux hôtel particulier, grâce, sans aucun doute, à l'influence des puissants avocats de sa mère. Pendant que Frankie était là-bas, luttant pour sa survie au fond d'une jungle pourrie. Rien de nouveau là-dedans. Les riches se moquaient encore des pauvres.

— Je participe à une manifestation contre la guerre le mois prochain, annonça-t-il. Joan Baez y sera. Nous allons envoyer un message clair à la Maison-Blanche.

Son antagonisme se dissipa.

— Bonne idée. Nous pourrions peut-être y aller ensemble.

— Il ne s'agit pas d'une sortie mondaine.

Cette fille commençait à le déconcerter. Il se libéra de ses bras et s'assit bien droit dans le lit.

— Écoute, Torie, ne devrais-tu pas rentrer avant que ton père ne s'inquiète?

— Oui, il est plus que temps.

Piquée au vif par sa brusquerie, elle se dit qu'il n'avait pas eu l'intention d'être rude — il s'emportait souvent sans réfléchir et, une minute plus tard, il souriait et parlait comme si de rien n'était. Elle s'habilla à la hâte, peigna ses cheveux et refit son maquillage dans la salle de bains. Lorsqu'elle sortit, elle le trouva allongé sur le ventre, sa respiration profonde et régulière, la tête à moitié cachée sous l'oreiller.

Avec un soupir, elle ramassa son manteau et son sac. Après leur première nuit ensemble, elle avait su trouver la sortie toute seule. Elle pouvait bien le faire encore.

Le lendemain, en fin d'après-midi, seule au bureau, Torie décrocha nerveusement le téléphone. Elle avait étudié les plans pendant une bonne partie de la journée et, pleinement consciente du temps et des efforts que Nielson y avait consacrés, elle hésitait à lui faire part de la moindre critique. Mais elle n'avait pas le choix. Ce n'était pas ce qu'elle voulait, pas même ce qu'elle aimait. Il avait fait exactement ce qu'elle craignait — dessiner un immeuble terne et fonctionnel qui se mariait harmonieusement au décor environnant. Qui se mariait... Parbleu! Qui disparaissait plutôt. Le résultat n'avait rien à voir avec l'immeuble fracassant dont Torie Di Angelo avait rêvé.

— Nielson, c'est Torie. As-tu une minute?

— Oui. Comment vas-tu?

Il semblait presque amical après leur seconde nuit ensemble. Bientôt, il reconnaîtrait même sa voix.

— Bien, merci. J'aime être avec toi.

S'il partageait sa réaction, il n'éprouva nul besoin de le lui faire savoir.

— Ce n'est pas pour me dire cela que tu m'as appelé. Qu'est-ce qu'il y a?

Cette fois, elle s'était préparée à sa brusquerie.

— Je me pose quelques questions concernant les plans.

Aurais-tu une demi-heure à me consacrer?

— Non. Quel est le problème?

Quel idiot! Cela ne pouvait se discuter au téléphone.

— Il faut que je me réfère aux plans, que je te montre certaines choses.

— Me montrer quoi?

Il avait encore gagné.

— Eh bien, les balcons, par exemple. Je croyais que nous avions convenu...

— Nous n'avions convenu de rien.

— Mais ils sont tout à fait inutiles. Et pourquoi des briques rouges? Il n'y a que de la brique rouge dans cette ville. Ne pourrions-nous pas...

— Torie, je te le répète pour la dernière fois : aucune maison ne devrait être *sur* la colline. Elle devrait être *avec* la colline, en faire partie, lui appartenir, de sorte que la colline et la maison puissent vivre ensemble en harmonie. C'est de Frank Lloyd Wright et cela s'applique à l'avenue Snyder.

— J'ai aussi une citation pour toi.

Elle chercha son bloc-notes dans son sac.

— L'architecte Herbert Beckhard disait : Les nouveaux immeubles n'ont pas à être des répliques de ceux qui les entourent, ni même des exercices sentimentaux de réminiscence du passé. Ils...

— N'as-tu pas promis de ne plus m'importuner?

— Oui, mais tu es dogmatique et entêté. Pourquoi ne m'écouterais-tu pas avant de te faire une opinion?

— Parce que, explosa-t-il, tu ne sais absolument pas de quoi tu parles! Ton idée de la beauté est un gigantesque thermomètre rectal qui ne préserve rien du passé, n'a aucune relation avec son environnement et brille comme un tas de vieux pare-chocs. Tu as tout le goût et le raffinement d'un phacochère.

— Ferme-la, idiot.

Sa condescendance l'irritait plus que ses paroles.

— Comment pourrais-tu savoir ce que je pense? Ce que

quiconque pense? Tu es trop occupé à écouter ton propre babillage ininterrompu au sujet de l'histoire ancienne, du passé de Philadelphie et de toutes les sacro-saintes valeurs de la *Main Line*.

— Tu m'en diras tant.

Subitement, il retrouva son calme. D'une façon ou d'une autre il devait sauver la face, sauver le projet et l'empêcher de ruiner ses plans.

— Dans ce cas je n'ai qu'à déchirer les épreuves. Pour cinq ou dix milles dollars tu pourras en acheter d'autres.

— Attends!

Elle fit un effort pour retrouver son contrôle.

— Nous serait-il possible d'avoir une discussion civilisée? Mes suggestions sont justifiées.

— Je n'en doute pas. Mais dis-moi ceci : penses-tu que da Vinci écoutait les suggestions pendant qu'il peignait la *Mona Lisa*. «Hé, Léonard, ouvre un peu cet œil, mets des dents sur ce sourire, parfait!» Penses-tu que Michel Ange écoutait les suggestions pendant qu'il sculptait David sur un bloc de marbre? Penses-tu que le baron Haussmann tenait compte des suggestions pendant qu'il dessinait les parcs et les boulevards de Paris?

Il s'arrêta pour mettre plus d'emphase.

— J'ai travaillé pendant deux mois à ces plans. Si tu essayais de les remplacer, non seulement cela te coûterait une fortune, mais tu ne pourrais jamais égaler leur excellence. Une fois que l'immeuble sera construit, tu pourras peindre des ronds verts et orange à l'intérieur; je m'en fous. Mais l'extérieur doit m'appartenir et n'être qu'à moi. Cela te semble-t-il déraisonnable?

— Pas déraisonnable, dit-elle, seulement égoïste et entêté. Très bien, Monsieur Hughes, nous ferons comme vous le dites. Je me rends à votre sagesse supérieure et à votre génie.

— Enfin, lança-t-il, et il raccrocha.

Le cri perçant de Lisa déchira la tranquillité de cette fin d'après-midi. Torie sauta du lit, pensant que c'était le matin et qu'il était temps de se rendre au travail; puis son esprit se ressaisit graduellement. Ayant passé la journée à rencontrer des constructeurs et des entrepreneurs, elle était revenue du bureau épuisée, s'était étendue pour quelques secondes et était tombée dans un profond sommeil.

Saisissant sa robe, elle courut en bas et trouva sa sœur affaissée dans un fauteuil, fixant le mur, les yeux hagards.

— Lisa ! cria-t-elle, lui secouant le bras. Qu'y a-t-il? Qu'est-ce qui ne va pas?

Il n'y eut aucune réponse, tout juste le murmure de la voix de Lisa :

— Qu'il repose en paix pour l'éternité, mon Dieu… Lumière perpétuelle…

Une main agrippait un chapelet sur sa poitrine et l'autre serrait une lettre.

Torie s'empara du bout de papier et ne lut que les cinq premiers mots : «Nous avons le regret de…»

— Oh, mon Dieu, suffoqua-t-elle, Frankie! Oh, mon Dieu! c'est une erreur…

Elle s'efforça de poursuivre la lecture : «… tué au combat… défendant l'honneur de son pays… le corps devant être retourné..»

— Non, murmura-t-elle, non, Frankie, de grâce…

Comprenant l'inéluctable réalité, elle vacilla et s'effondra sur le sol.

14

Les bureaux de Carpi & Silvano, avocats, occupaient le troisième étage d'un immeuble de brique jaune dans la rue Christian, à quelque distance du marché italien en plein air de Philadelphie-Sud.

Vêtue d'un sobre costume gris perle, Torie tourna la poignée de cuivre et entra dans la salle d'attente meublée avec raffinement. Pas mal, pensa-t-elle, jetant un coup d'œil autour de la pièce. Tony pouvait se permettre des moquettes et des tableaux aux cadres dorés maintenant qu'il avait une riche épouse. Elle souhaita que les rumeurs la décrivant comme une garce ne fussent pas exagérées.

— Madame Di Angelo?

Une réceptionniste la regarda par-dessus ses lunettes grand-mère.

— Maître Silvano vous attend. Vous pouvez entrer.

— Merci.

Tenant son sac sous le bras, elle se dirigea vers la porte du bureau qui s'ouvrit soudainement.

— Vittoria! cria Tony, venant à sa rencontre. Laisse-moi te regarder. Il y a si longtemps — cinq ans? Six ans? Quelle femme splendide tu es devenue. Comment vas-tu *bellissima*?

— Bonjour, Tony.

Torie se laissa embrasser.

— Pas très bien.

Il se calma instantanément et ferma la porte derrière eux.

— Je le vois bien. Tu es pâle comme un fantôme. Assieds-toi et mets-toi à ton aise. Puis-je t'offrir quelque chose?

— Non, merci.

Elle déposa son sac sur ses genoux et croisa les jambes.

— Je suis désolée... Je sais que tu rentres à peine d'un long voyage. J'imagine que tu ne sais pas... à propos de Frankie.

— A-t-il été blessé?

— Il a été tué. Nous avons reçu une lettre le mois dernier — tué au Vietnam. Je savais qu'il jouerait au héros et qu'il se ferait trouer la peau.

— *Dio mio*!

Tony se laissa tomber dans sa chaise.

— Mes plus sincères condoléances. Je... ne sais pas quoi dire. Il était mon ami... mon petit frère... J'aimais Frankie.

— Il t'aimait aussi.

L'émotion l'étreignit pendant quelques secondes; puis elle se redressa brusquement.

— Mais la vie continue. Il faut encore s'occuper de papa.

— Vous lui avez dit?

— Nous voulions le lui cacher. Nous avions décidé, Lisa et moi, de lui dire qu'il avait seulement été blessé. Mais papa nous connaît trop bien. Il a compris tout de suite.

Elle s'arrêta pour se sécher les yeux.

— Il a très mal pris la nouvelle, disant qu'il s'y attendait chaque jour. Frankie avait toujours été en avant du groupe, toujours prêt à se battre pour défendre ses convictions. Papa a dit que c'était la volonté de Dieu — puis il a fait un infarctus. Il n'est revenu à la maison qu'avant-hier.

— Comment va-t-il?

— Très mal. Il n'arrête pas de pleurer.

— Pauvre Frank. Et Lisa?

— Lisa n'a pas changé. Une fois qu'elle eut décidé que Frank était parti rejoindre maman au ciel, elle a retrouvé sa tranquillité d'esprit. Maintenant elle dit que Dieu a fait une faveur à Frankie en le prenant si tôt.

Tony secoua la tête. Il était toujours beau, toujours charmant et chaleureux, mais paraissait beaucoup plus vieux qu'elle se le rappelait. Ses favoris, noirs comme du charbon, étaient striés de lignes argentées, son front se plissait, et ses yeux d'un brun intense étaient entourés de rides. À sa vue, elle se sentit envahie par les souvenirs amers du procès.

— Et toi, *cara*, que penses-tu?

— Ce que je pense?

Sa question la ramena à la réalité et elle sursauta.

— Je pense que cette maudite guerre est une abomination et que Frankie a donné sa vie absolument pour rien. Voilà ce que je pense. Et s'il y a un Dieu quelque part dans ce misérable univers, Il n'est pas mon ami!

— *Dio mio*, pardonnez-lui.

Tony haussa le ton, choqué.

— Tu dois garder ta foi en Dieu. Sans cela, il n'y a plus rien. Crois-moi, je sais ce que tu ressens. J'ai moi-même souffert énormément. Mais je n'ai jamais douté de la sagesse du Seigneur.

— Toi, tu as souffert?

Elle leva les yeux, surprise.

— Je suis désolée, j'ai tellement été prise par ma propre peine. De quoi s'agit-il... des problèmes d'affaires?

— Ma femme me quitte, annonça-t-il, sur un ton solennel. Grace et moi... étions si différents. Elle aurait aimé être mariée à un sénateur républicain de la *Main Line*, pas au pupille du leader démocratique venant du quartier sud de Philadelphie. J'ai fait de mon mieux; je lui ai offert de quitter la politique et de déménager mon bureau à Chesnut Hill, mais, là encore, je ne serai jamais Anthony Biddle le troisième. Je serai toujours le pauvre vieux Tony Silvano, premier du nom,

199

et ce n'est pas assez bon pour elle.

— Y a-t-il quelque chose que je puisse faire?

— Merci, *cara*, non — sauf être mon amie. Je me sens si seul. Cette terrible nouvelle au sujet de Frankie... nous pourrions peut-être nous consoler mutuellement. Un de ces soirs... nous irons dîner.

Même dans son chagrin, l'ironie de la situation la frappa. Si Tony avait été plus énergique devant le conseil de révision, s'il avait mentionné à Frankie la possibilité de se déclarer objecteur de conscience comme Nielson, ou s'il avait bien voulu user de son influence, il aurait pu facilement lui obtenir un sursis. Et il était là, aujourd'hui, invoquant sa mort comme prétexte pour l'inviter à sortir.

— Je ne peux penser à cela pour le moment. Nous avons des questions légales à régler.

— Je comprends.

Sa voix était redevenue celle d'un professionnel lorsqu'il se leva pour aller vers ses classeurs.

— Frankie a écrit un nouveau testament avant de partir. Étais-tu au courant?

— Non.

Cette information lui fit mal.

— Tu veux dire... Il pensait qu'il pourrait ne pas revenir?

— Il savait que c'était une possibilité.

Tony sortit une chemise et commença à feuilleter les documents qu'elle contenait.

— Frankie voulait que tu aies sa voiture, Lisa ses disques et sa chaîne stéréo, et Peggy le reste de ses affaires personnelles. Au fait, comment prend-elle ça?

— Elle est dévastée. Nous le sommes tous. Elle s'est présentée au bureau l'autre jour — elle travaille pour moi maintenant — mais elle n'a pas eu la force de rester. Chaque fois que nos regards se croisaient, nous éclations en sanglots.

— Je suis tellement désolé, *piccola*. Une dernière formalité légale : Frankie a laissé un codicille dans son testament. Il voulait s'assurer que sa part dans les affaires te reviendrait.

— Mais l'agence est à papa...

— Oui. Le testament de ton père lègue la compagnie Di Angelo à Frankie et à toi, son argent et ses épargnes à Lisa. La maison devait vous appartenir à parts égales. Avec ta permission, je lui suggérerai de transférer la compagnie à ton nom immédiatement. En payant des impôts minimes, tu éviteras l'homologation après son décès. En contrepartie, la maison devrait peut-être aller à Lisa.

— Cela me convient parfaitement.

— Il me faudra quelques semaines pour préparer les documents.

Il fit le tour du bureau et lui baisa la main.

— Transmets mon affection à Lisa et à Frank. Tu sais comment me joindre si tu changes d'avis à propos de mon invitation à dîner. Un peu de bonheur nous fera du bien à tous les deux.

— Ne sois pas triste, Tony.

Elle s'efforça de sourire.

— Tu ne seras pas seul très longtemps.

Quatre semaines après le rendez-vous de Torie au bureau de Tony, les résidences de l'avenue Snyder avaient été rasées jusqu'aux fondations. Le nouvel immeuble commençait tout juste à prendre forme lorsqu'elle s'arrêta devant le site, comme elle le faisait chaque midi. Elle n'avait ni vu ni parlé à Nielson depuis leur affrontement verbal deux mois plus tôt. Ce vendredi-là, pourtant, elle l'aperçut, debout à coté d'une des poutres d'acier.

— Hello, dit-elle, marchant dans sa direction.

— Hello, répondit-il d'un air absent. Il n'y a aucune raison au monde qui puisse les empêcher de fabriquer des doubles fenêtres qui s'ouvrent et se ferment pour économiser l'air conditionné.

— Quelles fenêtres?

— Celles qui...

Il leva enfin les yeux.

— Oh, c'est toi. Veux-tu bien me dire où tu as déniché ce crétin d'entrepreneur?

— La firme m'a été chaleureusement recommandée. Ils sont en affaires depuis quarante ans.

— Alors ils travaillent mal et roulent leurs clients depuis quarante ans. Il essaie de... oh, j'oubliais, tu ne t'occupes pas de ces détails. Tu ne t'intéresses qu'au produit fini et tu veux que les loyers rentrent le plus vite possible. Tu ne peux pas te permettre un déficit, n'est-ce pas?

Elle se tourna et ses yeux s'embuèrent. Malgré ses efforts pour demeurer stoïque, presque tout — même le mot «déficit» — lui rappelait Frankie.

— Je m'en fous, Nielson. Fais comme tu l'entends.

— Qu'as-tu dit? demanda-t-il, la dévisageant.

— Je t'ai dit de faire comme tu l'entendais. Je dois partir. Je te verrai plus tard.

— Attends une minute.

Il lui saisit le bras.

— Est-ce que tu te sens bien?

— Ça va.

— Ce n'est pas ce qu'il me semble. Tu as pleuré. On dirait que le joyeux Géant vert vient à peine de détruire ton château de sable. Qu'est-ce qui ne va pas?

— Je te l'ai dit, ce n'est rien. Je ne peux pas en parler... Oh, Nielson, lâcha-t-elle, éclatant en sanglots. Mon frère, Frankie, a été tué au Vietnam.

— Bon Dieu! Viens ici. Viens ici.

Il la prit dans ses bras.

— Pourquoi ne le disais-tu pas? Je suis terriblement désolé. Tu as gardé tout cela en dedans, n'est-ce pas?

Elle se blottit contre lui, le corps secoué par des sanglots, et toute la peine qu'elle avait tant essayé de réprimer se déversa.

— C'est bien, dit-il calmement, lui caressant les cheveux.

Cela te fera du bien de pleurer. Je sais que tu as mal, mais c'est encore pire lorsqu'on refoule son chagrin. Pense à la mort comme à un prolongement de la vie. Frankie sera toujours avec toi, dans ton cœur. Nous ferons de cet immeuble un monument en son honneur. Cela te plairait-il? Frankie... Franklin... Que penses-tu de Francis? La tour Saint-Francis? Est-ce qu'il aimerait être canonisé?

L'idée de voir Frankie comme un saint la fit sourire, même en continuant de pleurer.

— Oui... Il aimerait cela. Papa aussi aimera cette idée.

— Alors, c'est décidé.

Il relâcha son étreinte et lui tendit un mouchoir.

— As-tu mangé?

— Je n'ai pas faim.

— Ça viendra. Nous allons acheter un délicieux *zinfandel*, un pain français et du brie, et nous irons faire un pique-nique. Où voudrais-tu que nous allions?

Elle renifla, s'essuya les yeux et posa sur lui un regard reconnaissant.

— Place Rittenhouse.

Un écureuil trottina sur le gazon et s'arrêta à quelques mètres du banc sur lequel Torie et Nielson étaient assis, dans un silence lourd. Explorant un sac abandonné, l'animal trouva un beignet à moitié mangé, le saisit entre ses pattes minuscules et commença à grignoter. Ses moustaches s'agitaient et se balançaient à chaque bouchée.

— Ce doit être agréable d'être un petit rongeur au poil duveteux, dit Torie, appuyant un verre de plastique sur ses genoux. Aucune inquiétude si ce n'est de savoir quels déchets vous allez manger la prochaine fois.

— Ou qui va vous manger la prochaine fois? Je ne changerais pas de place avec lui.

Le regard de Nielson glissa d'un trio de hippies étendus paresseusement sur le gazon à une jolie infirmière se promenant bras dessus, bras dessous avec un vieil homme. Puis il leva les yeux.

— Ne préférerais-tu pas être quelque chose de noble, de solide et de durable?

— Tu veux dire… comme un building?

— Cette pensée m'a traversé l'esprit. Je sais que tu ne partages pas ma passion pour les structures historiques, pourtant c'est toi qui as voulu venir à la place Rittenhouse. Tu dois éprouver quelque sentiment pour la beauté de cet endroit.

— Un sentiment très fort. Je pense que c'est un des plus beaux coins du monde.

— Eh bien, pour une fois nous sommes d'accord.

Cette fille le troublait. Était-il possible qu'elle ait développé un certain goût au cours de ces derniers mois, pendant lesquels il ne l'avait pas vue?

— Je viens souvent ici, moi-même, pour m'asseoir et méditer. Je donnerais n'importe quoi pour être en mesure d'insuffler une vie nouvelle à quelques-uns de ces immeubles classiques.

— Vraiment?

Avait-il enfin retrouvé son bon sens?

— Que ferais-tu, par exemple, au Barclay?

— Le Barclay. Le roi des hôtels. Quel défi de le reconstruire et de le restaurer — de préserver l'intégrité de sa vieille structure tout en utilisant la meilleure technologie du vingtième siècle. Tout d'abord, j'installerais un nouveau système de chauffage…

— Je veux dire à l'extérieur.

— La façade? Je la nettoyerais, c'est tout. Un peu de peinture ici et là. Avec beaucoup d'argent, je renforcerais les fondations et j'ajouterais deux étages luxueux : un restaurant sur le toit et peut-être un centre de santé.

— Et les autres buildings? Démolirais-tu ceux qui sont décrépis pour les remplacer par des nouveaux?

— Les démolir! Es-tu folle?

Lui qui avait espéré qu'elle ait pu changer.

— Tu ne peux pas construire de nouveaux et rutilants gratte-ciel n'importe où. Pourquoi détruire inutilement quelque chose de précieux? Notre survivance en tant que civilisation dépend de la préservation de notre lien avec le passé. Donne-moi une totale liberté d'action et vingt millions de dollars, et je te donnerai le Barclay, *ressuscité par Nielson Hughes*, l'hôtel le plus élégant du monde.

— Je te crois.

Sa confiance en soi ne la surprenait pas. Elle savait aussi qu'il ne pouvait voir la place Rittenhouse que comme elle était et avait toujours été, au lieu de la voir comme elle pourrait être. Elle n'était pas tout à fait sûre de ce qu'elle ferait pour l'améliorer, sauf qu'elle y ajouterait de la gaieté et du modernisme. Le site était bien trop superbe pour être perdu dans un fouillis de ruines médiévales.

— Est-ce qu'il te faut retourner au travail?

Le vin l'avait détendu et il se sentait de plus en plus excité. Étrange, songea-t-il, de voir comment deux esprits aussi différents pouvaient avoir deux corps aussi compatibles.

— Oui. J'aurais souhaité rester.

— Dans ce cas, tu pourrais venir chez moi lorsque tu auras fini. Je ne cuisine pas mais je suis ceinture noire dans les commandes de pizza.

— Double portion d'ail sur la mienne — si tu peux le supporter.

Elle se mit à rire et il la rejoignit. C'était la première fois qu'elle riait depuis les funérailles et la détente fut stimulante. Tout comme l'excitation de savoir qu'elle serait encore avec lui — dans son esprit, dans ses bras et dans son lit, même si cela ne devait être que pour quelques heures.

Il lui prit la main alors qu'ils marchaient vers la voiture. Et elle se sentit redevenir une enfant à nouveau, le cœur soudainement léger...

La tour Saint-Francis fut achevée quatre mois plus tard, au

cours de l'été 1971. L'entrepreneur avait dit à Torie que de nombreux délais auraient pu être évités dans la construction, n'eût été des exigences de M. Hughes et de son attitude désagréable. Elle remercia Dieu qu'il en eût été ainsi. Nielson avait obligé l'entrepreneur à respecter ses engagements, insistant sur la haute qualité de la main d'œuvre et des matériaux qu'il avait promis. Le résultat fut que la propriété qui avait coûté deux cent dix mille dollars était maintenant évaluée à deux fois ce prix.

La tour de brique, avec ses grandes fenêtres et ses balcons grillagés, était très différente de ce que Torie avait projeté, mais beaucoup mieux que ce à quoi elle s'était attendue. En quelque sorte, la structure digne et classique semblait relever tout le voisinage et, comme Nielson le lui avait déjà dit, elle n'était pas simplement érigée dans le quartier, elle en faisait partie. Deux des dix logements étaient déjà loués et Peggy procédait à d'autres enquêtes téléphoniques concernant d'éventuels locataires.

En ce vendredi soir du début d'août, un groupe d'amis, deux ou trois politiciens et quelques journalistes étaient rassemblés dans le logement modèle pour célébrer l'inauguration officielle. Torie et Nielson s'étaient fréquentés régulièrement au cours des cinq derniers mois. Elle le rencontrerait «accidentellement» sur les lieux, s'assurerait de lui rendre hommage pour le succès de l'immeuble, puis ils se retrouveraient plus tard chez lui. Il était content d'être avec elle quand il en ressentait le besoin; elle était heureuse d'être avec lui chaque fois qu'il le lui demandait.

— Excusez-moi, s'il vous plaît. Torie sourit au couple avec lequel elle discutait et se dirigea rapidement de l'autre coté de la pièce. Nielson venait tout juste d'arriver, une grimace sur le visage.

— Bonsoir Monsieur Hughes. Ne pourriez-vous pas au moins essayer de paraître heureux?

— Pourquoi le devrais-je?

Il fronça encore davantage les sourcils lorsqu'il jeta un

coup d'œil autour de lui.

— Quelle horrible perte de temps. Je ne suis venu que parce que tu as insisté. Je déteste ces damnées réunions où tout le monde est en mal de bonne presse. Un immeuble à logements dans le quartier sud de Philadelphie peut difficilement faire la première page des journaux. Comment as-tu pu amener tous ces gens ici?

Elle haussa les épaules.

— Je les ai invités tout simplement. Tu as fait un travail si merveilleux. Le mérite doit t'en revenir.

— Écoute, si tu dois ramper devant les médias, présente-moi et finissons-en au plus vite.

Il regarda sa montre.

— Je dois partir dans dix minutes.

Elle savait qu'il valait mieux ne pas insister.

— Yoo-hoo... hello! cria-t-elle en cognant sur son verre. Pourrais-je avoir votre attention pendant une minute? J'aimerais vous présenter le brillant architecte qui a conçu la tour Saint-Francis, Monsieur Nielson Hughes. Comme il a un autre rendez-vous, si vous avez des questions à lui poser, c'est le moment.

— Quel sera votre prochaine réalisation? demanda un journaliste.

Nielson était debout, les bras croisés, la même expression dure sur le visage.

— Je ne sais pas. J'étudie toujours.

— Qu'est-ce qui vous a fait choisir le quartier sud de Philadelphie?

— C'est ma cliente qui m'a choisi.

Une jeune femme avec un bloc-notes sourit coquettement.

— Avez-vous un architecte préféré, Monsieur Hughes?

— Non.

— Et votre père?

Et voilà. L'inévitable question, celle qu'il avait appréhendée.

— Il n'a rien à voir avec moi ou avec la tour Saint-

Francis. Nous sommes des individus différents avec des carrières différentes. Mon travail doit être évalué selon son propre mérite.

— Mais encore, poursuivit la femme, vous avez été engagé pour la similarité de vos styles. Vous ne pouvez nier que le fait d'être ce que vous êtes vous ouvre des portes dans cette profession. La première création du fils de Robert Nielson ferait les manchettes même s'il s'agissait d'un poulailler.

Le sang lui monta à la tête.

— Je n'ai pas été engagé pour cette raison.

— Ce n'est pas ce qui est mentionné dans le communiqué de presse. Voyez vous-même.

Lançant un regard furieux, il saisit le papier et se mit à lire : «... conserve la chaleur et la saveur du voisinage historique... logements multiples...»

Puis il vit : «Nielson Hughes... éduqué dans la tradition classique de son célèbre père, Robert Nielson, fait un début prometteur dans l'architecture avec sa première commande.» Chiffonnant le papier dans sa main, il se tourna vers Torie.

— As-tu écrit cet excrément?

— Oui, mais je ne..

— Cet immeuble est de Nielson Hughes, hurla-t-il, brandissant le communiqué. Il n'a pas été construit par le fils de Robert Nielson. Tu sais ce que je ressens lorsqu'on me compare à mon père, cherchant la gloire pendu à ses basques. Comment as-tu pu me faire cela?

La rage dans sa voix la fit trembler.

— Je ne voulais pas... Je ne pensais pas... mais c'est vrai, Nielson. Tu as été éduqué dans sa tradition. Je ne voulais pas...

— Tu ne voulais pas quoi? m'exploiter?

Il jeta le papier par terre.

— Je ne m'étonne plus que la presse se soit montrée. Tu ferais n'importe quoi pour profiter de la publicité à bon marché. Tu te fous complètement de mon travail. Tu t'en es toujours moquée. Depuis le début, c'était le nom... les relations. À partir de maintenant, je ne veux plus entendre parler ni de toi ni de ton immeuble!

Figée et sans voix, elle le regarda sortir à grandes enjambées. Son instinct lui commandait de courir derrière lui, mais l'enjeu était trop important. S'efforçant de sourire elle se tourna vers les invités.

— Je suis désolée. Je... je pense que j'ai touché une corde sensible. Nielson Hughes est un véritable génie. J'espère que vous oublierez cet incident et que vous prendrez plaisir au reste de la soirée.

Un serveur lui présenta une coupe de champagne et les conversations reprirent. Bouillant intérieurement, profondément blessée, choquée et embarrassée, elle fit un effort pour réprimer ses émotions et accomplir son rôle d'hôtesse. Après que Lisa et son père furent montés dans la voiture de Peggy, et qu'elle les eut convaincus que tout allait bien, elle verrouilla l'appartement modèle et se rendit tout droit rue Panama.

Nielson était chez lui. Aucun doute là-dessus. Sa nouvelle MG était stationnée le long du trottoir et elle voyait de la lumière dans sa chambre. Se tenant devant la porte, elle appuya sur le bouton de la sonnette, frappa à la porte, lui cria de la laisser entrer, en vain.

Après dix minutes, sa fierté prit le dessus. Elle grimpa dans sa voiture et se dirigea à toute vitesse vers la voie rapide. La mort serait presque un soulagement. Cela pourrait même amener Nielson à éprouver de la culpabilité pendant deux ou trois secondes.

Mais non, réfléchit-elle, ralentissant l'allure, il ne méritait pas qu'on meure pour lui. Il s'était conduit d'une façon impardonnable, l'humiliant publiquement, faisant une scène désagréable par sa réaction égoïste, et ruinant presque sa soirée. C'est lui qui était dans l'erreur et, malgré ce fait, elle était restée quinze minutes devant sa porte, à se ridiculiser dans l'espoir de l'apaiser et de lui offrir une explication.

Et pourquoi? Il était de loin l'homme le plus exaspérant

qu'elle ait connu. Elle devrait s'estimer heureuse de ne plus jamais le revoir ni lui parler.

15

La violente sortie de Nielson Hughes lors de la soirée inaugurale n'était pas de très bon goût, mais fit vendre beaucoup de journaux. En essayant de détourner l'attention de son illustre héritage, il avait accompli exactement le contraire. Sous le titre «LE FILS DE ROBERT NIELSON SEME L'ÉMOI DANS UNE RÉCEPTION», un article en seconde page de *L'Inquirer* relatait :

> Une inauguration toute simple dans un logement modèle de la nouvelle tour Saint-Francis, dans le quartier sud de Philadelphie, s'est terminée dans le drame et la confusion vendredi soir lorsque l'architecte de l'immeuble, Nielson Hughes, a maudit publiquement la promotrice, Torie Di Angelo, pour avoir utilisé le nom de son père à des fins publicitaires.
> Enflammé par le communiqué de presse de Di Angelo le reliant au grand maître d'œuvre, Robert Nielson, le jeune homme de vingt-deux ans, étudiant à l'Université de Pennsylvanie, lui a crié : «Tu te fous complètement de mon travail. C'est mon nom qui t'intéressait. Je n'atteindrai la gloire à la traîne de personne!» et il est sorti indigné.

Quatre paragraphes plus bas, l'article concluait :

Di Angelo sembla secouée par l'incident. Hughes s'est refusé à tout commentaire.

— Oui, j'ai vu l'article.

Torie déposa sa serviette et accrocha sa veste sur la patère.

— Non, je ne suis pas suicidaire. Oui, je suis furieuse contre lui. Oui, j'aime encore cet enfant de salaud. Tu as d'autres questions ou nous pouvons nous mettre au travail?

— Au travail, patronne.

Peggy sourit de soulagement et se demanda pourquoi elle s'était inquiétée pendant tout le week-end. Torie était forte, résistante et armée d'une fierté à toute épreuve. Quelle que soit l'intensité de la douleur elle ne le laisserait pas voir. Même la mort de Frankie, aussi dévastatrice qu'elle fût, ne l'avait pas arrêtée bien longtemps. Le travail était son échappatoire, sa thérapie. Le travail était aussi son passeport pour atteindre ce but dont elle parlait si souvent : être riche, puissante et, plus important encore, à l'abri de la souffrance.

Quelle sottise, pensait Peggy. Torie ne serait jamais à l'abri de la souffrance, peu importe les efforts qu'elle y mettrait. Elle s'intéressait trop aux gens. Elle n'avait pas hésité à mettre de côté son propre désespoir pour offrir amour, patience et soutien à sa meilleure amie quand elle en avait eu besoin. Encore maintenant, huit mois après la tragédie, Peggy puisait auprès de Torie la force de continuer. Et elle était toujours là pour elle.

Elle s'efforça de prendre un ton badin :

— Tu réalises que l'accès de colère de ton amoureux était la meilleure chose qui pouvait nous arriver, n'est-ce pas? Cette sorte de publicité ne s'achète pas. J'ai déjà six nouvelles enquêtes pour la tour.

— Des nouvelles de John Loder à la banque?

— Pas encore.

— Avertis-moi dès qu'il téléphonera.

Elle s'assit à son bureau et essaya de se concentrer sur

son nouveau projet — un morceau de terrain impliquant la construction d'un petit complexe domiciliaire. Lorsque son père dirigeait la compagnie, il avait toujours été un investisseur prudent, n'empruntant jamais d'argent lorsqu'il devait payer les taux courants d'intérêt bancaire, mais utilisant à l'occasion les prêts à faible taux d'intérêt du gouvernement pour acheter des terrains peu coûteux, comme celui de Strawberry Mansion. Au fil des années, ces quelques propriétés avaient pris énormément de valeur, mais Frankie n'avait jamais permis que quiconque les touchât. Maintenant, Torie n'hésitait pas à les hypothéquer pour libérer les fonds nécessaires à ses nouveaux projets de développement.

Heureusement, elle avait profité de tout le week-end pour envisager son existence sans Nielson. Elle devait une large part du temps qu'ils avaient récemment passé ensemble à ses propres initiatives — se trouver là où il devait être à des heures spécifiques de la journée et se rendre disponible. Ce rôle lui apparaissait dégradant rétrospectivement, pourtant elle ne s'y était pas arrêtée. Voir l'homme qu'elle aimait lui importait plus que tout, quel que fût le prix à payer pour sa fierté et en dépit de tous les inconvénients.

Elle avait même décidé de l'impliquer dans son nouveau projet mais, dans les circonstances actuelles, travailler avec lui était hors de question. Elle serait damnée avant de — quel était le mot — «ramper» à nouveau. Sa décision était ferme et aurait dû être prise depuis longtemps.

— Excuse-moi, T.D., j'ai oublié de te demander si tu avais vu la deuxième page du journal ce matin.

Peggy étendit le journal et chercha la rubrique mondaine.

C'est un jour d'aubaines. Tu as deux anciens amoureux pour le prix d'un.

Torie fixa la photo d'un splendide couple en tenue de soirée. Ils se tenaient par le bras et riaient joyeusement au-dessus d'un sous-titre : «Les Silvano (Grace Pringle Pennington) à un spectacle de danse classique.» Elle reposa le journal.

— Cet idiot n'a plus été mon amoureux depuis mes quatorze ans lorsque j'ai vu ce qu'il a fait à papa.

— Tu ne m'as pas dit que sa femme le quittait?

— C'est ce qu'il m'avait dit. Pauvre bébé. Si triste... si seul. Si anxieux de me consoler de la mort de Frankie. Si anxieux de m'amener dans un petit restaurant tranquille et intime, et de faire de moi sa huit cent quarante-quatrième conquête. Le roi de l'arnaque.

— Ils se sont peut-être réconciliés...

— Ouais, et peut-être que les poules ont des dents. Je jurerais qu'il a inventé toute cette histoire. En passant, papa l'avait invité à notre soirée. Est-il venu?

— Non. Sa secrétaire a téléphoné et a dit qu'il serait en dehors de la ville pour le week-end. Un court week-end, dois-je dire, puisqu'il était de retour à temps pour le ballet samedi soir.

— Et Betsy Richardson?

— Elle a refusé poliment. Elle s'est probablement informée auprès de Nielson et il a dû lui dire que ça ne valait pas la peine.

— Ooh!

Torie laissa échapper un profond soupir.

— Que m'arrive-t-il, Peg? Il doit y avoir des millions d'hommes sur la planète qui sont gentils, aimables et équilibrés. Pourquoi est-ce que je m'attarde aux déficients mentaux?

— Pourquoi pas? L'amour est la plus courante des folies... Oh — le téléphone.

Elle courut répondre.

— La Compagnie Di Angelo. Oui, elle est ici, Monsieur Loder. Ne quittez pas.

Torie se dépêcha de prendre le récepteur.

— Bonjour, Monsieur Loder. J'espère que vous avez de bonnes nouvelles pour moi.

— Je pense que nous pouvons nous entendre, répondit une voix grave. J'ai lu le journal ce matin et je suis tombé sur l'article concernant la tour Saint-Francis. Je n'avais pas réalisé que votre architecte était le fils de Robert Nielson. Vous avez déjà une plus-value intéressante sur cette propriété.

— Il semble bien.

Elle ne crut pas nécessaire de lui mentionner qu'elle était lourdement hypothéquée.

— Les appartements se louent si rapidement que j'en ai le vertige.

— Je suis content pour vous. J'espère que vous savez où vous allez, Torie. Les emprunts ont aidé des promoteurs à devenir très riches, mais ils en ont aussi conduit plusieurs à la déconfiture. Vous n'entendez jamais parler de ces derniers.

— Je connais les risques. Je comprends.

— Bien, dans ce cas, votre prêt est accordé. Pouvez-vous passer à onze heures ce matin?

— Oui, dit-elle, contenant difficilement son enthousiasme. Je serai là.

Torie avait acquis le prêt en utilisant une petite propriété de Philadelphie-Sud comme garantie collatérale, en présentant un solide plan de mise en marché pour le développement du parc Melrose, un développement domiciliaire de cinquante-deux maisons dans un quartier industriel de la ville, et en convainquant John Loder que, puisque ses propres fonds étaient en jeu, il était de la plus haute importance que son premier projet de développement fût un succès. Elle savait qu'une fois qu'elle aurait fait la preuve de ses capacités et montré à la banque des exemples concrets de réussites commerciales, elle pourrait augmenter son pouvoir d'emprunt.

Le parc Melrose exigea une attention de tous les instants et, un an plus tard, pendant que le pays était encore chancelant après le scandale du Watergate, Torie rencontra les officiers de la marine américaine. Signalant la vente de la propriété Strawberry Mansion, la construction de la tour Saint-Francis et l'énorme succès du projet domiciliaire du parc Melrose, elle fut en mesure de les convaincre qu'en dépit de sa jeunesse et de son peu d'expérience, elle possédait toute la compétence requise pour construire leur deux cent vingt unités de logement à un prix très compétitif.

L'annonce du cessez-le-feu au Vietnam, en janvier 1973, attisa sa rage et son ressentiment quant au sacrifice inutile de la vie de son frère. Le fait qu'un WASP comme Nielson et tous ses semblables aient pu faire jouer leurs relations pour d'éviter la conscription ne faisait que renforcer sa détermination à faire payer la société.

La prochaine étape de son plan d'expansion consistait à fermer les bureaux de Philadelphie-Sud et de West Mount Airy pour installer ses quartiers généraux à une seule et même adresse. Au mois de septembre, sous une bannière géante proclamant le nouveau nom de la compagnie, Les Entreprises Di Angelo, Torie, Peggy, Jock, sa secrétaire, Jane Riley, et deux vendeurs nouvellement engagés emménagèrent au rez-de-chaussée d'un immeuble de trois étages dans le centre-ville.

Travaillant le jour, la nuit, et même les week-ends à la croissance de l'entreprise, il ne lui restait à peu près plus de temps à consacrer aux loisirs et à la détente. De temps en temps, un homme entrait dans sa vie et elle aurait souhaité avoir son propre appartement pour se donner une chance de construire une véritable relation. Mais les prétendants détestaient occuper la seconde place derrière sa carrière, et les amours s'en allaient à vau-l'eau avant qu'elle n'ait pu réagir. Puis, après la rupture inévitable, elle consacrait plusieurs semaines à reprendre le temps perdu dans ses lectures, une diversion qui lui manquait.

D'un autre côté, demeurer à la maison était pratique et peu coûteux. Lisa avait appris à la laisser tranquille et son père était heureux de la garder sous son toit, alors elle continuait d'habiter avec eux.

À la fin de l'année 1974, elle avait rempli avec succès le contrat de la marine américaine et trois autres étaient en marche. Les affaires progressaient lentement et sûrement mais pas assez vite à son goût; elle envisagea donc d'avoir recours aux médias. Après le compte rendu inespéré paru dans l'*Inquirer*, la tour Saint-Francis s'était remplie presque immédiatement, la crédibilité de Torie avait augmenté et sa renommée s'était accrue. Si la publicité personnelle pouvait engendrer de telles réactions, raisonna-t-elle, elle pouvait aussi attirer des acheteurs, des vendeurs et la principale ressource dont elle avait besoin pour sa croissance — l'argent.

— Toi qui lis tous les potins, Piglet, dit-elle un matin, quelques semaines avant Noël, peux-tu me dire, si une personne ne s'appelle pas Patty Hearst ou Fanne Fox, ce qu'elle doit faire pour que les gens parlent d'elle?

— Elle doit être vue en compagnie de gens importants dans des endroits importants — inaugurations, œuvres de charité, événements politiques. Ou encore elle donne des soirées somptueuses et invite la presse, ce que tu n'as ni les moyens ni le temps de faire.

Peggy se gratta la tête.

— Si elle est très sérieuse, elle engage un conseiller en communication. C'est un investissement très profitable.

— Tu connais quelqu'un?

— Donne-moi dix minutes, le temps de faire quelques appels.

Une heure plus tard, Peggy tendit un bout de papier à Torie.

— J'ai épuré la liste et il reste trois noms, dit-elle. Harriet Winch est le nom qu'on retrouve sur toutes les lèvres. C'est un vieux cheval de bataille, une ancienne chroniqueuse mondaine. Elle fait surtout dans les œuvres de charité, les soirées-bénéfices, les mondanités.

— Est-ce celle qu'on appelle la sorcière importune?

— Nulle autre. Mon deuxième choix est Tom Conroy. Il a beaucoup d'expérience — solide, plein d'esprit, apprécié de tous. Il se spécialise auprès des politiciens et des professionnels.

— Et le numéro trois?

— Le numéro trois serait mon choix : Ellory Davis. Il

est brillant, agressif, ambitieux, et son nom fait les manchettes autant que ceux de ses clients. La vieille garde semble l'adorer parce qu'il arrive à leurs ennuyeuses soirées entouré d'auteurs, de vedettes de la télévision et de toutes sortes de célébrités fascinantes.

— Pourquoi le préfères-tu aux autres?

— Il est relativement nouveau dans le métier. Il a travaillé pendant douze ans comme critique d'art au *Bulletin*, avant de quitter et d'ouvrir sa propre agence de consultant en communication. On dit qu'il est très sélectif en ce qui concerne le choix de sa clientèle, mais s'il accepte de travailler pour quelqu'un, il y va à fond de train. Je ne crois pas que tu puisses te tromper avec Davis.

— Dans ce cas, appelle-le immédiatement.

Ellory Davis ne correspondait pas du tout à l'image que se faisait Torie d'un agent publicitaire en vogue. Environ quarante ans, le visage joufflu, chauve et bedonnant, il portait un nœud papillon à pois et un costume à fines rayures destiné à allonger — ou à donner l'illusion d'allonger — sa taille d'un mètre soixante-deux. Rusé et condescendant, il s'assit bien droit dans la chaise en face de Torie, le menton relevé pendant qu'il la dévisageait à travers ses lunettes à double foyers. Son message était clair : elle — et non pas lui — était celle qui passait l'examen.

— Torie, si je puis me permettre, je pense que j'aimerais vous représenter, annonça-t-il, quinze minutes après le début de l'interview. Nous pouvons signer une entente d'une durée de trois mois à partir d'aujourd'hui. Après cela, si nous nous parlons toujours, nous négocierons une nouvelle entente.

— Vous croyez que nous ne nous parlerons plus?

— Pourquoi compter là-dessus?

— C'est un marché honnête.

Elle sortit une boîte en laiton.

— Est-ce que vous fumez?

— Malheureusement, oui.

Il prit une cigarette, puis se pencha en avant pour allumer la sienne.

— J'aurai besoin d'un curriculum vitæ complet dès que vous pourrez me le fournir.

— Il sera prêt demain.

— Très bien. Pour l'instant, il y a quelques questions que j'aimerais vous poser.

Il sortit un magnétophone et le déposa sur le bureau.

— Ces questions vous paraîtront peut-être impertinentes mais je vous assure qu'elles sont essentielles.

Elle le regarda avec amusement fouiller dans sa serviette, puis en sortir une feuille imprimée. Elle commençait à cerner sa personnalité. Ce n'était pas un homme chaleureux ou aimable et on aurait dit qu'il voulait la tester par sa brusquerie. Il lui semblait que chaque mot prononcé et chaque geste posé avaient un but précis.

— Allez-y, dit-elle. Posez vos questions.

— Date de naissance?

— Le 3 féviier 1951. J'aurai vingt-quatre ans dans deux mois.

— Je présume que vous voulez dire fé-*vri*-er. Mariée?

— Non. Et pas de prétendant en vue.

— C'est difficile à croire. Vous êtes une jolie femme. Pas de temps pour la romance? À la recherche d'un idéal? Personne qui vous plaise?

Elle sourit.

— Un peu tout ça. Je suis très occupée et la vérité est plutôt banale. J'aime un gars que je n'ai pas vu depuis trois ans. Quant à la plupart des hommes avec qui je sors, eh bien, franchement, je préférerais être à la bibliothèque.

— Bi-*bli*-othèque. Votre élocution est atroce. Avez-vous des compagnons attitrés? Des hommes qui peuvent vous accompagner dans les réceptions et les cérémonies d'inauguration?

— Non. La vie mondaine n'est pas pour moi. J'aimerais

219

être reconnue pour mes compétences en affaires, non pour avoir été vue dans des soirées.

— Cela va ensemble, mon chou. Et avec ce visage et cette silhouette, vous seriez folle de vous cacher. Pensiez-vous assister au bal des prostituées en choisissant vos vêtements ce matin?

Cet homme était exaspérant.

— Mes vêtements ne vous plaisent pas?

— Pas du tout, dit-il, imitant son accent. Les tricots serrés ont disparu en même temps que les *hot pants*. Donald Trump peut s'en tirer avec ses habits marron et ses souliers assortis, mais pas vous. Vous êtes une dame. Ou, du moins, vous allez en être une. Nous irons dans les magasins ensemble demain. Puis je vous amènerai chez Nan Duskin's et je vous présenterai Adolf Biecker.

Elle referma brusquement son agenda.

— Maintenant, ce sont mes cheveux? Ecoutez, Ellory, je vous engage pour faire la promotion de ma compagnie, pas pour me transformer du tout au tout. Je n'ai pas le temps de devenir une fille fascinante.

— Mais vous êtes une fille fascinante. Comment se porte votre compte en banque?

— Quel compte en banque? Je suis endettée par-dessus la tête. Dans ce métier vous ne pouvez pas vous permettre de ne pas faire travailler tout votre argent.

— Alors nous achèterons à crédit. Je passerai vous prendre à... disons, dix heures?

Son regard sévère lui arracha un soupir.

— Est-ce absolument nécessaire?

— Absolument.

Il souleva sa serviette.

— Avec l'aide de Dieu, de Saint-Laurent et de quelques-uns de mes talentueux amis, je vais faire de vous une célébrité à laquelle les médias ne pourront résister. Regardez Liz Taylor. Elle pourrait réciter l'alphabet au coin d'une rue et elle serait citée, citée de travers, et apparaîtrait sur la couverture de *People*.

— Je n'aspire pas à être Liz Taylor.

— Pourquoi pas? Vous avez le potentiel requis. Nous appelons ça les quatre as : cerveau, beauté, argent, et du cran. Avez-vous connu des tragédies dans votre vie?

— Vous voulez rire?

— Excellent! Gardez-les moi. Le public aime les batailleurs. Les retours en force. Les Cendrillon. Oh, je vais vous apporter un enregistrement susceptible d'améliorer votre diction. Vous allez l'écouter et vous exercer pendant une demi-heure chaque jour.

Il s'arrêta juste avant de sortir et se retourna.

— Accepteriez-vous de changer Torie Di Angelo pour Victoria Dalton?

— Non, il n'en est pas question. Et vous feriez mieux de sortir d'ici avant que je ne change d'idée au sujet de demain.

— Dix heures, dit-il, en passant la porte. N'oubliez votre carte Visa.

— Ellory Davis, petit coquin! Où aviez-vous caché cette charmante créature à votre bras?

Un gros homme portant des verres épais se tenait dans l'entrée de l'appartement bondé, s'épongeant le front.

— Je salue votre beauté, mon ange, à défaut de votre bon goût dans le choix de votre compagnon. Puis-je vous offrir un verre?

— Négatif, Percy.

Ellory repoussa le bras de l'homme.

— Retourne ramper sous ta pierre. La dame n'est ni à vendre ni à louer.

— Pourquoi ai-je l'impression d'être Eliza Doolittle et vous le professeur Higgins?

Torie lança un regard désespéré par-dessus son épaule au moment où Ellory lui fit traverser la pièce.

Un rapide coup d'œil alentour lui donna une forte

impression d'être plongé au cœur de la tradition de Philadelphie. Des chaises Chippendale, capitonnées de tapisseries à l'aiguille, avaient été déplacées le long des murs pour accueillir les invités habillés de façon conservatrice. De riches tentures en brocart portant le symbole de l'aigle américain encadraient plusieurs larges fenêtres françaises, et une broderie défraîchie de l'arbre généalogique de la famille de l'hôtesse était accrochée au-dessus du piano.

— N'oubliez pas ce que je vous ai dit, lui enseigna Ellory. Les réformateurs Richardson sont finis. Les aristocrates de la *Main Line* sont finis. Le contrôle de l'hôtel de ville est passé entre les mains des professionnels et des gens d'affaires qui ont appuyé la campagne de Ponti, basée sur le retour à l'ordre et la loi. Ce sont eux qui composent la nouvelle élite au pouvoir — les gens que vous désirez côtoyer.

Ellory évaluait les individus avec l'attention d'un chirurgien examinant un rayon-X.

— Au moins ce n'est pas une de ces soirées «Gais-90».

— «Gais-90»?

— Oui, où tous les hommes sont gais et toutes les femmes ont quatre-vingt-dix-ans. À propos, vous êtes très jolie ce soir. Je dois me complimenter moi-même sur l'excellence de mon goût.

— Vous voulez dire le prix exorbitant de votre goût.

Ses faibles protestations confirmèrent ce qu'il savait déjà; elle était fière de son apparence. Le maître-coiffeur de Philadelphie avait balayé ses longues boucles noires en un élégant et soyeux rouleau attaché à l'arrière, de façon à mettre en évidence l'ovale délicat de son visage et les étincelantes boucles d'oreilles de faux diamant.

Les vêtements qu'Ellory avait choisis — surtout le fourreau de dentelle noire qu'elle portait, avec son sobre col montant et ses longues manches — étaient des vêtements qu'elle n'aurait jamais choisis elle-même. Encore qu'elle se sentit à l'aise dans la robe — sous-entendu, chic et gracieuse.

— Est-ce la femme du maire à côté du piano?

— Oui, c'est cette chère Tina. Grattez le Revlon et vous trouverez Estée Lauder. Elle est du tonnerre dans cette robe *Blass* que je vous avais dit d'acheter. Si vous m'aviez écouté, vous...

— Porteriez la même robe à la même soirée. Et elle aurait pissé dans son slip.

— Surveillez votre langage. Et cela ne l'aurait pas le moindrement dérangée. En fait, je vous aurais réunies pour une photo. Le public aime les petites vacheries de ce genre.

— Cela m'aurait fait une belle jambe dans la prison de ceux qui ne paient pas leurs achats extravagants. Pourrais-je la rencontrer?

— C'est son mari qu'il faut rencontrer. Laissez-moi vous avertir : auprès des femmes, il dégage un certain sex-appeal qui enjôle. Sous l'apparence, c'est un impitoyable sexiste. Mais il a l'énergie d'un taureau qui donne la charge et il est astucieux comme un général français. Je veux que vous déployiez tout votre charme devant lui.

— Je vais faire de mon mieux. Vous pensez qu'il aime le flirt?

— Je l'apprécierais davantage si tel était le cas. Au moins il serait humain. Mais je suis sûr que non. Il est trop réfléchi pour laisser sa libido s'élever — sans jeu de mots.

Torie haussa les épaules.

— Croyez-vous qu'il soit compétent?

— Il n'a pas besoin de l'être. Depuis 1951, la charte de notre ville a remis entre les mains du maire de Philadelphie plus d'autorité qu'à tout autre maire du pays. Il est donc puissant — et il prend lui-même toutes les décisions. Si vous voulez que ça bouge à l'hôtel de ville, ne perdez pas votre temps auprès de ses subordonnés, prenez le téléphone et appelez Ponti. Il est donc primordial que vous le rencontriez.

Ellory la précéda à travers la foule jusqu'à une grande rousse au teint de pêche, qui l'embrassa tout en pointant son doigt sous son nez.

— Vilain garçon! Vous aviez promis de m'accompagner

à l'exposition Aubusson au Désign Center.

— Nous irons lundi après-midi, très chère. Vous pouvez l'inscrire dans votre agenda; c'est une affaire sûre. Athena Trent, je vous présente Vittoria Di Angelo.

Torie lui serra la main.

— Je suis embarrassée de venir chez vous sans y avoir été invitée. Ellory a tellement insisté...

— Tous les amis d'Ellory sont les bienvenus, dit-elle calmement. Il m'a dit que vous étiez une mordue de l'opéra.

— En fait, la vérité est...

— La vérité est qu'elle est déjà très occupée, Athena, mais j'ai la ferme intention de voir à ce que son magnifique petit derrière sorte de son bureau et siège à un ou deux comités. Dieu sait que nous avons besoin de sang nouveau... trop de vieilles baderne s'assoient sans bouger comme des morceaux de bois mort.

— J'ai personnellement un petit faible pour le bois mort.

L'hôtesse s'éloigna et Torie se hérissa.

— Oublie-la, marmonna-t-elle à Ellory. Je rentre à la maison. Qui a besoin de cela?

— Vous, mon chou. Oh, Cal. Avez-vous un instant? J'aimerais vous présenter une dame charmante? Vittoria Di Angelo — Le maire Ponti.

— Je suis honorée, Monsieur le Maire, dit-elle, après avoir rapidement repris contenance. Je suis l'une de vos admiratrices.

L'ancien vendeur de poisson offrit une chaleureuse poignée de main. Il était assez beau garçon, dans le style vedette de cinéma des années trente; les gens le comparaient souvent à feu Tyrone Power, avec ses cheveux noirs lissés et séparés au milieu, ses épais sourcils noirs, son nez classique et la ligne de sa bouche qui avait tendance à s'affaisser légèrement lorsqu'il ne souriait pas. Il la regarda droit dans les yeux.

— Veuillez croire que cette admiration est réciproque.

— Merci, répondit-elle.

Ils s'évaluèrent l'un et l'autre comme des oiseaux durant le rituel précédant l'accouplement — mais l'accouplement n'était pas en jeu. Le maire était plus intéressé par son identité que par le jeu de la séduction. Elle était tout de même une très jolie femme, et les jolies femmes appréciaient le flirt.

— Ne me dites pas que cette créature de rêve est votre cliente, Ellory. J'achète tout ce qu'elle a à vendre.

— Elle ne vend rien, Cal. Mais elle vous admire, Dieu sait pourquoi, et elle désire donner son appui à votre prochaine campagne de réélection.

Si le maire vit sa nouvelle partisane tressaillir pendant une fraction de seconde, il n'en laissa rien paraître.

— C'est très généreux de votre part, Madame Di Angelo. Quel est votre prénom déjà?

— Torie.

— Comment se fait-il que nous n'ayons pas encore eu l'occasion de nous rencontrer, Torie? Que faites-vous dans la vie?

— Je m'occupe de développement immobilier et je suis fascinée par les changements que vous proposez dans la loi Swig-Mailliard. Y a-t-il une chance que vous puissiez appliquer ces changements à des prêts à faible taux d'intérêt, assortis d'un abattement fiscal de cinquante pour cent réservés spécifiquement à la construction de logements destinés aux gens à revenus moyens dans le district de Coppertown? Cela plairait à vos électeurs.

— Les électeurs qui vivent dans ce district, ou les électeurs qui souhaitent le développer?

— Les deux. Si je pouvais obtenir, disons, une centaine d'acres de terrain de remplissage dans le secteur contigu au développement domiciliaire du parc Melrose, je vous construirais cinq mille unités d'habitation à prix modique destinées aux personnes âgées.

— Incluant les assistés sociaux?

— Absolument. Donald Trump a soulevé suffisamment de problèmes pour notre industrie en exigeant que les assistés sociaux répondent à des critères particuliers. Je connais bien la décision de *Jones v. Mayer*, rendue en 1968 par la Cour suprême, qui a décidé de maintenir la Déclaration des droits civils de 1866 prohibant la discrimination en ce qui concerne le logement. Ma seule condition serait que le gouvernement nous donne l'assurance de nous couvrir en cas de pertes excessives. Pourrais-je vous faire parvenir plus d'informations à ce sujet?

— Pourquoi pas? Envoyez-les à mon bureau.

— Pendant que j'y pense, je sais que vous éprouvez des difficultés avec les promoteurs qui transforment les unités de logement en coopératives et en appartements en copropriété. Si je vous garantissais de ne pas le faire, ce serait un argument de poids en faveur de ce projet.

Cette femme l'impressionnait. Elle était trop jeune pour avoir été en affaires depuis longtemps, pourtant elle connaissait bien ses principales préoccupations et les abordait d'une façon intelligente. Il lui était reconnaissant, au surplus, de s'être lancée ouvertement, sans le déploiement de ses artifices féminins.

— J'attends de vos nouvelles, Torie. Avez-vous l'intention de présenter une soumission lors de la vente de l'emplacement du théâtre Washington?

— Je n'en ai pas entendu parler.

— Eh bien, il n'y a pas encore eu beaucoup de publicité à ce sujet, c'est la raison pour laquelle vous n'êtes pas au courant; mais il y a un beau morceau de terrain appartenant à la ville qui sera vendu aux enchères l'été prochain. Un terrain industriel qui s'étend sur deux coins de rue et l'emplacement du vieux théâtre, incluant la station d'essence abandonnée. Certains désirent restaurer le Washington et construire un centre culturel. D'autres veulent tout démolir et propose la construction d'un centre commercial. J'aimerais être tenu au courant des développements ultérieurs…

— Je verrai à ce que vous le soyez.

Une petite récompense pour votre tuyau, M. le Maire,

songea-t-elle. Ils s'étaient parfaitement compris l'un et l'autre.

— Je suis heureux que nous ayons eu l'occasion de bavarder.

Il salua promptement et s'éloigna en toute hâte, suivi de son imposant garde du corps. Etre vu trop longtemps en compagnie d'une jolie femme était un problème qu'un politicien se devait d'éviter.

Ellory lui prit le bras.

— Bien joué, très chère. Vous glissez aussi bien qu'une anguille bien grasse.

— Un compliment venant du maître?

— Ne soyez pas suffisante. Il reste encore beaucoup à faire.

— Et je n'y arriverai pas en essuyant des rebuffades dans les cocktails. Quelle sorte de mensonge avez-vous raconté à cette femme, Trent? Je ne siégerais pas à son foutu conseil d'administration de l'opéra même si elle me payait. Je déteste l'opéra!

— Il y a un tas de gens qui détestent l'opéra. La question n'est pas là.

Il leva le menton et rajusta son nœud papillon.

— C'est un endroit où l'on va pour être vu, point. Et d'une façon ou d'une autre, vous ferez partie de ce conseil. Maintenant venez avec moi. Je veux que vous rencontriez le rédacteur de la chronique mondaine du *Daily News*.

Torie se laissa promener dans la salle, remarquant à peine les visages; son esprit était préoccupé par un tout autre sujet. Elle connaissait le site du théâtre Washington aussi bien qu'elle connaissait les trois règles d'or du marché immobilier : emplacement, emplacement, emplacement. Et quel emplacement!

Convertir un vieux théâtre et une manufacture en un superbe centre commercial, c'était exactement le genre de défi qu'elle attendait. Et plus il y aurait de publicité et de controverse, et mieux ce serait. Mettre ce projet sur pied nécessiterait du temps, du dévouement, de la planification, et beaucoup de ce que Bernard Baruch avait déjà appelé la clef de son succès : ADA — l'Argent Des Autres. Mais rien ne pourrait l'arrêter ou la décourager. Avec un tout petit peu de chance et la grâce du Tout-Puissant, le bonheur se trouverait au détour de cette transaction.

16

Au printemps de l'année 1975, Torie avait réuni une foule de données concernant le site du théâtre Washington et avançait le plus rapidement possible dans la préparation de ce dossier. Elle respecta sa promesse de partager ses informations avec le maire, espérant qu'il pourrait l'aider à obtenir les permis de construction et les changements nécessaires relatifs aux règlements de zonage. Dans l'immédiat, elle devait trouver un partenaire qui accepterait d'investir dans l'achat du terrain.

Grâce à Ellory Davis et à son aptitude naturelle à faire les manchettes, son nom devenait de plus en plus familier au lecteur des rubriques mondaines et commerciales des journaux. Tenant compte de l'avis de Tony, son père, à contrecœur, lui avait cédé la compagnie — une étape qu'elle considéra comme une libération totale et qu'elle interpréta comme la permission de pouvoir prendre tous les risques qu'elle voulait.

Au cours des trois premiers mois de l'année, l'activité avait été trépidante et rémunératrice, les Entreprises Di Angelo connaissant une croissance rapide et très importante. Elle avait accrû son personnel qui comptait maintenant trois courtiers, un architecte, un comptable, un superviseur, un consultant immobilier et deux secrétaires sous la supervision de Peggy. Il avait donc fallu prendre possession du second étage de l'immeuble. Le troisième serait disponible l'année suivante et, d'ici là, Torie était persuadée qu'elle serait prête à l'occuper également.

Bien qu'elle fût encore lourdement endettée, les profits anticipés sur le projet du parc Melrose lui permirent d'envoyer un chèque substantiel au fonds de réélection du maire Ponti. L'approbation concernant les cent acres de terrain de remplissage qu'elle avait demandés arriva peu de temps après, en même temps que la permission de pouvoir y bâtir.

— C'est un projet auquel je tiens et qui m'est très cher, avait dit le maire Ponti en conférence de presse. Les nouveaux logements seront accessibles à toute personne répondant aux critères d'habitation à prix modique, sans aucune restriction de race, de couleur ou de condition financière. La promotrice, Torie Di Angelo, m'a donné son assurance personnelle que ces immeubles demeureront des unités de logement et ne seront pas convertis en coopératives ou en appartements en copropriété.

— Est-il vrai que vous avez contourné quelques règlements dans l'octroi des permis de construction? demanda une journaliste.

— L'administration précédente a procédé étape par étape dans ce dossier. Je peux vous dire...

— Monsieur, pourriez-vous répondre à ma question?

— Je ne contourne aucun règlement, Madame Steger. Sur l'avis du conseiller juridique de la ville, le conseil a unanimement approuvé ce projet. S'il existait un moyen légal me permettant d'accélérer la construction d'abris pour les gens dans le besoin, je n'hésiterais pas à m'en servir. Heureusement, ou autrement, ce n'est pas de cette façon qu'opère l'administration de notre ville. Prochaine question?

Le jour suivant l'annonce du maire Ponti, Torie se rendit en taxi jusqu'à l'immeuble Rawley, un monument historique de douze étages en face de la place Independence. Peggy lui avait rappelé, au cas où le sujet eût été soulevé, que la fameuse structure de brique et de marbre datait de 1916. Silas Rawley l'avait fait construire pour en faire le château fort de sa maison d'édition. Les plus gros entrepreneurs de Philadelphie, les frères Goldman, l'avait acheté en 1958 de la petite fille de Rawley, Rebecca Rawley French, l'actuelle présidente de la société, et y avaient installé leurs quartiers généraux au dixième étage.

Un ascenseur qui sembla prendre une éternité pour monter emporta Torie vers sa destination. Après s'être passé un peigne dans les cheveux et avoir rajusté la veste du costume Chanel qu'Ellory lui avait fait acheter, elle pénétra dans les somptueux bureaux de la corporation Goldman.

— Veuillez vous asseoir, Madame Di Angelo, dit la réceptionniste. Je vais prévenir M. Goldman que vous êtes arrivée.

— Je vous remercie.

Torie leva son poignet et vérifia sa montre, voulant signifier qu'elle était à l'heure et qu'elle n'aimait pas qu'on la fît attendre. S'asseyant sur le bout d'une chaise, elle déposa sa serviette sur le sol et essaya de paraître calme. Contacter un pur étranger pour lui demander huit millions de dollars était un défi qui lui faisait peur, mais qui la stimulait d'autant plus. L'enjeu de ce rendez-vous était capital... La façon dont elle se présenterait elle-même... La façon dont elle leur démontrerait sa compétence ... La façon dont elle serait perçue...

Dix minutes plus tard, elle s'alluma une cigarette et commença à tambouriner du bout des doigts. Etre ainsi assise et attendre lui rappelait Nielson et son exaspérante incapacité de réaliser qu'il était impoli et inconvenant de faire attendre les gens. Pas surprenant qu'elle fût devenue si pointilleuse en matière de ponctualité.

Elle fit tomber de la cendre sur sa jupe, se leva brusquement pour la secouer et croisa le regard de la réceptionniste.

— Est-ce que ce sera encore long?

— Non, il vient juste de sonner. Vous pouvez entrer, la deuxième porte à votre gauche.

En entrant dans le vaste bureau, Torie fut frappée par la

hauteur du plafond, les murs lambrissés de chêne et couverts de gravures, les chaises de velours au dossier rigide... et le visage arrondi de l'homme qui s'avança et lui tendit la main.

— Entrez, entrez. Asseyez-vous. C'est donc vous la jeune femme dont tout le monde parle.

Torie sourit.

— Cela dépend de ce qu'on dit.

— Eh bien, ma femme, Sylvia, m'a dit que votre nom avait été suggéré pour le conseil d'administration de l'opéra.

Des yeux approbateurs l'examinèrent à travers des lunettes à monture d'or.

— Vous seriez une merveilleuse collaboratrice.

— Merci. C'est encore vague comme projet.

Torie s'assit et examina son hôte elle aussi. Le très prospère Mort Goldman était impeccablement habillé, de taille moyenne, avec une légère tendance à l'embonpoint. Le charme et l'affabilité de cet homme ne l'abusèrent pas au point de lui faire croire qu'il serait une conquête facile.

— Elle a aussi entendu dire que vous étiez jolie, et elle avait raison.

Une lueur d'amusement brilla dans ses yeux.

— Si j'avais trente ans de moins, je serais probablement à vos trousses autour de ce bureau — sauf que, il y a trente ans, je partageais un cubicule de deux mètres carrés avec mon frère. Pour je ne sais quelle raison, j'ai toujours été attiré par les Italiennes. Les Juifs et les Italiens semblent partager une certaine affection mutuelle... nous sommes tous les deux *baimish... simpatico...*

— Nous aimons tous la bonne chère.

— C'est peut-être cela.

Il haussa poliment les épaules.

— Maintenant, dites-moi, que puis-je faire pour vous?

Le cœur de Torie se mit à battre plus vite. Les prochaines minutes étaient cruciales.

— Ma compagnie, les Entreprises Di Angelo, aimerait construire un centre commercial sur le site du théâtre

Washington. Et je voudrais que les frères Goldman considèrent la possibilité de devenir l'un de mes partenaires.

Il sortit un cigare.

— Cela vous dérange-t-il?

— Non, je vous en prie.

— Vous n'êtes pas de ceux qui croient que le théâtre devrait être restauré?

— Absolument pas. Nous pourrions cependant préserver les murales et leur trouver un nouvel asile. Quant à l'immeuble, c'est un pauvre exemple de l'architecture du tournant du siècle et une horreur pour les yeux. Plus encore, il n'offre aucune sécurité et présente un risque élevé d'incendie.

Elle posa un dossier sur son bureau.

— Lorsque vous examinerez le projet de soumission, vous constaterez que les résultats que j'ai obtenus jusqu'à maintenant sont probants, que mes états financiers sont en ordre et que j'ai déjà fait mes preuves à titre d'administratrice. Vous réaliserez également que le magnifique centre commercial que nous nous proposons de construire contribuera à la plus-value des propriétés dans ce secteur, augmentera les revenus de taxes et revalorisera la communauté locale de cent manières différentes. Pensez-vous que cela pourrait vous intéresser?

— Je ne sais pas. J'aimerais en savoir davantage.

— Au risque de passer pour l'héroïne d'un film de série «B», Monsieur Goldman, je tiens tellement à ce projet que je n'en dors plus.

— Mort.

— D'accord, Mort. C'est la première fois depuis des années qu'un terrain de cette dimension est disponible au centre-ville. Comme vous le savez, le marché immobilier est à la baisse en ce moment et je suis convaincue que cette propriété doublera de valeur en un rien de temps.

— Continuez.

Elle sourit.

— Si vous injectez les capitaux nécessaires à l'achat du terrain, je vous accorderai une participation de vingt pour cent dans la totalité du projet. De plus, ma compagnie garantira le financement de…

— Un instant, jeune dame. Avant que vous ne vous laissiez emporter trop loin, de quel genre de capitaux sommes-nous en train de parler?

— Les experts évaluent l'ensemble du projet à soixante-huit millions de dollars. Ils prévoient que les enchères pour le terrain ne devraient pas dépasser huit millions. La ville exige un dépôt comptant de dix pour cent au moment de la vente, le reste payable dans un délai de vingt et un jours.

— Et vous aimeriez que la Corporation Goldman garantisse votre enchère?

Elle s'efforça de ne pas faire la grimace lorsqu'un désagréable nuage de fumée lui passa sous le nez.

— C'est ce que j'espère.

— Qu'arrive-t-il des coûts de construction?

— C'est ma responsabilité. Si j'obtiens un engagement de votre part je suis certaine de pouvoir emprunter d'une société d'investissement hypothécaire. Je suis réellement emballée par les possibilités. J'ai apporté avec moi nos études de marché et les plans de l'architecte montrant le centre commercial une fois terminé. Aimeriez-vous les voir?

— Peut-être plus tard. Vous savez que les prêteurs immobiliers exigent généralement des garanties personnelles, n'est-ce pas?

— Je suis prête à déposer des titres en garantie. Je peux aussi vous assurer que tous les différends concernant le zonage seront réglés et que les permis de construction auront été octroyés le jour où vous serez prêts à entreprendre les travaux.

— Vous êtes très convaincante. Mais comprenez-vous réellement toutes les nuances et les complexités entourant le financement d'un centre commercial?

— Oui, certainement. Et j'ai à mon service des professionnels expérimentés qui me conseillent.

Il était temps de jouer sa carte maîtresse.

— Ma proposition contient une liste de douze locataires

importants qui ont accepté de signer des baux de longue durée. L'un d'eux est le grand magasin à rayons Londoner's.

— Oh?

Le ton de sa voix devint dur et provocateur, comme si tout à coup il venait de la prendre au sérieux.

— Je présume que votre proposition nous accorde également le pouvoir de contrôler le développement et spécifie que Goldman procédera à tous les travaux de construction présents et futurs. Quant à vos autres contrats — par exemple, le projet Melrose?

La question n'était pas inattendue. Il aurait été idiot de ne pas le demander et sa réponse était prête.

— Les spécifications sont sorties ce matin. Si votre soumission est concurrentielle et si nous en venons à une entente, il est à vous.

— J'aimerais que vous me le garantissiez.

Il se recula et ouvrit la fenêtre derrière son bureau.

— Je ferais bien de me débarrasser de ce mégot avant que Sid n'entre. Il n'y a rien de pire qu'un fumeur amendé.

Sentant son anxiété, il poursuivit :

— Si je devais vous donner une réponse immédiate, Torie, ce serait non. En toute honnêteté, je crois encore que vous êtes trop jeune et que vous ne possédez pas suffisamment d'expérience pour ce genre de transaction. Mais la décision revient à mon frère, pas à moi. Je ne suis que l'ingénieur — le gars qui se rend sur les chantiers et qui s'assure qu'on n'enfonce pas des clous carrés dans des trous ronds. Il nous faudra voir ce qu'en pense Sid.

Elle savait de quoi il parlait. Mort était le communicateur de l'équipe. Chaque fois que la corporation avait besoin d'un porte-parole ou d'une image, c'était Mort qui s'avançait, aussi accessible au public et aux médias que son frère pouvait être reclus. Néanmoins, les affranchis savaient que c'était l'intelligence et la perspicacité du bourru et discourtois Sid qui avaient propulsé la firme vers le succès.

— Pourrais-je lui parler?

— Sid rencontre rarement les gens.

— Mais vous m'avez évaluée. Vous savez que je ne suis pas une folle — du moins, pas une de celles qu'on enferme. Je n'aurais besoin que de quinze minutes pour tout lui expliquer.

— Quand se tiendra la vente aux enchères?

— Dans deux mois, on n'a pas beaucoup de temps. Je jure de ne pas prendre une seconde de plus que mes quinze minutes, même s'il se met à genoux et me supplie de rester.

Il la regarda avec amusement.

— Vous êtes une jeune femme tenace.

— Et vous êtes les meilleurs entrepreneurs en ville. C'est la raison pour laquelle j'aimerais tant vous avoir de mon côté. Si ça ne marche pas, ça ne marche pas, j'ai d'autres ressources. Mais, d'une manière ou d'une autre, j'aimerais être fixée le plus tôt possible.

— C'est un marché honnête. J'essaierai de lui parler cette semaine.

Voyant sa déception, il ajouta :

— Oh, d'accord. Revenez jeudi matin à neuf heures et je vous le ferai rencontrer avant qu'il ne se mette au travail. Mais je vous avertis : à côté de Sid, je suis de la guimauve. Il ne sera pas aussi facile que moi. Préparez-vous à une forte opposition.

— J'aime les confrontations. Cela me stimule.

Elle se pencha en avant pour admirer les photos sur son bureau.

— Est-ce votre famille?

— Oui, c'est Sylvia. La pauvre femme me supporte depuis vingt-neuf ans. Là, c'est mon bébé, Marcia, son mari, Jake, et mes deux petits-fils, David et Stevie. Mon garçon, Lloyd, et Carole — ils sont en instance de divorce. Pas d'enfants, merci mon Dieu. Et voici mon aîné, Jefferson. Il n'est pas marié.

— Quel beau groupe. Vous devez être très fier.

Elle lui offrit la main.

— J'espère que nous nous reverrons souvent — à partir de jeudi, neuf heures.

— Apportez vos gants de boxe.

Elle sourit.

— Si David a su affronter Goliath, je saurai bien faire face à Sid Goldman. Ne vous donnez pas la peine de me reconduire. Votre voyant clignote.

— Oh... merci.

Il la salua d'un geste rapide et décrocha le téléphone.

— Allo? Quoi? Non, Sylvia, je n'ai pas encore appelé ta mère...

Replaçant ses lunettes noires sur son nez, Simone Richardson sortit en coup de vent de la galerie d'art nouvellement ouverte par sa fille, laissant derrière elle une forte odeur de whisky. Betsy aéra la pièce et surveilla sa mère à travers la fenêtre. Quatre heures de l'après-midi et elle était déjà saoule.

Elle haussa les épaules et retourna dans l'arrière-salle. Elle avait en tête des préoccupations plus urgentes, notamment les cinquante ou soixante invités attendus au cours de la soirée pour admirer la nouvelle collection d'œuvres d'art.

— J'ai mis le champagne au frais, mais j'ai dû sortir les bouchées au fromage pour faire de la place.

Le jeune homme en salopette tachée se croisa les bras et s'appuya contre le réfrigérateur. Peter Fenwick était un bon ami, pensa-t-elle. Ils étaient deux passionnés de l'art, ils aimaient travailler dans une galerie, et il était fidèle à son amoureux, de sorte que leur relation était exempte de complications d'ordre sexuel.

— C'est bien. Les tableaux sont-ils accrochés?

— Tous, excepté celui-ci.

— Voyons voir... Oh, c'est la peinture de Jeff Goldman.

— Humm... Pas mal.

— Elle me plaît beaucoup. De plus, c'est un ami et je lui ai promis que je la montrerais. Que penses-tu de ce coin, à côté de la nature morte?

— C'est toi la patronne. Tu veux que je réponde au téléphone?

— Non, accroche simplement le paysage.

Elle se pressa vers de son bureau.

— Galerie Co-Op. Betsy Richardson à l'appareil.

— Juliette? C'est Roméo… Tu te souviens de moi?

La voix ne permettait qu'on se méprît.

— Nielson? Comment vas-tu? Il y a des siècles que je n'ai pas eu de nouvelles de toi.

— Ce n'est pas ma faute. Si tu te souviens, mon ange, c'est toi qui a insisté pour — quel est cet affreux terme? — que je te laisse prendre ton propre espace, je crois.

— Exactement, dit-elle, en riant. Tout juste après que tu aies obtenu ton diplôme — était-ce il y a deux ans? Comme le temps passe! Que t'est-il arrivé?

— Je travaille dans un bureau avec six crétins qui ne se doutent pas le moins du monde que l'homme qu'ils enchaînent à sa planche à dessin tous les soirs, pendant qu'ils partent se saouler la gueule et faire l'amour à leurs petites amies aux gros nichons, est le plus grand architecte du monde. Et toi?

— Qu'est-ce qui intéresse le plus grand architecte du monde?

— Comment va la galerie?

— Je te le dirai demain. Ce soir, j'inaugure une nouvelle exposition montée exclusivement à partir d'œuvres produites par des artistes inconnus de notre ville. Tout peut se produire.

— Quel dommage — que tu sois si occupée, je veux dire. Nous organisons une petite soirée au bureau et j'espérais t'impressionner avec quelques-uns de mes plans. Ils sont plutôt remarquables, si je puis dire.

— Tu n'as pas l'habitude de te gêner pour le dire.

— Un autre soir?

— Non, Nielson.

Elle baissa la voix.

— Si nous commençons à sortir ensemble, nous allons

nous retrouver dans la même situation. Je ne suis pas encore prête à m'engager.

— Tu réalises à quel point j'ai été patient, n'est-ce pas? Je suis encore bon pour dix ou douze ans, mais c'est tout. Je ne t'attendrai pas une décade de plus.

Il s'arrêta pendant quelques instants avant de demander :

— Tu ne prévois pas te sauver avec quelqu'un d'autre et te marier?

— Absolument hors de question. Prends soin de toi.

— *Au revoir*, Juliette. Siffle si tu as besoin de moi.

Ce vendredi matin, Peggy attendait anxieusement lorsque Torie entra dans le bureau.

— Dis-moi vite. Que s'est-il passé avec Sid?

Posant sa veste sur le dossier de sa chaise, Torie se laissa tomber avec un gémissement.

— Cet homme est une sainte terreur, Peg. Je n'arrive pas à croire que deux frères puissent être aussi différents. Tu te rappelles que je t'ai dit à quel point Mort Goldman était gentil? Eh bien, Sid est tout à fait le contraire — sans manières, brusque, intéressé par une seule chose : l'argent, l'argent, l'argent. Il n'a pas voulu regarder les plans de l'architecte avant que je ne consente à réviser toute la proposition.

— Oh, non. Comment?

— Pour commencer il exige un tiers de toute l'affaire, pas un cinquième. La Corporation Goldman veut avoir la responsabilité de la démolition et du nettoyage du terrain, aussi bien que de la construction. Il ne veut utiliser que ses propres employés, il veut régler les factures des fournisseurs comptant, il veut avoir toute discrétion de payer du temps supplémentaire, il veut des baux signés par les locataires mentionnés sur la liste, et il veut mon premier-né sur un plateau d'argent. En retour, il avancera huit millions de dollars pour l'acquisition du terrain.

— As-tu un prêteur hypothécaire?

— Je lui ai dit que nous en avions un. Si je peux obtenir un engagement de Goldman, je suis certaine que nous pourrons vendre notre projet à la société d'investissement hypothécaire de Jack Block. Naturellement, Sid veut une garantie qu'il sera remboursé en totalité aussitôt le travail complété. Ce n'est pas étonnant qu'il ait si bien réussi. Il vous baise avant même que vous n'alliez au lit avec lui.

— Mais vous avez conclu une entente?

— Mon Dieu, non. Loin de là. Notre avocat et nos comptables doivent examiner les changements proposés, puis ce sera le tour de son avocat, de ses comptables, et, comme si cela n'était pas suffisant, il me faudra encore convaincre Jack Block. Humm... Je viens d'avoir une idée. Appelle-moi John Loder à la banque, s'il te plaît.

Quelques secondes plus tard, Torie entendit une voix familière :

— Loder à l'appareil. Comment se porte ma promotrice préférée?

— Je développe des ulcères, pour l'instant. Vous avez cinq minutes?

Elle lui expliqua rapidement l'offre de Sid Goldman et lui demanda si elle pouvait lui soumettre les études et les chiffres.

— Non, je ne pense pas. Nous perdrions tous les deux notre temps.

Sa réponse la fit sursauter.

— Mais pourquoi? Mon dossier de crédit est parfait. Je construis en respectant les délais et les budgets. Mes coûts n'ont jamais dépassé les évaluations.

— Les petits développements sont une chose. Un mail de plusieurs dizaines de millions de dollars au cœur du centre-ville en est une autre. Il y a un dicton dans l'immobilier, Torie. Protégez vos prêts comme s'ils étaient des vases Ming; un faux pas et ils se brisent.

— Je sais cela. Et je n'ai pas l'intention...

— Vous allez trop vite. N'oubliez pas que l'effet de levier est la drogue des promoteurs. Plus vous en avez, plus vous en voulez. Franchement, vous n'avez pas les reins suffisamment solides pour ce genre de transaction majeure. Suivez mon conseil : ne vous battez pas pour une place sur le *Titanic*.

— Mais ce ne sera pas un désastre, je vous le promets. Si vous me donnez quinze minutes, je vais vous...

— Désolé, pas intéressé.

— Vous ne voulez même pas en discuter?

— Non. J'ai un appel sur l'autre ligne.

— Allez au diable, grogna-t-elle, replaçant le récepteur. Et puis, merde! Trouver de l'argent n'est quand même pas un gros problème, il suffit seulement de l'obtenir aux meilleures conditions possibles. As-tu déjà pensé, Peg, que dans ce métier il y a quatre-vingt-dix-huit pour cent de mégalomanes?

Peggy gémit.

— Nous voilà de retour à Donald Trump encore une fois.

— Cet homme est un artiste... un débrouillard... un ego ambulant. Mais, bon Dieu qu'il est brillant. Écoute bien ce qu'il vient de faire. Le marché immobilier à New York s'est dégonflé. Penn Central est fauché. Trump rencontre ce gars, Palmieri, qui est chargé de vendre les actifs de Penn Central. Il lui dit que cette propriété ne vaut pas grand-chose et qu'il sera très difficile de faire modifier les règlements de zonage afin d'en assurer le développement. Palmieri achète l'idée et Trump se retrouve avec une option lui permettant d'acheter les deux plus grands terrains bordant la rivière Hudson, à Manhattan, pour soixante-deux millions. Et voilà que tout le monde se pose la question : qu'est-ce que ce jeune fou de vingt-sept ans va bien pouvoir faire de ces terrains?

— Tu es sur le point de me le dire.

— Aucun des géants ne voulaient toucher à cette propriété; Helmsley, les Tishman, Zeckendorf... n'étaient pas le moins du monde intéressés. Donc, pendant qu'ils se lamentaient et rouspétaient contre la récession économique, Trump a donné son appui à la campagne électorale d'Abe Beame qui a été élu maire.

— Comme c'est bien pensé.

— Exactement. Fort de ses nouvelles relations, Donald présume qu'il peut obtenir les approbations de zonage, profiter du financement gouvernemental, et tout le reste. Alors il fait son offre à Penn Central : il achètera la propriété au prix de soixante-deux millions de dollars, tel que convenu, mais, au lieu de payer comptant, il remettra l'argent graduellement, au fur et à mesure du développement de la propriété.

— Tu m'en diras tant.

— Il y a donc ce conglomérat géant au bord de la faillite, cherchant désespérément des liquidités, et ce génie impertinent qui quitte la table de négociations avec deux de leurs principaux actifs — sans qu'il lui en ait coûté un sou. Pas un sou. Pourquoi ne puis-je pas conclure des transactions de ce genre? Ne réponds pas.

— Je n'oserais jamais.

Peggy marchait vers son bureau lorsqu'elle s'arrêta et se retourna.

— J'allais l'oublier. Ellory a téléphoné pour dire qu'il pouvait te faire nommer au conseil d'administration de l'opéra moyennant une donation de cinq mille dollars et la promesse que tu achèteras deux billets de saison au parterre. Il pense que tu devrais accepter.

— Il plaisante? Cinq mille dollars pour le privilège d'aller perdre mon temps dans des réunions stupides et voir mon nom inscrit sur leur foutu papier à lettres? Tu diras à Ellory ce qu'il peut faire avec son conseil d'administration de l'opéra.

— Ce n'est pas cela qui l'arrêtera. Il ne fera que crier après moi.

— Tu n'auras qu'à faire la même chose, dit-elle, en prenant le téléphone. Ce sera bon pour tes poumons.

17

En ce premier lundi du mois de juin 1975, une foule animée s'était rassemblée devant la chambre 293, au second étage de l'hôtel de ville. Conformément à la loi, la vente mensuelle des propriétés par le shérif de la ville avait été publiée.

Sur le coup de neuf heures, le groupe avait presque doublé et les gardiens de sécurité durent renvoyer les curieux. Seuls les employés municipaux, les journalistes accrédités et les enchérisseurs sérieux (qui pouvaient justifier leur présence par des lettres de crédit) étaient autorisés à rester sur les lieux.

Mort Goldman prit le bras de Torie au moment où elle présenta un chèque certifié au gardien et ils entrèrent dans la salle de la vente aux enchères. Environ deux cents personnes, dont quatre-vingt-dix-neuf pour cent étaient des hommes, prirent place sur des chaises de bois.

Deux minutes plus tard, un homme monta sur le podium, se présentant lui-même comme Frederick E. Hill, shérif de la cité et du comté de Philadelphie, et expliqua les conditions de la vente : les acheteurs devaient payer dix pour cent de leurs enchères, comptant ou par chèque certifié, au moment de la vente et le reste dans un délai de vingt et un jours.

Après avoir vendu plusieurs petits terrains sans importance, il en arriva à la propriété du théâtre Washington et débuta les enchères à quatre millions deux cent mille dollars.

Les voix étaient pleines d'allant jusqu'à ce que les enchères atteignissent six millions, diminuèrent considérablement à sept millions et, à sept millions cinq cent mille, il ne restait que trois hommes et Torie.

Au nombre de ses compétiteurs, elle reconnut Frank Binswanger Sr., patriarche d'un clan très important du marché immobilier. Un autre, lui murmura Mort, était Al Wilsey, un promoteur-entrepreneur du Delaware; le troisième était un japonais, accompagné d'un interprète.

Binswanger et l'asiatique se retirèrent à huit millions, et Mort posa une main sympathisante sur l'épaule de Torie. Il l'aimait bien et il aurait voulu que la transaction se concrétise. Par contre, ayant lui-même incité son frère à participer à cette aventure plutôt risquée, il éprouva en même temps un certain soulagement.

— Il semble que Wilsey va l'emporter.

— Ne pouvons nous pas monter un peu plus haut?

— Vous connaissez les termes de notre entente. Nous avions fixé le plafond à huit millions. C'est déjà le double de ce que vaut la propriété.

— Mais c'est stupide de perdre la vente pour l'amour de quelques dollars.

— Cinquante mille dollars c'est beaucoup d'argent d'où je viens. Maintenant montrez que vous avez du cran et cessez d'agir comme une enfant gâtée. Si vous voulez jouer le jeu, vous devez être capable d'encaisser la défaite.

Il avait raison; elle ne pouvait prétendre gagner à tous les coups.

Mais ce n'était pas le temps de perdre — pas après qu'elle eût passé trois mois à rassembler tous les éléments du projet, un autre mois pour trouver une banque, en fait une caisse d'épargne et de placement, à titre de prêteur permanent, et encore un autre mois à réviser les termes de l'entente pour la rendre conforme aux exigences des Goldman.

— L'enchère est de huit millions vingt-cinq mille dollars, clama le shérif. Qui dit mieux?

— Huit cinquante, cria Torie.

Mort lui lança un regard mauvais. Était-elle folle? Il avait la responsabilité de cet argent. Sid risquait de le tuer.

— Je vous ai dit...

— Chuuut, dit-elle. Tout ce qui dépasse huit millions est sous mon entière responsabilité.

— Foutaises! Vous jouez avec...

— L'enchère est à huit millions cinquante mille dollars. Dites-vous mieux, monsieur?

— Huit soixante quinze, annonça Wilsey.

Mort fixa Torie.

— Que je ne vous entende pas!

— Huit cent, lança-t-elle.

Les cous s'étirèrent et les têtes se tournèrent en direction des riches enchérisseurs.

— Huit millions un. Ce magnifique emplacement au centre de la ville est offert à huit millions cent mille dollars. Votre enchère, monsieur?

Tous les yeux se fixèrent sur Wilsey, plongé dans une profonde concentration. Mort agrippa vigoureusement le bras de Torie.

— L'enchère est à huit millions cent mille dollars. Qui dit mieux?... Dernier appel... vendu à la dame!

Le marteau frappa, la foule éclata en applaudissements, Torie s'essuya le visage avec un mouchoir.

— Désolée, Mort, dit-elle alors qu'ils marchaient vers l'arrière. Je ne voulais pas vous causer une crise cardiaque, mais je sais...

— Vous ne savez absolument rien! Pour qui vous prenez-vous donc? Par votre geste vous avez brisé notre entente et je me retire. La propriété va à Wilsey.

— Non!

Sa voix trahissait la panique.

— S'il vous plaît, donnez-moi une chance de vous prouver que je sais ce que je fais. J'ai des garanties collatérales pour les cent mille dollars additionnels et c'est tout ce que j'ai, pas un sou de plus. Je n'aurais pu aller plus haut, quoi qu'il fût arrivé — je le jure!

— Vous avez l'argent? En êtes-vous sûre?

— Absolument.

Une larme glissa sur sa joue.

— Vous devez me faire confiance, Mort. Je ne vous mentirais pas sur un sujet de cette importance.

Respirant profondément, il secoua la tête. L'émotion prenait le dessus sur son bon sens, et il le savait. Mais il détestait voir une femme pleurer — encore davantage si elle était jolie.

— C'est bon, c'est bon, essuyez vos yeux. Allons signer les papiers et finissons-en.

— Tu rentres tôt, ce n'est pas dans tes habitudes.

Lisa accueillit sa sœur avec un regard ironique.

— Ne me dis pas que nous aurons le privilège de ta compagnie au dîner...

— Oui, en effet. Comment va papa?

— Il est toujours pareil, comme hier et avant-hier. Le Dr Sandor dit que son cœur bat sur du temps emprunté. Cela ne te tuerait pas de passer un peu plus de temps avec lui.

— Je suis ici, n'est-ce pas? À quelle heure dîne-t-on?

— La même heure que d'habitude.

— Puis-je t'aider?

— Pourquoi cette soudaine politesse?

— Oh, oublie donc ça. Je descendrai à six heures trente.

Torie commença à monter les escaliers, puis ajouta avec désinvolture :

— En passant, il a fallu que j'hypothèque la maison aujourd'hui. J'espère que papa et toi n'y voyez aucun inconvénient. Je rembourserai cette somme dès que je le pourrai.

— Tu as fait quoi!

La voix furibonde de Lisa traversa le hall.

— Tu as hypothéqué cette maison alors que tu avais

promis spécifiquement de ne pas le faire?

— Je suis désolée, Lis. Je n'avais pas le choix. J'ai surenchéri sur une propriété et j'ai eu besoin d'une garantie collatérale pour un emprunt.

— Mais tu nous as donné ta parole lorsque nous t'avons remis nos procurations, nous avions clairement établi que jamais tu ne toucherais à cette maison. L'as-tu oublié?

— Non, je n'ai pas oublié.

Torie déposa sa serviette et s'assit sur les marches.

— S'il te plaît, ne m'en veux pas. J'ai dit que j'étais désolée et je le suis réellement. Je n'aurais jamais fait cela si je n'avais pas été dans un terrible pétrin. Mais je paierai l'hypothèque en moins de dix-huit mois et la maison sera à nouveau libre de toute dette.

— Dix-huit mois! Et si papa venait à mourir et que je veuille la vendre? Je comptais sur cet argent pour mon entrée au couvent.

— Tu vas devenir une religieuse? lui demanda Torie décontenancée.

— Cela te surprend?

— Eh bien.. oui et non. Pas ta décision mais le fait que tu n'en aies jamais parlé.

— Tu ne me l'as jamais demandé. Tu n'es jamais ici, de toute façon. Et les rares fois où tu y es, tu es trop préoccupée par tes propres affaires pour t'intéresser à ce qui peut arriver aux autres. Oui, je vais devenir une religieuse, et je désire ardemment commencer ma nouvelle vie. J'ai vraiment hâte, mais je dois attendre parce que papa a besoin de moi ici.

— Il n'y a aucune raison que tu sois une martyre. Je t'ai dit cent fois que nous pouvions nous permettre une infirmière ou une gouvernante. Pourquoi tiens-tu autant à te rendre esclave?

— Parce que papa ne veut pas d'une étrangère à son chevet. Qu'en dirais-tu si tu étais à sa place? Je vais joindre l'ordre des Carmélites, dirigé par sœur Margarita. Elle sait que cette maison doit me revenir et elle compte sur cet argent pour installer un nouveau système de chauffage. Les sœurs disent que c'est très froid en hiver...

— Lis, je sympathise avec sœur Margarita. Honnêtement. Mais ce n'est pas correct de promettre ton héritage pendant que papa est toujours vivant. C'est encore sa maison...

— Tu me dis que c'est sa maison? Après ce que tu as fait? Comment penses-tu qu'il va réagir en apprenant cette nouvelle?

— Il n'a pas besoin de le savoir. Je te promets que s'il lui arrive quoi que ce soit, je te rembourserai immédiatement.

— Et je dois te faire confiance? Je dois croire à tes promesses sans valeur?

Elle pointa son doigt d'un air menaçant.

— Tu vas payer pour ton ambition, Torie. Tu es une malédiction pour la famille. Dieu a été miséricordieux de venir prendre maman si tôt pour qu'elle ne voie pas le monstre que tu es devenu.

— Oh, fous-moi la paix! Je m'en vais dans ma chambre. Je ne dînerai pas.

— Que se passe-t-il, pas de grande sortie ce soir? Aucun endroit où aller pour que ton nom et ta figure apparaissent dans le journal? Cet homme dégoûtant que tu paies si cher — ne fait-il plus son travail?

— Au contraire, il accomplit très bien sa tâche.

Torie se retourna et croisa les yeux furieux de Lisa. Sa première réaction fut de lancer une réplique acerbe, mais la vue du visage triste et peu attrayant de sa sœur la remplit de compassion et elle ouvrit ses bras dans un geste de réconciliation.

— S'il te plaît, ne nous battons pas. Je ne voulais pas te blesser. Nous formons une famille. Nous devons nous soutenir mutuellement. N'ajoutons pas au chagrin de papa. Nous lui devons bien cela après tout ce qu'il a enduré.

Lisa demeura imperturbable.

— Tu lui dois bien davantage, Torie. Tu lui dois le

plaisir de te voir devenir une femme mûre avec un mari et de beaux petits enfants qui lui réchaufferaient le cœur. Ni Frankie ni moi ne pouvons lui donner de petits-enfants. Cela ne dépend que de toi.

— Je vois. J'ai besoin d'un mari et d'une portée d'enfants pleurnichards pour aspirer à devenir une bonne fille. C'est ça?

Elle soupira de dépit et monta l'escalier.

— Vas-y, enfonce-toi la tête dans le sable comme tu le fais toujours. Mais tu ne t'en tireras pas ainsi. Je vais le dire à papa.

— Ne te donne pas cette peine.

Torie s'arrêta devant la porte de la chambre de son père, cogna un petit coup sec et tourna la poignée.

— Je lui dirai moi-même.

— Entrez, entrez.

Lentement, et avec un effort évident, Frank avança sa chaise roulante vers la porte.

— Tu es rentrée de bonne heure. Quelque chose ne va pas?

— Tout va bien, papa.

Elle se pencha et l'embrassa, bouleversée, comme elle l'était chaque fois qu'elle le voyait ainsi fragile et impuissant. Ses cheveux étaient devenus blancs après la mort de Frankie et son infarctus lui avait laissé à peine assez de force pour manipuler la télécommande du téléviseur. Heureusement, sa pensée et son élocution étaient toujours cohérentes.

— J'ai quelques bonnes nouvelles que je veux partager avec toi.

— Tu as rencontré un gentil garçon?

Elle sourit et approcha un tabouret.

— Parfois je pense que les pères italiens sont pires que les mères juives. Comment te sens-tu?

— Reconnaissant à Dieu de toutes ses bénédictions.

Ses yeux la regardaient d'un air inquisiteur.

— As-tu vu Lisa?

— Oui.

— Je m'inquiète à son sujet, Torie. Ce n'est pas une vie pour une fille, assise à la maison toute la journée pour prendre soin de son père. Ne pourrais-tu pas lui parler? L'amener avec toi à quelques soirées? Elle ferait une merveilleuse épouse à l'homme qui la choisirait.

Ainsi Lisa ne lui avait pas fait part de sa décision.

— Je lui ai répété cent fois d'engager une gouvernante afin qu'elle ait un peu de temps pour elle-même, mais elle ne veut rien entendre. Papa — je veux te montrer les plans de notre nouveau mail.

L'inquiétude monta dans sa voix.

— Où prends-tu l'argent pour faire toutes ces choses?

— Les frères Goldman investissent la presque totalité des fonds. Regarde.

Elle déroula une feuille de plan.

— Le magasin à rayons Londoner's occupera l'espace de l'ancien théâtre...

— La presque totalité de l'argent? D'où provient le reste?

Elle continua à lui montrer le plan et parla cavalièrement :

— C'est ce que je voulais te dire. Sid et Mort Goldman ont accepté de payer huit millions pour le terrain, mais il s'est vendu huit millions cent mille dollars; il fallait donc que je débourse les cent mille dollars additionnels.

— Où trouveras-tu autant d'argent?

— J'avais besoin désespérément d'une garantie collatérale. J'ai fait un emprunt sur la maison.

— Mais c'est moi qui possède cette maison. Je suis responsable de l'emprunt. Qu'a dit Lisa?

— Elle était ennuyée. Elle ne comprend pas que ce que je fais est pour le bien de la famille. Dans quelques années, tous ces investissements deviendront rentables...

— Vous vous êtes disputées?

— Tu n'écoutes pas un mot de ce que je te dis! Toutes les familles ont leurs divergences. Tu ne peux pas t'attendre…

— Ce que j'attends de toi Torie, c'est que tu penses à quelqu'un d'autre qu'à toi-même une fois de temps en temps.

Avec beaucoup d'effort, il poussa les plans sur le plancher.

— Je n'ai pas besoin d'être riche. Je n'ai pas besoin de m'inquiéter au sujet de l'argent que je dois à la banque. Je veux mourir avec une ardoise nette. Je veux que mes filles apprennent à s'aimer. Est-ce trop demander?

— Nous nous aimons. Il n'y a rien en ce monde que je ne ferais pas pour toi ou Lisa. Si seulement…

— Sors de ma chambre! Hors de ma vue!

Se déplaçant lui-même, il traversa la chambre et s'arrêta devant la fenêtre, sa tête blanche tremblant alors qu'il essayait de contrôler sa colère.

Écrasée par la tristesse, Torie quitta la chambre. Elle essaya de se convaincre que c'était la faute de Lisa. Il n'aurait pas été nécessaire de mettre papa au courant de l'hypothèque si Lisa n'avait pas insisté. Encore que Lisa n'était pas celle qui avait rompu sa promesse. C'étaient ses propres agissements — sa détermination à réussir envers et contre tous — qui exaspéraient son père.

Quelle ironie, pensa-t-elle. La richesse et la reconnaissance qu'elle cherchait à acquérir avec tant d'acharnement ne lui apporteraient jamais ce qu'elle désirait par-dessus tout : une simple marque d'encouragement de la part de son père.

18

La construction du centre commercial débuta au mois de septembre 1975, trois mois après la vente aux enchères. Par un lundi matin plutôt frais, Torie stationna sa Mazda grise en face de la manufacture abandonnée et surveilla une équipe de travailleurs en train de décharger deux gros camions remplis d'équipement.

Un chef d'équipe en salopette l'aperçut, appuyée contre le pare-chocs de sa voiture, et lui cria dans un porte-voix :

— Otez-vous de là, madame. Vous ne voyez pas les panneaux?

— Je m'en vais, dit-elle, en ouvrant la porte de sa voiture.

— Ils se débarrassent déjà de vous, Torie?

Elle se tourna et vit Mort Goldman, un casque de sécurité sur la tête, qui venait vers elle accompagné d'un jeune homme mince aux cheveux blond-roux et portant la barbe.

— Vous m'avez attrapée, dit-elle, embarrassée, mais je n'ai pu m'empêcher de passer ici avant de me rendre au bureau.

— Je ne vous blâme pas. C'est un grand jour. Avez-vous déjà rencontré mon fils, Jefferson?

Elle lui tendit sa main.

— Je suis Torie Di Angelo.

— Enchanté, dit-il. Jeff Goldman.

— Travaillez-vous avec votre père?

— Non, il est bien trop futé pour cela.

Mort sourit.

— Jeff est le mouton blanc de la famille. C'est un artiste.

— C'est merveilleux. Restez-vous ici tous les deux?

— Je vais rester le temps de mettre le projet en marche. L'équipe de démolition prévoit utiliser des explosifs pour raser la manufacture.

— Le bruit ne va-t-il pas déranger les voisins?

— Je suis certain qu'ils préféreront endurer un gros boum que plusieurs semaines de marteaux piqueurs et de béliers mécaniques. De plus, nous devons faire vite — avant que les associations de préservation nous flanquent une injonction dans les pattes.

Jeff fronça les sourcils.

— Je pensais que vous deviez sauver les murales, papa.

— Nous envoyons une équipe dans le théâtre pour les enlever aujourd'hui. En même temps nous allons de l'avant avec la manufacture. Il faudra deux jours aux hommes pour préparer l'explosion.

— Pourquoi si longtemps?

— Eh bien, ils doivent affaiblir les poutres de soutien, attacher tout ce qui pourrait être projeté hors du building, puis repérer les meilleurs endroits où placer les explosifs, de sorte qu'il s'effondre vers l'intérieur plutôt que vers l'extérieur.

— Quand aura lieu la détonation? demanda Torie.

— Le maire Ponti appuiera sur le bouton mercredi à quatre heures. Pourriez-vous dire quelques mots et le présenter officiellement?

— Pourquoi ne le faites-vous pas?

— Les journalistes sont fatigués de voir ma vieille carcasse. Un jeune et joli minois apportera un changement rafraîchissant.

— Tout pour la bonne cause, dit-elle en souriant.

— Parfait. Maintenant, si vous voulez bien m'excuser,

je dois y aller.

Mort salua d'un geste rapide et se dirigea vers le site de la construction.

— Zut! marmonna Jeff, vérifiant sa montre.

Torie monta dans sa voiture.

— Puis-je vous déposer quelque part?

— Je dois me rendre à une galerie d'art au coin de la Quinzième et de Walnut.

— C'est sur mon chemin. Montez.

— Vraiment? Vous seriez très gentille.

Elle conduisit en silence pendant plusieurs minutes, consciente que son passager la dévisageait avec un intérêt inhabituel.

— Quelque chose ne va pas?

— Vous voulez dire... parce que je vous regarde?

— Eh bien... oui.

— Votre profil est superbe. Si je peignais encore des portraits, je voudrais absolument faire le vôtre. Malheureusement, ma période Roy Lichtenstein s'est terminée il y a six ans. Je n'étais pas mauvais comme artiste pop mais je faisais de l'imitation. J'étais à la recherche de mon propre style.

— L'avez-vous trouvé?

— Pas tout à fait. J'expérimente encore. À mon retour de Florence, j'étais plein de tous les vieux maîtres. Je m'y étais rendu pour cette raison, étudier leur art et me laisser inspirer. Maintenant je m'éloigne de tout cela et j'essaie d'entrer davantage... Eh, pourquoi est-ce que je vous dis tout cela?

— Parce que j'ai posé la question.

Elle jeta sur lui un regard à la dérobée. Quelle expression rafraîchissante il avait, tellement différent des regards sournois auxquels elle était habituée dans les soirées où Ellory la traînait. Une pluie de taches de rousseur illuminait le haut de son visage; son sourire reflétait la candeur et la sincérité.

Il se mit à rire.

— Je suppose que c'est le signal pour que je dise :

parlons de vous. Mais je préférerais finir ce que j'étais en train de vous dire à mon sujet. De quoi est-ce que je parlais?

— De votre carrière de peintre.

Exception faite de la barbe, il n'avait pas réellement l'allure d'un peintre, pensa-t-elle, avec ses cheveux soigneusement peignés vers l'arrière, sa chemise propre et ses pantalons kaki. Tant d'artistes se sentaient obligés de parader avec des coupes de cheveux excentriques et de misérables jeans tout tachés afin que les gens croient qu'ils étaient véritablement des artistes.

— Comment définissez-vous votre style maintenant?

— Je dirais que j'évolue encore à tâtons. C'est normal, je suis toujours dans la vingtaine.

— Où dans la vingtaine?

— J'ai vingt-huit ans. Et vous?

— J'aurai bientôt vingt-cinq ans.

— Quand bientôt?

— Le trois février, dit-elle, s'assurant de bien prononcer le «r».

— C'est dans cinq mois. Je ne dirais pas que c'est bientôt. Que reprochez-vous au fait d'avoir vingt-quatre ans?

— Rien.

Elle haussa les épaules.

— Les gens pensent que je suis trop jeune pour être prise au sérieux. Ils ne réalisent pas que j'apprends ma profession depuis dix ans. Vous êtes privilégié d'avoir un père qui vous prodigue ses encouragements. Le mien ne l'a jamais fait. Il pense que les femmes sont sur la terre pour faire des lasagnes et des bébés.

— Ce serait une honte.

— Qu'est-ce qui serait une honte?

— De vous cacher derrière une pile de couches. Vous devez sûrement savoir que vous êtes incroyablement jolie. Vous pourriez être mannequin… actrice… ce que vous avez toujours rêvé d'être… avec votre apparence.

— Merci, mais je ne crois pas que la vie soit aussi

simple. Des tas de jolies femmes vendent des cosmétiques ou frottent des planchers. Je ne voudrais pas compter uniquement sur mon visage pour obtenir ce que je veux.

— Que voulez-vous?

— Rien de bien compliqué… Tout.

— J'ai le sentiment que vous le pensez vraiment.

— D'une certaine façon. C'est étrange. Je peux mettre sur pied et diriger des projets de plusieurs millions de dollars, je peux convaincre des hommes aussi puissants que les frères Goldman de s'associer avec moi; mais il semble que je sois incapable d'atteindre le but qui m'importe plus que tout au monde — satisfaire mon père.

— N'est-il pas fier de vous?

— Non, mais c'est une longue histoire.

Elle tourna au coin de la rue Chesnut et s'arrêta aux feux de signalisation.

— Vous rendez-vous à une galerie qui expose vos toiles?

— Je le souhaiterais. Je vais donner un coup de main à une amie. Elle vient de prendre la direction de cet endroit et elle m'a demandé d'examiner quelques pièces qu'elle a choisies, avant que le propriétaire n'arrive. J'apprécie énormément votre gentillesse; grâce à vous, je suis à l'heure. Ma voiture est au garage pour la journée.

— J'en suis heureuse. Cela m'a permis de vous rencontrer.

— Le pensez-vous vraiment?

— Bien sûr.

— Pourrais-je vous revoir?

Elle se rangea le long du trottoir.

— Cela me ferait plaisir. Vous aviez dit Quinzième et Walnut?

— Oui, je vous remercie d'avoir bien voulu m'emmener.

Il descendit de la voiture, referma la portière, puis la réouvrit subitement et se pencha la tête à l'intérieur.

— À tout hasard, aimeriez-vous assister à un concert ce soir?

— Hum, ce soir?

Elle devait accompagner Ellory à l'inauguration d'un restaurant.

— Huit heures, au Patterson Hall. Je passerais vous prendre aux environs de sept heures trente. Où demeurez-vous?

— West Mount Airy.

— C'est tout près. Connaissez-vous Ravi Shankar?

— Non, mais je crois que ce n'est qu'une question de temps.

— Hé, bravo!

Elle griffonna son adresse sur une carte et la lui tendit.

— Sept heures trente?

— Disons sept heures et quart, si nous voulons de bons sièges.

Il glissa la carte dans sa poche intérieure et lui sourit.

— La journée va être longue.

Frank Di Angelo déplaça lui-même sa chaise roulante jusqu'à la porte d'en avant, puis revint dans la salle de séjour. Il savait qu'il ne devait pas paraître trop impatient, mais comment ne pas l'être? Aucun homme n'était venu prendre Torie à la maison depuis plus d'un an. Comme elle travaillait très tard, elle préférait habituellement rencontrer les jeunes hommes au bureau et partir de là. Ce soir, ce devait être une occasion spéciale; sinon pourquoi serait-elle rentrée tôt pour prendre une douche et changer de vêtements?

Même si Lisa l'avait averti plusieurs fois de ne pas se créer de faux espoirs avec ce premier rendez-vous, Frank éprouvait une excitation croissante. Jeff Goldman était exactement le genre de mari qu'il avait toujours souhaité pour ses filles — un gentil garçon, issu d'une bonne famille et capable de leur assurer la stabilité financière et le prestige social qu'il n'avait jamais pu leur donner. Il était vrai que les Goldman n'étaient pas catholiques — loin de là — mais les juifs étaient des gens pieux à leur manière et, dans un sens, vivaient dans une atmosphère religieuse susceptible d'inspirer chez Torie un retour vers Dieu.

La sonnette d'entrée retentit et il se précipita pour ouvrir.

— Monsieur Di Angelo?

Le jeune homme sur la véranda sourit chaleureusement et secoua la tête.

— Je suis Jeff Goldman. Très heureux de vous rencontrer, monsieur.

Frank lui rendit son sourire. Il ne s'était pas attendu à la barbe, et puis après? Abe Lincoln avait une barbe. Silas Rawley avait une barbe.

— Entrez, entrez, s'il vous plaît. Torie sera prête dans une minute. Prendriez-vous quelque chose à boire?

— Non, merci, monsieur. Il faut que nous arrivions tôt au concert si nous voulons trouver de bons sièges. Il y a là toute la différence du monde... je veux dire, selon l'endroit où vous êtes assis.

— J'en suis convaincu. Depuis mon infarctus, il y a un an, je ne sors pas beaucoup, mais je me rappelle lorsque Rosanna...

Un bruit de pas lui coupa la parole et il se retourna. Il fut désappointé de voir Torie ne porter qu'une simple robe de lainage bleu marine et tenir une veste assortie sous le bras. Il avait espéré une apparition grandiose, avec de la soie rouge et du satin. Il devait admettre, cependant, qu'elle était resplendissante.

— Bonsoir, Jeff. Nous sommes prêts?

— Je crois que oui. Hé, vous êtes encore plus jolie en toilette. Ce fut un plaisir de vous rencontrer, Monsieur Di Angelo.

Elle se pencha en avant et embrassa son père, contente de lui voir une expression aussi rayonnante. Il approuvait totalement son choix — tout comme elle. Quelque chose, chez Jeff Goldman, la faisait se sentir comme une adolescente.

— Sois sage, papa. Je te verrai au petit déjeuner.

— Amusez-vous bien les enfants.

Un sourire illumina le visage de Frank lorsqu'il vit Jeff recouvrir les épaules de Torie avec sa veste et lui ouvrir la portière. Ce garçon avait une belle apparence, de bonnes manières, du charme — tout. Avec un profond soupir il se croisa les doigts, puis il fit rouler sa chaise en direction de l'ascenseur.

Le fameux institut de musique Rawley occupait l'intersection de la 18e Rue et de Locust, place Rittenhouse. Comme le savait la majorité des habitants de la ville, l'école avait été fondée en 1924 par Helen Rawley Patterson, une pianiste passionnée de musique, qui l'avait nommée en l'honneur de son père, Silas Rawley, président de la très lucrative Compagnie d'Édition Rawley.

Drôle de coïncidence, avait pensé Torie un peu plus tôt, elle se rendait à un concert à l'institut construit par les Rawley, accompagnée d'un homme dont la famille possédait un autre immeuble Rawley. Cela ne la surprenait pas outre mesure. La haute société de Philadelphie avait toujours tissé des liens qui s'entrecroisaient de façon étrange. Sa propre ambivalence envers les riches la laissait d'ailleurs perplexe. D'un côté, elle aspirait à partager leurs privilèges, leur sécurité financière et la protection dont ils jouissaient. De l'autre, elle détestait leur snobisme et leur élitisme, cette sorte d'attitude hautaine qui avait empoisonné son enfance. Était-il possible de haïr une chose et de vouloir désespérément la posséder en même temps? Oui, pensa-t-elle, c'était possible.

— J'ai toujours aimé ce *palazzo* italien, dit Jeff, la conduisant à l'intérieur. À l'origine, c'était un hôtel particulier. Il y a ici une forte impression de stabilité que vous ne retrouvez pas dans les structures modernes.

Torie avait soigneusement étudié cet immeuble, comme elle l'avait fait de tous les autres sur la place Rittenhouse. La façade de pierre, avec ses fenêtres encastrées et ses frises décoratives, était aussi moche maintenant que dix ans auparavant.

— Mais on y retrouve un tel fatras de styles. J'aimerais engager un architecte et redessiner le tout.

Jeff cligna des yeux, surpris, alors qu'ils traversèrent le hall.

— Êtes-vous sérieuse?

— Certainement. Croyez-vous qu'une structure soit sacrée simplement parce qu'elle est vieille? Nous ne vénérons pas les vieux poêles, les vieilles chaussures ou les vieux vêtements, à moins qu'ils ne soient des pièces de musée. Nous ne vénérons pas même les vieilles gens. Pourquoi devrions-nous vénérer les vieux buildings?

— Parce que c'est une forme d'expression de l'art, et qu'à ce titre elle a de la valeur.

— Même si cet art est de mauvais goût?

Il commençait à lui rappeler Nielson.

— Qui peut juger de la qualité de l'art? Eh, dit-il, nous devenons trop sérieux. Je ne tiens pas à me torturer l'esprit. Je veux que nous passions une soirée agréable et relaxante, d'accord?

Il lui prit la main et la conduisit au balcon.

— J'ai fini par découvrir à quel endroit l'acoustique était la meilleure.

— Ici, je suppose, dit-elle, s'asseyant à son côté.

— Deux rangées plus bas, ce serait encore mieux, mais il n'y a plus de place. Regardez au-dessus de vous.

Torie leva les yeux au plafond. Des chérubins aux joues rondes et des nus à la peau rose folâtraient dans un ciel de nuages, de fleurs et de coquilles. À ses yeux, la murale semblait fade et rebattue, comme une vieille carte de souhait.

— Toute une scène... Qui l'a peinte?

— L'artiste Jean-Claude Massaire. Il a travaillé sur un échafaudage à huit mètres de hauteur, le cou tordu. Il a dit que son principal problème n'était pas les muscles endoloris, mais la perspective. Il n'arrivait pas à centrer le centre.

— Seul un artiste remarquerait cela.

— Cela me saute aux yeux. Une simple retouche en trompe-l'œil réglerait le problème. Je leur ai offert mes services. L'institut n'aurait qu'à débourser deux ou trois cents dollars de matériel et d'échafaudage.

— C'est une offre généreuse de votre part. Leur a-t-elle plu?

— Ouais, beaucoup, dit-il, sur un ton ironique. L'offre leur a tellement plu que le conseil d'administration n'arrive pas à prendre une décision. Ils craignent que mon intervention ne rende le défaut encore plus apparent.

Ce pourrait difficilement être pire, pensa-t-elle, se demandant si elle devait le dire ou se taire. Il valait mieux faire preuve de tact :

— Je sais que vous ne serez pas d'accord, mais cet auditorium me semble quelque peu mielleux. S'il était à moi, je recouvrirais les chaises d'un joli tissu aux couleurs vives, je remplacerais ces projecteurs par de l'équipement high-tech…

— High-tech? Ici?

— Dissimulé par les panneaux muraux. Puis je construirais une enceinte acoustique derrière la scène et j'élèverais la qualité du son au niveau de celle d'un studio d'enregistrement ou presque.

— Est-ce possible?

— Bien sûr. Je viens justement de lire un reportage sur un endroit où on l'a fait. Et je ferais installer des lumières douces et tamisées.

— Encore un peu et ça ressemblerait à une discothèque.

— Je ne parle pas d'extravagances, mais d'un agencement recherché et harmonieux. L'amphithéâtre serait véritablement une toile de fond pour la musique.

Il sourit.

— Bon, nous ne sommes pas tout à fait d'accord quant aux modifications à apporter mais, ce qui est fascinant, nous voulons tous les deux transformer cette salle.

— Si les choses n'évoluent pas, elles stagnent.

— Oui, mais il faut aussi savoir où s'arrêter. Je n'essaierais pas d'améliorer un tableau de Rubens ou une chanson des Beatles.

Il lui tendit un programme.

— Je pensais à quelque chose cet après-midi — j'ai oublié de vous demander si vous aimiez la musique.

— Oui, j'aime la musique, sauf les interminables opéras et le bruyant rock and roll. Dites-moi, cette femme, là-bas, ne vous fait-elle pas signe?

Plusieurs personnes, en fait, essayaient d'attirer l'attention de Jeff, et elle fut surprise de constater le nombre de visages qu'il connaissait dans le petit auditorium. Durant l'entracte, il lui présenta quelques-uns de ses amis et, comme elle parlait, riait et appréciait les regards admiratifs, elle éprouva un bonheur et un bien-être qu'elle n'avait pas connus depuis longtemps.

Le plaisir d'être en compagnie de jeunes gens de son âge fut une révélation. Les incursions planifiées d'Ellory au sein de la haute société lui avait fait oublier qu'il pouvait être agréable de sortir — et agréable de discuter, de rire et de flirter innocemment, sans se soucier de ce que chacun était ou de qui avaient été ses ancêtres, ou encore de l'argent qu'il possédait. Même les filles étaient rafraîchissantes — ouvertes à la «fraternité» maintenant qu'elles avaient embrassé le féminisme, et suggérant mille plans pour leur prochaine manifestation en faveur de l'avortement.

Après le concert, Jeff proposa une promenade dans le parc.

— J'ai toujours aimé la place Rittenhouse, dit-il, glissant son bras autour d'elle. La nuit, on y retrouve quelque chose de différent, un certain romantisme — ou est-ce tout simplement parce que cette soirée est spéciale.

Elle sourit et se blottit tout contre lui.

— Ce fut une merveilleuse soirée, Jeff. Et elle se termine sur une note parfaite. J'aime cet endroit depuis l'époque où j'étais une toute petite fille et que je me suis retrouvée dans la maison des Richardson.

— Une fonction politique?

— Hum, non.

Elle ne voulait pas réveiller de souvenirs douloureux.

— Betsy Richardson donnait une réception d'anniversaire.

— Eh, je connais Betsy Richardson. C'est une bonne amie à moi.

— Je ne la connaissais pas vraiment. C'est une longue histoire. Mais depuis ce temps, je me suis toujours sentie possessive quand il était question de cette place... comme si elle était rattachée à mon destin. Je veux dire à moi, personnellement. Ne trouvez-vous pas cela ridicule?

— Pas nécessairement. Vous achèterez peut-être un condo et vous vivrez ici. Vous en posséderez alors une parcelle.

— Ce n'est pas... exactement une propriété physique. J'ai tellement réfléchi au sujet de l'institut de musique et de quelques autres vieux buildings. Parfois il m'arrive de penser à l'impensable — qu'ils devraient être démolis et remplacés.

Il rit de bon cœur.

— Vous voulez démolir la place Rittenhouse?

— Pas toute la place, dit-elle, sur la défensive. Mais chaque fois que je viens ici, j'éprouve un sentiment de plus en plus fort qu'il me faut faire quelque chose. Et détruire des maisons n'est pas effrayant à ce point. Depuis toujours les gens ont rasé des maisons pour construire des gratte-ciel. Il y a cinq ans, Jack Wolgin a démoli les quartiers généraux du diocèse épiscopal pour la même raison. Dans un sens, je me dis que cette place m'attendait pour que je lui redonne un visage neuf. Est-ce si terrible?

— Eh bien, ça ne me regarde pas mais vous pourriez rencontrer une certaine opposition de la part des gens de l'endroit — quelque chose de l'ordre de la troisième guerre mondiale.

Il rit et s'arrêta sous un arbre.

— Que de contradictions il y a en vous Torie. À vous

regarder, on pourrait penser que vous n'êtes qu'une petite écervelée de la haute société, qui passe toutes ses journées à acheter des vêtements et toutes ses nuits à les enlever. Ce qui m'amène à penser que ce ne serait pas une si mauvaise idée...

— Vous voulez dire acheter des vêtements ou les enlever?

— Devinez.

Il se rapprocha d'elle et posa un baiser sur le bout de son nez.

— Je suis terriblement attiré par vous, au cas où vous ne l'auriez pas remarqué. Je ne me rappelle pas d'avoir eu... autant envie de quelqu'un. Mais je ne veux pas précipiter les choses. J'ai tellement peur de trop en faire et de tout gâcher. Y comprenez-vous quelque chose?

— C'est plein de bon sens, Jeff. Donnons-nous le temps de nous connaître l'un et l'autre. Pour l'instant, je dois rentrer à la maison.

— Quoi? Et quitter la scène de vos triomphes futurs?

Elle sourit.

— Vous pouvez vous moquer tant que vous voulez, Monsieur Goldman, mais dans quelques années, lorsque vous regarderez à l'endroit où se trouvait le vieil institut de musique Rawley et que vous y verrez un superbe gratte-ciel, devinez qui rira le dernier.

— Je ne ris pas.

Il lui prit la main d'un air taquin.

— Besoin d'un bon directeur artistique?

La cérémonie de lancement de la construction du mail au centre-ville fut relevée par la présence du maire Ponti, de la fanfare de l'école secondaire Franklin, de deux quartettes à cordes, de plusieurs journalistes et de représentants des stations de télévision locales. Après la brève introduction de Torie, le maire fit son éloge et celle des frères Goldman pour leur «implication sociale et leur zèle à vouloir améliorer la qualité de vie dans notre ville», ajouta une douzaine de vieux clichés et entreprit le compte à rebours.

Parmi les spectateurs, seul Jeff Goldman, installé derrière le podium, remarqua que le fil attaché à la jolie boîte rouge placée devant le maire allait se perdre dans un bosquet. Le véritable interrupteur, moins photogénique mais beaucoup plus efficace, fut actionné au moment propice par le superintendant du projet à partir du stationnement.

Une série de détonations, semblables à celles d'une mitraillette, firent éclater le silence qui régnait à cet instant précis, et l'immeuble commença à s'effondrer — tout d'abord les côtés, puis le centre, libérant une avalanche de ciment et de poussière. Un groupe d'opposants surveillaient la scène de leur poste d'observation sous le chapiteau Washington, pendant que plusieurs étudiants portant des bannières sur lesquelles on pouvait lire : «Sauvez notre héritage», paradaient autour du site criant : «Barbares! Hommes préhistoriques!» — Bien que personne ne se fût jamais objecté à la démolition de la manufacture. Les opposants étaient plutôt préoccupés par le théâtre.

— Hello, Jeff, dit Torie qui descendait du podium. Je ne savais pas que vous étiez ici.

— Êtes-vous en voiture?

— Non, je voulais éviter les problèmes de stationnement. Je suis venue en taxi.

— Alors, venez.

Il la conduisit jusqu'à sa vieille Ford cabossée et ils s'en allèrent, contournant la foule.

— Vous me sauvez la vie, dit-elle, une fois qu'ils eurent atteint la voie rapide. J'aurais détesté devoir me frotter à tous ces opposants. Votre père avait raison; ils ont obtenu une injonction nous empêchant de démolir le Washington et les délais risquent de nous coûter une fortune.

— Malgré que vous ayez consenti à sauver les murales?

— Ils ont changé de chanson. Maintenant ils veulent que nous dépensions un million de dollars pour la rénovation du théâtre.

Il secoua la tête.

— Je n'aime pas beaucoup voir disparaître cet endroit mais, comme vous le disiez l'autre soir, il faut sacrifier certaines choses au progrès.

— Avez-vous entendu mon allocution?

— Vous avez été formidable! Calme, spirituelle, charmante. Qu'est-ce que je ferai lorsque vous poserez votre candidature à la mairie?

— C'est présidente ou rien.

Elle éclata de rire et descendit la glace.

— Rien à craindre. Je suis beaucoup trop directe pour être une politicienne. Où m'emmenez-vous?

— Chez moi, si vous pouvez vous accommoder de mon humble mansarde. Je veux vous montrer quelques-unes de mes œuvres.

— Aller voir vos peintures? À cinq heures de l'après-midi? Je ne quitte jamais mon bureau avant six heures.

— Alors considérez que vous avez été séquestrée. Vous n'avez qu'une alternative. Vous pouvez vous défendre et causer un terrible accident dans lequel nous serons tous les deux tués ou gravement estropiés, ou vous pouvez faire ce que je dis et demeurer saine et sauve. Je pense que c'est complet. Ai-je oublié quelque chose?

— Cela me semble très menaçant.

Elle rit et s'enfonça dans la banquette.

— Entre les mains d'un criminel aussi impitoyable, je n'ai pas le choix...

— Vous avez préparé ce soufflé tout seul?

Jeff poussa la table de service et rejoignit Torie sur le sofa dépenaillé.

— Ce n'est pas compliqué lorsqu'on est végétarien. Le choix est très limité.

— Je n'arrive même pas à faire bouillir un œuf. Mon père dit que je ne me trouverai pas de mari tant que je ne saurai pas cuisiner.

— Qu'en dites-vous?

— Que je vais être suffisamment riche pour engager un cuisinier.

— L'argent est définitivement l'une de vos préoccupations premières.

— N'est-ce pas le cas de tout le monde?

— Pas pour moi. La cupidité et le matérialisme constituent les véritables tares de notre monde. Je serais communiste si cela n'engendrait pas tant de problèmes. L'argent n'apporte pas le bonheur.

— Peut-être que non — mais quel est donc ce vieux dicton : Il est préférable de pleurer dans une Rolls-Royce que de rire sur une bicyclette. Cela me plaît.

Jeff passa son bras autour d'elle et elle se rapprocha.

— Nous avions une cuisinière lorsque j'étais plus jeune. Elle s'appelait Denise. Le problème était que papa et maman étaient toujours en train de suivre une diète; elle devait donc éliminer le beurre, la crème et toutes les bonnes choses. Pour moi, cependant, elle préparait ces mets riches et onctueux. Et elle m'a enseigné comment les préparer.

— Vous voyez? si vos parents n'avaient pas eu d'argent pour payer Denise, vous ne sauriez pas comment préparer ces plats onctueux. Vous ne pourriez même pas vous les permettre.

Elle se pelotonna davantage.

— J'aime beaucoup vos tableaux. Votre perception de la nature est excellente.

— C'est ce que je fais le mieux — pour le moment du moins — mais la nature est plutôt rare près d'un grenier de deux pièces en plein centre-ville. Mes parents possèdent une maison qu'ils n'utilisent jamais à Unionville; je m'y rends donc presque tous les week-ends. Il y a une jolie petite baie, un lac, la forêt... j'aimerais beaucoup vous y amener un jour.

Elle résista à l'envie de lui dire que les communistes ne profitaient pas des plaisirs d'une maison à la campagne.

— Ça me ferait bien plaisir.

Son bras se resserra sur elle.

— Sérieusement? Ou n'êtes-vous qu'une fille qui ne sait pas dire non?

— Hummm. Je sais dire non quand je le veux.

Il l'embrassa dans le cou, sur le menton, et glissa jusqu'à ses lèvres.

— Ce n'est pas le moment de me le prouver.

Son contact était doux et tendre. Il s'aventura sous sa blouse et défit l'agrafe de son soutien-gorge avant qu'elle n'eût le temps de protester. Sa libido avait été refoulée depuis si longtemps qu'au début elle éprouva de la difficulté à répondre à ses avances... Mais elle se détendit rapidement et, lorsqu'il l'eut apprivoisée, elle sentit la passion monter en elle et lui rendit ses baisers.

— Torie, murmura-t-il, ses mains cherchant les courbes gracieuses de ses hanches, tu es brûlante — tu es belle — je t'aime tant. Je ne voudrais pas...

— Mais moi je te veux, dit-elle, susurrant les mots que quelqu'un lui avait déjà murmurés à l'oreille. La passion est une chose rare et merveilleuse... ne la laissons pas s'échapper...

19

Savoir qu'un homme était follement amoureux d'elle fut une expérience heureuse pour Torie. Cela lui faisait plaisir de dominer la situation, de ne pas subir le joug d'une passion qui lui faisait perdre toute fierté. À l'intérieur d'une relation, celui ou celle qui aime le moins détient le pouvoir; elle l'avait durement appris de son expérience à sens unique auprès de Nielson. Dans le cas présent, de toute façon, la raison gouvernait le cœur — et elle se voyait prendre des décisions calmement et logiquement.

Par ailleurs, son affection pour Jeff grandissait au fil des jours. Ils passèrent de nombreuses nuits ensemble après cette première soirée dans son loft, et une fois qu'elle eut expliqué à son père que Jeff avait une «chambre d'amis», il ne s'y objecta pas. À bien des points de vue, elle trouvait que Jeff était tout le contraire de Nielson — contre la richesse, contre la société, irréaliste et pas ambitieux pour deux sous. Mais il était gentil, d'humeur égale, et il acceptait leurs différences. C'était un amoureux tendre, sensible, et il lui faisait toujours sentir qu'il lui faisait l'amour à *elle*, au lieu de simplement prendre plaisir à l'acte sexuel.

À la fin de décembre il l'invita à souper chez ses parents à l'occasion de la Chanukah. Mort se montra charmant comme à l'accoutumée, et Sylvia fut charmante, elle aussi, quoique peu chaleureuse. Elle donna à Torie l'impression qu'à ses yeux aucune femme ne serait jamais digne de son précieux Jeff. C'était lui le rêveur, l'idéaliste, l'esprit créateur — le seul de cette génération de Goldman qui s'intéressât à autre chose que l'argent et les biens matériels.

À son tour, Torie stupéfia son père et sa sœur en se présentant au dîner de Noël en compagnie de Jeff. Frank et Lisa débordaient de joie; ils ne désiraient rien de plus que de la voir abandonner les affaires, se fixer et épouser ce gentil jeune homme — même s'il était d'une autre religion.

La veille du jour de l'An, Ellory Davis insista pour que le couple assistât à une soirée au bénéfice du théâtre Shubert. Après avoir été vus, présentés à de nombreuses célébrités, et photographiés par des représentants de trois journaux, ils partirent tôt et retournèrent à l'appartement de Jeff.

Un peu avant minuit, Torie, nue, était étendue entre ses bras.

— Tu as été gentil de m'accompagner, Jeff, dit-elle, lui caressant la joue. Je suis sûre que tu t'es ennuyé à mourir.

— J'étais surtout agacé. L'argent que ces gens gaspillent pour eux-mêmes me rend malade. Le collier que portait cette femme assise près de nous suffirait à nourrir un village africain pendant toute une année.

— Tu as probablement raison.

— J'ai raison. La seule note positive de cette soirée — mis à part le fait d'être avec toi — est que j'ai dû porter un complet et une cravate. J'avais oublié à quel point ces damnés vêtements étaient inconfortables. Avec ta permission, je les retourne à la naphtaline.

— Ne te gêne pas. Tu n'as pas à subir ce désagrément. De toute façon, il est temps que je cesse de me laisser entraîner par Ellory dans toutes ces soirées. Je pense mettre un terme à notre association.

— Ne veux-tu pas devenir célèbre?

— Oui, mais pas pour avoir assisté à des parties. Ellory m'a ouvert la voie. Il est temps que je vole de mes propres ailes.

— Ne le congédie pas pour moi, ma chérie.

Il caressa ses longs cheveux soyeux.

— Il sait comment faire parler de toi, et tu disais que c'était bon pour les affaires. Pourquoi arrêter quelque chose qui te rapporte?

— Je croyais que cela te ferait plaisir.

— Tu me fais plaisir, dit-il, la contemplant.

Les rayons de lune dérivaient à travers la fenêtre et jetaient des ombres sur son visage. Il en traça les contours comme s'il exécutait un dessin.

— Je ne veux jamais interférer dans tes rêves. Je sais toute l'importance que tu leur accordes. Je souhaiterais qu'une moitié de moi-même soit Shakespeare et l'autre Elizabeth Browning; je saurais alors t'exprimer les sentiments que je porte dans mon cœur.

— Tu n'as pas besoin d'eux. Tu sais si bien me communiquer ton amour.

— Pas comme tu le mérites. Et je pensais sincèrement ce que je t'ai dit. Je suis follement jaloux de tout ce qui requiert ton temps et tes énergies, encore que je sache que je n'ai pas à l'être — pas plus que tu n'es jalouse des heures que je consacre à la peinture.

— Tu es merveilleusement compréhensif.

Ses bras se refermèrent autour de son cou.

— Je t'aime, Jeff. Tu as apporté dans ma vie de la chaleur, un sentiment de plénitude et une douceur dont l'existence même m'était inconnue.

— Dans ce cas, pourquoi vivons-nous séparés?

— Tu sais pourquoi. Papa en mourrait si je venais vivre avec toi en permanence. Il a gardé les principes de sa génération.

— Allons-nous attendre qu'il meure avant de vivre ensemble?

— Je ne sais pas.

Elle se pinça les lèvres.

— Ce n'est pas parce qu'il ne t'aime pas. Il parle de toi avec un enthousiasme peu commun.

— Même si je ne suis pas catholique?

— Oui.

Elle eut un petit sourire débonnaire.

— Mon père t'apprécie bien davantage que tes parents acceptent le fait que je sois — quel est ce drôle de mot?

— Une *shiksa*. Papa m'a parlé de toi l'autre jour.

— Je suis certaine qu'il n'approuve pas.

— Pourquoi dis-tu cela?

— Il souhaite probablement pour toi la même chose que papa souhaite pour moi — une jolie maison, un bon dîner sur la table chaque soir, un tas de bébés. Il sait que je ne peux pas te donner toutes ces choses.

— C'est à peu près de cela qu'il m'a parlé — ton ambition. Il a dit que j'occuperais toujours la deuxième place. Il a dit aussi que les mariages interreligieux causaient de nombreux problèmes. Je lui ai dit que nous n'avions pas abordé le sujet du mariage et il a paru rassuré.

— C'est bien.

— Mais cela ne m'a pas rassuré, moi.

Il prit son visage entre ses mains.

— Si nous ne pouvons pas vivre dans le péché, je devrai faire de toi une honnête femme. Je t'aime, Vittoria Francesca. Je t'aime tant que je suis prêt à accepter la seconde place dans ta vie. Je suis prêt à me laisser traîner dans toutes ces soirées ennuyantes, je suis prêt à me charger de toutes les tâches domestiques et à faire tout ce qui sera en mon pouvoir pour te rendre heureuse jusqu'à la fin de nos jours. Veux-tu m'épouser?

— Je... suis si touchée, Jeff. Je...

— As-tu quelque chose contre le mariage?

— Oh, non, mes parents s'adoraient. Ils furent pour moi le meilleur des exemples. C'est tout simplement que je ne me sens pas mûre pour le mariage. J'ai tant de responsabilités. Je n'ai pas d'argent — je suis endettée jusqu'au cou.

— Je me fous que tu aies de l'argent ou non.   Les revenus provenant de ma fiducie suffiront à nous faire vivre jusqu'à ce que mes tableaux se vendent — et même s'ils ne se vendent pas.

— Oh, Jeff, murmura-t-elle, j'ai besoin de toi, j'ai besoin de ton amour, et j'ai besoin de t'aimer.   Si vraiment tu comprends cette force étrange qui me pousse… qui me tient trop fort pour laisser le mariage me ralentir…

— Combien de fois devrai-je te dire que je comprends?

Il se pencha pour rencontrer ses lèvres à l'instant où une explosion de bruits hétéroclites annonça l'arrivée de l'année 1976.

— Tu vois?   Même les voisins célèbrent la bonne nouvelle. Tu ne le regretteras pas, ma chérie. Lorsque nous célébrerons nos noces d'or, je t'aimerai autant que je t'aime aujourd'hui — avec tout mon cœur et toute mon âme.

Dès l'instant où Jeff révéla ses intentions, les Goldman accueillirent Torie dans la famille. Devant le sérieux de leur fils, ils eurent la décence de garder pour eux leurs réserves. De son coté, Torie entretenait aussi des doutes et passa plusieurs nuits à se demander si elle ne commettait pas une erreur. Aussi riche et prestigieux que fussent les Goldman, Jeff n'avait pas d'emploi, ni l'intention d'en trouver un, et à peine assez de revenus pour leur permettre de louer un petit appartement dérisoire.

Malgré tout, elle aimait Jeff, elle aimait saisir ainsi l'occasion de satisfaire enfin son père, elle aimait l'idée de s'unir à une famille puissante… Elle pouvait bien s'accommoder de quelques inconvénients, sachant que Jeff toucherait éventuellement un héritage colossal. Sa confiance se raffermit lorsque ses parents, non contents d'insister pour être les hôtes du mariage, leur offrirent comme cadeau de mariage un spacieux appartement dans l'une de leurs tours du centre-ville.

Le mariage fut célébré le deuxième dimanche du mois de

mars, à deux heures de l'après-midi, dans l'étincelante salle Mirage de l'hôtel Barclay de la place Rittenhouse. Frank Di Angelo, sa chaise roulante pliée à côté de lui, était assis dans la première rangée, pleurant de joie. À son côté, Lisa serrait nerveusement son chapelet. Consciente de son poids et de son apparence, elle avait poliment décliné l'offre de participer à la cérémonie, laissant Peggy la remplacer comme dame d'honneur. La sœur de Jeff était la seule demoiselle d'honneur, précédée de ses deux jeunes garçons qui portaient les anneaux.

Plusieurs centaines de personnes se levèrent, silencieuses et attentives, lorsque les tuyaux de l'orgue firent résonner les premières notes de la marche nuptiale. La mariée, exquise dans sa robe semée de perles, signée Saint-Laurent, qu'Ellory l'avait aidée à choisir, flottait dans l'allée au bras de son futur beau-père. Jeff, fier et rayonnant, prit sa main lorsqu'elle arriva devant l'autel.

Le juge Julius Goldman, le plus âgé des trois frères Goldman, dirigeait la cérémonie; le père Miles et le rabbin Greenfield, faisant office d'assistants, offrirent de brèves bénédictions. Après que Jeff et Torie eurent été déclarés mari et femme, le marié embrassa son épouse avec une telle fougue que toute l'assemblée se mit à applaudir. Lloyd Goldman, son frère et son témoin, fit semblant de les arracher l'un à l'autre au prix d'un immense effort. Puis, riant et se tenant par la main, le couple se dirigea vers la salle Baroque où la réception devait avoir lieu.

Torie supporta patiemment le long supplice, captivant les invités par son charme, son assurance, son naturel et sa remarquable mémoire des noms — une autre habileté qu'elle avait acquise grâce à Ellory.

— Que diriez-vous d'une photo de vous quatre?

— Pourquoi pas?

Jeff sourit au photographe du *Daily News* et toucha l'épaule de sa femme.

— Chérie, connais-tu Simone et Matt Richardson?

Torie sentit monter en elle une vague d'excitation à la vue

du célèbre couple. Matt n'avait pas changé depuis le procès, à l'exception du gris dans ses cheveux, et elle dut se rappeler qu'elle lui avait pardonné depuis longtemps, que son père lui avait pardonné, et que Tony était le véritable responsable de ce désastre. Malheureusement, la mince et jolie femme qui l'avait si gracieusement invitée à la réception de Betsy était maintenant bouffie et en état d'ébriété avancée.

— Je vous ai déjà rencontrée il y a longtemps, Madame Richardson. Vous aviez été très gentille avec moi.

— Bravo pour moi.

Sa voix était enrouée, ses yeux trop vitreux pour se fixer où que ce soit. Matt lui tenait l'avant-bras.

— Toutes mes félicitations, très chère, dit-il sans paraître embarrassé.

Sa longue expérience de la politique lui avait enseigné à jouer de finesse dans de telles situations.

— Tu as de la chance, Jeff. Nous referons cette photo une autre fois. Simone oublie parfois que le champagne fait plus d'effet que le ginger ale.

— Bien sûr. Nous apprécions votre présence.

— Nous tenions à y être. Betsy était tellement déçue de ne pouvoir être là. Comme vous le savez, elle participe elle-même à une autre cérémonie de mariage.

— Oui. Plusieurs de nos invités doivent assister au mariage Hopkinson ce soir. Vous lui direz qu'elle nous a manqué.

Toric se tourna vers Frank, assis tout près d'elle dans sa chaise roulante, ses yeux brillants d'excitation. Elle avait redouté cet instant tout autant qu'il l'avait anticipé.

— Voici mon père, Frank Di Angelo. Papa, les Richardson.

— Comment allez-vous? demanda négligemment Matt.

S'il reconnut l'homme qu'il avait contribué à envoyer en prison, il n'en laissa rien paraître.

— Toutes mes félicitations, monsieur. Vous avez une fille charmante.

— Vous ne vous rappelez pas de moi, Monsieur le Maire? Je suis allé chez vous une fois — dans votre salon. Nous avions discuté. Vous ne vous rappelez pas? Je suis Frank Di Angelo.

— Il y a bien des années qu'on ne m'appelle plus maire. Bonne chance, mon ami.

Frank ne le laissa pas partir ainsi.

— Attendez! Vous avez témoigné à mon procès mais je ne vous en ai jamais voulu pour cela. J'ai attendu très longtemps l'occasion de pouvoir vous le dire. Je ne voulais pas que vous gardiez cela sur votre conscience. J'ai compris ce que vous avez fait et pourquoi vous l'avez fait. Je vous ai pardonné depuis longtemps. Ma fille aussi vous a pardonné.

Torie pâlit et eut souhaité devenir invisible. Matt demeura imperturbable.

— Encore une fois, toutes mes félicitations, dit-il, avec un sourire. Je vous souhaite une bonne journée, monsieur.

— Une bonne journée?

Piqué par ce brusque congédiement, Frank demeura figé pendant que le couple disparaissait dans la foule.

Torie se pencha.

— Oublie cela, papa. Ce n'est rien de personnel. Sa femme est complètement saoule qu'il ne pense qu'à la sortir d'ici avant qu'elle ne s'écroule.

— As-tu vu ce qui s'est passé? dit-il, haletant. As-tu vu la façon dont il m'a traité? Comme si j'étais un quelconque idiot bavard. Je ne voulais que le libérer d'un fardeau — qu'il le sache!

— Je suis convaincue qu'il l'a apprécié, mais il a aussi ses propres problèmes. Voudrais-tu un peu de vin?

— Frankie... murmura-t-il, secouant la tête, Frankie a toujours su quel genre d'homme était le maire Richardson, et nous refusions de le croire. Frankie, Lisa... Ils avaient raison tous les deux. J'ai vu ses yeux, aujourd'hui. Ils étaient fixés sur moi sans me regarder, comme si je n'étais pas là — comme si je ne valais pas deux minutes de son temps. Il avait honte de me parler...

— Ce n'est pas vrai. Je t'ai dit pourquoi il voulait tant s'en aller. Papa, c'est mon mariage. Il y a des gens qui arrivent. Veux-tu arrêter...

— Que la malédiction s'abatte sur cette vermine! *Maledetto*!

Tremblant de colère, Frank se déplaça tout seul en direction de Lisa, assise en compagnie du père Miles.

Torie voulut le rejoindre mais Jeff la retint par un bras.

— Chérie, je voudrais te présenter Frannie Pew. Nous étions partenaires de biologie à l'école secondaire. Nous avons disséqué notre première grenouille en étroite collaboration.

— Comme c'est romantique.

Prenant place à côté de son mari, Torie reporta son attention sur les invités. Elle put voir le visage troublé de Lisa lorsqu'elle se leva et poussa la chaise de son père vers la sortie. Son expression indiquait que papa voulait retourner à la maison, et ce fut le cas. Torie devrait inventer une excuse pour expliquer son départ.

Les derniers traînards offrirent leurs vœux de bonheur aux nouveaux époux et Sylvia Goldman, épuisée, donna enfin le signal de rompre les rangs. Un orchestre de neuf musiciens et des hors-d'œuvre à profusion gardèrent l'ambiance animée pendant une autre heure. Vers quatre heures, il ne restait que les proches parents et la dame d'honneur embrassait la mariée, lorsque le responsable du buffet se montra dans l'embrasure de la porte menant aux cuisines.

— Un appel pour Mort Goldman.

— Il danse avec sa fille, dit Torie. Je vais le prendre.

Elle revint plusieurs minutes plus tard. Jeff l'aperçut et s'empressa de la rejoindre.

— Que se passe-t-il? Tu es blanche comme un drap.

— Hal, le chef d'équipe du chantier du théâtre, a téléphoné et m'a avisé qu'ils étaient prêts pour le dynamitage, mais qu'ils ne pouvaient rien faire parce que des opposants avaient formé une chaîne humaine et refusaient de quitter les

279

lieux.

— Tu ferais mieux de laisser papa régler ça.

— Je ne veux pas gâcher la soirée de tes parents. Ils ont été tellement gentils tous les deux. Et ils semblent fatigués après cette épuisante journée. Ne pourrions-nous pas y aller nous-mêmes? Je suis si inquiète...

— Y aller, maintenant? Le jour de notre mariage? Comment se fait-il qu'ils travaillent le dimanche?

— Parce que le juge a renversé l'injonction vendredi. Nous avons pensé que les opposants ne s'attendraient pas à ce que nous débutions les travaux avant lundi et que nous pourrions ainsi les déjouer. Il semble que notre stratégie ait échoué.

— Mais, chérie, avant que nous allions à la maison et que nous changions de vêtements...

— Nous irons ainsi. C'est une affaire de cinq minutes et nous pourrons ensuite rentrer à la maison et oublier tout cela. Autrement...

— Ouais, je comprends.

Il soupira d'un air bon enfant.

— Je ne peux pas dire que tu ne m'avais pas prévenu. D'accord, saluons les invités et allons-y. Es-tu certaine de ne pas vouloir avertir papa?

— Absolument. Mais dépêchons-nous...

La limousine qui devait ramener les nouveaux mariés à leur appartement les conduisit plutôt au théâtre Washington. Un groupe de dix-neuf hommes et femmes, leurs mains solidement attachées les unes aux autres, formaient une ligne barrant l'entrée.

Torie étendit son voile sur la banquette, remonta ses jupes et se dépêcha de rejoindre Hal qui discutait avec quatre policiers.

— Bon Dieu! s'exclama-t-il. Vous n'aviez pas besoin d'interrompre votre mariage.

— C'est terminé. Nous sommes mariés.

Ignorant les regards des travailleurs, Torie se tourna vers l'un des policiers.

— Y a-t-il un moyen pacifique de déloger ces manifestants?

Le policier enleva sa casquette et se gratta la tête.

— Je ne sais pas si on pourra faire cela calmement et paisiblement, made… euh… madame. Et puis zut, venez-vous juste de vous marier tous les deux?

Les yeux de Jeff s'ouvrirent innocemment.

— Qu'est-ce qui vous a donné une telle idée?

— Je vous ai posé une question, officier.

— Vous voulez savoir à propos de la cigogne?

La ronde de petits rires malins ennuya Torie et elle cogna du pied sur le ciment, brisant net le talon de son escarpin droit.

— Oh, merde!

La vue de sa femme, de guingois, jurant sur le site de démolition dans sa délicate robe de dentelle bouleversa Jeff; il se couvrit la bouche et s'éloigna.

La colère de Torie atteignit son paroxysme.

— Je vous le demande pour la dernière fois, officier. Avez-vous parlé à ces manifestants?

— Oui, ma'am, dit-il, voyant le feu de ses yeux. Nous leur avons parlé, nous avons essayé de leur faire entendre raison et nous les avons traités en bons et intègres citoyens qu'ils sont. Voyez où nous en sommes.

— Qu'allez-vous faire maintenant?

— Bien, ma'am, si vous avez une suggestion…

— Vous devez les forcer à quitter les lieux.

— L'escouade tactique est en route mais, franchement, si j'étais vous j'enverrais quelqu'un négocier avec ces gens demain matin. Peut-être pourriez-vous arriver à une entente.

— Nous ne rentrons pas à la maison. La loi est de notre côté et c'est à vous de la faire respecter. Nous allons régler ce problème immédiatement.

Jeff revint en courant le souffle court.

— Hé, devine qui j'ai rencontré là-bas? Phil Stevenson, mon ancien professeur d'histoire. Il dit qu'ils empêchent la démolition parce que vous n'avez pas récupéré les murales comme vous l'aviez promis. Est-ce vrai?

— Oui, c'est vrai, et il y a une très bonne raison à cela. Il s'est avéré que ce ne sont pas des murales, mais plutôt des fresques — le pigment est imprégné dans le plâtre. En fait, les peintures et les murs ne font qu'un.

— Je sais ce qu'est une fresque, ma chérie. Avez-vous...

— Nous avons tout essayé et il n'y a rien à faire. Dès que nous touchons à ce vieux gypse, tout tombe en poussière. J'étais aussi désolé que tu peux l'être.

— Les fresques sont-elles encore intactes?

— Pour le moment.

— Alors tu dois respecter ton engagement. Tu as fait une promesse à ces gens. Tu leur dois la courtoisie d'un compromis.

— Quel genre de compromis?

Le ton de sa voix s'éleva.

— Ou nous dépensons un million de dollars que personne ne possède pour rénover le théâtre, ou nous le rasons et le remplaçons par un joli parc et un centre commercial qui profitera à des milliers de personnes.

— Il doit bien exister un terrain d'entente.

— Non! Ces maniaques de la préservation, avec leurs pétitions et leurs manœuvres légales, ont retardé ce projet de plusieurs mois et nous ont coûté une fortune. As-tu la moindre idée des intérêts que je dois payer sur les emprunts affectés à ce chantier? Maintenant que le juge a tranché le débat en notre faveur, ils ne veulent pas respecter sa décision, ils ne veulent pas respecter la loi, ils veulent faire à leur guise. Ils devront d'abord me passer sur le corps!

Deux autos-patrouilles et un panier à salade arrivèrent sur les lieux, et une douzaine d'hommes bottés et casqués en descendirent.

— Sergent Gill, escouade tactique, annonça un homme

costaud tenant un mégaphone.

Ses yeux se fixèrent sur la femme vêtue de dentelle.

— Voulez-vous bien me dire ce qui se passe ici?

— Montrez-lui l'ordre de la cour, Hal, dit Torie, boîtant vers lui avec son talon dans la main.

— Sergent, ces gens ont empêché le dynamitage depuis septembre dernier et nous n'allons pas nous tracasser avec eux une seconde de plus. Le théâtre est sur le point d'exploser et leurs vies sont en danger à moins qu'ils ne quittent les lieux immédiatement.

Le sergent examina le papier, puis se tourna vers les policiers.

— Vous avez essayé de leur parler?

— Ouais, nous avons essayé.

— O.K. Je vais donner l'ordre de dispersion.

Levant le mégaphone, il cria :

— Ceci est un rassemblement illégal. Vous avez cinq minutes pour vous disperser. Si vous n'obtempérez pas dans les cinq minutes, vous serez passibles d'une arrestation.

— Bon Dieu, Torie, dit Jeff, il y a des noms très prestigieux dans ce groupe. Tu ne peux pas les faire arrêter.

— Ils enfreignent la loi.

— Alors c'est une loi stupide. Tu ne peux pas détruire allègrement des œuvres d'art sans prix. Tu n'as pas le droit de…

— J'ai tous les droits.

Elle croisa les bras en le défiant. La Commission des lieux historiques, le Comité de planification de la ville et le maire Ponti lui-même ont donné leur aval à cette démolition. Le juge nous a donné un mandat d'exécution. Et plus nous restons ici à parler, plus ces gens nous coûtent cher. Notre équipe de dynamitage travaille déjà en temps supplémentaire.

— Oublie le temps supplémentaire!

Réalisant l'image qu'ils projetaient, se chamaillant dans leurs tenues de noces, Jeff baissa le ton.

— Sois raisonnable, ma chérie. Une journée de plus ne

changera pas grand-chose. Je parie que ces gens pourraient amasser un million de dollars en un rien de temps s'ils s'y mettaient.

— Mais je ne veux pas qu'ils le fassent. Ne comprends-tu pas? Nous avons été raisonnables pendant six mois. Maintenant nous avons besoin de la place.

— Voilà pourquoi tu ne voulais pas que papa s'en occupe. Tu avais peur qu'il accepte un compromis.

— Dans une minute, vociféra le sergent Gill. C'est une manifestation illégale. Si vous ne vous dispersez pas d'ici une minute, vous serez passibles d'une arrestation.

Il surveilla le groupe pendant quelques secondes, puis se tourna vers ses hommes.

— Ils ne bougent pas. Gardez le contrôle mais ne sortez pas vos bâtons. Trente seconde… vingt-cinq… vingt… Très bien, avancez lentement et selon les consignes.

Un par un, les policiers avancèrent jusqu'à la ligne des manifestants, demandant à chacun :

— Voulez-vous quitter les lieux immédiatement? Toutes les réponses furent négatives, et les policiers les escortèrent calmement dans le panier à salade.

Dès qu'ils furent partis, Torie enleva son autre chaussure et ramassa ses jupes.

— Tout est correct, maintenant, Hal?

— Il n'y a que vous deux qui soyez encore dans nos jambes. En passant — toutes mes félicitations.

— Merci, grommela Jeff. J'ai épousé cette femme pour le meilleur et pour le pire, mais je ne m'attendais pas à couvrir les deux extrêmes aussi tôt.

Il haussa les épaules et prit le bras de sa femme.

— Allons, Madame Goldman. Nous avons mieux à faire pour célébrer notre nuit de noces.

20

L'église de la Sainte-Charité se remplissait très vite. De son siège, à droite de l'allée centrale, Nielson attendait impatiemment que la cérémonie commence. Il n'avait jamais beaucoup aimé Sonny Hopkinson et n'aurait jamais fait l'effort d'assister à son mariage s'il n'avait pas su que Betsy serait une des demoiselles d'honneur. Le mince espoir qu'elle pût se laisser fléchir et se joindre à lui pour dîner suffit à l'éloigner de sa table à dessin l'espace d'une soirée.

Un émoi soudain attira son attention. Les têtes se tigèrent lorsqu'un placeur conduisit un superbe couple jusqu'au premier rang. Un homme aux cheveux blancs s'installa à la place qu'on lui indiquait, sourit, serra des mains comme un politicien, puis aida sa jeune épouse à retirer son manteau de vison.

— C'est Robert Nielson, murmura une femme à son mari. L'épouse numéro cinq ressemble à une danseuse de cabaret.

Nielson avait déjà rencontré sa belle-mère lors d'une réception inaugurant le dernier gratte-ciel de son mari et elle l'avait accueilli comme s'il était l'étrangleur de Boston. Il n'avait pas plus d'affection pour elle que pour les précédentes femmes de son père, mais elle aurait pu au moins reconnaître le lien de parenté — pour autant qu'elle l'eût connu.

Robert Nielson s'étira le cou et jeta un coup d'œil sur

l'assemblée. Il rencontra les yeux de son fils, le salua d'un signe de tête et, promptement, poursuivit son inspection des lieux. Vieux fou, pensa Nielson. Il était habitué à l'indifférence de son père — enfin, pas vraiment. Il avait vécu toute son enfance avec la blessure causée par la froideur de son père et il devait maintenant faire face à de nouveaux sentiments : la frustration de travailler dans la même profession, de vivre dans la même ville, sans qu'ils n'échangent jamais rien de plus qu'un simple bonjour lorsqu'ils se rencontraient dans des endroits publics.

Le silence tomba dans l'assemblée lorsque le pasteur entra dans le chœur, suivi par le futur époux et son témoin. Trois placeurs menaient le cortège dans l'allée, puis venaient les membres de la suite — un, deux, et la charmante Betsy, jolie et radieuse dans sa robe de satin rose. Ses longues tresses brunes étaient pailletées de boutons de roses, ses yeux étaient rieurs, son visage fin et délicat. Pendant un moment, il fut étourdi. Sa beauté n'avait jamais été aussi éclatante.

La future épouse apparut ensuite — grand nom, bonne famille, et une face de bouledogue. Sonny Hopkinson la méritait. La cérémonie sembla interminable mais, finalement, Nielson prit place dans la ligne des invités qui allaient offrir leurs vœux aux nouveaux mariés, et entra en conversation avec un homme chauve qui se tenait tout près de lui.

— Je suppose que nous devrions nous présenter nous-mêmes, dit l'homme, offrant sa carte et acceptant celle de Nielson en retour. Je suis Jim Harris, Bickman Oil.

— Nielson Hughes. Heureux de vous rencontrer.

— Je vois que vous êtes architecte. Votre prénom — y a-t-il un lien de parenté?

— C'est mon père.

— Hum. Intéressant. Son nom circulait sur toutes les lèvres lors de notre dernière réunion du conseil. Nous construisons de nouveaux quartiers généraux au centre-ville. Certains disent qu'il est l'architecte tout désigné pour ce projet; d'autres pensent qu'il coûte trop cher et que sa réputation est surfaite. Qu'en pensez-vous?

— Je pense qu'il est excellent. Admirable, en fait.

Nielson sourit d'un air charmeur.

— Mais je suis meilleur, Monsieur Harris.

— Appelez-moi Jim.

Un intérêt soudain éclaira ses yeux.

— Quelles sont vos réalisations?

— Je pourrais vous envoyer mon *portfolio*. Si mon travail vous plaît, j'aimerais pouvoir proposer quelques esquisses à votre conseil. Mes services ne sont pas bon marché, mais mes honoraires sont beaucoup plus abordables que ceux de mon père.

— Dans ce cas, nous serions contents d'y jeter un coup d'œil.

Lorsque Nielson arriva à la hauteur des mariés, il éprouvait une certaine excitation. Bickman Oil était une entreprise de grande envergure, leur propriété était l'une des plus chères de la ville et le projet pourrait s'élever à plusieurs millions de dollars.

— Nielson!

Betsy se pencha en avant et l'embrassa sur la joue.

— Je ne m'attendais pas à te voir ici. J'avais presque oublié à quel point tu es beau.

— Je suis venu te le rappeler. Ce rituel barbare se termine-t-il?

— Tu veux dire faire la queue? Je suis retenue ici jusqu'à ce qu'on ait salué tout le monde.

— Tu dînes avec moi?

— J'aimerais beaucoup, mais je ne peux pas. C'est la fête des mères et papa a une importante réunion, alors j'ai promis à maman que je l'accompagnerais chez *Mirabelle*. Ça fait des siècles que je n'ai pas passé un peu de temps avec elle.

— Ou avec moi, pendant qu'on y est. Si je te téléphonais, aurais-je droit à la réponse habituelle?

— Non... non.

Elle le regarda comme si elle le voyait pour la première

287

fois.

— J'aimerais beaucoup dîner avec toi.

Il sentit son pouls s'accélérer.

— Demain soir?

— D'accord. Je voudrais te faire visiter ma galerie. Tu pourrais passer m'y prendre à six heures, est-ce trop tôt?

— Pas après avoir attendu neuf ans pour ce rendez-vous.

Il se pencha et lui baisa la main.

— À bientôt, Juliette. Je compte les heures.

— Je te dis que je suis parfaitement sobre. J'ai bu deux tasses de café fort et j'ai mangé un énorme dessert.

— Je m'en fiche. Je ne te laisserai pas conduire jusqu'à Rehoboth toute seule.

Betsy prit le bras de sa mère.

— Pourquoi ne pas aller à la maison et attendre papa?

— Parce que je veux partir maintenant.

— Mais c'est stupide. Tu as pris du champagne aux deux mariages, une bouteille de vin au dîner, et tu arrives à peine à tenir debout. Je te reconduis à la maison.

— Il n'en est pas question!

Simone arracha les clés des mains du préposé au stationnement et se glissa sur le siège avant.

— Je t'ai dit que je m'en allais à la maison de campagne.

— Alors j'y vais avec toi.

Betsy fit le tour de la Mercedes, s'y introduisit et claqua la portière. Les trois heures de route qui les séparaient de la côte du Delaware étaient déjà pénibles en plein jour, lorsque sa mère était sobre. Au moins, pensa Betsy, elle pourrait l'empêcher de conduire trop vite, ou prendre le volant si elle se sentait somnolente.

L'adrénaline produite par sa colère sembla aiguiser les sens de Simone et, après plusieurs kilomètres sans incident, Betsy commença à se détendre. Graduellement, cependant, comme elles approchaient de leur destination, le pied de

Simone se faisait plus lourd sur l'accélérateur.

— Ralentis, maman. Tu empiètes sur la ligne blanche.

— Je viens ici depuis seize ans. Je pourrais conduire les yeux bandés.

— Nous ne sommes pas pressées. Ne peux-tu pas aller moins vite?

— Tu crois encore que je suis ivre?

— Je pense que tu es imprudente. Maman, reste à droite!

Elle n'avait pas fini de parler qu'une caravane sortit de la courbe; le conducteur vira pour les éviter, et Simone voulut faire un écart, mais ses mains glissèrent et le volant lui échappa. Betsy essaya de le saisir au moment où leur voiture quitta la route, défonça une clôture et s'écrasa contre un poteau après avoir fait un tonneau. Il y eut un terrible craquement — une pluie de métal et de débris — et puis... le silence de la mort.

Le téléphone sonna à six heures, ce dimanche matin. Torie tâtonna avant de trouver le récepteur.

— 'llo?

— C'est moi, Lisa. Désolée de vous réveiller.

Elle se redressa instantanément.

— Qu'est-ce qui ne va pas? Est-ce papa?

— Non, papa va bien. Mais tu te rappelles, hier, lorsque nous avons quitté la réception plus tôt?

— Comment pourrais-je l'oublier? Il m'a fallu mentir et dire qu'il était malade.

— Il a vraiment été blessé par l'attitude du maire à son égard. Il pensait que tu avais inventé cette histoire à propos de sa femme qui était ivre, mais il sait maintenant que tu disais la vérité. Torie, c'est horrible...

— Quoi?

— Les Richardson ont quitté le mariage des Hopkinson séparément, et lorsque Matt est retourné à la maison vers minuit, des policiers l'attendaient. Il lui ont dit que Simone et

Betsy avaient eu un accident sur la route de Rehoboth. Simone a été tuée et Betsy a une fracture à la colonne vertébrale. Les docteurs disent qu'il y a peu de chance qu'elle marche à nouveau.

— Oh, mon Dieu...

Les gémissements de sa femme réveillèrent Jeff. Il saisit le récepteur.

— Qui est à l'appareil?

— C'est Lisa, Jeff. Simone Richardson s'est tuée la nuit dernière. Betsy a été gravement blessée.

— Quoi? Comment?

Lisa lui expliqua, puis ajouta :

— Je ne voulais pas que vous l'appreniez par les journaux.

— Nous l'apprécions beaucoup. Quel choc terrible — après que nous les ayons vues hier. Comment va ton père?

— Mieux, merci. Pourrais-je parler à ma sœur une seconde?

— Un instant.

Torie reprit le récepteur, engourdie.

— O...oui?

— Ne t'inquiète pas pour papa. Il est convaincu que sa malédiction est à l'origine de l'accident. Il est terriblement désolé au sujet de Simone et Betsy, mais il a aussi l'impression qu'il est à égalité avec Matt Richardson.

— À égalité? Non, non, il ne peut pas avoir dit une telle chose!

Elle reposa violemment le récepteur, la tête pleine de souvenirs, son esprit incapable d'effacer la vision de cette délicieuse jeune fille dont la gentillesse et la douceur avaient déjà été si importantes à ses yeux.

— Oh, Jeff, murmura-t-elle, se pelotonnant contre lui, serre-moi fort...

Sifflotant le refrain de *Je vais me marier dès le matin*, Nielson se répéta à lui même qu'il ne devait pas être trop optimiste, stationna sa BMW en face de la galerie de Betsy, puis marcha jusqu'à l'entrée — ponctuel, pensa-t-il, pour la première fois de sa vie.

Il fut surpris de voir dans la fenêtre un écriteau indiquant «FERMÉ» et plusieurs journaux sur le pas de la porte. Il cogna à la vitrine et cria le nom de Betsy sans obtenir de réponse; alors il cogna de nouveau, regardant partout si elle n'avait pas laissé une note à son intention. Son absence l'inquiéta. Eût-elle oublié le rendez-vous ou changé d'idée, elle aurait quand même ouvert la galerie.

Il courut à une cabine téléphonique, essaya d'abord à son appartement, puis à la maison de ses parents.

— Pourrais-je parler à M. ou à Mme Richardson?

— Qui êtes-vous? demanda la bonne.

— Nielson Hughes. Je suis un ami de Betsy. Nous devions nous rencontrer à la galerie ce soir, mais elle ne s'est pas montrée et je suis plutôt inquiet.

— Vous ne lisez pas les journaux?

— Les journaux?

Sa voix prit un ton alarmé.

— Je n'ai pas eu le temps. J'ai passé toute la journée sur un chantier de construction. Qu'est-ce que c'est? Que s'est-il passé?

— Lisez la première page, lança-t-elle, avant de raccrocher.

Quelque temps plus tard, transi et frissonnant, un journal déchiré entre les mains, Nielson entra en trombe dans l'hôpital de Pennsylvanie et grimpa à toute vitesse les cinq étages jusqu'à l'unité des soins intensifs.

Comment va-t-elle? Je veux la voir!

— Personne n'entre ici, dit un gardien de sécurité. Si vous faites allusion à Mme Richardson, sa condition est stable. Êtes-vous journaliste?

— Je suis un ami. Est-elle consciente? Souffre-t-elle?

— Aux dernières nouvelles, elle dormait. Vous pouvez

vous informer au bureau.

L'infirmière-chef n'avait rien à ajouter et lui suggéra de rentrer chez lui et d'écouter la radio. Conscient de son impuissance — du fait qu'il ne pouvait même pas voir la femme qu'il aimait, la femme qu'il avait toujours aimée, et qui finalement semblait prête à lui rendre cet amour — il marcha péniblement en direction des escaliers, saisit la rampe et chancela.

— Ma pauvre, pauvre chérie, murmura-t-il.

Il descendit quelques marches et se tourna face au gardien. Alors il s'assit dans l'escalier, enfouit son visage dans ses mains, et pleura.

Les funérailles de Simone Richardson, le lendemain matin, furent un événement d'envergure, obscurci par la tragédie, plus grande encore, de l'avenir sombre qui s'ouvrait devant Betsy Richardson. Les nouvelles de l'hôpital étaient sinistres : la jeune fille de vingt-sept ans était complètement paralysée à partir de la taille. Cependant son torse était relativement intact; en suivant une thérapie intensive et avec un peu de chance, elle serait probablement capable de se déplacer en chaise roulante. Matt Richardson fit une brève apparition, soutenu par deux amis. Il retint ses larmes pendant la plus grande partie du service, mais éclata en sanglots au moment de l'éloge final. Torie, se tenant à l'arrière, dans le hall, fit signe à Jeff qu'elle voulait s'en aller. Pourquoi se torturer devant l'agonie de ce pauvre homme.

Quelques minutes plus tard, Jeff stationna devant leur appartement.

— Tu n'entres pas?

— Je n'ai pas le temps, chéri. Il faut que j'aille travailler.

— Dans ce costume noir? Tu ressembles à une veuve éplorée. Les gens vont croire que tu m'as tué pendant notre nuit de noces.

— J'ai essayé.

Elle posa un baiser sur ses lèvres.

— Tu ferais mieux de commencer à préparer mon dîner. Pourquoi t'aurais-je épousé?

— Tu marques un point. Quand rentreras-tu?

— Je pensais que nous avions discuté de tout cela.

— C'est vrai. Mon épouse efficace a programmé notre mariage comme un horaire d'autobus. Départ à sept heures trente, retour à six heures trente. Nous dînons à sept heures et, si je suis chanceux, je profite du plaisir de ta compagnie pendant une demi-heure avant que tu ne retournes à tes projets. Devrions-nous synchroniser nos montres?

— Ne me taquine pas, Jeff. Je ne travaillerai pas toujours autant. Mais pour le moment...

— Je sais, mon cœur. Je savais où j'allais — oublie ma dernière phrase. Aimes-tu les *latkes*?

— Qu'est-ce que c'est?

Simplement les meilleures crêpes aux pommes de terre que tu aies jamais goûtées.

Il descendit de la voiture et la regarda se glisser derrière le volant.

— Je t'aime. Conduis prudemment.

Au mois de juin 1976, trois mois après la tragédie, Nielson n'avait pas encore réussi à voir Betsy. Son père gardait l'hôtel particulier comme s'il s'agissait d'une forteresse — ou peut-être ne faisait-il que répondre aux désirs de Betsy. Une connaissance commune avait dit à Nielson qu'elle n'était pas encore dans une chaise roulante mais qu'elle profitait de la thérapie et que sa condition s'améliorait, même si elle persistait dans son refus de parler à qui que soit.

— Ta ligne clignote, Nielson.

— Oh.

Il sortit de sa réflexion et répondit au téléphone :

— Hughes à l'appareil.

— Jim Harris, de Bickman Oil. Vous avez une minute?

— Tout le temps que vous voulez.

Enfin, l'appel qu'il attendait.

— Notre conseil s'est réuni à nouveau hier et, avec certaines réserves, a approuvé vos plans préliminaires.

— Ce sont de bonnes nouvelles — n'est-ce pas?

— À qui le dites-vous! Le seul problème est que quelques membres du conseil croient que vous n'avez pas suffisamment d'expérience encore pour vous attaquer à un projet de cette envergure, et ils ont posé une petite condition. Vous serez l'architecte principal mais nous voulons que votre père agisse comme consultant.

La main de Nielson se crispa sur le récepteur.

— Pourquoi avez-vous besoin de lui? Nous ne travaillons pas ensemble.

— Je le leur ai dit. Mais ils ont insisté. Ils ne vous engageront qu'à cette condition.

— Pourrais-je parler à votre conseil? Pourrais-je leur expliquer pourquoi ils me placent dans une situation tout à fait impossible?

— Désolé, mon garçon, ils sont inflexibles. Notre prochaine réunion se tiendra dans dix jours et je leur ai promis que j'aurai votre réponse. Pensez-y. Parlez-en à votre père. Et rappelez-moi aussitôt que vous le pourrez. Nous sommes anxieux de régler cette affaire.

Trois jours plus tard, en entrant dans les bureaux de Robert Nielson et associés pour la première fois de sa vie, Nielson se sentait comme une bombe ambulante. La décision de contacter son père avait été la plus difficile qu'il ait jamais eu à prendre. Ce qui l'avait finalement décidé, ce n'était pas la crainte de perdre une importante commande mais l'intuition que ce problème se répéterait régulièrement. D'une façon ou d'une autre, il devrait s'en accommoder.

— Suivez-moi s'il vous plaît.

Une brunette aux longues jambes le conduisit à travers une série de salles ouvertes où des dessinateurs et des architectes débutants s'affairaient sur leurs chevalets et leurs plans. Au bout d'un long corridor, des portes de bronze massif s'ouvraient sur une suite remplie de sculptures modernes, d'énormes chaises et sofas et d'une table de conférences circulaire. Des fenêtres occupant toute la hauteur du mur, séparées par des pilastres de marbres, plongeaient sur le cœur du centre-ville et offraient une vue qui inspirerait tout architecte : le profil de ses propres créations.

Près de l'entrée, un trio de lumières encastrées éclairait la maquette d'une extravagante maison, complète, avec ses pavillons réservés aux invités, sa piscine, ses courts de tennis et ses jardins paysagers — une retraite que le grand homme construisait sans aucun doute pour lui-même et ses futures épouses. Des certificats et des diplômes aux cadres dorés formaient une mosaïque sur le mur derrière une plate-forme circulaire surélevée. Sur celle-ci, le récipiendaire de tous ces honneurs était assis à son bureau, le regard sévère.

— Hello, dit Nielson.

Il se demanda s'il devait lui tendre la main, puis décida que non.

— C'est gentil de me recevoir.

— Je suis très occupé. Que veux-tu?

En l'absence d'une invitation à s'asseoir, Nielson resta debout.

— Bickman Oil veulent que je conçoive leurs nouveaux quartiers généraux. Ils veulent aussi que tu agisses comme consultant.

— Je ne fais pas de consultation.

— Je t'assure que cette idée ne vient pas de moi. Mais il s'agit d'une incroyable occasion qui pourrait lancer ma carrière. Approuver mes plans ne te demanderait que très peu de temps.

L'expression de Robert Nielson demeura impassible lorsqu'il demanda :

— Pourquoi le devrais-je? Tu es un compétiteur.

— J'aimerais que ce soit le cas, mais je me décevrais moi-même. Un jour, peut-être. Pour le moment — difficilement.

— Le point n'est pas là : pourquoi es-tu devenu architecte d'abord? Tu n'as fait cela que pour capitaliser sur mon nom. Et maintenant tu veux mon approbation?

— Ma décision de devenir architecte n'avait rien à voir avec toi — sauf, peut-être si tu as fourni les gènes qui m'ont poussé dans cette direction. J'ai tout fait pour me dissocier de toi et pour réussir de mon propre chef. Je t'ai dit que ce n'était pas mon idée. Je n'ai besoin de personne pour approuver mon travail. Mais j'ai pensé que la situation pourrait se reproduire et qu'il serait préférable de la régler maintenant.

L'homme plus âgé lorgna à travers ses lunettes.

— Mets-toi bien ça dans la tête, Hughes, je ne dirige pas une œuvre de charité pour les opportunistes. Il n'y a de place dans cette ville que pour un seul architecte nommé Nielson, et c'est moi. Je ne sais pas où tu as pris l'idée que tu pourrais te promener aux alentours et obtenir des commandes en te servant de mon nom mais si tu essaies encore d'exploiter mon nom, je détruirai ta réputation si vite qu'ils ne t'engageront même plus pour construire une niche. Maintenant sors d'ici et n'y reviens plus jamais.

Une rage froide s'empara de Nielson. Des vagues de ripostes submergèrent son esprit, mais il savait qu'il serait tout à fait futile de s'emporter. Tous les muscles de son corps étaient tendus de haine pour l'homme dont il avait tant admiré le génie, l'homme qu'aujourd'hui il méprisait.

Serrant les poings, il se retourna et quitta le bureau. Robert Nielson avait raison. Philadelphie était une ville trop petite pour les accueillir tous les deux. Il savait ce qu'il lui restait à faire. Au plus profond de lui-même, il le savait depuis très, très longtemps.

21

Le mois de mars 1977 vint rapidement pour Torie et Jeff, marquant la fin de leur première année de mariage, une année remplie d'heureux moments et consacrée à leur adaptation mutuelle. Jeff se plaignait surtout du fait que l'activité frénétique de Torie laissait peu de soirées libres pour leurs petits tête à tête amoureux que Jeff appréciait tout particulièrement, alors qu'elle trouvait toujours le temps d'assister aux soirées d'inauguration et aux somptueux bals de charité auxquels Ellory ne cessait de l'inviter. Si Jeff voulait voir ses amis, apprit-il rapidement, il devait le faire pendant la journée.

Le mail du centre-ville s'avéra un défi beaucoup plus grand que ce à quoi elle s'était attendue. Les problèmes d'aqueduc, les disputes syndicales, les délais de construction et une presse critique, ajoutée au harcèlement perpétuel des protecteurs de l'environnement et des groupes de citoyens, retardèrent la fin des travaux de plusieurs mois. Néanmoins, elle finit par atteindre son but : la transformation d'un minable lopin de terre en un trépidant quartier des affaires, et la maîtrise d'un projet difficile qui, en dépit des frais légaux, des coûts de construction et autres dépenses imprévues, se révéla profitable pour elle-même et ses partenaires.

Il y avait également le fait très important que de

nombreux contrats lui étaient dorénavant échus par le biais des frères Goldman. Les actifs de sa compagnie doublèrent rapidement, et quadruplèrent plus rapidement encore. À l'automne 1977, les Entreprises Di Angelo employaient quarante-quatre personnes, incluant d'excellents ingénieurs, architectes, avocats et comptables, qui occupaient les trois étages de l'immeuble. Au fil de sa croissance, la compagnie attirait de plus en plus l'attention dans la ville de Philadelphie.

— Il faut que je te parle, Peg.

Torie ferma l'interphone, pivota sur sa chaise et ouvrit un classeur.

Peggy entra sur ces entrefaites. Le traumatisme causé par la mort de Frankie continuait de hanter ses moments de réflexion, et il en serait toujours ainsi. Après le choc initial, cependant, elle s'était jetée à corps perdu dans son travail, ce qui lui laissait peu de temps pour imaginer ce qu'aurait pu être sa vie sans ce terrible drame. Torie avait délibérément essayé de remplir les heures libres de Peggy, sinon avec du travail, du moins avec des courses, des commissions, toutes choses susceptibles de prévenir une trop grande introspection. Peggy le savait et lui en était reconnaissante; grâce à Torie elle émergeait de cette tragédie plus forte et plus mûre.

Comme Torie le lui avait d'ailleurs promis, Peggy avait profité de la croissance de la compagnie et occupait maintenant le poste de première vice-présidente. Elle occupait son propre bureau et devait montrer une apparence soignée, une attitude et un comportement allant de pair avec sa nouvelle position. Les fréquents voyages d'affaires et les absences de Torie lui donnèrent la chance de diriger la compagnie plus souvent qu'à son tour.

— Vous avez sonné maîtresse?

Sa personnalité continuait de plaire à Torie, encore plus maintenant qu'elle pouvait être fière du professionnalisme de son amie.

— Tu ferais mieux de t'asseoir pour celle-là.

— Oh?

Peggy fit signe qu'elle était prête à tout. Sa loyauté n'avait pas diminué depuis l'époque de leur enfance où elles partageaient leurs fantaisies et leurs rêves; si la chose était possible, elle avait même augmenté. Elle était prête à donner à Torie tout ce qu'elle demanderait.

— Tu sais que tu rencontres le maire à dix heures.

— Je sais. Je dispose d'une demi-heure. Écoute, j'ai eu une idée au sujet du complexe d'assurances Gibraltar.

— J'oublie de quoi il...

— C'est un contrat de location. Nous possédons le terrain, Gibraltar nous le loue et les Goldman construisent l'immeuble. L'avantage des contrats de location est qu'on récolte l'argent sans s'impliquer dans la construction ni la gestion. Mais Mort voulait notre opinion sur quelques-uns des plans qu'ils sont en train d'examiner. Regarde celui-là et dis-moi s'il ne te rappelle pas quelque chose.

Peggy regarda le plan, plissa le front, et le remit à Torie.

— La tour Saint-Francis.

— Exactement. Il appert toutefois que l'architecte s'appelle Robert Nielson et qu'il exige une sacrée fortune. Mort m'a dit qu'il était devenu fou. Ses honoraires sont astronomiques. J'ai donc pensé que... peut-être...

— Tu as pensé qu'il faudrait peut-être voir si son fils est disponible. Nielson obtient la commande, Gibraltar économise des millions, les Goldman deviennent des héros, et ils sont tous redevables à cette chère petite Torie. Ai-je oublié quelque chose?

— Seulement la question qui te brûle les lèvres.

Le regard de Peggy était stoïque.

— Quelle est la réponse?

— Je ne sais pas, dit-elle, subitement songeuse. Je ne nie pas que j'aimerais revoir Nielson. Je suis certaine que nous avons beaucoup changé en six ans. Mais je ne me lancerai pas dans ce projet à moins que...

— À moins qu'il ne te le demande. Et tu veux que je fasse les premières démarches de façon à ce que tu ne t'exposes

299

pas à une autre rebuffade. C'est bien ça?

— Que le diable t'emporte! Pourquoi es-tu toujours trois pas en avant de moi?

— Parce que tu es tellement prévisible. Jeff sait-il à propos de Nielson?

— Non, je n'ai jamais mentionné son nom.

— Nielson est-il inscrit dans l'annuaire téléphonique?

— Il n'y a plus de service à son numéro. Tu vas devoir jouer à la détective.

— Très bien, Watson. Donne-moi quatre ou cinq secondes.

— Le maire va vous recevoir maintenant, Madame Di Angelo.

Une secrétaire à la voix aiguë, portant des verres de contact turquoise, introduisit Torie dans les bureaux du second étage. Le décor était oppressant : des draperies confectionnées à partir d'épaisses tapisseries, des murs sculptés et des moulures élaborées, des peintures aux cadres dorés, des meubles ciselés. Ce n'était pas du tout à son goût, mais très peu de choses au centre-ville lui plaisaient.

Cal Ponti se leva pour l'accueillir.

— Toujours aussi ravissante, Torie. À propos des *76ᵉ*, pensez-vous que Wilt, notre vedette, va nous aider à gagner le titre?

— Espérons-le.

Elle aimait le sport mais avait très peu de temps à y consacrer.

— Je dois avoir rencontré au moins vingt-cinq prisonniers en traversant le hall. Vous ne craignez jamais pour la sécurité?

— Non, nos députés-shérifs ont l'œil ouvert. N'oubliez pas que l'hôtel de ville n'est pas seulement le siège du gouvernement. C'est aussi l'un des plus gros palais de justice du pays. Nous avons cinquante-huit salles d'audience qui entendent des causes criminelles presque tous les jours.

— C'est tout de même étrange de voir les gens qui font

les lois partager les mêmes quartiers que ceux qui les enfreignent. Vous n'avez jamais pensé à construire un palais de justice indépendant, avec son propre centre de détention? Ainsi, votre conseil, le contrôleur, les procureurs de la ville, tous les autres employés municipaux et vous auriez l'hôtel de ville tout à vous.

— Je suis d'accord si vous trouvez l'argent.

Il appuya sur le bouton de son interphone.

— Voulez-vous m'apporter mon café, Lois. Vous m'accompagnez, Torie?

— Non, merci.

Son attitude décontractée ne fit rien pour la mettre à l'aise. Elle avait appréhendé cette rencontre et maintenant elle savait pourquoi; l'aura de pouvoir qu'il exsudait dans le cadre de ses fonctions était formidable.

— Je ne sais pas comment vous parvenez à garder votre calme sous la pression. Ne vous arrive-t-il pas de souhaiter retourner à vos affaires de pêche?

Il sourit.

— Certains disent que je ne les ai jamais quittées. Sérieusement, mon père a heureusement compris que j'étais plus habile à manier les gens qu'à vider des poissons, et il m'envoyait négocier avec les clients. Je me suis ainsi fait beaucoup d'amis — restaurateurs, fournisseurs, détaillants — et cela m'a rapporté. Lors de la dernière élection, ils m'ont accordé leur appui dans une proportion de quatre-vingt-dix-neuf virgule deux pour cent.

Elle se demanda d'où provenait cette improbable statistique, puis réalisa que cela n'avait aucune importance. Il y croyait et, d'une certaine façon, il réussissait à y faire croire les autres.

— Je suis venue discuter une idée qui pourrait faire de vous un héros — encore plus que vous ne l'êtes déjà. Cela ferait gonfler l'assiette fiscale de la ville et rajeunirait le centre-ville dans son entier.

— Je suis tout ouïe.

— Très bien. Je voudrais transformer l'hôtel Bellevue en un magnifique immeuble multiusages.

— Le vieux Bellevue-Stratford? Ce n'est pas un hôtel, c'est une institution. Tous les présidents depuis Teddy Roosevelt y ont séjourné.

— Raison de plus pour le rénover.

— Ils avaient coutume d'y tenir leurs soirées de bal. Vous vous rappelez cette histoire au sujet du fils Clothier qui voulait amener Grace Kelly à l'Assemblée? Et ces vieilles badernes du conseil qui lui ont dit : «Hors de question, jeune homme. À moins que tu ne l'épouses.» Au lieu de cela, la petite Grace a épousé un prince et a dû bien rire en s'asseyant sur le trône. Diable, le vieux Bellevue est pratiquement un lieu saint aux yeux des *Main Liner*. Saviez-vous que Tom Edison y a fait l'installation électrique originale?

Avant qu'elle n'eût la chance de répondre, il poursuivit :

— Fermé en 1976, il y plus d'un an. Un tas de gens y sont morts.

— Vingt-neuf, exactement. Mais le Département de la santé dit que la maladie du légionnaire n'est plus une menace. Écoutez-moi, Cal. La propriété est disponible pour huit millions de dollars et je suis prête à y injecter cinquante millions pour donner à la ville une fabuleuse tour multiusages, comprenant un luxueux hôtel de trente-cinq étages au sommet, dix étages réservés aux bureaux et, aux deux premiers étages, des restaurants, des magasins et des salles de bal.

— L'un de nous doit être fou. Mon calcul totalise quarante-sept étages.

Elle se pencha en avant avec empressement.

— Oui, je sais qu'il existe un accord implicite voulant qu'aucun immeuble ne s'élève plus haut que la statue de Billy Penn sur votre toit. C'est une coutume et une tradition, mais ce n'est pas la loi. Il n'y a absolument aucun arrêté ou ordonnance qui puisse nous empêcher, moi ou n'importe qui, de construire une structure dépassant quarante étages. Qui peut m'arrêter?

— Eh bien, le conseil municipal, le comité de zonage, le conseil des arts, l'opinion publique — vous en voulez d'autres?

— C'est pourquoi j'ai besoin de votre aide. Il faut que vous parliez à ces groupes, que vous utilisiez votre incomparable pouvoir de persuasion pour les convaincre que la ligne d'horizon du centre-ville est sur le point d'éclater. Quelqu'un finira bien par briser cette limite de cent soixante-quinze mètres de hauteur; aussi bien que ce soit moi.

— Vous auriez le culot de le faire, j'en suis convaincu. Mais vous n'êtes pas réaliste. Personne n'a jamais osé dépasser cette hauteur depuis presque un siècle. De partout dans la ville, où que vous soyez, vous n'avez qu'à lever les yeux pour apercevoir la statue de Billy Penn au-dessus de l'hôtel de ville. Si nous levions cet interdit, il n'y aurait plus aucune limite. Tous les promoteurs de la ville se mettraient en tête de construire la plus haute tour de la ville et le pauvre vieux Billy serait noyé dans une mer de gratte-ciel. Oubliez les quarante-sept étages, Torie. Coupez-en sept et je mettrai tout en œuvre pour vous obtenir les permis requis dans les plus brefs délais.

— Mais le point n'est pas là. Je ne vous ferais pas perdre votre temps s'il ne s'agissait que d'une rénovation. Vous êtes la seule personne qui possédiez un pouvoir et un charisme suffisants pour convaincre les citoyens que le centre-ville a besoin d'une dose d'adrénaline. La situation est alarmante. Cette damnée limite de hauteur est le seul obstacle qui nous empêche d'attirer les investissements majeurs et les entreprises dont nous avons désespérément besoin si nous espérons demeurer compétitifs avec les autres villes. En ce moment, vous savez ce que nous sommes?

— Dites-le-moi.

— Nous sommes une ville endormie, quelque part entre New York et Washington. Les grandes villes explosent partout autour de nous, et cette stupide tradition archaïque nous condamne à un profil aérien de grosses souches plates que les architectes doivent empiler les unes à côté des autres. Notre commerce de détail est pitoyable. Ne voyez-vous donc pas tous les avantages qu'un profil aérien dynamique apporterait à notre centre-ville? À toute notre ville?

— Nous ressemblerions probablement à Houston ou à Atlanta — rien que du verre, du cuivre et du clinquant.

— Mais c'est ce dont nous avons besoin.

Doucement, se dit-elle. Il ne faut pas avoir l'air hystérique.

— J'ai travaillé pendant des mois à ce projet, Cal. J'ai des commanditaires potentiels; je suis en mesure de garantir quatre-vingt-quinze pour cent de pré-location sur une superficie de quatre-vingt-dix mille mètres carrés d'espaces de bureaux de premier choix, et je détiens des engagements pour un restaurant cinq étoiles et une boutique de vêtements design. Je serais prête à faire tout ce qu'il faut — séances publiques, discussions, rencontres avec le conseil municipal et le comité de zonage, n'importe quoi. Songez à ce qu'une relance dans le domaine de la construction pourrait apporter à l'économie locale. Songez aux milliers de nouveaux emplois, à l'augmentation de l'espace disponible pour les bureaux et le commerce de détail, les revenus de taxes, l'afflux de touristes et de cadres dans les centres commerciaux.

— Changeriez-vous la façade?

— Je le voudrais bien. Rien ne me ferait plus plaisir que de dénuder toute la façade et la recouvrir de granit. Mais il s'agit d'un lieu historique et je dois en tenir compte. Je me contenterai de construire en hauteur en gardant le même style. Le nouveau toit sera une réplique exacte de l'ancien, tourelles et tout, seulement plus haut. En d'autres mots…

— En d'autres mots, vous vous attendriez à une diminution de taxes basée sur l'amélioration d'un lieu historique.

— Pourquoi pas? Cela fait partie de ma proposition.

Elle déposa un dossier sur son sous-main et ajouta, comme si elle venait à peine d'y penser :

— Vous savez, j'ai un ami décorateur qui s'est retrouvé avec une pleine salle d'élégants meubles de bureau, après qu'un client eût changé d'idée. Je pensais... que je pourrais lui faire une faveur en le débarrassant de toute cette marchandise. Vous pourriez peut-être leur trouver de la place ici. À titre de cadeau à la ville, il va de soi.

— C'est très généreux, dit-il, d'un air réservé. Je vais parler de votre hôtel à mes assistants et je vous tiendrai au courant. Pour ma part, cependant, je crois que vous êtes folle.

— Peut-être.

Elle le gratifia de son sourire le plus persuasif.

— Mais n'est-ce pas de cette façon que naissent toutes les grandes idées?

Tard cet après-midi là, Peggy frappa trois fois avant d'entrer.

— Alors, voici... il y a une bonne et une mauvaise nouvelles.

Torie leva les yeux de son bureau.

— Quelle est la bonne?

— La bonne nouvelle est que Nielson Hughes n'est pas disponible et que tu n'auras pas l'occasion de le revoir et de bousiller ton mariage.

— Ne sois pas stupide, je... Et la mauvaise nouvelle?

— Mauvaise pour lui, pas pour toi. Il y a quelque temps, apparemment, on lui aurait proposé de concevoir les plans du nouvel immeuble de la Bickman Oil, à la condition expresse que son père agisse à titre de consultant.

— *Oi vay*.

— Précisément. Négligeant son orgueil, il a rencontré son vieux père; ce dernier est pratiquement devenu apoplectique, lui a dit de cesser de profiter de son nom et l'a jeté dehors. C'est l'histoire qui circule, en tout cas.

— Oh, mon Dieu.

— Le pauvre bébé fut si ébranlé qu'il a fait ses valises et a déménagé en Arizona, où papa est beaucoup moins connu. Un des gars de son ancienne firme a dit qu'il avait juré qu'il ne reviendrait plus jamais à Philadelphie.

— C'est aussi bien.

Torie haussa les épaules.

— Il a beaucoup de talent. Et tout ce qu'il réalisera en Arizona sera jugé strictement en fonction de lui-même.

Peggy s'arrêta dans l'embrasure de la porte.

— Tu as toujours cet étalon suédois dans la peau, n'est-ce pas?

— Sans commentaire.

— Pas besoin de commentaire. Je te déchiffre aussi facilement qu'une enseigne au néon.

La décision de s'exiler à Scottsdale, une banlieue cossue située à l'est de Phoenix, avait été difficile à prendre pour Nielson. Autant il aimait l'idée de vivre à quatre mille kilomètres de son père, autant sa mère et ses amis lui manquaient; et il détestait l'idée d'être éloigné de Betsy et de son environnement familier. Le choix de l'endroit s'avérait pourtant idéal. La ville, déjà la troisième en importance de l'état, bourgeonnait comme un cactus en pleine floraison. Le campus Taliesin West conçu par Frank Lloyd Wright et les fameuses galeries-ateliers de Paolo Soleri avaient donné à la communauté un haut degré de conscience architecturale. Plus important encore, les promoteurs les plus prestigieux de la ville lui avaient immédiatement proposé une association.

Avant de quitter Philadelphie, il avait continué d'envoyer des fleurs, des lettres et des cadeaux à la résidence des Richardson, toute tentative d'entrer en contact avec les occupants demeura infructueuse, jusqu'au matin de son départ, lorsque Matt Richardson lui téléphona.

— Tu connais Betts depuis longtemps, Nielson. Tu as fait preuve d'une grande loyauté à son égard. Mais il faut que tu comprennes ce qu'elle est en train de vivre. Elle est profondément dépressive et ne veut voir personne.

— Je comprends très bien, avait-il répondu. C'est seulement que... Je suis convaincu que je pourrais l'aider si

306

elle me le permettait. Mes sentiments pour elle n'ont rien à voir avec le fait qu'elle marche ou qu'elle soit assise dans un fauteuil roulant. Si vous pouviez lui parler et la convaincre que...

— Je ne veux pas la bousculer. Elle ne fait pas que porter sa propre peine, elle endosse la responsabilité de la mort de sa mère. Elle croit que rien de tout cela ne serait arrivé si elle avait fait preuve de plus d'autorité et empêché Simone de conduire — ce qui est absurde; Simone a toujours fait ce qu'elle a voulu, sans tenir compte de notre avis.

— Vous avez ma plus profonde sympathie.

— Merci. N'abandonne pas Betts, Nielson. Elle finira bien par s'en remettre un de ces jours et, à ce moment, elle aura besoin de son vieil ami.

— Jamais je ne l'abandonnerai. J'ai laissé une commande permanente chez le fleuriste, et je vais continuer de téléphoner jusqu'à ce qu'elle accepte de me parler.

— C'est ça l'idée. J'espère qu'elle comprendra. Et bonne chance dans l'Ouest.

Six mois plus tard, Nielson revint à la maison à l'occasion de l'anniversaire de sa mère. Après la fête et cinq heures consécutives de *margaritas*, il emmena un groupe de mariachis à la place Rittenhouse. Ils s'installèrent sous la fenêtre de la chambre de Betsy et lui firent la sérénade à plein volume, jusqu'à l'arrivée de la police qui les arrêta tous pour avoir troublé la paix publique. En dépit de l'affront dû à son arrestation, Nielson ne montra aucun regret. Le lendemain matin, Betsy accepta son appel.

Cal Ponti attendit huit semaines avant de rappeler Torie au sujet du Bellevue; sa réponse fut un non inconditionnel. Sa proposition de transformer le bastion chéri de la haute société en un immeuble multiusages et d'égayer les rues Broad et Walnut en dépassant la traditionnelle limite de hauteur était à peu près aussi populaire que la syphilis. À Philadelphie, lui rappela-t-il, une loi issue de la coutume était aussi contraignante qu'une loi écrite.

Après une longue discussion et de nombreuses offres de compromis, Torie dut accepter la décision. Sachant que le maire était limité à deux mandats par les statuts de la ville et qu'il ne serait plus en fonction dans quelques années, elle fut tentée d'acheter l'hôtel et de faire une nouvelle tentative auprès de la prochaine administration. Mais son intuition lui suggéra qu'elle ferait mieux d'investir son argent ailleurs.

Elle abandonna son option sur le Bellevue (qu'un autre promoteur acheta sur-le-champ) mais resta en bons termes avec l'hôtel de ville. En fait, des décorateurs ensembliers faisant partie de son personnel travaillaient déjà aux plans du nouvel aménagement des bureaux de l'hôtel de ville, sans qu'il en coûtât un sou au maire ou aux contribuables.

Ponti fut ravi de ce nouvel ameublement tout neuf et, en signe de gratitude, il lui refila le tuyau selon lequel les propriétaires d'un immeuble résidentiel de grande valeur éprouvaient de grosses difficultés financières. Torie fit son enquête et, après de délicates négociations garantissant aux locataires des avantages financiers et une assistance dans leurs démarches pour se reloger, elle acheta sa première propriété sur le côté nord — un pâté de maisons de la rue Walnut — de la place Rittenhouse.

La réalisation de son rêve d'enfant lui fit connaître des sensations formidables, mais l'euphorie aiguisa encore davantage son appétit de posséder plus d'espace autour de cet endroit précieux. Elle téléphona à plusieurs personnes bien placées pour leur faire connaître son désir, et elle en fut récompensée. Huit mois plus tard, lorsqu'une seconde parcelle du pâté de maison devint disponible, elle en fut avertie aussitôt et l'acheta avant même que quiconque sût qu'elle était à vendre. Quelque part dans son esprit, une vision se dessinait tout doucement...

Cette même année 1978 vit les Entreprises Di Angelo devenir propriétaires de quatre immeubles à logements sur Society Hill, par le biais d'une vente de liquidation, acquérir un morceau de terrain non-développé en bordure de la rivière, à Philadelphie-Sud et décrocher un contrat pour la construction d'un vaste complexe domiciliaire au cœur de la communauté noire, dans le quartier nord de Philadelphie — des transactions qui gardèrent Torie occupée à mettre sur pied six nouvelles compagnies en association avec les Assurances Gibraltar.

La satisfaction qu'elle retira du succès de ces opérations ne fut dépassée que par sa détermination à poursuivre son expansion et à relever les nouveaux défis au fur et à mesure qu'ils se présentaient. Comme le disait Peggy, elle était en mouvement... et se déplaçait comme un tourbillon.

Une nuit de décembre, Torie revint à la maison et trouva Jeff au lit, en train de lire.

— Salut, mon chéri, dit-elle, laissant tomber sa serviette sur une chaise. La soirée a été plus longue que je l'avais prévu.

Il leva les yeux avec un intérêt mitigé.

— Comment ça c'est passé?

— Eh bien, Jim Wygant a reçu une gifle et a tenté de séduire Jan Coleman, qui tournait autour de Ron Eason, qui a dit à sa secrétaire, Zelda, que son haleine sentait le vieux poisson pourri. Je ne sais pas ce qui se passe avec les festivités de Noël — elles semblent faire ressortir ce qu'il y a de pire chez les gens.

— Peut-être cela leur sert-il de catharsis. Nous avons tous besoin de nous vider le cœur.

Elle arrêta de se déshabiller et alla vers lui.

— As-tu quelque chose sur le cœur?

Il tapota le lit.

— Assieds-toi une minute.

Elle se jucha sur l'édredon.

— C'est quelque chose qui nous concerne? Quelque chose qui te rend malheureux?

— Ce n'est rien de très grave. Ce que j'essaie de te dire, bien maladroitement, c'est que tu me manques. Ça me manque de marcher avec toi dans le parc. Ça me manque de t'amener manger un hamburger avant d'aller au cinéma. Les très ordinaires et très simples plaisirs de la vie me manquent. Il m'arrive parfois d'avoir l'impression de ne pas être marié. C'est comme si nous n'avions plus jamais le temps de faire des choses ensemble, tous les deux.

— Mais nous...

— Je sais. Nous assistons à des réunions d'affaires publiques, nous avons des occupations sociales et nous participons à des dîners de famille. En passant, Lisa a téléphoné et ils nous attendent dimanche soir.

— Qu'y a-t-il dimanche soir?

— Voilà ce que j'essaie de te dire. Tu es tellement occupée que tu ne te souviens même pas. C'est une toute petite fête qui s'appelle Noël. Tu sais, ma chérie, je n'essaie pas de créer des problèmes. Mais je vois ta compagnie bourgeonner dans toutes les directions et étendre ses branches et ses tentacules comme une plante monstrueuse sortie tout droit d'un film de science-fiction. Je te vois t'enfoncer de plus en plus et ça m'inquiète.

— Ce ne sera pas toujours comme ça. Quand j'aurai atteint le but que je me suis fixé...

— Mais jusqu'où veux-tu te rendre? Mon maître de Zen connaissait un vieux dicton : «Plus haut grimpe le singe, plus on voit son derrière.» J'adore ton petit derrière, mais pas à distance. Je n'ai pas envie que nous devenions un de ces couples modernes qui vont chacun de leur côté et mènent des vies parallèles.

— Moi non plus.

Elle l'enveloppa de ses bras.

— Je t'aime, et je ne veux rien faire qui puisse te blesser.

— Je ne suis pas blessé, dit-il, tout en caressant ses cheveux.

— Essaie seulement de trouver, de temps à autre, une place pour ton mari dans ton agenda encombré. Ce week-end-ci, par exemple? Personne n'utilise la maison d'Unionville. Nous pourrions partir vendredi soir et revenir à temps pour le souper de dimanche soir.

— J'aimerais tant partir avec toi, Jeff, sérieusement. Mais j'ai promis à Mervin Lewis de faire un saut à sa soirée, la veille de Noël, et je ne désire pas le contrarier, maintenant que j'ai les moyens de me payer ses services. Et puis Ellory a fait le nécessaire afin que je puisse allumer les bougies à l'église du Christ, le même après-midi.

— Tu ne peux rien annuler?

— Il ne s'agit pas que de samedi. Dimanche, j'ai une réunion très importante.

— Le jour même de Noël?

Elle acquiesça.

— Le propriétaire d'un terrain que je convoite doit venir rendre visite à sa mère et il ne sera ici que pour la journée. Ce n'est pas ainsi que j'imaginais célébrer la fête de Noël, mais il possède vingt mille mètres carrés à Bala Cynwyd, et à moins que je ne m'assure d'avoir cette transaction bien en main et que je fasse les démarches nécessaires aux changements de zonage...

— Que dirais-tu du week-end prochain? Pouvons-nous esquiver cette partie de la veille du Nouvel An?

Il lut la réponse sur son visage et haussa les épaules.

— Au moins, j'ai essayé.

— Je suis contente que tu l'aies fait. Je t'ai beaucoup négligé, et je me suis négligée moi-même. Je vais prendre une résolution pour le Nouvel An, celle d'être plus présente à nous deux. Je te le promets.

— C'est tout ce que je voulais entendre.

Il l'attira à lui et sa bouche trouva son oreille.

— Tu sais, ma coccinelle, je n'aurais aucune objection à devenir père, un jour. Est-ce que la maternité a une place, quelque part, dans tes projets grandioses?

— Bien sûr.

— Pourrais-tu prévoir une date?

Elle l'examina pour voir s'il était sérieux.

— Tu veux dire la date exacte où je vais accoucher?

311

— Non, le jour où tu vas arrêter la sacrée pilule.

— C'est facile. Donne-moi, disons, un an — un an à partir de maintenant. Le premier janvier 1980, la compagnie devrait avoir atteint une croissance suffisante et disposer du personnel requis pour me laisser toute liberté de devenir mère. Ce jour-là, je mettrai de côté les pilules, les gelées, les confitures et tout le reste pour me dévouer entièrement — si c'est le mot juste — à la fabrication du bébé Goldman.

— Je seconde la motion.

— Ce sera bon aussi pour le bébé. J'aurai presque vingt-neuf ans, tu en auras trente-trois, et toutes les études disent que les couples en pleine maturité font de meilleurs parents.

— Il ne faudrait quand même pas que nous soyons trop mûrs.

Il passa une main sous son chandail.

— Quelqu'un t'a-t-il déjà dit que tu avais de superbes seins?

— Le fleuriste m'a dit que j'avais de jolis tournesols.

— Ça ne compte pas.

Sa main glissa dans son soutien-gorge et découvrit sa douce et plantureuse poitrine.

— Je commence à ressentir une certaine inspiration.

— Moi aussi.

Elle se laissa tomber sur l'oreiller.

— Penses-tu vraiment que nous pouvons faire un bébé.

— Peut-être pas la première fois.

Il l'embrassa dans le cou et glissa sa jambe par-dessus sa cuisse.

— Mais nous nous entraînerons tout le temps qu'il faudra.

Une fois qu'elle eût admis l'idée d'avoir un bébé, Torie se sentit moins obligée de tenir compte des supplications de Jeff et de passer plus de temps avec lui dans l'immédiat. Elle savait qu'aussitôt qu'elle s'engagerait dans la «procréation», elle devrait reléguer ses affaires au second plan. Sans que cela fût une décision consciente et formelle elle se sentit justifiée de consacrer les douze prochains mois presque exclusivement au travail.

Parce qu'elle n'avait pas fait part de son raisonnement à Jeff, son pas accéléré le mystifia, le blessa et le désappointa. Souvent tenté de lui rappeler sa résolution du Nouvel An, il s'efforça d'être patient. L'agitation ne serait que temporaire et elle devrait ralentir une fois enceinte.

Pressentant le malheur de leur fils, Sylvia et Mort Goldman proposèrent à Jeff et à Torie de consulter un conseiller matrimonial. Il déclina la suggestion et leur fit promettre de ne pas s'interposer. Dès son retour de Washington — il y était pour protester contre l'utilisation de l'énergie nucléaire après l'accident de Three Mile Island — lui et Torie auraient une longue conversation.

Et elle eut lieu, mais rien ne changea. Un des rares moments de bonheur qu'ils partagèrent, cette année-là, survint le trente et un décembre, lorsque, en grande cérémonie, ils jetèrent les pilules de Torie, célébrèrent l'événement au champagne, et se mirent au lit pour créer un bébé.

À leur surprise, Torie ne fut pas immédiatement enceinte. Pas avant la mi-octobre de l'année 1980, en fait, et c'est Jeff qui reçut un appel du gynécologue. Il poussa un hurlement qui se répercuta à travers l'appartement, puis téléphona au bureau de Torie, s'informa de l'endroit où elle se trouvait, et décida qu'il était trop excité pour attendre son retour à la maison.

Saisissant son veston, il conduisit pendant vingt minutes, jusqu'au chantier de construction domiciliaire dans le quartier nord de Philadelphie. Il tomba sur un large panneau : LA PLAZA DI ANGELO. PROMOTEUR : LES ENTREPRISES DI ANGELO. CONSTRUCTION : LA CORPORATION GOLDMAN. Elle ne lui avait pas dit quel nom elle donnerait au développement mais, quelque temps auparavant, il l'avait lu dans les pages commerciales et lui en avait fait part. Sa réponse avait été rapide : «Je l'ai fait pour papa. Je pensais que cela lui ferait plaisir.»

— Foutaises! avait-il répliqué. C'est pour toi que tu lui as donné ce nom, et tu le sais. Il me semble que je suis ton mari. Pourquoi ne songes-tu jamais à me faire plaisir?

— Je le fais.

— Dans ce cas, cesse de promouvoir Torie Di Angelo partout à la ronde. Où que j'aille, je ne vois que ce nom, et nous sommes mariés depuis quatre ans. As-tu honte d'être Torie Goldman? Est-ce trop juif à ton goût?

Leur dispute s'était envenimée et ni l'un ni l'autre n'avait marqué de points. Jeff perdait rarement le contrôle de ses émotions, mais cette dernière insulte avait été de trop. Pourtant, à cet instant précis, sortant de la voiture et apercevant sa mince et jolie femme au pied de l'énorme structure, il sentit monter en lui une vague de fierté. Quel bonheur ce serait d'avoir une fille avec le visage et les formes exquises de sa mère — ou un fils qu'il pourrait emmener dans des excursions de pêche et à qui il pourrait enseigner les rudiments du base-ball.

Il se dirigea d'un pas alerte vers l'endroit où elle parlait avec trois hommes portant des casques de sécurité.

— Jeff! s'exclama-t-elle, alarmée. Qu'est-ce qui ne va pas?

— Rien.

Il sourit d'un air rassurant, tenté de lui annoncer la bonne nouvelle sur-le-champ, mais craignant de la mettre mal à l'aise.

— Pourrais-je te parler une minute?

— Oui, tout de suite. Tu connais Al Hart, notre architecte, et voici Andy et Ray, qui travaillent pour ton père. Mon mari, Jeff Goldman. Voyez s'il y a une solution à ce problème, messieurs. Ces diffuseurs d'extincteur automatique d'incendie me semblent une dépense énorme s'ils ne sont pas obligatoires.

Elle passa son bras sous celui de Jeff.

— Qu'y a-t-il, chéri?

— N'as-tu pas reçu un message du Dr Kerner? Il essaie

314

de te rejoindre depuis des jours.

— Je n'y ai pas porté beaucoup d'attention. Ils veulent sans doute me prévenir que le dernier test est encore négatif.

Elle s'arrêta soudainement.

— Oh, mon Dieu! Ne me dis pas que...

— Oui, je te le dis, chantonna-t-il. Toutes mes félicitations, petite maman. Tu es enceinte de huit semaines.

— Enceinte? Est-ce certain?

— Je n'ai pas demandé s'il avait vérifié auprès d'une autorité supérieure.

— Quelle nouvelle fantastique!

Elle éclata de rire et se jeta dans ses bras.

— À quelle date l'accouchement est-il prévu?

— Autour du dix-huit mai. Tu crois que tu peux insérer cela dans ton agenda?

— Je ne sais pas.

Elle se tapa légèrement la lèvre du bout du doigt.

— C'est une semaine très occupée. Si je ne suis pas disponible, me remplaceras-tu?

— S'il le faut vraiment, dit-il, blagueur. Je vais nous procurer un livre sur la méthode Lamaze. Euh, je pense que tu devrais te remettre au travail. Tes petits copains me lancent des regards méchants.

— Ils ne s'occupent absolument pas de ce que nous faisons. Et ils ne sont pas mes petits copains.

— Ils ne le savent pas. Je sais comment pensent les hommes.

— Oh, allons, mon chéri, cela n'a pas de sens.

— C'est ce que tu crois. Comment réagirais-tu si je passais douze heures par jour entouré de femmes?

— C'est ridicule. Je ne prendrai pas la peine de répondre à de telles remarques.

Elle appuya sa décision d'un signe de tête ferme et repartit aussitôt sur le chantier de construction. Un des hommes lui prit le bras comme elle enjambait une pile de madriers.

Jeff la regarda pendant plusieurs secondes, sans bouger, espérant qu'elle se tourne et le salue, mais elle était déjà plongée dans ses plans et devis — trop concentrée pour se rappeler qu'il était là ou même pourquoi il était venu.

Frustré et fâché, il grimpa dans sa voiture et partit à toute vitesse.

22

— Félicitations, Monsieur Hughes, bon retour sous le chaud soleil de l'Arizona.

Le jeune homme au visage parsemé de taches de rousseur se tenait à côté de la Buick, un large sourire aux lèvres.

— Avez-vous des bagages?

— Ma femme les ramènera avec elle la semaine prochaine. Son père a insisté pour affréter un avion.

— D'après ce que j'ai entendu, il a les moyens de se le permettre.

Nielson grimpa sur la banquette avant.

— Dois-je présumer que mon récent mariage a suscité quelques remous dans les conversations au bureau?

— De nombreux remous.

Jack Winslow s'installa au volant et démarra.

— Ils disent que votre nouveau beau-père possède la moitié de Philadelphie. N'était-il pas maire ou quelque chose du genre?

— Oui, il était maire.

Et il possédait d'impressionnantes propriétés, mais cela n'avait que peu d'importance. Nielson aimait l'argent, bien sûr, mais la fortune des Richardson n'avait jamais influencé ses sentiments pour Betsy.

— Comment fut le mariage?

— Très beau. Ma femme avait des airs de princesse, ce qu'elle est en fait.

Sa femme. Après toutes ces années, cette réalité semblait difficilement possible. Convaincre Betsy de l'épouser avait été la démarche la plus difficile qu'il eût jamais entreprise.

— Était-ce une grande cérémonie?

— Assez grosse. Douze personnes. Betsy voulait que nous gardions le secret — à Philadelphie, en tout cas.

— Pourquoi?

— Ma femme est partiellement paralysée. Elle se déplace très bien dans son carrosse — je déteste le mot «chaise roulante» — mais elle n'aime pas que les gens soient aux petits soins pour elle. Elle craignait que la nouvelle de notre mariage fît un trop grand fracas dans les journaux locaux.

— Est-ce la raison pour laquelle vous n'êtes pas revenus ensemble?

Sois patient, Nielson, se dit-il. Il n'aimait pas répondre à de telles questions, mais il savait que ses employés éprouvaient de la considération pour lui et qu'ils étaient curieux de savoir ce qui le concernait.

— Oui, exactement.

Ce n'était pas du tout pour cette raison. Avec tout l'équipement nécessaire à sa thérapie que Betsy devait rapporter avec elle, il lui fallait un peu de temps pour convertir une partie de la chambre d'amis en gymnase. Heureusement, ce petit logement n'était que temporaire. La nouvelle maison, celle qu'il projetait dans sa tête depuis des mois, serait bientôt sur la planche à dessin.

— Pourrais-je vous poser une question personnelle, Monsieur Hughes?

Nielson lui jeta un regard de côté.

— N'est-ce pas déjà fait?

— À propos de votre travail, je veux dire.

— Allez-y.

— Que s'est-il passé avec la Corporation Bates?

— Ce n'est pas un secret. Lorsque je suis arrivé, il y a

cinq ans, ils m'ont offert une association. Je n'étais pas peu fier de moi, jusqu'à ce que je découvre qu'ils avaient toute une organisation de «partenaires» et que ce titre n'avait finalement aucune valeur. Ils ne voulaient en fait que m'incorporer à leur ligne de production d'abeilles stupides et anonymes, pondant des maisons en série.

— Qu'avez-vous fait?

— J'ai emprunté de l'argent, ouvert mon propre bureau, et passé la plus grande partie de ces cinq dernières années saoul ou «gelé» parce que mon génie n'était pas apprécié. Puis j'ai entendu parler du projet concernant le nouveau musée d'Art autochtone américain, et j'ai offert mes services. Au début, ils disaient que mes plans étaient trop radicaux, mais je les ai convaincus...

— Vous aviez raison. La Pyramide du Soleil est la plus grosse attraction touristique des environs.

— Les touristes m'importent peu. Certains l'aiment, d'autres la méprisent, mais ils vont tous la voir et de cela je suis fier. Plus qu'une simple œuvre d'art, elle renferme une splendide collection de peintures, de sculptures et de travaux d'artisanat datant du XVe siècle. Les visiteurs n'ont pas seulement l'occasion de voir la contribution des Indiens à notre culture, ils ont aussi la possibilité de se mettre au courant de leurs problèmes actuels.

Jack stationna la voiture devant une maison à deux étages, dans une rue tranquille et bordée d'arbres.

— Je considère comme un honneur le fait de pouvoir effectuer mon stage sous votre supervision . Tout le monde pense que vous allez devenir célèbre, Monsieur Hughes.

— Ils ont probablement raison. Il le faut, d'ailleurs, si je veux travailler selon mes propres standards. Merci pour la course.

Nielson descendit de la voiture et s'éloigna sans se retourner.

La grossesse, au grand désappointement de Jeff Goldman, eut peu d'effet sur le rythme de travail de sa femme. À l'exception de la semaine qu'ils passèrent ensemble aux Bermudes, durant la période des fêtes, Torie n'avait pas manqué une journée de travail depuis ce mémorable après-midi d'octobre où, dans un étrange renversement des rôles, c'est lui qui l'avait informée de sa condition.

Au cours de l'avant-midi du 20 mai 1981, Torie éprouva des douleurs soudaines, et Peggy la conduisit en toute hâte à l'hôpital. Lorsque Jeff arriva, elle était en plein travail.

Il demeura auprès d'elle pendant plus de quatre heures, la calmant, la rassurant, regrettant de n'avoir pu la convaincre d'apprendre la technique Lamaze. Au moment crucial, il revêtit une blouse aseptisée, l'accompagna en salle d'opération, et assista au prodige de la naissance — une expérience qui le toucha profondément. Lorsque l'infirmière lui tendit les trois kilos d'un fils vigoureux et bruyant, avec ses cheveux noirs, il pleura de joie.

Torie fut elle aussi stupéfaite par le miracle de la création et ressentit un nouvel élan d'amour envers Jeff et le petit être miniature que leur amour avait produit. Elle se promit à elle-même qu'elle serait une bonne mère, et une meilleure épouse, mais elle n'en pensait pas moins que l'idée de ses beaux-parents de consulter un conseiller matrimonial était absurde. La solution à leur problème était évidente : elle se devait de passer plus de temps à la maison, et il devait cesser ses insinuations malveillantes et ses crises de jalousie. C'était aussi simple que cela.

Mais encore, se disait-elle, au moment où Jeff l'embrassait et courait annoncer la bonne nouvelle aux deux familles, toute sa vie elle n'avait poursuivi qu'un seul but. Après avoir travaillé plus fort qu'elle ne l'aurait jamais cru possible, elle était enfin sur le point de l'atteindre. Si les Entreprises Di Angelo poursuivaient leur croissance, elle serait bientôt — peut-être dans aussi peu que cinq ans — la plus importante promotrice de Philadelphie. Comment pourrait-elle abandonner maintenant? Et pourquoi le devrait-elle? Jeff lui avait assuré qu'il comprenait ses ambitions; elle ne l'aurait jamais épousé autrement. Qu'est-ce qui l'avait fait changer?

La réponse lui apparut clairement. Dans le feu de la passion, il était plus facile de faire des promesses que de les tenir. Dans son empressement et son innocence, il n'avait tout simplement pas réalisé l'étendue des responsabilités de sa femme, les crises constantes, le temps et l'énergie qu'elle devrait consacrer à son travail.

Il y avait pourtant des raisons d'être optimiste. Le bébé les rapprocherait et leur ferait prendre conscience de la chance qu'ils avaient de pouvoir aimer ce précieux fils, débordant de santé. Tous les mariages ont leur part de maux de tête; la différence venait du fait qu'ils avaient accepté, il y a long-temps, de ne jamais chercher à régler leurs disputes au moyen du divorce. À tous les problèmes ils trouveraient une solution — et ils la trouveraient ensemble.

— Je reconnaîtrais ce bébé n'importe où. Il a le visage d'un *angelino*, comme sa mère. Il va devenir un Don Juan, Vittoria. Don Juan Goldman. Il va être la coqueluche des dames dès qu'il fera ses premiers pas. Je te le parie.

— J'espère que non.

Torie fit un large sourire au petit chérubin dans ses bras.

— Ils ne t'appelleront pas Don Juan, n'est-ce pas, Michael Francis? J'espère au moins que les filles te laisseront tranquille jusqu'à ce que tu sois dompté à la propreté.

Tony Silvano rejeta la tête en arrière, dans un éclat de rire.

— Quelle mère tu vas être! On ne dompte pas les enfants *piccolina*, on leur fait faire l'apprentissage de la propreté.

— Eh bien, peu importe. Papa semble merveilleusement en forme, ne crois-tu pas?

Tony suivit son regard, de l'autre côté de la petite chapelle, à l'intérieur de l'église de la Sainte-Trinité.

— *Splendido*! Devenir grand-papa lui a fait plus de bien que tous les médicaments, opérations et prières réunis. D'un seul coup, il a rajeuni de dix ans. Ah oui, Grace m'a dit de te dire qu'elle était désolée de ne pouvoir être ici.

Torie retint sa réplique. Cette journée ne devait pas être assombrie par l'amertume.

— C'est donc là que vous cachez le futur président. Est-ce qu'il est sage?

Jeff passa son bras autour de sa femme et posa sur son fils des yeux rayonnants.

— Pour le moment. Sec comme le désert. Tu te souviens de Tony, chéri — oh, je devrais dire Conseiller Silvano.

— S'il te plaît, pour mes amis je suis toujours Tony. Nous nous sommes rencontrés à votre mariage. Toutes mes félicitations pour le baptême. Vous avez un garçon splendide. Vous devez être fier.

— À qui le dites-vous? Je crois que la cérémonie s'est bien déroulée, Tor. De la part d'un prêtre de l'église épiscopale, cela ne pouvait pas être moins sectaire.

Elle se tourna vers Tony.

— Nous ne savions pas si nous devions faire un *bris* ou un baptême. L'église épiscopale nous a semblé un compromis acceptable, au moins à nous deux, sinon à nos parents. Et c'est place Rittenhouse, à l'endroit même où nous sommes tombés amoureux.

Déplaçant le bébé sur son épaule, elle lui tapota légèrement le dos.

— Allez-vous l'élever dans cette religion?

— Non. Lorsqu'il sera en âge de le faire, il choisira lui-même sa religion.

Jeff s'approcha d'elle.

— Je vais prendre sa majesté un instant. Je veux le montrer aux gens avant qu'il ne recommence à brailler.

— Michael ne braille pas, n'est-ce pas, mon petit chéri.

Elle le laissa partir avec une certaine hésitation, lui

enroulant la couverture de satin blanc autour du cou.

— Il exerce ses poumons. Il y a une différence.

— Dis cela à mes oreilles. À tout à l'heure, Conseiller.

— Bien sûr. Nous pourrions dîner ensemble un de ces soirs.

— D'accord. Peut-être que Sarah Lee Birds Eye nous préparera un de ses plats délicieux.

Tony surveilla Jeff traverser la pièce, puis baissa la voix.

— Tu es superbe, *carina*. Tu tiendras toujours une place spéciale dans mon cœur. Et j'entends des choses merveilleuses à ton sujet. Bientôt, tu posséderas toute la ville.

— Pas bientôt, cela prendra au moins une semaine ou deux.

— Il se pourrait que je sois en mesure de t'aider. J'ai une dette envers ton père. Je me suis toujours reproché de n'avoir pu lui éviter la prison en — quand était-ce?

— Soixante-quatre.

— Mil neuf cent soixante-quatre — il y a si longtemps. Cela apaisera peut-être ma conscience de faire quelque chose pour sa fille.

Son instinct la prévint de se méfier de Tony Silvano. Il n'avait pas de conscience. Chacune de ses paroles, chacun de ses clignements d'yeux ne servait qu'à l'élévation personnelle de Tony. Mais elle était curieuse.

— Que veux-tu dire?

— Il est question que ce soit moi qui ait le dernier mot en ce qui concerne l'octroi du contrat de construction de la nouvelle bibliothèque municipale.

Il fit une pause pour savourer sa réaction.

— Cela t'intéresse?

— Tu sais bien que oui. J'ai passé toute la semaine à étudier les spécifications. Nous allons soumettre un prix équitable et les plus hauts standards de construction.

— Mais cela ne nuirait pas de connaître le prix des autres soumissionnaires.

Sa suffisance l'irrita.

— Où veux-tu en venir?

— Avant de faire quoi que ce soit, *piccione*, attends de mes nouvelles.

Sa voix ne fut plus qu'un soupir.

— Je te téléphonerai demain, dès que j'aurai l'information.

— Quelle information? Ne me mêle pas à quoi que ce soit de louche ou d'illégal. Cela ne m'intéresse pas.

— *Dio mio*! Ferais-je quelque chose qui soit illégal? *Ciao, bellezza*.

Il lui souffla un baiser.

— Je vais saluer Frank et Lisa.

Torie n'avait pas prévu retourner au travail aussi tôt. Michael n'avait que deux semaines et elle avait pensé prendre trois semaines de repos. Mais, se sentant impatiente et pleine de vitalité, elle attribua son retour au travail anticipé en partie à sa décision de ne pas allaiter le bébé. Malgré les protestations de Jeff, elle ne voyait aucune raison valable d'être soumise à deux ou trois heures d'allaitement maternel éparpillées sur toute la journée et toute la nuit — une tâche qu'elle confia sans hésiter à Mme Rennie, leur compétente nounou irlandaise. Il s'avéra que Michael accepta le biberon avec joie, et que ses parents purent fermer la porte de leur chambre et dormir leurs nuits entières, et tout le monde fut raisonnablement content.

Le lendemain du baptême, Torie découvrit, en arrivant au bureau, tout un tas de ballons au plafond. Sa seconde surprise fut un cadeau du personnel — une magnifique poussette anglaise que Peggy avait remplie de jouets et stationnée près de la fenêtre. Après avoir embrassé tous ceux qui étaient aux alentours, Torie plongea dans son fauteuil, enchantée de pouvoir évoluer à nouveau dans son univers préféré. Le long supplice était terminé et elle allait recommencer à faire ce qu'elle aimait le plus.

Le travail s'était accumulé; pendant tout l'avant-midi, les

téléphones sonnèrent, les interphones clignotèrent et des gens entrèrent et sortirent de son bureau dans un mouvement incessant. Ellory insista pour qu'elle commençât une collection d'art et lui suggéra d'acheter une peinture de Degas pour son salon — «un vol pur et simple à ce prix». Lisa téléphona et demanda s'ils pouvaient prendre Michael pendant le jour de congé de la nounou; Torie consentit, heureuse que son fils l'ait réintégrée dans les bonnes grâces de son père. Un de ces jours, il finirait peut-être par lui dire quelque chose de gentil.

La cadence ralentit vers midi et Peggy lui transféra un appel du conseiller Silvano.

— Allo, Tony.

Sa voix était si basse qu'elle l'entendait à peine.

— Soumissionne haut.

— Quoi? Pourrais-tu parler un peu plus fort?

— Non. Quel que soit le montant de la soumission auquel tu pensais, augmente-le.

— Es-tu fou?

— Fais-moi confiance, *bella*. Les évaluations sont trop basses et le comité craint de ne pas obtenir un travail de qualité. Quiconque présentera une soumission plus élevée décrochera le contrat.

— Mais cela n'a aucun sens.

— Je ne peux en dire davantage.

Elle replaça le récepteur, ahurie, fixant l'enveloppe scellée contenant la soumission relative à la bibliothèque municipale. Elle devait se décider dans l'instant même. Ou elle ignorait l'appel de Tony et envoyait la soumission comme prévu, ou elle frappait quelques touches sur l'ordinateur, augmentait légèrement les chiffres, et sortait une nouvelle impression.

Sa première réaction fut de n'accorder aucune confiance au conseiller Silvano. Ce qu'il venait de faire était sournois, malhonnête, et, ayant été échaudée par les erreurs de son père et de son frère, sans mentionner la longue histoire de mensonges et de duperies de son cousin, elle était sensible à toute allusion de méfait.

Pourtant... Il avait semblé tellement sincère et désireux de s'amender. De plus, si cela tournait mal, ce n'est pas elle qui serait à blâmer. Il lui avait fourni des renseignements illégaux qu'elle n'avait pas demandés, et personne ne pourrait prouver qu'elle en avait tenu compte. Quelques secondes de son temps pour réviser les chiffres pouvaient signifier la différence entre l'obtention d'un contrat de dix-neuf millions de dollars ou pas de contrat du tout. Et qui le saurait jamais?

Impulsivement, elle rappela la copie sur l'écran, joua sur le clavier et imprima une nouvelle lettre. L'augmentation n'était pas suffisamment importante pour rendre la soumission exagérée, mais assez pour obtenir le contrat. Après avoir humecté et collé l'enveloppe, elle la glissa dans le casier «sortie». Dans moins d'une heure, la soumission, maintenant gonflée d'un quart de million de dollars, serait en route.

23

La berline blanche de marque Lincoln s'arrêta à l'endroit où la rue débouchait sur la rivière. Un Noir costaud, portant une casquette de chauffeur, tourna la tête.

— Nous sommes à Penn's Landing, Ma'am Torie.

Ellory Davis fouilla ses poches à la recherche de ses lunettes.

— Est-ce le *Moshulu*?

— Oui, mis'ieur.

— Alors ce doit être le *Welch Princess* juste à côté. Oh, zut — une passerelle. Et ma peur du vertige?

— Silence, Ellory. Imaginez-vous qu'il y a une foule de journalistes au sommet.

Torie se pencha en avant.

— Merci, Moose. Nous ne resterons pas plus d'une heure.

— Oui, ma'am.

En un instant, il fut devant sa portière, l'aidant à sortir.

— Il était temps que vous ayez une voiture et un chauffeur, dit Ellory, se passant un peigne dans les cheveux tout en marchant vers le bateau. Mais, Moose, pour l'amour de Dieu?

— Benjamin Franklin Moose. C'est son nom. Pensez à la ramure.

— Ne pourriez-vous pas l'appeler Ben? Ou Franklin?

— Il n'aime pas cela.

Elle se mit à rire et lui prit le bras.

— Lorsque je lui ai demandé comment les gens l'appelaient, il s'est levé bien droit et m'a dit : «Comme dans la vieille blague, ma'am. Comme je veux qu'ils m'appellent.»

— Un vrai comédien.

— Ne soyez pas si snob, Ellory. Moose s'est présenté avec d'excellentes références. Il était au service d'un couple très gentil avant qu'ils ne déménagent à New York.

— Noo Yawk? Surveillez votre diction.

— New Yorrrk. De toute façon, je me sens en sécurité avec Moose. J'ai l'impression d'avoir un garde du corps.

— Est-ce la raison pour laquelle vous l'avez engagé?

— Hum, pas exactement. Lorsque j'ai demandé à Jeff d'accompagner Michael chez le pédiatre, la semaine dernière, il s'est fâché et s'est mis à jacasser au sujet des obligations d'une mère et tout le tralala. Je lui ai dit qu'il aurait intérêt à remuer de temps en temps, et... oh, pourquoi est-ce que je m'emporte de la sorte?

— Probablement parce que votre mari n'a pas daigné travailler une seule journée depuis que vous êtes mariés. A-t-il seulement vendu une de ses merveilleuses toiles?

— Oui. Sa sœur en a acheté une. Et quelques-unes de ses amies, je crois.

— Comme c'est charitable. Vous êtes-vous arrêtée à penser que vous le faisiez vivre?

Elle haussa les épaules.

— Il ne pense jamais à l'argent. Il s'en tirait bien avec les intérêts de sa fiducie lorsqu'il dormait dans un loft et mangeait du riz brun. Si je ne travaillais pas, il s'attendrait à ce que nous vivions avec douze cent dollars par mois — avec un bébé.

Ellory s'arrêta au pied de la passerelle.

— C'est de très mauvais augure.

— C'est aussi de ma faute. J'avais promis que je réduirais mes activités professionnelles après l'arrivée du bébé, mais il se passe tant de choses excitantes. Les affaires se développent partout autour de moi et Jeff ne comprend pas pourquoi je ne préfère pas rester à la maison et changer des couches. Pour l'instant, Michael est très heureux dès qu'il est lavé, nourri et câliné. Lorsqu'il sera suffisamment âgé pour avoir besoin d'une mère au lieu d'une bonne d'enfants, je serai là.

— Je ne suis pas sûr d'y être. Il se peut que je ne survive pas à cette nuit.

Ellory gémit et se pencha sur le garde-fou.

— Officier, y a-t-il un autre moyen de monter à bord de ce navire?

Le visage du garde demeura impassible.

— Non, à moins que vous ne vouliez nager et essayer de l'autre côté. Votre nom?

— Davis. Et voici Madame Di Angelo. Ou Madame Goldman — pour le moment.

— Vous pouvez passer.

— C'est facile à dire.

— Soyez brave, Ellory.

Torie lui prit la main et le tira gentiment.

— Fermez les yeux et imaginez que je vous conduis sur une montagne magique. Au sommet, il y a une carafe de cristal qui ne se vide jamais. Quel est votre vin favori?

— Cela dépend.

Il déglutit nerveusement et commença à grimper.

— Si nous parlons de vin blanc, le Bernkasteler l'emporte haut la main sur le Gewürztraminer, quoique l'un soit fruité et l'autre épicé, ce n'est donc pas juste de les comparer. Je suppose que si quelqu'un pointait un pistolet sur ma tempe, je dirais un champagne Bollinger Vieilles Vignes, fait exclusivement avec du raisin pinot noir, cultivé sur une seule acre de vigne...

— Vous pouvez cesser de divaguer et ouvrir les yeux. Nous y sommes.

— Qu'Allah soit béni.

Ellory cligna des yeux, s'essuya le front avec un mouchoir et observa la scène. Ils se trouvaient sur le pont d'un yacht, au milieu d'une foule d'invités qui bavardaient. L'air était parfumé et le vacarme était soutenu par un orchestre de danse composé de cinq musiciens.

— Je vois notre hôtesse. Accrochez-vous à moi et ne me lâchez pas.

Jouant du coude à travers la cohue, il se faufila jusqu'à la rambarde de tribord où se tenaient trois femmes. Deux d'entre elles faisaient typiquement «Vieux Philadelphie». Les vagues dans leurs cheveux gris, coupés courts, sortaient directement du salon de coiffure, leurs perles étaient grosses et bien assorties, leur attitude réservée et distante. Des robes très coûteuses dessinaient leurs formes un peu trop généreuses.

La troisième femme regarda sous son tricorne. Elle portait une blouse chiffonnée et des pantalons de soie blanche, rentrés dans ses bottes.

— Ellory, mon amour, roucoula-t-elle, tournant en rond, Comme c'est gentil d'être venu!

— Félicitations, Tina.

Il l'embrassa sur les deux joues.

— Mariée à Cal Ponti pendant quarante ans! Mon Dieu, c'est une occasion! Je vous en souhaite d'autres encore plus heureuses, ma chérie. Vous connaissez Torie...

— Oui, en effet.

Les femmes échangèrent une poignée de mains.

— Je suis désolée que Jeff n'ait pu venir. Je l'ai connu alors qu'il n'était encore qu'un bébé. Ne le dites à personne, mais il était mon préféré parmi les enfants Goldman.

— Tout le monde l'aime, renchérit Torie. Il vous envoie son affection et ses regrets. Il est... occupé avec ses tableaux.

— Je comprends l'esprit créatif. Vous lui direz que nous attendons impatiemment son premier vernissage.

Ellory fit rapidement irruption.

— C'est bon, Tina, je donne ma langue au chat. Pourquoi le costume?

330

Elle gloussa coquettement.

— C'est une idée des enfants. Ils ont dit que nous devions tous porter des uniformes de la marine coloniale. De cette façon, vous ne pouvez pas nous manquer. Nous ressortons comme des zèbres au milieu d'un troupeau de mules.

— Je vois Cal, là-bas...

Ellory suivit le regard de Torie, puis se tourna pour prendre congé de leur hôtesse, mais elle était déjà occupée avec de nouveaux arrivés.

— Allons saluer M. Ponti et partons, murmura Torie. Je ne tiens pas à ce que la presse me parle encore des travaux que j'ai effectués dans les bureaux de l'ancien maire.

— Ne l'appelez pas ancien. Appelez-le «maire» ou il vous fera sauter la tête. Si vous m'aviez laissé régler cette situation au lieu de foncer tête baissée comme un rhinocéros en rut...

— Cela a marché, n'est-ce pas? Cal était là lorsque j'ai eu besoin de lui. Tant pis s'il n'a pu faire changer les statuts de la ville et briguer les suffrages pour un troisième mandat. Mais je crois que j'ai aussi Borland dans ma poche.

— *Très bien*! Je pourrais me payer une Rolls-Royce, trois plutôt, avec ce que vous avez souscrit à sa campagne. Oh, oh, voici Brayton McGarren. Je tuerais pour que son magazine fasse un papier sur vous.

— Je ne suis pas assez riche ou célèbre pour intéresser McGarren. Et de toute façon, voici notre hôte.

Elle sourit chaleureusement.

— Quel superbe amiral vous faites. Je sais maintenant pourquoi nous avons gagné la guerre.

Cal Ponti monta sur le pont dans un uniforme noir de la marine garni de soutaches d'or, serra la main d'Ellory et embrassa Torie sur les joues.

— Les belles dames nous ont donné de bonnes raisons de nous battre, ma'am.

— Si je puis interrompre ce touchant dialogue, nous sommes venus tous les deux vous souhaiter un heureux anniversaire, Cal. Je ne sais pas comment Tina a pu vous endurer pendant quarante ans.

— Je pense qu'il doit être un mari excitant, dit Torie. Peu d'hommes ont l'intelligence et le cran de travailler dur pour devenir l'homme le plus puissant en ville.

— Vous n'avez pas mal réussi, vous-même. Mais j'ai été peiné d'apprendre que vous aviez perdu le contrat de la bibliothèque municipale. Cela ne se serait pas produit si j'avais toujours été en poste.

— Perdu?

Sa gorge se serra.

— Je n'en ai pas entendu parler.

— Un de mes adjoints m'a dit que le comité souhaitait vous donner ce contrat, mais que votre soumission était trop haute — pas de beaucoup, ai-je cru comprendre, juste assez pour que Pennington s'en empare.

— Qui?

— Une petite firme de Chesnut Hill : les Entreprises Pennington.

Le visage de Torie devint livide lorsqu'elle comprit.

— Y a-t-il un lien de parenté avec Grace Pennington Silvano?

L'ancien maire acquiesça d'un signe de tête.

— Son garçon. Le gendre de Tony. Mais d'après ce que j'ai su, Tony n'a pas été impliqué dans ce choix. Ils n'ont considéré que les chiffres.

— Je vois, laissa-t-elle échapper.

Ainsi, Tony l'avait roulée une fois encore, et d'une façon telle qu'elle ne pouvait dire à personne à quel point elle avait été stupide — et totalement naïve.

Une nouvelle voix la sortit de ses pensées.

— Mes compliments, Cal. J'espère que je serai encore là pour le cinquantième.

— J'espère que nous serons là tous les deux. Torie Di Angelo, Ellory Davis — vous connaissez Matt Richardson, n'est-ce pas?

— Oui, nous nous sommes rencontrés...

Elle s'arrêta subitement.

— Tout va bien, Torie.

Matt sourit et lui tapota la main.

— Je ne vous oublierai jamais. Ma vie s'est écroulée le jour de votre mariage.

— Je suis tellement désolée.

— Vous nous avez écrit une merveilleuse carte. Je l'ai montrée à Betts. Elle nous a beaucoup touchée.

— Comment va Betsy? demanda Torie.

— Elle va bien. D'ailleurs, elle s'est mariée en avril.

— Ah oui?

L'hôte sembla étonné.

— Comment se fait-il que nous n'en ayons rien su?

— Les enfants voulaient garder la chose secrète. Elle a épousé son vieil ami de cœur, Nielson Hughes — le fils de Robert Nielson. Ils vivent en Arizona et il veille à ses moindres désirs. Il est en train de lui construire une énorme maison, sur un seul étage, de façon à ce qu'elle puisse s'y déplacer sans problème avec sa chaise roulante.

— Nielson Hughes... répéta Ellory. N'a-t-il pas fait quelque chose pour vous, Torie?

— Euh, oui, il y a dix ans. Il a dessiné la tour Saint-Francis.

La tête lui tournait — d'abord la trahison de Tony, et maintenant cette révélation. Elle s'efforça de sourire.

— Je suis si heureuse pour Betsy, Monsieur Richardson. Si je lui écrivais un mot, pourriez-vous le lui faire parvenir?

— Je vais faire mieux que cela.

Il écrivit sur une carte.

— Voici son adresse. Elle sera heureuse d'avoir de vos nouvelles — tout comme Nielson. Il a commencé à faire la cour à Betsy tout de suite après l'accident, vous savez. Elle n'allait vraiment pas bien à cette époque, essayant d'accepter le fait qu'elle serait paralysée toute sa vie. J'étais moi-même une épave. La dernière chose dont nous avions besoin, tous les deux, c'était bien d'un prétendant follement amoureux.

L'adjectif la blessa, bien que Torie sût qu'il était approprié. Nielson avait toujours adoré Betsy, même lorsqu'il lui
faisait passionnément l'amour. Elle le soupçonnait déjà à ce
moment-là, mais n'aurait jamais voulu l'admettre.

— Je comprends ce que vous avez dû ressentir.

— Betts a refusé de lui parler, à lui ou à quiconque,
pendant environ dix mois. Une nuit, qu'il avait bu trop de
téquila, il est venu s'attrouper devant la maison avec un groupe
de mariachis. Ils faisaient tellement de bruit et de tumulte que
j'ai dû appeler la police. Ce fut la meilleure chose que j'aie
jamais faite pour Betsy. Elle éprouva le sentiment que j'avais
injustement traité une minorité sans défense. Le lendemain,
elle accepta le premier appel d'une des pauvres victimes
— Nielson Hughes.

— Délicieux! C'est meilleur qu'un téléroman.

Ellory alluma une cigarette et s'appuya contre la rambarde.

— Continuez.

— Eh bien, Nielson était déjà installé en Arizona. Il
commença à lui téléphoner tous les soirs, puis le matin et le
soir, et enfin, peu de temps après, elle attendait impatiemment
ses appels.

Il s'arrêta, vérifia les regards de son assistance, et, assuré
de leur intérêt, il continua :

— Je ne sais pas quand il lui a demandé de l'épouser la
première fois. Mais Betts a dit non, elle ne voulait pas lui
imposer son handicap. Il lui a fallu plus de quatre ans pour
faire taire ses réticences et accepter finalement de l'épouser
— et franchement, je ne sais pas si elle aurait surmonté toute
cette épreuve sans Nielson. Même au début, lorsqu'elle
refusait de le voir, il était important pour elle de savoir qu'un
homme — un très bel homme — la voulait toujours.

— Si j'étais réalisateur de cinéma, je tournerais cette
histoire immédiatement, dit Ellory. Tout y est. Même une fin
heureuse.

— Non, une fin heureuse ferait en sorte que Betsy retrouve l'usage de ses jambes.

Matt fronça les sourcils.

— Mais vous pouvez toujours essayer de propager l'idée, Ellory, dans la mesure où je recevrais cinquante pour cent des recettes brutes.

— Quarante ou rien. C'est mon offre finale.

— Allons, les parvenus.

Torie prit le bras d'Ellory et embrassa les deux anciens maires sur la joue.

— J'écrirai à Betsy demain. Et vous, Amiral Ponti, n'enlevez jamais cet uniforme.

Torie ne parvint pas à dormir cette nuit-là. La nouvelle concernant Nielson lui avait tout d'abord donné un choc, mais plus elle y pensait, moins cela lui semblait surprenant. Nielson s'était toujours considéré comme un héros. Elle se rappelait très clairement ce qu'il lui avait raconté au sujet de la pièce dans laquelle il avait tenu le rôle de Sir Walter Raleigh, lorsqu'il était étudiant. Dans sa version, cependant, étendre son manteau n'était pas suffisant, il devait porter la reine par-dessus la flaque d'eau. Devenir le chevalier en armure de Betsy et la sauver de sa vie triste et morne d'invalide convenait parfaitement à son interprétation de la chevalerie.

Mais, tout de même, la révélation de Matt lui avait porté un dur coup. En ce qui la concernait, aucune conclusion n'avait été écrite au chapitre de son passé intitulé «Nielson Hughes». L'espoir qu'il reviendrait dans sa vie, un jour, de quelque manière, devait maintenant être enterré et oublié. Le chapitre avait finalement une fin et, faisant fi de ses propres sentiments, c'était une fin heureuse. Nielson avait épousé la femme qu'il avait toujours voulue, et Betsy avait un mari prévenant qui l'aimait suffisamment pour accepter sa terrible affliction.

Torie sortit doucement du lit, prenant soin de ne pas

réveiller Jeff, s'assit à son bureau et écrivit :

Chère Betsy,

J'ai rencontré votre père ce soir et il m'a appris votre merveilleuse nouvelle. Félicitations et tous mes vœux de bonheur.

J'ai travaillé avec votre mari il y a plusieurs années, et j'ai beaucoup de respect pour son talent. Votre père est très excité au sujet de la maison que Nielson est en train de dessiner pour vous.

Elle voulut mentionner Michael, mais se retint. Nul besoin de lui rappeler des joies qu'elle ne connaîtrait jamais. À la place, elle ajouta :

Mon travail et ma famille me gardent occupée, mais j'espère que nos chemins se croiseront avant longtemps. Si jamais vous revenez à la maison (votre ancienne maison) à l'occasion d'une visite, Jeff et moi aimerions beaucoup vous voir. Avec toute notre affection...

Malgré tous ses efforts de rationalisation, adresser l'enveloppe à Mme Nielson Hughes lui donna un pincement. Refusant d'y réfléchir davantage, elle mit la lettre dans sa serviette, éteignit la lampe de chevet et se glissa sous les couvertures.

Maintenant qu'elle avait absorbé le second choc de la soirée, elle avait toute liberté de revenir au premier — la duplicité de Tony. Ses sentiments pour lui étaient un mélange de colère et de haine, teinté du mépris de soi à cause de sa propre naïveté. Mais de telles émotions étaient improductives. L'erreur était irréversible et elle ferait mieux de se consacrer à des pensées plus constructives.

En dépit de tous ses efforts, elle ne parvint pas à se libérer de sa colère. Même si elle tentait de la sortir de son esprit, une partie de son cerveau élaborait déjà des plans. Tony Silvano avait écrasé la famille Di Angelo une fois de trop. Maintenant, elle devait lui remettre la monnaie de sa pièce.

Peggy faisait les cent pas dans le bureau, gesticulant sans cesse.

— Je ne peux pas croire que tu aies été aussi stupide. Et Tony, surtout lui! Cela aurait pu être n'importe qui d'autre...

— O.K., O.K.

Torie déposa violemment son crayon.

— J'ai été cupide, j'ai été malhonnête, j'ai fait une gaffe monumentale. Je sais déjà que je suis stupide. Je n'ai pas besoin que tu me le confirmes.

— Alors, pourquoi me l'as tu dit?

— Parce que tu es la seule personne dans ce monde effrayant à qui je puisse faire confiance. J'ai appris ma leçon. Je me ferai tatouer les seins avant de refaire une chose comme celle-là. Mais il faut que je prenne ma revanche sur cet enfant de salaud. Pense à quelque chose.

Peggy se laissa tomber dans un fauteuil.

— Je n'ai pas le temps de penser à quoi que ce soit, et toi non plus. As-tu jeté un coup d'œil sur ton agenda?

Torie n'écoutait pas.

— Que penses-tu de ceci? Nous lui faisons le coup de la séduction. Tony est convaincu que je vais tomber dans ses bras; nous nous rencontrons donc au Barclay, où je lui ai fait croire que nous réservons en permanence une suite pour nos visiteurs. Puis... Qu'est-ce que je fais ensuite? Comment puis-je causer un scandale sans y être impliquée moi-même?

— Quand tu auras trouvé, fais-le-moi savoir.

— Ne te sauve pas, Piglet. Faisons une petite séance de remue-méninges.

— Une minute.

Peggy pencha la tête et se concentra pendant plusieurs secondes. Puis elle se releva.

— Bon, tu tiens ce salaud dans tes mains. N'a-t-il pas

une quelconque incapacité physique sur laquelle tu puisses jouer? Pourrais-tu cacher ses lunettes? Porte-t-il des verres de contact? J'ai lu une fois qu'un gars avait mis ses verres de contact dans un verre d'eau près du lit, et que sa petite amie s'était réveillée au milieu de la nuit et les avait bus.

— Ne me dis pas comment elle les a récupérés.

— A-t-il des allergies? Nous pourrions remplir la chambre de roses…

— Voilà, Tony   est allergique. Je me rappelle que Frankie m'ait dit qu'il ne pourrait pas se marier si sa femme ne se débarrassait pas de son chat.

— Attends donc. Une lumière vient de s'allumer. Ma sœur non plus ne peut pas s'approcher d'un chat. Son médecin lui a donné un sérum. Elle s'en met quelques gouttes sous la langue chaque semaine afin de se bâtir une immunité.

Peggy se pencha sur le bureau, tout excitée.

— Que se passerait-il si tu versais quelques gouttes du sérum de Kelly dans son verre?

— Comment ferais-je cela?

— Apporte avec toi de l'alcool contenant déjà du sérum. Tu n'es pas allergique, cela ne te dérangera pas.

Torie sourit.

— Par tous les diables, je crois que tu touches juste! Le crime parfait. Pas d'arme, pas de témoins. C'est ce que je vais faire! Piglet, ma vieille amie, comment pourrais-je montrer ma gratitude à cet esprit diabolique qu'est le tien? Peut-être en me procurant ces jolies boucles d'oreilles de perle que tu as vues chez Nan Duskin?

— Je ne les accepterais pas.

— Que dirais-tu si je les achetais quand même?

Les yeux de Peggy se remplirent de malice comme elle marchait vers la porte; elle tourna la tête par-dessus son épaule :

— Miaou?

24

Deux semaines s'écoulèrent avant que Torie n'apprît que le conseiller Silvano représenterait son district à une réunion qui se tiendrait à l'hôtel de ville, le 22 juillet 1981, afin de discuter le projet d'aménagement d'une promenade à Penn's Landing. Vêtue d'un costume blanc et rouge signé Adolfo, elle entra dans la salle du conseil et aperçut Tony près de la table de conférences, discutant avec son adjoint, Max Lemo — connu pour être membre d'une famille du crime organisé.

En la voyant, Tony sauta sur ses pieds.

— Quelle surprise! Je n'aurais jamais cru qu'une dame si importante puisse assister à une réunion si banale.

Elle sourit, chaleureuse.

— Il y a des chances que cela devienne un développement majeur. Je tiens à y être dès le début.

— Tu y seras, *bella*, je te le garantis personnellement.

Il se frappa la joue, comme s'il se rappelait soudainement quelque chose d'important.

— *Mama mia*, je te dois des excuses. J'aurais dû te prévenir à propos de la bibliothèque municipale. Tu as reçu la lettre?

— Oui.

— Tu es une vilaine fille.

Sa voix devint un soupir.

— Si tu avais ajouté quelques dollars à ta soumission secrète, tu serais repartie avec le contrat.

Cet homme était incroyable.

— C'est ma faute, Tony. J'aurais dû t'écouter.

— Luciano! *Paisano*! Le conseil du district quarante-sept se réchauffe. Nous dînons ensemble la semaine prochaine? Je vous téléphone.

Elle le regarda donner des tapes dans le dos pendant quelques minutes, puis se retourna afin de trouver une chaise autour de la table.

— Assieds-toi à côté de moi, Vittoria.

— Je ne veux pas te déranger.

— Comment pourrais-tu me déranger?

Il la regarda avec une attention soutenue.

— Comment pourrais-tu *jamais* me déranger?

Elle détourna son regard avec une modestie affectée, comme si ses dernières paroles l'avaient mise mal à l'aise.

— Tu dégages une fine odeur de musc, dit-il, baissant encore le ton de sa voix. Tu réveilles l'animal en moi.

Son visage était un masque d'innocence lorsqu'il poussa la chaise de Torie vers la table. Aux yeux d'un observateur, il aurait pu tout aussi bien avoir dit :

— Il semble qu'il va pleuvoir.

La réunion venait à peine de commencer qu'elle sentit un pied toucher sa chaussure, puis s'appuyer contre sa cheville. S'efforçant de ne pas montrer son amusement, elle exerça une légère pression en retour. Quelques instants plus tard, le pied s'aventura sur toute la longueur de son mollet et, lorsque la réunion prit fin, elle commençait à craindre pour ses bas de nylon.

— Devrions-nous poursuivre la discussion de ce projet devant un bon café? demanda-t-il à haute voix.

— Merci, mais je dois retourner à mon bureau.

— Je vais te reconduire jusqu'à ta voiture.

Dès qu'ils furent dehors, il lui demanda :

— Quand pourrai-je te revoir? Quand pourrons-nous être

340

seuls?

— Oh, non, Tony, dit-elle nerveusement. Nous ne devons même pas penser à ce genre de chose.

— Qu'est-ce que c'est «nous ne devons pas»? Ces mots ne sont pas dans mon vocabulaire. Mon sang brûle pour toi et je sais que tu éprouves la même chose à mon égard. C'est la volonté de Dieu, *carina*. Le Seigneur nous a donné ces sentiments.

— Mais nous ne pouvons rien faire. Nous sommes trop connus. Nous ne devrions même pas nous parler dans la rue.

— Je vais trouver un endroit où nous pourrons nous rencontrer. Tu as raison. Il est important que personne ne nous voie. Les bonnes choses deviennent mauvaises lorsque quelqu'un est blessé.

Il avait l'air d'un robot automatique programmé pour la séduction. Elle s'arrêta devant sa voiture.

— Nous ferions mieux de nous dire au revoir, Tony.

— Nous ne pouvons pas nous dire au revoir. Tu sais aussi bien que moi que nous sommes faits pour être ensemble. Si nous étions seuls, sans tous ces gens dans la rue, je prendrais ta main et je te montrerais ce que tu me fais — maintenant, ici, debout sur le trottoir.

La vision sembla l'inspirer.

— Hum... bien... j'ai peut-être une idée.

— Dis-la-moi.

— Ma compagnie garde une suite au Barclay pour les visiteurs importants et les petites réunions. Si tu pouvais utiliser l'ascenseur... non, non, oublie cela, c'est trop risqué.

— Qu'est-ce qui est risqué? Dis-le-moi et je déciderai.

— Je suppose que tu pourrais sortir au quinzième étage et descendre à pied jusqu'au treizième...

— Quand?

— Attends, le dîner d'affaires devrait se terminer vers trois heures. Disons quatre heures pour être plus prudent. Quatre heures... Vendredi?

Il consulta un petit cahier noir.

— Conseil de révision… Comité des finances… J'y serai à quatre heures quinze. Quel est le numéro de la suite?

— Treize vingt et un.

Elle le regarda d'un air coupable.

— Dis-moi que c'est la volonté de Dieu, Tony. Ce que nous faisons n'est pas mal, n'est-ce pas?

— Je te le promets. Lorsque tu retourneras à la maison vendredi, après notre rencontre, tu seras une meilleure mère et une meilleure épouse. Les mariages peuvent se refroidir — les gens ont tendance à considérer leurs proches comme acquis. Lorsque tu es remplie d'amour pour quelqu'un, chacun en profite.

— Tu as raison.

— *Dopo domani*, dit-il, avec un geste de la main. Prends soin de toi, *bella*.

Vendredi après-midi : Torie avança à grands pas dans le corridor jusqu'au numéro 1321, tourna la clé dans la serrure et entra dans la suite de deux pièces. Un jeune homme occupé, à la réception, avait confirmé la réservation et porté peu d'attention lorsqu'elle avait signé le registre au nom du conseiller Silvano. Avec sa perruque brune, ses lunettes à montures d'écaille et son imper de plastique, elle avait l'allure typique de la secrétaire anxieuse.

Verrouillant la porte, elle enleva les trois pièces maîtresses de son déguisement, les roula en boule et les cacha dans son fourre-tout. Un coup d'œil à sa montre l'avertit qu'il était exactement quatre heures de l'après-midi — quinze minutes pour préparer la scène.

Elle gagna rapidement la chambre à coucher et déposa la bouteille de champagne corsée de sérum sur une table, avec deux verres. Vérifiant nerveusement sa montre toutes les cinq minutes, elle défit le couvre-lit et gonfla les oreillers du lit double. Ensuite, elle prit une pile de serviettes de bain et les rangea dans le placard.

Une fois ces tâches accomplies, elle installa un disque de musique romantique sur la chaîne stéréo, examina ses cheveux et son maquillage dans le miroir, rentra son cachemire dans sa jupe, et s'aspergea de Shalimar. Si seulement elle pouvait griller une cigarette... Mais non, laisser des indices dans le cendrier serait stupide. À l'instant où elle s'assit pour rassembler ses esprits, quelqu'un cogna à la porte.

— Qui est là?

— Laisse-moi entrer, *cara*.

— Une seconde.

Sa main tremblait lorsqu'elle ouvrit la porte et surveilla Tony qui la referma et la verrouilla derrière lui.

— Viens ici, dit-il, prenant ses mains. Cette charmante enfant, que j'ai connue il y a si longtemps, est devenue une femme merveilleuse et excitante. Dis-moi, mon cœur, es-tu craintive?

— Oui, un peu.

Ses yeux s'agrandirent lorsqu'elle le regarda.

— Je... j'espère que tu seras patient avec moi. C'est la première fois que je fais une telle chose.

— Tu ne le regretteras pas.

Il la conduisit vers la chambre.

— Ah, *che bellezza*! Je vois que tu m'attendais.

L'espace d'un instant, elle fut tentée d'invoquer la nervosité, de saisir son fourre-tout et de déguerpir. Tant de choses pouvaient ne pas fonctionner dans son plan. Que se passerait-il s'il ne voulait pas de champagne? Et si le sérum ne fonctionnait pas? Et si sa femme l'avait fait suivre? Et si...

— N'aie pas peur, *bambina*. Tony est ici. Il ne t'arrivera rien de mal.

Se méprenant sur la cause de son anxiété, il l'attira à lui et l'embrassa. Elle n'offrit aucune résistance, ayant déjà accepté le fait que quelques préliminaires étaient inévitables si elle voulait paraître convaincante.

— Tes lèvres sont douces, murmura-t-il, douces et tendres comme je les ai toujours imaginées.

Le baiser sembla interminable. Elle essayait de se détendre et d'imaginer qu'elle était dans les bras de Nielson, mais le souvenir de Frankie, l'emprisonnement de son père et la perte du contrat de dix-neuf millions de dollars rendaient vaines toutes ses tentatives.

— Allons, Tony, glissons-nous sous les couvertures et dégustons un peu de champagne.

— Tout ce que tu veux, ma chérie.

Il chercha la fermeture éclair de son chandail.

— Non, non, tu te déshabilles ici, tu te mets au lit et tu m'attends. Je vais me déshabiller dans la salle de bains.

— Tu es pudique, commenta-t-il, avec amusement.

— Je sais que c'est idiot, mais je n'y peux rien.

— La pudeur est une vertu. Je trouve cela rafraîchissant... excitant.

Elle se laissa embrasser à nouveau, puis se retira et disparut dans la salle de bains. Elle revint plusieurs minutes plus tard, toujours habillée.

— Je... J'ai besoin de toi pour me déshabiller. J'ai besoin d'un verre. Je ne suis pas aussi à l'aise que je le croyais.

— C'est très bien, *bella*.

Il attrapa la bouteille et remplit les deux verres.

— Rien ne presse, n'est-ce pas?

— Eh bien, j'ai appris ce matin qu'un promoteur du Texas arrivait à six heures.

Elle se jucha sur le lit, prit le verre, et murmura :

— Buvons nos verres d'un seul trait. Je ne veux pas perdre une seconde de plus.

— Non, non, tu as raison. Nous ne pouvons pas nous le permettre. À la nôtre.

Il avala le champagne en six gorgées et la regarda prendre plusieurs minutes pour finir le sien. Dès qu'elle posa son verre, ses mains furent sur elle, desserrant sa jupe et la tirant vers le bas, par-dessus ses hanches.

— Dépêchons-nous maintenant et nous pourrons prendre

notre temps au moment propice.

— Attends, laisse-moi faire.

Elle sauta du lit et enleva elle-même sa jupe, prolongeant chaque mouvement. Qu'est-ce qui n'avait pas marché? Pourquoi ne réagissait-il pas? Saisissant la bouteille, elle remplit de nouveau les verres.

— Assez de champagne, dit-il, sur un ton ferme. Viens ici.

Il y avait de l'impatience dans sa voix, et elle sentit qu'elle ne pouvait plus gagner de temps. La panique s'installait. Que pouvait-elle faire? Une crise de culpabilité? Un herpès de dernière minute? Une confession larmoyante qu'elle avait trop peur pour continuer?

Dégageant les couvertures, il l'attira contre son corps nu, ses mains s'acharnant sur ses bas de nylon.

— Tony, s'il te plaît... Attends!

— J'ai déjà attendu trop longtemps, et toi aussi. Je n'en peux plus.

Avant qu'elle sût ce qui arrivait, il l'avait couchée sur le dos et s'était étendu sur elle.

— M... mon chandail! Je dois...

— Tes vêtements m'excitent, *bellezza*. Parfois, c'est plus sensuel d'être à demi vêtu...

Il s'arrêta au milieu de sa phrase et plissa le nez, comme s'il sentait une odeur étrange.

— Merde!

— Qu'y a-t-il?

— Rien. Juste un... un chatouillement.

Torie ferma les yeux et pria.

— Je ne sais pas ce... ah... ah... ATCHOU!

Tout son corps trembla sous la force de l'éternuement. Une série d'éternuements convulsifs se succédèrent rapidement.

— Pauvre chéri! s'exclama-t-elle. Tiens, bois ça, tu iras mieux.

Il s'essuya les yeux avec le drap et vida un second verre de champagne.

345

— *Madre d-dio*, qu'est-ce qui m'a... ah... ah...TCHOU!

Il porta ses deux mains à son nez dégoulinant, sauta hors du lit, courut dans la salle de bains et ferma la porte. Au même moment, Torie se leva, enfila sa jupe, referma la bouteille et saisit les verres en même temps que ses vêtements à lui. Elle mit tout cela dans son sac, ne lui laissant que sa montre et son portefeuille. Puis elle ramassa les draps et les couvertures et les jeta dans le corridor.

De bruyants coups de corne de brume provenaient de la salle de bains lorsque Torie dévala à la course les treize étages jusqu'au rez-de-chaussée. Après avoir rajusté sa perruque, elle traversa lentement le hall de l'hôtel et appela un taxi à l'extérieur, sur la place Rittenhouse. Elle en descendit plusieurs pâtés de maisons avant d'arriver à son bureau, entra par le sous-sol et vida son sac dans un classeur.

Quelques minutes plus tard, ne portant ni manteau ni sac, elle entra dans ses locaux, s'assit à son bureau, comme si elle n'avait jamais quitté les lieux, et actionna l'interphone.

— Atchou? lança la voix anxieuse de Peggy.

Torie pouffa de rire.

— Gesundheit!

Tard, le lendemain après-midi, Torie était assise à la table de travail de sa chambre, pendant que Jeff, berçant Michael devant le téléviseur, surveillait les fastidieuses préparations du mariage entre Lady Diana Spencer et le prince Charles. Peggy venait juste d'appeler pour confirmer que le contenu du classeur avait été incinéré et pour lui recommander un article de grand intérêt en page deux de l'*Evening Bulletin*.

Ouvrant le journal en toute hâte, Torie aperçut le titre UN CONSEILLER CRIE AU COMPLOT et lut :

Au cours d'un incident étrange qui a étonné les autorités, le conseiller Anthony J. Silvano, un avocat aspirant à un siège au Congrès, a dit à la police qu'il avait été invité dans une suite de l'hôtel Barclay, vendredi, à 4 h 15 de l'après-midi, dans le but de rencontrer un client éventuel, qui l'aurait supposément drogué et déshabillé, en plus de lui voler ses vêtements.

Silvano, 49 ans, insiste sur le fait qu'un homme se faisant appeler John Pella faisait partie d'un complot ourdi par des adversaires politiques pour salir sa réputation à l'aide d'un scandale. Selon le conseiller, Pella a versé un puissant somnifère dans un verre de champagne. Une heure plus tard, Silvano s'est réveillé dans le lit, complètement nu, sa montre et son portefeuille intacts, mais ses vêtements disparus.

Protestant qu'il était sous l'influence de la drogue, Silvano admet s'être caché derrière la porte, avoir sonné la femme de ménage et lui avoir raconté une histoire complètement fausse. «Il m'a dit qu'il ne demeurait pas dans cette ville,» a révélé Bonnie Predd, 41 ans, à l'emploi du Barclay depuis douze ans. «Il m'a dit que sa femme s'était mise en colère contre lui et qu'elle était partie avec ses vêtements. Il m'a offert cent dollars pour que je lui apporte quelque chose à se mettre et que je ne parle de cela à personne. J'ai appelé la sécurité sur-le-champ.»

Plusieurs contradictions subsistent dans l'histoire de Silvano. Mark Burnstein, le préposé à la réception, a dit à la police que c'était une femme aux cheveux bruns, portant des lunettes, et non pas un homme, qui avait signé le registre, au nom de Silvano. Le service aux chambres n'a aucune trace d'une commande de champagne, et la police a été incapable de retracer qui que ce soit correspondant à la description de Pella.

L'enquête se poursuit.

— Qu'est-ce qui t'amuse tellement? demanda Jeff, en fermant le téléviseur.

— Un drôle d'article au sujet de Tony Silvano.

Torie lui tendit le journal.

— Quelqu'un lui a volé ses vêtements et l'a laissé flambant nu dans une suite du Barclay.

— Une histoire de maîtresse abandonnée, ou une de ses

347

«bimbos». Que disent-ils déjà? Lorsqu'un républicain a des ennuis, c'est à cause de l'argent. Si c'est un démocrate, *cherchez la femme*.

— Il est certain que quelqu'un en veut à Tony.

— Je ne peux blâmer personne. Il m'a toujours semblé du genre «glissant». Je ne peux pas croire que ton père l'ait choisi comme avocat.

— Loyauté familiale.

Elle prit Michael des bras de son père.

— Viens voir maman, mon chéri. Pourquoi tout ce tapage, jeune homme? Vérifions la couche. Où est Mme Rennie?

— Elle est partie. Demain, c'est dimanche, son jour de congé, tu te souviens?

— Oh, mon Dieu. Je pense qu'il a besoin d'être changé.

— Je vais m'en occuper.

Il reprit Michael.

— Tu ne sais pas où sont les choses.

— Quelle sorte de remarque est-ce là? Je sais où sont les couches.

— Laisse tomber.

Il sourit à son fils et le déposa sur sa couverture.

— Je ne veux pas qu'il nous entende nous disputer. Les enfants sont très réceptifs. Ils ressentent tout.

— Étions-nous en train de nous disputer?

— Ce n'était pas exactement une conversation à propos de notre bonheur.

— Nous pourrions être heureux, mon chéri, si tu cessais d'espérer que je devienne quelqu'un que je ne suis pas.

— Je sais. C'est entièrement de ma faute.

Il attacha la couche du bébé et lui chatouilla le ventre.

— Ça y est, petit garçon. Tu es prêt à sortir et à frapper des balles de base-ball. Pendant que nous y sommes, je l'amène chez Marcia, demain. Son cousin aimerait le voir. Je présume que tu iras au bureau.

Si seulement elle pouvait lui dire qu'il présumait mal,

348

mais ce n'était pas le cas. Elle avait désespérément besoin de dix ou douze heures pour remettre ses papiers à jour et réfléchir à la proposition de Penn's Landing. Au cours des cinq dernières années, les suggestions pour développer ce côté de la rivière avaient été nombreuses : un centre culturel, un marché en plein air, un complexe sportif pourvu d'une patinoire, même un mini-Disneyland. Mais depuis que tous ces projets concernant la propriété de la municipalité étaient tombés dans l'oubli, ce secteur était devenu un monument aux stratagèmes politiques et aux lenteurs administratives. Cette fois, espérait-elle, les choses seraient différentes.

— Pourrais-je au moins passer la matinée avec mon fils?

— Bien sûr — pourquoi pas?

Il hissa Michael sur son épaule et sortit de la chambre.

— Nous serons ici jusqu'à onze heures.

25

Le *Philadelphia Daily News* fut sans pitié. La première page du journal de ce lundi montrait sur trois colonnes une photo de Tony Silvano en colère, le poing levé dans les airs. On pouvait lire en sous-titre : «C'est un coup monté!»

Sous le titre UN CONSEILLER TROUVÉ DANS SON COSTUME D'ADAM, l'article ironique reprenait le conte de l'avocat concernant le complot monté par un «assassin politique» qui s'était déguisé en femme au moment de signer le registre de l'hôtel, avant de disparaître mystérieusement, emportant une bouteille de champagne contenant de la drogue et les vêtements de Silvano.

Selon les dires de la police, le conseiller ne pouvait donner qu'une description floue du mystérieux John Pella et n'avait pas le temps de déposer une plainte.

Torie parcourut l'article avec satisfaction — puis se mit à réfléchir. Si la colère de Tony s'envenimait au point qu'il laissât échapper la vérité, la situation pourrait devenir embarrassante. Encore qu'il ne pouvait plus changer son histoire maintenant... Pas plus qu'il ne pouvait admettre s'être retrouvé dans une chambre d'hôtel avec une femme mariée.

Au milieu de la matinée, Jane Riley, sa secrétaire de direction, lui transmit un appel du maire Bill Borland. Il était anxieux de voir ses plans pour le développement de Penn's

Landing et de mettre en branle le processus administratif qui la consacrerait promotrice officielle de ce projet. Après l'avoir remercié et lui avoir assuré qu'il aurait les plans en mains avant la fin de la semaine, Torie tressaillit à l'annonce d'un autre appel — du conseiller Silvano. Prudente mais curieuse, elle décrocha le récepteur.

— Allo, Tony. Comment vas-tu?

— Pourquoi as-tu fait cela?

— Fait quoi?

— Ne joue pas avec moi! Comment as-tu versé le poison dans mon verre? Quelle sorte de drogue m'as-tu donnée?

Elle se demanda s'il était en train d'enregistrer l'appel.

— Je n'ai pas la moindre idée de ce dont tu parles. Si c'est une plaisanterie…

— Comment as-tu pu blesser ton propre cousin — un homme qui n'a jamais eu dans son cœur que de l'amour pour toi et ta famille?

— Ta loyauté familiale ne pourrait être plus évidente. Nous parlions justement l'autre jour de l'habileté dont tu as fait preuve pour que ton beau-fils obtienne le contrat de la bibliothèque municipale.

— *Dio mio*, que dis-tu là? Nous n'avons considéré que le montant des soumissions. Tu sais ce qui s'est passé. Ta soumission était trop basse.

— Ma soumission était trop haute.

— Trop haute? Qui t'a dit cela? Vas-tu écouter les bavardages du premier imbécile venu qui tire ses informations du concierge? Ou d'un conseiller municipal qui siège au comité de décision?

— Il appert que l'imbécile en question est l'ancien maire de Philadelphie. Et il n'aimera pas beaucoup la description que tu fais de lui. Salut, Tony.

Elle raccrocha rapidement, satisfaite de cette mise au point. S'il n'avait pas encore compris le motif de son geste, il n'avait plus aucun doute maintenant.

La semaine fut trépidante. Le vendredi soir, après une réunion au bureau qui s'était prolongée, Torie s'endormit dans la Lincoln sur le chemin du retour à la maison. Ce bref instant de repos fut interrompu lorsqu'elle apprit au téléphone qu'un incendie s'était déclaré dans l'immeuble de Philadelphie-Nord, la toute nouvelle plaza Di Angelo.

— Faites demi-tour, Moose, dit-elle précipitamment.

Lorsqu'elle arriva, la police avait déjà ceinturé tout le complexe. Torie sauta de la voiture et eut le souffle coupé. Une des quatre tours d'habitation n'était plus qu'une torche rugissante et incandescente. Aux étages supérieurs, les flammes se précipitaient hors des fenêtres; des voix paniquées criaient à l'aide, des pompiers s'activaient à dresser des échelles et à installer des boyaux.

Après s'être identifiée à la police, elle s'approcha jusqu'à l'endroit où se tenait Mort Goldman, à côté d'une voiture munie d'un gyrophare.

Mort, je ne peux pas croire que...

Il lui donna une petite tape sur l'épaule.

— Calmez-vous. Ils font de leur mieux. Nous avons de la chance ce soir — le vent est faible.

— Comment cela a-t-il débuté?

— Ils pensent que c'est un jeune qui fumait au lit.

Il montra un homme portant un casque et un imperméable.

— Le chef vient juste d'envoyer une équipe pour percer des trous à la hache dans le toit et permettre à la fumée de se dissiper afin qu'ils puissent entrer avec les boyaux.

— Mais pourquoi? Ne devraient-ils pas tenter de contenir le brasier?

— Non. La première chose à faire est d'ouvrir l'immeuble autant que possible. La chaleur s'intensifie, mais lorsque la fumée est expulsée, la température s'abaisse de quelques degrés. Alors les pompiers peuvent entrer et voir ce qu'il y a à faire, puis commencer à combattre les flammes.

Torie grimaça et ses yeux commencèrent à piquer à cause de l'épais nuage noir qui tourbillonnait dans l'air. Effrayée mais fascinée, elle regarda le chef tirer l'ajutage par-dessus son épaule et grimper dans l'échelle, le boyau courant entre ses jambes. Au sommet, il tourna le bec et un puissant jet d'eau s'en échappa.

— Pensez-vous qu'il va se propager?

— Non, à moins que le feu ne prenne des proportions démesurées, et cela n'arrivera pas. Cette construction d'acier et de béton est bien trop solide. L'acier a été enduit d'un produit ignifuge de façon à ce que l'immeuble ne s'effondre pas. Mais les briques ne sont qu'un plaquage. Si la chaleur s'élève trop...

Un bruit de pas la fit se retourner. Une silhouette familière avançait rapidement dans sa direction, le visage empourpré et anxieux.

— Jeff! Que fais-tu...

— Ça va?

Il s'arrêta pour reprendre son souffle.

— Je m'inquiétais terriblement pour toi. Tu aurais dû être à la maison depuis plus d'une heure. Je pensais que tu avais eu un accident.

— Désolée, chéri. Cette nouvelle m'a tellement bouleversée que j'ai demandé à Moose de me conduire ici immédiatement. Comment m'as-tu trouvée?

— On a rapporté l'incendie aux nouvelles, alors j'espérais que tu serais ici. Ne me refais plus jamais cela.

— Je suis réellement désolée.

— Oublie cela.

Ce n'était pas le moment de se lancer dans l'une de ses tirades à propos de son manque de considération. Dans les circonstances, il pouvait difficilement la blâmer de s'être précipitée sur les lieux de l'incendie.

— Ce maudit incendie est tellement chaud qu'il assèche la sueur sur mon front. Que se passe-t-il, papa?

— Ils ont évacué tous les résidants — du moins,

l'espèrent-ils. Le chef a demandé un filet au cas ou quelqu'un serait resté dans l'immeuble.

Le bruit d'une échauffourée attira leur attention en direction d'un groupe de locataires évacués; un homme criait et gesticulait. Jeff se précipita pour voir ce qui se passait et se retrouva lui-même dans le rôle de médiateur. Après quelques moments de tension, il parvint à résoudre le conflit, apaisant et réconfortant les belligérants affolés.

Son visage était couvert de cendre lorsqu'il revint auprès de sa femme et de son père. Tous ces gens autour de lui, des hommes de tous les âges, des mères berçant leur bébé dans leurs bras, des enfants dans leur robe de chambre et leurs pyjamas, se tenaient là, pleurant devant leurs logis et leurs possessions devenus la proie des flammes. Jeff semblait incrédule.

— Comment cela a-t-il pu se produire, papa? Ne devez-vous pas respecter des règles très strictes et prendre des mesures préventives contre les incendies lorsque vous construisez un gratte-ciel?

Mort haussa les épaules; sa peau s'était colorée d'une inquiétante teinte orangée à la lumière du brasier.

— Nous avons spécifiquement exigé un système d'extinction automatique d'incendie muni de diffuseurs. Le meilleur sur le marché. Je ne comprends pas...

— Les... diffuseurs n'ont pas été installés.

Torie n'avait d'autre choix que d'avouer la vérité. Quelqu'un finirait bien par le lui dire tôt ou tard.

— Les diffuseurs d'extincteur automatique d'incendie n'étaient pas obligatoires, sauf au sous-sol, et les conduites requises étaient tellement dispendieuses qu'il aurait fallu augmenter les loyers. Au lieu de priver les locataires des logements à prix modique que nous leur avions promis, nous avons installé des détecteurs de fumée.

— Mais les diffuseurs faisaient partie des plans. Je les ai moi-même spécifiés.

— Je sais qu'ils y étaient. Mon architecte et moi-même

avons étudié les plans très attentivement. Tenant compte du fait que le code requérait un système de détection sensible, nous avons pensé qu'avec des escaliers de secours, des déclencheurs d'alarme et deux sorties de secours sur chaque étage, les locataires seraient bien protégés. Nous avons même placé des extincteurs manuels à chaque sortie.

Mort la dévisagea, ses yeux rétrécis par la colère.

— Vous avez annulé les diffuseurs d'extincteur automatique d'incendie sans me consulter?

— Ce n'était pas nécessaire, Mort.

La voix de Torie était haut-perchée et forcée.

— Al a pris la peine de vérifier auprès du service de prévention des incendies. Ils ne nous auraient pas octroyé le permis s'ils avaient eu le moindre doute.

— Vous avez donc pris sur vous de dire à mes employés de couper dans les normes sécuritaires de prévention des incendies afin de ménager quelques malheureux dollars?

— Vous ne pouvez rien me reprocher dans cette affaire. J'ai respecté toutes les lois. Je n'ai rien fait d'illégal. Et je ne comprends pas pourquoi les détecteurs n'ont pas averti les gens plus vite.

— Je vais te dire pourquoi.

Le ton de Jeff la frappa de stupeur.

— La plupart de ces gens vivent dans la misère. Cet homme en salopette m'a dit qu'il avait eu besoin d'argent pour acheter des souliers à ses enfants, alors il a dévissé les déclencheurs d'alarme et les a vendus pour cinq dollars.

Comme pour souligner sa colère, un coup de vent subit répandit une odeur fétide d'œufs pourris.

— Oh, Seigneur — le gaz, gémit Mort, tirant Torie vers l'arrière. Ils font en sorte qu'il empeste afin que l'on puisse s'apercevoir qu'il y a des fuites.

Le chef saisit son mégaphone.

— Évacuez l'immeuble! Sortez de là!

Trois pompiers se lancèrent dans le filet de sécurité, d'autres sortirent par les fenêtres, sautèrent des échelles, ou sortirent en courant par la porte d'entrée. Il y eut cinq secondes d'un silence sinistre... puis une fracassante explosion faisant voler des débris de ciment, de verre et de brique. Des étincelles brillèrent dans le ciel, s'éparpillant et retombant comme les feux d'artifice du Quatre Juillet, avant de s'écraser dans un amas de décombres fumants.

Un chahut monstre suivit. L'équipe de la première échelle dirigea son jet d'eau en direction des décombres, pendant que des pompiers retournèrent dans ce qui restait de l'immeuble, cherchant des signes de vie. La police travailla frénétiquement pour contenir la foule. Des unités de la Croix-Rouge distribuèrent des couvertures et des trousses de premiers soins. Des équipes de secours s'occupaient des pompiers à moitié asphyxiés. Un reporter de la télévision, déterminé à capter les visages en état de choc pour le bulletin de nouvelles de fin de soirée, traversa la ligne de feu et tourna sa caméra vers les victimes infortunées.

Mort Goldman soupira et essuya la suie sur son front. Sa voix était lasse lorsqu'il se tourna vers sa belle-fille.

— Une explosion de gaz, une tour d'habitation décimée, Dieu sait combien de blessures, et plus de cent familles qui ont perdu tout ce qu'ils avaient au monde. Ajoutez à cela le coup porté à notre réputation professionnelle, et suffisamment de poursuites pour nous garder en cour jusqu'à notre mort. J'espère que vous êtes satisfaite des quelques dollars que vous avez sauvés, Torie.

Trop secouée pour répondre, elle se tenait tremblante dans l'air de la nuit, s'accrochant au bras de Jeff jusqu'à ce que Mort fût hors de vue.

— Pourquoi ton père me blâme-t-il? Le feu n'est pas de ma faute...

— En es-tu bien sûre?

Il s'éloigna d'elle.

— Peut-être que si tu avais installé les diffuseurs d'extinc-teur automatique d'incendie que papa avait exigés, tous ces gens ne seraient pas là à geler dans leurs vêtements de nuit, sans aucune place où aller.

— Alors c'est ma faute. C'est ce que tu penses?

Les épaules de Jeff s'affaissèrent.

— Je ne suis plus certain de ce que je pense. Je sais seulement que j'en ai assez de ton ambition et de ta cupidité… de ton égocentrisme… de toutes les promesses que tu n'as pas tenues. Je n'en peux plus.

— Qu'est-ce que ça veut dire?

— Cela veut dire que nous avons fait une erreur. Cela veut dire que notre vie est misérable et que notre mariage est dans le même état que ce gratte-ciel que tu as construit. Je ne te reconnais plus. La femme qui partage mon lit est une étrangère. Je sais seulement que tu ne donneras jamais à notre relation le temps et les soins qu'elle requiert. Je vais trouver une place où passer la nuit et j'irai prendre mes affaires demain.

— Jeff, je… s'il te plaît! Toi et Michael êtes ma vie — vous êtes la raison pour laquelle je travaille si dur. Tu ne te souviens pas que nous avions convenu de toujours discuter de nos problèmes? Que nous n'irions jamais jusqu'au divorce?

— C'était il y a longtemps. Nous étions différents à l'époque — du moins je l'étais. J'avais confiance en toi. J'étais convaincu que tu m'aimais assez pour faire de notre mariage la chose la plus importante.

— Mais c'est la chose la plus importante. Je ferai n'importe quoi pour te garder, supplia-t-elle, d'une voix cassée. Je vais changer. Cette fois, je suis sérieuse — tout ce que je veux, je peux le faire. Tu dois me croire!

— Je t'ai cru, Torie, pendant plus de cinq ans.

L'air de la nuit, maintenant que le feu était sous contrôle, s'était refroidi.

— Je suis fatigué, dit-il, fatigué d'être piétiné et tassé dans un coin, fatigué de passer ma vie à ne répondre qu'à tes besoins. Moi aussi j'ai des besoins, mais tu n'as pas la moindre idée de ce qu'ils sont.

— Ne me fais pas cela, soupira-t-elle; des larmes

mouillaient ses joues. Rentre à la maison. Nous en discuterons.

— Il n'y a plus rien à discuter excepté Michael, et nous pourrons régler ça demain. Je n'ai pour toi ni haine, ni colère, ni amertume — seulement une plaie vive et béante qui prendra beaucoup de temps à guérir.

— Chéri, attends! Nous partirons ensemble! Nous ferons ce voyage à Florence! Nous irons chez ces amis dont tu me parles si souvent...

— Non. Nous pourrons peut-être devenir des amis un jour, lorsque la blessure se sera cicatrisée. Je te souhaite du bien, Torie. Je ne te souhaite que du bien.

Il jeta son veston sur son épaule et marcha en direction de la barricade de bois.

— Voici Moose, il te ramènera à la maison.

26

Le divorce frappa Torie plus durement que toutes les afflictions précédentes. La maladie de sa mère, la disgrâce de son père, la mort de Frankie au Vietnam — toutes des situations sur lesquelles elle n'avait eu aucun contrôle. Mais la rupture de son mariage était différente. Cette relation avait été sa responsabilité personnelle et son mari lui avait donné de nombreux avertissements de ses frustrations. Comme elle avait été stupide de ne pas en tenir compte.

Après le départ de Jeff, elle essaya par tous les moyens possibles d'arranger les choses, allant jusqu'à mettre sa fierté de côté pour le supplier, pour offrir des compromis et des concessions — pour proposer des marchés. Son manque d'intérêt finit par la convaincre qu'il était déterminé à mettre un terme à son pseudo-martyre et à retrouver le respect de soi. Elle voulait bien porter la majeure partie du blâme pour leurs problèmes, mais pas la totalité. Autant il avait protesté contre le fait de vivre principalement de ses revenus à elle, autant il n'avait fait aucun effort pour améliorer la situation en se trouvant du travail, ou en faisant autre chose que de liquider quelques peintures aux membres de sa famille.

Mervin Lewis lui suggéra d'exiger une pension alimentaire, l'assurant que les parents Goldman pouvaient aisément se le permettre, mais elle refusa, ne voulant pas soumettre son mari à une nouvelle situation de dépendance. Sa décision, à la fin de l'année 1982, d'accepter des frais de subsistance minimums pour son enfant et une garde partagée, soulagea grandement le clan Goldman — tous, sauf Jeff qui ne s'était pas inquiété. Il connaissait la générosité de Torie et savait qu'elle aimait trop Michael pour causer une rupture qui pût le blesser.

L'année suivante, 1983, fut une période de grand changement et d'adaptation. Pour la première fois de sa vie d'adulte, Torie réserva une journée par semaine pour elle-même et sa famille. Tous les dimanches elle amenait Michael chez sa tante Lisa et son grand-père, qui étaient fous du jeune garçon. Le divorce avait tellement brisé Frank qu'il devait faire des efforts pour demeurer aimable avec sa fille. Et parfois il n'essayait même pas.

Un dimanche de la fin du mois de janvier, Torie trouva sa sœur en train d'étudier un livre de recettes dans la cuisine.

— Désolée de te déranger, Lis, mais je dois prendre Michael et rentrer à la maison. Papa ne m'a pas dit un seul mot aujourd'hui. Est-ce qu'il va bien?

Lisa leva la tête.

— Il va bien.

— Lui arrive-t-il de parler de moi? Que dit-il?

— Oh, toujours les mêmes choses. Que tu es en train de détruire ta vie. Que tu es à la poursuite de la gloire, de l'argent et de toutes les fausses valeurs. Que tu penses que tu es trop bonne pour nous maintenant que tu fréquentes la haute société.

— La haute société! C'est le bouquet.

Torie s'effondra sur une chaise.

— S'il savait. J'ai parfois l'impression d'être une balle de ping-pong. Ellory m'introduit, et les «sang bleu» m'expulsent. J'ai donné une soirée la semaine dernière, et tu sais qui est venu? Les politiciens à qui je donne de l'argent, les avocats, les banquiers et les hommes d'affaires avec qui je transige, mon personnel, et un jeune couple évolué de

Chesnutt Hill. Ceux de la place Rittenhouse et les *Main Liners*
se sont poliment excusés.

Lisa fronça les sourcils.

— Ils ne sont pas tes amis. Pourquoi les as-tu même
invités?

— Parce qu'ils sont mes amis, d'une certaine façon. Je
les connais tous; je suis allée dans leurs maisons, j'ai participé
à leurs conseils d'administration et à leurs œuvres de charité.
De quel droit osent-ils me traiter ainsi? Parfois j'en ai assez,
j'aurais le goût d'acheter toutes leurs belles propriétés et de les
relouer aux minorités. Il me semble les entendre crier :
«Quoi? Vous voulez que les Italiens, les Espagnols, les Nègres
et les Juifs foulent le même sol béni que nos pieds sacrés
d'Anglo-Saxons? Vous voulez que vos petits bâtards aillent à
l'école avec nos enfants chéris? Plutôt mourir!

— Les Italiens ne voudraient pas vivre dans ce quartier
snob.

— Alors je devrais peut-être louer aux violeurs, aux
assassins et aux drogués. Oui — pourquoi pas? «La promotrice Torie Di Angelo érige un superbe gratte-ciel sur une des
plus belles propriétés de Philadelphie. Qu'est-ce que ce sera
— un hôtel réputé? De luxueux appartements? Une tour à
bureaux?» Non, tas d'idiots. Ce sera une maison de réadapta-
tion pour les drogués et les ex-détenus. En plein sur la place
Rittenhouse. J'en mourrais de rire.

Lisa secoua la tête.

— Tu es remplie de haine et d'amertume, Torie. Tu as
besoin de prière. De confession. De marquer un temps
d'arrêt pour réfléchir et explorer fond de ton âme.

— Je n'ai pas besoin d'explorer mon âme, je sais
exactement ce qu'elle contient, et tu as raison. En effet,
j'éprouve de la haine, du ressentiment, et je me vengerai de
ces sales petits morveux même si c'est la dernière chose que je
doive faire. Et tu peux parier n'importe quoi que ce ne sera
pas la dernière.

Après sa visite, Torie retrouva son calme et fit une promenade avec Peggy sur la place Rittenhouse.

— Cela fait un an et demi aujourd'hui, murmura Torie, marchant derrière la poussette de Michael. Depuis l'incendie, je veux dire.

— J'aimerais que tu oublies ce sacré feu. Laisse les avocats s'inquiéter au sujet des poursuites. Dieu sait que tu les paies assez cher.

Peggy sortit un foulard de laine de son sac et le passa autour de son cou. Depuis treize ans qu'elle travaillait pour la compagnie, le joyeux moulin à paroles s'était transformé en une femme tranquille et sérieuse, dotée d'un sens de l'humour aiguisé.

— Je déteste les avocats avec toutes leurs ruses et leurs injonctions. Des boutons sur le derrière du progrès, voilà ce qu'ils sont. Il en va de même pour ces idiots d'inspecteurs d'assurance. Je ne peux pas croire le nombre de fois qu'ils ont examiné les plans, les permis de l'inspecteur des incendies, les factures des détecteurs de fumée...

— Je n'oublierai jamais la vision de mon immeuble embrasé. Cela m'a fait réaliser à quel point j'étais ambitieuse et égocentrique. Je suppose que je le suis toujours. Mais au moins, je le sais maintenant.

— Les gens ambitieux et égocentriques sont ceux qui vont de l'avant.

Torie sourit.

— Qu'est-il donc arrivé à Peggy-La-Tresse, la petite idéaliste?

— Elle a grandi. Pour l'amour de Dieu, T. D., cesse de te culpabiliser et reprends ta vie en main. Ta vie personnelle, je veux dire. Parmi tous ces beaux garçons que tu rencontres au travail, n'y en a-t-il pas un qui te fasse tourner la tête?

— Pas un seul. Et toi?

— Je suis trop occupée pour penser aux hommes. Ma patronne me fait travailler trop dur.

Peggy se mit à rire.

— D'ailleurs elle travaille elle-même beaucoup trop. As-tu réalisé ce qu'il y a sur ton agenda cette semaine? Première chose, lundi, tu dois rencontrer, quel est son nom déjà — le président du Gersten Park City Authority.

— Bill Hall.

— C'est ça. Il m'a dit que leur concours pour le palais du commerce avait attiré quatorze soumissionnaires. Comment as-tu fait pour attirer son attention?

Torie haussa les épaules.

— Je me suis dit que les autres promoteurs soumettraient tous des plans élaborés. Je lui ai donc simplement présenté une copie du calendrier de remboursement des obligations émises par la municipalité sur laquelle j'avais inscrit : «Je peux garantir ces remboursements.» Ce qui l'intéressait, surtout, c'était de garder ses obligations à flot — et je le savais.

Peggy secoua la tête.

— Tu as un instinct incroyable... comme un cochon reniflant des truffes. Un de ces jours tu surpasseras Trump.

— Rien n'égale son instinct. Regarde ce qu'il a fait à Atlantic City. Il a envoyé toute une équipe d'agents acheter du terrain pour lui — sans faire de bruit, juste avant l'explosion du marché.

— Tu avais prévu ce développement toi aussi. Pourquoi n'y as-tu pas participé?

— Parce que la dernière chose dont j'ai besoin, avec mon nom, est d'être associée au jeu. Chacun sait que la mafia contrôle ce secteur. Et que les *paisanos* contrôlent la mafia.

— Que fais-tu de Meyer Lansky? de Bugsy Siegel?

— C'est ce que je dis. Les exceptions sont si rares qu'elles attirent l'attention. J'ai appris une bonne leçon de mon cher cousin, Tony. Ces gars-là ne respectent aucune règle et il n'y a rien à faire contre cela. Je ne veux plus jamais avoir affaire à eux.

— Tu penses que Trump a des contacts?

— Politiquement, oui, mais pas avec la mafia. Il est trop

gros, il n'a pas besoin d'eux.

Torie se pencha pour ramasser un hochet et pointa la tête au-dessus de la poussette.

— Je t'avertis, Michael. Jette-le encore une fois et je te l'enlève pour de bon.

Elle se retourna vers Peggy.

— J'admire Trump.

— C'est un génie, d'accord. Mais il n'a rien que tu n'aies pas, T. D. — excepté le fric.

Elles marchèrent en silence pendant quelques minutes avant que Peggy ne pointât du menton le côté opposé de la place.

— Quels sont les derniers développements au sujet de ces immeubles que tu essaies d'acheter?

La question sortit Torie de sa rêverie.

— Je ne te l'ai pas dit? Nous en sommes finalement venus à un accord en ce qui concerne l'immeuble numéro trois. Nous finalisons la vente mardi. Les propriétaires du numéro quatre résistent, mais je l'aurai — c'est une simple question de prix. Et si je peux convaincre ces vieilles badernes de me vendre la bibliothèque de la Société historique, je posséderai alors les cinq immeubles — tout le côté de la rue Walnut. Imagine, Peg — un quart de la place Rittenhouse, sans compter le parc. Je ne peux croire que mon rêve se réalise enfin. Je suppose que cela remonte à la réception chez Betsy... Vouloir appartenir, faire partie de tout ce...

— Que feras-tu de ce pâté de maisons si tu l'obtiens?

— Je vais l'améliorer — le développer. J'ai un million d'idées en tête et les résidants n'en aimeront pas une seule. Mais nous avons assez parlé d'affaires. Parle-moi de ce qui t'arrive. Le petit ami de Kelly s'est-il...

Elle s'arrêta soudain, se pencha et ramassa le hochet.

— Très bien, Michael Goldman, c'est terminé. Plus de jouets dans ta poussette. Celui-ci va directement dans ma poche. Tu vois?

Elle se redressa rapidement.

— Que disions-nous, Piglet?

— Tu me parlais de ma sœur et la réponse est oui.

Un sourire se dessina sur la bouche de Peggy.

— Le petit ami de Kelly s'est en effet débarrassé de son chat.

Le remariage de Jeff en 1984, trois ans après le divorce, causa un nouveau choc à Torie — surtout parce que sa seconde femme possédait toutes les qualités qui faisaient défaut à la première.   Apparemment dénuée de vanité, de talent et d'ambition, Fran Saperstein Goldman ne désirait rien d'autre que cuisiner, nettoyer, demeurer à la maison et faire des bébés, dont un qui sortit presque immédiatement de son ventre fécond. Un autre enfant arriva peu après, ce qui fit dire à Jeff : «La plupart des gars épousent de capricieuses princesses juives ou de généreuses *mamas* italiennes. J'ai épousé une capricieuse princesse italienne et une généreuse *mama juive*,» une remarque qui parvint aux oreilles de Torie.

Ce qui la blessa encore davantage fut le fait que la *mama* juive le rendit suprêmement heureux. Même si Jeff ne s'en était jamais plaint ouvertement, Torie savait qu'il avait toujours été contrarié par son manque de talent culinaire — un manque qu'elle n'essaya jamais de corriger. Elle continuerait d'être une «Sara Lee Birds Eye» jusqu'à sa mort; échanger des recettes ne correspondait pas à son idée d'activité créative.

Les modalités entourant la garde de l'enfant rendaient inévitable la rencontre entre Torie et celle qui l'avait remplacée; ce qui se produisit plusieurs fois au cours des mois suivants. À sa grande surprise Fran Goldman s'avéra une personne aimable et franchement sympathique. Même Michael était fou de sa belle-mère et de ses deux nouveaux demi-frères; aussi difficile que ce fût à admettre, Torie réalisa rapidement que c'était une bénédiction. Le clan Goldman donnerait à Michael ce qu'elle ne pouvait lui offrir : des parents et des grands-parents qui s'aimaient mutuellement, des cousins de son âge et la chaleur d'une famille aimante et unie.

27

À l'été 1984, la bombe minutieusement amorcée par Torie explosa avec une force soudaine. Le feu d'artifice commença lorsqu'elle «divulgua» au chroniqueur de l'*Inquirer*, Clark DeLeon, qu'elle prévoyait construire un édifice à bureaux de deux cent quarante-huit millions de dollars en plein centre-ville, à deux pâtés de maisons de l'hôtel de ville. L'annonce de ce projet était déjà une nouvelle en soi, mais il y avait plus : la tour Di Angelo lancerait dans le ciel un nombre record de soixante-deux étages, faisant ainsi éclater la limite de hauteur sacrée et dépassant de cent mètres la tête de la statue de Billy Penn.

La fureur monta instantanément. Des cris outragés parvinrent d'aussi loin que le Delaware et le New Jersey, soulevant un conflit qui divisa la ville entre partisans, opposants, et un petit nombre d'indifférents qui étaient d'avis que les autorités municipales devraient s'occuper de choses plus importantes. Avec l'aide d'Ellory, de son personnel et du maire Borland (aspirant au poste de gouverneur en 1990), Torie lança une campagne de propagande savamment orchestrée pour rallier l'opinion publique à son idée.

Au cours d'un dîner où elle avait convié la presse, des politiciens influents, des hommes d'affaires et les plus ardents défenseurs des droits civiques, elle présenta Paolo Cava, l'architecte de l'heure, arrivant tout droit de Milan. Sa spectaculaire maquette de trente mille dollars coupa le souffle, même aux reporters les plus blasés. En alternance, des bandes blanches et noires, de granite poli, encadraient un blason lumineux portant le logo familier de sept mètres de haut : «DiA». Les fenêtres-miroirs dans leurs cadres d'aluminium prêtaient à l'extérieur une apparence art deco. L'étourdissante structure était couronnée par une pyramide de verre, teinté gris, de trois étages.

Un excellent restaurant français occuperait le centre du solarium sur le toit; tout autour, des tables tourneraient sur un axe, permettant aux dîneurs d'admirer les différents panoramas de la ville. La tour Di Angelo ne se contenterait pas d'être l'édifice le plus haut de la ville, il serait aussi plus escarpé, plus aérodynamique, plus scintillant et plus éblouissant que tout ce qui existait déjà dans le profil aérien de Philadelphie.

Avant la fin du dîner, l'hôtesse se leva de la table principale et porta un toast exubérant et passionné qui fut repris en partie dans le *Daily News* du lendemain :

L'Ecclésiaste a dit qu'il y avait un temps pour chaque chose, et ce temps est arrivé. Le temps est venu de mettre un terme à la folie qui oblige tous les gratte-ciel à s'entasser, courtauds, esclaves d'une statue. Le temps est venu de mettre un terme à la fadeur de la pierre, de la brique et des terrasses en béton précoulé qui dominent notre centre-ville. Le temps est venu pour Philadelphie de sortir de l'ombre de Washington et de New York, et de prendre la place qui lui revient de droit parmi les villes les plus progressives, les plus dynamiques et les plus populaires de la nation.

Comme plusieurs d'entre vous, j'ai une vision de Philadelphie. Je vois des gens qui s'y installent pour débuter leur carrière. Je vois des entreprises et des corporations y établir leurs quartiers généraux nationaux. Je vois des érudits et des historiens décrire la renaissance de notre architecture avant-gardiste. Avec votre aide, nous pouvons matérialiser cette vision. À partir de maintenant, que la ligne de nos toits plats et monotones repose en paix. Voici le nouveau Philadelphie et un profil aérien aussi riche et excitant que les visionnaires qui l'ont conçu.

Dès que le dîner prit fin, Torie fut entraînée dans un maelström d'apparitions à la télévision, à la radio, à des débats publics, à des réunions communautaires et à des audiences interminables devant le conseil de ville. (Tony Silvano ne participa pas à ces audiences, prétextant que ce serait contraire à l'éthique de voter sur des sujets concernant sa cousine.)

En dépit de la puissante opposition, organisée et très bien articulée par les habitants du quartier qui dénigraient la «Manhattanisation de Philadelphie» et qui ne voyaient aucune raison de «troquer une tradition chérie pour un édifice à bureaux et l'ego d'une promotrice», Torie poursuivit sa croisade, même lorsque les traits devinrent anti-Italiens, anti-catholiques et ouvertement sexistes. Les attaques personnelles ne firent que raviver sa rage et son ressentiment, plus particulièrement lorsque Michael, âgé de trois ans, revint du jardin d'enfants voulant savoir ce qu'était une putain italienne. Elle demeura pourtant imperturbable. Personne ne savait mieux qu'elle que, sans la permission du conseil, le projet était condamné.

Comme la reconnaissance de son nom continuait de croître, il en allait ainsi de ses capacités d'oratrice et de son ardente conviction que ce qu'elle faisait était bon pour la communauté. Lentement... graduellement... la situation commença à changer. Plus les citoyens s'habituaient à l'idée de se départir de leur image de citadins collet monté, plus la tour Di Angelo devenait attrayante. Torie prit rapidement avantage du changement pour adoucir son offre au conseil, en augmentant l'espace accessible au public. Elle ajouta un centre de conditionnement physique ouvert à tous, plus de magasins au niveau de la chaussée, des sections réservées aux expositions d'art et elle doubla le nombre de places assises dans le hall.

371

Après sept mois d'épuisantes et amères batailles, ses efforts et sa détermination furent payés de retour; le conseil municipal approuva le projet de la tour Di Angelo. Le changement de hauteur serait incorporé dans un nouveau règlement de zonage et Torie pourrait procéder — sinon avec la bénédiction des membres du conseil, du moins avec leur permission accordée à contrecœur.

Au mois de janvier 1985, Torie fut ravie (bien que pas tout à fait surprise) d'apprendre du maire Borland que son nom avait été retenu comme promotrice officielle du projet Penn's Landing, une propriété s'étendant sur sept pâtés de maisons le long de la rivière Delaware. La ville, annonça-t-il, désirait ériger une mecque touristique et commerciale capable de rivaliser avec le Rowes Wharf de Boston et le Inner Harbor de Baltimore.

Le plan de Torie prévoyait la construction d'une tour dont plusieurs étages seraient réservés à un hôtel, d'un centre d'amusement comprenant un cinéma, d'appartements avec vue sur la rivière, d'un centre commercial à six niveaux avec des restaurants et des terrasses extérieures, d'un stationnement couvert pouvant recevoir mille sept cents voitures, et d'une tour surmontée d'une spirale (cachant une antenne), symbole de tout le projet. Sa hauteur atteindrait cent soixante-quinze mètres, exactement celle de l'hôtel de ville. Elle ne voulait pas mettre sa récente victoire en péril en exigeant une autre modification — du moins, pas tout de suite.

Cette fois encore, elle confia les plans au brillant mais capricieux Cava. Ses premières esquisses du complexe évalué à un milliard de dollars, incluaient les idées et les stades de développements, mais pas la véritable conception architecturale; elle furent dévoilées lors d'une conférence de presse tenue dans le bureau du maire. Les journalistes notèrent dûment que la donatrice du nouvel ameublement dans les bureaux du maire et la promotrice choisie par la ville étaient une seule et même personne, mais firent quand même preuve d'intégrité en ajoutant que la remise à neuf avait été faite sous l'administration précédente, et que (en réponse aux plaintes de corruption et de favoritisme) les soumissions concernant Penn's Landing avaient été présentées sous le couvert de l'anonymat.

Tout le monde ne crut pas pareille fable, Torie encore moins que les autres, elle qui avait prudemment «laissé entendre» au maire et aux personnes-clés siégeant au conseil que son plan prévoyait une tour effilée. Au cours d'une conversation antérieure avec Borland, elle avait confié son intention de tirer avantage du fait que le site était isolé du reste de la ville par deux autoroutes importantes, l'avenue Delaware et l'Interstate 95. Le débarcadère, insista-t-elle, donnait à Philadelphie une autre chance de se libérer de son architecture routinière et d'avaliser un projet futuriste, si nouveau et excitant qu'il défierait la «physique». Elle avancerait prudemment, cependant, et garderait sa maquette en réserve jusqu'à ce que les plans définitifs soient soumis.

Après la conférence de presse, Torie demanda à Cava et à quelques membres de son personnel de demeurer sur place et de répondre aux questions, pendant qu'elle s'esquivait par la porte de derrière et descendait les escaliers jusqu'à sa limousine.

Moose se tenait à côté de la voiture, la frustration inscrite sur son visage.

— Désolé, Ma'am Torie, dit-il, en ouvrant la portière. Vous avez de la compagnie.

— De la compagnie?

Elle jeta un coup d'œil à l'intérieur et eut le souffle coupé. Tony Silvano, resplendissant dans son veston à carreaux, son foulard à pois et ses larges pantalons noirs, accompagné de son assistant, Max Lemo, un homme trapu, au nez plat, étaient confortablement installés sur la banquette arrière.

— *Ciao, Bellissima.*

Tony se redressa et donna une petite tape sur le cuir.

373

— Entre, entre. Nous t'attendions.

— Je vois. Je suis en retard pour une réunion.

— Voilà comment tu accueilles ta propre chair et ton propre sang, ton cousin à qui tu n'as pas parlé depuis quatre ans? Tu connais Max, n'est-ce pas?

Torie soupira et monta dans la voiture. Il serait vain de leur demander de venir la rencontrer à son bureau. Peu importe ce qu'ils avaient en tête, ils voulaient en discuter selon leurs propres conditions, pas les siennes.

— Oui, je connais Max. Que voulez-vous?

— Ne sois pas fâchée, Vittoria. Je ne te tiens pas rancune, pourquoi le ferais-je? Le passé est passé, non? Nous avons agi comme des enfants stupides.

— Je n'ai pas le temps de vivre dans la rancune, Tony. S'il te plaît, dis ce que tu as à dire et laisse mon chauffeur entrer...

— Ton chauffeur attendra dehors.

Tony voulut fermer la portière mais le long et puissant bras de Moose l'en empêcha.

— C'est plutôt froid dehors. Je peux prendre mon foulard?

— Fais-ça vite, dit sèchement Max.

Moose ouvrit la portière avant, se pencha vers le compartiment à gants, fouilla pendant quelques secondes et trouva son cache-col de laine.

— Oui, m'sieur. Merci, m'sieur.

Tony se tourna vers sa cousine.

— Les félicitations sont de mise pour Penn's Landing. Une plume de plus à ton chapeau — une belle grosse plume d'un milliard de dollars. Même si cette propriété ne se trouve pas dans le quartier sud de Philadelphie, tu réalises qu'elle fait quand même partie de mon district.

— Et alors?

— Tu vas générer une montagne de travail pour mon personnel et mon bureau.

— Je ne sais pas pourquoi. Le maire et le conseil ont

déjà accepté de me louer le terrain.

— Mais oui tu le sais. L'approbation verbale n'est que le début du long processus juridique. N'ai-je pas raison, Max?

L'assistant approuva d'un signe de tête.

— Nous devons mettre la roue en marche, Madame Di Angelo. Le conseiller Silvano doit écrire un nouveau règlement de zonage et ensuite le faire approuver. *Comprenda*?

— Et si je refusais de *comprenda*?

— Je suis sûr que tu ne refuseras pas, *piccina*. Sans — appelons cela — un engagement personnel de ta part, les délais et les retards risquent de s'éterniser. Et nous savons tous les deux que lorsqu'un promoteur entreprend un projet, le temps c'est de l'argent.

— Je vois.

Elle le regarda froidement.

— Combien veux-tu?

— Ce n'est pas pour moi, je te l'assure, seulement pour couvrir les dépenses rattachées à ton projet grandiose. Je pense qu'un million — une goutte dans le baril pour toi — me permettrait d'engager le personnel supplémentaire requis pour accélérer les procédures et couvrirait en partie les frais généraux de notre bureau.

— On achète beaucoup de ruban gommé avec un million de dollars.

— Ne plaisante pas sur un sujet aussi sérieux. Est-ce qu'on s'entend?

Elle réfléchit pendant un moment, puis demanda :

— Comment se ferait le paiement?

— Nous verrons cela plus tard. Pour l'instant, avant de courir à mon bureau et de me mettre au travail pour toi, je n'ai besoin que de savoir si nous avons une entente.

— Je ne peux pas te le dire aujourd'hui. Je dois y réfléchir. Je pourrais perdre mon permis si cela se...

— *Dio mio*! Comment cela pourrait-il se répandre? Personne ne sait de quoi nous avons parlé ici.

— Je préfère encore dormir là-dessus, Tony. Je te

téléphonerai demain.

— Non, dit-il, fermement. Pas de téléphone. Prends la nuit pour réfléchir si tu veux. Max entrera en contact avec toi. N'oublie pas, tu ne peux absolument pas développer Penn's Landing sans mon appui et celui de mon quartier.

Leur message livré, le conseiller et son assistant sortirent de la voiture et disparurent dans l'hôtel de ville.

Moose s'empressa de venir refermer la portière.

— Tout va bien, Ma'am Torie?

— Oui. Vous devez grelotter. Montez.

Il se glissa sur la banquette avant.

— Il y a quelque chose qui ne sent pas bon ici.

— Vous avez le nez fin. Ces deux gangsters essaient de me faire chanter.

— À propos de quoi?

— Pas du chantage. Je veux dire de l'extorsion. Ils veulent de l'argent en retour d'une faveur politique. Je ne leur donnerai pas un sou, et j'aimerais bien déposer une plainte. Mais je ne pourrais rien prouver. Ce serait ma parole contre la leur.

— Je vous surveillais à chaque instant.

— Je sais. Je vous ai vu aussi sortir ce revolver du compartiment à gants en même temps que votre foulard. Vous avez couru un grand risque. S'ils vous avaient vu...

— Je ne voulais pas qu'il vous arrive quoi que soit, Ma'am Torie. Un seul mot et... mes amis et moi...

— Non, non, Moose, je ne veux pas que vous ayez maille à partir avec la mafia.

Elle sourit chaleureusement.

— Mais j'apprécie votre loyauté.

Cela ne surprit personne lorsque le numéro de février 1985 du magazine McGarren plaça la toute nouvelle Corporation Di Angelo (anciennement les Entreprises Di Angelo) en tête de liste des plus importants promoteurs de Philadelphie, avec des actifs dépassant les sept cent millions de dollars. (Torie n'hésitait pas à préciser que la plupart de ses propriétés étaient grevées d'hypothèques couvrant jusqu'à quatre-vingt-dix pour cent de leur valeur, ce qui diminuait considérablement le total de ses actifs personnels.) Depuis 1983, la compagnie avait établi ses quartiers généraux dans le Parc Di Angelo, un étincelant monolithe de verre et de granite bleu, érigé rue Chestnut, surplombant le Penn Center et le quartier des affaires au nord, et la place Rittenhouse au sud. La rigueur de la façade, à l'exception du logo «DiA», toujours présent, était quelque peu atténuée par l'adjonction d'une cour intérieure, agrémentée de fontaines, d'arbustes en fleurs et de bancs de pierre, où les locataires commerciaux ou résidentiels pouvaient prendre leur pause, bavarder en savourant un sandwich, ou simplement profiter de l'air frais.

Le bureau de Torie, au treizième étage, était dépourvu de toute décoration inutile. Acclamé par *Architectural Digest* comme «un brillant collage de textures laiteuses, aux lignes pures et élancées, suscitant un sentiment paradoxal d'intimité», la pièce toute blanche avait des poutres de bois «flottantes», des fenêtres surmontées de voussures et le bureau le plus photographié du monde — structure de fer forgé blanc incrusté de verre bleu, vert et violet. Juste à côté, se trouvait un centre de communication high-tech complet, avec son projecteur et son écran qui dispensait sans arrêt les cotes du marché boursier. À leur première visite, les gens avaient souvent l'impression de se trouver à bord d'un vaisseau spatial.

— Peux-tu imaginer un spermatozoïde nageant comme un forcené tout en sachant qu'il deviendrait un Tony Silvano?

Peggy plissa le nez au moment où elle s'approcha du bureau de son employeur.

— Mauvaise nouvelle, T.D. Le FBI dit que tu n'as aucune preuve.

— Comment puis-je en avoir?

— Il te faudrait porter un système d'écoute et enregistrer la conversation.

— Que se passe-t-il s'ils me fouillent? Les voyous, je veux dire.

— Je lui ai posé cette question. L'agent m'a dit qu'ils pouvaient dissimuler le système dans ton sac ou ta serviette, mais que c'était plus sûr de le placer sous ta poitrine. Si quelqu'un s'avisait de te toucher à cet endroit, tu lui envoies ton pied dans la fourche.

— Chic. Tu sais ce qui arrive si tu t'en prends à ces gens? Ils te découpent le visage. Pour commencer.

— Exactement. C'est pourquoi tu es folle de simplement penser à attaquer la mafia. Je te suggère d'oublier toute cette histoire et de dire à Tony que tu n'acceptes tout simplement pas sa proposition.

— Quoi? Et perdre une chance de mettre cet avocat véreux derrière les barreaux? Je ne pourrais pas... Oh, entrez, lança-t-elle en réponse

aux coups frappés contre la porte. Al, Ralph, asseyez-vous. Peg, tu restes aussi.

L'architecte de la compagnie et le chef-comptable prirent des chaises en face du bureau.

— Ce ne sera pas long. Vous connaissez tous mon chauffeur, Moose. Il y a quelques jours, il m'a parlé de son église, Sainte-Espérance du Baptême... ou quelque chose du genre — Jane vous donnera le nom exact. Peu importe, les fondations sont sur le point de s'écrouler et la ville menace de la condamner si elle n'est pas réparée.

Ralph écarquilla les yeux.

— Ce n'est pas ce que vous croyez. Moose ne m'a jamais sollicitée pour de l'argent. Il m'a simplement demandé d'intercéder auprès des autorités municipales afin d'obtenir un délai leur permettant de réunir les fonds nécessaires. Mais je veux faire quelque chose. J'aimerais que vous répariez cette église, Al. Faites tout ce qui est nécessaire, sans dépasser un million de dollars. Quant à vous, Ralph, utilisez l'argent de mon fonds de bienfaisance.

— Ellory va avoir une attaque, dit Peggy.

378

— Probablement. Mais à partir de maintenant, Ellory ne me dira plus à qui donner mon argent. Je suis fatiguée de ses conseils et je suis fatiguée de donner une fortune à des causes dont je me fous complètement, dans le seul but de faire partie d'un conseil d'administration ou d'inscrire mon nom sur une liste. Dorénavant, je vais donner à qui je veux. Oh, et Peggy, je tiens à ce qu'il n'y ait aucune publicité sur cette affaire. Dis seulement aux autorités de l'église que c'est un cadeau en l'honneur de Ben Moose.

La semaine suivante, un agent féminin du FBI se présenta au bureau de Torie et fixa un minuscule micro directement sur la peau de la jeune femme, sous sa poitrine. Torie avait dit à Max Lemo qu'elle ne traiterait qu'avec Tony et, lorsque le conseiller la fit monter dans sa voiture pour une balade, elle lui remit un premier versement de cent mille dollars. Le micro fut ensuite récupéré, la conversation transcrite et le FBI entreprit la longue et lente procédure d'enquête devant conduire à une mise en accusation.

Après avoir révisé son testament et s'être assurée que Michael, son père, Lisa, Peggy et Moose ne manqueraient jamais de rien, Torie ne perdit pas une seconde à réfléchir sur la sagesse (ou la folie) de son geste. Confiant à son équipe les projets de Penn's Landing, du palais des congrès de Gersten Park et de nombreux autres, elle reporta son attention sur la tour Di Angelo. La préparation des plans et l'obtention des approbations n'avaient été que le commencement. Forte de la sanction officielle, elle devait maintenant préparer des études de marché, trouver des abattements fiscaux et offrir des avantages suffisamment attrayants pour attirer le financement.

Dans l'immédiat, elle se devait de trouver un locataire important. Après une lecture attentive des rapports, elle sut exactement qui elle voulait et quels avantages elle pouvait lui offrir — un par un — pour mettre de la crème sur le gâteau. Blue Star, une compagnie d'assurance-vie d'envergure nationale, était le meilleur candidat, mais la compagnie se montrait inflexible et exigeait la «signature» de son logo sur la façade. Torie s'y opposa. Un seul logo ornerait ses édifices.

La sortie inopportune (du point de vue de Torie) d'un sondage Coldwell, rapportant un surplus d'espace à bureaux dans tout le pays, ne fit que piquer sa détermination à ne pas perdre Blue Star. Les conditions de son offre étaient séduisantes : un somptueux ameublement de bureau importé du Danemark, des espaces de stationnement supplémentaires, un gymnase et un vestiaire équipé de salles de douches pour les employés; et la dernière touche : six mois de loyer gratuits. En dépit du fait que la construction de la tour Di Angelo ne serait pas achevée avant deux ans, elle réussit à charmer les dirigeants de Blue Star et à leur louer d'avance vingt-deux étages. Peu de temps après, deux firmes d'avocats distinctes réservèrent un total de treize autres étages.

Armée des contrats signés par ses futurs locataires, et accompagnée de ses deux avocats spécialisés respectivement en droit fiscal et corporatif, ainsi que de son chef-comptable, Torie se présenta au bureau de Putney Vickers, président-directeur-général de Liberty Bell Savings & Loan Association. De précédentes transactions, elle savait qu'il était aussi dur, intransigeant et difficile qu'elle pouvait l'être; ni l'un ni l'autre n'avait de temps à perdre.

— C'est l'heure du Monopoly? demanda-t-il, en lui serrant la main.

— J'espère que non, dit-elle, souriante. Au monopoly, il n'y a qu'un seul gagnant.

Ainsi débuta une séance de négociation intense qui les garda enfermés dans un bureau pendant vingt-trois heures. Après de nombreuses concessions, ils établirent les bases de leur aventure commune : un contrat d'association qui assurait à Liberty Bell cinquante pour cent de la propriété de l'immeuble, en contrepartie d'une injection de capitaux équivalant à quatre-vingt-dix-huit pour cent du financement de tout le projet.

Le jour prévu pour la signature des contrats, cependant, Vickers téléphona pour aviser que l'entente ne tenait plus; son conseil d'administration avait décidé que le projet était trop controversé. Il était désolé, mais elle devrait trouver un nouveau partenaire.

28

Une caricature, dans l'édition du dimanche dix-sept août 1986 de l'*Inquirer*, attira le regard de Torie : une brunette au nez aquilin, portant le monogramme «**DiA**» sur son col, sa manche, son sac et sa serviette, se tenait devant une imposante tour à demi construite. Deux travailleurs de la construction, portant des casques de sécurité, parlaient entre eux et on pouvait lire la légende suivante : «Je te l'ai dit qu'elle se moquait des traditions. Elle refuse même de payer la mafia.» La plaisanterie faisait suite à l'annonce sensationnelle, dix-sept mois après que le FBI eût ouvert son enquête, qu'un grand jury fédéral avait déposé contre le conseiller Tony Silvano et son assistant Max Lemo, quatre chefs d'accusation, incluant une tentative d'extorsion d'un million de dollars.

— Quand viendras-tu te baigner, maman? appela une voix. Tu as promis que tu jouerais avec moi.

— Sois prudent, mon chéri. Je n'aime pas te voir jouer dans la piscine sans ton gilet de sauvetage.

Torie déposa le journal, se leva de sa chaise longue et dissimula ses cheveux courts sous son bonnet de bain. Elle resserra les bretelles de son maillot jaune en latex, consciente qu'il moulait son corps svelte, et regretta pendant quelques instants qu'il n'y eût personne pour l'admirer.

— Quand viendras-tu?

— Immédiatement, prêt ou pas prêt!

Après un bond à l'extrémité du plongeoir, Torie se pinça le nez et sauta dans la piscine, poussant un hurlement et soulevant une gerbe d'eau.

Michael s'accrocha au bord de la piscine alors qu'elle nageait vers lui.

— Ce n'est pas comme ça qu'il faut plonger.

— Ce n'était pas un plongeon. Tu veux faire un tour sur mon dos?

— Ouais!

Il enroula ses bras autour d'elle et pressa son petit corps sur sa colonne vertébrale.

— Hue, cheval!

— Qu'est-ce que tu dis?

— S'il te plaît, hue, mais ne me laisse pas tomber.

— Pourquoi pas?

Elle amorça une lente brasse.

— Tu nages tellement bien que tu n'as même pas besoin de ton gilet de sauvetage. Pourquoi as-tu peur de tomber?

— Je n'ai pas peur, je n'aime pas ça.

— Je pense que cela a du sens.

Elle se mit à rire et le porta jusqu'à l'extrémité étroite de la piscine, chantant une comptine en le secouant légèrement sur son dos. Puis elle le fit flotter sur un radeau à travers la piscine et tourner en rond jusqu'à ce qu'ils fussent tous deux épuisés et détrempés.

— Je pense que nous en avons assez, Maître Goldman, dit-elle, le soutenant alors qu'il pataugeait vers les marches. Vous êtes juste à l'heure, Ingrid.

Une femme blonde, portant un uniforme blanc, souleva Michael hors de l'eau et le sécha à l'aide d'une serviette.

— Notre nageur a besoin d'une douche et de vêtements secs avant le dîner, n'est-ce pas?

— Est-ce que tu sors ce soir, maman?

— Non, mon chéri, mais toi oui. As-tu oublié? Papa et Fran t'amènent à la campagne pendant une semaine.

— Tante Ingrid vient-elle?

— Ingrid va prendre sa semaine de vacances. Et quand tu reviendras à la maison, dimanche prochain, elle sera reposée et impatiente de te voir.

— D'accord.

Il approuva d'un signe de tête et prit la main de sa nounou.

— Hé, Ingrid, est-ce qu'on peut jouer à la marionnette avant que tu partes?

Seule dans son spacieux jardin sur le toit du Parc Di Angelo, l'immeuble qui abritait les bureaux de sa compagnie dix étages au-dessous, Torie déplia la chaise longue, étendit une crème solaire sur ses bras et s'allongea, le dos sur le coussin. Depuis qu'elle avait emménagé, deux ans plus tôt, dans son spectaculaire *penthouse* au quarantième étage, elle planifiait de prendre quelques semaines de vacances pour en profiter. Jusque-là, pourtant, le temps passé avec Michael avait été le seul plaisir qu'elle s'était permis à elle-même.

Prenant une profonde inspiration, elle essaya de se détendre et de réfléchir à sa situation avec un certain recul. Conformément au cliché, l'argent ne lui avait pas apporté le bonheur. Plus elle travaillait, en fait, plus elle réalisait que de nombreux autres facteurs l'avaient motivée : le besoin de créer quelque chose à partir de rien; et, comme toujours, le goût d'exercer le pouvoir — le pouvoir de faire aux autres ce qu'ils lui avaient fait.

Un journaliste lui avait déjà demandé si elle était d'accord avec Donald Trump lorsqu'il affirmait que réaliser des transactions était une forme d'art.

— Non, avait-elle répondu. Seul un ego de mammouth ayant perdu contact avec la réalité pouvait croire que le fait de jouer avec de l'argent et des biens immobiliers était une forme d'art. C'est un jeu — un jeu impliquant l'habileté, la chance et une certaine connaissance des affaires. Mais des affaires honnêtes.

Dans son esprit, elle était aussi bonne que Donald Trump, peut-être meilleure. Il avait bénéficié de certains avantages : c'était un homme, au surplus un WASP; il avait fréquenté Wharton; il avait hérité de son père une entreprise prospère. Mais les traumatismes de sa vie avaient aidé Torie à former son caractère et à bâtir sa confiance. Aujourd'hui, elle pouvait s'asseoir avec Trump, ou n'importe qui, à une table de négociation et ne pas se sentir intimidée.

Après que Liberty Bell Savings se fut retiré du projet de la tour Di Angelo, elle avait concentré ses énergies à la recherche d'un remplaçant et finalement conclu une entente avec une importante caisse de retraite. Maintenant, seulement un an après que le maire Borland eut autorisé le projet, le rêve auquel si peu de gens croyaient était à demi réalisé.

Elle poussa un soupir de frustration. Non, l'argent ne lui avait pas apporté le bonheur. Il ne lui avait pas acheté une famille unie ou le chez soi qu'elle avait toujours désiré. Mais, grâce à Ellory, elle avait pu acheter une nature morte de Vlaminck, un danseur de Degas, un bronze de Brancusi, et les services du meilleur décorateur de la ville. Mais quel bien y avait-il à être entourée d'objets exquis si elle ne s'arrêtait jamais suffisamment longtemps pour les admirer?

Une balustrade de fer, assez basse pour ne pas dissimuler la vue du chapeau de Billy Penn et assez haute pour assurer la protection de Michael, entourait la terrasse extérieure où elle était assise. Des cerisiers japonais, des pétunias en pots et des belles-de-jour bleu ciel, servaient d'arrière-plan floral à un imposant buste d'Henry Moore. Des appareils de chauffage encastrés conservaient au lieu une température confortable; théoriquement elle pouvait prendre des bains de soleil de mai à octobre.

Mais, s'abandonner au soleil sur la terrasse n'était pas prévu à son horaire. Chaque heure de chaque jour, incluant les dimanches, même lorsqu'elle amenait Michael en visite chez son père, était bourrée de pressions et de problèmes. À chacune de ses apparitions publiques, elle était assaillie par les journalistes, par les gens qui se plaignaient, les gens qui l'aimaient, ceux qui ne l'aimaient pas, ceux qui étaient seulement curieux de voir une riche et jolie célébrité locale. Qui a dit qu'il était facile d'être célèbre?

Souhaitant prendre des vacances avec Michael aussitôt qu'elle pourrait se réserver quelques jours, elle saisit une enveloppe de courrier prioritaire contenant une pile de coupures des journaux de la semaine. La plupart n'étaient que des mentions d'une ou deux lignes, des citations, des calomnies et des histoires qu'elle avait déjà vues. Un article paru dans le *Newsweek*, «Qu'y a-t-il après le sommet?» avait soulevé les commentaires de gens qui appuyaient l'article ou qui incitaient Torie à intenter une poursuite en diffamation. Elle relut les deux derniers paragraphes sans montrer aucune émotion :

> Les accusations soutenant que Di Angelo est une personne dénuée de toute sophistication peuvent être vraies. Elle a des goûts étroits et limités et très peu d'intérêt pour l'histoire et la protection du patrimoine. Les efforts des architectes pour incorporer des éléments traditionnels dans ses immeubles sont ignorés. Il n'en demeure pas moins que, sophistiquée ou non, elle possède un instinct infaillible pour construire des gratte-ciel éclatants et majestueux qui plaisent au public.
>
> Ce qui emballe son moteur n'a rien à voir avec la recherche d'une certaine amélioration sociale ou de l'intégrité artistique, il s'agit plutôt d'un puissant besoin d'imprégner sa propre identité par des déclarations colossales d'acier, de verre et de granite. Le credo de Di Angelo se résume en huit mots : «Je peux tout faire — et je le ferai.»

Une autre coupure attira son attention; elle prenait pour la première fois connaissance de cet article écrit par Connie Morris, de *Celebrity Times* :

> Au cours des deux dernières décades, on a assisté à

l'émergence d'un nouveau type de célébrités : les promoteurs immobiliers. Contrairement au stéréotype du riche Texan, avec ses bottes et son chapeau de cow-boy, pour qui les œuvres d'art préférées étaient une salle d'exposition de Cadillac et les pages centrales de *Playboy*, le souffle des années soixante-dix/quatre-vingt a radicalement transformé l'image.

À New York, Donald Trump nous a présenté des idées audacieuses et l'argent pour les réaliser. Leona Helmsley, la femme du promoteur Harry Helmsley, a montré du génie et du cran pour lancer l'empire de son mari. Et maintenant, à Philadelphie, Torie Di Angelo combine le goût du défi et le talent artistique de Trump avec le culot de Helmsley et, une fois encore, la vie imite la fiction produisant une véritable vedette de téléroman...

— Êtes-vous décente, beauté? Votre bête est ici.

Torie se redressa en sursaut.

— Oh, c'est vous. Vous pouvez venir.

— Vous m'avez dit que je pouvais faire un saut cet après-midi.

Ellory Davis approcha une chaise sous son parasol et éventa son front en sueur. Le temps et une lourde habitude de cocaïne avaient été durs pour cet homme; son visage était hagard, ses mâchoires s'affaissaient, ses pupilles dilatées semblaient incapables de fixer quoi que ce soit pendant plus de quelques secondes. Lorsqu'il parlait, ses mains gesticulaient nerveusement.

— Vous lisez toute cette bonne presse que j'ai obtenue pour vous?

— Je ne sais pas jusqu'à quel point c'est bon. Je ne veux pas dire que ce soit votre faute. Je n'apprécie pas du tout que l'on me compare à une vedette de téléroman.

— Je souhaiterais que l'on me considère ainsi. Tout ce qu'ils me disent, c'est que je leur rappelle Truman Capote...

Il s'arrêta et fit un signe de croix.

— Qu'il repose en paix. J'ai vu Michael en entrant. La

plupart des enfants de cinq ans ont tout le charme d'une mouche disséquée, mais ce gosse est incroyable. Je parierais qu'il est extraordinairement photogénique.

— Votre travail consiste à le garder loin des médias, vous vous souvenez? Il est déjà suffisamment exposé à l'enlèvement.

— Pitié. Je pourrais l'utiliser dans une publicité de céréales dès demain.

Il la regarda d'un air suspicieux.

— Il ne ressemble pas beaucoup à un Goldman. Êtes-vous sûre de sa filiation?

— Quelle question. Il n'y a aucun doute.

Ellory se frotta le menton.

— Il ressemble davantage à Tony Silvano. Une petite incartade dans votre passé?

Elle pouffa de rire.

— Vous êtes réellement un fouille-merde, Ellory. Je prie tous les soirs pour qu'on jette la clé de la cellule de ce cher Tony.

Ses écarts de langage occasionnels ne le dérangeaient plus. Au moins, maintenant, elle pouvait faire mieux.

— Appeler le FBI, quelle idée géniale. Cela a fait des merveilles pour votre image. J'ai entendu quelqu'un qui disait durant un talk-show : «La mafia voulait annexer Di Angelo et elle les a tous fait mettre en prison. Cette fille a des couilles.» Si vous voulez bien vous rappeler, j'ai remarqué cette caractéristique particulière il y a des années.

Toric se recula dans sa chaise.

— Vous n'êtes sûrement pas venu ici pour discuter d'anatomie, Ellory. Que mijotez-vous dans cet esprit tortueux qui est le vôtre?

— Plusieurs choses. Dieu que je déteste les belles journées d'été!

Il s'essuya le front et sortit un bloc-notes.

— En tout premier lieu, Helen Gurley Brown veut publier une entrevue avec vous dans *Cosmo*. Avant que vous ne disiez...

— C'est bon. J'adore Helen.

— Merveilleux! Que diriez-vous d'une seconde interview avec Connie Morris?

— *Cosmo*, oui, Connie, non. Je ne peux pas blairer cette traînée. Que je dise n'importe quoi, elle le déformera et le faussera.

— Si vous refusez, ce sera encore pire. Et *Celebrity Times* a un fort tirage.

— Je m'en fous.

Il savait qu'il valait mieux ne pas insister.

— À votre guise. Prochaine question : Pouvons-nous faire quelque chose pour cette maison de West Mount Airy?

Il avait dit le mot «maison» comme si elle avait été condamnée par le département de la santé.

— Pouvons-nous trouver à votre famille une adresse dans un endroit plus chic?

— J'ai parlé à papa jusqu'à en devenir cramoisie. Je leur ai offert un appartement avec une vue superbe, je leur ai offert une croisière, une voiture et un chauffeur; ils refusent absolument tout. Ils n'approuvent pas la façon dont je gagne mon argent, alors ils ne m'aideront pas à le dépenser.

— Votre père a pourtant passé sa vie dans l'immobilier.

— C'est bon pour un homme. Mais Dieu a donné un utérus aux femmes, vous voyez, et si elles ne font pas éclore un bébé toutes les cinq minutes, il y a quelque chose qui ne va pas. De plus, papa me rend entièrement responsable du divorce. Il est convaincu que Jeff et moi serions toujours mariés, n'eût été ma carrière.

Elle frappa le bout d'une cigarette sur la table.

— Il a probablement raison.

Ellory lui offrit du feu.

— Lui avez-vous dit que vous ne vouliez pas divorcer.

Elle souffla la fumée par-dessus son épaule.

— Il fait de l'écoute sélective. Il n'entend que ce qu'il veut entendre. Et Lisa est pareille. La seule chose qu'elle ait bien voulu accepter de ma part à Noël, c'est un nouveau congélateur pour l'église. Tout un cadeau. D'autres questions?

— Oui. Pourriez-vous offrir à un mourant quelque chose à boire?

Elle sourit.

— Le réfrigérateur derrière vous contient des jus de fruits, des boissons gazeuses diète et du champagne — servez-vous.

— Êtes-vous folle?

Il gémit et se couvrit les yeux.

— Vous me demandez de traverser cette terrasse mal foutue? Oubliez-vous que j'ai le vertige facile. Je mérite un bonus simplement pour être monté jusqu'ici. Avez-vous du champagne diète?

— Non, mais il y a de la vodka et du thé glacé.

— Va pour le thé glacé. Et ne lésinez pas sur la glace.

Un moment plus tard, elle lui tendit un grand verre.

— Combien de questions encore?

— Seulement deux, dit-il, avalant bruyamment. Celle-ci est quelque peu délicate, et ce n'est pas une question. Je voudrais que vous commenciez à vous intéresser à la politique. Vous êtes un talent naturel, vous savez. Vous avez tout ce qu'il faut.

— Mon Dieu, j'espère que non. Je déteste la politique.

— Je ne parle pas de la politique de quartiers — excepté, peut-être, pour faire vos premiers pas. Je pense à quelque chose de plus vaste — il fit une pause pour mettre de l'emphase — la Maison-Blanche.

— Oh, doux Jésus!

Elle porta la main à sa tête alors qu'elle retournait à sa chaise longue.

— Ne dites pas d'insanités. Vous m'avez fait siéger au conseil d'administration de toutes les institutions culturelles de cette ville. Vous m'avez fait nommer présidente d'honneur de la campagne de prévention des incendies, procéder au lancement de bateaux et imprégner les orteils dans le ciment...

— Et je suis très fier de tout cela. Vous n'étiez personne lorsque je vous ai prise sous ma tutelle il y a douze ans. Aujourd'hui, quatre-vingt-dix-neuf pour cent des gens de Philadelphie connaissent votre nom. Vous êtes présidente-directrice-générale de la Corporation Di Angelo, vous possédez vingt pour cent de l'espace à bureaux du centre-ville et vous faites l'envie de tous les promoteurs du monde occidental. J'ai fait de vous une célébrité, et ce n'est qu'un début.

Ellory commençait à radoter encore et elle se demandait, comme chaque semaine, pourquoi elle continuait à lui payer un salaire exorbitant, alors qu'elle avait si peu besoin de lui et plus d'attention de la part des médias qu'elle n'en souhaitait. La réponse était toujours la même : elle était reconnaissante, loyale et, plus que tout, elle savait ce que leur association représentait pour lui.

— Écoutez, Ellory, dit-elle, j'apprécie beaucoup tout ce que vous avez fait pour moi, mais la politique et les politiciens me font royalement souffrir. Je rencontre suffisamment de menteurs et de fumistes dans le cours de mes affaires.

— C'est ce que je dis. Vous profitez d'un entraînement idéal.

Il s'arrêta pour avaler.

— Je ne dis pas que vous devriez faire de la politique active maintenant. Mais nous devons commencer à nous préparer. Dans vingt ans, lorsque vous aurez cinquante-quatre...

— À cinquante-quatre ans, je m'assoirai dans un fauteuil à bascule et je ferai la lecture à mes petits-enfants. Pas de politique, Ellory. *N, O, N*, non. Pas d'hôtel de ville, pas de résidence du gouverneur, et pas de Maison-Blanche, à moins que la première dame ne m'y invite à dîner pour rencontrer Paul Newman ou que le président me demande de redécorer son bureau.

— Vous changerez bien d'idée.

Il vida son verre et le déposa sur la table.

— Dernière question.   Qu'advient-il de la place Rittenhouse?

Elle écrasa sa cigarette dans le cendrier.

— Cela m'a pris trois longues années, mais j'ai finalement obtenu mon quatrième immeuble du côté nord.   La bibliothèque de la Société historique, au coin, n'est à vendre à aucun prix — pour le moment.   Mais j'y travaille.

— Que ferez-vous avec ce pâté de maisons lorsque vous le posséderez en entier?

— Je n'en suis pas sûre.

— Pourquoi le voulez-vous tant?

— Je ne sais pas, Ellory.   Vous n'arrêtez pas de me dire que je suis obsédée.

— Parce que c'est vrai.   C'est de la folie d'être ainsi obsédée par le passé.   Vous croyez avoir été la seule enfant qui ait jamais souffert du rejet?

— Je suis toujours rejetée.

— Ce n'est pas vrai.

— C'est vrai, et vous le savez.   Ma génération m'accepte. Ils m'invitent à leurs soirées parce que je suis riche, jolie et connue.   Mais les vieux aristocrates...

— Que vous importent les vieux aristocrates?   Vous voulez leur faire payer quelque chose qui s'est passé il y a plus de vingt ans?   Peut-être aimeriez-vous tout jeter par terre et construire une longue rangée de tours Di Angelo simplement pour leur cracher au visage?

— Que le diable vous emporte!   Je ne veux raser que deux immeubles pour permettre la construction d'un hôtel et il n'y a encore rien de fait à ce sujet.

— Torie, dit-il, nerveusement, ne pensez même pas à démolir quol que ce soit place Rittenhouse.

— N'essayez surtout pas de m'en empêcher.   Et cessez de froncer les sourcils.

— Je fronce les sourcils parce que jusqu'à maintenant vous avez été diablement chanceuse.   Les journalistes qui ont déterré l'histoire de l'accrochage de votre cher père avec la loi

393

n'y ont vu qu'un crime sans importance et n'ont pas cherché à en faire un scandale — ni de vos liens avec la famille Silvano et de votre mentalité occasionnelle de mafioso.

— Ma quoi?

— Si vous n'aimez pas quelque chose, vous souhaitez le faire disparaître. Bam! Disparu. Pur mafioso.

— C'est la chose la plus stupide que...

— Sans compter la destruction, vous parlez de soumettre les voisins pendant des mois à la poussière, à la saleté et au bruit étourdissant des chantiers de construction, et de faire de ce quartier un aimant pour les touristes, les dadais...

— Créant une vie nouvelle, de nouveaux emplois, de nouveaux commerces...

— Soyez réaliste, pour l'amour de Dieu. Croyez-vous sincèrement que les gens qui y habitent et y travaillent vont s'asseoir et vous laisser détruire leur intimité?

— Vous voulez dire leur bastion de richesse et de traditions, et leurs vieux immeubles trapus?

— Vous êtes désespérante.

Il s'essuya la joue.

— Si vous ne réalisez pas qu'ils utiliseront tous les moyens imaginables pour vous discréditer, vous commettez la pire sottise.

— Et alors? dit-elle, avec impatience. Il est de notoriété publique que papa est allé en prison. Mes ennemis auraient utilisé cet argument depuis longtemps s'ils pensaient qu'il eût quelque chance de m'atteindre. Dites...

Elle posa sa main sur le front d'Ellory.

— Vous sentez-vous bien?

— Je me sentirai bien... lorsque je serai de retour sur la terre ferme.

Sa respiration devint haletante.

— Je rêve de laisser mon empreinte sur cette place depuis que je suis toute petite, Ellory. Je vous l'ai déjà dit et je le pense : rien ne m'arrêtera.

Elle se leva et se dirigea vers l'intérieur du *penthouse*.

— Vous feriez mieux d'entrer à l'intérieur.

— Je vais très bien...

Titubant en traversant la terrasse, il la suivit puis se laissa tomber sur le sofa.

— Nous avons un médecin dans l'immeuble, dit-elle, lui éventant le visage. Je vais l'appeler.

— Non, non — pas pour une simple attaque de panique. J'irai mieux dans une seconde — dans la mesure où je ne vois pas le ciel.

Il ferma les yeux et, après une minute de respirations profondes, il se mit à sourire.

— Vous voyez? plus de respiration sifflante. Maintenant dites-moi, si vous insistez pour aller de l'avant avec cette idée suicidaire et complètement maniaque, avez-vous choisi un architecte?

— Eh bien, ce ne sera pas Cava. Il n'arrive même pas à s'entendre avec son ombre. Maintenant il veut que je congédie le designer d'intérieur afin de prendre sa place. *«La tour Di Angelo e un'oggetto di arte,»* n'arrête-t-il pas de crier. Nous, les grossiers matérialistes, ne devrions pas nous soucier de faire du profit.

— Oubliez Cava. Je viens juste d'avoir une idée.

Avant qu'elle ne pût émettre un commentaire, il poursuivit :

— Que vous fassiez quoi que ce soit sur la place Rittenhouse, vous allez rencontrer une formidable opposition. Et le seul moyen qui me vienne à l'esprit pour la combattre est d'engager le meilleur et le plus reconnu des architectes du pays — l'homme dont le visage a fait la couverture de *Time* pas plus tard que la semaine dernière.

Le cœur de Torie fit un bond. Elle retrouva assez de concentration pour répondre :

— Nielson Hughes serait l'homme idéal. Sa réputation est sans tache et, comme vous dites, il est l'architecte le plus dynamique du pays. Mais il ne travaillera pas pour moi, alors ne perdons pas de temps à en discuter. Je pensais plus à des hommes tels que Portman ou Lohan. Ou possiblement Rogers, qui a conçu le centre Pompidou à Paris.

— Pourquoi Hughes ne travaillera-t-il pas pour vous?

— Nous avons eu une brouille il y a de cela quelques éternités. Nielson n'est pas du genre qui pardonne et oublie.

— Comment le saurez-vous si vous n'essayez pas?

Il se leva et, quelque peu instable, se dirigea vers le vestibule.

— Il faut que je sorte d'ici. Mais réfléchissez-y bien.

Elle le suivit jusqu'à la porte.

— Vous avez le visage terriblement rouge, Ellory. Je ferais peut-être mieux de prendre l'ascenseur avec vous.

— Prendre l'ascenseur? Je préférerais sauter dans une tombe ouverte que de prendre un ascenseur à cette hauteur.

— Vous allez descendre trente-neuf étages en prenant les escaliers?

— Absolument. Si Dieu et mes chevilles me le permettent, je devrais atteindre le hall d'entrée vers minuit.

— Si je n'ai aucune nouvelle de vous, j'enverrai une équipe de recherche.

Elle lui fit une bise sur la joue.

— Merci d'être venu.

— Pensez à ce que je vous ai dit, ma chère. Si vous pouviez obtenir Hughes, vous neutraliseriez l'argument principal de vos ennemis — selon lequel ce que nous allons faire nuira à l'environnement plutôt que de l'améliorer. Aucun architecte au monde ne pourrait réussir à ce chapitre, sauf Hughes. Il demeure peut-être à Scottsdale mais il est de la vieille souche de Philadelphie. Avec son nom sur votre hôtel, il pourrait devenir un monument national, un modèle pour les autres hôtels… l'envie du monde…

— Ne vous faites aucune illusion. Il ne travaillera jamais pour moi.

— J'ai mille dollars qui disent que oui. Je vous ai vu casser des noix beaucoup plus dures que Hughes avec vos belles paroles et votre charme particulier. Mais il faut que vous lui parliez personnellement ou le pari ne tient plus.

— Personnellement?

La pensée de revoir Nielson, après quinze ans, la fit trembler. Dans ce court laps de temps, il avait acquis une réputation égale, et d'une certaine façon supérieure, à celle de son père. Nielson Hughes était l'homme que tout étudiant en architecture contemporaine étudiait. À trente-sept ans, il était déjà un architecte de renommée internationale, dont le nom sur un immeuble en faisait un classique, le travail d'un maître.

Quelques phrases de l'interview qu'il avait accordée au *Time* traversèrent l'esprit de Torie. Hughes «choisit ses projets aussi soigneusement que d'autres hommes choisissent leurs épouses», observait l'auteur. «Un perfectionniste compulsif qui passe de longues heures à dessiner des esquisses compliquées, il change et reformule constamment les concepts et les détails... étudie et réétudie chaque nuance de la forme et de la façade jusqu'à ce que le design final émerge.. Plus souvent qu'autrement, un triomphe de pureté architecturale...»

Nielson n'avait pas changé, pensait-elle; il devait toujours être impossible de travailler avec lui. Pourtant, le bâtard de la *Main Line* et la décrocheuse de l'école secondaire de Philadelphie-Sud avaient parcouru un grand bout de chemin. Ils avaient tous les deux atteint le sommet de leur carrière, ils étaient beaux, francs, controversés. Il serait absurde de croire que deux entités aussi explosives puissent former une équipe; encore qu'ils aient déjà travaillé ensemble et réalisé un produit gagnant... Comme ils avaient connu de puissantes émotions l'un et l'autre...

— Mille dollars pour vos pensées.

— Je ne peux accepter votre pari. Ce serait un vol pur et simple.

— Dans ce cas, je parie le contraire. Vous pariez que vous parviendrez à engager Hughes et je parie que vous ne pourrez pas. Acceptez-vous maintenant?

Elle sourit.

— À une condition : lorsque je perdrai, mon argent ira à

397

la campagne de prévention des incendies.

— Et si vous gagnez?

— Votre argent ira à la campagne de prévention des incendies. Nous en avons besoin pour de nouvelles affiches. Mais si j'étais vous, je ne m'inquiéterais pas.

— Au contraire, j'ai hâte de vous remettre mon chèque.

Il lui baisa la main et leva la tête avec un regard inquiet.

— C'est déductible, n'est-ce pas?

29

— Bonjour, T. D.

Peggy Shea entra en coup de vent dans le bureau de Torie, un bloc-notes et un magnétophone sous le bras. Des lunettes en forme de croissant de lune et un costume de laine rehaussaient son allure de cadre, au même titre que les deux rangées de perles parfaites que Torie lui avait offertes pour souligner leur quinze ans de camaraderie professionnelle. Tout, chez Peggy Shea, semblait soigneusement planifié, contrôlé, efficient. Même les anciennes tresses rousses, brossées vers l'arrière et retenues dans un élégant chignon, s'étaient transformées en un doux brun auburn.

— Comment s'est passé le week-end?

— Plein de surprises. Michael a fait son entrée au jardin d'enfants la semaine dernière et semble s'y plaire — je touche du bois. Et papa m'a parlé hier.

Torie laissa paraître un regard approbateur.

— Tu es très élégante. Nouveau costume?

— Non, vieux costume. En solde, chez Chanel. Ce sont les perles. Elle font tout paraître neuf, même moi.

Elle croisa ses jambes et ouvrit son calepin.

— Voici les dernières nouvelles concernant Sa Seigneurie. La première lettre a été envoyée à M. Hughes le dix-huit août 1986. Aucune réponse. Une autre suivit il y a trois semaines, le premier septembre 1986. Aucune réponse. Ce matin j'ai téléphoné à son bureau et je suis tombée sur une pimbêche suffisante qui m'a dit, et je cite : «Monsieur Hughes n'est pas intéressé à travailler avec la Corporation Di Angelo.» Fin de la conversation.

Le visage de Torie s'empourpra de colère.

— Ce vaniteux petit salopard! Il n'a pas même daigné répondre à nos lettres. Qui a besoin de lui?

— D'après les dires d'Ellory, *nous* avons besoin de lui. Et maintenant?

— Et maintenant je vais payer mille dollars au sus-mentionné, M. Davis, et nous allons nous trouver un autre architecte — quelqu'un de brillant, de créatif, qui a du punch et une réputation internationale.

Peggy haussa les épaules.

— Pourquoi nous mentir à nous-mêmes? Nielson est le seul nom qui puisse nous permettre de contrer l'opposition. Je suis d'accord avec Ellory. Je ne vois pas comment nous pourrons vendre l'hôtel au public sans lui.

— Je refuse de ramper.

— Qui a parlé de ramper? Tu ne t'es même pas encore battue.

— Merde, Peg, je ne vais tout de même pas le supplier. Pour qui se prend-il? La couverture de *Time* — grosse affaire.

— C'est une grosse affaire.

— Qui s'en soucie? Qu'il aille se faire foutre.

— Tu as déjà essayé, ça n'a pas marché.

— Oh, je ne sais pas.

Le sourire de Torie s'éclaira, plein de malice.

— Cela nous a donné la tour Saint-Francis. As-tu la moindre idée de ce que vaut aujourd'hui cette petite pépite, avec tous les travaux qu'ils ont effectués dans le voisinage?

— Tu devrais peut-être la vendre pendant que c'est chaud.

— Jamais de la vie. C'est sa première commande et c'est un classique. Quand as-tu parlé à Ellory la dernière fois?

— Je ne parle jamais à Ellory, je l'écoute. Il a téléphoné

trois fois ce matin. Il dit que Connie Morris est tellement frustrée par ton refus d'être interviewée, qu'elle se promène partout, cuisinant tous ceux qui te connaissent et ramassant des potins pour un article de page couverture. Strictement des révélations scandaleuses.

— Que puis-je faire? Mettre sa tête à prix?

Elle appuya sur l'interphone.

— Jane, mettez-moi en contact avec Ellory sur la deux, s'il vous plaît. Je ne prendrai aucun appel pendant les dix prochaines minutes.

Quelques secondes plus tard, l'agent de publicité était en ligne.

— Il n'y a qu'une seule chose à faire à propos de Connie. Vous devez contre-attaquer avec un article avantageux dans un magazine prestigieux comme *McGarren's*.

— Non merci, Ellory. La masturbation mensuelle de Brayton McGarren est un petit peu trop égocentrique à mon goût. De plus, elle s'adresse aux riches sybarites et non aux riches qui travaillent. Pourquoi ne pas essayer avec *Fortune*?

— Parce que *Fortune* essaie d'être juste et objectif. Si vous plaisez à Mac, il est capable de consacrer la moitié du magazine à vos louanges.

— Je préférerais être dans *Fortune*.

— Ils ne sont pas intéressés pour le moment. J'ai essayé. Ne soyez pas si entêtée. Tout le monde sait que Mac est un oiseau étrange, qui a une caisse enregistreuse à la place du cerveau. Mais il est aussi éditeur, empereur, dictateur, gourou suprême des publications McGarren, et tout un journaliste.

— Et vous voulez que je…

— Dînez avec lui. C'est tout ce que je demande. Il a dit qu'il ne dînait presque jamais dehors mais qu'il ferait une exception dans votre cas.

— Je suppose que c'est un compliment. Dites-moi, n'avez-vous pas déjà essayé de lui faire publier quelque chose à mon sujet?

— Oui, il avait refusé sous prétexte que l'on parlait déjà

401

beaucoup trop de vous dans les médias. Mais cette fois je m'y suis pris différemment… J'ai fait appel à sa galanterie. Je lui ai dit qu'une compatriote de Philadelphie était sur le point de se faire embrocher par un tabloïde national soufflant des mensonges et des inexactitudes. Je lui ai dit que vous méritiez une honnête…

— Qu'a-t-il dit?

— Qu'il vous inviterait à dîner.

— D'accord, gémit-t-elle. Vérifiez auprès de Peggy et trouvez une journée. Quant à Nielson Hughes, il refuse de travailler avec moi, je vous préparerai donc mon chèque.

— Quand l'avez-vous vu?

— Il refuse même de me parler au téléphone.

— Notre pari dépendait de votre implication personnelle.

— Alors notre pari ne tient plus. Il faut que j'y aille…

— Un dernier mot, ma jolie. Ne sous-estimez pas la plume empoisonnée de Connie Morris. Elle va fournir à vos opposants une tonne de munitions. Si vous désirez construire cet hôtel autant que vous le dites, vous feriez mieux de penser deux fois à Nielson Hughes. Vous n'avez pas la moindre chance d'obtenir les approbations nécessaires sans lui.

— O.K. O.K. Je vais y réfléchir.

Replaçant violemment le récepteur, elle se retourna et rencontra les yeux accusateurs de Peggy.

— Pourquoi ce regard?

— Très émotive, n'est-ce pas? Pourquoi t'en prendre à Ellory?

— Tu sais pourquoi je suis émotive. Vous voulez tous les deux que je me mette aux trousses de Nielson. Que faites-vous de ma fierté?

— Je comprends ta fierté. Je pense aussi que tu veux cet hôtel place Rittenhouse plus que tout au monde.

— Parfaitement. Tu te rappelles cette merveilleuse histoire à propos de Jack Kelly?

— Laquelle?

— Il était champion du monde à la rame, mais les Anglais

ne lui ont jamais permis de participer à la course Henley Scull, parce qu'il avait travaillé de ses mains comme briqueteur et n'était donc pas un *gentleman*. Alors il décida de se venger en participant à toutes les autres compétitions et en battant tous les champions de Henley Scull — ce qu'il fit.

— Ça me revient. Quelque chose au sujet de son garçon?

— Oui. Jack Jr. n'avait jamais travaillé de ses mains et put ainsi participer à la course Henley, environ vingt ans plus tard. Il a gagné et leur a fait un pied de nez en portant la vieille casquette de rameur de son père. Puis il enveloppa soigneusement cette vieille casquette usée dans une boîte et l'expédia au roi George VI, simplement pour remettre l'affaire sous le nez du roi. Que penses-tu de cela?

— C'est ridicule. Et je doute que Sa Majesté ait apprécié. Mais si tu te sens d'attaque pour prendre Nielson au piège, il se pourrait que j'aie un plan.

Torie eut un regard soupçonneux.

— Que mijotes-tu encore, O'Shea?

— J'ai un ami à Phoenix qui m'a fourni quelques informations. Les Hughes possèdent un vaste domaine à Scottsdale, mais ils ont passé l'été dans leur palace de La Jolla et ils ne rentreront pas avant une semaine. Nielson est attendu à son bureau le mardi treize septembre.

— Et alors?

— Alors — tu sautes dans ton jet jusqu'à Phoenix. Une voiture et un chauffeur t'attendent à l'aéroport Sky Harbor et te conduisent, non pas au bureau de Nielson, où tu serais *persona non grata*, mais plutôt à sa résidence.

Torie leva les yeux avec intérêt.

— Pour voir Betsy? Ce n'est pas une mauvaise idée. Si je pouvais atteindre Nielson en passant par Betsy — la convaincre de l'importance que Nielson retourne dans sa ville natale et y crée un chef-d'œuvre architectural qui surpasse tout ce que le cerveau d'oiseau de son père a pu faire — oui, cela pourrait plaire à l'esprit tordu de Nielson.

— Tu vas essayer?

— Je réfléchis…

— Parfait. Je vais reporter tous tes rendez-vous et faire les réservations nécessaires pour le jeudi deux octobre. Cela laissera deux ou trois jours à Betsy pour défaire ses valises et s'installer avant que tu ne sonnes à sa porte.

— Je lui fais la surprise?

— Tu ne peux pas la prévenir de ton arrivée. Elle en parlerait à Nielson et il lui défendrait de te voir. Alors voici ce à quoi j'ai pensé.

— Ce à quoi tu as déjà pensé?

— Eh oui. Tu appelles Betsy de l'aéroport et tu lui dis que tu es en route pour Taliesen West afin de rencontrer des architectes. Puis… bien, le reste dépend de toi. Je vais m'occuper des réservations.

— Tu ferais mieux de te dépêcher, parce que si je me mets à y réfléchir, je n'irai pas.

Elle pressa un bouton.

— Jane, vérifiez si Doody Hellman a eu des nouvelles concernant les droits d'aqueduc, rappelez à Scott Newhall qu'il me faut les vérifications du terrain et les analyses préliminaires avant trois heures, et téléphonez à Herb Caen, à San Francisco, au sujet des références sur cette femme, Moller.

Une semaine plus tard, le ciel était clair lorsque Torie entra au *Bec fin*, un bijou de petit restaurant français, rue Walnut, à quelques pâtés de maison de la place Rittenhouse. Elle jeta un coup d'œil en direction du bar, ne vit aucun signe de la personne avec qui elle devait dîner et s'approcha du maître d'hôtel.

— Bonjour, Madame Di Angelo.

Son salut était poli et impersonnel. Il gardait peut-être sa chaleur pour les vieux clients.

— Bonjour, Claude. Monsieur McGarren est-il arrivé?

— Pas encore. Préférez-vous attendre dans l'alcôve ou à votre table?

— À ma table, s'il vous plaît.

Elle sourit plaisamment, salua plusieurs connaissances et sentit une vague de regards admiratifs l'effleurer comme elle traversait l'étroite salle à dîner.

Étrange, pensa-t-elle, de voir à quel point ces regards avaient peu de signification maintenant. Elle était apparemment la femme qui possédait tout : succès, santé, richesse et beauté. Et pourtant, durant les rares moments pendant lesquels elle s'arrêtait pour examiner sa vie, elle avait souvent l'impression que ces avantages apparents étaient de bien pauvres substituts à ceux qui lui manquaient — une maison qui serait un véritable foyer et une famille aimante.

Son divorce avait été une expérience déchirante, laissant des cicatrices qui lui faisaient toujours mal. Une partie d'elle-même souffrait de ne plus profiter de l'intimité et du bonheur qu'elle et Jeff avaient partagés... La sensation merveilleuse de jouir d'une vie personnelle stable... Le réconfort d'avoir quelqu'un qui l'appréciait et qu'elle appréciait aussi. Les quelques relations qu'elle avait entretenues depuis le divorce avaient été si fugaces et insatisfaisantes qu'elle préférait souvent la compagnie de ses compagnons homosexuels à ses nombreux soupirants.

Le maître d'hôtel avança sa chaise.

— Maurice sera votre garçon de table, Madame Di Angelo. Il prendra bien soin de vous.

— Je n'en doute pas.

Sa montre indiquait 12 h 35, Mac était en retard de cinq minutes. Il eût peut-être été de mise qu'elle fût en retard, ce qui, au surplus, lui eût évité le désagrément d'être assise seule à la table. Mais ce n'était pas sa façon de faire. Elle n'essaierait jamais de prouver son importance aux gens en leur faisant perdre leur temps.

— Bonjour. Suis-je en retard?

Un homme grand, portant un veston de tweed, s'installa en face d'elle. Ses cheveux étaient gonflés par le vent, sa chemise ouverte sur le cou, sa cravate tordue comme un bretzel.

— Nous pourrions commander un cocktail?

— J'ai bien peur que vous fassiez erreur. J'attends…

— Brayton McGarren. Je vous apporte les regrets de Mac. Il a été appelé d'urgence à New York et il était trop tard pour annuler. Je suis Keith McGarren. Heureux de faire votre connaissance, Torie.

Elle serra la main qu'il lui tendit.

— Vous êtes son fils…

— Je sais, je ressemble plus à son père. Ou à son grand-père. J'ai commencé à grisonner dans la vingtaine, avant qu'ils n'inventent *Grecian Formula*. Maintenant je suis trop vieux pour changer.

Il fit signe au garçon.

— Que prendrez-vous?

— Un verre de vin blanc.

— Bonne idée. Apportez-nous un bon meursault et nous commanderons immédiatement.

Il abaissa le ton de sa voix.

— Je préfère les vins californiens, mais Mac croira que je n'ai pas bien travaillé avec vous si je ne lui rapporte pas une facture exorbitante.

Elle sourit.

— Cela ne devrait pas être difficile ici.

Il approuva d'un signe de tête au moment où le garçon apportait les menus.

— Je ne suis pas très porté sur le bavardage. Pourrions-nous aborder immédiatement notre propos?

— Avec plaisir.

Une légère causticité apparut dans le ton de sa voix, comme s'il n'appréciait pas du tout d'avoir à la divertir. À première vue, Keith McGarren montrait une forte ressemblance avec son célèbre père, qui était passé maître dans l'art d'être acariâtre et avait la réputation de ne jamais utiliser deux mots lorsqu'un seul suffisait.

Elle s'adossa à sa chaise, étudiant le visage de son hôte

alors qu'il parcourait le menu. En dépit d'une allure légèrement débraillée, il était plutôt bel homme : des sourcils
soyeux, des yeux noisette, transparents, un nez bien droit, un
menton fort et une tête couverte de cheveux gris, ondulés.
Jusqu'à un certain point il semblait presque inconscient de la
beauté de ses traits — comme s'il les connaissait mais ne
voulait pas les mettre en évidence.

— Que prendrez-vous?

— Une salade de crabe, s'il vous plaît. Apportez-moi la
vinaigrette à part.

— Je prendrai un steak, à point, avec des pommes de
terre frites.

Il goûta le vin et, d'un mouvement de la tête, signifia au
garçon qu'il était bon.

— À vous ct à vos réalisations Torie. Je vous surveille
depuis plusieurs années.

— Ah oui?

Sa remarque — presque un compliment — la fit tressaillir. Ce qu'elle avait perçu chez lui comme du ressentiment
n'était peut-être que cette vieille attitude défensive adoptée par
les hommes en présence d'une femme connaissant le succès.

— J'ai aussi entendu des histoires, poursuivit-il. La
dernière veut que vous détestiez tellement le désordre que vous
obligez vos employés à dégager le dessus de leur bureau avant
de rentrer chez eux. Il y a une rumeur selon laquelle, un soir
que vous étiez retournée travailler au bureau, vous auriez fait
le tour des locaux et jeté par terre les piles de papiers qui
traînaient sur les pupitres, avant de découvrir, le lendemain,
que vous vous étiez trompée d'étage...

Elle se mit à rire.

— Bonne histoire, mais pure, euh, fantaisie. Je n'aime
pas le désordre, c'est vrai, mais j'essaie de ne pas imposer mes
petites manies aux autres. Parlons de votre magazine. Il est
plaisant à lire... Beaucoup d'éclat et de personnalité. Je sais
que Mac en est l'éditeur. Que faites-vous?

— Mon titre officiel est rédacteur en chef, ce qui équivaut

au poste de vice-président des États-Unis.

— Vous ne faites rien et n'en retirez aucune gloire.

Il eut un sourire d'appréciation, montrant une rangée de dents blanches et égales.

— Non. Je travaille très fort et Mac en retire toute la gloire. J'ai cependant la satisfaction d'exprimer mes peines et mes joies dans une chronique mensuelle. J'ai plutôt voulu dire que je n'ai pas à me mettre en évidence. Je suis célibataire depuis peu et je protège farouchement mon intimité. Mac souhaiterait me voir devenir un play-boy international, mais j'ai bien peur de ne pouvoir le satisfaire.

— Il aimerait que vous mettiez en pratique ce qu'il prêche?

— Exactement — dépenses extravagantes, fréquentation du jet set, toutes ces balivernes. Il pense que ce serait une merveilleuse publicité pour le magazine, et il a peut-être raison. Mais ce n'est pas pour moi.

— Cela ne fait-il pas de vous un hypocrite?

— Pourquoi? Pensez-vous que chacun de nos employés demeure dans un *penthouse* et possède un yacht? Pensez-vous qu'il faille nécessairement vivre un style de vie pour être en mesure de le décrire? Ce n'est un secret pour personne que notre magazine s'adresse aux riches. La majorité de nos abonnés se situent dans les tranches de revenus les plus élevés, c'est pour cette raison que nous mettons l'accent sur le succès... l'argent... qui en fait et comment?

Il beurra un morceau de pain croustillant.

— Maintenant, pourriez-vous me donner trois bonnes raisons pour lesquelles nous devrions faire une histoire de première page à votre sujet?

Sa façon d'aller droit au but la laissa perplexe; elle ne savait pas si elle devait en être amusée ou offensée.

— Je ne sais rien au sujet d'une histoire de première page. Ellory pensait que vous pourriez écrire un article véridique pour faire contrepoids à quelques-unes des faussetés que Connie Morris va imprimer à mon sujet.

— Avez-vous vu son article?

— Non, elle est en train de l'écrire.

— Comment saurons-nous ce qu'il faut réfuter si nous ne savons pas ce qu'elle est en train d'écrire?

— Je n'ai pas dit réfuter, j'ai dit faire contrepoids — en somme, rétablir l'équilibre. Ellory pensait que vous voudriez écrire un article objectif et honnête qui montrerait mes faiblesses autant que mes forces.

— Cela me paraît très monotone.

— Ce le serait peut-être.

Elle prit le temps de bien choisir ses mots.

— Écoutez, Monsieur McGarren, je n'ai nullement l'intention d'essayer de me valoriser devant vous afin de vous convaincre de réaliser cette interview. Lorsque j'ai accepté ce dîner, c'était avec l'idée que votre père et moi discuterions de la possibilité d'un article. C'est la première fois que j'entends parler d'une histoire de première page et je ne suis même pas sûre que cela m'intéresse.

— Parfait. Alors, profitons de notre repas.

Il beurra un autre morceau de pain pendant qu'elle restait assise là, tendue, évaluant les alternatives. Après un moment, il se pencha en avant.

— Avez-vous lu quelque bon livre dernièrement?

La douceur de son timbre de voix la fit se détendre.

— Justement, je viens d'en terminer un intitulé *La Folie de l'argent*. Mac n'approuverait pas. Il s'appuie sur l'hypothèse que le fait d'avoir de l'argent est une chose merveilleuse, mais que le plaisir de le dépenser est surestimé.

Il avait posé cette question à la blague, pensant qu'elle était trop occupée pour consacrer du temps à la lecture. Sa réponse l'intrigua.

— N'y a-t-il pas là une contradiction?

— Pas nécessairement. Avoir de l'argent procure la sécurité, la confiance, le pouvoir — et libère des émotions telles l'envie et l'inquiétude. Le dépenser est accessoire.

— N'est-ce pas à votre tour d'être hypocrite?

N'appréciez-vous pas le prestige qui vous revient lorsque vous donnez deux ou trois millions à des organismes de charité chaque année? Ne possédez-vous pas une collection d'œuvres d'art célèbre à travers le monde? Un *penthouse* fabuleux? Combien coûte ce chic costume rouge que vous portez?

— Assez pour nourrir une famille de quatre personnes pendant trois mois. Mais la seule possession à laquelle je tienne — et ce n'est pas vraiment une possession — est mon fils de cinq ans, Michael. Je n'achète pas ces atours dispendieux pour moi, je les achète pour l'image. J'ai besoin d'argent principalement pour une raison : être indépendante — me protéger de… bien, la souffrance.

— Si vous croyez que l'argent puisse faire cela, peut-être le peut-il.

Son expression indiquait clairement qu'il ne partageait pas cette confiance; la richesse ne l'avait jamais isolé de la souffrance. Le garçon lui apporta un steak tendre et il saisit sa fourchette.

— Vous n'avez jamais songé à la politique? À vous présenter à la mairie?

— Je préférerais me présenter au concours de Miss Amérique nue. Quelle était cette phrase de la mère de Jimmy Carter? «Parfois, lorsque je regarde mes enfants, je pense que j'aurais dû rester vierge.» Je suis en faveur d'une lobotomie frontale pour la plupart des politiciens et de l'euthanasie pour les autres.

— Et les célébrités? Mettriez-vous aussi un terme à leur misère?

— Il vous faudrait définir ce qu'est une célébrité. Pouvons-nous nous entendre sur la définition de Daniel Boorstin : quelqu'un qui est connu pour être connu?

— Cette définition ne s'applique-t-elle pas à vous?

— Cela se pourrait; tout dépend des raisons pour lesquelles vous pensez que je suis connue.

Elle ne faisait que toucher son crabe du bout de sa fourchette, soudainement plus intéressée par la conversation que par le repas.

— J'aime qu'on voie en moi une visionnaire. Je préférerais nourrir de grands rêves et n'en réaliser que le dixième que
d'entretenir de petits rêves et les réaliser tous. Je veux avoir
un impact sur le monde.

— Ego?

Elle sourit.

— L'ego est la partie visible de mes pulsions intérieures.
C'est ce que le public voit. Par exemple, je ne nierai pas que
je donne mon nom à tous les immeubles sur lesquels je mets la
main. S'il n'en tenait qu'à moi, vous mangeriez un steak Di
Angelo, dans un restaurant Di Angelo, dans la ville de Di
Angelo. J'ai un besoin insatiable d'être reconnue.

— Pourquoi?

— Eh bien, à l'origine — oh, c'est trop compliqué.
Disons simplement que la renommée se traduit en dollars.
Selon *Newsweek*, mon nom sur une propriété est devenu un
actif appréciable.

— Vous voulez dire que c'est purement économique?

— Bien sûr que non. Mais si je mets sur pied un projet
et que quelqu'un me dise que je ferai cinquante pour cent plus
d'affaires en l'appelant la place Di Angelo plutôt que la place
Dix-septième Rue, ou la place Mabel McGlotchy, je serais
stupide de ne pas le faire.

Elle déposa une coquille de crabe dans son assiette.

— Poursuivre dans cette direction mènerait trop loin dans
mon intimité.

— Qu'y a-t-il de mal à aller plus loin dans votre intimité?
Je pensais que vous deviez être ouverte et honnête.

— Pour l'article, peut-être. Pour un étranger, non.
Puisque vous ne ferez pas cet article, je peux demeurer aussi
obscure que je le désire.

Il se pencha vers le seau à glace.

— Ces restaurants français réputés me font bien rire.
Quarante dollars pour une bouteille de vin et je dois le verser
moi-même. Mais je déteste voir un verre vide...

Un garçon horrifié lui enleva la bouteille des mains.

— S'il vous plaît, Monsieur McGarren!

— Maurice à la rescousse. Béni soit le Seigneur.

Ses yeux revinrent sur Torie.

— Qui a dit que nous ne ferions pas cet article?

— Vous avez conclu...

— J'ai suggéré. Vous avez conclu.

— Correction notée. Je n'ai pas terminé mes études.

— Qu'est-ce que cela peut bien faire? Mark Twain a dit qu'il n'avait jamais laissé l'école nuire à son éducation.

— Eh bien, de toute façon, ce fut un dîner intéressant...

— Intéressant?

Ses sourcils se dressèrent.

— Je déteste ce mot. Cela ne veut absolument rien dire, si ce n'est que quelque chose a attiré l'attention de celui qui parle. Ne me dites pas que ce fut un dîner intéressant. Est-ce que ce fut un dîner des plus stimulants? Une perle de la gastronomie? Un dîner ennuyeux à mourir auquel vous n'auriez jamais dû venir?

— Oui — à tout.

Elle ne put s'empêcher de sourire.

— Maintenant, c'est à votre tour d'être assis sous le feu des projecteurs. Comment votre famille s'est-elle retrouvée dans la publication de ce magazine?

— C'est facile.

Il déposa son couteau et la fixa d'un regard intense.

— Mes ancêtres sont arrivés d'Irlande au début du 18e siècle. Timothy McGarren commença avec une modeste feuille de nouvelles appelée *McGarren's Universe*, qui a prospéré jusqu'à la révolution.

— Et alors?

— Il faut remonter en 1802, au moment où un type nommé Chauncey Badimeer publiait un journal littéraire appelé *Byblos*. Il disparut en 1904. Mon grand-père, Dennis McGarren, en était le rédacteur. Il renaquit de ses cendres et tenta un nouvel effort avec un journal appelé *McGarren's*

Monthly. Vous n'êtes pas encore endormie?

— Pas du tout.

— Prendrez-vous un dessert?

— Juste un café.

— Deux cafés, Maurice, et un morceau de votre meilleur gâteau au chocolat avec deux fourchettes.

Il repoussa son assiette.

— Lorsque ce journal, de très haute qualité, devint gravement malade financièrement, Dennis réalisa qu'il était nécessaire d'y incorporer de la publicité. *McGarren's Monthly* commença finalement à faire des profits, mais Dennis ne put vivre avec la culpabilité de s'être acoquiné au monde des affaires, et il mourut un an plus tard. Mon père, qui ne s'encombrait pas de tels scrupules, prit la relève.

— Il raccourcit le nom à *McGurren's* et ne cessa plus de prospérer?

— Pas vraiment. Mac traversa une faillite, des poursuites en justice et une vingtaine de changements de format du magazine avant que *McGarren's* ne devînt populaire dans les années cinquante. Ce que vous voyez aujourd'hui — ce que nous nous plaisons à considérer comme une version plus personnelle et plus dynamique de *Fortune* — est le résultat de l'élan et de l'énergie incroyable d'un homme... de son habileté à mettre de côté sa famille, ses problèmes de santé, le monde, tout ce qui l'entoure jusqu'à ce que le produit sorte tout chaud des presses.

Cette déclaration amena Torie à se demander s'il entretenait un ressentiment secret envers ce père si actif, et quel genre de relation unissait les deux hommes. Il n'y avait pas d'hostilité ouverte, comme entre Nielson et son père, mais il n'y avait pas non plus la chaleur et la complicité existant entre Jeff et Mort Goldman. Du moins, pas en apparence.

Elle déposa sa serviette sur la table.

— Merci d'avoir bien voulu répondre à mes questions, aujourd'hui. J'espère que ce ne fut pas trop douloureux.

Il fit signe au garçon de lui apporter l'addition sur

laquelle il gribouilla un nom.

— Êtes-vous en voiture?

— Oui. Je vous dépose quelque part?

— Non.

Il la suivit jusqu'à la sortie et lui ouvrit la porte.

— J'ai aimé notre dîner — la plus grande partie, en tout cas.

Elle sourit comme Moose reprenait sa place au volant de la limousine.

— Moi aussi. C'était, bien... intéressant.

30

Dès que Torie descendit de la passerelle, à l'aéroport achalandé de Phœnix, elle se précipita sur un téléphone. Si l'espionne de Peggy avait fait son travail, alors, Betsy Richardson Hughes venait tout juste de terminer sa sieste de l'après-midi et s'apprêtait à sortir dans le jardin pour sa promenade quotidienne en chaise roulante.

La sonnerie retentit une fois, deux fois, trois fois, avant qu'un homme à l'accent européen ne répondît :

— Résidence Hughes.

Torie garda son sang-froid.

— Pourrais-je parler à Mme Hughes, s'il vous plaît?

— De la part de qui?

— Madame Di Angelo, de Philadelphie.

— Un instant, madame.

Plusieurs minutes plus tard, une voix pleine d'entrain prit la communication :

— Torie? Mon Dieu, est-ce vous?

— Bonjour, Betsy. Je n'étais pas certaine que vous connaîtriez mon nom.

Betsy laissa entendre un joyeux ricanement.

— Vous allez à la pêche et je ne devrais pas mordre, mais comment pourrais-je ne pas vous connaître? Même si nous ne nous sommes jamais rencontrées, vous êtes une femme célèbre.

De plus, je lis toujours la revue *Philadelphia*.

— Vous n'avez donc pas oublié votre ville natale. J'ai vu votre père il y a quelques semaines, lors d'une réunion du conseil d'administration de l'opéra. Il semble en pleine forme.

— N'est-il pas extraordinaire? Il vit toujours dans sa maison, ne s'est jamais remarié et ne pense encore qu'à sauver le monde. Tout cela à la veille de ses soixante ans. Maintenant, dites-moi, où êtes-vous?

— À l'aéroport Sky Harbor. Je ne suis ici que pour quelques heures. Je me rends à Taliesen West où je dois rencontrer des architectes. Mais je n'ai pu résister à l'envie de vous téléphoner. Je pourrais peut-être rapporter un message à votre père?

— Seulement si je vous le donne en personne. Vous ne pouvez pas faire tout ce trajet sans venir me saluer. Pourquoi ne viendriez-vous pas prendre un cocktail ce soir? Je suis convaincue que Nielson aimerait savoir ce qui se passe à Philadelphie.

— C'est très gentil de votre part et j'aimerais dire à votre père que je vous ai rencontrée, mais je ne sais pas à quelle heure j'aurai terminé. Attendez un instant — êtes-vous libre maintenant?

— Maintenant? Eh bien, oui, pourquoi pas? Savez-vous où nous demeurons?

— Mon chauffeur le sait, dit-elle, coupant court à la conversation avant que Betsy ne pût changer d'idée. Je serai chez vous dans quelques minutes.

Le chauffeur savait exactement où se trouvait la propriété des Hughes, à l'est de Scottsdale, dans le soi-disant ghetto des millionnaires. Tout le monde savait où se situait la résidence des Hughes, expliqua-t-il, mais le propriétaire avait eu la bonne idée de l'entourer d'un mur de brique, protégeant ainsi le fabuleux château des regards indiscrets. Sans cette précaution, le plus célèbre citoyen de Scottsdale aurait vu défiler des touristes vingt-quatre heures par jour. Le chauffeur était ravi de cette chance de pouvoir y jeter un coup d'œil de plus près.

À l'entrée, une voix provenant d'une boîte noire vérifia leur identité, avant que la lourde porte de fer ne s'ouvrît pour laisser entrer la voiture. Le premier regard de Torie sur l'enceinte, couvrant à peu près l'espace d'un pâté de maisons, lui fit éprouver une vague de plaisir. Une stupéfiante maison au toit plat, avec ses formes gracieuses et tranquilles, s'enroulait autour de deux piscines aux contours indistincts. De style contemporain, avec ses courbes et ses contre-courbes délicatement enlacées comme les mains d'un danseur, la maison répandait une atmosphère de paix et d'harmonie à l'avant-scène des montagnes du désert.

Derrière, des sentiers de pierre serpentaient à travers un jardin paysager, égayé de grands cactus saguaro, de coquelicots dorés de l'Arizona et de roses pourpres et rouges. Un court de tennis et une serre se tenaient à distance, à côté de ce qui semblait être un gymnase ou un *spa*. Aucune marche, aucune pente, aucun talus n'encombraient le paysage. La propriété entière était plate et uniforme comme la plaine.

Torie fut touchée par ce qu'elle vit, une expression évidente de l'amour de Nielson. Le style lui plut aussi; il montrait qu'il pouvait exercer son talent à travers des structures profilées lorsqu'il le voulait. Si seulement elle parvenait à lui faire comprendre que le modernisme avait sa place à Philadelphie aussi bien qu'en Arizona.

Le chauffeur s'arrêta devant la porte d'entrée. Pendant une furtive seconde, l'esprit de Torie fut transporté à la fête d'anniversaire de Betsy, vingt-trois ans plus tôt. Si elle avait su, alors, qu'un jour elle et Betsy se rencontreraient à titre d'amies, d'égal à égal, elle s'en serait sans doute beaucoup mieux tirée.

Un majordome, habillé de blanc, lui ouvrit la porte et la conduisit à travers un corridor bordé d'ustensiles de cuisine indiens. La salle de séjour qu'ils traversèrent, meublée dans des tons de terre aux nuances de beige et de brun, avec quelques accents d'orangé, abritait une collection de paniers fabriqués par les autochtones américains, des poupées et des vases de céramique. Par quelque miracle de l'art de la décoration, une paire de crânes de vaches, blanchis à l'eau de Javel, étaient accrochés au-dessus du foyer et avaient presque l'air intelligents... élégants même.

— Voici donc notre invitée très spéciale.

Betsy, assise dans sa chaise roulante près d'une fenêtre, la gratifia de son plus chaleureux sourire. Ce salon devait servir de lieu de travail, avec ses murs tapissés de rangées de livres et son pupitre sur lequel reposait un ordinateur. Dans un coin, des fils brillants tombaient d'un gros métier à tisser.

— Savez-vous que vous êtes encore plus jolie que sur vos photographies?

Torie se porta à sa rencontre, se rappelant qu'elle avait elle-même prononcé des paroles identiques la première fois qu'elle avait rencontré Betsy.

— Et vous ressemblez à une adolescente. Vous avez découvert la fontaine de Jouvence?

Les joues de Betsy avaient légèrement gagné en rondeur, mais ses cheveux châtains encadraient les mêmes jolis traits et coulaient comme des rubans de soie sur son dos. Et le même sourire gracieux éclairait son visage. Elles s'embrassèrent chaleureusement.

— J'ai l'impression de vous avoir toujours connue. Je n'oublierai jamais le petit mot que vous m'avez écrit après l'accident. Vous y aviez mis tant de vous-même.

Torie envisagea la possibilité de lui dire qu'elles s'étaient déjà rencontrées auparavant, puis se ravisa. Ce souvenir ne pourrait que les embarrasser toutes les deux.

— Je vous ai toujours admirée, depuis cette époque où j'étais une petite inconnue de Philadelphie-Sud et que vous étiez la fille du maire.

— Vous? Une inconnue?

Le sourire de Betsy remplit la pièce.

— Je me rappelle lorsque vous avez épousé Jeff Goldman

— un garçon adorable que toutes les filles aimaient. Et l'on disait qu'il était chanceux de vous avoir.

— Je doute qu'il serait d'accord.

— Oh, je suis désolée. Sujet délicat?

— Pas du tout. Nous sommes de bons amis maintenant. Jeff est heureux avec sa nouvelle épouse et je suis heureuse célibataire — plus ou moins.

— Plus ou moins célibataire? Ou heureuse?

— Définitivement célibataire. Raisonnablement heureuse — et choyée par un petit garçon de cinq ans.

— Alors je dirais que vous avez beaucoup de chance. Maintenant, asseyez-vous et racontez-moi toutes les choses extraordinaires que vous faites.

— Avec plaisir.

Elle s'installa dans un fauteuil de cuir brun.

— Cela vous ennuie-t-il que je fume?

— C'est moi qui vais vous ennuyer. Je déteste voir les gens empoisonner leurs poumons.

Le reproche la stupéfia.

— Je… suis certaine que je pourrais arrêter si j'en prenais la décision.

— Alors prenez-la. Immédiatement. Vous aurez au moins retiré quelque chose de ce voyage. Parce que je doute que vous trouviez le genre d'architectes sophistiqués avec lesquels vous avez l'habitude de travailler, à Taliesen West — sûrement pas parmi les étudiants.

— Dans ce cas, je cesse de fumer. Voilà…

Elle jeta son paquet de cigarettes dans le panier.

— C'est la fin de cette misérable habitude — la fin définitive — aussi vrai que Dieu et Betsy Hughes sont mes témoins.

— Bravo!

— Je vous remercie de ce merveilleux encouragement. Maintenant, en ce qui concerne ma recherche d'un architecte — je ne peux vous mentir, Betsy. Je souhaitais vous rencontrer; je vous ai respectée et admirée toute ma vie. Mais je ne suis pas venue ici dans l'intention de me rendre à Taliesen West. Je suis venue afin d'essayer d'engager Nielson.

Betsy haussa les épaules, complaisante.

— Je ne suis pas surprise. Vous n'êtes pas la première et vous ne serez pas la dernière à essayer de l'atteindre à travers moi. Mais il est important que vous le sachiez tout de suite, j'ai très peu d'influence auprès de mon mari.

— Je sais à quel point il peut être opiniâtre.

Et comment, je le sais, pensa-t-elle.

— Mais je ne serais pas ici si je ne pensais pas être en mesure de lui offrir quelque chose qui puisse l'intéresser. Nous savons tous pourquoi il a quitté Philadelphie.

— Il n'y a plus de secret après cette interview dans le *Time*. Ils ont même écrit le nom du magasin où j'achète mes carrosses — c'est le nom que donne Nielson à mes chaises roulantes.

— Il a raison. Une princesse se déplace en carrosse. Et vous avez toujours été sa princesse, même lorsque je l'ai connu il y a des années.

— Eh bien, dit-elle, en riant, il est possible que Dieu distribue ses jugements à bon escient. Je ne sais pas si Nielson aurait été aussi tenace s'il n'avait pas éprouvé de la pitié pour moi. Et je ne peux imaginer quel genre d'existence j'aurais eu sans lui.

— Je suis certaine qu'il se pose les mêmes questions à votre sujet.

Torie se détestait elle-même pour son hypocrisie. Mais ses fantaisies étaient si vagues et si profondément enterrées qu'elles n'avaient maintenant guère d'importance.

— Je veux dire, en fait... je pense qu'il est temps que le garçon du pays et sa femme reviennent dans leur ville natale, couverts de gloire et de triomphe. Je ne veux pas dire en permanence, juste assez longtemps pour faire un pied de nez aux voyous qui l'ont rejeté.

— Il a déjà fait ses preuves.

— Oui, à l'échelle nationale. Et internationale. Mais pas

à Philadelphie. Supposons qu'il revienne dans un but spécifique. Supposons qu'il ait à concevoir un hôtel de grand luxe, majestueux, d'un concept architectural absolument supérieur à tout autre immeuble de la ville — incluant ceux d'un certain Robert Nielson — ne serait-ce pas une grande satisfaction pour lui?

— Et où serait construit ce chef d'œuvre?

— Sur le côté nord de la place Rittenhouse, juste en face de l'hôtel particulier des Richardson.

Betsy la fixa curieusement.

— Vous voulez dire... à la place des immeubles qui sont déjà là? La réponse de Torie vint rapidement.

— Nous ne raserions que deux structures. L'une est un nouveau complexe de bureaux — une grossière imitation, décorée à outrance, d'un palace indien. Cela ne devrait pas être sur la place. Et les tours jumelles d'habitation voisines sont si vieilles et décrépites que nous devrons les démolir de toute façon.

— Nous? Possédez-vous les immeubles?

— Ma compagnie les possède. Je vous jure que nous ne détruirons rien qui ait de la valeur. Nous remplacerons une structure dangereuse et une horreur par ce qui deviendra, je le sais, un des plus beaux monuments de la décennie.

— Et si Nielson refuse?

— Je devrai me contenter d'un autre architecte.

Torie se pencha en avant, tout excitée.

— Mais je prie pour qu'il accepte. Je prie pour qu'il veuille construire l'hôtel le plus spectaculaire de Philadelphie. Je prie pour qu'il veuille laisser sur sa ville une empreinte permanente. Son père ne pourra plus ouvrir un magazine ou un journal pendant le reste de sa vie sans lire quelque chose sur le génie de son fils.

Betsy réfléchit quelques secondes avant de demander :

— Combien de temps cela prendrait-il?

— Environ deux ans. Il ne serait pas nécessaire que vous soyez tout le temps à Philadelphie, naturellement, mais je suis sûre que votre père serait ravi que vous lui rendiez visite. J'imagine que vous ne vous êtes pas beaucoup vus dernièrement.

— Non, et ce serait un encouragement... Pour moi, de toute façon. Dites-moi, pourquoi vous êtes-vous donné toute cette peine pour me parler? Pourquoi ne l'avez-vous pas demandé directement à Nielson?

— J'ai essayé, mais il n'a pas répondu à mes appels. Vous voyez, lorsque nous avons travaillé ensemble en 1971, sur le premier immeuble de Nielson, j'ai commis l'impair de mentionner le nom de son père dans un communiqué de presse. Il est devenu furieux contre moi, est sorti en trombe de l'immeuble et ne m'a jamais parlé depuis. Je pensais qu'il pourrait avoir mûri suffisamment pour me pardonner, mais ce n'est pas le cas.

Betsy se mit à rire.

— Le pardon n'est pas le point fort de Nielson. Êtes-vous sûre qu'il n'y avait rien d'autre?

La question surprit Torie. Lui avait-il parlé de leur liaison?

— Nous avons eu de nombreux accrochages. J'ai dû apprendre qu'on ne travaille pas «avec» Nielson, on travaille «pour» lui, même si on est apparemment le patron. Mais je pense que ma dernière bêtise a été la goutte qui a fait déborder le vase. C'est pourquoi j'espérais que vous pourriez lui parler.

— Il sera bientôt de retour. Pourquoi ne lui parlez-vous pas vous-même?

Enfin, l'invitation qu'elle avait à la fois crainte et attendue. Elle ne devait pas paraître trop impatiente.

— Lorsqu'il me verra, j'ai peur qu'il me jette hors de la maison.

— J'en doute. Il ne devient violent que pendant les matchs de football.

Betsy pouffa de rire et déplaça sa chaise roulante vers la porte.

— Venez. Je meurs d'envie de vous montrer mon jardin.

Le bruit produit par l'ouverture de la porte de devant fit battre très fort le cœur de Torie. Malgré tous ses efforts pour se préparer à cette confrontation, tous les nerfs de son corps étaient tendus à l'extrême.

— Nous sommes dans le salon, mon chéri, annonça Betsy. Nous avons de la compagnie.

Il y eut un léger bruit de pas sur le tapis épais et Nielson Hughes apparut soudainement — grand, raide, autoritaire et plus outrageusement beau que jamais. Les manches de sa chemise blanche étaient roulées jusqu'aux coudes, son col était ouvert et une main tenait un veston bleu marine suspendu à son épaule.

Ses yeux bleus crachèrent du feu lorsqu'ils se posèrent sur la visiteuse et il parla sans une seconde d'hésitation :

— Que diable faites-vous ici?

Elle sourit et marcha à sa rencontre.

— Quel accueil, après quinze ans. Je savais que vous seriez content de me voir.

— Que se passe-t-il, Betsy? Qui l'a laissée entrer?

— N'en veuillez pas à votre femme, Nielson. J'ai téléphoné et me suis pratiquement invitée moi-même parce que c'était le seul moyen à ma disposition pour vous rejoindre. Ce que j'ai à dire ne prendra pas plus de dix minutes; après, je m'en irai, je le promets. Mon chauffeur attend dehors.

— Je me demandais à qui était cette voiture.

Fronçant les sourcils il traversa la pièce et se versa un verre.

— N'avez-vous pas eu mon message? Je ne veux rien avoir affaire avec vous.

— Chéri, gronda Betsy, elle est une invitée dans notre maison. Aie au moins la gentillesse de l'écouter.

— Reste en dehors de cela. Torie était une diablesse lorsque je l'ai connue, à l'époque où j'étais étudiant, et elle n'a pas changé. Je n'ai pas besoin d'une petite opportuniste cupide

423

près de moi. J'ai ordonné ma vie exactement comme je le voulais.

— Et vous êtes toujours aussi rude et prétentieux que vous l'étiez!

Torie saisit son sac et se dirigea vers la porte.

— Maintenant, arrêtez cela, tous les deux.

Le commandement de Betsy suspendit tout mouvement.

— Vous agissez comme des enfants gâtés. Je ne sais pas quels conflits vous avez eus lorsque vous avez travaillé ensemble, mais vous êtes trop vieux pour vous mordre l'un et l'autre comme des animaux. Revenez ici, asseyez-vous et essayez de vous conduire comme des êtres civilisés.

Torie retint son souffle, attendant de voir la réaction de Nielson. Il se tint en silence pendant un moment, digérant la réprimande, puis, à son étonnement, s'approcha de sa femme et l'embrassa sur la joue.

— Tu as raison, mon amour. Vous voyez quel chaton je suis, Torie. Mon mariage avec cette femme merveilleuse a fait sortir de moi le tigre. Venez, prenez un siège.

Hésitante, elle revint sur ses pas.

— Je vous sers un autre verre? demanda-t-il, la regardant avec intérêt pour la première fois.

Comme elle avait incroyablement changé, pensa-t-il — de la petite mégère délurée, portant des *hot pants*, à une étonnante beauté respirant la confiance et le succès. Il y avait toujours cette même dureté, cette même détermination dans la courbe de son menton, cette même énergie, concentrée, prête à exploser. Mais maintenant cela semblait canalisé et sous contrôle... ou au moins, sous un certain contrôle.

— Non, merci. Je suis désolée de m'être emportée.

— Vous aviez raison de le faire. Frank Lloyd Wright a déjà dit qu'il avait eu à choisir entre l'honnêteté arrogante ou l'humble hypocrisie. Il a choisi l'honnêteté et moi aussi. Maintenant, que peut faire pour vous le prétentieux?

Elle sourit et s'assit. Se rappelant jusqu'à quel point il pouvait être d'humeur changeante — criant de rage une minute, brillant de charme à la suivante. Cet aspect de sa personnalité n'avait pas changé.

Résumant rapidement les grandes lignes de sa proposition et les raisons pour lesquelles elle pensait qu'il devrait l'accepter, elle finit en disant :

— Et vous auriez carte blanche pour bâtir cet hôtel comme il vous plairait. Naturellement, j'aimerais que ce soit quelque chose de contemporain, mais je me souviens que vous m'avez déjà dit que da Vinci n'avait eu besoin de personne pour peindre la *Mona Lisa*. Vous jouiriez donc de toute la latitude nécessaire dans la construction du Rittenhouse North.

— Rittenhouse North? Est-ce le nom que vous voulez lui donner?

Non, elle aurait voulu l'appeler le Di Angelo Regency, mais elle le connaissait trop bien pour même oser le suggérer.

— Avez-vous une meilleure idée?

— J'aime bien ce nom, en fait.

Il fit une pause.

— Avez-vous réglé la question du financement?

— Pas sur papier. Mais je m'attends à ce que la banque Berwick me prête cinquante-cinq millions de dollars et que la Confederate Life Insurance fournisse le reste — il s'agit de quarante ou cinquante millions, selon votre design. Je vais également demander un abattement fiscal à la ville — une renonciation à percevoir toutes les taxes sur cette propriété pendant cinquante ans.

— En échange de...

— De revenus de loyers garantis, assortis d'augmentations annuelles, plus dix pour cent du premier demi-million de profits nets, après avoir remboursé les dettes, les emprunts et les dépenses, douze et demi pour cent du million et demi suivant, et quinze pour cent des profits nets dépassant deux millions.

— Qu'est-ce qui vous fait penser que la ville acceptera ce marché?

— Ils seraient fous de refuser. Ils feront autant d'argent

que si je payais des taxes, et probablement beaucoup plus. Vous voyez, sans un abattement fiscal, il n'y a pas d'hôtel, et sans l'hôtel, la ville perd deux mille nouveaux emplois, la part des profits dont je viens de vous parler et le prestige d'avoir un magnifique chef-d'œuvre signé Nielson Hughes sur son plus beau site.

— Bon Dieu, quelles foutaises.

Il vida son verre.

— Avez-vous en tête d'attaquer à nouveau la limite de hauteur?

— Non, nous ne passerions jamais à travers le comité de zonage... pas sur la place Rittenhouse.

— Avez-vous demandé votre permis de construction?

— Je ne peux rien faire avant d'avoir votre nom sur le projet. Écoutez, Nielson, je mets toutes mes cartes sur la table. J'ai besoin de vous pour ce projet. Sans votre génie et votre réputation, nous n'avons que très peu de chances d'obtenir les approbations requises.

— Je suis d'accord avec vous. Avez-vous une idée de ce que je demande pour mes services?

— Ce n'est pas important. Je paierai vos honoraires.

— Tout simplement? Sans discuter? C'est très impressionnant. Êtes-vous très riche?

— Pas aussi riche que vous.

Elle se mit à rire, en partie soulagée.

— Mais j'ai bien réussi.

— Elle est cent fois plus riche que nous pouvons l'être, Betsy.

Il mit sa main devant sa bouche et murmura :

— J'ai lu un article disant qu'elle possédait vingt pour cent de l'espace à bureaux disponible au centre-ville. Si je devais accepter cette commande, je pense que je doublerais mes honoraires.

Torie essaya de contenir son excitation. Il pouvait bien quadrupler ses honoraires, cela lui importait peu. Elle paierait avec joie n'importe quel montant pour le prestige d'avoir ses plans et, spécialement, son nom sur l'hôtel, avec tout ce que cela signifiait pour l'obtention du financement et des approbations. Mais elle ne devait pas pousser trop loin. Il semblait toujours aussi volatile que la nitroglycérine et un mauvais mot, une mauvaise intonation ou un mauvais geste pouvaient faire exploser son rêve en quelques secondes.

— Je vous suis reconnaissante de considérer cette idée.

— La considérer, oui. Mais elle est loin d'être vendue. Combien de personnes par chambre? Quel en sera le prix?

Elle lui tendit une enveloppe.

— Toute l'information pertinente est ici, incluant le numéro de téléphone privé de mon bureau, lorsque vous aurez examiné le tout. Je suis désolée mais j'ai un avion à prendre.

Elle s'approcha de Betsy.

— Je vais avoir une envie folle de fumer pendant le voyage de retour, mais je jure que je ne le ferai pas. Je vous remercie de votre gentillesse. J'espère que j'aurai le plaisir de vous voir à Philadelphie.

— C'est bien possible, dit-elle. Qui sait?

Nielson fut surpris de voir les deux femmes s'embrasser; puis il reconduisit Torie à la porte.

— Je vais vous dire une chose grommela-t-il à voix basse, vous avez plus de toupet qu'un baril de singes à poil.

— J'ai eu le plus grand professeur au monde, dit-elle avec un sourire. Vous vous souvenez?

31

L'excellent communiqué de presse que prépara Ellory Davis, pour saluer le retour de Nielson Hughes dans sa ville natale et annoncer le projet de la Corporation Di Angelo de construire l'hôtel Rittenhouse North au coût de cent vingt-cinq millions de dollars, ne faisait aucune mention du père de l'architecte. Dans le style traditionnel de Philadelphie, cependant, la courte biographie de Nielson révélait que ses «ascendants paternels» avaient été «parmi les premiers colons sur la Delaware... bien établis dans leurs cabanes de bois rond au moment où William Penn arriva sur le *Welcome*.»

Pur baratin, pensait Toric, assise à son bureau, feuilletant le dossier, mais ce que voulait Nielson, il l'obtenait. Au cours des deux mois suivant sa visite chez lui, ses problèmes s'étaient multipliés, particulièrement avec la tour Di Angelo. Le rapport de Paolo Cava concernant des erreurs au niveau de la structure avait forcé Torie à congédier l'entrepreneur au beau milieu de la construction, à intenter une poursuite en dommages et intérêts et à engager un nouvel entrepreneur. Mais le mal était fait. Les inspecteurs de la ville découvrirent des risques d'incendie dans les cages d'ascenseurs et firent arrêter les travaux. Les avocats de Torie portèrent la décision en appel, comment pouvaient-ils réparer les erreurs s'ils ne pouvaient pas travailler? Dans l'intervalle, le coût des délais et des honoraires juridiques s'élevait.

Il y eut un autre contretemps : le plan tout à la verticale de Cava pour Penn's Landing souleva une vague d'antipathie. Un journaliste décrivit le design comme «un groupe de lance-missiles alignés contre un mur et attendant la mise à feu». Mais l'architecture inquiétait moins Torie que le ralentissement des affaires dans la ville de Philadelphie. Les compagnies importantes et bien implantées qu'elle recherchait comme locataires afin d'obtenir son financement semblaient toutes regarder ailleurs.

Il y avait enfin le Rittenhouse North. Même avec le nom de Nielson écrit au bas du projet, sa proposition d'abattement fiscal avait essuyé une opposition farouche et des protestations de favoritisme, particulièrement de la part des propriétaires d'autres hôtels.

La pression publique était tellement forte que Borland fut forcé d'imposer à Torie des conditions sévères. Nullement intimidée, et avec l'audace d'un évangéliste dénonçant le péché après avoir été surpris, la veille, avec une prostituée, elle rebondit avec une contre-offre. À la surprise générale, le conseil finit par lui accorder tout ce qu'elle avait demandé au début, à l'exception de la demande d'abattement fiscal pendant une période de cinquante ans qui fut réduite à trente-cinq — une transaction qui restait alléchante.

Financièrement, le Rittenhouse North était sur la bonne voie, bien qu'il restât beaucoup à faire pour résoudre les problèmes techniques et légaux. Quant à l'esthétique — eh bien, ce n'était pas de son ressort. Cette fois, elle savait depuis le tout début que ses goûts et ses désirs ne tiendraient aucune place dans le travail de Nielson. Elle aspirait fortement à influencer ses plans — elle voulait désespérément que l'hôtel fût sévère et dépouillé, avec une façade de verre et de granite plutôt que de ciment — mais son silence était assuré.

Nielson y avait vu. Lorsqu'il avait téléphoné, à la fin du mois d'octobre 1986, quatre semaines après sa visite, il avait tenu à ce que le contrat stipulât qu'il pouvait se retirer du projet dès que son attitude (ou celle de n'importe qui) deviendrait insupportable. Il avait également majoré ses honoraires, tel que promis, et s'était assuré qu'en cas de dispute, il conserverait le dépôt initial et serait payé pour tout le travail effectué au jour de son départ. Cette entente était outrageusement en sa faveur, mais ses conditions étaient ses conditions, et ne pas les accepter était impensable.

— Prête pour le spectacle?

Torie leva les yeux et vit Peggy, tenant son long manteau de zibeline.

— Dois-je porter cela?

— Il fait deux degrés à l'extérieur et tu ne peux pas te permettre d'attraper un rhume.

Elle aida Torie à revêtir son manteau de fourrure et remonta le col.

— Penses-tu que Nielson sera à l'heure pour sa propre conférence de presse?

— Il y a de bonnes chances. C'est pourquoi j'ai accepté avec tant d'empressement lorsque Matt a proposé qu'elle se tienne chez lui. Nielson n'aura qu'à descendre un escalier.

Peggy passa la courroie de son sac par-dessus son épaule.

— Je ne peux pas croire que je vais enfin voir la résidence des Richardson. Tu penses entreprendre les travaux bientôt?

— Je l'espère. Les nouvelles sont plutôt rares durant la période précédant Noël, nous devrions donc profiter d'une bonne couverture.

Torie appela l'ascenseur.

— De quoi ai-je l'air?

— Tu es beaucoup trop jolie pour une femme à la veille de ses trente-six ans. Si le cœur de Nielson ne chavirait pas à nouveau, je serais très surprise.

Torie fronça les sourcils.

— Je t'ai dit que c'était impossible. Je n'ai aucun autre intérêt chez lui que...

— Je sais, je sais. Et le parrain a fait fortune en vendant

du mozzarella.

— Va au diable, Peg. Il est tout dévoué à Betsy et moi aussi. Je ne me compromettrai pas avec ce...

— «Charmeur» est le bon mot.

Peggy baissa la voix.

— Penses-tu que lui et Betsy ont une vie sexuelle?

— Comment le saurais-je? Et pourquoi m'en soucierais-je? Maintenant, cesse d'essayer de créer des ennuis et vérifie la liste des journalistes afin de les accueillir par leur nom.

— Moi, pense toi devrais...

— Chut, Piglet. Je dois répéter mon improvisation.

Le vent était froid, l'air de l'après-midi glacial et les flammes dans la cheminée des Richardson réchauffaient l'atmosphère. Une vingtaine de journalistes étaient assis dans les rangées de chaises, fumant, parcourant le communiqué de presse, préparant les caméras et les cassettes, grignotant des canapés et dégustant du champagne.

Dès que Torie apparut, mince et incroyablement belle dans un fourreau rose signé Galanos, les appareils photos et les magnétophones se mirent en branle. Tous les yeux la suivirent lorsqu'elle traversa la pièce jusqu'au manteau de cheminée en marbre, attendit que le silence se fît, et parla d'une voix claire :

— Au nom de Matt Richardson, de sa famille et de la Corporation Di Angelo, je vous souhaite la bienvenue à cet événement historique. C'est pour moi un réel plaisir, continua-t-elle, de pouvoir vous présenter le maître d'œuvre le plus acclamé à travers le monde. Il serait trop long d'énumérer ses nombreuses réalisations et récompenses, mais vous les trouverez au complet dans votre communiqué de presse. Qu'il suffise de dire que son talent est légendaire et son génie incomparable.

Un jeune reporter enthousiaste se mit à applaudir. Torie montra son appréciation d'un signe de tête, puis leva la main pour commander le silence.

— La présentation des plans de l'hôtel Rittenhouse North, de Nielson Hughes, est sans conteste prématurée. Nous prévoyons un délai de deux ou trois ans à partir de la demande du permis de construction, déposée le mois dernier, jusqu'à l'inspection finale précédant l'ouverture. Mais comme vous le savez, un homme de la stature de M. Hughes pouvait difficilement revenir dans sa ville natale sans y être remarqué. Tant de récits et de rumeurs ont entouré son retour que nous avons décidé de vous dire exactement ce qu'il en est. Sans plus de cérémonie, permettez-moi de vous présenter l'homme de la décennie : l'un des nôtres... Nielson Hughes!

Torie se tourna vers l'entrée et, ne voyant personne, eut un frisson d'appréhension. Ellory Davis la rassura d'un signe de la main et, quelques secondes plus tard, l'architecte fit son entrée. Il avait l'allure fière, le pas rapide et résolu.

— Je suis certain que vos applaudissements étaient destinés à ma charmante présentatrice, dit-il avec grâce, sinon avec conviction. Néanmoins, je vous remercie de votre accueil chaleureux. Ma femme, Betsy, et moi sommes revenus à la maison pour deux raisons. La première en est une d'ordre familial. Betsy et son père n'ont pas eu l'occasion de passer beaucoup de temps ensemble depuis des années et, pendant que mon estimé beau-père ne montre aucun signe de vieillissement, j'ai bien peur que mes propres cheveux gris se multiplient rapidement.

Il fit une pose au moment où les caméras se posèrent sur Matt, se tenant à courte distance. L'ancien politicien sourit et salua.

— La seconde raison pour laquelle je suis revenu, poursuivit Nielson, tient au fait que cette ravissante dame, à ma gauche, m'a fait une offre qu'il était difficile de refuser. Les cinq cents chambres luxueuses de l'hôtel Rittenhouse North occuperont plus de huit mille mètres carrés, ou environ un tiers du côté de la rue Walnut donnant sur la place Rittenhouse. Mon personnel travaille à plein temps sur les planches à dessin et nous espérons avoir terminé la maquette de la tour de trente-trois étages avant le mois de février. Lorsque vous aurez eu la chance de jeter un coup d'œil sur la documentation que nous vous avons remis avec le communiqué de presse, je suis sûr que vous conviendrez avec moi qu'il s'agira de l'un des plus beaux apports au profil aérien de Philadelphie, dont nous sommes si fiers.

— Avez-vous vu votre père? demanda une voix à l'arrière de la salle.

Torie se tendit devant cette question, mais Nielson ne manifesta aucune émotion.

— J'espérais au moins que vous me laisseriez finir ma déclaration.

Quelques journalistes se mirent à rire; les autres demeurèrent silencieux, impatients d'entendre sa réponse.

— La réponse est non, je n'ai pas vu mon père. Nous n'entretenons aucune relation depuis plusieurs années, c'est comme ça.

— Que ferez-vous s'il désire vous voir, demanda une femme assise dans la première rangée.

— Le sujet est clos.

Un sourire de soulagement s'échappa des lèvres de Torie. Dieu merci, Nielson avait appris à maîtriser cette situation. Elle se demanda si c'était aussi douloureux pour lui, maintenant, que ce l'était quinze ans plus tôt.

— Madame Di Angelo, demanda un homme portant la barbe, est-il vrai que cet hôtel ne constitue que la première étape de votre projet de rénovation? Quelle partie de la place désirez-vous exactement reconstruire?

— Mes plans sont de construire cet hôtel, répondit-elle. Il n'y a rien d'autre pour le moment.

— Quels sont les dernières nouvelles au sujet de la tour Di Angelo?

— Nous venons d'apprendre à l'instant que les travaux reprendront dès demain. Sauf s'il se présente des cas fortuits ou de force majeure, nous aurons terminé avant le mois de mai, l'an prochain.

— Quel sera le pourcentage d'occupation?

— Soixante-cinq pour cent dès l'ouverture, quatre-vingt pour cent après la première année et cent pour cent après deux ans — ou plus tôt.

— Penn's Landing?

— Le projet est en suspens.

— Monsieur Hughes! Madame Di Angelo!

Tous en chœur, ils posaient des questions. Peu après quatre heures, Ellory mit un terme à la réunion, demandant que les questions supplémentaires fussent acheminées à son bureau. Nielson disparut en haut des escaliers, présumément pour voir Betsy qui n'avait pas voulu rencontrer la presse, pendant que Torie se retrouvait entourée de journalistes.

Une voix criant son nom la fit se retourner et regarder par-dessus son épaule. Pendant un instant, elle ne put reconnaître le bel homme aux cheveux gris qui lui faisait signe de s'éloigner du groupe.

— Keith McGarren, dit-il, comme s'il pouvait lire sa pensée. Pourrais-je vous dire un mot en privé?

— Oh, oui — au sujet de l'article.

S'excusant, elle le suivit dans la bibliothèque, ferma la porte et se laissa tomber sur une chaise.

— Je suis désolée de leur avoir donné l'impression que nous travaillions à un gros projet, mais ces journalistes n'avaient nullement l'intention de me laisser partir. Vous m'avez sauvée juste à temps.

— Nous travaillons à un gros projet.

Il approcha un tabouret et s'assit à côté d'elle.

— Mac a accepté de mettre cette histoire en première page. Il est d'accord pour nous allouer autant d'espace que nous en aurons besoin pour une composition de première classe. J'aimerais me faire une impression générale de vos antécédents avant de désigner un journaliste pour l'interview.

— Je ne suis pas sûre que ma vie vaille tout cet espace.

— Cela n'a aucune importance. Henry Kissinger a dit

qu'une des grandes choses au sujet de la célébrité, c'est que lorsque vous ennuyez les gens, ils pensent que c'est de leur propre faute.

— Mais vous connaissez la vérité, dit Torie, en riant.

— Vous ne m'ennuyez pas. Quiconque écrira l'histoire, vous allez vous en rendre compte, interviewera votre famille, vos amis, vos ennemis et tous ceux qui vous connaissent. Je veux un profil sérieux et exact d'une femme qui a débuté avec presque rien pour finalement devenir l'une des promotrices les plus prospères du monde.

Elle sourit.

— Je dois y réfléchir, Keith. Pour l'instant, je n'ai que le Rittenhouse North en tête et je ne peux vous donner une réponse. Pourrions-nous en reparler après les fêtes?

— Oui, bien sûr. Bonne idée.

Il se leva et marcha jusqu'à la porte.

— Je vais surveiller votre apparition aux nouvelles du soir.

La scène animée, dans le salon des Richardson fut reprise le lendemain, avec des acteurs et un scénario différents. Au lieu des journalistes en quête de confrontation, s'y retrouvait la fine fleur de la haute société de Philadelphie, discutant en petits groupes, appréciant la bonne chère et le bavardage, et s'évaluant les uns et les autres avec suffisance.

À l'invitation de Matt, ils s'étaient réunis pour saluer le retour de l'une des leurs — sa fille, Betsy, apparaissant en public pour la première fois depuis la tragédie. Ils pourraient peut-être saluer également son mari, un homme dont la richesse et les réalisations parlaient en sa faveur, en dépit de son profil très commun et de sa naissance irrégulière.

En entrant dans la pièce au bras d'Ellory, Torie salua Matt et Betsy, qui l'étreignit chaleureusement, puis Nielson qui marmonna un salut forcé.

— Pourquoi est-il si tendu? demanda Torie, comme ils

s'éloignaient.

Ellory eut un petit sourire.

— Je pense qu'il ne se sent pas très à l'aise au milieu du gratin de Philadelphie. Pendant que le reste du monde est à ses pieds, lui faisant les yeux doux et courbant l'échine, nos «sang bleu» l'examinent pour déterminer s'il est digne d'eux. Il se sent probablement comme une pièce de viande sur l'étal d'un boucher.

— Je connais bien cette sensation.

— Je n'en doute pas.

Ellory la guida jusqu'au bar.

— Je me demande s'il a apprécié la superbe couverture médiatique dont nous avons profité hier soir.

— Comment le saurais-je? J'ai à peine regardé moi-même. Michael voulait que je lui fasse la lecture et...

— Bonsoir, très chère.

Ellory se pencha en avant pour baiser la main d'une femme à l'allure autoritaire, avec des traits rappelant ceux d'un d'aigle et des cheveux blancs, très courts.

— Vous vous souvenez de Rebecca Rawley French, Torie, n'est-ce pas?

Comment pourrait-elle jamais oublier l'incident de l'institut de musique, lorsqu'elle avait commis la bourde épouvantable de présenter la douairière à la personne qui l'accompagnait comme étant Rebecca French. «Rebecca Rawley French», avait-elle corrigé, avant de lui tourner le dos et de s'éloigner sans plus un mot.

— Bonsoir, Madame French. Je suis Torie Di Angelo.

— Vous êtes la femme qui a brisé la limite de hauteur? Qui construit tous ces immeubles en ville?

Ellory posa une main sur son bras, avec un air de léger reproche.

— Voyons, Rebecca, vous savez fort bien qui est Torie. Elle siège avec vous à de nombreux conseils d'administration. Tout le monde à Philadelphie connaît Torie.

— Je ne suis pas tout le monde, Ellory. Et cessez de me

tripoter.

Elle lui donna une chiquenaude sur la main comme s'il s'agissait d'un insecte.

— J'ai entendu de nombreuses rumeurs troublantes à votre sujet. Sont-elles vraies?

— Je ne sais pas, répondit Torie, qui eût souhaité ne pas se laisser entraîner dans cette conversation. Qu'avez-vous entendu?

La femme se raidit. Ses yeux se rétrécirent et ses mâchoires devinrent saillantes, comme le bec d'un aigle.

— Que vous n'éprouvez aucune fierté devant l'héritage de notre ville — que vous ne ressentez rien pour nos bons vieux immeubles et les grands chefs-d'œuvre architecturaux dont nous sommes si fiers.

La critique n'était pas nouvelle. Torie l'avait déjà entendue à maintes reprises.

— Au contraire. Je me soucie énormément de cette ville et de son esthétique. Je crois que ma contribution s'est avérée une acquisition positive à tous les points de vue. Si vous n'êtes pas d'accord, c'est votre privilège.

— Évidemment que je ne suis pas d'accord. Comment quelqu'un ayant ne fût-ce qu'un soupçon de fierté pour nos ancêtres — de respect pour le passé et l'histoire — aurait-il pu détruire le théâtre Washington? Lorsque j'étais plus jeune...

L'expression sur le visage de Torie rendit Ellory nerveux.

— Allons, Rebecca, cessez de ressasser les vieilles choses du passé. Ce qui est fait est fait, et la plupart des gens sont d'avis que tout ce secteur s'est grandement amélioré. Puis-je vous offrir du champagne?

— Non, vous ne pouvez pas. Et n'essayez pas de détourner la conversation. J'ai quelque chose à dire à cette jeune dame et j'ai bien l'intention de le lui dire.

Elle lança à Torie un regard de défi.

— Je me suis laissé dire que vous possédiez tout le pâté de maisons de la rue Walnut, à l'exception de la bibliothèque de la Société historique. La rumeur veut que vous ne vous contentiez pas seulement de détruire la rue, avec cet hôtel monstrueux, mais que vous souhaiteriez aussi démolir tout le reste, afin de construire une espèce de place moderne avec des tours d'acier, des fontaines artificielles, des arbres de plastique et Dieu sait quoi encore.

— Je vous assure que je n'ai pas l'intention…

— Aussi longtemps que je vivrai, Madame Di Angelo, vous ne transformerez jamais cette place en une vulgaire attraction touristique. Je me battrai contre vous jusqu'à mon dernier souffle, s'il le faut. Pourquoi vous acharnez-vous sur nos trésors architecturaux? Il y a énormément de travail à faire dans le quartier sud de Philadelphie. Si vous tenez absolument à détruire des monuments pour y dresser vos tentes de carnaval, pourquoi ne retournez-vous pas d'où vous venez et ne commencez-vous pas par là?

Dans un éclair, le reproche réveilla les souvenirs de la réception d'anniversaire de Betsy : l'humiliation de se sentir rejetée… étrangère… sans valeur… Le snobisme aveugle et déchirant, qui l'avait tant fait souffrir dans le passé, était revenu l'attaquer dans cette même maison. Mais comment cela était-il possible? Maintenant qu'elle avait de l'argent, du succès et un nom pour la protéger…

Ellory, impuissant, regarda Torie tourner les talons et traverser la pièce en toute hâte; il ne l'avait jamais vue si ébranlée. En entrant dans la bibliothèque, des larmes coulèrent sur ses joues. Fermant la porte derrière elle, elle se couvrit le visage de ses mains et se mit à pleurer. Tout son corps frémissait sous les sanglots… jusqu'à ce qu'un bruit la fît sursauter. Quelqu'un, près de la fenêtre, la dévisageait.

— N… Nielson! balbutia-t-elle. Qu… que…?

— Désolé. Je ne voulais pas vous faire peur.

— Que faites-vous ici?

— La même chose que vous, j'oserais dire — je m'éloigne de ce troupeau de dandys illettrés. Que s'est-il passé?

— Rien.

Elle saisit la poignée de la porte.

— Je ferais mieux de retourner...

— Quelqu'un vous a-t-il dit quelque chose?

— Oui.

Elle se tourna vers lui.

— Je crois bien que je ne verrai jamais le jour où l'on me jugera d'après ma valeur personnelle, et non pas en fonction du voisinage où je suis née. Mme French m'a dit de retourner dans le quartier sud de Philadelphie, d'où je viens.

— Voyons, Torie. Vous ne devez pas vous laisser troubler par cette poissarde prétentieuse.

— Il n'y a pas qu'elle...

Les larmes recommencèrent à couler et elle fouilla dans son sac, à la recherche d'un mouchoir.

— C'est cette maison... le jardin... les souvenirs...

— De quoi parlez-vous? S'est-il passé autre chose ici?

Avant qu'elle ne pût s'arrêter, elle lui révéla qu'elle avait assisté à cette partie organisée à l'occasion du quatorzième anniversaire de naissance de Betsy... Comment les filles s'étaient moquées d'elle... Comment elle avait vu un autre garçon le taquiner... Comment Betsy était venue à sa rescousse... À quel point elle avait été désolée pour lui.

— Je... ne vous ai jamais parlé de cela. Je ne voulais pas vous embarrasser. Je ne sais même pas pourquoi je vous l'ai dit, maintenant.

— Parce que vous êtes blessée et que vous n'aimez pas que l'on vous voie pleurer. Vous voulez que je sache que vous avez de bonnes raisons de pleurer, et c'est le cas.

Il marcha vers elle et, pendant un bref instant, il sembla vouloir la prendre dans ses bras. Mais s'il eut l'envie de le faire, il la refréna.

— Je sais ce que vous ressentez. Cela s'appelle le rejet. J'ai vécu avec ce sentiment, et avec des incidents semblables à celui dont vous vous souvenez, toute ma vie. Vous ne devez pas prendre cela trop à cœur, laissez votre raison absorber le coup. Laissez leur suffocante stupidité glisser sur vous comme une douche d'eau froide et oubliez-la.

— Oublier? Lorsque quelqu'un crache sur vous? Vous ne croyez pas un seul mot de ce que vous venez de dire, Nielson. Vous êtes combatif et vous aimez la riposte, moi aussi. Vous êtes venu ici pour échapper à ces snobs, parce que vous n'en pouviez plus et que vous aviez peur de fustiger quelqu'un. Je vous connais.

— Dans un sens, avoua-t-il, après une pause. Une autre minute de leur charabia inepte et j'aurais très probablement explosé. Il y a plus de talent dans mon petit doigt que dans toute cette bande d'hypocrites réunis. Ils ne méritent même pas d'essuyer ma salive. Et ils me traitent comme s'ils me faisaient une faveur de m'accueillir. Personne n'a dit un mot au sujet de mon travail, de ma réputation, de mes réalisations. Ce n'est que : «Oh, vous êtes le mari de Betsy» ou «Bon retour dans une vraie ville, Monsieur Hughes.» Votre Mme French m'a regardé à travers sa lorgnette et m'a dit : «Dommage que vous ne puissiez vous entendre avec votre père. Robert est tellement gentil.» Un vieil idiot m'a fait l'immense honneur de m'inviter à dîner à son club «si je n'avais rien de mieux à faire». Si je n'avais rien de mieux à faire — moi! Pouvez-vous croire chose pareille?

— Je peux le croire.

Elle s'essuya les yeux et le regarda d'un air coupable.

— Je suis navrée, Nielson. Je suis réellement navrée de vous avoir entraîné dans le passé et d'avoir réouvert toutes ces vieilles blessures.

— Ce n'est pas votre faute. Betsy voulait que l'on revienne faire une visite ici depuis que nous sommes mariés. Je me devais d'y faire face, un jour ou l'autre. Vous n'avez été que le catalyseur. Je peux maintenant m'en retourner avec la certitude que rien n'a changé depuis mon départ, il y a neuf ans — et que jamais rien ne changera. Dieu, lui-même, descendrait du ciel et ils voudraient savoir où Il a fait ses premières classes.

— Vous avez raison.

Elle réussit à sourire.

— J'aurais aimé ne pas faire ma petite crise devant vous, pourtant. Je tenais à ce que vous me voyiez comme une solide administratrice, pas comme une pleurnicheuse...

— La façon dont je vous vois ne devrait pas vous affecter le moins du monde. Votre principal problème, dans l'immédiat, dit-il, touchant le bout de son nez, est de savoir comment vous allez vous débarrasser du mascara qui a coulé sur vos joues. Êtes-vous sûre que tout va bien?

— Oui.

— Dans ce cas, je vais retourner et subir encore, pendant un petit bout de temps, cette exécrable soirée, pour l'amour de ma chère épouse et de mon beau-père. Ensuite, je leur ferai clairement comprendre que je suis ici pour travailler, non pour être placé en démonstration, et que je serai dans l'impossibilité d'assister à toute réunion ultérieure du clan, de l'élite, ou tout autre nom qu'ils se donnent, y compris la demi-douzaine de fêtes insipides prévues en notre honneur. Maintenant, refaites ce joli visage et foncez dans la jungle.

Elle acquiesça d'un signe de tête, regardant sa haute stature, aux épaules larges, disparaître derrière la porte. Il y avait, chez lui, un penchant à la gentillesse, malgré tous ses efforts pour n'en rien laisser paraître. Elle n'oublierait jamais le jour où elle lui avait appris la nouvelle au sujet de Frankie et comment, en l'amenant dîner, il avait fait de son mieux pour la consoler. Ou était-ce tout simplement qu'il détestait voir pleurer une femme? De toute façon, elle était sûre d'une chose : cette satanée chimie était toujours là. Aucun autre homme n'avait produit un tel effet chez elle — et aucun autre homme ne le ferait jamais.

32

— Papa ne semble pas aller très bien, Lis.

Torie, grignotant un morceau de gâteau au fruit, repoussa un cendrier vide, fière de ne pas en avoir utilisé un depuis presque trois mois. Casser une habitude vieille de vingt et un ans avait été difficile, parfois insupportable, mais elle était déterminée à tenir la promesse qu'elle avait faite à Betsy.

— Que disent les médecins?

— Qu'il est surprenant.

Lisa se leva et commença à débarrasser la table.

— Ils ne comprennent pas comment il parvient à tenir le coup. Il a à peu près toutes les maladies imaginables, incluant des troubles cardiaques. Et il n'est pas assez fort pour supporter une opération.

Torie posa sur sa sœur un regard dur.

— Si seulement tu n'étais pas si entêtée. Pourquoi ne l'amènes-tu pas faire une croisière? Je ferais le nécessaire pour que son médecin et son épouse partent avec vous. Ce serait pour papa, pas pour moi.

— Ménage ta salive. Il refuserait. Où est Michael? Ne ferais-tu pas mieux de voir où il est?

— Il est O.K. Je vais t'aider à nettoyer.

— Non, je préférerais que tu sois avec papa. Il te voit si peu depuis quelque temps.

Message reçu. Lisa ne manquait jamais une occasion de faire un sermon ou de lancer une pointe. Torie alla déposer sa vaisselle dans l'évier.

— Ce dîner de Noël était délicieux — comme toujours. Lorsque tu seras au couvent et que les religieuses découvriront tes talents culinaires, elles t'enfermeront probablement dans la cuisine et jetteront la clé.

— Je servirai le Seigneur partout où l'on aura besoin de moi.

— Oui, je n'en doute pas.

Torie sortit dans le vestibule. Chaque année supplémentaire que passait Lisa au chevet de leur père, sans pouvoir entrer au couvent, la rendait plus rancunière, plus martyre, d'une suffisance de plus en plus exaspérante.

Michael était dans le salon, accroché à une patte de la chaise de son grand-père.

— Est-il sage, papa?

— Maman, chut! Nous n'entendons pas le téléviseur.

— Désolée, mon chéri.

Elle baissa la voix.

— Tu vas bien, papa?

Frank ouvrit les yeux et fit un signe de tête. Il semblait dormir la plupart du temps, maintenant. Torie vérifia sa montre. Le cousin de Frank était parti il y avait une demi-heure, Michael était déjà fatigué de jouer avec ses nouveaux jouets et, d'une minute à l'autre, Jeff viendrait le prendre pour la semaine.

Elle souhaita qu'il arrivât au plus vite. Non qu'elle voulait se débarrasser de Michael; au contraire, elle ne passait jamais assez de temps avec lui à son goût. Mais quel soulagement ce serait de rentrer chez elle. Chaque année, cette maison de West Mount Airy la déprimait davantage. Lisa vivait dans son monde de rêve, fermée à tout sauf à Dieu et à l'Église, et son père était devenu voûté et frêle, passant la plupart de ses heures d'éveil à jouer au solitaire, à se rappeler le bon vieux temps dans le quartier sud de Philadelphie, et «attendant que le Seigneur vienne me chercher». En dépit de sa grande incapacité physique, pourtant, son esprit était remarquablement clair.

Michael sauta sur ses pieds au son de la sonnette d'entrée.

— Papa! cria-t-il, avant de sortir en courant du salon.

— N'ouvre pas la porte.

Torie courut derrière lui, regarda à travers l'œil-de-bœuf, puis tourna la poignée.

— Salut, dit-elle. Joyeuse Chanukah.

— Joyeux Noël.

Jeff sourit et souleva son fils.

— Tu deviens lourd, fiston, tu sais cela? Je pense que ta mère te nourrit trop bien.

— Viens voir ce que j'ai eu!

Se dégageant des bras de son père, Michael retourna dans le salon et pointa une pile de jeux et de jouets.

— Regarde tous mes cadeaux!

— Wouah. Il te faudra un camion pour traîner ce chargement.

— J'ai un camion. Tu vois?

Jeff s'approcha de Frank.

— Joyeux Noël, papa. Comment allez-vous?

— Bien, très bien.

Le visage de Frank s'illumina.

— Tu sembles en pleine forme, Jeff. La famille va bien? Fran? Les enfants?

— Nous nous débrouillons très bien. J'aimerais vous parler, à vous et à Torie, si vous avez une minute. Allons dans la salle à manger, de cette façon Michael pourra regarder son émission.

— Est-ce que je peux y aller?

— Nous avons à discuter de choses d'adultes.

Jeff ébouriffa les cheveux de Michael.

— Tu viendras nous rejoindre lorsque ton émission sera terminée. Qu'est-ce que tu regardes?

— Zut, alors!

— Ce doit être nouveau. Je n'ai jamais entendu ce titre auparavant.

En faisant la moue, Michael s'allongea sur le tapis et s'appuya sur les coudes.

Quelques instants plus tard, derrière une porte fermée, Jeff s'assit en face de son ex-épouse et de son ex-beau-père. Il croisa ses mains sur ses genoux et parla calmement.

— Vous rappelez-vous, l'été dernier, lorsque j'ai amené Michael dans ce ranch, au Nouveau-Mexique? Vous rappelez-vous à quel point il avait adoré son séjour?

— Je me rappelle que ce fut un très long voyage en avion, dit Torie, instinctivement sur ses gardes, et que je me suis terriblement inquiétée jusqu'au moment où j'ai appris que vous étiez enfin arrivés sains et saufs.

— C'est un ranch magnifique, poursuivit Jeff. Deux cents acres de vergers, de champs de luzerne, de pâturages pour le bétail et les chevaux, avec des montagnes partout — et ce n'est qu'à trente kilomètres de Santa Fe.

Torie écoutait avec une appréhension croissante.

— Nous sommes tous d'accord, continua-t-il, pour dire que l'été dernier fut le plus bel été que nous ayons jamais eu. Fran était heureuse, Michael et les bébés étaient heureux, et j'étais au paradis. Il y a une colonie artistique tout près — une espèce de marché central pour toutes les œuvres-d'art produites dans le Sud-Ouest. J'y ai peint mes meilleures toiles. J'en ai d'ailleurs vendu quelques-unes. Cette chaleureuse atmosphère rustique me convient parfaitement. Je ne suis pas un gars de la ville. Je ne l'ai jamais été.

— Viens-en au fait, Jeff?

— Le fait est que... j'ai acheté ce ranch, hier. Fran, les enfants et moi allons y emménager dès que nous aurons emballé nos affaires. Avec votre permission, j'aimerais que Michael vienne avec nous.

— Quoi!

Le ton de sa voix s'éleva sous le choc.

— Tu veux emmener Michael... vivre au Nouveau-

446

Mexique?

— Chut — oui.

Jeff se pencha en avant, le regard intense.

— Pour son bien, Tor, pas pour le mien. Ce n'est pas sain pour un enfant de six ans de grandir dans un penthouse princier avec une mère aussi occupée que tu l'es. Je ne dis pas que tu es une mauvaise mère. Tu es une mère merveilleuse et Michael t'adore. Ce que je veux dire, c'est que...

— J'ai entendu, dit-elle, s'efforçant de garder son calme. Tu dis que tu veux m'enlever mon fils.

— S'il te plaît, ne vois pas les choses sous cet angle. Ne vois-tu pas que ton fils — notre fils — a besoin d'air frais, de grimper aux arbres, de pêcher dans les ruisseaux et d'avoir d'autres enfants autour de lui? Il a besoin d'une vie normale et d'une véritable enfance. Il n'a pas besoin d'une nounou le surveillant en permanence, lui défendant de jouer avec sa peinture pour ne pas qu'il tache sa chemise de dentelle ou le tapis antique de maman. Il a besoin de plus qu'une heure de promenade dans le parc tous les deux jours. Ne vois-tu pas, Tor, que je ne pense qu'à Michael.

— As-tu songé à son grand-père? Comment penses-tu que papa va réagir si...

— Je peux parler pour moi-même.

La voix de Frank s'interposa, chevrotante mais claire.

— Je continuerais de voir mon petit-fils. Il viendrait à Noël et pendant les vacances, n'est-ce pas, Jeff?

— Bien sûr. Il ne s'agit que de quelques heures de vol et Michael aime prendre l'avion.

Jeff utilisa un argument inattendu.

— Vous avez plus d'influence auprès de votre fille que moi, papa. Peut-être pouvez-vous la convaincre que je dis la vérité. Je ne veux que le bien de Michael.

— C'est ce que nous voulons tous.

Frank secoua la tête tristement.

— Je m'inquiète aussi. Un jeune garçon devrait être dehors et jouer avec les autres enfants après l'école, pas enfermé dans un appartement, en compagnie d'une bonne suédoise.

— Toi aussi, papa.

Torie se leva, en colère.

— Tu serais prêt à laisser ton petit-fils vivre à des milliers de kilomètres de sa propre mère? Tu penses que c'est bon pour un enfant?

— Michael a besoin d'une mère à plein temps, dit Frank. Il n'a pas besoin d'une mère trop occupée à faire de l'argent et à construire des édifices, qui croit qu'il suffit de lui donner des jouets pour le rendre heureux. Il n'a pas besoin d'une mère tellement égoïste et acharnée à devenir riche qu'elle ne voit pas à quel point son enfant est seul... à quel point il voudrait être comme les autres garçons...

— Oh, un instant.

Torie s'enfonça dans son fauteuil et se tourna vers son ex-mari.

— Que faites-vous de l'école? Des leçons de piano? Des médecins? Des dentistes?

Jeff sourit.

— Santa Fe est une ville très civilisée. Il y a une excellente école primaire et un centre médical de réputation internationale à proximité. J'aimerais que tu viennes et que tu voies l'endroit où nous allons vivre — vous aussi, papa, si vous le désirez. Nous avons un joli pavillon réservé aux invités. Je pense que cela ferait disparaître tes inquiétudes. Attendez, j'allais oublier.

Il mit la main dans sa poche.

— Je vous ai apporté une photo.

Elle prit la photographie, à contrecœur. La vaste maison rustique, de style pueblo, avec ses arbres et ses jardins luxuriants, et son arrière-scène de montagnes imposantes, semblait effectivement invitante.

— C'est magnifique, dit-elle, lui remettant la photo. Je suis certaine que vous serez heureux là-bas.

— Michael, y sera heureux lui aussi — n'est-ce pas?

— Je ne sais pas, Jeff. Ne me demande pas une réponse immédiate.

J'aurai besoin de quelques semaines pour y réfléchir.

— Nous n'avons pas quelques semaines. Les déménageurs seront là vendredi et nous déménageons lundi. Nous serons là juste à temps pour permettre à Michael de s'adapter. Il pourra ainsi retourner à l'école après les vacances de Noël.

Avant qu'elle n'eût le temps de protester, la porte s'ouvrit toute grande et le garçon entra en coup de vent.

— Le programme est fini, annonça-t-il, sautant sur les genoux de son père. Eh, qu'est-ce que c'est ça?

Il saisit la photographie, la regarda, puis se mit à rire.

— C'est notre ranch au Mexique! Allons-nous y retourner cet été, papa? S'il te plaît?

Torie soupira. Ils seraient maintenant trois à exercer leur pression sur elle.

— Tu as vraiment aimé cela, là-bas, mon chéri? Qu'est-ce que tu faisais toute la journée?

— Oh, nous jouions et faisions toutes sortes de choses. Papa et moi avons découvert des grottes secrètes où personne n'était jamais allé auparavant. Est-ce qu'on peut y retourner, s'il te plaît?

— Cela dépend de ta mère.

— Maman, dis oui. S'il te plaît, dis oui, s'il te plaît?

Son regard alla de son père à son ex-mari, puis revint sur son père. Ses yeux étaient sévères, implacables, lui commandant presque ce qu'il fallait faire. Ils semblaient insister sur ses mots... lui disant qu'elle avait été insouciante et égoïste trop longtemps. Et le petit visage anxieux de son fils... suppliant...

Le cœur douloureux, elle leva la tête.

— Michael, dit-elle, hésitante, papa et Fran viennent juste d'acheter cette maison — ce gros ranch au Nouveau-Mexique. Ils veulent que tu ailles vivre là-bas avec eux. Je pourrais aller te voir aussi souvent que je le pourrais et tu pourrais prendre l'avion et rendre visite à grand-papa, à tante Lisa et à moi-même. Penses-tu que tu aimerais cela?

— Ouais, dit-il, avec empressement.

— Est-ce que je peux apporter mon train électrique et mes marionnettes?

— Tu peux apporter tout ce que tu veux.

La voix de Jeff était rempli d'émotion lorsqu'il se leva.

— Maintenant, va demander un sac à tante Lisa et commence à ramasser tes jouets. Allez, plus vite que ça.

— Oh, oui! cria-t-il, avant de partir en courant.

— Merci, papa.

Jeff prit la main du vieil homme, puis se tourna vers Torie et l'embrassa sur la joue.

— Je viendrai demain prendre quelques-unes de ses affaires et tu pourrais peut-être envoyer le reste. Tu ne le regretteras pas. Tu le verras souvent, je te le promets.

— Ne le reverrai-je pas avant votre départ? demanda-t-elle, figée.

— C'est mieux ainsi, Tor. Si nous partons directement de notre maison, il n'aura pas à vivre le pénible sentiment de quitter sa maison et sa mère.

Elle se tint silencieuse, donna à Michael un baiser d'adieu et regarda Jeff sortir de sa vie... comme il l'avait déjà fait, cinq ans auparavant. Une vague de désespoir et d'impuissance la submergea lorsqu'elle réalisa que cette fois, il ne partait pas seul; il emmenait avec lui son précieux fils.

Envahie par la tristesse, elle s'agenouilla et posa la tête sur les genoux de son père.

— Oh, papa, qu'ai-je fait? Je n'aurais jamais dû laisser partir Michael. Je n'aurais pas dû me laisser convaincre par Jeff. Michael est heureux avec moi — nous n'avons aucun problème. Il va se sentir seul... et moi aussi. Que vais-je devenir sans lui?

Pour la première fois depuis des années, il y avait de la chaleur dans les yeux de Frank lorsqu'ils se posèrent sur elle. Et il lui dit des mots qu'elle n'espérait plus entendre.

— Tu as pris une bonne décision, Vittoria... une décision

altruiste. Tu as fais ce que tu devais faire pour ton fils... pour toi-même... pour nous tous.

Il lui caressa les cheveux et lui sourit.

— Je suis fier de toi.

Pendant la semaine suivante, les derniers jours de 1986, Torie se força à travailler de longues heures, essayant de ne pas penser à Michael, à quel point il lui manquait. Ingrid revint de vacances le premier de l'An et, plutôt que de la regarder empaqueter les vêtements de son fils, Torie revêtit son manteau de fourrure et sortit faire une promenade jusqu'à la place Rittenhouse.

Frissonnant dans le froid de cette fin d'après-midi, elle posa son regard sur les deux immeubles qui seraient bientôt sacrifiés à la structure d'acier du Rittenhouse North. Contrairement à l'étincelant joyau auquel elle avait rêvé, le nouvel hôtel serait digne et effacé... ce que Nielson appelait «une magnifique synthèse des nobles éléments classiques et des traditions contemporaines».

Ses croquis donnaient toute assurance que son élégance plairait même aux plus entêtés des Philadelphiens, incluant Rebecca French et ceux de son acabit, qui paraissaient déterminés à garder la ville dans la naphtaline. Torie espérait qu'une fois les travaux de l'hôtel en marche, probablement en juin, cela attirerait tant d'attention et de commentaires positifs de la presse, que ses autres demandes de permis passeraient inaperçues.

Dans un court laps de temps, le nom de Nielson avait opéré des miracles. Les gens du quartier et les groupes d'opposants continuaient de tenir des réunions et des marches protestant contre la spoliation de leur place, mais leur opposition était contrebalancée par la réputation internationale de l'architecte, l'intérêt international que suscitait le projet et la reconnaissance publique de ce qu'il pourrait apporter au statut de la ville.

À ce moment, seules les approbations -légale, sociale, économique et politique — la séparaient de son rêve d'ériger son propre building sur la place Rittenhouse. Et déjà, elle était confiante. Ses nombreux amis, siégeant aux différentes commissions, pourraient facilement lui faire remporter le vote. De cela, elle était sûre.

S'emmitouflant contre le froid, elle remonta son col de fourrure et, comme elle s'apprêtait à retourner à la maison, perçut un léger mouvement qui la fit se retourner en direction de la maison des Richardson. À sa surprise, une silhouette, à la fenêtre, lui faisait signe.

Elle reconnut Nielson, lui fit signe à son tour et marcha en direction de l'hôtel particulier. Betsy l'inviterait peut-être à dîner. Elle n'était pas encore prête à retourner dans son appartement vide et une soirée de distraction serait la bienvenue.

Nielson ouvrit la porte d'en avant et la referma rapidement derrière elle.

— Êtes-vous folle? Seuls les esquimaux et les ours polaires sortent par des températures comme celle-ci. Venez près du feu.

— Me... merci. L'air est un peu piquant.

Elle se dirigea rapidement vers le manteau de la cheminée, tremblante de froid et frottant ses mains l'une contre l'autre. La chaleur de la pièce et la vivacité de la flamme eurent tôt fait de la ranimer.

— Brandy? demanda-t-il, essayant de ne pas trop la dévisager.

Torie constituerait toujours une énigme à ses yeux. La petite fille de rien du tout, qui n'avait pas d'éducation, pas d'argent, pas d'antécédents, qui n'avait été rien d'autre qu'une fille facile à l'époque, avait transformé un visage, un corps, et manifesté une vive intelligence et le cran d'un dompteur de lions pour devenir une des femmes les plus riches et les plus puissantes du pays. Il n'aurait jamais cru cela.

— Pas de brandy, merci. Je vais juste me réchauffer

pendant quelques minutes et m'en retourner.

— Venez dans la cuisine. Les domestiques sont en congé et Matt est à New York. Je vais faire du thé.

— L'offre est tentante.

Elle laissa tomber son manteau sur le sofa et le suivit à travers le vestibule, essayant de ne pas trop remarquer la démarche fière qui lui était familière ou l'élégance avec laquelle il portait son cachemire blanc, à col roulé, et ses larges pantalons marine.

— Betsy se joindra-t-elle à nous?

Il l'invita à s'asseoir.

— Elle est retournée à la maison le lendemain de Noël. Après avoir vu ses amis et visité son père, elle ne voyait aucune raison de subir plus longtemps le froid et les inconvénients de ce voyage. Elle est plutôt impuissante et dépendante ici, et elle déteste cela. À Scottsdale, elle est une tout autre personne.

— Oui, dans cette belle maison...

— Au fait, elle m'a dit de vous saluer et de vous remercier de votre gentillesse. Elle vous téléphonera après le jour de l'An.

— Je vais attendre son appel impatiemment.

Torie joignit ses mains sur la table, essayant de ne pas penser où elle était... ou pourquoi elle y était. C'était la première fois, depuis le retour de Nielson, qu'ils se retrouvaient seuls et, pour quelque raison, il faisait de grands efforts de gentillesse.

— J'ai été touchée lorsque j'ai vu la maison que vous avez conçue et bâtie pour elle. Vous êtes un merveilleux mari.

— J'ai essayé. Betsy est une femme étonnante.

Il remplit deux tasses et en déposa une devant elle.

— Sucre? Crème? Lait?

— Non, dit-elle, souriante. Je le prends nature.

— J'ai oublié ce petit détail. Heureusement que je ne suis pas un chirurgien.

Ouvrant un placard, il en sortit une boîte de sacs de thé

et les déposa sur la table.

— Je viens tout juste de me rappeler que je n'ai pas mangé de la journée. Avez-vous faim?

— Un peu. Je pourrais nous préparer un sandwich.

— J'ai le goût d'un bon repas — cela dit sans vouloir vous offenser. J'ai travaillé sur ces plans jusqu'à en avoir la vue voilée, je mérite une pause. Les bons restaurants sont tous fermés aujourd'hui, mais j'en connais un qui est probablement ouvert. Attendez-moi un instant. Je monte chercher mon pardessus et je reviens tout de suite.

C'était bien lui. Il ne lui avait même pas demandé si elle voulait y aller... ou si elle le pouvait.

— Que faisons-nous du thé?

— Videz-le dans l'évier, lança-t-il de l'escalier.

— On ne dirait pas que quinze années se sont écoulées depuis que nous sommes venus ici.

Nielson accrocha les manteaux à une patère de cuivre et se glissa sur la chaise à côté de la sienne. Il ne savait pas pourquoi il éprouvait de l'excitation en présence de Torie, et il ne s'en souciait pas du tout. Il avait depuis longtemps fait la paix avec ses émotions; il pouvait faire ce qu'il lui plaisait, pourvu qu'il ne blessât pas Betsy.

— Ou est-ce seize années?

— L'un ou l'autre.

S'adossant à son siège, Torie jeta un coup d'œil alentour. Elle était ébahie qu'il l'eût amenée à cette même *trattoria* de Philadelphie-Sud, où ils avaient célébré ensemble l'achèvement des travaux de la tour Saint-Francis. Ses souvenirs de cette nuit étaient encore très clairs : elle était follement amoureuse de lui et déterminée à trouver un moyen d'obtenir sa paraticipation à son prochain projet. Mais, une semaine plus tard seulement, il avait quitté la conférence de presse, enragé.

— La vigne de plastique sur le mur n'a pas changé. Ni ces horribles murales. Comment vous êtes-vous souvenu de cet endroit?

— Je me rappelle très bien. Je vous regardais, à la lueur des chandelles, et je me disais que je n'avais jamais vu une peau si douce et translucide. Cela n'a pas changé. Sinon que vous êtes encore plus jolie.

Son compliment était étonnamment personnel, mais le ton de sa voix était désinvolte; il n'appuya sur aucun de ses mots et ne la regarda pas dans les yeux, ce qui lui fit penser, avec soulagement, qu'il n'avait pas l'intention de devenir romantique. Dans son état d'esprit actuel, avec le départ de Michael et la fin des vacances de Noël, toute manifestation sincère de tendresse venant de lui eût été plus qu'elle n'en pouvait supporter.

— Avez-vous d'autres souvenirs de cette soirée?

— La nourriture excellente.

— Je m'en souviens aussi.

Elle rit et déplia sa serviette.

— Je me rappelle également que j'avais un terrible béguin pour vous, tout en sachant que vous ne partagiez pas mes sentiments. Étiez-vous au courant de cela?

Évidemment qu'il était au courant.

— Lorsque j'étais plus jeune, j'imagine que je croyais que toutes les femmes avaient le béguin pour moi et que c'était une réalité de la vie. Mon travail passait en premier, comme vous le savez. Je ne vous ai jamais pris au sérieux, pas plus que toute autre femme.

— Excepté Betsy.

— Eh bien, oui. Elle était toujours présente à mon esprit. Déjà, à l'époque où nous allions à l'école primaire, je souhaitais l'épouser; l'accident n'allait donc pas changer mes sentiments. Si quelque chose s'est produit, j'ai plutôt senti qu'elle avait encore plus besoin de moi.

Il fit signe au garçon.

— Apportez-nous un Cabernet Sauvignon 1965.

— Nous avons pas, *signore*. Je prends votre commande?

Nielson étudia le menu.

— Nous partagerons une portion de cappellini *al dente* pour commencer, puis deux veaux piccatas, à la carte, deux salades vertes mélangées avec du vinaigre et de l'huile d'olive — assurez-vous que ce soit de l'huile d'olive pure — du pain à l'ail, avec du beurre, pas de margarine, et, hum, une grosse bouteille de votre meilleur chianti. Cela vous convient, Torie?

— Je n'ai pas très faim.

— Je vous aiderai.

Il se tourna vers le garçon.

— Apportez le vin et le pain à l'ail immédiatement, s'il vous plaît.

— *Si, signore*, dit-il, gribouillant sur son calepin. *Subito*.

Au moment où on leur apporta les espresso, Torie se sentait rassasiée, détendue et légèrement étourdie par le vin. Nielson s'était en grande partie chargé de la conversation, la distrayant avec des anecdotes relatives à son travail, l'énumération de ses récompenses et de ses triomphes, et les changements advenus dans sa vie après l'article paru dans le Time.

— Ce fut phénoménal, poursuivit-il, feignant un geste d'impuissance. En l'espace d'une nuit, je suis devenu une espèce d'idole... un héros national... presque une divinité pour certains. La journée où parut l'article, une de mes employées — une jeune femme plutôt jolie, en fait — m'a interpellé dans le hall pour me dire qu'elle avait des talents dont je n'avais jamais profité. Que pensez-vous de cela? J'avais travaillé avec cette femme pendant six ans, et subitement elle se jetait dans mes bras.

Torie tripota son verre de vin et fit semblant de ne montrer qu'un vague intérêt.

— Avez-vous profité de l'occasion?

— Bon Dieu, non, j'ai couru dans l'autre direction. Rien ne me refroidit davantage qu'un abreuvoir public.

Il laissa tomber un morceau de sucre dans sa tasse.

— Je ne prétends pas être resté fidèle à Betsy, mais j'ai

456

toujours fait preuve de la plus grande discrétion et j'ai toujours respecté ma femme. Je ne ferais rien qui puisse l'embarrasser. Au plus profond de mon cœur, je pense qu'elle sait que je vagabonde de temps en temps. Mais elle sait aussi que je l'aime énormément et que je lui reviens toujours. Je ne crois pas qu'il y ait là quoi que ce soit d'incorrect. Qu'en pensez-vous?

Il pouvait changer de personnalité plus rapidement qu'un battement de cils. Une minute elle l'admirait, la suivante elle le trouvait d'une suffisance incroyable.

— Vous voulez dire — en tenant compte de votre ego gargantuesque?

— Hum. Comme vous le mentionnez sur un ton pittoresque. Je suppose que vous avez raison, en réalité. Et parce que Betsy — eh bien, notre vie sexuelle est plutôt limitée. La chose étrange est que je suis resté fidèle pendant les deux dernières années.

— Pourquoi?

— Toutes ces nouvelles maladies rendent les relations sexuelles avec des étrangers beaucoup moins appétissantes. Le SIDA est un prix exorbitant pour un orgasme. Il y a aussi le fait que je suis de plus en plus connu. Sans compter les possibilités de chantage, je risquerais de créer un scandale susceptible de détruire ma famille et ma réputation. Je préfère plutôt l'air raréfié sur mon piédestal.

Elle acquiesça d'un signe de tête.

— Je vous comprends. Je ne pourrais accepter qu'un homme répande des mensonges à mon sujet ou vende des détails intimes aux tabloïdes. Il semble plus facile de ne pas se compromettre — bien qu'on se sente parfois très seul.

— Seul au sommet.

Il demanda l'addition.

— Un des meilleurs clichés à propos de la vie — un des plus vrais, malheureusement. Plus une personne obtient de succès, plus il ou elle devient une cible. De votre côté, comment vous débrouillez-vous?

— Si vous faites allusion au sexe, j'essaie de ne pas y penser. Je suis très occupée, comme vous.

Elle se demanda si elle allait lui dire à quel point Michael lui manquait, puis elle décida que non. Partager sa tristesse ne l'amoindrirait pas.

— Je pourrais même me remarier un jour. Je me rappelle comme c'était bon, au début d'avoir quelqu'un à la maison le soir... quelqu'un sur qui on peut compter... quelqu'un capable de répondre aux besoins émotionnels.

— Vous vous trompez. Si vos besoins émotionnels avaient été satisfaits, vous ne seriez pas divorcée.

Il posa un billet de cent dollars sur l'addition et la remit au garçon.

— Gardez la monnaie.

— Merci pour le dîner, dit-elle, heureuse de changer de sujet. Votre choix était excellent.

— J'ai un certain flair, n'est-ce pas?

Il la regarda d'un air perplexe.

— Écoutez, je n'ai pas envie de retourner à la maison tout de suite et il fait trop froid pour faire la tournée des boîtes de nuit. Vous avez des suggestions?

— Je connais un bar, tout près de la bourse, où il y a un joli foyer.

— Je n'ai pas le goût de me mêler à la plèbe. Avez-vous du cognac chez vous? Y a-t-il un accès séparé qui permette d'entrer sans passer devant le portier?

— Oui, aux deux questions.

Elle se mit à rire pour diminuer la tension. Pourquoi voulait-il monter à son appartement? Pourquoi était-ce si important de ne pas être vu par le portier? Pensait-il à l'impensable? Ne voyait-il pas les tentations...

— Où se trouve cette entrée privée? demanda-t-il, l'aidant à monter dans sa voiture.

— Vous suivez l'entrée jusqu'au garage. Mon contrôle à distance ouvre la porte, vous entrez et stationnez la voiture, nous prenons l'ascenseur au sous-sol jusqu'à mon appartement, et personne ne nous voit ou ne répand de rumeurs malveillantes — à moins qu'il y ait quelqu'un dans l'ascenseur.

— Je suis prêt à courir ce risque si vous faites de même.

Il plaisantait et il était sérieux tout à la fois. S'ils étaient vus, montant à son appartement ensemble à cette heure de la nuit, ce serait difficile à expliquer. Une voix, à l'intérieur, l'incita à dire non — à invoquer la fatigue, un rendez-vous matinal ou n'importe quoi qui l'empêcherait de monter avec elle. Mais que pouvait-il se passer? Il ne lui avait pas fait d'avances, il lui avait expliqué pourquoi il avait été fidèle au cours des deux dernières années, et tous deux, ils aimaient beaucoup trop Betsy pour faire quoi que ce fût qui pût la blesser. Ainsi rassurée, elle se tourna vers lui, souriante.

— Pourquoi pas, dit-elle. J'ai toujours été une joueuse.

La chaîne stéréo jouait du Bach, un unique spot, au plafond, éclairait le précieux Degas, au-dessus du piano, et Nielson tournait le dos à son hôtesse, inventoriant ses liqueurs.

— Ah, Fine champagne V.S.O.P... Puis-je vous en verser?

Toujours aussi snob, pensa-t-elle. La richesse et le succès ne l'avaient pas rendu plus démocratique. En vérité, très peu de choses avaient changé chez lui. Il n'était pas moins vaniteux, bien qu'il pût exprimer son arrogance avec humour lorsqu'il lui plaisait, ni moins en guerre contre le monde qui avait finalement reconnu son génie. Le succès n'avait pas changé ses sentiments envers son père non plus. Elle pouvait sentir la colère et le ressentiment monter en lui chaque fois que le nom de ce dernier était prononcé.

— Trois gouttes, s'il vous plaît. Les petits verres sont dans le placard à gauche.

Il en sortit deux qu'il déposa sur la table à café.

— Pourquoi êtes-vous assise sur la chaise? Avez-vous peur de me rejoindre sur le canapé?

— Pourquoi aurais-je peur?

— C'est ce que je vous demande. Nous ne sommes plus ces deux adolescents en chaleur qui se débattaient sur le plancher de mon atelier.

Il s'en souvenait donc.

— Je suis certaine que je ne fus pas la première... ni la dernière.

— Ai-je dit que vous l'aviez été? Maintenant, soyez une gentille hôtesse et venez vous asseoir à côté de moi.

— Je suis bien ici.

— C'est impossible.

Il prit ses deux mains et la tira debout.

— Histoire de vous le prouver, je vais vous embrasser et vous montrer à quel point vous me faites peu d'effet.

— Nielson, s'il vous plaît! Vous ne devez pas...

Il lui imposa le silence avec ses lèvres, la retenant fermement comme elle se débattait et poussait contre ses épaules, essayant désespérément de ne pas répondre. Plus elle résistait, plus il devenait excité, pressant sa rigidité contre elle, enfonçant sa langue entre ses lèvres et ouvrant sa bouche... jusqu'à ce que tout d'un coup, impuissante, elle sentît toute résistance l'abandonner.

Ses bras s'enroulèrent autour de son cou et, rapidement, elle rencontra sa bouche avec une égale ferveur, laissant sa langue entrer et sortir à la rencontre de la sienne, puis laissant glisser ses mains sur son dos, jusque sur ses fesses...

Il essaya de l'attirer sur le sofa mais elle le repoussa.

— Non, non — pas ici.

Haletante, elle le précéda à travers le vestibule et l'amena dans sa chambre. Une lampe, sur la table de nuit, diffusait une lumière tamisée et les draps rabattus se voulaient accueillants. Sa conscience refit surface pendant un bref instant, lui disant qu'il n'était pas trop tard pour arrêter. Elle pouvait encore lui dire non, prétendre que ce n'était pas juste pour Betsy... Mais son cœur et son corps palpitaient avec insistance et son esprit n'écoutait plus la raison.

Tâtonnant dans la demi-obscurité, il déboutonna sa robe

et la fit glisser sur le plancher, il lui enleva ensuite son soutien-gorge et empoigna ses seins fermes et dressés dans ses mains.

— Tu es plus belle que jamais, dit-il, avec de l'intensité dans la voix. Tu es devenue une femme mûre, affriolante et tu m'excites encore davantage, si cela est possible. Tu te souviens de ce que je t'ai déjà dit au sujet de la passion?

— Oui — mais nous ne blessions personne alors. Excepté moi, voulut-elle ajouter.

— Nous ne blessons personne maintenant.

Il la fit se coucher sur l'oreiller et s'allongea à son côté, fixant goulûment sa poitrine.

— Betsy comprend, dit-il, caressant ses mamelons et les sentant s'ériger à son contact. Elle sait qu'elle ne peut pas répondre à tous mes besoins. Elle ne saura jamais à propos de cette nuit ct, si tcl était le cas, elle comprendrait.

Il mit fin à ses protestations avec un long et tendre baiser qui généra un puissant courant de chaleur, et elle descendit sa main le long de son corps et la plaça là où il la voulait.

Presque incapable de croire à ce qui se passait, Torie se répéta à elle-même que c'était Nielson qui était étendu tout près... que c'était son sexe qu'elle caressait et effleurait... l'homme de ses rêves... le seul homme qu'elle ait jamais aimé. Et il avait raison. Elle avait acquis de la maturité; elle était impatiente de le lui prouver. La petite marionnette tremblante qui s'étendait et se retournait pour lui avait disparu depuis longtemps.

Avec une retenue délibérée, elle ouvrit sa braguette et promena sur lui sa langue et ses lèvres, l'agaçant, le tourmentant, sachant qu'elle l'excitait autant qu'elle l'était cllc-même.

— Doux Jésus, gémit-il, où as-tu appris...

Ses gémissements augmentèrent au rythme de son exquise torture, son désir devenant de plus en plus pressant, jusqu'à ce que finalement, incapable de se retenir plus longtemps, il se libéra de ses mains et la chevaucha.

Fouillant dans son slip de soie, il la toucha là où elle

aimait être touchée et sentit un violent tremblement lorsque ses reins se cambrèrent bien haut. Il ne voulait que plonger en elle, dans sa chaleureuse intimité et il l'aida à se débarrasser de son slip... la serrant... gémissant... et finalement se propulsant en elle avec toute l'ardeur de son désir.

Elle cria, répétant son nom, le recevant avidement... perdant tout contrôle au fur et à mesure que le rythme s'accélérait. Ses halètements et ses cris devinrent plus courts, plus rapides, et bientôt il la sentit s'abandonner à la convulsion suprême, au moment même où une flèche de feu et d'énergie déferlait à travers tout son être.

Et lorsqu'ils revinrent sur terre, il la regarda dans les yeux.

— Tu vois, Torie? murmura-t-il. T'embrasser ne me fait pas le moindre effet.

33

La sonnerie du téléphone réveilla Torie. Une main battit l'air à la recherche du récepteur.

— 'Lo? marmonna-t-elle.

— Oh, vous ai-je réveillée? On m'avait dit que vous sautiez du lit à six heures tous les matins.

— Qui est-ce?

— McGarren. Keith McGarren. Voulez-vous que je rappelle plus tard?

Elle attrapa son réveil-matin et le posa devant elle : 6 h 57. Nielson était parti à peine deux heures plus tôt.

— Oh, non, merci. J'ai en effet l'habitude de me lever à six heures. La nuit dernière... je... j'ai eu de la difficulté à m'endormir. Que puis-je faire pour vous?

— Pourrions-nous nous rencontrer aujourd'hui, après votre travail?

— Je suis désolée, Keith. Je n'ai pas eu une minute pour réfléchir à votre offre. J'aurais encore besoin de quelques jours avant de vous donner une réponse.

— De quoi parlez-vous? Ellory Davis m'a donné votre réponse il y a deux semaines.

Ce con d'Ellory. Voilà pourquoi Keith connaissait son numéro de téléphone privé.

— Qu'a-t-il dit?

— Que vous en aviez discuté avec lui et que vous étiez emballée à l'idée d'un article de première page. Il m'a fait parvenir quatre albums de coupures de presse — dont une que j'ai écrit moi-même en soixante-cinq, lorsque je travaillais pour le *Evening Bulletin*.

— Soixante-cinq, répéta-t-elle.

Puis elle se rappela.

— Oh, mon Dieu! Je savais que votre nom m'était familier. Vous avez écrit l'article au sujet de mon père — l'éditorial mentionnant que sa sentence était trop sévère. J'ai traîné cette coupure avec moi pendant des semaines. Vous avez été le seul journaliste à prendre sa défense. Vous ne saurez jamais tout ce que cela a signifié pour notre famille.

— Votre père a été une victime — un bouc émissaire. Il n'aurait pas dû être envoyé en prison pour une chose qui était de pratique courante à l'époque. Nous le mentionnerons brièvement dans l'article afin de rendre les choses bien claires.

— Cela ferait réellement plaisir à papa. Ellory serait également ravi. Il a peur que mes ennemis ne s'en servent contre moi.

— Vous avez effectivement quelques adversaires. J'ai mentionné votre nom au cours d'un dîner, il n'y a pas longtemps, et la réaction fut surprenante. Je ne me serais pas douté que les gens fussent tant concernés. Ou ils vous aiment, ou ils veulent que vous quittiez la ville.

— Surtout la dernière mention.

— Je ne dirais pas cela. Même vos ennemis vous rendent justice. Un homme m'a dit — voyons voir, je l'ai pris en note : «Elle est brillante, dure, tenace, et elle a le don de savoir quoi acheter et quand. Il n'y a jamais eu le moindre soupçon de corruption dans son empire. Par contre, elle n'a jamais éprouvé le moindre sentiment pour les milliers de locataires qu'elle a évincés, les entrepreneurs qu'elle a rendus fous avec ses demandes ou la pollution visuelle qu'elle a créée avec ses centres commerciaux flamboyants, et son obsession des gratte-ciel démesurés. Son arrogant mépris du passé est en train de détruire la ville. Il faudra bien que quelqu'un l'arrête avant qu'elle ne transforme Philadelphie en un pauvre Manhattan.» Avez-vous des commentaires?

Elle eut un petit rire.

— C'est à cela que je voulais réfléchir — si oui ou non j'avais le goût de me laisser embrocher. Je n'arrive pas à croire qu'Ellory ait choisi à ma place. Il ne m'a jamais dit qu'il vous avait parlé.

— Vous n'allez pas le faire passer pour un menteur, n'est-ce pas?

— C'est déjà un menteur.

Elle repoussa la douillette et se redressa dans le lit, vivement consciente de son corps nu et encore chaud. Quels que soient les regrets qu'elle gardait de la nuit dernière, elle était reconnaissante à Nielson pour la résurgence de sa vitalité... Pour le réveil de ses réactions depuis longtemps endormies.

— Puisque vous vous êtes donné la peine de noter une déclaration aussi flatteuse à mon sujet, je crois bien je n'ai d'autre choix que de me défendre.

— Un verre après le travail?

— Avec plaisir.

Elle saisit sa robe de chambre, puis la laissa glisser sur le tapis et marcha jusqu'à la fenêtre. Le soleil prenait de l'altitude dans un ciel bleu clair et la ville — sa ville — offrait une trompeuse apparence de tranquillité. La journée apporterait des pressions, des tensions, des explosions, de l'hostilité... mais elle était dans sa meilleure forme au milieu de la bataille et se sentait impatiente de défier tous ses rivaux.

— Pourquoi ne viendriez-vous pas ici vers six heures, Keith? Savez-vous où je demeure?

— Oui, je sais où vous demeurez. Je sais où vous êtes née et je sais où vous avez grandi. Je connais même votre deuxième prénom, Vittoria Francesca. Et maintenant je sais que je vous verrai à six heures ce soir.

— D'accord, mais ne vous attendez pas...

Un déclic sur la ligne lui annonça que la conversation était terminée. Keith McGarren n'était pas très friand des conversations téléphoniques.

S'habillant pour le travail, Torie se surprit à penser davantage à Keith et à ce qu'elle porterait pour leur rendez-vous qu'à l'étalon suédois, comme l'appelait Peggy, qu'elle avait aimé — ou imaginé avoir aimé — pendant la moitié de sa vie.

Les deux hommes étaient aussi différents que le caviar et le chocolat, réalisa-t-elle, choisissant une robe de cachemire lavande qu'elle savait très seyante. Nielson était névrotique, condescendant et, et comme elle, il n'avait pas du tout envisagé de reprendre leur liaison. En dépit de son refus obstiné d'être comparé à son père, il était évident qu'il n'était revenu à Philadelphie que pour une raison : prouver qu'il était le meilleur architecte.

Nielson avait beau haïr son père, le mépriser, et prétendre l'avoir expulsé de son esprit, elle était certaine qu'il aurait peu d'hésitation si jamais Robert Nielson lui ouvrait les bras et disait : «Il est temps que nous soyons réunis, mon fils.»

Keith avait lui aussi un problème avec son paternel, mais il semblait beaucoup moins compliqué. Il donnait l'impression de ne pas perdre son temps à ruminer et préférait approcher les gens ouvertement et directement. Au plus, il péchait par excès de franchise — une franchise qu'elle trouvait étrangement attirante, et non dépourvue de gentillesse et de sensibilité.

Mais Keith était un communicateur de profession, alors que Nielson, bien qu'articulé lorsqu'il le voulait, avait fermé certains champs de sa conscience et refusait tout simplement de les explorer. Après lui avoir fait l'amour pour une seconde fois, tôt ce matin, il s'était habillé et avait quitté l'appartement sans dire un mot au sujet de leur relation, sans montrer aucun signe d'affection, sans lui donner aucune indication quant à leur prochaine rencontre. Il lui semblait, d'une certaine façon, qu'ils avaient repris leur liaison d'il y a quinze ans et l'avaient poursuivie comme si de rien n'était.

Néanmoins, pensait-elle, tout en attachant un long rang de perles, son comportement était approprié. Moins on parlerait de la nuit dernière et mieux ce serait. Elle pourrait se pardonner un incident isolé avec un homme qu'elle avait aimé, mais cela ne devait plus jamais se produire. Faire l'amour avec Nielson lui avait permis de réaliser quelque chose de très important : cela clôturait le chapitre et mettait un terme à son engouement... pour toujours. Le sexe était assurément bon... merveilleux... fantastique... elle devait l'admettre. Mais c'était du sexe animal, purement charnel. De la passion sans amour.

Dans de telles circonstances, la poursuite de leur relation serait insensée et déraisonnable. En dépit de son insistance sur le fait que Betsy comprendrait, un mari infidèle était quelque chose qu'aucune femme ne comprenait — même une femme dans la condition navrante de Betsy.

Le deuxième jour de l'année 1987 débuta par une comparution au procès de Tony Silvano, dans une salle d'audience bondée de journalistes. Une fois que le FBI eût commencé à creuser, ils déterrèrent suffisamment de corruption pour porter quatre accusations différentes contre le conseiller. Le témoignage de Torie fut bref et convaincant. En quittant la salle d'audience, elle regarda l'accusé droit dans les yeux. Son expression accusatrice n'évoqua chez elle ni regret ni sympathie. Une sentence d'emprisonnement serait trop douce pour ce salaud.

Le reste de la journée fut consacré à des rendez-vous, des visites, des appels et de nombreux calculs sur une tablette jaune de format légal. Les travaux de la tour Di Angelo avaient repris et on espérait toujours qu'ils seraient terminés pour le mois de mai. (Tel que prévu, plusieurs autres entreprises, dont une banque, un centre commercial et deux corporations majeures, avaient eux aussi obtenu la permission d'excéder la limite de hauteur.)

Penn's Landing continuait de lui causer de gros maux de tête. Les locataires éventuels semblaient tous attendre de voir si la tour Di Angelo relancerait le marché de la construction et le commerce de détail. Sans locataires, personne ne discuterait du financement — pas même John Loder, le banquier qui lui avait refusé son premier emprunt d'envergure, et qui l'appelait maintenant régulièrement dans l'espoir de transiger avec elle.

Les représentants d'un groupe de résidants de la place Rittenhouse se présentèrent en fin d'après-midi, tout d'abord polis et raisonnables, pour ensuite la menacer furieusement de poursuites légales si elle refusait de construire son hôtel ailleurs. Elle n'avait nulle intention de construire son hôtel ailleurs, ce dont elle les informa gentiment mais fermement.

Comme à son habitude, elle ne quitta pas le bureau avant le début de la soirée. Lorsqu'elle entra enfin dans son appartement, Keith McGarren l'attendait dans le salon.

— Bonsoir, dit-il gaiement. Vous êtes juste à l'heure.

Elle déposa sa serviette.

— Vous semblez surpris.

— Je ne devrais pas. Vous avez été ponctuelle lors de notre premier dîner.

Il regarda autour de lui.

— J'ai eu une petite conversation avec Ingrid. Elle est contente que vous la gardiez à votre service. Michael doit vous manquer énormément.

— Vous alors, vous ne perdez pas une minute.

Torie s'installa dans un fauteuil et évalua son visiteur. Que cela lui plût ou non, cet homme n'était pas là à titre d'ami ou de prétendant, mais pour déterrer son passé et ses secrets — pour fouiller dans sa vie privée dans l'unique but de tout révéler au public. Une vague de ressentiment l'envahit pendant quelques instants. Elle ne vendait pas de parfum et n'aspirait à aucune fonction publique. Pourquoi devrait-elle tolérer qu'un étranger mît le nez dans ses affaires? Il l'avait déjà informée qu'il n'écrirait pas l'article lui-même, elle ne travaillerait donc même pas avec Keith McGarren.

Et cela, songea-t-elle, était une honte. Plus elle connaissait le beau rédacteur en chef, plus elle était intriguée — par l'honnêteté de son approche, son professionnalisme, sa masculinité confiante et facile à vivre. Il devait mesurer un mètre quatre-vingt-dix, pensa-t-elle, et avoir atteint la moitié de la quarantaine. Dégingandé, il appréciait les vestons de tweed avec des pièces aux coudes et détestait les conversations futiles et les flirts oiseux. Contrairement à la plupart des hommes en position de pouvoir, il ne mettait pas ses nombreux avantages au service de son ego.

Ingrid apparut, leur demanda ce qu'ils désiraient boire et disparut.

— Votre journée a-t-elle été très occupée? demanda-t-il. Ou suis-je en train de demander au pape s'il prie?

Elle sourit.

— Sa Sainteté et moi faisons tous les deux ce que nous savons faire le mieux — insuffler la foi et le goût du paradis. Ce fut une bonne journée. Mon conseiller en investissements de New York a vendu mes quarante mille actions de Bickman Oil et récolté un profit de plus de cent mille dollars.

Le chiffre fit peu d'impression.

— Vous ne vous occupez pas de vos propres investissements?

— Pas à la bourse. Bernard Baruch a déjà dit que personne ne devrait spéculer à moins de le faire à plein temps. Je m'en tiens donc à ce que je connais — le marché immobilier — et j'engage des experts pour le reste. Il faut parfois savoir donner du pouvoir pour gagner du pouvoir.

— N'est-ce pas difficile à faire?

— Ce l'était au début. Mon ego a dû accepter que je ne pouvais devenir une autorité dans tous les domaines.

— Vous avez pourtant le temps de lire Baruch.

— La lecture est ma seule véritable évasion. De plus, il avait raison. Mon portefeuille a rapporté une moyenne de profit de dix-huit virgule deux pour cent au cours des cinq dernières années, et je n'ai pas levé le petit doigt. Bon Dieu que cela semblera prétentieux par écrit. J'ai des réserves au sujet de cet article...

— Pourquoi le faites-vous alors?

— Hum. J'aimerais dire qu'Ellory m'y a poussée, mais ce ne serait pas entièrement vrai. Je lui verse une fortune pour qu'il s'assure que mon nom soit connu du public, je ne peux donc pas me plaindre qu'il fasse trop bien son travail. La notoriété de mon nom a été bonne pour les affaires autant que pour moi, personnellement. J'éprouve un fort sentiment de satisfaction lorsque je lis quelque chose de positif à mon sujet.

— Pourquoi?

— Insécurité, je pense. Cela vient de mon enfance. Dans le quartier sud de Philadelphie, vous étiez quelqu'un d'important si votre nom apparaissait dans le journal — sauf si vous alliez en prison.

— C'est ainsi partout.

— Vraiment? Je sais seulement que j'ai passé trop d'années à rechercher l'acceptation et l'approbation dans cette ville à l'esprit étroit pour ne pas me réjouir lorsque je les ai enfin.

— Et lorsque la publicité est négative?

— On s'y habitue. Ellory m'a appris que les gens aimaient les opprimés. On doit souffrir un peu, sinon... oh, excusez-moi, ce doit être Michael.

Elle se rendit au téléphone.

— Allo?

— Torie?

La voix de Nielson la prit par surprise.

— Je connais un endroit retiré où l'on sert les soles de Douvres meunières les plus succulentes que tu aies jamais goûtées. Je passe te prendre en face de chez toi dans quinze minutes.

Cet homme était incroyable.

— Désolée, je ne suis pas libre ce soir.

— Bien sûr que tu es libre. C'est moi, Nielson.

— Je sais que c'est toi. Mais j'ai de la compagnie. Une autre fois, peut-être...

— Débarrasse-toi de ta compagnie.

— C'est impossible.

— Plus tard alors?

— Je suis prise toute la soirée.

Le silence à l'autre bout du fil lui signifia qu'il était ahuri. S'il s'attendait à ce qu'elle fût toujours la petite fille éperdue qui lâchait tout, à toute heure du jour ou de la nuit, pour courir vers lui au moindre appel, il était temps qu'il réalisât que ce temps était révolu.

— Préviens-moi suffisamment à l'avance à l'avenir, veux-tu?

— Te prévenir!

Le ton de sa voix s'éleva sous le coup de la colère.

— Tu souhaites une invitation gravée au burin?

— Ce n'est pas nécessaire... et je n'ai pas le goût de discuter.

Replaçant le récepteur, elle se tourna vers Keith, embarrassée.

— Veuillez m'excuser de ce contretemps, mais je pensais que ce pouvait être Michael. Ce n'était pas le cas.

— C'est ce que j'ai cru comprendre. Querelle d'amoureux?

— Non.

— Était-ce l'homme de votre vie?

Elle le regarda, d'abord irritée, puis amusée.

— Ça ne vous regarde pas. En fait, mon fils est le seul homme de ma vie pour le moment.

— C'est difficile à croire.

Ingrid réapparut avec les consommations qu'ils avaient commandées et Torie leva son verre.

— Vous croyez que je mens?

— Non, je vous fais un compliment.

Il fit tinter les verres.

— À votre article. Vous avez raison, naturellement — votre vie personnelle ne me regarde pas. Mais les journalistes respectent aussi l'éthique. Si vous me dites quelque chose de personnel, cela le restera.

— J'ai déjà entendu cette phrase. Et je me suis réveillée le lendemain matin pour lire mes commentaires personnels en gros titres.

— Chaque profession a ses voyous. Vous ne voudriez pas que l'on vous juge d'après les entourloupettes d'un promoteur de troisième ordre. Pourquoi porter sur moi et sur mon magazine un jugement fondé sur le comportement d'un mauvais journaliste?

— Vous marquez un point.

Elle eut un petit rire et lui passa un plat de noix.

— Je ne vous fais pas confiance pour autant.

Il prit une amande et lui rendit le plat.

Supposons que je fasse quelque chose que je n'ai jamais fait auparavant — vous laisser lire et approuver vos propos avant que nous les imprimions.

Ses yeux s'agrandirent légèrement.

— Êtes-vous sérieux?

— Parole d'honneur.

— Pourquoi feriez-vous cela?

— Parce que vous avez été échaudée et que je ne veux pas que cela se reproduise — surtout par nous.

— Il doit bien y avoir une condition.

— En effet. Je veux que cet article soit une histoire sensible et humaine qui touche tous nos lecteurs, hommes et femmes, jeunes et vieux, riches et moins riches…

— Moins riches?

— Je ne peux pas dire pauvres. Nos lecteurs ne sont pas pauvres. Nous ne nous adressons pas à l'Américain moyen ou à la famille qui lit la revue *Money*, essayant d'établir son budget avec un salaire d'enseignant. Nos abonnés sont principalement des cadres, des présidents de conseils d'administration, des gens provenant de la classe supérieure. C'est la raison pour laquelle je veux que ce portrait aille plus en profondeur et soit plus révélateur que tout ce qui a jamais été écrit à votre sujet. Et la seule façon d'y parvenir est que vous laissiez tomber vos défenses et que vous parliez librement et honnêtement, sans craindre que vos propos soient mal interpré-tés. C'est la condition.

— Dans ce cas, dit-elle, rassurée, marché conclu. Je présume que vous êtes venu ici pour voir à quel point je vais être difficile.

— Non, je suis venu parce que j'aime donner à mes journalistes une orientation — une idée du genre de reportage que je désire.

Il mit ses lunettes à montures brunes.

— Prête pour quelques questions?

— Commencez l'inquisition.

Les lunettes, remarqua-t-elle, lui allaient bien. Elles lui donnaient l'allure d'un Clark Kent d'âge moyen. Elle aimerait bien lui poser quelques questions à son tour. Quel âge avait-il? Avait-il des enfants? Vivait-il seul? Était-il libre en ce moment?

Pendant la demi-heure qui suivit, elle répondit à ses questions aussi honnêtement qu'elle le put, élaborant sur certains sujets, s'éloignant de certains autres et, malgré ses inquiétudes, s'ouvrant devant lui plus qu'elle ne l'aurait pensé. Il la surprit en révélant de son plein gré quelques informations le concernant personnellement. Lorsqu'elle sentit le moment opportun, elle lui demanda depuis combien de temps il était célibataire.

Il sourit, comme si la question était attendue.

— Je suis un vétéran de vingt ans de mésentente conjugale avec une ex-épouse et deux adolescents. Ma fille étudie à l'institut de mode Hartley; mon fils termine un certificat en économie à Harvard. Il se demande encore s'il va venir travailler pour moi après l'obtention de son diplôme.

— Il se le demande?

— Carter sait que j'ai occupé d'autres emplois avant de me joindre au magazine. Il croit qu'il pourrait peut-être trouver quelque chose de plus intéressant.

— Que voilà un jeune homme intelligent. Je devrais l'engager.

— Soyez bien à l'aise, dit-il ironiquement. Enseignez-lui tout ce que vous savez, et je vous l'enlèverai ensuite.

— En y pensant bien, laissons faire.

Elle sourit, grignota une noix, et essaya de paraître désinvolte.

— Qu'est-ce qui a brisé votre mariage?

— Pour citer une femme charmante, ça ne vous regarde pas.

Il se leva.

— Écoutez, je dois partir.

— Était-ce son amant, votre maîtresse, ou les deux?

Il rit de bon cœur.

— Vous êtes pire que moi. D'accord : nous nous sommes mariés très jeunes et, en prenant de la maturité, nous nous sommes aperçus que nous avions autant de points en commun que monsieur «T» et la fée des étoiles. Elle aime dormir jusqu'à midi et sortir toute la nuit; j'aime me lever tôt, travailler comme un forcené pendant dix heures, et me reposer le soir. Il y avait plus que cela, bien sûr. Nous étions en désaccord sur absolument tout et nous nous sommes rendus misérables pendant de longues années. Lorsque Carter est entré à l'université il y a deux ans, nous nous sommes séparés. Elle s'est remariée et vit maintenant à Paris. Les enfants disent qu'elle est heureuse et je souhaite qu'elle le soit.

— Et vous?

— Si je suis heureux?

Il haussa les épaules.

— Si le bonheur équivaut à l'absence de douleur, je crois bien que je suis qualifié. En fait, je suis dans les limbes. Marié à mon travail pour le moment. Cela m'empêche de penser à ce qui fait défaut dans ma vie.

Elle le suivit de l'autre côté de la pièce.

— Demain, je vais faire quelques descentes en ski dans les Poconos, poursuivit-il, tout en continuant de marcher. Je serai de retour mardi et je vous présenterai le journaliste assigné à votre article vendredi. Vous pensez pouvoir attendre jusque-là?

— Je vais faire un effort.

Elle sourit et lui ouvrit la porte.

— Je vous souhaite bien du plaisir sur les pentes.

Le samedi matin suivant, Nielson avait eu suffisamment de temps pour retrouver son calme et rappeler; insistant sur le fait qu'il avait des questions vitales à discuter, il persuada Torie de le rencontrer ce soir-là. Au cours d'un dîner à la chandelle, dans un petit restaurant de la rue South, il lui communiqua ses dernières idées au sujet du Rittenhouse North et ses prévisions concernant les délais de construction.

Elle l'écouta, appréciant son enthousiasme croissant pour le projet, se promettant du même coup de ne plus l'inviter à son appartement, de ne pas coucher avec lui cette nuit-là. De toute façon, il n'attendit pas l'invitation; sur le chemin du retour, il s'empara du contrôle à distance et pénétra dans le garage.

— Tu ne peux pas te refuser à moi, dit-il, ignorant ses protestations comme ils montaient dans l'ascenseur. Tu as réveillé des passions qui dormaient en moi depuis deux ans. J'avais presque oublié ce que c'était que de sentir le doux et voluptueux corps d'une femme sous moi...

— Voilà le problème, Nielson. Je ne suis qu'une femme pour toi. Je pourrais être n'importe qui. Ce rôle ne me plaisait pas lorsque j'avais vingt ans et il me plaît encore moins maintenant que j'en ai presque trente-six.

— Ne dis pas de sottises. Tu me désires autant que je te désire.

Il se pencha pour l'embrasser et, une fois encore, son contact — la chaleur de son corps — l'électrisa.

Elle ne lui refusa pas son corps cette nuit-là. Le lendemain matin, elle se jura à elle-même, sur l'honneur de sa mère, qu'elle avait couché avec lui pour la dernière fois. Le sexe était toujours délirant et intoxicant, mais elle se rappela qu'elle n'éprouvait plus aucun sentiment pour lui et qu'elle ne l'aimait plus. Tous les fantasmes qu'elle avait nourris au fil des années, même durant son mariage, n'avaient été que cela — des fantasmes. Dans la réalité, Nielson était un homme brillant, gâté et incroyablement égocentrique, qui avait besoin d'une Betsy ou de quelqu'un du genre de l'ancienne Torie, pour l'adorer inconditionnellement, endurer ses sautes d'humeur et ses colères, et ne poser aucune question. L'amoureux tendre et affectueux qu'elle avait créé dans son esprit était un fantôme. Il n'existait pas en la personne de Nielson Hughes et n'avait jamais existé.

Malgré les ordres que Torie avait donnés de ne pas être dérangée pendant qu'elle mettait la dernière main à une soumission, ce lundi matin, la lumière de l'interphone clignotait avec insistance. Elle pressa finalement sur le bouton.

— Les gens avec qui j'ai rendez-vous à dix heures sont-ils déjà arrivés, Jane?

— Non, il y a un monsieur qui veut vous voir, M. McGarren. Je lui ai dit que vous ne pouviez...

— C'est O.K.

Instinctivement, elle sortit un peigne et un miroir de poche.

— Faites-le entrer, s'il vous plaît.

Lorsque Keith apparut dans l'embrasure de la porte, quelques minutes plus tard, elle se leva d'un bond, le souffle coupé. Il avait les deux bras dans le plâtre et en écharpe. Un bandage blanc lui couvrait le front et s'enroulait autour de sa tête comme une calotte.

— C'est entièrement de votre faute, gémit-il. Vous m'avez dit d'avoir du plaisir sur les pentes.

— Je ne vous ai pas dit d'aller vous tuer.

Elle lui approcha une chaise.

— Comment vous sentez-vous?

— Je ne suis pas mort, si c'est ce que vous voulez dire.

Il s'assit tant bien que mal.

— Foutu sport dégueulasse. Après avoir trébuché sur mes propres skis, j'ai essayé d'arrêter ma chute avec mes mains et je suis tombé en plein sur la tête.

— Oh, mon Dieu. Avez-vous endommagé la neige?

— Très drôle. Et tellement original.

Il respira bruyamment.

— Deux entorses aux poignets, un coup sur la tête et un ego meurtri constituent mes principales blessures de guerre. Mais je dois porter ces damnées écharpes qui m'empêchent d'écrire et de taper à la machine; je ne peux même pas tenir un téléphone. Mac m'a dit que je tapais sur les nerfs de tout le monde et m'a jeté dehors. J'ai dit : parfait, je pars en congé maladie et je reviens dans trois semaines.

— Qui s'occupera de votre travail? De votre chronique?

— Ma chronique est déjà écrite et Mac me remplacera pour le reste. Vous parlez d'un désastre! Il coupe dans les articles comme Jack l'Éventreur, gribouille une critique de trois mots et signe «Mac le Couteau». La dernière fois que je suis revenu de vacances, la moitié de mon personnel était sur le point de démissionner. Je perdrai probablement mes meilleurs employés avant la fin du mois. Et je ne peux rien faire sauf m'affaler comme une momie et battre des nageoires.

La vue de cet imposant rédacteur macho, assis là, les doigts dépassant légèrement de ses plâtres, réduit à l'impuissance par un accident des plus stupides, était trop drôle pour qu'elle y résistât.

— Je suis désolée pour vous, dit-elle, essayant de ne pas rire, mais vous me faites craquer.

— Le choix de vos mots est dégoûtant.

— Que diriez-vous de : vous me faites perdre la tête.

Sa mine renfrognée vint à bout de ses dernières réserves et elle éclata de rire.

— Je suis content que l'un de nous s'amuse, dit-il, furieux.

— Je suis n... navrée, réellement. Même s'il n'y paraît

pas.

Elle s'essuya les yeux avec un mouchoir.

— Vous venez ici chercher un peu de sympathie et j'attrape le fou rire.

— Je ne suis pas venu ici pour qu'on me témoigne de la sympathie. Je suis venu vous dire que j'ai trouvé un journaliste pour votre article.

— Oh?

— Il est devant vous — vieille patte de plâtre en personne. J'ai besoin de m'occuper pendant ma convalescence. Je ne peux pas prendre de notes mais j'arrive à babiller dans mon magnétophone. Des objections?

— Je ne sais pas. Comment comptez-vous procéder?

— J'aimerais vous observer à votre bureau, vous accompagner dans vos déplacements, avoir une idée de vos méthodes, de la façon dont vous rencontrez les gens, de ce que vous faites pendant les douze heures de votre...

— Si vous avez l'intention de me suivre comme une ombre et d'écouter toutes mes conversations, la réponse est non. Pourquoi ne prenez-vous pas vos nageoires et n'allez-vous pas au zoo? Allez voir une pièce — ou un film. Il doit bien y avoir quelque chose que vous puissiez faire au lieu de mettre votre nez dans mes affaires.

— Je ne mettrai pas le nez dans vos affaires. Je m'assiérai tranquillement dans un coin et vous ne remarquerez même pas ma présence. Si vous avez des choses confidentielles à discuter, je sortirai.

— Pour de bon?

— Non. De quoi avez-vous peur? J'ai promis de vous laisser lire l'article avant de le publier. Comment pourriez-vous être blessée?

Les lumières de l'interphone clignotaient, il ne restait que trois minutes avant son rendez-vous de dix heures, et Peggy se tenait dans l'embrasure de la porte avec une pile de lettres.

— Oh, c'est bon, nous allons essayer pendant une matinée. Si cela ne marche pas, vous sortez. Pas d'avis de

478

deux semaines, pas d'indemnité de licenciement, rien. Entre, Piglet. Je te présente Keith McGarren. Maintenant, oublie qu'il est là.

— Heureuse de vous rencontrer, Monsieur McGarren. J'ai beaucoup entendu parler de vous.

Peggy examina les plâtres, les sourcils relevés.

— Je vois que vous avez eu des ennuis. Cela signifie-t-il que nous ne recevrons pas notre numéro de février?

34

La présence de Keith dans le bureau de Torie causa très peu de dérangement, pour ne pas dire aucun. Peggy lui avait fourni une chaise, une table, sur laquelle il posait son magnétophone, ses cassettes et ses magazines, et un pot d'eau glacée qu'il apprit graduellement à utiliser tout seul.

Comme il l'avait promis, il ne fut pas indiscret et, bien que Torie le présentât à tous les visiteurs, seuls quelques-uns préférèrent qu'il n'assistât pas à leurs discussions d'affaires. La plupart connaissaient son nom et furent ravis de le rencontrer, ou se flattèrent de la possibilité de voir leur nom mentionner dans un magazine d'envergure nationale.

À son grand étonnement, Torie s'habitua rapidement à la compagnie de Keith et commença même à priser leurs petites conversations entre les rendez-vous. Il était profondément sensible aux gens — à leurs besoins et à leurs attentes — et ses premières appréciations étaient généralement justes. Sa compréhension de l'économique était également impressionnante. Bien qu'il ne fût pas obsédé par l'argent, comme il l'avait déjà expliqué, il comprenait clairement les questions d'ordre financier.

Un matin, à la fin du mois de janvier, vérifiant son calendrier, Torie réalisa — avec des sentiments contradictoires — que c'était la dernière journée que Keith passerait dans son bureau. Elle serait contente de pouvoir parler à nouveau librement, sans devoir s'inquiéter de chaque mot qu'elle prononçait et de l'impact qu'il aurait dans l'article. D'un autre côté, ça lui manquerait, de le voir assis de l'autre côté de la pièce, la surveillant de son regard détaché, plutôt cynique — ou parfois, lorsqu'il croyait qu'elle ne le regardait pas, laissant une lueur de plaisir ou un soupçon d'admiration éclairer son visage.

Il lui manquerait même qu'il l'accompagnât sur les différents chantiers de construction, aux réunions avec les banquiers, aux rendez-vous d'affaires, aux rencontres de comités électoraux et aux réunions des nombreux conseils d'administration auxquels elle siégeait — bien que ses observations ne fussent pas toujours flatteuses. Une fois, alors qu'elle lui avait demandé comment les gens la percevaient, il lui avait dit que très peu l'appréciaient comme être humain. Les pseudo-amis qui la courtisaient partout où elle allait, croyait-il, étaient «aussi sincères qu'une actrice végétarienne tournant une annonce publicitaire vantant les bienfaits de la viande de bœuf».

Le principal désavantage relié à sa présence, de toute façon, avait été l'embarras ressenti lorsqu'elle avait dû lui demander de quitter son bureau afin d'avoir des entretiens privés avec Peggy ou ses architectes, ou de téléphoner à Michael et, une fois, à Nielson.

De façon caractéristique, faisant ainsi preuve d'une attitude non-professionnelle, Nielson était retourné en Arizona sans prendre la peine de l'aviser. Lorsqu'elle téléphona à son bureau, à Scottsdale, on lui répondit qu'il était occupé, mais une secrétaire rappela pour confirmer que tout son personnel travaillait en temps supplémentaire, et qu'il serait de retour à Philadelphie le dimanche premier février, avec de nouveaux plans améliorés.

La perspective de son retour la mit mal à l'aise. Il lui restait moins d'une semaine pour se préparer à lui dire que leur brève liaison était terminée — si elle avait jamais commencé.

Combien de relations sexuelles fallait-il pour qu'il y ait officiellement une liaison? se demanda-t-elle. Après être retourné auprès de sa femme et avoir réfléchi, peut-être avait-il pris conscience des risques énormes qu'ils avaient courus.

— Ding, dong. Y a-t-il quelqu'un ici?

Torie leva les yeux et vit Keith, se tenant dans l'embrasure de la porte. Ses bras, toujours dans le plâtre, mais temporairement libérés de leurs écharpes, pendaient le long de son corps. De son bandage autour de la tête, il ne restait plus qu'une contusion jaune-gris sur le front.

— Bonjour.

— C'est un bon jour pour vous, dit-il, s'approchant de son bureau. Dès que j'aurai récupéré le reste de mon équipement, vous serez débarrassée de moi pour toujours — ou presque.

— Seulement presque? demanda-t-elle, feignant le désappointement.

— O.K., voici la situation. J'ai une très bonne idée de la façon dont vous abordez vos projets, de la façon dont vous usez de votre intelligence et de vos charmes à bon escient, et de la façon dont vous dirigez votre empire. Ce que je ne sais pas, c'est ce qui fait courir Sa Majesté... ce qui vous pousse... ce qui vous motive. Pourquoi cette fixation — si c'est bien ce dont il s'agit — au sujet de la place Rittenhouse?

— Je vous l'ai dit, je ne tiens pas à parler de cela.

— Pourquoi pas? Qu'y aura-t-il après le Rittenhouse North? Pourquoi avez-vous dépensé la moitié de la dette nationale à essayer de vous approprier ce pâté de maisons? Pourquoi ces réunions ultrasecrètes avec vos architectes? J'entends partout que vous allez tout démolir pour faire place à quelque spectaculaire développement. Pourquoi ne pouvez-vous pas en parler?

La question directe ébranla Torie. Elle savait que les rumeurs se multipliaient comme les vautours au-dessus d'un cadavre. Pourtant, elle opta pour la méfiance.

— J'en parlerai lorsque je serai prête.

— Cela ne me suffit pas. Je veux entendre cette histoire de votre bouche, et je veux l'entendre immédiatement. Je tiens à savoir ce que vous avez manigancé durant toutes ces semaines et pourquoi vous n'êtes pas encore parvenue à me faire confiance. Je respecte ma part du marché et je m'attends à ce que vous respectiez la vôtre. Cela sous-entend l'honnêteté.

— Je ne vous ai pas menti. Je ne vous ai simplement pas tout dit.

Il lui lança un regard lourd de silence et de colère.

— Bon Dieu, Keith, dit-elle enfin, déposant violemment son calepin sur le bureau. Ce que vous pouvez être condescendant, parfois. D'accord, ils ont raison. Toutes les rumeurs sont vraies. La petite putain italienne du quartier sud de Philadelphie, qui n'a aucun respect pour l'histoire et la tradition, ou les illustres ancêtres de Mme French, est sur le point d'envoyer cette ville morte en orbite. Est-ce assez clair?

— Continuez, ordonna-t-il.

— Je vais raser toutes ces reliques en ruines. Je possède tout le pâté de maisons de la rue Walnut, sauf la bibliothèque sur le coin, qui peut bien pourrir jusqu'à l'éternité pour ce que je m'en soucie. Je vais réaliser un superdéveloppement autour du Rittenhouse North — une éblouissante tour à bureaux et un fabuleux complexe commercial relié au parc par une passerelle. Et savez-vous quel nom je vais lui donner? Le centre Di Angelo. Le centre Di Angelo, sur la place Rittenhouse.

— Fascinant, dit-il, sans montrer aucune émotion.

Elle pencha la tête, dans une attitude de défi.

— Vous ne m'en croyez pas capable?

— Je crois que les résidents approuveraient plus facilement un bordel.

— Alors, vous êtes mûr pour une surprise. L'argent achète beaucoup d'amis. C'est comme le fumier. Vous l'étendez autour et ça marche. Même les organismes de préservation ont besoin d'argent.

— Peut-être.

Sa voix était redevenue amicale lorsqu'il demanda :

— Vous rappelez-vous m'avoir dit que vous ne laissiez jamais vos préférences personnelles interférer dans vos affaires?

— Oui.

Elle ne voulait pas plus que lui se disputer.

— Mais c'est différent, Keith. Mon but n'est pas de faire de l'argent dans cette transaction. Je suis même prête à perdre des millions de dollars. Je ne parviens pas à me l'expliquer moi-même. Je sais seulement que je dois le faire.

— Je vous citerai tel quel sur ce sujet — avec votre approbation, bien sûr. En attendant, pourrions-nous nous rencontrer après le travail et discuter brièvement de votre vie privée?

— Quelle vie privée? J'ai téléphoné à Michael hier et il m'a dit que je lui manquais énormément. Je prends donc l'avion pour le Nouveau-Mexique en fin de semaine. C'est ça ma vie privée.

Elle jeta un coup d'œil à sa montre.

— Et vous, c'est pour quand le grand moment?

— Dans une heure. Aux environs de onze heures, avec la volonté de Dieu et du Dr Brophy, je retrouverai le contrôle de mes extrémités manuelles. Au cas où je ne vous l'aurais pas dit, j'ai beaucoup apprécié votre compagnie au cours des dernières semaines. Savoir à quoi employer mon temps fut pour moi la meilleure des thérapeutiques.

— J'hésite à l'admettre, mais ce ne fut pas si terrible de vous avoir aux alentours.

— Merci.

Il glissa son bras gauche dans l'écharpe.

— Et pour ce soir?

Avant qu'elle n'eût le temps de répondre, la porte s'ouvrit et Peggy entra, portant un gâteau avec trois chandelles allumées. Elle le déposa sur le bureau de Torie et gratifia Keith de son plus beau sourire.

— Pour fêter l'usage recouvré de vos poignets.

— Pour moi?

Il souleva le gâteau, ravi.

— Je ne sais quoi dire!

— C'est bien la première fois, dit Torie, d'un air narquois.

Peggy lui donna une tape amicale sur le bras.

— Nous tenions à célébrer ce «retourne-mains». Maintenant, soufflez vos chandelles, une pour chaque semaine, et faites un vœu.

— Merci, Piglet. Vous êtes une femme très spéciale.

Il éteignit les bougies d'un seul coup et se tourna vers Torie.

— Pour en revenir à ce soir, allez-vous m'aider à célébrer?

— Célébrer mon œil. Vous n'avez qu'une chose en tête, me faire boire et me dérober tous mes secrets pour votre article.

— Je pensais que vous n'aviez aucun secret.

— Excusez-moi, chers amis, dit Peggy, mais il faut bien que quelqu'un ici aille travailler. Bonne chance Keith. Passez nous voir de temps en temps.

— Prenez bien soin de vous, Peggy.

Il l'embrassa sur la joue.

— Vous avez une invitation permanente à venir visiter nos locaux quand il vous plaira. Je vous guiderai personnellement.

Dès qu'elle fut sortie, il sortit une carte professionnelle de sa poche et la déposa sur le sous-main de Torie.

— C'est une invitation formelle à dîner. Il y a mon adresse à Chestnut Hill. Une imposante vieille maison que je n'ai jamais pu me résigner à vendre.

Elle ramassa la carte.

— Je connais ces vieux immeubles de pierre à l'ouest de l'avenue Germantown. Nous avons essayé d'y construire des appartements il y a quelques années, mais nous avons été expulsés si rapidement que j'en fus étourdie.

Il éclata de rire.

— Les résidents de Chestnut Hill tueraient pour préserver leur provincialisme. Ils aiment à dire que les riches de haut rang demeurent sur la *Main Line*, mais que les vrais aristocrates préfèrent Chestnut Hill. Leur snobisme est le plus pur que vous puissiez trouver n'importe où dans le monde.

— Cela ne vous ennuie-t-il pas?

— Pas vraiment. Le besoin de se sentir supérieur existe partout — Chestnut Hill, Philadelphie-Sud, Camdem, pour ce que j'en sais. Je n'ai jamais habité ailleurs. J'y suis né, j'ai étudié à l'académie de Chestnut Hill et, comme enfant unique et gâté, j'ai passé mon enfance à courir dans toute la maison, mieux connue sous le nom de la place à Brayton. Mon ex-épouse, elle aussi, est née à Chestnut Hill. Après notre mariage, il ne fut pas question d'aller vivre ailleurs.

— Vous avez donc acheté une maison et vous y vivez depuis.

— Oui, je l'ai gardée après le divorce. Elle est partie à la conquête de Paris avant même que l'encre ne fût sèche sur le jugement provisoire. Quant au snobisme, je souhaiterais que tout le monde puisse profiter de ma qualité de vie, mais je sais que c'est impossible. J'essaie donc de ne pas être hypocrite. Je souscris anonymement aux œuvres de bienfaisance et je m'évertue à éviter les bals de charité — surtout ceux où l'on trouve des pièces montées de caviar aux formes évoquant des Éthiopiens affamés.

— Si vous n'êtes pas un hypocrite, qu'êtes-vous donc?

— Un capitaliste. Un réaliste. Et avec réalisme, je vais être en retard pour mon rendez-vous chez le médecin. Vous n'avez toujours pas répondu à mon invitation. Ma mère est en Europe et Mac viendra dîner chez moi à sept heures trente. Voulez-vous vous joindre à nous? Je pourrais passer vous prendre vers sept heures.

— Merci, Moose est là.

— Vous viendrez alors?

— Eh bien, je… oui, d'accord.

Même si elle n'était pas très curieuse de voir sa maison,

elle ne pouvait laisser passer cette opportunité de dîner tranquillement avec Brayton McGarren.

— J'ai hâte de vous serrer la main — doucement.

— Très doucement.

Il leva les bras pour marquer sa satisfaction et quitta le bureau.

Benjamin Franklin Moore grimpa jusqu'au sommet d'une pente abrupte surplombant le parc Fairmount, passa devant une grille ouverte sur une allée, et s'arrêta finalement devant une grande maison de pierre brun-roux. Deux épinettes majestueuses montaient la garde de chaque côté de l'entrée surmontée d'une voûte en forme d'arche.

— Nous y voici, Ma'am Torie. N'oubliez pas de saluer M. Keith pour moi. J'aimais bien l'avoir avec nous lors de nos déplacements. C'est un vrai monsieur.

— Je le lui dirai.

— N'oubliez pas, hein!

— Je n'oublierai pas.

— Un monsieur très spécial, Ma'am Torie.

Elle soupira et croisa les bras.

— C'est bon, Moose, crachez le morceau.

— Oh, rien, ma'am.

— Cher Moose...

— Bien...

Il se retourna sur le siège avant de façon à lui faire face.

— Ce n'est pas bon de vivre seule, Ma'am Torie. J'ai rencontré un tas de gens intéressants au cours de ma vie, mais pas un comme M. Keith. Une jolie femme comme vous...

— Message reçu.

Elle se pencha en avant.

— Comment ça va à l'église?

— Sainte miséricorde, il y a des hommes qui travaillent partout comme des fourmis sur un petit gâteau. Mes frères sont si contents qu'ils veulent donner mon nom à l'une des salles. Ce que vous avez fait, Ma'am Torie…

Sa voix se brisa sous le coup de l'émotion.

— Si je suis si gentille avec vous, comment se fait-il que j'aie droit à un si piètre service?

— Oh, Seigneur.

Il saisit sa casquette, sauta dehors et fit le tour de la voiture pour l'aider à sortir.

— Maintenant, amusez-vous et restez aussi longtemps que vous le désirez. Cela ne me dérange pas de dormir dans la voiture toute la nuit.

La porte de devant s'ouvrit presque aussitôt que Torie eût appuyé sur la sonnette, et un Keith joyeux l'invita à entrer dans le vestibule. Il sourit et leva ses deux poignets.

— Aimeriez-vous faire quelques rounds avant le dîner?

— Zut, j'ai oublié mes gants.

Elle se pencha pour les examiner de plus près.

— Pas de cicatrice? Pas de décoloration?

— La nature est le meilleur des médecins. Entrez. Mac et moi avons pris une toute petite avance sur la fête.

Elle donna son manteau à une jeune bonne française, portant à la perfection un uniforme noir rehaussé d'un tablier blanc amidonné, puis suivit Keith dans le salon. La pièce lui plut.

Au lieu des tapis orientaux et des chintz floraux auxquels elle s'attendait, le décor présentait de solides couleurs, principalement du bourgogne et des nuances de brun, accentuées par la présence de plantes feuillues dans des pots de teck. Des chaises et des sofas magnifiques étaient regroupés devant un foyer de marbre rempli de bûches crépitantes, leur lueur se reflétant sur la riche patine des lambris. Pour compléter l'atmosphère familial, l'arôme d'un rôti d'agneau et de pain tout juste sorti du four flottait dans l'air.

Avant que Torie ne pût passer ses commentaires, un homme se leva.

— Bonsoir, jeune dame. Vous êtes jolie.

Elle lui serra la main avec appréhension.

— Heureuse de vous rencontrer, Monsieur McGarren. Vous êtes vous-même plutôt bel homme.

Une lueur d'amusement traversa le visage de ce dernier puis disparut. À soixante-six ans, l'éditeur ressemblait à Einstein en plus mince. Son crâne luisant était chauve, à l'exception d'une couronne de cheveux blancs, ébouriffés, assortis à sa moustache et à ses sourcils touffus. Se balançant sur le bord du divan, il donnait l'impression d'un chat sauvage prêt à bondir. Keith lui avait déjà dit qu'il n'avait jamais vu son père s'asseoir et se détendre. Où qu'il fût, il semblait toujours sur le point de partir ailleurs.

— Je m'appelle Mac. Mon fils me dit que vous l'avez enduré pendant trois longues semaines. Je ne peux m'imaginer pourquoi.

— Moi non plus. Mais ce ne fut pas si terrible. Au moins il était pieds et poings liés — ou presque.

— Je suppose que le malotru a joué la carte de la sympathie.

— Il serait faux de prétendre que je n'ai pas eu pitié de lui, à le voir ainsi impuissant et frustré. Maintenant qu'il va mieux, il est de nouveau tout à vous.

— Je déteste être bousculé de gauche à droite comme un sac de pommes de terre.

Keith tendit un verre de vin à Torie.

— Buvons à mes mains nouvellement dévoilées.

— Absolument, et à vous aussi, Mac.

Le vieil homme leva son verre.

— La vie est un court voyage, les enfants. Vivez chaque seconde comme si c'était la dernière.

Déterminée à percer la réserve de l'éditeur, Torie entreprit de le faire parler de son magazine. À la surprise de Keith, et à sa grande satisfaction, son père sembla se détendre devant elle, discutant et gesticulant avec animation, ne s'arrêtant que pour déguster son stolichnaya ou goûter un hors-d'œuvre. La même énergie débordante persista tout au long du dîner, préparé par un chef habile et élégamment servi par la bonne et un jeune Français, fort probablement son mari. Dès la fin du repas, Mac embrassa Torie sur les deux joues, étreignit son fils, et disparut dans sa limousine.

— Un personnage fascinant, dit Torie, comme elle et Keith retournaient au salon. Vous semblez très bien vous entendre.

— Nous sommes à peu près aussi compatibles que le feu et l'eau.

Il lui avança une chaise, puis s'assit sur le divan.

— Si nous ne nous aimions pas l'un l'autre, nous nous serions déchirés en pièces depuis longtemps.

— Vraiment? Il n'y paraît pas. J'ai cru percevoir chez lui un fort sentiment de fierté paternelle. En fait, ce fut une excellente soirée à tout point de vue. Le dîner était succulent et je suis amoureuse de votre maison. Elle a une qualité que je ne peux décrire... On s'y sent à l'aise comme chez soi dès l'instant où l'on y pénètre. Même l'hôte est charmant mais je ne peux le lui dire.

— Pourquoi pas?

— On ne complimente jamais quelqu'un qui écrit un article à son sujet. Cela sonne faux — comme si on essayait d'acheter de bons commentaires.

— Allez-y, sonnez faux, je promets de vous respecter demain matin.

Elle se mit à rire.

— Pas question. Il y a cette voix persistante qui m'incite à la prudence en votre compagnie — à surveiller tout ce que je dis et tout ce que je fais. En ce moment même, j'ai l'impression que vous m'observez et que vous vous demandez à quoi je pense...

— À quoi pensez-vous?

Elle se demanda quelle réponse elle lui donnerait. L'honnêteté était hors de question. Comment pourrait-elle lui dire qu'elle le trouvait intelligent, stimulant, masculin et très spécial… qu'elle souhaitait que leur relation ne fût pas basée sur ce fichu article… que l'attirance qu'elle éprouvait pour lui augmentait à chaque instant.

— Je pense que je me demande…

— Madame Di Angelo, interrompit une voix à l'accent français. Il y a un appel pour vous. La dame dit que c'est urgent.

— Oh, mon Dieu. Excusez-moi, Keith.

Elle se leva et suivit la bonne jusqu'à un téléphone dans le vestibule.

— Allo!

— C'est moi, T.D.

— Piglet! Qu'est-ce qui ne va pas?

— Lisa vient tout juste de téléphoner. Elle ne savait pas où te rejoindre. Il y a une mauvaise nouvelle… à propos de ton père…

— Oh, non. Qu'y a-t-il?

— Écoute, je ferais mieux d'aller te rejoindre.

— Qu'y a-t-il? Est-il…?

— Je ne peux pas te dire cela au téléphone. Je préfère… oh, et puis tant pis. Lisa a dit qu'il avait eu une attaque durant son sommeil il y a environ une demi-heure. Aucune souffrance. Il ne s'est jamais réveillé. J'ai bien peur… qu'il soit parti.

— Oh, mon Dieu! Lisa est-elle…?

— Elle va bien, le docteur est là. Ils veulent que tu les rejoignes à la maison.

— Oui — oui, j'y vais immédiatement.

Elle avala difficilement.

— Merci, Peg.

Elle se tourna pour voir Keith s'approcher d'elle, le front soucieux.

— Qu'est-ce qui ne va pas?

— Papa, lâcha-t-elle, comme les larmes coulaient sur ses joues. Il a eu une attaque et il est mort durant son sommeil.

— Je suis tellement désolé.

Il s'approcha encore plus près d'elle, sans réfléchir, et

492

soudain elle fut dans ses bras, tremblante, frémissante, et pleurant contre sa poitrine.

— Tout va bien, murmura-t-il, la serrant contre lui. Tout va bien. Vous avez été une bonne fille. Il a vécu suffisamment longtemps pour être fier de vous. Il doit vous avoir aimée énormément.

— Je... je dois partir. Moose va...

— Moose ne va rien faire, dit-il fermement. Je vais vous conduire à la maison de votre père.

35

Torie ne put rien faire à West Mount Airy, cette nuit-là. Le médecin confirma que Frank n'avait nullement souffert, et Lisa, malgré sa peine, avait immédiatement téléphoné à l'église. Le père Miles avait décidé que la soirée funèbre se tiendrait le mercredi et que le service funéraire serait célébré le jeudi.

Keith attendit Torie dans la voiture, puis la reconduisit chez elle, promettant de lui téléphoner le lendemain, ce qu'il ne manqua pas de faire. Au début de la soirée, elle retourna à la maison pour aider Lisa à recevoir les parents et amis.

Il y eut de nombreux visages du passé : les Stumpo, leurs locataires de longue date avenue Snyder, Jock, du bureau de Philadelphie-Sud, les amis d'enfance de Frank, ses médecins — même son avocat. La vue de Tony Silvano, sur le seuil de la porte, lui donna un choc. Il avait énormément vieilli depuis le début de son procès qui tirait maintenant à sa fin. Ses cheveux crayeux et ses yeux creusés le faisaient paraître plus âgé que ses cinquante-six ans.

— Je ne m'attendais pas à te voir, dit-elle, essayant de contrôler sa réaction.

— C'est la famille.

— C'est donc ça. Je vais dire à Lisa que tu es ici.

— Attends!

Il l'attrapa par le bras et parla d'une voix remplie de haine.

— Tu m'as ruiné, Vittoria. Tu m'as enfoncé un poignard dans le cœur et Dieu te fera payer pour cela. Tu es une meurtrière. Pire que Hitler. Tu as tué ton propre cousin de sang froid.

Elle enleva sa main.

— As-tu pensé à ce que toi tu as fait, Tony? As-tu pensé que tu avais ruiné la vie de papa? As-tu déjà pensé que Frankie serait toujours vivant si tu avais été moins paresseux et moins indifférent à ce qui pouvait lui arriver? As-tu déjà pensé au sale tour que tu m'as joué pour me voler un projet de dix-neuf millions de dollars? As-tu déjà pensé au chantage, à l'extorsion et aux tactiques déloyales que tu n'as pas hésité à utiliser? Ou au mensonge que tu m'as racontés concernant l'imminence de ton divorce?

— Je ne vis plus avec Grace depuis un an. Et je n'ai jamais eu l'intention de faire du tort à Frank ni à Frankie. Je les aimais.

— Moi aussi je les aimais, dit-elle, en se mordant la lèvre. Mais papa est parti maintenant, et je m'attends à ce que tu fasses parvenir son testament à mes avocats. Lisa attend depuis des années de rejoindre le couvent, et elle est impatiente de reprendre en main le cours de sa vie. Mervin Lewis communiquera avec toi demain matin.

— *Che dice*!

Il la regarda d'un air furieux.

— Que dis-tu là?

— Je dis que je ne veux pas que tu exécutes le testament de papa.

— *Puttana*, laissa-t-il échapper, je ne peux demeurer dans cette maison. Tu es plus vile qu'une putain!

Incapable de contrôler sa rage, il sortit en furie de la maison.

La soirée raffermit Torie dans sa résolution d'être incinérée et d'épargner ainsi à ses proches — si elle avait assez de chance pour en avoir quelques-uns — pareil supplice. Elle détestait les funérailles et toutes les cérémonies qui les accompagnaient; le ridicule d'un cercueil ouvert la consternait plus que tout. Son père méritait mieux que d'être empaillé comme un mannequin et exposé devant une foule de gens bouche bée. Mais il avait insisté pour être enterré selon la coutume du voisinage et, par tradition, un cercueil fermé eût été un scandale.

Un peu avant neuf heures, l'arrivée impromptue de Keith lui insuffla un regain de vie. Elle déposa le plateau qu'elle était en train de passer et se porta à sa rencontre.

— J'espère que vous n'êtes pas ici à titre de journaliste. Je ne pourrais pas...

— Je suis ici à titre d'ami.

Par-dessus son épaule, il regarda dans la salle à manger.

— Il y a beaucoup de provisions. Je vois que j'aurais dû apporter quelque chose à manger.

— Dieu soit loué, vous ne l'avez pas fait. Tout le monde a apporté des hors-d'œuvre, des fromages, des salades, des pâtisseries... Les Italiens semblent croire que si vous mangez suffisamment, la douleur disparaîtra, ou sera moins pénible, de quelque façon.

— Comment vous en tirez-vous?

— Pas très bien. Venez avec moi.

Elle lui prit le bras, le conduisit dans la cuisine et ferma la porte.

— Je n'ai plus de voix, plus de larmes, et je suis épuisée — carrément claquée. Je donnerais n'importe quoi pour m'éclipser, mais je ne peux pas laisser Lisa avec tous ces invités. Pourquoi ne rentrent-ils pas chez eux?

— Ils essaient de vous témoigner un peu de réconfort. La plupart des gens ne veulent pas être seuls durant de telles épreuves. Ils préfèrent être entourés de leur famille et de leurs amis.

— Pendant cinq heures? De plus, ils ne sont pas mes amis mais ceux de papa et de Lisa, à l'exception de vous et de la pauvre Piglet là-bas, qui essaie de pratiquer le peu d'italien que Frankie lui a enseigné. Les seules phrases qu'elle semble avoir retenues sont : «Encore du vin» et «Allons au lit.»

— Je vous épargne les détails. Où est Ellory? J'étais convaincu qu'il serait ici.

— Moi aussi. Il n'a même pas téléphoné. C'est étrange. Je sais pourtant qu'il est en ville.

— Et Piglet — croyez-vous qu'elle ait besoin d'être secourue?

— C'était le cas la dernière fois que je l'ai vue. Je ferais mieux d'aller donner un coup de main à Lisa. C'est très gentil de votre part d'être venu, Keith, mais il n'y a aucune raison que vous restiez.

— Oui, il y en a une, dit-il. J'ai renvoyé Moose chez lui.

— Quelle récompense pourrais-je bien vous offrir? Mon corps? Mon esprit? Une boîte de cinq kilos pleine d'argent?

Peggy grimpa les escaliers, suivie de près par Keith.

— Dieu doit avoir entendu mes prières et vous a envoyé me délivrer.

— Torie a entendu vos prières. Et nous ferions mieux de ralentir le pas ou personne ne croira que vous m'amenez en haut pour traiter ma psychosclérose.

— Votre quoi?

— Durcissement du cerveau. Une indisposition très commune.

Peggy pouffa de rire et le conduisit à travers le vestibule.

— J'ai laissé mes affaires dans l'ancienne chambre de Torie. Une dernière cigarette et je m'en vais. Vous me tenez compagnie?

— Avec plaisir.

Il pénétra dans la chambre aux murs blancs et l'examina avec beaucoup d'intérêt. Une grosse commode à tiroirs faisait face à un lit de bois sur lequel reposait une couverture jaune défraîchie. À côté, une lampe et un réveil-matin étaient installés sur une table de nuit. Des rideaux usés paraient les fenêtres.

— C'est donc ici que Torie a grandi. Quelle âge avait-elle lorsque la famille a déménagé dans cette maison?

— Seize ans, je crois. J'ai eu le cœur brisé lorsqu'elle a quitté Philadelphie-Sud. J'ai cru que je ne la reverrais plus jamais.

— Étiez-vous très proches l'une de l'autre?

— Comme des sœurs.

Peggy prit une chaise et alluma une Salem.

— Nous passions des heures et des heures à jouer.

— À quels jeux?

— Sous le sceau de la confidentialité?

Il acquiesça d'un signe de tête.

— Nous avions l'habitude de prétendre que nous habitions la maison des Richardson place Rittenhouse. T.D. tenait habituellement le rôle de Betsy pendant que je jouais l'un des serviteurs ou de ses prétendants, et nous élaborions de merveilleuses romances. Un jour, son père dut se rendre chez le maire dans le cadre de ses affaires — pour de vrai — et il amena T.D. avec lui. Elle eut la chance de rencontrer Simone et Betsy en personne.

— Était-elle emballée?

— Au début... avant que cela ne tourne en catastrophe.

— Que s'est-il passé?

— Eh bien, elle avait toujours aimé la place, surtout cette maison et l'idée qu'elle se faisait des gens qui y vivaient. Puis Simone l'invita à la fête d'anniversaire de Betsy. Betsy fut gentille — charmante, en fait — mais profitant du fait qu'elle s'était absentée, les autres filles se sont liguées contre Torie. Elles se sont moquées de sa robe, de son langage et du quartier où elle demeurait. Elle en fut tellement secouée qu'elle ne m'en parla que plusieurs années plus tard.

— Je peux comprendre cela.

— Oui, vous pouvez imaginer ce qu'elle a ressenti, avec sa fierté et sa sensibilité. Puis, son père est...

Elle s'arrêta et plaça une main sous sa cigarette, faisant semblant de chercher un cendrier.

— Oh, mon doux…

— C'est O.K., Piglet. Je suis au courant de la condamnation de Frank.

Il lui tendit une soucoupe en céramique.

— Ce fut un coup moche. Il ne représentait aucun danger pour la société.

— Absolument. De toute façon, ce fut une autre période difficile. Si quelques-uns de ses camarades d'école pensaient que la prison méritait une décoration honorifique, la plupart des autres furent brutaux. Je crois que ce fut à ce moment qu'elle décida qu'elle allait leur montrer… montrer à tous qu'elle valait autant qu'eux, sinon plus. Et que je sois damnée si ce n'est pas ce qu'elle est en train de faire.

Keith se gratta l'oreille.

— Mais pourquoi cette compulsion à vouloir rebâtir la place Rittenhouse? Si elle l'aime tant, pourquoi ne la laisse-t-elle pas exister?

— Elle s'est juré à elle-même il y a longtemps que le pointage — Torie contre Philadelphie — ne serait égal que lorsqu'elle aurait laissé sa marque sur la place. Elle ne veut pas la détruire. Elle voit le centre Di Angelo comme un projet de rénovation.

— Vous êtes sa meilleure amie. Ne pouvez-vous pas enfoncer un peu de bon sens dans sa tête?

Peggy se leva et saisit son manteau.

— Si je le pouvais, ce serait bien la première fois de ma vie. Merci d'être venu à mon secours.

Vers onze heures, seuls demeuraient dans le salon, le père Miles, sœur Margarita et deux autres sœurs. Lisa trouva Torie dans la cuisine, prenant un café en compagnie de Keith.

— S'il vous plaît, ramenez ma sœur chez elle, Monsieur McGarren. Elle semble épuisée.

— Pas question, Lis. Je ne pars pas avant que tu ne sois au lit. Commençons à ramasser la nourriture.

— Fais-moi le plaisir de t'en aller. Les sœurs vont me donner un coup de main.

Torie posa sa tasse et se leva.

— Je n'ai pas eu une minute pour te parler ce soir, mais tu as été fantastique. Tu as vu à tout et tu as été d'une gentillesse rare avec tout le monde. Je sais à quel point ce doit être difficile...

Des larmes de gratitude remplirent les yeux de Lisa.

— Ai-je réellement bien fait les choses?

— Mieux que bien. Tu étais douce, gracieuse et accueillante, exactement comme papa l'aurait voulu.

Impulsivement, Torie lui prit la main.

— Tu vas avoir une belle vie à partir de maintenant, Lis. Tu as consacré tant d'années à t'occuper de papa. Maintenant, tu pourras t'occuper de toi. Et nous allons nous voir plus souvent, je te le promets. Il se pourrait même que je retourne à l'église un de ces jours.

— Tu le dis sincèrement.

Lisa se recula pour la regarder.

— Eh bien... de temps en temps. Ne t'attends pas à ce que je sois une régulière.

Lisa éclata de rire. Torie fit de même et, soudainement, elles se jetèrent dans les bras l'une de l'autre.

— Je t'aime, murmura Torie, la tenant serrée.

— Je t'aime aussi.

— Où que soit papa, je suis sûre que cela le rend heureux.

Je me sens soulagée pour ma sœur, dit Torie à Keith, sur le chemin du retour. Nous étions si loin l'une de l'autre durant toutes ces années — par ma faute autant que la sienne. Mais ce soir, nous nous sommes rapprochées et nous avons pu nous dire que nous nous aimions — en le croyant vraiment.

J'éprouve de la tendresse envers elle. Elle mérite d'être heureuse.

— Je suis convaincu qu'elle le sera. Les sœurs l'aiment. Et votre offre de rénover le couvent gratuitement fut très généreuse.

— Je suis suffisamment cynique pour penser qu'elles l'aimeront encore davantage si sa sœur consacre quelques centaines de milliers de dollars au rajeunissement de leurs quartiers.

— Après avoir examiné les lieux, vous voudrez probablement raser le couvent et le reconstruire au complet.

Elle le regarda d'un air narquois.

— Oh?

— Ne soyez pas susceptible. Admettez que vous avez un penchant pour la construction de nouveaux édifices plutôt que pour la restauration des anciens. Vous ne niez pas ce fait, n'est-ce pas?

— Je suis trop fatiguée pour parler de cela.

Le ton de sa voix annonça que le sujet était clos, mais elle retrouva sa chaleur lorsqu'elle ajouta :

— Vous ne prévoyez pas assister aux funérailles demain, n'est-ce pas?

— Le souhaitez-vous?

— Mon Dieu, non. Ce sera une journée longue et exténuante — le voyage au cimetière après le service, le retour à la maison, l'accueil des parents et amis pendant des heures... Dieu sait quand je pourrai enfin rentrer chez moi. Et vous avez trois semaines de travail en retard qui vous attendent.

— Et je dois remettre mon article vendredi.

Ils roulèrent en silence pendant plusieurs kilomètres avant qu'il ne demandât :

— Vous prenez toujours l'avion pour Santa Fe ce week-end?

— Oui, je suis impatiente de voir Michael. Je n'ai pas hâte de lui annoncer que son grand-père est mort, mais comme il a deux autres grands-pères, il devrait être en mesure d'accepter la nouvelle. À quoi songez-vous? Pas à faire quelques pirouettes sur les pentes, j'espère.

— Non. J'ai pris la décision de laisser le ski aux jeunes et aux déments. Je serai à mon bureau. Ma secrétaire a transcrit tous les enregistrements et j'espère terminer votre article en fin de semaine, à l'exception de quelques petits détails. En passant, les photos que nous avons prises sont très belles.

— Pouvons-nous faire des retouches sur les rides?

— Il n'y a aucune retouche à faire. Je devrais recevoir les épreuves de l'article d'ici vendredi. Pourrions-nous nous rencontrer pour les dernières vérifications?

— Bien sûr. Rappelez-moi au cours de la matinée pour confirmer.

Il arrêta la voiture en face de son immeuble et le portier s'empressa de venir lui ouvrir la porte.

— Ne vous donnez pas cette peine, Keith. Merci pour tout.

— Soyez forte demain, dit-il. J'aurai de bonnes pensées pour vous.

Les funérailles se déroulèrent sans incident et la visite de deux jours auprès de Michael atteignit son but, réunissant la mère et l'enfant, et rassurant Torie quant au bonheur et à l'adaptation de son fils dans son nouveau décor. Comme toujours, le contact avec son fils lui fit connaître des moments de cafard et prendre conscience du vide que son absence creusait dans sa vie. La faible réaction de l'enfant devant la nouvelle de la mort de son grand-père la troubla et réveilla de vieux sentiments de culpabilité pour avoir privé son père de son petit-fils. Mais c'était ce que son père avait voulu, et malgré qu'il lui avait manqué énormément, il ne s'en était jamais plaint.

Dès son retour à la maison, le dimanche soir, Nielson téléphona, désireux de la rencontrer. Elle prétexta la fatigue.

Il insista sur le fait qu'il avait des questions importantes à discuter, de toute façon, et qu'il devait la voir. Il lui dit aussi qu'il ne pouvait traverser le lobby dans son costume de jogging et la persuada enfin de lui permettre l'accès par le sous-sol.

— J'ai téléphoné dès mon arrivée, dit-il, déposant sur le bar une enveloppe de papier rigide et se servant un brandy. Ta bonne m'a dit que tu étais partie à Santa Fe voir ton fils et que tu n'étais pas allée à ton bureau depuis mardi. C'est un coup dur, la mort de ton père. Toutes mes condoléances.

— Merci, ce ne fut pas ma meilleure semaine. Tu n'as qu'à me regarder.

Elle avait enfilé un jean et un chandail molletonné pour le recevoir et ne portait aucun maquillage; paraître séduisante était bien la dernière chose qui la préoccupait.

— Comment va Betsy?

— Bien.

Il s'assit en face d'elle.

— Donne-moi les dernières nouvelles.

— Nous sommes sur la bonne voie, répondit-elle. Mervin dit qu'aussi longtemps que nous sommes d'accord pour le renforcement d'acier, ils sont prêts à concéder les modifications que nous demandons. Un des commissaires aux plans veut que nous retranchions quatre étages, parce qu'ils projettent de l'ombre sur le parc pendant une demi-heure chaque jour, mais je suis certaine que sa demande sera rejetée. Nous devrions obtenir l'approbation finale et définitive avant la fin de ce mois. Tout le monde est impressionné par tes plans.

— Tout le monde sauf toi.

— Faux.

Elle croisa ses jambes sous elle et prit la position du lotus.

— Contrairement à ce que tu peux lire dans les journaux, mes projets ne sont pas tous extravagants et n'ont pas tous cent étages. Je suis emballée par le Rittenhouse North. Ce ne sera pas l'hôtel le plus colossal et le plus flamboyant du monde, mais ce sera l'un des plus beaux et des plus élégants... Une autre addition étincelante à la longue liste de triomphes de Nielson Hughes.

— C'est en effet ce qu'il sera, murmura-t-il, distraitement.

Son regard dériva vers sa poitrine avant de se fixer sur ses lèvres.

— Tu sais, je te préfère ainsi. Tu es beaucoup plus accessible sans toute cette cochonnerie sur ton visage.

— Nielson…

Elle se redressa sur sa chaise et appuya ses pieds sur le plancher.

— Je ne suis accessible ni ce soir ni aucun autre soir. Mon père est décédé il y a moins d'une semaine, ce qui devrait te renseigner sur mon humeur. Et ce qui s'est passé entre nous n'aurait jamais dû se produire. Tu es marié, nous aimons tous les deux Betsy et nous ne voulons pas la blesser. Me comprends-tu bien?

— Très bien, dit-il, se levant et marchant vers elle.

— Allons parler de cela dans l'autre chambre.

— Non.

Elle se leva et lui fit face les bras croisés.

— Je ne coucherai pas avec toi. Tu as dit que nous avions des questions importantes à discuter. N'était-ce qu'une ruse?

— Non. Mes besoins sont extrêmement urgents et personne ne peut les satisfaire mieux que toi.

— Approche-toi davantage et je crie.

— Quoi, et alerter les gardiens de sécurité?

Il allait la saisir lorsqu'un toussotement importun le figea.

Torie regarda en direction de la porte et blêmit.

— Ellory? s'exclama-t-elle. Que faites-vous ici?

— Oh, doux Jésus. Mon synchronisme a fait défaut toute la semaine.

L'agent de publicité enleva ses lunettes et les tripota nerveusement. Ses joues étaient rouges d'embarras.

— Le portier m'a dit que vous étiez seule et Ingrid m'a

laissé entrer. Je ferais mieux de partir…

— Ce n'est pas nécessaire, Monsieur Davis. J'allais lui souhaiter bonne nuit.

Saisissant le bras de Torie dans un geste des plus naturels, Nielson l'embrassa sur la joue.

— Les nouveaux plans sont dans l'enveloppe. Vous pourrez les faire parvenir à la commission dès que vous les aurez consultés.

— Oui — Merci. Je vais vous reconduire.

— Ne vous donnez pas cette peine, je connais le chemin.

Après un geste d'adieu, il disparut par la porte du vestibule, la laissant pantoise.

— Devrais-je m'en aller? demanda Ellory, s'installant dans un fauteuil.

— Bientôt, s'il vous plaît. Je suis heureuse de vous voir mais je suis épuisée.

Elle se laissa tomber sur le divan, soulagée d'être débarrassée de Nielson, mais consciente du nouveau problème qui s'était créé. Elle fixa son vieil ami d'un œil curieux, attristée par le sentiment qu'elle ne le reconnaissait plus. Au cours des années, elle l'avait vu devenir progressivement esclave de son habitude, mais elle avait toujours senti qu'il gardait le contrôle de lui-même. Ce n'était maintenant plus le cas. Depuis quelques mois, il semblait constamment agité, excité et il était presque impossible de lui parler. Une fois, alors qu'elle lui avait offert de passer quelque temps dans une clinique de désintoxication à ses frais, il était devenu quasi apoplectique et lui avait crié de rester en dehors de sa vie privée.

— À quoi pensez-vous, Ellory?

— À quoi je pense? Après cette scène dont je viens juste d'être témoin? Réalisez-vous les conséquences que pourrait avoir un scandale sur vos carrières? Qu'arriverait-il si cela s'ébruitait?

— De quoi parlez-vous?

— Ne jouez pas à la sainte-nitouche. J'ai entendu sa

remarque à propos de votre habileté à satisfaire ses besoins. Je doute qu'il faisait allusion à votre cuisine.

— Très drôle.

Elle haussa les épaules.

— Nous avons eu une brève liaison il y a des années, lorsque nous étions des enfants. Grosse affaire.

Son front se plissa sous la colère.

— Pour qui me prenez-vous, Torie? Je sais ce que j'ai entendu et ce que j'ai vu. Je sais aussi que vous avez dû le laisser entrer par le sous-sol afin que le portier ne le voit pas. Était-ce pour discuter de néo-classicisme?

— Ellory, vous dépassez les bornes. Dites ce que vous avez à dire et rentrez chez vous.

— Je suis venu vous donner quelques idées pour l'article de McGarren, dit-il, la pointant du doigt, mais vous feriez mieux de m'écouter. Vous jouez avec des explosifs, en faisant l'idiote avec cet homme. Nous ne parlons pas des journaux du coin, mais bien de manchettes internationales : LE TRIANGLE DI ANGELO-HUGHES! L'ÉPOUSE PARAPLÉGIQUE REFUSE...

— Fermez-la, Ellory. Je n'ai pas besoin de vous pour me créer des problèmes. Au cas où vous l'auriez oublié, je viens de perdre mon père et je ne suis pas d'humeur à entendre un sermon. Au fait, où étiez-vous toute la semaine dernière? N'auriez-vous pas pu au moins m'appeler?

— Pourquoi? Vous cherchez de la sympathie? Ouvrez le dictionnaire. Vous en trouverez entre «sexe» et «syphilis».

Ses doigts martelaient la table.

— Je ne vous ai pas téléphoné parce que je ne suis pas un hypocrite. Je suis désolé que votre père soit mort mais, de mon point de vue, c'est la meilleure chose qui pouvait arriver. Il ne sera plus là pour rappeler aux gens son casier judiciaire, et votre sœur au visage de babouin ira s'enfermer dans un couvent. Débarrassé de ces deux perdants, mon travail n'en sera que plus facile.

Le visage de Torie devint tout pâle. Elle se leva d'un

mouvement incertain et parla d'une voix qu'elle ne contrôlait plus :

— Je n'apprécie pas ces remarques. Vous feriez mieux de partir immédiatement.

— Je m'en vais, dit-il, se levant. Mais je vous avertis, cessez de faire la minette avec Hughes. J'ai ma propre réputation à protéger. Que je sois damné si je dois travailler pour une putain et un mari infidèle!

— Une... quoi? lâcha-t-elle. Qu'avez-vous dit?

— Votre ouïe est parfaite. Vous m'avez bien entendu.

— Vous n'aurez plus à vous préoccuper de votre réputation, répliqua-t-elle, tremblante de colère. Vous êtes congédié!

— Congédié!

Il se retourna pour la défier.

— Vous ne pouvez pas me congédier.

— Je viens de le faire. À l'instant même.

— Qu'il en soit ainsi.

Il fit quelques pas en direction de la porte, puis s'arrêta et pivota sur lui-même, le visage déformé par l'amertume.

— Vous n'étiez qu'une petite rien du tout lorsque je vous ai trouvée. Vous aviez l'allure d'une putain et juriez comme un matelot. C'est moi qui vous ai enseigné comment vous habiller; je vous ai raffinée, polie, fabriquée à partir de la boue et le la glaise. Je nourrissais de grands projets pour vous — pour nous deux — jusqu'à la Maison-Blanche. Il est trop tard pour cela maintenant. Tout ce que j'ai fait pour vous — les heures que j'ai consacrées à faire de vous ce que vous êtes actuellement, les années passées à travailler sans relâche et à utiliser mes amis et mes contacts — rien de tout cela n'a d'importance à vos yeux maintenant que vous êtes bien calée sur votre trône. Bien, souvenez-vous de cela, Madame la Riche-Putain : je vous ai élevée jusque-là, je peux vous faire dégringoler aussi vite.

— Allez au diable! Disparaissez de ma vie!

Elle lui claqua la porte au nez et retourna dans sa chambre, blanche de rage.

Qu'il fasse donc ce qu'il veut. Rien ne serait pire qu'une autre minute de son langage vicieux.

Torie venait juste de se mettre au lit, cette nuit-là, lorsque le téléphone sonna.

— C'est Nielson, dit la voix. Je ne t'ai pas réveillée, n'est-ce pas?

— Non. Je suis désolée au sujet d'Ellory. Il n'avait pas le droit d'entrer comme il l'a fait — même s'il m'a sauvée. Nous avons eu une terrible dispute après ton départ.

— À propos de quoi?

— Il disait que nous entretenions une liaison et que cela pourrait compromettre sa réputation. Il s'est permis des remarques impardonnables et je l'ai congédié. J'aurais dû le faire il y a longtemps.

— Va-t-il raconter des choses à notre sujet?

— Il n'y a rien à raconter. C'est terminé.

— Ne sois pas idiote. Je veux te voir — maintenant.

— Nielson, comment pourrais-je pénétrer dans l'épaisseur de ton crâne? Comment pourrais-je te faire comprendre?

— En me laissant venir chez toi. Je ne suis qu'à deux pâtés de maisons. Je serai là dans cinq minutes.

— Non. Je ne te laisserai pas entrer.

— Pourquoi? Je sais que tu éprouves des sentiments très forts pour moi.

Elle demeura silencieuse pendant un instant. Puis elle répondit lentement :

— J'éprouvais des sentiments très forts à ton égard. Je pensais être amoureuse de toi depuis la première nuit que nous avons passée ensemble. Même mariée, je rêvais souvent à toi. J'ai suivi ta carrière et son ascension fulgurante. Ironiquement, c'est Ellory qui m'a convaincue d'essayer de te ramener à Philadelphie. Il savait que nos plans pour le Rittenhouse North rencontreraient de l'opposition, et il sentait que si nous pouvions engager le meilleur architecte au monde, nous avions

509

des chances de réussir.

— J'applaudis sa sagesse.   Puis tu as rencontré Betsy
— et tout d'un coup tu as cessé de m'aimer?

— Je ne cesserai jamais de t'aimer, Nielson. Je veux que
nous soyons toujours des amis. Mais, oui, mes sentiments ont
changé après ma rencontre avec Betsy.

— Alors tu ne connais pas Betsy. Tu ne réalises pas
qu'elle comprendrait et ne nous en voudrait pas — ni à l'un ni
à l'autre. De plus, je ne tiens pas plus que toi à la faire
souffrir. Écoute, je déteste cette communication à distance.
Pourquoi ne me laisses-tu pas entrer dans ton foutu sous-sol?

— Non.

— Très bien. Tu es fatiguée et tu veux te reposer. Mais
nous serons ensemble bientôt, parce que nous nous appartenons
mutuellement et que nous le savons. Personne ne te mérite
plus que moi et vice versa. Nous n'avons personne d'autre à
qui faire confiance. Et à cet instant précis, je souhaite tellement te faire l'amour, que je pourrais passer à travers un mur
de brique…

— Je vais raccrocher, dit-elle rapidement.   Nous en
parlerons demain matin.

36

Ce lundi matin fut littéralement chaotique. L'ego de Paolo Cava avait grandi en proportion directe avec le développement de la tour Di Angelo et, lorsqu'il advint qu'une section du nouvel édifice ne fut pas à son goût, il donna l'ordre de la démolir au complet. Malgré de sévères confrontations avec le directeur du projet et l'ingénieur responsable de la structure, il refusa de changer d'idée et Torie dut intervenir et proposer un compromis.

Le projet de Penn's Landing, quant à lui, était dans une totale impasse. Considérant les colères répétées de Cava qui ne respectait plus aucune contrainte budgétaire, considérant qu'elle détestait perdre de l'argent, et considérant surtout le fait qu'elle ne pouvait obtenir d'engagement formel de la part des locataires qu'elle désirait mettre sous bail, elle dut se résigner à abandonner ce projet et en avisa le maire, son personnel et tous ceux qui étaient concernés.

En même temps, son téléphone ne dérougit pas et les invitations fusèrent de partout — invitations à parler, à présider des dîners, à prendre la tête de campagnes, à siéger à des conseils d'administration, à des réceptions chez des gens qui n'étaient pas venus aux siennes. Il y avait les avocats et les poursuites judiciaires (deux où elle agissait à titre de demanderesse et quatre à titre de défenderesse), les réunions à l'intérieur de sa propre entreprise, une visite du commissaire aux plans de la ville, une enchère pour acquérir une ligne aérienne, et les négociations habituelles entourant le cours de ses affaires.

Torie ne se rendit compte de son trente-sixième anniversaire de naissance que le jour où Peggy lui tendit un écrin de velours contenant une broche en or représentant un petit cochon. Rayonnante, elle l'épingla à son col, étreignit Peggy et se remit aussitôt au travail.

Le comptable passa la voir et confirma qu'il avait fait le nécessaire au sujet de l'indemnité de départ d'Ellory et des autres détails de sa «démission». Puis, Jane l'informa que la compagnie Design Arts avait terminé la fabrication de la maquette du centre Di Angelo et qu'elle était prête à la livrer.

— Faites-la livrer à mon appartement, dit Torie. Je ne veux pas qu'on la voie avant que nous fassions notre annonce officielle.

Plus tard cette journée-là, dans sa salle de conférences, elle eut une discussion concernant le centre avec ses deux architectes principaux, son directeur de projet, deux avocats et un représentant de la Corporation Goldman. Son ancien beau-père avait rompu toute relation après l'incident du feu à la plaza Di Angelo, mais maintenant, six ans plus tard et ne pouvant se permettre d'ignorer les contrats générés pas les affaires de Torie, Mort Goldman s'était montré suffisamment pragmatique pour oublier leur différend et reprendre les négociations.

La réunion allait prendre fin lorsque Torie reçut un appel frénétique l'enjoignant de retourner à son bureau. S'excusant, elle courut dans le corridor, se demandant d'où provenait tout ce remue-ménage — jusqu'à ce qu'elle entendît la voix coléreuse de Nielson.

— Voici enfin la version féminine de Judas! cria-t-il, comme elle passait le seuil de la porte. Espérais-tu me passer sous le nez ton foutu centre Di Angelo?

— Jane, je vais parler à M. Hughes seul à seul.

512

— Volontiers.

La secrétaire sortit rapidement de la pièce.

Torie se tourna vers lui, feignant le calme.

— Voudrais-tu cesser de crier? Je savais fort bien que tu finirais par le découvrir. J'allais t'en parler moi-même cette semaine. Pourquoi toute cette excitation?

— Tu le sais très bien! Crois-tu que je veuille que mon hôtel fasse partie d'un minable parc d'amusement? Crois-tu que je veuille que mon nom soit associé à la démolition des monuments historiques de la ville afin d'ériger ces installations de plomberie géantes que tu appelles des édifices? Lors de la conférence de presse, un journaliste a demandé quelle partie de la place tu prévoyais reconstruire et je l'ai pris pour un fou! Il semble aujourd'hui que ce soit moi le pauvre fou!

— Tu n'es rien de la sorte. Je ne sais pas qui t'a raconté tous ces mensonges...

— Je vais te le dire qui. Ton ancien copain, Ellory Davis, raconte partout qu'il t'a laissée tomber hier soir parce qu'il ne pouvait plus supporter ta duplicité. Il m'a donné tous les détails de ton abominable complot contre cette femme, Rawley French, qui m'a téléphoné — et heureusement qu'elle l'a fait. Je reprends mon nom, mes plans et ma réputation, et je m'en vais le plus loin possible de cette ville.

Il se dirigea vers la porte.

— Je vais le bâtir, mon hôtel, mais pas sur la place Rittenhouse!

Torie eut l'impression que son sang cessait de circuler dans ses veines.

— Attends — s'il te plaît! Tu dois m'écouter!

Il se tourna et lui lança un regard mauvais.

— Où est-ce écrit?

— C'est vrai, Nielson, je ne t'ai rien dit au sujet du centre. Je voulais attendre de pouvoir te montrer les plans. Mais je te le jure, ils n'ont rien de minable. Cela va être un développement spectaculaire et luxueux — contemporain, oui, mais avec les meilleurs matériaux, les meilleurs plans et de très

513

bon goût. Et au centre, se trouvera le joyau du complexe : le classique, l'élégant Rittenhouse North.

— Aussi perdu que de la soie sur la croupe d'une truie.

— Il ne sera pas du tout perdu. Souviens-toi lorsque le centre Pompidou fut construit en 1976. Les Parisiens se plaignaient qu'un édifice moderne jurerait au sein de toute cette architecture traditionnelle. Pourtant, aujourd'hui, les gens parcourent des milliers de kilomètres pour le voir, les Français l'adorent et tout le secteur en a profité. Ton hôtel aura le même impact, à l'inverse. Une structure classique au milieu d'un éclatant complexe postmoderne — un merveilleux contraste à son environnement, et un monument permanent à la grandeur et à l'universalité de ton style.

Il ne succomba pas à la flatterie.

— Les termes de notre entente me permettaient de me retirer de ce projet dès que ton attitude deviendrait «insupportable», et c'est aujourd'hui le cas. Ton attitude n'est pas seulement insupportable, elle est indescriptible. Le simple fait que tu veuilles délibérément exercer une telle profanation — que tu puisses seulement penser à détruire ces chefs-d'œuvre...

— Oui, je peux y penser.

Sa patience s'évanouissait rapidement.

— Et Mme Rebecca Rawley French sait ce qu'elle peut faire avec ses bien-aimés immeubles pourris. Les partisans de la préservation — ces vulgaires nécrophiles! Ils ne comprennent rien au présent et au futur.

— Et toi? Que comprends-tu au passé?

— Que c'est terminé. Mort. Fini. Mais cela ne veut pas dire que le Rittenhouse North ne... Nielson, où vas-tu? Tu ne peux pas t'en aller ainsi!

— Qui va m'en empêcher?

Il se retourna une dernière fois avant de franchir la porte.

— Vas-y, construis ton Coney Island illuminé. Construis ton hôtel superprofilé comme tu le veux. Fous-toi des gens. Fous-toi de l'environnement. Fous-toi de ce qui nous relie au passé. Accroche-toi au bruit des boîtes de verre, de l'acier dur et froid, des blocs de granite. Fais briller le sacro-saint DI ANGELO sur la façade et engage un orchestre qui chantera «Hommage au chef» chaque fois que tu traverseras le lobby. C'est ce que tu veux, n'est-ce pas? C'est ce que tu as toujours voulu. Tu avais besoin de mon nom pour obtenir les approbations municipales, mais tu ne t'es jamais intéressée à mes plans — autant lorsque nous avons travaillé ensemble il y a quinze ans que maintenant. Et si tu essaies de prétendre le contraire, tu n'es qu'une sale menteuse!

Trop ahurie pour répliquer ou protester, elle le regarda quitter les lieux d'un pas rapide, la colère sur le visage.

Torie passa les deux journées suivantes en consultation mouvementée, expliquant ce qu'elle désirait à son personnel. Ses conseillers s'opposèrent à l'idée d'engager un autre gros nom pour remplacer Nielson, et elle leur donna raison. Son propre architecte en chef était familier avec le projet et le mercredi soir suivant, en fait, les ébauches du nouvel hôtel — qui retiendrait les meilleures éléments des plans de Nielson — furent sur les planches à dessin.

Selon les termes de l'entente, Nielson garderait les cinq millions de dollars du dépôt initial à titre de compensation pour ses efforts avortés et jouirait du libre usage de ses plans. Mais le Rittenhouse North redessiné conserverait secrètement les bénéfices de plusieurs de ses idées et elle s'assurerait que son nom reste lié à celui-ci. Il pourrait difficilement engager une poursuite pour protester contre l'utilisation illégale de son nom propagée de bouche à bouche.

Le projet subirait de légers délais pour permettre la préparation des nouveaux plans mais, cette fois, l'hôtel inclurait le décor excitant du centre Di Angelo dans son entier et se marierait avec les autres édifices. Les plans de tout le complexe seraient soumis à l'approbation municipale dès leur achèvement.

Ses avocats craignaient une opposition féroce, même si Torie profitait d'un allié puissant en la personne du maire — qui aspirait toujours au poste de gouverneur. Au moins neuf des commissaires lui devaient des faveurs, pendant que cinq autres visaient des fonctions supérieures. En somme, la perspective d'obtenir l'approbation requise s'annonçait orageuse... mais possible.

Torie eut à peine le temps de prendre une douche, de passer une blouse et un pantalon bouffant, et de manger une salade en toute hâte avant l'arrivée de Keith, un peu après huit heures ce soir-là.

— Désolé d'être en retard, dit-il, lui tendant un petit four au chocolat. J'ai volé cela pour vous. Mac a été honoré à l'occasion d'une cérémonie au musée. Vous aviez reçu une invitation, n'est-ce pas?

— Oui, et je voulais m'y rendre, mais nous avons été débordés au bureau aujourd'hui — encore pire que d'habitude. Comment était-ce?

— Les mêmes vieux visages. Les mêmes platitudes. Les mêmes mains tendues. Mac a outragé tout le monde et signé un gros chèque. Les journaux vont le porter aux nues et nous vendrons un ou deux magazines. C'est à peu près cela.

— Je lui ferai parvenir un mot.

Elle mordit dans la pâtisserie et l'avala en quelques bouchées.

— Oh, c'est péché. Je sens déjà mes hanches s'élargir.

— Vos hanches sont parfaites.

Il s'approcha d'elle et lui prit les mains.

— Tout comme le reste. La semaine a été longue sans vous.

Leurs yeux se rencontrèrent. Elle connaissait ses sentiments parce qu'elle éprouvait les mêmes. Tout occupée qu'elle fût, il lui avait manqué énormément — sa chaleur, sa présence, son soutien, l'attirance mutuelle qu'il devenait de plus en plus difficile d'ignorer.

— J'ai à vous parler, dit-elle, se libérant doucement et

marchant en direction du salon. Ils s'assirent et elle demanda :

— Avez-vous appris que Nielson a donné sa démission du projet?

— J'ai entendu des rumeurs. J'assisterai à votre conférence de presse demain. Qu'allez-vous dire?

— Qu'il n'avait pas prévu que ce projet lui prendrait tout ce temps, qu'il avait d'autres engagements dont il ne pouvait se libérer, et qu'il a décidé — avec regret — qu'il valait mieux se retirer tout de suite que de devoir abandonner au beau milieu de la construction.

— Vous croyez que les médias vont acheter cela?

— Pourquoi ne devraient-ils pas?

— Ce que j'ai entendu est que vous n'aimiez pas ses plans. Vous souhaitiez quelque chose de plus moderne. Vrai ou faux.

— Faux.

Elle secoua la tête pour mettre de l'emphase.

— Il faudrait être complètement idiot pour engager l'architecte le plus réputé du monde, lui payer des honoraires exorbitants, puis essayer de lui dire quoi faire. Nielson avait toute la latitude voulue pour donner libre cours à son génie. Ses plans n'étaient pas soumis à mon approbation et quiconque prétend le contraire est royalement dans l'erreur.

— Que s'est-il passé alors?

— Entre vous et moi?

— Vous connaissez notre accord.

— Bien, Nielson a été mis au courant du projet concernant le centre Di Angelo et il a explosé.

— Je le savais!

Keith se leva et fit quelques pas.

— Je savais que ce foutu projet finirait par faire des étincelles. Et vous ne l'avez même pas dévoilé encore. J'espère que vous allez analyser la situation de façon rationnelle.

— Que voulez-vous dire?

— Vous savez bien ce que je veux dire.

— Que je suis un monstre? Que nous devrions garder à cette ville son allure de cimetière — une ville à jamais prisonnière de son passé? Je n'en peux plus de supporter cette adoration morbide de l'antiquité, et je suis fatiguée de me faire répéter que je ne devrais pas insuffler une vie nouvelle à cette ville. Pour l'amour de Dieu, que reproche-t-on à la nouveauté?

— Rien. Mais il faut se poser des questions avant de détruire l'ancienneté.

— La nostalgie pour la nostalgie ne vaut rien. Je ne m'attends pas à ce que tout le monde partage mes goûts en ce qui concerne les immeubles, pas plus que vous ne vous attendez à ce que tout le monde soit d'accord avec ce que vous écrivez. L'architecture, de par sa nature, implique que les idées de quelques-uns soient imposées à la majorité. Même la place Rittenhouse a soulevé de l'opposition lorsqu'elle a été conçue, à l'origine. Si nous essayions de plaire à tout le monde, nous serions encore en train de ramper dans des cavernes.

— Peut-être.

Il essaya de ne pas laisser paraître ses appréhensions.

— Comment vous proposez-vous d'obtenir les modifications nécessaires au niveau du zonage?

— Les lois concernant le zonage sont une farce de nos jours. Partout, les municipalités savent qu'elles doivent se concilier les promoteurs si elles espèrent se développer. Les règlements de zonage ne sont plus que des points de négociation. Par exemple, j'accepte de prévoir une venelle publique et quelques autres commodités, et la ville, en retour, augmente le ratio de proportion locative ou l'étendue de l'espace à bureaux. Le tout se fait en relation avec le nombre de mètres carrés du terrain.

— Tout devient de la négociation avec vous.

— Pourquoi pas? La négociation est ce que je fais de mieux. J'expliquerai également aux commissaires la nécessité de donner un nouvel élan à l'industrie de la construction et d'attirer les entreprises de New York avec des loyers moins élevés. Je mettrai l'accent sur le fait que le centre Di Angelo créera des milliers de nouveaux emplois et générera de nouveaux revenus provenant des taxes, en plus d'enorgueillir la ville de la plaza la plus excitante et la plus avant-gardiste du monde.

— Vous devrez convaincre au moins quatre commissions. Avez-vous des amis dans chacune d'elles?

— Entre vous et moi, bien sûr. Je vais rappeler mes services. Je ne fais rien d'illégal. Tout le monde joue de cette façon.

— Jeu étrange, ne trouvez-vous pas?

Il se rassit et la regarda.

— Votre père est allé en prison pour tentative de corruption; vous donnez de l'argent aux commissaires en échange de faveurs et devenez une célébrité nationale.

— Laissez mon père en dehors de tout cela. Il était sous le coup d'un stress énorme et contraint par un salaud. Quant à moi, il s'agit d'un tout autre problème. Êtes-vous en train de dire que je suis une criminelle?

— Bien sûr que non.

Il haussa les épaules.

— Vous ne faites que ce que la plupart des hommes d'affaires font chaque jour lorsqu'ils versent une contribution au fonds d'une campagne électorale, sachant pertinemment qu'ils achètent l'oreille attentive d'un politicien. Ou ce que le gouvernement des États-Unis fait lorsqu'il propose son aide à des pays étrangers en espérant y installer une base militaire.

— Alors pourquoi me bousculez-vous ainsi?

— Je ne fais que soulever des questions. Dans le cas de la place Rittenhouse, le vieux est bon et le neuf aussi; l'un ne devrait pas se faire au détriment de l'autre.

Il hésita, choisissant ses mots avec soin.

— Écoutez, j'en sais un peu plus à votre sujet. Peggy m'a raconté la fête d'anniversaire et les jeux de votre enfance. Mais ce n'est pas une raison pour laisser vos émotions contrôler votre raison. Pourquoi le centre Di Angelo doit-il absolument être érigé à cet endroit?

— Parce que c'est là que je veux qu'il soit. Vous feriez peut-être mieux de rentrer chez vous, dit-elle, d'un air las. Je n'ai pas le cœur à me disputer.

— J'ai encore besoin de quelques informations à votre sujet et je ne partirai pas avant de les avoir obtenues.

Il posa son magnétophone sur la table.

— Maintenant dites-moi, lorsque vous étiez une enfant...

Le ressentiment se retira tout doucement de la voix de Torie comme elle se rappelait les premières années de son enfance, parlait de Frankie, de la façon dont elle mémorisait ses livres techniques et lui posait mille questions, de son père qui prétendait que le marché immobilier n'était pas pour les femmes, de son accession graduelle à la tête de l'entreprise familiale... même du rôle de Tony dans la chute de son père.

Plus elle parlait, plus elle se sentait désarmée par les yeux pénétrants de Keith. Leur petit accrochage avait montré qu'ils pouvaient être en désaccord, mais qu'ils pouvaient aussi accepter leurs différences et ne pas les laisser diluer les sentiments qu'ils éprouvaient l'un pour l'autre — sentiments qu'il devenait extrêmement difficile d'ignorer. L'attirance gagnait en intensité, la distrayait... lui faisant oublier ses mots et la rendant confuse au milieu de ses phrases. Si seulement ses yeux arrêtaient d'émettre des signaux et de vagabonder partout sur son corps...

Le carillon du vestibule sonna dix heures, et Ingrid vint les saluer avant de partir.

— J'ai failli oublier, madame. Ce gros paquet que vous attendiez est arrivé ce matin. Je l'ai mis sur la coiffeuse dans la chambre d'amis.

Torie sauta sur ses pieds.

— C'est la maquette que j'attends depuis une semaine. Allons la voir, Keith.

Il la suivit à travers le vestibule, incapable d'ignorer le contour flou de son slip sous son pantalon. Il était convaincu qu'il était rose et brodé de dentelle, mais eut-elle porté un boxer-short vert que tout eût été parfait, de toute façon.

Elle ferma la porte et alluma la lumière, puis déchira le papier brun de ses mains tremblantes. Quand elle eut fini de tout déballer, elle recula et resta muette d'admiration. Devant elle s'étendait une réplique à l'échelle de la rue Walnut, à la hauteur de la place Rittenhouse, représentant exactement ce qu'elle avait imaginé : une tour à bureaux de quarante étages en granite rouge et verre teinté noir, un spectaculaire centre commercial recouvert d'un dôme et un pont permettant l'accès au parc. Le Rittenhouse North, modelé selon les plans de Nielson avant qu'il ne démissionnât, avait une allure élégante et aristocratique — quoique, comme il l'avait prévu, surpassé par ses voisins étincelants.

— Oh, mon Dieu, Keith, n'est-ce pas fantastique? Avez-vous déjà vu quelque chose de plus stupéfiant?

Sa main incertaine caressa la flèche de plâtre, se promenant le long de la hampe, imaginant sa froide rigidité, son vigoureux élan vers le ciel.

— Il y a si longtemps que j'attends ce moment...

Il se tint derrière elle, la regardant se délecter dans sa vision, sentant son exaltation... et avant qu'il ne s'en rendît compte, ses mains furent sur ses bras, glissant sur les plis soyeux de ses manches. La chaleur et l'énergie de son corps étaient presque tangibles lorsqu'elle frissonna à son contact. S'approchant davantage, il promena légèrement ses lèvres sur sa nuque, puis ses mains atteignirent ses hanches, remontant lentement vers ses seins.

Elle renversa la tête en arrière lorsqu'il entreprit de lui enlever sa blouse, puis son soutien-gorge; elle ferma les yeux lorsque ses vêtements glissèrent de ses épaules et tombèrent sur le sol. Il la surveilla, silencieux, hypnotisé, lorsqu'elle se retourna face à lui, descendit la fermeture éclair de son pantalon, l'enleva et se tint là, ne portant que son slip, minuscule, rose, tout de dentelle. Sa poitrine était surprenante pour une femme si menue et elle était encore plus désirable qu'il ne l'avait imaginé.

Il la prit dans ses bras et leurs bouches se rencontrèrent dans l'expectative vibrante et érotique d'un premier baiser.

— Torie, murmura-t-il, ses mains caressant toute la surface de son dos. Je me suis torturé si longtemps à ton sujet. Tu dois savoir quels sont mes sentiments envers toi.

— Et, moi aussi... je veux m'abandonner à toi. Mon cœur... mon être... tout.

Ses mouvements annonçaient l'urgence; il la porta sur le lit et ferma la lumière. Puis il se débarrassa rapidement de ses propres vêtements et s'allongea près d'elle dans l'obscurité. Sentant la chaleur de sa nudité, il entreprit d'explorer la chair onctueuse de son entrecuisse.

— Tu es étonnante, dit-il. À la fois si compliquée et si simple. Sous toute cette dureté et cette insensibilité, il y a une douce et vulnérable femme-enfant qui souhaite ardemment être aimée pour elle-même — et aimer en retour. Je l'ai su le jour où nous nous sommes rencontrés.

— Keith... Je sais seulement que je veux t'appartenir.

Ses mots l'enflammèrent. Il embrassa son ventre accueillant et descendit plus bas, sachant instinctivement comment lui plaire, prenant plaisir à ses faibles gémissements et les prolongeant.

Quand il se sentit bout de résistance, il se redressa et la pénétra, savourant sa réponse heureuse et libérée. Ses mouvements étaient doux; il embrassa ses yeux, ses joues, ses lèvres, son menton, et répétait son nom en lui faisant tendrement l'amour. Leurs corps s'arquèrent et se balancèrent, trouvant leur propre rythme. Quelquefois, il s'arrêtait pour reprendre contrôle, lui disant qu'il voulait que cela durât éternellement... puis il recommençait ses mouvements lents, prolongeant leur plaisir jusqu'à la limite.

— Envole-toi avec moi, ma chérie, murmura-t-il enfin, et il s'empara de ses lèvres, se laissant aller, plongeant en elle encore et encore dans un état d'abandon total, jusqu'à ce que sa faible et roucoulante complainte se transformât en un cri qui les envoya tous deux par-dessus bord.

Quelques instants plus tard, étendus et enlacés dans l'obscurité, il repoussa ses cheveux de son visage.

— Tu es ma femme, Torie, dit-il. À partir de maintenant, tu m'appartiens.

37

Le jeudi, à dix heures du matin, vingt-quatre journalistes s'entassèrent dans le bureau de Torie pour l'entendre lire un communiqué de presse préparé à l'avance au sujet de la démission de Nielson Hughes. L'hôtel Rittenhouse North, redessiné, était toujours en cours de préparation, annonçat-elle, et dans quelques semaines, aussitôt que les plans seraient achevés, ils seraient accessibles au public, en même temps que la maquette de son projet de rénovation de toute la place.

Les rumeurs concernant la nouvelle plaza s'étaient largement répandues et les journalistes l'assaillirent de questions, auxquelles elle refusa poliment de répondre. Ginny Goodwin, une jeune femme attachée à son personnel, qui s'occupait des relations publiques depuis le départ d'Ellory, s'apprêtait à mettre fin à la conférence de presse lorsqu'une clameur s'élevant de l'entrée attira l'attention de tout le monde.

Torie, abasourdie, regarda Rebecca Rawley French, drapée de crêpe noir retenu par une énorme broche de diamant à l'effigie d'un aigle, et accompagnée par un homme au visage rondelet, se frayer un chemin à travers la cohue et s'avancer vers elle. Arrachant le micro des mains de Ginny, elle parla d'une voix claire et puissante :

— Mesdames et messieurs de la presse. Mon nom est Rebecca Rawley French. (Pause.) Mon fils, Silas Rawley

French, et moi-même sommes venus ici aujourd'hui afin de sauver Philadelphie.

Ginny sembla sur le point de succomber à la panique, mais Torie lui fit signe de laisser parler la femme.

— Je suis née et j'ai été élevée ici, proclama la douairière, comme le furent mon fils, mes petits-fils et arrière-petits-fils — aussi bien que mes parents, grands-parents et arrière-grand-parents, avant moi. Je représente six générations de French et sept générations de Rawley, et mes augustes parents et moi-même n'avons pas l'intention de laisser cette femme dévaster notre ville bien-aimée sans nous battre.

Elle respira profondément, leva le menton et reprit son monologue :

— Hughes n'a pas donné sa démission parce qu'il avait d'autres engagements ailleurs. Il a démissionné parce qu'il a découvert ses plans pour la place Rittenhouse — plans qui prévoient la destruction, non pas de deux, mais de quatre structures vénérables sur la rue Walnut — tout le pâté de maisons, en fait, à l'exception de la bibliothèque de la Société historique, laquelle, grâce à Dieu, n'était pas à vendre.

«À la place de ces monuments classiques, poursuivit-elle, Mme Di Angelo prévoit ériger des structures d'acier modernes et de mauvais goût, en contradiction flagrante avec tout ce que la place Rittenhouse et les habitants de Philadelphie vénèrent. Elle se prépare de plus à donner son propre nom à cette atrocité — le nom même de son père, un ancien repris de justice qui a fait de la prison. Niez-vous mes déclarations, Madame Di Angelo?

Les yeux flamboyants, Torie reprit le micro. Elle allait commencer à parler lorsqu'elle vit le visage de Keith au milieu de la foule; sa colère disparut instantanément.

— Permettez-moi de vous rappeler qu'il s'agit de *notre* conférence de presse, et je n'ai pas l'intention de m'abaisser à injurier qui que ce soit. Mme French a le droit de poser des questions, non de proférer des injures. Lorsque je serai prête, je répondrai à ses allégations, honnêtement et complètement, et je m'attends à la même attention de la part des médias. Jusque-là, chers amis, je vous souhaite une bonne journée.

Ginny débrancha vivement le microphone, accompagna Torie qui quitta la pièce par une porte de côté, puis revint pour dissiper la foule. Les journalistes se rassemblèrent autour de Mme French et de son fils, approchant leurs micros, gribouillant des notes, prenant des photos. Keith McGarren sortit du bureau et se rendit dans le bureau de Peggy où il trouva Torie entourée de quelques membres de son personnel, discutant entre eux.

— Dieu soit loué, tu es ici!

Elle se précipita vers lui.

— As-tu vu ce vieux dragon saboter ma conférence de presse? Si je pouvais...

— Chut. Calme-toi. Y a-t-il un endroit où nous pouvons parler? Seuls?

— Oui.

Lui prenant la main, il remonta avec elle le corridor et ils entrèrent dans une pièce agréablement meublée, avec des chaises de salon, un sofa et une coiffeuse.

— C'est mon repaire secret. Lorsque les gens me font perdre mon sang-froid, je viens ici retrouver mes esprits.

— J'aurais aimé connaître cet endroit plus tôt.

Il ferma la porte et la prit par la taille.

— J'aurais voulu essayer ton divan réservé aux interviews.

— Ce n'est pas un divan réservé aux interviews, c'est une banquette-lit.

Elle passa ses bras autour de son cou.

— Tu essaies de me faire oublier mes idées meurtrières. Ai-je bien répondu?

— Tu as fait preuve de dignité et de maîtrise de soi, comme la grande dame que tu es.

— Vraiment? Tu dis cela sans parti pris?

— Absolument.

Il se pencha et toucha ses lèvres.

— Sans tenir compte du fait que je suis désespérément amoureux de toi. T'ai-je dit que tu me faisais plus d'effet que le pop-corn préparé au four à micro-ondes?

Elle se mit à rire et, dans le creux de ses bras, elle se détendit.

— Te verrai-je ce soir? Je vais faire préparer des steaks et des pommes de terre frites. Vers sept heures?

— Je serai là.

Il la relâcha doucement.

— Je dois retourner à mon bureau, mais tout d'abord une bonne nouvelle. Tony Silvano a été condamné sur les quatre chefs d'accusation. Il semble qu'il va passer un bon bout de temps derrière les barreaux.

— Alléluia! Finalement, le système judiciaire fonctionne. J'espère qu'il va passer le reste de sa vie en prison.

Elle sortit un mouchoir et lui essuya gentiment les lèvres.

— La mauvaise nouvelle est que je ne te verrai pas pendant huit heures. Et tu ferais mieux de ne pas sortir d'ici avec du rouge sur les lèvres. Les gens pourraient jaser.

— Un de ces jours, dit-il, lui embrassant les doigts, nous leur donnerons de quoi jaser.

DI ANGELO VEUT RASER LA PLACE RITTENHOUSE, répétèrent en chœur les gros titres du matin, pendant qu'on pouvait lire en sous-titre : «Hughes abandonne l'hôtel et retourne en Arizona.»

Torie était assise dans son lit, tenant le journal et lisant nerveusement :

Torie Di Angelo, la merveille de l'immobilier, veut mettre sa griffe sur la place Rittenhouse. Ou, selon ses opposants qui deviennent de plus en plus bruyants, mettre sa griffe sur les ruines de celle-ci. Comme si le fait de diriger un empire évalué à un milliard de dollars ne lui suffisait pas, il semblerait, selon une source digne de foi, que la fougueuse promotrice de trente-six ans serait sur le point de demander à la ville d'aplanir tout le côté nord...

Dégoûtée, elle jeta le journal par terre et se dirigea vers la douche. Comme il lui plairait de lancer elle aussi un peu de fumier. Il suffirait d'une brève déclaration à la presse à propos de sa consommation de cocaïne pour fermer la grande gueule d'Ellory et réduire le flot de ses invitations à toutes ces somptueuses soirées.

Quant à Rebecca French, elle se contenterait d'attirer l'attention sur son «auguste» histoire. Ses années d'enseignement privé; son appartenance à de nombreux clubs privés et à des sociétés de généalogie; son implication dans des causes impliquant strictement des Blancs, que ce soit au niveau politique ou philanthropique; les trois résidences qu'elle possédait dans des quartiers exclusifs — toutes des preuves d'une vie égoïste et chauvine basée sur le racisme et la bigoterie religieuse.

Mais remuer toute cette saleté ne ferait que troubler Keith. N'eût été son désir de conserver intacte l'image de dignité qu'il avait d'elle, elle se serait défendue comme un chat sauvage lors de la conférence de presse... et c'eût été une erreur. Keith était lui-même un descendant d'une famille éminente et, malgré son mépris de la fausseté et de l'hypocrisie, il partageait quelques-uns des sentiments de Rebecca French.

Torie se prit à souhaiter que leurs différences ne les séparent jamais. Ses sentiments pour lui étaient profonds, tendres et passionnés, et chaque instant passé près de lui les faisait croître davantage.

Pendant les quarante-huit heures qui suivirent, la presse continua de rapporter tous les faits et toutes les rumeurs qui circulaient autour du départ soudain de Nielson et des projets de Torie concernant la place Rittenhouse. Les tribunes libres furent envahies de commentaires, autant élogieux que méprisants; Clark DeLeon, de l'*Inquirer*, produisit un autre article à son sujet; les commentateurs de la télévision péroraient pour et contre elle. Presque tout les habitants de Philadelphie, sembla-t-il, avaient une opinion, et la plupart étaient défavorables. Comme pour ajouter au chaos, une autre bombe explosa — courtoisie de Connie Morris.

Torie était à la maison ce samedi matin, étudiant les plans révisés, lorsque Keith appela du hall d'entrée pour annoncer son arrivée immédiate. Au timbre de sa voix, quelque chose le préoccupait.

— Qu'est-ce qui ne va pas? demanda-t-elle, en ouvrant la porte.

— Tout!

Il marcha devant elle jusque dans le salon et déposa violemment, sur la table à café, une copie de *Celebrity Times*.

— J'aimerais bien que tu me dises ce qu'il y a vrai dans toute cette merde.

— Je ne sais pas, mon chéri. Je ne l'ai pas lue. Je t'avais prévenu qu'il fallait s'attendre au pire de la part de Connie Morris. Quand le magazine est-il sorti?

— Il est dans les kiosques depuis une heure. Mac m'a téléphoné et m'a dit que je ferais mieux de m'en procurer une copie. Avais-tu une liaison avec Nielson Hughes?

— Quoi?

Le sang lui afflua à la tête en entendant la question.

— Est-ce... qu'elle dit?

— Oui ou non? demanda-t-il.

— Chéri, tu ne peux...

— Réponds-moi!

— Laisse-moi le temps...

— Non, je ne te laisserai pas le temps de préparer tes mensonges. Je veux la vérité. Couchais-tu avec Nielson Hughes, oui ou non?

Elle se laissa tomber sur une chaise.

— Oui, dit-elle, dans un faible murmure, lorsque nous

étions très jeunes. J'avais dix-neuf ans et je me croyais amoureuse de lui. Nous nous sommes séparés mais j'ai continué d'avoir de l'affection pour lui longtemps après. Notre relation ne fut pas réglée dans mon esprit jusqu'au moment où je lui ai proposé cette commande. J'ai alors eu la chance de vraiment le connaître et de réaliser à quel point je m'étais trompée. J'avais aimé une fantaisie d'adolescente. Il n'était en rien l'homme que j'avais idéalisé.

— Connie Morris dit qu'il est retourné à Scottsdale parce que tu insistais pour qu'il demande le divorce et t'épouse.

— C'est un odieux mensonge! Keith, tu dois me croire. Même si j'avais été follement amoureuse de lui, et je te jure que ce n'était pas le cas, je n'aurais jamais rien fait qui pût blesser Betsy. Nielson a quitté la ville parce que Rebecca French lui a parlé du centre Di Angelo. Il était furieux que je ne lui en aie pas parlé et il ne voulait absolument pas que son hôtel soit entouré d'édifices ultramodernes. C'est la seule raison pour laquelle il est parti.

Keith soupira et se mordit la lèvre inférieure.

— Tu n'as donc pas dormi avec lui depuis... toi et moi...

— Comment aurais-je pu, répliqua-t-elle.

Sa voix était douce et implorante.

— Ne sais-tu pas à quel point tu es important à mes yeux? Crois-tu sincèrement que je pourrais me comporter avec toi... ce que nous avons vécu hier soir... et ne pas t'aimer de tout mon être?

— Non.

Il voulut s'approcher d'elle, mais la sonnerie du téléphone l'arrêta.

— Tu ferais mieux de répondre, mon amour. Si c'est un journaliste, dis-lui que l'article est truffé de mensonges et que tu prépares une déclaration.

— Dois-je répondre?

— Oui. Fais comme si tu étais en furie. Ta dénégation doit être annoncée avant même que le public n'aie le temps de lire ces foutaises et croire qu'il y ait la moindre vérité dans cet article.

Avec un soupir, elle décrocha le récepteur.

— Allo? Oui, c'est elle-même.

— De quel endroit? Scottsdale? Je suis désolée, je ne peux pas... je ne suis pas... oh, allo, Nielson.

La voix à l'autre bout du fil était enragée.

— As-tu lu cette cochonnerie de merde appelée *Celebrity Times*?

— Oui, je l'ai vue. En fait... je ne l'ai pas lue mais j'en connais le contenu. Je vais parler à mes avocats et faire émettre une déclaration de déni total.

— Déni? Comment peux-tu nier que nous entretenions une liaison? Et si elle avait des preuves?

— C'est impossible.

Elle jeta un regard furtif en direction de Keith, espérant qu'il n'entendît pas son interlocuteur.

— Je ne peux pas te parler pour l'instant. Je dois...

— Tu as raison. Nous ne devons pas parler au téléphone. Mon avion attend. Je devrais être chez toi au cours de l'après-midi.

— Mais pourquoi? C'est stupide!

Le ton de sa voix marqua la panique.

— Je ne veux pas te voir et nous n'avons rien à discuter. Tu ne peux pas quitter Betsy maintenant. Elle doit souffrir terriblement de tout cela et ta place est auprès d'elle. Fais une déclaration à la presse à l'effet qu'il s'agit d'un ignoble mensonge — pure invention que Connie a probablement obtenue auprès d'Ellory — et téléphone à tes avocats. Ta présence ici ne ferait qu'empirer les choses.

— C'est idiot. J'ai quelque chose d'important à te dire.

Un déclic soudain mit fin à la conversation.

Marmonnant des injures, elle replaça le récepteur et se tourna vers Keith, confuse.

— Je... je suis navrée. Je n'ai aucune idée de ce qu'il veut venir faire ici, à moins — à moins qu'il veuille que nous fassions une dénégation conjointe et solidaire.

— Ou une confession? Ce coup de téléphone, le premier soir que je suis venu ici — le type qui n'acceptait pas un non — était-ce encore Hughes?

— Oui, mais ce n'était pas ce que tu penses. Il voulait seulement…

— J'imagine ce qu'il voulait!

Serrant les poings, Keith quitta la pièce et claqua la porte d'en avant.

Torie retrouva ses esprits et téléphona aussitôt à Scottsdale, avisant qu'elle serait absente de la ville et dans l'impossibilité de voir M. Hughes cette journée là ou tout autre journée dans l'avenir. Puis, notifiant à Ingrid de prendre les messages et de ne dire à personne où elle se trouvait, elle prit quelques affaires de première nécessité et se rendit à son bureau.

Étalant sur son bureau tous les dossiers et tous les plans relatifs au centre Di Angelo, elle essaya d'oublier sa misère en se forçant au travail, consacrant le reste de la journée à lire, à réviser, à prendre des notes, à faire des ajouts, des modifications… son cerveau fonctionnant, mais le cœur détaché de ce projet qui avait déjà tenu une importance capitale dans sa vie. Finalement, trop fatiguée et trop déprimée pour même se dévêtir, elle prit une Valium, s'étendit sur le sofa dans son bureau et s'endormit.

Le dimanche, en fin de matinée, après quatre heures supplémentaires de travail acharné sur les plans, sans que fût ravivé son enthousiasme d'antan, elle s'habilla et retourna chez elle, confiante qu'elle s'était éloignée suffisamment longtemps pour éviter Nielson — au cas où il eût été assez têtu pour venir à Philadelphie malgré son avertissement.

Elle ne pouvait s'empêcher de penser à Keith… cherchant le moyen de lui faire comprendre… à quel point Connie Morris, Ellory Davis, Rebecca French et tous les autres personnages vicieux qui l'entouraient, avaient peu d'importance en comparaison des sentiments qu'elle éprouvait pour lui.

C'était pourtant lui qui l'avait accusée — condamnée sans lui laisser le temps de se défendre, et qui était parti, rouge de jalousie. Non, qu'il aille au diable! Elle avait sa fierté. C'était à lui de faire les premiers pas et de présenter des excuses.

Elle tourna la clé dans la serrure, ouvrit la porte de son appartement, et recula sous le coup du choc. Nielson Hughes se tenait dans l'encadrement de la porte du salon, l'allure toujours aussi arrogante et autoritaire, plus beau que jamais, ses yeux bleus lançant des éclairs.

— Veux-tu bien me dire où tu étais?

— Ça ne te regarde pas. Je t'ai averti de ne pas venir ici. Comment se fait-il qu'Ingrid t'ait laissé entrer?

— Parce que je lui ai dit que c'était urgent et ça l'est. Maintenant, cesse de te comporter comme une prima donna et suis-moi dans le salon. J'attends depuis quarante minutes et j'ai quelque chose à te dire.

Renfrognée, enragée et frustrée que son plan élaboré pour l'éviter ait lamentablement échoué, elle le suivit. Si elle s'était donné la peine d'y réfléchir, elle aurait réalisé qu'il n'arrivait jamais nulle part à l'heure fixée, même en avion.

— Qu'attends-tu de moi?

— As-tu lu l'article?

— Oui, je l'ai lu. C'est une saleté du début à la fin.

— Tu m'étonnes. As-tu songé aux conséquences que cela aura sur ma carrière?

Toujours le même, ne pensant qu'à lui.

— Comment cela pourrait-il affecter ta carrière? Les gens en parleront pendant cinq minutes et ce sera tout. Des histoires de journaux. Du bavardage de salle de douches. Ton travail n'en est pas moins brillant. Tu es et continueras d'être un grand architecte.

— Au contraire. Mon travail est brillant parce qu'il s'appuie sur l'intégrité et la pureté. Il est la quintessence de mon être — un reflet de mes valeurs et des principes auxquels je crois. Les gens m'admirent parce qu'ils savent que ma vie

534

privée est aussi transparente et pure, ou l'était jusqu'à maintenant, sans la moindre trace de scandale — aucune démarcation entre ce que je construis et ce que je suis.

Elle le fixa d'un œil irritable.

— Quelle idiotie, Nielson. Comment peux-tu me dire une telle chose? Où veux-tu en venir?

— Notre secret n'est maintenant plus un secret. Le public sait que deux personnes célèbres et fascinantes, dans la fleur de l'âge, sont attirées l'une vers l'autre comme des aimants magnétiques. Nous ne pouvons plus cacher notre attirance, nous ferions tout aussi bien de l'utiliser à notre avantage mutuel. N'es-tu pas d'accord?

— Viens-en au fait.

— Je suggère une fusion.

— Une fusion... au niveau professionnel?

— Une fusion de nos deux existences. J'ai dit à Betsy que l'article était de la pure fiction et que je venais ici pour clarifier cette histoire. Ses dernières paroles furent : «Tu n'as pas à t'expliquer. J'accepte tes besoins... quels qu'ils soient.» Elle sait qu'elle ne pourra jamais être une véritable épouse pour moi — une épouse dans tous les sens du terme.

Il fit une pause et baissa le ton de sa voix.

— Mais tu le peux, Torie. Il n'y a aucune limite à ce que nous pourrions réaliser si nous unissions nos esprits et nos ressources. Je veux que tu m'épouses.

Elle le fixa, stupéfaite.

— Betsy accepterait de divorcer sans poser de question, poursuivit-il, inconscient de sa réaction. Elle me l'a dit une centaine de fois — qu'elle m'aimait assez pour ne vouloir que mon bonheur. Elle est la fille la plus douce et la plus gentille de la terre, et cela me peine profondément de la quitter, mais je sais depuis longtemps qu'elle me ralentit — que je ne peux pas atteindre mon plein potentiel attaché à une femme incapable de voyager, de porter de fabuleux vêtements, de donner de fastueuses réceptions, ou encore d'être photographiée avec moi partout autour du monde. Elle ne peut même pas se tenir à mon côté pour accueillir les chefs d'états...

— Tu es fou.

— J'ai toujours su qu'un jour je rencontrerais la femme parfaite pour moi — et je l'ai rencontrée.

— Je n'écouterai pas un mot de plus.

— Tu écouteras, Torie. Toi et moi pouvons nous marier immédiatement et je dirai au monde, à peu près ceci : Ma femme bien-aimée est paraplégique. Je lui ai été dévoué pendant de nombreuses années, mais maintenant qu'elle est en mesure d'affronter la vie de son propre chef, elle n'a plus besoin de moi. Et je ne peux mener une double existence. J'exige la même intégrité dans ma vie personnelle que dans mon travail. Torie et moi allons donc légaliser notre union et la rendre permanente.

Elle avala difficilement.

— Tu sembles avoir tout prévu.

— Je le crois. De cette façon, au lieu de passer pour un mari infidèle, je deviens un héros — un homme qui s'est imposé, pendant de longues années, de terribles sacrifices pour l'amour de sa femme, mais qui a finalement succombé à une attirance irrésistible et qui s'avance maintenant pour sauver l'honneur de celle qu'il aime.

— Celle qu'il aime?

— Eh bien, c'est une façon de parler. Nous n'avons pas à nous aimer avec nos cœurs tant et aussi longtemps que nous nous aimons avec nos corps. Je doute que nous puissions jamais nous «aimer» l'un et l'autre, pas plus que nous n'avons pu construire un hôtel ensemble. Notre problème avec le Rittenhouse North fut que nous avons vu trop petit — beaucoup trop petit.

Ses yeux pétillaient comme il continuait, excité par ses propres paroles.

— Écoute-moi, Torie. Avec l'argent, les ressources, la fascination et l'influence que nous pourrions exercer en faisant équipe, le monde serait à nos pieds. Ce que j'admire tant chez toi, en plus de ta beauté physique, c'est ton énergie... cette fabuleuse et inépuisable source d'énergie qui te pousse, toi et tous ceux qui t'entourent, à réaliser des choses incroyables. Avec tes aptitudes de femme d'affaires et mes talents artistiques, nous pourrions littéralement déplacer des montagnes… transformer des terres dévastées en importants complexes médicaux, en centres d'exploration spatiale ou en universités… créer des villages, des villes, des cités entières! Ne vois-tu pas? Nous pourrions devenir l'un des couples les plus puissants et les plus excitants du monde!

Elle l'écoutait, complètement ahurie.

— Eh bien? insista-t-il. N'es-tu pas d'accord?

— Non.

Sa propre réponse la surprit.

— Ce n'est pas ce que j'attends de la vie.

— Que dis-tu là? Tu ne vas tout de même pas me dire que tu ne recherches pas le pouvoir. Tu t'es battue pour cela toute ta vie. C'est l'unique raison pour laquelle tu es venue me chercher dans cette église, la première fois que nous nous sommes rencontrés. Je savais ce que tu voulais, à cette époque, et je le sais maintenant. Je ne crois pas à ton refus.

— Je me moque de ce que tu crois ou non, Nielson. Pour la première fois de ma vie, je commence à savoir ce que je veux, et quelles sont mes priorités. Et je ne veux pas blesser Betsy, pas plus je ne veux d'un mariage sans amour.

— N'as-tu pas déjà dit que tu aurais toujours de l'affection pour moi?

— Oui, et c'est vrai. J'ai cru t'aimer pendant très, très longtemps. C'était un engouement de jeune fille que je n'avais jamais dépassé. J'aurais fait n'importe quoi pour toi, à une période de ma vie, comme je me serais battue jusqu'à la mort pour construire le centre Di Angelo — il y a à peine deux jours.

— Que veux-tu dire?

Elle hésita, évaluant la portée d'une décision qu'elle pouvait regretter. Mais lorsqu'elle parla enfin, sa voix était forte et confiante :

— Je sais que tu respectes la passion — et j'ai toujours eu cette passion pour la place Rittenhouse. À mes yeux d'enfant, elle représentait tout ce qui était beau, riche et solidement établi. Tout ce dont j'étais privée et que je désirais ardemment. Au fil du temps, elle acquit plutôt une valeur symbolique. Peu à peu, j'en vins à croire que je pourrais, d'une certaine façon, faire disparaître mes souvenirs douloureux en faisant disparaître tous ces immeubles. J'espérais me prouver quelque chose à moi-même en «possédant» la place — en y imposant mon nom et mon empreinte. Je voulais en fait me venger de tous ces gens qui m'avaient rejetée.

Elle s'arrêta pendant quelques secondes, puis bougea la tête pour appuyer ses paroles :

— Je viens tout juste de comprendre à quel point j'étais dans l'erreur — à quel point j'étais vaine, mesquine et obtuse.

— Dois-je comprendre que...

— Oui, dit-elle, doucement. Je vais laisser la place Rittenhouse comme elle est. Je ne toucherai pas une seule brique sauf pour réparer et restaurer. Il n'y a aucune raison de construire le centre Di Angelo. Il n'y en a jamais eu. Cette ville a bien plus besoin d'un nouveau et excitant centre culturel, érigé sur un site qui n'est pas déjà développé. Je vais consacrer toute mon énergie à trouver ce site et à combler ce besoin.

— Que je sois damné...

Il secoua la tête et se laissa tomber sur le sofa.

— Est-ce réellement ce que tu veux, Torie?

— Absolument. Je veux également que tu retournes auprès de Betsy et que tu lui dises à quel point tu l'aimes. C'est une sainte, tu sais. Une femme de chair et de sang, avec des sentiments humains, mais une sainte. Tu ne rencontreras jamais une autre femme qui t'aimera autant.

— Sans aucun doute.

Il se leva avec un soupir et se dirigea vers la porte.

— Je pense que je n'ai rien d'autre à faire que de prendre mon ego ravagé et retourner chez moi. Ce n'est pas tous les

538

jours que je traverse le continent pour me voir refuser une demande en mariage.

— Tu n'étais pas sérieux. Nous le savons tous les deux. Et ne t'inquiète pas au sujet de *Celebrity Times*. Je réfère le tout à mes avocats et nous obtiendrons une rétractation.

— Oui... murmura-t-il, l'air absent. Bonne idée.

— Salue Betsy pour moi. Dis-lui que je n'ai pas fumé une cigarette depuis quatre mois.

— Je le lui dirai.

En ouvrant la porte donnant accès à l'ascenseur, il tourna la tête et regarda par-dessus son épaule.

— Eh bien, au revoir, donc. Tu me reparleras de ton centre culturel. Il se pourrait que je veuille proposer quelque chose.

Elle lui sourit.

— Je pensais que tu ne le demanderais jamais.

De retour dans sa chambre, Torie déposa sa valise et vérifia dans son courrier sur le bureau, déçue de ne pas y trouver un mot de Keith. Qu'il aille au diable, pensa-t-elle, puis... au diable la fierté. Rien n'avait d'importance que de le voir, lui parler, lui faire comprendre qu'il avait de l'importance à ses yeux, qu'elle l'aimait...

— Pardonnez-moi, madame.

— Oh, Ingrid. Est-ce pour moi?

— Oui, M. Keith l'a laissé un peu plus tôt. Je lui ai dit que vous seriez bientôt là, et il m'a demandé de vous le remettre dès votre retour.

Torie prit l'enveloppe.

— A-t-il dit autre chose?

— Non, c'est tout.

S'emparant d'un coupe-papier, elle déchira le dessus de l'enveloppe, sortit la note et lut le message gribouillé : «L'article est terminé mais il lui faut une conclusion. Aurais-tu la bonté de choisir parmi les propositions suivantes : (A) l'héroïne décide que l'amour et sa carrière sont incompatibles; ou (B) l'héroïne épouse le pauvre jaloux qui l'adore. Pour de plus amples informations concernant (B), viens me rencontrer à midi — disons, la place Rittenhouse?

Elle vérifia sa montre — midi juste — et se précipita dehors. Elle atteignit le parc en quelques minutes, le visage rouge et le cœur battant. Il l'aperçut et s'approcha en courant à travers la pelouse.

— Je devenais complètement fou, dit-il, la serrant dans ses bras. J'avais peur que tu ne viennes pas.

— Je viens de recevoir ta note, dit-elle, haletante. Oh, chéri, si tu savais...

— Ne dis rien. Cela n'a aucune importance.

Il appuya sa tête sur sa poitrine.

— Ne m'explique rien. Tout ce qui s'est passé avant moi ne compte plus. Je ne veux m'occuper que du présent... et de l'avenir.

— C'est tout ce... qui m'importe, également.

Elle s'accrocha à lui, fermement, essayant de reprendre son souffle.

— Et Mac? Crois-tu qu'il sera d'accord?

— D'accord? Il ne cesse de m'encourager depuis ta première visite à la maison. Après cet article tordu, il m'a téléphoné et m'a offert de nous amener, toi, moi et nos familles, dans son domaine ancestral, en Irlande, pour célébrer notre mariage.

— Oh, non, dit-elle, avec un rire de soulagement. Que Dieu nous protège.

— C'est exactement ce que j'ai pensé. Mais je lui ai dit que nous ne refuserions pas l'usage de son jet pendant notre lune de miel — à la condition que tu puisses retarder la construction du centre Di Angelo le temps nécessaire à notre mariage.

— C'est de cela que je voulais te parler.

Elle recula et regarda autour d'elle. Deux gros pigeons se pavanaient sur le sentier pavé de pierre; une feuille tombait en tourbillonnant dans la fontaine et la délicate dame de bronze, sur son piédestal, pointait toujours son doigt vers le ciel.

— La place est déjà bien assez belle comme elle est — dans sa conception originale. J'ai décidé d'oublier le centre Di Angelo. Je vais plutôt construire un centre culturel — sur un site où il n'y a personne à déplacer et rien à détruire.

— Parles-tu sérieusement?

Il lui leva le menton pour voir son visage.

— Je crois que oui. Quand s'est produit ce changement subit?

— Après ton départ, hier, je ne pouvais m'empêcher de penser à nous... au centre... à tout. Tu as raison à propos de la place. Rebecca French également, aussi cinglante qu'elle puisse être. Ce n'est pas parce que je n'apprécie pas certains immeubles que je doive en priver les autres.

Il écouta, dans un silence médusé.

— Le catalyseur, poursuivit-elle, fut de voir cette pénible situation se prolonger pendant des mois et des mois, causant de plus en plus de problèmes et de frictions entre nous. J'ai déjà commis cette erreur — placer ma carrière avant mon mariage. Je ne vais pas la répéter.

— Voilà les paroles que j'attendais.

Il repoussa en arrière ses cheveux flottant dans le vent.

— J'ai réfléchi aussi. Ce qu'il y a entre nous est trop précieux pour le mettre en péril. Je prévoyais une bataille sanglante à propos de la place, mais je savais que tu étais prête à te battre, même en sachant que la partie s'annonçait difficile. Je m'étais donc préparé à me détacher de ce projet, aussi difficile que ce pût être. Maintenant, je n'ai plus à m'inquiéter. La guerre a été annulée, personne ne sera blessé, et tu vas consacrer ton talent et tes efforts à quelque chose qui sera apprécié. Je ne serais pas surpris que Mme French, elle-même, donne son appui à la construction d'un centre culturel. En passant, as-tu choisi un architecte?

Elle leva les yeux, inquiète.

— Aurais-tu objection à ce que...

— Pas du tout, dit-il, en riant. Hughes est l'homme de la situation. Je ne conserve aucune rancune. C'est lui le perdant. Je t'ai. Et je te garde pour moi seul à partir de maintenant.

— Je l'écrirai avec mon sang — si je peux encore écrire. Penses-tu que tu pourrais trouver un peu de nourriture pour ta future épouse? Je n'ai rien mangé depuis hier.

— Maintenant que tu en parles, je n'ai pas eu beaucoup d'appétit non plus.

Il sourit et lui prit le bras.

— Allons, nous allons marcher jusqu'au Barclay.

— Ah, oui, dit-elle, le Barclay.

Torie s'arrêta devant les piliers, à l'entrée de la place.

— Regarde cette lugubre façade, chéri. Que ne donnerais-je pas...

imprimerie gagné ltée

IMPRIMÉ AU CANADA